启真馆 出品

流失国宝争夺战

[美] 莎朗·韦克斯曼 著
王若星 朱子昊 译

浙江大学出版社
ZHEJIANG UNIVERSITY PRESS

扎希·哈瓦斯，致力于迫使各大博物馆返还埃及流失文物。（摄影：桑德罗·瓦尼尼）

开罗埃及博物馆。游客和当地人正随意攀爬，踩踏文物。（摄影：莎朗·韦克斯曼）

建筑师穆斯塔法·瓦扎里向我们展示 19 世纪欧洲游客在帝王谷塞提一世墓穴中留下的涂鸦。（摄影：莎朗·韦克斯曼）

令人悲伤的哈托尔女神庙。位于丹德拉，献给音乐与舞蹈女神哈托尔。（摄影：莎朗·韦克斯曼）

哈托尔神庙中原本安放星座石板的穹顶。原件于1821年被炸下来，并卖给了法国国王路易十八，现存于卢浮宫。（摄影：莎朗·韦克斯曼）

上图是一张少见的阿蒙诺菲斯三世墓室内部照片。墓室未对公众开放。19 世纪的掠夺者切掉了法老的头部。（摄影：莎朗·韦克斯曼）右图是丢失的头部，在卢浮宫被重新拼好。（照片由扎希·哈瓦斯提供）

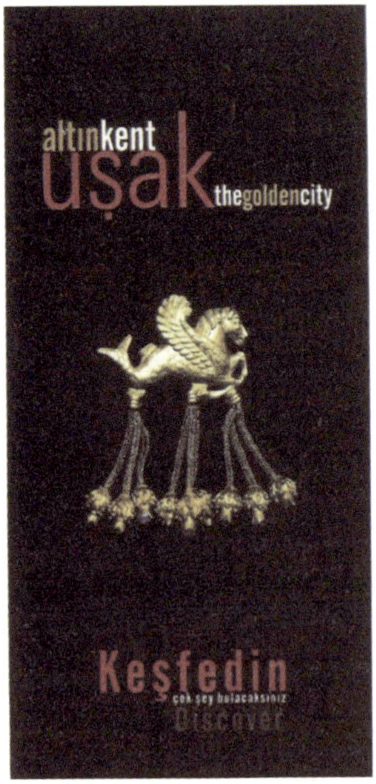

吕底亚珍宝海马胸针。图为乌沙克宣传册的封面。

2006 年，海马胸针被盗，展示柜中放的是赝品。（摄影：莎朗·韦克斯曼）

阿耳忒弥斯神庙的柱子，现藏于大都会博物馆。1922 年希土战争期间，美国考古学家和土耳其签署了一份协议并带走了柱子。

绘有《濒死的萨耳珀冬》的欧弗洛尼奥斯陶瓶。大都会博物馆于 1972 年得到这件文物，但之后被怀疑是以非法手段从罗马北部塞尔维托里的伊特鲁里亚遗址获得的。经过数年谈判，陶瓶于 2008 年归还意大利。

2007 年 4 月，里昂·列维与谢尔比·怀特展厅开幕，它是大都会博物馆希腊罗马展馆的中心。

19 世纪，埃尔金伯爵从雅典卫城帕特农神庙带走了诸多文物。如今它们被收藏在大英博物馆。（摄影：格雷厄姆·巴克利）

建筑师迪米特里奥斯·潘德马里斯头戴安全帽，站在新卫城博物馆工地顶层。博物馆预计收纳展出一半帕特农神庙的文物，远处可以望见卫城。

洛杉矶 J. 保罗·盖蒂博物馆一份过期目录的封面。这是一顶马其顿金冠的细节图，金冠属于亚历山大大帝的父亲腓力二世。

2007年，盖蒂博物馆归还了金冠，之后它被陈列于雅典国家考古博物馆。（摄影：莎朗·韦克斯曼）

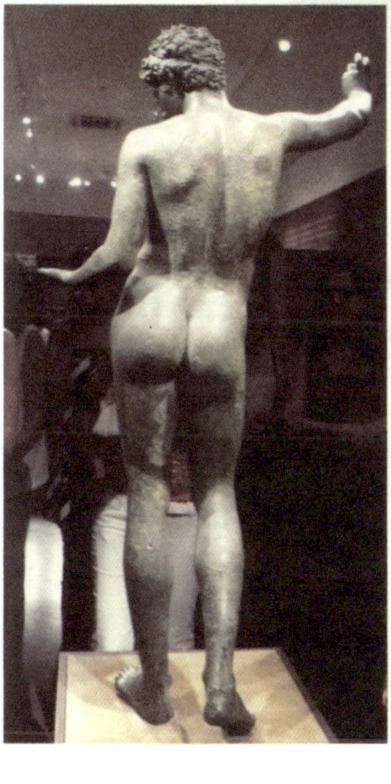

马拉松男孩铜像，现藏于雅典国家考古博物馆。2007 年，希腊拒绝了卢浮宫租借这尊雕像的要求，认为“它不能离开希腊”。（摄影：莎朗·韦克斯曼）

文物商人罗杰·卡瓦姆（左）和他的儿子伯特兰。照片摄于他们位于巴黎的店铺“皇家宫殿”。（照片由卡瓦姆父子提供）

位于洛杉矶北部马里布的盖蒂别庄，这里曾陈列了许多古代文物，后来其中有许多都被归还希腊和意大利。（摄影：J.保罗·盖蒂基金会）

目录

埃尔金伯爵的遗产

粗鲁的正义

介绍

这就像扎希·哈瓦斯在那些筹备完善的计划中扔了一个炸弹。在2006年6月风和日丽的一天里，数十名记者带着他们的器械、相机和麦克风等候在芝加哥自然博物馆前。他们在等待一场毫无争议的头条新闻：图坦卡门王宝藏的展出开幕式。这些宝藏自从1977年迄今从未在埃及之外的地区展出过。

哈瓦斯坐在开幕式会场的第一排，风度翩翩的他是埃及文物最高委员会的主席，但他此刻仿佛正等待着一场战争。当哈瓦斯听到兰迪·梅尔贝里的发言时，他觉得自己的怒气好像已经无法抑制了。兰迪是此次展览的赞助商爱克斯龙电力公司的发言人。他赞颂了古埃及的伟大，并提到爱克斯龙公司的总裁约翰·罗威是一个狂热的埃及迷，这位埃及迷甚至在他的办公室里收藏了一具木乃伊的棺椁。而就在这时，文质彬彬的哈瓦斯大步走向演讲台并直截了当地抗议道："没有任何人有权在他的家中或者办公室里收藏这样的艺术品。"他愤怒的叫喊不仅震撼了这场展览最大的赞助商，同时也吓坏了博物馆的工作人员。"罗威先生怎么能够在赞助图坦卡门王宝藏展览会的同时又在自己的办公室里收藏类似的艺术品呢？"哈瓦斯威胁罗威必须放弃他的收藏品，不然将会发生一些不好的事情。

那么将会发生什么样的事情呢？哈瓦斯思考了很久。他并不理会这具棺

椁 ——这是一具有 2200 年历史的木质棺木，上面雕刻着无数图像与象形文字——是罗威的私人财产；也不去在意这具棺椁是罗威从一名大商人手中通过合法手段交易得来的；更不会在意罗威所经营的公司是这个国家最大的几家公司之一，他的公司甚至为当天的开幕式输送电力，同时他还是美国总统乔治 ·W. 布什的主要支持者之一。这些对于哈瓦斯来说都不是问题。两天后，哈瓦斯对罗威继续施压。他威胁说，如果罗威执意不愿交出这具棺椁或者放弃赞助这场展出，他将会关闭展出，并且将断绝埃及与芝加哥自然博物馆之间的合作关系。

而在博物馆内，恐慌也在升级。因为这次展览将会面对超过 100 万翘首以盼的观光者，而这次盛会也将会登上《芝加哥论坛报》的首页。终于，在展出开始前的两天，罗威屈服了。他同意将办公室里这件并不是非常昂贵，对博物馆来说也并不是非常有价值的藏品无限期租借给芝加哥自然博物馆。你几乎能够听见博物馆管理层放松的叹息："对所有人来说这都是一个非常非常完美的结局。"一名女性发言人说道："我们都很高兴。"而另一位爱克斯龙公司的人士也说道："约翰非常喜欢芝加哥自然博物馆，他也很乐意与博物馆分享他的收藏。"而在最后，哈瓦斯也平息了怒气。在展览会的开幕晚宴上，他的笑容非常迷人。"罗威先生是一位好人，"哈瓦斯说道，"他同意将棺椁送给博物馆，所以那些不好的事情也不会发生，所有人都将因此得到安宁。"

安宁？多么美好。这是一个需要分享的概念。但在这些天里，无论是在博物馆中，还是在那些古代文明发祥地，空气里弥漫的都远远不止安宁和分享这么简单。事实上那里充满了诉讼、紧张的国际关系以及赤裸裸的国际威胁。在之后的日子里，那更像是一场场的战争——关于谁该拥有作为人类遗产而存在的艺术品的战争。在过去的 200 年中，文物与历史遗迹不断地被人从它们的土地上拆下来运往全世界，其中的大部分被作为收藏品保存在西方的博物馆中。难道它们应该被收藏在那些地方吗？在卢浮宫、大都会艺术博物馆、大英博物馆及其他的地方被小心地展出和仔细地看顾，让那些来自世界各地的游客靠近？或者它们应该被交还给它们的祖国？那些文明古国要求偿还文物的热情与不满正不断地高涨。

2007 年 4 月，扎希·哈瓦斯宣称埃及将会致力于从欧洲和美洲的博物馆中收回 5 件文物（他同时表示这将是永久的收回）。其中包括罗塞塔石碑以及著名的奈芙蒂蒂胸像，哈瓦斯甚至对一些小件文物的拥有者也格外严厉，比如约翰·罗威。此外，当希腊准备在雅典卫城新建一家博物馆时，希腊政府也再次提出对于埃尔金大理石雕的追回诉求。埃尔金大理石雕在 1802 年被埃尔金伯爵从帕特农神庙运往了大英博物馆。意大利也开展了一场针对博物馆、交易商以及收藏家的运动，旨在回收那些通过非法手段从意大利发掘与走私的艺术品。这项运动在长达两年的针对玛丽昂·特鲁的诉讼[1]结束后达到了最高峰。2007 年 8 月，特鲁的前雇主盖蒂博物馆同意永久归还收藏的 40 件艺术品。

这是否意味着历史的公正，纠正了帝国主义时期的错误？还是说这对于弱国的领导者而言意味着一种新的解决之道？那么，为什么突然之间这些问题就这样迎刃而解了？这场笼罩在古代文物上的战争从根本上来讲是一场文化冲突，同时也是一场夺回本国文化象征的冲突。当西方与东方基于身份认同方面的差异（解放者与掠夺者，恐怖分子与自由战士）而引起激烈的冲突时，文物变成了这种文化冲突中的另一件武器和巨大分歧中的另一种威慑力量。而讽刺的是，这破坏了文化交流最重要的目标，阻碍了日后取得共识的文化桥梁的建立。

从另一个角度来讲，对文物的争夺是时代转换的一部分。很久以前，西方国家认为这些文物代表着一个民族的特性。从 16 世纪开始，欧洲成为了世界的统治力量，欧洲人横扫了所有大陆并且毁灭了大量的文明，却又在同时强调历史的重要。“从来没有一种文明能够在全世界传播。”历史学家

[1] 特鲁是洛杉矶盖蒂博物馆的前雇员。2005年，意大利政府发出针对特鲁的诉讼，指控她利用非法手段获取失窃文物并伪造文件。随后希腊方面也提出针对她的诉讼。

J. M. 罗伯茨这样写道。文化的转变是单向的。“欧洲人走向了世界，但没有任何其他的文明能够进入欧洲。”他补充道。除了土耳其之外，非欧洲人种从未进入欧洲。而在战胜了外国文明之后，欧洲人带回了他们渴望的战利品，包括奴隶、财宝和原材料。在帝王时代，也就是18世纪，掠夺古代文明成为了彰显欧洲强大力量最巅峰的表现。首先，古典时代——古罗马和古希腊——成为了品位和身份的象征，它们的文物在为成为霸权国家的竞赛中被大量寻获和仿制。而19世纪初叶，在拿破仑·波拿巴完成了对于古埃及的“二次开发”之后，木乃伊和金字塔成为了新的、也是必备的身份象征。这种狂热也推动了历史研究：对于美索不达米亚以及它丰富多彩文明的发掘贯穿了接下来的数十年，这一切也伴随着大量的财宝和文物被运入西方的文明殿堂——博物馆。20世纪时，欧洲人的收藏品已经包括了亚洲、拉丁美洲和非洲的财宝。

现在，我们生活的时代已经不同了。当那些一度被殖民的国家寻求独立之路时，它们剥去历史的外衣，通过那些与自身文明相关的文物来坚持民族独特性。对于文物偿还的诉求是取回本国历史的一种方式。而对于那些依旧笼罩在帝国阴影之下的弱小国家来说，它们则试图通过宣告对文物的所有权和控诉殖民主义来帮助建立国家认同感。

对于那些喜爱博物馆、热爱历史以及被古玩所吸引的人来说，这种论调是很古怪的。谁关心他国的身份认同，为什么不关注艺术品本身呢？难道那些古代财富不是属于全人类的吗？博物馆不就是为了展示人类文明的伟大成就吗？好吧，是的，那是当然的。

随着文化政治重心的转变，博物馆一直在改变。今天的博物馆必须审视他们肩负的任务并起引导新纪元的作用。以前，西方的博物馆可以宣称他们有将古代艺术品从那些被毁灭的文明中拯救出来的责任，比如阿富汗和伊拉克；这在今天也是成立的，博物馆的存在确实对这些国家的文物和历史起到了重要的作用。但对于那些准备好发掘自身历史，并在世界舞台上展现力量的发展中国家来说，也许是时候了，博物馆应该考虑是否归还部分甚至是全部的掠夺艺术品。

在过去的两个世纪，值得欣慰的是，公众始终能够自由地谈论那些收藏在西方耀眼文化圣地的文物。我曾有过这样的疑惑：难道只有无知的人才会在凝视大英博物馆中的拉美西斯二世胸像时，会问出它怎么会竖立在那儿？难道只有没接受过教育的人才会在观察纽约大都会博物馆中高耸的阿耳忒弥斯神庙廊柱时，才会疑惑为什么它们会出现在那个地方？学生时代，我曾参观过柏林的帕加马博物馆，并且为那里的宙斯祭坛倾倒，但我也同时很疑惑，为什么这样一座本该矗立在安纳托利亚中央的完整祭坛会出现在那里。同样的，古埃及的方尖碑又是怎么找到去梵蒂冈和巴黎中央广场的路的呢？奇怪的是，没有任何一家博物馆自愿提供这方面的信息。当我们试图照亮博物馆那些来自19世纪与20世纪的文物时，得到的只有深深的黑暗。

此外，尽管关于埃尔金大理石雕的争论已经持续了超过200年——这点燃了英国和希腊双方民族主义的怒火——大英博物馆的管理层始终无视希腊政府一系列的要求。而这仅仅是因为一个理由：不能开这样的先例。如果大英博物馆放弃了埃尔金大理石雕，管理层害怕博物馆中的古代艺术品会因此迅速流失。这种深深的恐惧甚至迫使博物馆隐瞒了自身在20世纪30年代维护石像时所犯下的错误。[1] 今天，这种恐惧弥漫在全世界的博物馆之中。

现代的文物回收问题是从19世纪70年代开始出现的。当时，考古学家、记者和政府官员意识到文物掠夺不仅仅只是过去的问题。西方的古董交易市场不仅涉及基克拉迪雕像、玛雅石柱群、佛教雕塑和古希腊花瓶，也开始对危地马拉、哥斯达黎加、柬埔寨、希腊、意大利与土耳其的文物进行疯狂的破坏。对古文物的饥渴破坏了当地的历史，而博物馆则因为对

[1] 1937—1938年间，大英博物馆试图维护、清理埃尔金大理石雕，却因为判断失误而使用了对脆弱的石雕十分不当的养护工具，导致雕像受损，部分浮雕甚至被刮掉。

文物的需求而应对这种文明缺口负责。在记者卡尔·梅耶于1973年写成的里程碑式巨著《掠夺时代》中，他提出了与此相关的大量问题，并列举了一些个案研究。这些问题现今依旧困扰着许多人：博物馆与交易商之间的猫腻；不能严格地要求卖方提供文物的确切来源；将来源可疑的文物当成可信的；在走私活动中，文物从盗墓贼到匿名中间商再到修复者，最后到达高级古董商人手中后，谁联络拍卖行或者富有收藏者；缺乏一系列国际通用的法案来约束这些问题。

但过去的30年间世界一直在变化，公众意识对多文化差异的重要性变得越来越敏感，其中就包括对文化掠夺的警惕。1970年，联合国教科文组织通过了一项公约以阻止文化财产的非法离境，许多国家都签署了这项旨在阻止文物走私活动的公约。美国也在1983年签署了这项公约。针对文化领域的政策倾斜让一部分博物馆与考古学专家在面对偿还问题时变得更有良心。这其中的一些人也渴望着能够补偿本国在19世纪与20世纪时所犯下的罪孽。但与此同时，要求偿还被偷的文物也是被盗者自身的责任。在上世纪80年代末期至90年代早期，那些第二次世界大战时期大屠杀的幸存者后裔们开始要求收回被纳粹夺走的画作与其他艺术品。这些画作中有许多正陈列在澳大利亚、法国、荷兰或者美国的国家美术馆中，也有一些被掌握在那些喜欢收集不明来源艺术品的私人收藏家手中。文物的所有权问题成功地增加了诉讼的难度，并在社会上引起了广泛的争议。不过，这些画作最终从许多博物馆画廊的墙上回到了那些幸存者的后代手中，希望这能给那些屠杀中的幸存者一定意义上的公正。那些曾被掠夺过文物的国家也关注着此事。

最后，国际政治形势也在其中扮演着很重要的角色。在“9·11”恐怖事件之后，许多国家都将文物偿还视作一个热点问题。东方与西方并不仅仅在世界观上表现出差异，也在文化视阈上表现出差别。强国与弱国之间的矛盾不仅体现在自杀式炸弹袭击上，也表现在换回古代艺术品的难度上。美国针对文物归还问题的态度与它在政治与经济上的霸权地位密不可分，他们对欧洲殖民主义的愤怒也在这场冲突中得以体现。同样，欧洲各国对此的回应中惯常表现出的傲慢情绪已经因践踏别国尊严而成功地点燃了他国民众的怒火。

但寻求解决之道并非一朝一夕的事。纳粹掠夺文物和讨还行动并不能简单地用对或者错来定义。当时的时代背景和细节也应当被列入考虑范畴。广泛的争论不仅没有能够让讨还文物问题变得清晰，反而让它更为复杂。我们必须问一个问题：用现代的视角去衡量200年前的事件是否公正？当时的考古学正处在萌芽时期，那么用“掠夺”或者“盗窃”这样的字眼去描述将文物带离他国的行为是否恰当呢？那些探险家先驱们甚至一直坚信自己在做正确的事情。事实上，掠夺并不是从200年前才开始的。盗墓贼这个职业有着与埃及法老的陵寝同样悠久的历史。也仅仅只是在现代，“掠夺战争”才具有负面的含义，掠夺曾经是战争之后的必然结果。而对那些有志于为这些文物求得公平的人来说，他们应当把“有罪”追溯到哪个时代？古罗马人从埃及偷走了许多方尖碑，而这些方尖碑又在文艺复兴时期被雕刻家当成了建筑上的装饰品。那么这些方尖碑是否应该被拆下来运回埃及呢？我们是否应当拆下威尼斯圣马可大教堂顶上的4尊铜马并将它们运回君士坦丁堡？那些铜马可是在1204年第四次十字军东征时从君士坦丁堡中抢的。但也许它们应当被运回罗马，因为在出现于君士坦丁堡之前，这4尊铜马极有可能是图拉真凯旋门上的装饰。也或许它们应当被运回希腊，因为一些人相信这些铜马是在公元前4世纪的古希腊铸造的。对那些妄图解开历史的乱麻的人来说，这将是一个很快就会遇到的问题。随着归还战争的愈演愈烈，一些“聪明人”出现了。比如在这个事件中：2007年，美国深海探险队在靠近西班牙的公海水域发现了一艘1804年被英国军舰击沉的西班牙帆船，探险队员们在船上发现了价值5亿美元的黄金和财宝。西班牙宣称这些是他们的“文化遗产”并立即对这艘沉船宣布所属权，同时他们在坦帕市提起一场诉讼以加快事情的进展。但随后秘鲁方面介入并提出了一个中肯的问题：这些黄金难道不是从他们的印加祖先手中抢来的吗？如果是这样，那秘鲁也应当是得到偿还的一方。

在读完这本书之后，读者所发现的问题很可能比得到的答案要多得多。这本书将试着为读者展现正确思想中令人惊异的一面，而那些有着崇高目的的观察者也可能持着错误的观点。1973 年，卡尔·梅耶在他的著作《掠夺时代》的序言中写道："让那些现存的神殿毁灭吧，在这个世纪末所有被发现的主要遗迹都将被不可挽回地毁灭掉。那些我们亲眼所见的毁灭与罗马时代亚历山大图书馆中烧毁的文物有着同样的价值。"好吧，他错了，直到这个世纪末，文物走私活动依旧十分猖獗，这从某种意义上来讲，考古学遗迹还有留存的。无论是赞同的还是反对的观点都是存在的。谎言、歪曲事实和搪塞充斥着大多数状似严肃的权力机关，他们只提供对自身有利的证据。一直以来，欧洲人都宣称他们是在保护那些行将崩毁的、被忽视的以及被破坏了的埃及遗迹，或者他们从"类似土耳其人的野蛮人"手中拯救了帕特农神庙的雕像，并借此发展了现代考古学。或者，美国的博物馆如果不将某些艺术品买下的话，那么人们就再也见不到这些美丽的文物了。这些言论无法解释一个完全相反的事实——个人的民族主义和贪婪促进了文物的收藏；博物馆高层对那些没有清白来源而很有可能是掠夺品的文物睁一只眼闭一只眼。

与此同时，那些志在追回文物的国家必须面对许多严峻的问题：国内的博物馆严重地缺乏资金以及管理混乱；基础的库存管理与物品清单都没有设立，在许多个案中，这些国家的博物馆甚至不能保护好已经在它们手中的文物。而最大的问题是，从古至今，博物馆都乏人问津。大多数文物的发源国都远远没有能够有效保护本国文物的能力，而当地的民众也对保护文物缺乏兴趣。

为了研究这些问题，我将注意力集中在那些极力要求归还文物的国家身上：埃及、土耳其、希腊以及意大利。同样，我也关注那些保存着许多备受争议的文物，也是面对最多归还要求的博物馆：卢浮宫、纽约大都会博物馆、大英博物馆以及盖蒂博物馆。我在超过 8 个国家的数十个地区无数次地针对这些问题进行访问研究，试图寻找出隐藏在那些国家与博物馆的控诉与声明背后的真相——并不是以一个艺术历史学家或者考古学家的身份，而是以一个对所有外国文明都极为热忱的记者的身份，而这种热忱来源于我对各个博物馆的热爱。

在这场冲突中显露出的问题揭示了在世界性文化交流活动中存在的更为广泛的主题：我们是如何到达这个历史的十字路口的？我们又将何去何从呢？答案也许不会很简单，但对于那些作为人类遗产而存在的文物来说，这个答案却至关重要。

法老与皇帝

扎希规则

尼罗河希尔顿酒店坐落于开罗博物馆的后方，在酒店里的阿布·阿里咖啡厅，有一个男人正在掌控着一切。大量藤制的家具正堆积在平静的室外，穿着土耳其长袍的侍者正自己照看着它们。这是6月的一个星期六，即使身处阴凉中，温度也超过了华氏100度[1]。但是所有有关“周末”与“热浪”的话题都与扎希·哈瓦斯无关，他是埃及文物最高委员会的主席，同时也是这个国家中所有关于法老遗物的问题的权威。

他很英俊，厚实的头发被梳得一丝不苟，穿着一身清爽的橘色长T恤和牛仔裤，看得出来哈瓦斯很开心。他刚刚结束了一场关于哈特谢普苏特女王的电视采访。哈特谢普苏特是一位伟大的埃及女王，但她的木乃伊直到最近才在一尊一直被忽视的棺椁中被发现：哈瓦斯通过一种新的牙齿辨识技术才确定了那就是这位女王的遗骸。但他隐瞒了这个消息将近一个星期，仅仅放出了一小部分的资料，一些CT扫描和DNA辨识结果则会在几天后探索频道的节目“失落的埃及女王之谜”中展示出来。这位伟大的女王非常肥胖，并且同时患有糖尿病与癌症。

哈瓦斯宣称他将会躲藏起来，并且拒绝了当天所有的媒体访问。3家公

[1] 约摄氏40度。

司徒劳地不断拨打他的电话：半岛电视台、沙特阿拉伯的轨道新闻以及一档受欢迎的当地电视节目贝蒂－贝塔克。他们都想知道哈瓦斯对于几天后才会宣布结果的“新世界七大奇迹”评选有什么看法。早在几星期前，哈瓦斯愤怒地将金字塔从提名中撤回。他说，金字塔从古代开始就一直是世界上的奇观，它们并没有参与这场竞争的必要，也没有和埃菲尔铁塔或者里约热内卢的巨型耶稣雕像相比较的必要。事实上，即使哈瓦斯的行为可能降低这场评选的刺激程度，这次评选的组织者—— 一名瑞士的旅游倡议者——依然给予了金字塔极高的评价。这场竞赛逐渐演变成了一场精巧的媒体作秀计划，并且无论金字塔是否在评选列表中，它都成为了这次活动的中心。同时，无论哈瓦斯同意与否，当天的声明也将让他在报纸上占据更大的版面（奇怪的是，希腊也将帕特农神庙从评选列表中撤回，但似乎并没有人关注这一点）。在这次事件中，哈瓦斯详细地告诉了他的助理应该如何组织在当天 9 点新闻节目上的说辞。“为什么我是他们唯一想要的？”当哈瓦斯的电话几乎要从他的咖啡桌上弹起来时，他不坦率地说道：“因为我知道该说什么。我从来都让助手去忙活，但上帝好像给了我这样的才能，虽然我从来不希望上电视。”他拿起了电话：“Aiwa，ustaz（是的，先生）。”从来没有任何采访或者会议能够阻止他接听电话。

哈瓦斯是当代最令人惊讶的埃及人之一。他口齿伶俐，接受西方教育（他从宾夕法尼亚大学获得了一个博士学位），并且懂得如何对付媒体。这在他的研究领域中和成长的文化氛围中是极为少见的；同时，他也总能够给敌人甚至盟友制造麻烦。他是埃及政府中的一口“人型加农炮”。埃及文化部中从来没有人能预料到哈瓦斯将会说出什么话来。但他靠着自己一个人就唤醒了埃及人对本国法老文化的兴趣，甚至将这种对古埃及文化的狂热散布到了国外。哈瓦斯成功地促使国会通过了一项法案，让图坦卡门王的宝藏在 26 年后终于又一次走出国门，在世界范围内巡回展览。与此同时，与多个展出城市的协商为埃及带来了数千万美元的进账。在此之前，这种事从来没有发生过。

扎希·哈瓦斯所做的一切都是源自他与生俱来的自我激励能力与寻找新闻切入点的敏锐直觉，这能帮助他成为世界性的封面人物。哈瓦斯敏锐地察觉到，西方人对古埃及法老的浪漫情愫是源于他们根本不了解古董这个行业以及埃及极为复杂的历史，特别是在探索频道的节目探索到这些文明的奥秘之前。这就是在2007年6月发现的哈特谢普苏特女王真身让媒体如此疯狂的理由。在一系列关于哈特谢普苏特女王的故事在电视上播映之后，《纽约时报》也给了她一个极大的版面。然而在6个月之后，科学家依旧没有完全证实哈瓦斯关于这具木乃伊的证据。此前，哈瓦斯曾在2007年8月宣布他发现了可能是世界上最早的人类脚印——大约有200万年的历史，媒体一时为之疯狂。这次新闻机构已经看穿了他的拖延和把戏，他只得到了《华盛顿邮报》上的一个小版面，而《纽约时报》则完全没有继续报道。

无论是不是一个善于作秀的人，哈瓦斯都将埃及送到了世界文化意识觉醒的前沿，让这个国家不仅仅是因为腐败、贫穷和激进分子而受人瞩目。这样做也给他带来了众多敌人，包括那些声称哈瓦斯将别人的成就都据为己有的人，抱怨他不公平地否决了挖掘许可的人，以及将他称为“美国人的工具”的人。哈瓦斯从不理会他的反对者，因为他有时任埃及总统的穆巴拉克的支持。穆巴拉克好像认为将埃及的法老遗产运送到国外展出是一种极为有利可图的商业行为。在此之后，哈瓦斯找到了另一种方法来加快他宣传埃及的进程——要求收回那些流失在外的国宝。这个项目在之后的日子里一直激励着他，而潜在地将埃及看作是一个文化大国的情绪也让他的尊严得到了满足。2007年4月，哈瓦斯开始用强力的手段来寻回5件从埃及流失的重要文物：大英博物馆的罗塞塔石碑，柏林埃及博物馆的奈芙蒂蒂半身像，卢浮宫的丹德拉星座石板，德国希尔德斯海姆的赫米乌努雕像以及波士顿博物馆中的安卡哈夫王子胸像。每一件文物都在不同的时期与不同的环境下被带离埃及。罗塞塔石碑的流失可以追溯到1799年拿破仑的入侵，而当法国在战争中输给了英国之后，它又被送往了英国。奈芙蒂蒂胸像则是在1920年被德国考古学家博尔夏特带回了德国。赫米乌努雕像

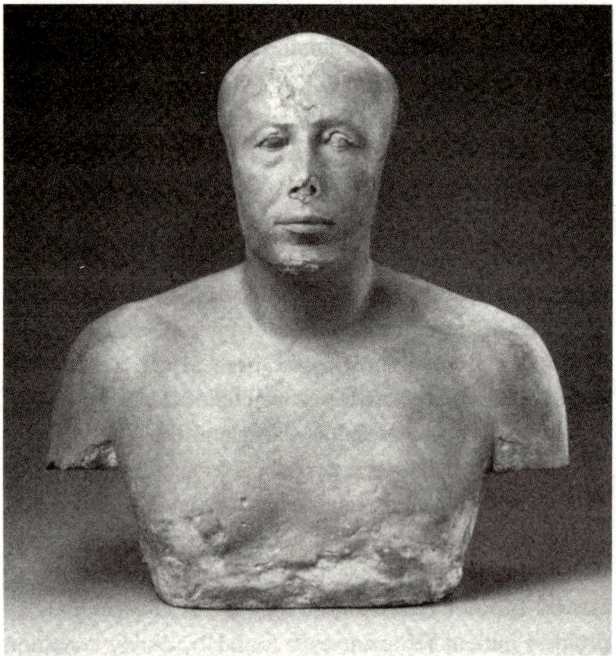

安卡哈夫王子胸像

是在 1912 年被探险家赫尔曼 · 容克发现的，被德国收藏家威尔汉 · 普利兹乌斯合法地购得。安卡哈夫王子胸像由考古学家乔治 · 赖斯纳在吉萨金字塔附近的棺木中发现；乔治为哈佛大学和波士顿博物馆工作，最终波士顿博物馆分得了这座雕像。而卢浮宫的丹德拉星座石板则是欧洲强国在 19 世纪时从一座大神殿的穹顶上取下来的。

这些迥然不同的历史并没有难倒哈瓦斯。他认为，在这 5 件文物的流失过程中不存在任何国际协议，也不能因为它们是合法的交易而受到保护。它们是埃及文化遗产中不可分割的一部分，并且应当被归还给埃及。哈瓦斯写信给这 5 家博物馆，希望能够在埃及国家大博物馆建成后的 3 个月内租借这 5 件文物。埃及国家大博物馆耗资 3.5 亿美金，并将在 2012 年竣工。[1]

[1] 埃及国家大博物馆（Grand Egyptian Museum）至今尚未竣工。按最新的日程表，预计将会延迟至 2015 年开馆。

吉萨，赫米乌努雕像的发现遗址

哈瓦斯期待那些博物馆能够拒绝他的请求，这样他就能在国际上严厉地斥责他们，但遗憾的是那些博物馆并没有愚蠢到吃下这个诱饵。

“他们说了什么？他们说了什么？”当我告诉他已经去过卢浮宫、大英博物馆和纽约大都会博物馆，询问了关于他希望租借古埃及代表文物的请求后，哈瓦斯在阿布·阿里咖啡厅兴奋地问道。“菲利佩·德·芒泰贝洛怎么说？他喜欢我吗？”他提到了纽约大都会博物馆的馆长。

哈瓦斯为什么这么关心？这并不是常见的争夺形式，而就算是这样，哈瓦斯也没有赢的可能。他打入古板的博物馆世界的手段主要是恫吓和吹捧，完全不遵守应有的礼节和社交智慧，这令西方的博物馆顿时陷入了尴尬的境地。哈瓦斯作为嘉宾为大英博物馆的庆祝晚宴致辞时，大胆地提出了归还罗塞塔石碑的要求。他是这样说的：伟大的法老王拉美西斯二世托梦给他，要求他将罗塞塔石碑带回埃及。而在2006年穆巴拉克会见德国总统霍斯特·科勒[1]的新闻发布会上，哈瓦斯突然提出了归还奈芙蒂蒂胸像的要求。同样的，哈瓦斯威胁欧洲和美洲的国家，如果他们不听从他的要求，那么他将发布挖掘禁令，同时终止埃及与这些国家的博物馆的合作关系。

在这个时期，博物馆开始变得异常保守，他们甚至对我的采访动机也极度怀疑。博物馆认为哈瓦斯租借文物的请求只是一个噱头，这点他们猜对了。这一切都只是哈瓦斯为了永久取回那些文物的策略而已，这一点他们也猜对了。

来自收藏赫米乌努雕像的德国希尔德斯海姆市的勒梅尔·佩利查奥伊斯博物馆的回复让哈瓦斯格外烦恼。“希尔德斯海姆回复说他们愿意将雕像交给我们，”哈瓦斯说，“但他们希望我们用古王国时期的艺术杰作来交换。我以前给予他们无数展览的机会，但从来没有要求他们交换给我们什么。”而波士顿回复说他们正在研究这个提议。大英博物馆则说他们必须首先向董事会递交这个提议。最后卢浮宫答复说他们会仔细考虑哈瓦斯的提议。

“他们没有权利说不，”哈瓦斯吸了一口水烟之后说道，“如果卢浮宫不将星座石板借给我们，那他们将会面临一些难题。我会禁止法国在埃及的所有挖掘行动和所有学术交流活动。”

只有柏林方面直接拒绝了哈瓦斯的要求，他们说奈芙蒂蒂胸像（它毫无疑问是这 5 件艺术品中最具有代表性的一座）十分易碎以致不能运送过来。哈瓦斯对他们的理由嗤之以鼻：“这件艺术品曾在别处展出过。我们也曾经交给他们 50 件图坦卡门王的文物，其中的一些文物的保存状态并不是很好，但我相信应该让更多的人看见它们。何况现在我们的技术已经能够保证安全地将任何易碎品运送到世界的任何一个角落了。他们在反对什么？难道他们害怕我不会将这件文物送回去？我们又不是加勒比海盗。”

许多埃及学家站在哈瓦斯这一边，但他们认为，哈瓦斯的惩罚措施是自我毁灭式的。难道他真的希望暂停法国与埃及的学术交流与资金援助？难

[1] 科勒于 2010 年辞去总统一职。

道他不需要紧紧抓住自己所能抓到的每一分钱么？对此哈瓦斯表现得相当不耐烦，他在接起电话前只用了几分钟来关注这些意见。“只有短短的3个月时间，”他充满自信地说道，“我让埃及对探索者和学者开放，并让他们著书立说。我将我们最好的艺术品送到他们的博物馆中展出，而现在他们对我说不，这是不公平的。”

无论如何，哈瓦斯不能对过度挖掘的行为熟视无睹：“这对我们不好。保存我们的文物才是好的选择，我们必须管理好自己的文物。挖掘行为帮不上我们的忙。唯一能帮得上的是保存好我们现在拥有的那些古董。埃及并不需要其他国家的探索者。他们最好远离我们的土地。克里斯蒂安·齐格勒（卢浮宫的馆长）在塞加拉发现了一些木乃伊，并将它们藏在枯井里。我觉得那些木乃伊还是待在地下比较好些。这种发掘行为与其说是埃及的荣耀，不如说是齐格勒自己的荣耀。”

在这一年的年底，哈瓦斯的计划有了一个突破：希尔德斯海姆放弃了它的立场，同意出借赫米乌努雕像。但是卢浮宫依旧以星座石板不可能完好无损地运送到埃及为由拒绝，不过哈瓦斯可以选择租借其他的收藏品。因为同样的理由，波士顿也拒绝了他，他们认为以安卡哈夫王子雕像目前的状况实在不适合运往他地。大英博物馆则依旧在仔细考虑。这让哈瓦斯破口大骂。“这群混蛋，”他在电话中吼道，“我将让这些博物馆变得异常可悲。”哈瓦斯是这样评论波士顿艺术馆的：“他们都是混球。他们可以展出所有的东西。所有的东西——都是免费的。他们应该被惩罚。我将会动用官方手段彻底禁止他们在埃及从事的所有研究活动。”

我提醒哈瓦斯，英国方面可能对他租借文物的动机持怀疑态度，因为哈瓦斯的的确确在寻求永久追回这些文物的方法。他笑道：“我恰好挺喜欢和英国人跳舞，难道我应该先和他们跳跳舞[1]，然后才能达到我的目的？”

在哈瓦斯执掌埃及文物最高委员会的5年中，他改变了整个埃及对于

[1] 英语俗语，意为“献殷勤”。

古文物的态度。当然他希望能做到更多的改变，并且越快越好。首先，他全面禁止了在上埃及（从尼罗河流域至开罗北部）的挖掘工作，并且限制了在尼罗河三角洲的挖掘工作。虽然有许多挖掘工作在禁令颁布之前就已经开始了，但这项举措依旧大幅度减少了埃及地面挖掘工作的数量。其次，他制定了一个培养考古学家的计划，将国内有前途的学者输送至国外学习，同时引进大量知名的埃及学专家来培养新的专家。他还在开罗博物馆启动了一项儿童计划，致力于培养儿童对于埃及历史的兴趣，并且让埃及教育部同意在基础学校中增加关于古埃及的课程。更为重要的是，哈瓦斯要求全埃及的博物馆都对其馆藏文物进行整理归档，那些博物馆自从 20 世纪初就一直未曾整理过库存文物。最后，哈瓦斯还制订了一系列的区域管理计划，旨在管理那些游客泛滥的旅游景点，例如帝王谷。所有这些措施都令哈瓦斯在国际考古学领域的声望如日中天。

但仍有许多工作需要依靠国外的力量。在采访中，哈瓦斯提到了埃及正在筹备一个耗资 5 亿美金的大项目——在埃及兴建两座巨大的博物馆并将大量古埃及的杰作收藏在其中。在我看来，这个项目看起来似乎太过于不切实际了。哈瓦斯正准备建议政府针对一些古董交易立法，他尤其希望这项新的法规能够允许埃及起诉国外的走私者和非法交易者，以及为类似金字塔这样的古埃及文明瑰宝申请版权。

哈瓦斯是一个头脑极其灵活的人，当然在行动力上他也是无可挑剔的。他想要扫除在埃及绵延百年的懒惰风气、官僚作风与崇洋媚外的劣根性，必定会遇到很多的难题，因为他希望改变的是世界上最贫穷的国家之一。埃及是整个阿拉伯世界中最大的国家，它的人口超过 800 万，但其中三分之一的人是文盲，三分之一的人是尚未年满 14 岁的孩子。埃及的人均 GDP 是 4200 美金，这大概是西方发达国家的十分之一，这个数字仅仅比古巴和叙利亚好了那么一点点。[1] 而埃及能用于保存遗迹的钱也只能是可怜的一点

[1] 本书出版于 2008 年，数据以当时为准。

点。对任何妄图改变埃及现状的人来说，这都是一个不可能的任务。哈瓦斯所希望的改革必须立足于足够的金钱之上——来自外国政府和博物馆的数百万美金的资金援助，以及来自世界各地的游客贡献的数亿美金。哈瓦斯现在所做的就像是想要去咬那只给他喂食的手。他是一个天生的企业家、一个聪明的决策者，他中止了大部分的挖掘工作，并将剩下的挖掘工作量控制在最低限度之内。哈瓦斯在工作时经常是一手拿着他的手机，另一只手则拿着他的办公室电话，用阿拉伯语和英语向人大声地发号施令或是传达金字塔的资料。因为他的工作包括对埃及的学术研究以及为一本手写的阿拉伯巨著写序言。

相对来说，哈瓦斯的生活更为美国化一点。毫无疑问，哈瓦斯喜欢美国并且在这个国家度过了他人生的大部分时间。而欧洲在他的概念里是异常古板的。每天都有一小队埃及军人守卫在他的办公室外，保证他能够正常地工作。他办公室的前厅上写着 "国际组"，里面有一群研究美国艺术史与考古学的年轻女性毕业生，她们每天都精力充沛地工作着。哈瓦斯的助手不断地从两扇门中进进出出：一名金发的巴纳德学院毕业生正拿着一封给哈瓦斯的回信。他的助手中还包括许多埃及女性—— 一人梳着辫子，其他人则带着面纱——她们负责安排下一名约见者进入办公室，递送哈瓦斯签完字的文件，或者被打发去煮咖啡。

埃及是一个在考古学领域埋藏着无数宝藏的国家，作为这个领域的权威，哈瓦斯的办公室却完全不能体现他的身份。埃及文物最高委员会的办公地点位于开罗中心扎马雷克岛的一幢石制建筑里，大厅中陈列着数件用玻璃保护起来的文物。极为怪异的是，这些陈列品中有一件是一座等大的奈芙蒂蒂雕像赝品，看起来就像是在宣告最高委员会没有正品可以用来展示。哈瓦斯的办公室在楼上，那是一个昏暗的木板镶嵌的房间，一切都和其他官员的类似——法鲁克国王[1] 时代风格的大型家具，墙上挂着一些黑

[1] 法鲁克（King Farouk），埃及国王，1937—1952 年间在位。

白照片，以及一张必须挂着的总统穆巴拉克的相片。在这间办公室里没有任何文物，只有文件柜和文件夹，甚至没有他那座由于对新闻界的出色贡献而获得的艾美奖奖杯。这一切都透露出这样一个讯息：这是工作的场所，不是炫耀荣誉的地方。

相对西方的组织特别是政府来说，哈瓦斯的步调实在是太快了。在埃及，他的工作速度简直可以媲美光速。哈瓦斯领导着一个大约 3 万人的部门，但几乎没有一个人合乎他的心意，甚至大部分人不知道如何工作，或者根本没有详细的工作计划。埃及能够变成他希望的那样吗？事实上，哈瓦斯正面临着许多问题，这些问题往往与腐败和人们缺乏工作主动性有关。哈瓦斯说他的工作主要是由一个拥有 85 名训练有素的员工的团队来完成的，但面对这个国家所需要解决的问题，这些人手是远远不够的。而他也很勉强地承认，只靠他一个人的努力是没有办法真正完成那些任务的，他的工作必须倚重于国外的力量，像美国或者欧洲。

“我觉得扎希就像是西西弗斯，”珍妮丝·卡琳说道，她是哈瓦斯的左右手。“他想要在工作中取得突破，虽然那些任务艰巨得让人丧气。”她补充说，“但我有时候会想，如果扎希离开了会发生什么。我很担心这件事。我们所能做的只是训练别人来接管这些工作。”卡琳是一个有着褐色头发的四十多岁迷人女子，作为“国际组”的负责人，她在 2003 年接受哈瓦斯的邀请，以一名考古学家的身份投身于哈瓦斯让埃及崛起的计划中来。她是一个雷厉风行的纽约人。在 1988 年遇见哈瓦斯之前，卡琳是一名歌剧演员，业余时间在宾夕法尼亚博物馆做义工，而哈瓦斯则是一名大学毕业生。那时，她正在黏合从黎凡特出土的陶器，而他则作为巡查员在金字塔的故乡——吉萨工作。“哈瓦斯每天都在电话里冲着别人大喊，之后我们就变成了朋友。”她强调，“他教会了我第一个象形文字”。

卡琳是哈瓦斯的眼睛、耳朵和双手，为他分析状况。她作为秘密武器出现在哈瓦斯的每个项目中——他们两人都希望让卡琳隐藏在幕后，保护她免受那些不希望一个美国人对埃及指手画脚的埃及人的攻击。“埃及人的尊严让他们不允许一个外国人对他们指手画脚，”哈瓦斯解释道，“卡琳的主要工作是整理开罗博物馆藏品的电脑数据库，这是一项异常繁杂的工作。她并没有足够的资金，只能尽可能多地找到笔记本和志愿者。她的薪水是用美国的奖学金支付的。”

不过很显然，卡琳对卡瓦斯企图追回罗塞塔石碑以及其他 4 件艺术品的行为并不感兴趣。“我不认为我们能在这场战争中赢得胜利，”在提到波士顿艺术馆中的雕塑时，她说，“安卡哈夫王子胸像是送给波士顿的礼物，我不觉得他们有任何归还的理由。而唯一的可能归还的是奈芙蒂蒂胸像，但老实说，这些并不让我感兴趣。我唯一感兴趣的是那些从塞加拉被拿走的鸭形雪花石壶。”她在意那些最近从开罗附近的城市塞加拉被偷走的 4 件鸭形艺术品，那是从中王国时期流传下来的古董。其中一件于 2006 年出现在佳士得拍卖行中，而另一件出现在伦敦的鲁伯特 · 沃斯艺术馆中。一位纽约大都会博物馆的专家致电哈瓦斯的团队告诉了他们这个消息。而卡琳也因为圣路易斯博物馆收购了卡 · 奈芙 · 奈芙（ka nefer-nefer）的古代葬仪面具这个消息而感到沮丧，因为他们本来可以防止这件面具失窃，它在 1950 年的产品目录中还有记载（两件鸭形艺术品已经在 2007 年的秋天被追回，但圣路易斯博物馆否认那件面具是失窃的赃物）。威胁着埃及学的是类似的问题，卡琳说道，而并不是奈芙蒂蒂胸像的僵局。“对于这场战争我毫无兴趣，我们正在为《货栈》杂志与博物馆整理收藏品的库存清单。在此之前，我们并不知道究竟少了哪件艺术品。”卡琳列举了埃及所面临的一系列问题：“埃及在很多方面都落后其他国家至少 20 年。馆藏管理是一个新概念，但这方面的工作人员基本都缺少训练，同时他们的薪水低得令人难以置信。”一个博物馆馆长，她说道，每个月挣 300 埃及镑，这大约是 60 美金。新员工甚至只有一半的薪水。“那太离谱了，”卡琳说道，“守卫甚至不知道要去阻止游客爬上遗迹”。

“哈瓦斯希望通过政治与舆论的压力来夺回那 5 件艺术品，”卡琳说道。不仅仅是这样，卡琳甚至怀疑如果法国不将星座石板归还的话，哈瓦斯是否真的会执意断绝和法国的合作。但可以肯定的是，如果圣路易斯博物馆不归还那件失窃的葬仪面具，他们一定会受到惩罚。“以后想都别想。”卡琳说道，她指的是博物馆日后同埃及的合作。

有人喜欢哈瓦斯，有人讨厌他，或者对他又爱又恨。他们担心他的技巧，却不担心他的动机。在他所有的缺点中，腐败——在考古学领域中极为猖獗的问题——并没有在其内。而哈瓦斯不腐败这个事实似乎成为了考古学家与博物馆馆长之间的共识，他们担心的是哈瓦斯急于保护那些收藏品以借此扩大自身的影响力。这就是为什么他们对哈瓦斯又爱又恨。他们很想知道他究竟在玩什么。他们并不能肯定哈瓦斯对西方考古学领域的威胁是不是真的。而根据卡琳对他的评述，在埃及学家中，关于哈瓦斯这种吸引眼球的行为是否适合埃及这个没有时间也没有资源的国家的争论正在升级，因为对于埃及国内的那些艺术品来说，还有许多复杂的工作要处理。

“一周中我们有 4 天过得还不错，另外 3 天则想要掐死对方。”肯特·维克斯说道，他是一个在卢克索工作了超过 40 年的美国考古学家。“我并不觉得收回那些艺术品有那样的重要性。”维克斯著有十数本埃及学著作，现在正为限制帝王谷的游客人数而努力。帝王谷是一个从卢克索开始的山脉群，那里埋葬着许多法老，每年都有上百万的游客去观光。“我认为哈瓦斯的归还要求是一种公关手段，我会很欣赏这一点。但如果他真的想拿回那些艺术品，我看不到任何希望。”

维克斯比任何人都了解哈瓦斯不断制造话题的原因，以及他不断将公众视野吸引到日渐恶化的收藏品状况中来的理由。污染对埃及各地的遗迹都有很大的影响，尤其是狮身人面像和金字塔，此外游客也会破坏帝王谷中的遗迹。“哈瓦斯在尝试，”维克斯说道，“当利用更巧妙的手段就可以达成目的的时候，哈瓦斯还是用简单粗暴的手段来解决问题。他是一个彻头彻尾的表演者，关于取回那些艺术品所做的一切都是基于作秀这个目的。然而从另一个层面来讲，这也帮他更好地控制了那些埃及的艺术品，让他得以告诉现在的埃及人，他们祖先的遗产是什么样的。那真的很棒。”换句话说，哈瓦斯的夺还战争并不是为了艺术品本身，而主要是为了让埃及人对祖先的艺术品有更多的认同感。要知道，哈瓦斯并不想要颠覆卢浮宫。

贝茨·布莱恩是来自约翰·霍普金斯大学的一名考古学家，也是哈瓦斯的朋友，她并不认同维克斯的观点。“哈瓦斯知道自己在做什么以及这么做的理由。这是最根本的核心。”她说，“哈瓦斯知道，提升现代埃及的形象必须借由控制本国的艺术品来达到。”对她来说，哈瓦斯一针见血地指出了西方世界在过去所犯下的罪。埃及忍受着西方世界入侵所带来的伤痛，那些人在 19 世纪侵略了这个国家，任意地拿走里面的物品，就好像埃及是他们的后花园。“如果我处在哈瓦斯这个位置，我也会做一样的事情，”她说道，“这是一个极为有效的策略。他让人们知道 19 世纪的民族冲突到底造成了什么样的后果。那导致了西方巨型博物馆的出现。当你旅行到丹德拉神庙，你会看见那里少了一块巨大的天花板。而在赛特神庙，一整面墙都消失了。我的意思是，那很奇怪，甚至是很反常的。欧洲列强在侵略战争中拿走的都是最巨大最显眼的东西，所以你很难不注意到它们。而哈瓦斯让民众意识到这种缺失的古怪。我很赞同这样一个观点：当你让别人觉得羞愧了，他们才会停止那些错误的行为。”

但哈瓦斯的行为总是自相矛盾。从某个层面上来说，他承认了对于那 5 件极具象征意义的文物的追讨行为是一场秀。在与哈瓦斯共进晚餐之后，贝茨沉思道：“我不认为罗塞塔石碑有那么重要。”她指出，在开罗博物馆还有另外 3 件石碑有着同样的重要性。哈瓦斯回应道：“我同意你的说法，但它们并不具有代表性。”

对大多数人来说，可能很难准确地描述哈瓦斯，对于他的追讨行为则更难以概括。对一个对手来讲，哈瓦斯极其危险：他负责发掘许可证的分配，同时也控制着埃及博物馆艺术品的进出。人们害怕他，特别对于盖瑞·斯科特来说尤其如此，盖瑞是美国埃及学研究中心（以下简称 ARCE）的负责人。“我并没有提出意见的资格，”在提到哈瓦斯的归还要求时，他说道，“为了我们的顾客，能得到在埃及发掘的许可证对我们来说至关重要。”ARCE

是由许多博物馆与大学联合而成的非营利组织，包括大都会艺术博物馆、布鲁克林博物馆、波士顿美术馆、洛杉矶市立艺术馆以及芝加哥大学、宾夕法尼亚大学、密歇根大学等。这个组织代表许多学者和博物馆长向哈瓦斯申请挖掘许可证，他们甚至还输送了大量的资金与专家以帮助埃及保护遗迹。

还有另一个因素让哈瓦斯不断做那些吸引公众眼球的事。他在公众心中的形象一直是一个让人欲哭无泪的考古学家，这一点意外地让他十分开心。从这方面来讲，他无法抗拒让埃及像意大利一样，可以在国内起诉国外的组织，并得以取回那些被非法运出埃及的文物。他不在意埃及法制不够透明；也不在乎埃及的法律体系不够健全；更不去理会国际特赦组织关于诉讼问题的报告。因为对哈瓦斯来说，效仿意大利实在是太棒了。爱德·约翰逊是一个洛杉矶的律师，并且是一个业余的考古学家，他为了在新埃及法律中添加进这样的诉讼程序而努力（在旧的法案中，起诉不在埃及的人是不被允许的）。对他来说，埃及无法完全保护自己本国的文物与埃及希望起诉国外的收藏者之间是不矛盾的。“如果我能更安全地保护某些东西，那是不是意味着我就有权力从你手中偷走那些东西呢？”他不耐烦地说道，“我对那些不在我手里的东西不放心。”约翰逊渴望在这件事上取得进展。他和哈瓦斯面前的第一个目标是圣路易斯博物馆，以及几名参与发掘《犹大之书》的收藏者。《犹大之书》是一本在 2006 年被成功破译的基督教典籍，但它的来源却极为可疑。

在我和哈瓦斯会面的那天晚上，他去了与吉萨的四季酒店在同一条街的法国大使馆——尽管卢浮宫是法国的博物馆，法国政府依然决定授予哈瓦斯极高的荣誉。在一段简短的祝词与表彰仪式之后，哈瓦斯散步到那些尊贵的官员之中。他别着一枚象牙白色的奖章，配着一条显眼的缎带。“他毫无疑问是很有魅力的，”当哈瓦斯在接受媒体采访时，令人敬佩的法国大使菲利普·考斯特这样评论道，“他是法国的伙伴。”好吧，只是有些时候是这样的。那么法国大使对于哈瓦斯威胁卢浮宫的事又是怎么看的呢？大使的回答很官方："这个问题是由于我们两国国力与经济实力的差异造成的。"他说。"如果我们有平等的国际地位，那将不存在有这样的问题。"但就像许多人一样，考斯特并不能肯定哈瓦斯的威胁是真的，还是说他只是在玩一个游戏。"当然也可能介于两者之间，"当提及这个问题时他这样说道。在一名摄影师要求拍下大使和其他外交官员的合影时，哈瓦斯看见我站在边上。"好吧，别管星座石板了。"他看着胸前的奖章打趣道，就好像他在戏弄法国一般。

亚历克斯·索伦蒂诺是法国大使馆的专员，他公开对哈瓦斯的工作态度表示钦佩。"每个人都不喜欢他，"当服务生送来小饼干和香槟时他这样说道，"他们害怕他，他就像教父一样。哈瓦斯让自己看起来像是一座山一样，他绝不会妥协的。他有说好，或者不好，或者滚开的权力。"索伦蒂诺曾去过南非、以色列和埃及的各个地区，并且见到过一两个国外的评论员。他们说："我们很确信哈瓦斯不会出售古董……他是为数不多的诚实的人。他在考古学方面很在行。同样，他也很擅长处理政治上的事情。"

之后，大使馆的工作人员带着我游览了一番，这里有一座建于 1937 年的伊斯兰风格的巨大宫殿，而它的内部则是奥斯曼时期的风格——奥斯曼时期的建筑业已存世不多，其中大多数都消失在埃及的现代化进程之中。这座宫殿的穹顶有 20 英尺[1] 高，并布满了精细的木刻纹路；墙面则是用大理石镶嵌工艺制成，这大约是 15 至 16 世纪的工艺。但最令人惊奇的是它的大门，那是两扇用精细的雕刻和浇铸工艺制成的巨大铜门，大概是 13 世纪的作品。扎希·哈瓦斯同样希望法国放弃这座宫殿，他对我说，他将把这座宫殿放进开罗的伊斯兰博物馆。

然而，这些都不足以将哈瓦斯定义成一个沽名钓誉之徒。他对自己的时间、所处的位置与自身的社会关系都有很好的把握。他的确有理由担心埃及的古代遗迹是否能够被保存下来。他渴望将埃及拽出泥潭，让埃及人能够意识到过去的法老文明是如何的伟大。与此同时，他也希望能够让西方

[1] 约 6 米。

国家感到羞愧，至少，为他们当年劫掠埃及与其他国家和地区文物的行为道歉。而在西方世界他也有许多朋友愿意帮助他。

从这个角度看来，哈瓦斯简单粗暴的手段是保护埃及文明和遗迹的一种策略。他的姿势、手势和他的愤怒并不仅仅是为了自己的目的而已，那同样是为了能够让埃及人团结起来、共同要求归还那些文化遗产。在这个问题上，哈瓦斯有能力将之作为杠杆，让埃及人从他们对自身文化遗产的冷漠中挣脱出来。任何一个民族都需要一个动机才能改变，哈瓦斯本能地知道，将矛头指向那些“巨大而邪恶”的西方国家是激发埃及人民热情最快最好的办法。“在他的外表之下藏着一颗对民众充满期待的心，他希望埃及人——尤其是在国内的埃及人能够对自己的文物充满热情。”珍妮丝·卡琳说道。如果缺少了那种热情，即使有联合国教科文组织，即使有再多的国外研究所、资金或者考古学家的援助，埃及都不可能完好地保护他们的古代财富。“如果以后的埃及人不再将那些文物当成祖先的文化遗产，那么我们将会彻底失去它们。”ARCE 的盖瑞·斯科特说道。说这句话的时候，斯科特正坐在卢克索的喜来登酒店里望着尼罗河，那里正停泊着几艘巨大的游轮。对欧洲游客来说，上埃及日渐成为一处旅游胜地，只要花费 300 欧元就能带上行李环游埃及。如果愿意交一笔不菲的费用，你甚至能够进入遗迹的地下。埃及计划吸引更多的游客，赶走卢克索的小商人和居民以便给游客腾出更多的空间。这个计划让许多考古学家忧心忡忡。“过多的游客是一种威胁，”斯科特继续说，“他们终将破坏所有的遗迹。所有埃及人都应该明白，那些遗迹是独一无二的。”

换句话说，遗迹的意义并不仅仅是一张张游客的门票。然而，即使不断地宣传这一点，埃及人始终不曾重视，甚至不曾了解过去的法老文明。哈瓦斯 31 岁的儿子谢里夫也这样说：“只有很少一部分的人对文物感兴趣。对普通的埃及人来讲，这并没有什么大不了的。”事实上，古埃及并不算是当今埃及不可分割的一部分。当今的阿拉伯人几乎都不认得象形文字。传统的伊斯兰教教义否定了法老文明的多神论，而阿拉伯人现在的穿衣风格也与壁画或者雕塑上那种显露身材的缠腰布风格大相径庭。有一些人认为现代埃及人的祖先是阿拉伯人，而不是生活在这片土地上的古埃及人。然而这个问题根本没有探究的意义，因为一直以来，埃及官方都宣称那些生活在这片土地上、在现已成为遗迹的建筑中活动的古埃及人就是他们的祖先。事实上，埃及人的祖先究竟是谁其实并不重要，真正的问题是埃及文化传承中的断层。在埃及，到处都是充当导游的当地女性，她们中的大部分人都用头巾从头至脚地遮住全身，这与古代埃及女性如诗般美丽而暴露的服装形成了鲜明的对比，这是对埃及文化断层的一个最好的诠释。

一些受过良好教育的埃及人能够懂得哈瓦斯的意图，但他们希望哈瓦斯能够首先解决埃及国内的问题，而不是试着与西方世界斗争。“让我们首先从保护所拥有的东西开始吧！”艾哈迈德 · 白德尔这么说道，他是埃及最好的旅游公司——乐趣旅游集团（Abercrombie & Kent）的组织者。“他们在金字塔边上设立了一个保安处，你看见了吗？看上去就像两个纸板箱和几根木条。为什么他们不能弄点好看些的东西出来？还有去金字塔的路，为什么我们不能修一条能让两辆公共汽车同时通过的路呢？这事儿真是可笑。”白德尔的妻子阿扎是谷歌埃及的公共关系执行长，她和白德尔都很厌恶哈瓦斯自我夸大式的媒体报道。“我从没去过柏林博物馆，但我看过他们摆出来展览的奈芙蒂蒂胸像的照片，”白德尔说道，“它在一个巨大的展览厅里，那是独属于这尊胸像的房间，还有很漂亮的灯光打在上面。当你去那里的时候，你会感觉到法老王朝的伟大。你有没有去过开罗博物馆？那玩意儿本身就该进博物馆了。”

但是谴责西方的的确确增强了埃及人保护本国文物的欲望。哈瓦斯致力于唤起埃及人对所有权的觉悟。就和他在西方电视节目中所表现的激情一样，哈瓦斯在埃及电视节目中所报道的发现以及对西方的谴责也同样令人窒息。他在《阿尔 · 阿巴姆报》（*Al-Ahram*）上花一个星期的时间做了一个专题栏目，呼吁人们关注埃及的文化——栏目内容是为了抵制文物流失，完善法律条文可以限制文物走私，同时阐述了为什么索回罗塞塔石碑对埃及来讲有着极其重要的意义。“有孩子曾经问我：‘你为什么偷了罗塞塔石碑？’”英国的文化继承研究方面的专家奈杰尔·哈瑟林顿这样说道，他目前正与肯特·维克斯一起致力于帝王谷的整顿。哈瑟林顿同意孩子的想法，而且不只是罗塞塔石碑，他还希望能看见保存在大英博物馆的狮身人面像胡子碎片以及保存在约翰·索恩爵士博物馆的塞提一世棺椁的回归。

公众对于失落的埃及文物的了解大部分来自于哈瓦斯的电视节目，在节目里他详细地讲述了埃及的历史故事。在哈瓦斯任职于埃及古文物最高委员会期间，申请就读开罗大学考古学系的学生数量极为庞大，在此之前，这个学科是极为冷门的。在我的埃及之行中，我见到了数名年轻有活力的考古学研究者，他们为 SCA 工作，都是刚刚从国内的考古学专业毕业的，英文也很好，是他们所研究的领域的专家。这些年轻人将哈瓦斯当成偶像与导师，而哈瓦斯也很乐意使唤他们——事实上，哈瓦斯真的非常需要这些年轻人来将他的理念与热情传递给大多数埃及人。那些学生很担心哈瓦斯在 2010 年卸任之后的状况。[1] 有一名年轻的考古学家告诉我，哈瓦斯卸任之后他会继续回去做导游，这样也好过应付那些官僚主义者的管理。

发生于 2006 年夏天的一件事让埃及人和他们的法老文明靠得很近。当时，哈瓦斯计划将一尊拉美西斯二世的雕像从市中心的开罗车站运走。这座城市的污染问题差点让这尊有 3000 年历史、125 吨重的雕像面目全非，因而哈瓦斯决定将这尊雕像沿着金字塔群运到 10 英里 [2] 之外，远离开罗。运送这尊雕像是一项浩大而精细的工程。他们在雕像周围建造了一个特制的笼子来运送它，他们将这座雕像竖直摆在平板卡车上。在运送的途中，周围站满了考古学家以及 1500 名武装士兵。整个过程很顺利。而运送的整晚，上万名开罗市民站在路的两旁等着雕像通过，他们就像那尊被完美保护的拉美西斯二世雕像一样沉默地站着，等待去往一个新的未来。

[1] 扎希·哈瓦斯于 2011 年卸任。

[2] 约 16 千米。

发现罗塞塔石碑

法国人是真正的伊斯兰教徒。

——拿破仑·波拿巴，1798

1799 年 7 月 15 日，埃及罗塞塔镇，一名法国士兵正在为一座要塞挖掘地基。

正是在这一年，30 岁的法国将军，拿破仑·波拿巴与他的军队踏上了埃及的土地，试图把埃及人从奥斯曼土耳其帝国军队——马木留克[1] 的残酷统治下“解放”出来。也正是 1799 年，拿破仑在开罗的郊外击败了马木留克军队，史称金字塔战役。在一个月之前，拿破仑正准备抛弃他的军队以避开英军的封锁，只身逃回法国。

罗塞塔小镇距离亚历山大城大约 40 英里[2]，正对着尼罗河的东入海口，这条河在经过 4000 英里蜿蜒水路之后从这里汇入地中海。当天的天气酷热难耐，作为占领者远征他国的法国人已经筋疲力尽了，他们必须面对当地居民的厌恶、饥饿、干渴以及缺乏女人的窘境。拿破仑不近人情地将士兵

[1] 马木留克（Mamluks），9—16 世纪间为阿拉伯哈里发和阿尤布王朝苏丹服务的奴隶兵。后来，逐渐成为强大的军事统治集团，统治埃及 300 年之久。

[2] 约 64 千米。

们的妻子与情妇都留在了后方。

在这场战斗中法军的推进速度很快，他们在几年前就占领了亚历山大城，在这之后，拿破仑率领他的军队扑向了达米埃塔和罗塞塔。他的军队刚刚从叙利亚境内与土耳其人的大战中恢复过来，拿破仑便立刻率军长驱直入。他渴望更多的胜利，也希望能借此对抗英国。与此同时，他的长官雅克·梅努希望军队能去支援海滨的城镇，于是命令自己的士兵修复位于罗塞塔镇边缘的罗塞塔要塞。梅努的士兵在烈日下正在试图用铁锹推倒一面土墙，周围都是孩子们和山羊，一些游民坐在要塞的背阳面看着他们。这时，军官皮埃尔－弗朗科斯·布夏在一堆被太阳烤得火热的碎石头下面发现了一些东西：一块暗灰色的坚硬石头，由石英、长石、云母构成，上面还有些粉红色的精致纹路。

这就是罗塞塔石碑。

这块石碑大约有47英尺高、32英尺宽，重达1680磅[1]，上面用3种不同的文字写着些什么。布夏对古希腊有些了解，他也认识其中的两种文字。由于另一种神秘的象形文字总是能在这个国家的古代建筑上发现，这两种文字大概是翻译。他立刻察觉了这个发现的重要性：这是一把通往古代文明的钥匙，一个可以被解开的密码。这块石头立刻被送往了法国的学者（savant）手中，他们跟随拿破仑来到埃及并且建立了埃及研究所（de l' Egypte），这个机构的成立就是为了研究那些在侵略中的发现。学者也察觉了这块石碑的重要性。

回到公元前196年，当时，罗塞塔石碑是在罗马与迦太基之间的布匿战争时期铸造的，那时候正是希腊人的后代——法老托勒密统治埃及的时期。这块石碑类似于一块纪念碑，是一群祭司在托勒密五世的加冕周年庆祝时雕刻的一段法令。这段法令废除了神庙和祭祀的一部分税款以及徭役，并且用3种不同的文字书写：希腊文（托勒密王朝的官方语言），以及另外两

[1] 罗塞塔石碑约高14米、宽9米，重762千克。

罗塞塔石碑局部图

种古埃及使用的文字——象形文字与一种通俗的草书体文字。那些学者当然能看懂希腊文。

这些文字用一段赞颂统治者的话作为开场：

> 伟大君王的统治，王位与荣耀的主宰，埃及的守护神，神虔诚的伺奉者，所向披靡之人，人民的引导者，如赫淮斯托斯般统治埃及达三十年的王，上下埃及的君主，神的孩子，天选之人，宙斯之光，太阳神之子，永恒的托勒密，卜塔的宠爱……

这块石碑上的40行象形文字，一半是用来赞美神与君主的，一半则是用来祈求埃及神明的指引。

拿破仑·波拿巴认为自己是法国当代的法老（同时也是当代的凯撒大帝和亚历山大大帝），他和他的军队来到埃及并不仅仅是为了从马木留克手中“拯救”埃及人民，同时也是为了挑衅法国的大敌英国。拿破仑已经用一场辉煌的胜利取得了意大利北部的统治权，现在他的目标是找到大英帝国的软肋。英国强大的海上实力让他们称霸了整个大洋。尽管当时埃及掌握在奥斯曼土耳其的马木留克手中，但作为去往印度的必由之路的埃及依然处于英国的势力范围之内。在法国工业革命的初期，拿破仑这位刚毅果敢的将军告诉他的君王，他必将用征服埃及来夺回法兰西的荣耀。“我们必须看到这一点的重要性，这一天已经不远了，我们必将通过统治埃及来毁灭英格兰。”他这样写信给在大革命之后统治法国的五人委员会。“整个欧洲不过是个鼹鼠丘，”他写道，“我们必须向东方前进，所有我们需要的荣耀都能在那里找到。”只有很少的欧洲人敢于去埃及这块梦想之地冒险，拿破仑希望复制马其顿征服者亚历山大大帝的丰功伟业，因而他贪婪地阅读那些关于埃及风貌的文献，比如阿贝·雷纳神父的游记，来为自己将来的胜利作准备。

拿破仑同样极为渴望向埃及输出大革命的理念——自由、平等、友爱——虽然这些理念最终会被欧洲人的骄傲和那些战利品扭曲。埃及在少数奥斯曼土耳其腐败官员的统治下度过了最近的500年，这种统治是通过专业的战争机器马木留克来保证的。他们主宰着那些穷人和文盲，或者说农民。法国政府的决议通过了波拿巴的建议：在他们看来，作为世界上最先进的社会形式，他们有义务去“解放”埃及人，当然也应该从这个文明古国带回一些战利品。拿破仑将他自己独特的方法应用到埃及战争上，他分发了许多传单，上面写着一些赞同伊斯兰理念的话，这是一种18世纪的魅力：

> 埃及的人民啊，我知道那些统治者告诉你们法国人是为了来毁灭你们的信仰的，绝对不要相信他们！这太荒谬了——无论你们相不相信我。告诉那些骗子，让他们收回施加在穷苦民众头上的残暴统治，法国人信仰上帝，同样也尊敬法老王和《古兰经》。
>
> 在上帝眼中所有人都是平等的。请明白，是天才和优秀科学技术让人与人之间有了一点点差别。而你们的统治者却没有这两种特质中的任何一种，他们怎么有资格来统治这个国家？法国人才是真正的伊斯兰教徒。

这份声明警告了所有抵抗拿破仑军队的城市都会被夷为平地。拿破仑还有一个特点，他的远征军有 3.8 万人，包括步兵团、骑兵团、火炮手、炮兵团和向导，另外还有 300 名女人煮饭和洗衣。这位将军还带来了科学家：超过 167 名不同领域的学者专家，包括画家、工程师、地理学家、植物学家、数学家和历史学家。其中有多米尼克 · 维万 · 德农，他是一名雕刻家、画家、作家，他也将成为第一名考古学家，同时还是设立卢浮宫的倡议者；还有尼古拉斯 · 雅克 · 孔蒂，一名气球驾驶员；多米尼克 – 让 · 拉瑞男爵和科斯塔 · 德热纳泰，两名医生；诗人弗朗西斯 · 帕舍法尔 – 格朗麦松；化学家 C. L. 贝舍莱特；动物学家艾蒂安 · 若弗鲁瓦 · 圣希莱尔。他们都会跟随拿破仑和他的军队深入战场记录一切，甚至不惜暴露在战火之下（那些负责保护这些人的士兵有时候会在小规模的冲突中大喊“我们当中有驴子和学者”）。感谢这些学者——也感谢拿破仑决定带上了他们——让我们可以身临其境地看见当时的埃及，这是对古埃及最早的记录，也为埃及学的萌芽创造了条件。虽然拿破仑在埃及战场的失利是一个极大的讽刺，但就像一名学者所记录的，他的学术目标“极大地成功了，并且讽刺的是，这种成功持续影响了整整一个世纪……在被震惊的欧洲人面前展现了一幅华丽的异国画卷”。

波拿巴和他的舰队在 1798 年离开法国，他们避开了英国海军统帅霍雷肖 · 纳尔逊控制的马耳他群岛，并在阿布基尔登陆埃及。之后，拿破仑没有让他的军队进行休整就直奔亚历山大城而去。他的军队到达亚历山大城的郊外，在可以看见庞贝神柱的地方开始建造要塞。之后，在极为干渴的状况下，拿破仑的军队在几个小时之内就粉碎了亚历山大城的防御工事。他们几乎没有遇到什么抵抗就到了杜姆亚特，并在 7 月 8 日得到了罗塞塔石碑。令人吃惊的是，马木留克此时才想到要在埃及布防，抵御从南面而来的攻击。在著名的金字塔战役中（这场战役在那幅著名的油画 [1] 中有记载），4000 名左右的马木留克，头戴飞翼战盔，身后跟随着 1.5 万名农民，要在他

[1] Francois-Louis-Joseph WaHeau 的同名油画。

们的沙漠主场对抗 2.5 万名现代化的法国士兵。他们的领导者易卜拉欣·贝试图用这样的恫吓来募集兵员："那些将要攻击你们的法国人的手指甲有一只脚那么长，他们有巨大的嘴巴和会发光的眼睛。他们是地狱的恶鬼，他们在战场上都是用铁链拴在一起的。"拿破仑此时正凝视着狮身人面像，他站在历史的道标上，吼出了那句著名的话："向前！士兵们，4000 年的历史注视着你们。"这场战争完全是一面倒的屠杀，法国人终结了马木留克在埃及的统治。

但拿破仑的胜利是如此的短暂。当这个科西嘉人还沉浸在开罗的大捷中时，他的英国老对手，海军少将霍雷肖·纳尔逊——他瞎了一只眼，没有手臂，是个保皇党人，英国的民族英雄——正准备给毫无防备的拿破仑狠狠一击。10 天之后，也就是 1798 年 8 月 1 日，纳尔逊驶入阿布基尔港轻易地将法国的军队拦腰截断。法国陆军在一英里[1]之外的陆地上，而他们的海军则被纳尔逊的海军逼离海港。之后，纳尔逊迅速地摧毁了整支法国舰队。回国后，纳尔逊因为尼罗河战役被封为了男爵。

在后路被切断之后，拿破仑统帅他的军队在埃及转战长达两年之久。占领埃及并没有想象中那么容易，因而拿破仑必须想办法带领他的军队在这块土地上以战养战，就像他在意大利做的一样。但是在这里，土地实在是太贫瘠了。在这块干旱荒凉的土地上，他们唯一的口粮是饼干，没有办法找到谷仓，也没有办法制造面包，村庄里的水井都被愤怒的贝都因人填上了。天气是那样炎热，士兵开始出现幻觉。上百名法国士兵死于饥饿、干渴、疟疾、中暑和疲劳。拿破仑尝试着让他的军队适应埃及的环境，但他失败了。当地的居民对他们将法国的三色旗插在清真寺的尖塔顶上的行为极为愤怒，而且他们也不需要法国人赠送的三色缎带和帽子。那些居民很早就发现拿破仑的军队根本不会接受伊斯兰教，因为他们不行割礼也不禁酒。

[1] 约 1.6 千米。

尽管一切都不顺利，但那些学者的研究却极为成功。埃及研究所在1798年10月建立，包括数学、物理、政治经济学以及文学与艺术等学术方向。基本上，研究所的成员每个星期集会一次，而拿破仑也经常会参加。他们的任务是为埃及传输先进的技术以及“协助埃及政府解决部分问题”——作为智囊团控制卡西姆·贝的政府。这些学者带来的好处包括指导政府进行行政管理，减少腐败。这个国家的政治体制复制了法国的政治体制，区别只是它是由本地的望族进行管理，这种政治体制在埃及一直延续到如今。学者们在亚历山大城、开罗以及其他的一些地方设立了医院用于治疗患者与研究当地的疾病。而当疾病流行时，他们还临时发布卫生条例以及设立隔离所。他们还在开罗沿街每30码[1]就安装一座街灯并且建有定点垃圾站。

然而那些学者最光辉灿烂的成就是关于古埃及的发现。在发掘了一个又一个的遗迹之后，他们被彻底地震撼了。这些景象——大金字塔、狮身人面像、菲莱神庙、卡纳克神庙以及卢克索——游离于欧洲人的视线之外已达几个世纪之久。那些古埃及的独特建筑以及遗迹在法国的士兵和学者眼中是那样令人惊奇。来到遗迹中的人所见到的壮丽奇美的景象不是照片所能代替的。

51岁的维万·德农在战斗中也一直跟随着军队，一路画下他所见到的一切。当他见到卢克索北部的丹德拉神庙时，他写道：“我带着我的铅笔，穿过一处处的遗迹，我的注意力一次次地被其他的遗迹转移……我为我竟然用如此低劣的画技来描绘那些壮丽的景致而感到羞愧。”那些士兵一开始时总是嘲弄德农，到最后他们也一同帮助德农发现古埃及的美丽。“让我受宠若惊的是，这些士兵给了我一张桌子，而他们用身体为我挡住阳光。”当德农画下位于古埃及首都卢克索的卡纳克神庙时这么写道。这些学者们所画下的图片最后装订成册，出版了一套名为《描绘埃及》的系列丛书，这套

[1] 约27米。

书是由政府出资以展现被学者们记录下来的埃及的奇迹，共由 23 本巨大的分册组成。《描绘埃及》花费数年时间才真正完成，它的出版也并非一气呵成，而是时断时续。但它是出版界当之无愧的伟大壮举，其中有 11 本关于雕刻艺术品的书册，每一本都足有 3.5 英尺高、2.4 英尺厚[1]，需要两个人合力才抬得动。最重要的是，那些法国学者发现的雕刻艺术品的图片都是有上色的，仿佛在讲述当时他们如何被这些艺术品所震撼。由加斯帕德 – 安东尼 · 坎贝尔所绘的丹德拉神庙原画是一张美丽的铅笔素描，上面的象形文字与雕刻品都清晰可见，赋予了那些艺术品无限的遐想——女性有着精致的头饰，男性裹在极有质感的长袍中，艺术家们让我们看见了埃及的华美与壮丽。学者米歇尔 – 昂热 · 朗科雷被他在菲莱岛上见到的一切所震撼："我的心中满是兴奋、喜悦与不可置信，我正站在这个世界上最雄奇的地方。置身于这块神话中才存在的土地上，我就仿佛看见了儿时不断背诵的那些想象中的伟大奇迹。"

关于其他遗迹，学者们还画下了倒下的拉美西斯二世巨像——拉美西斯二世的希腊名字奥西曼提斯或许更为人所熟知。这尊花岗岩巨像建成于公元前 1250 年，这也是埃及曾修建的最巨大的雕像，它足足有 52.5 英尺[2] 高。在画家安德烈 · 迪泰特的画里，这尊巨像的头颅落在它的右边，一些小石柱和小雕像立在拉美西斯二世的祭庙中。这幅图像似乎影响了英国伟大诗人珀西 · 雪莱 1819 年的诗作《奥西曼提斯》：

客自海外归，曾见沙漠古国，
有石像半毁，唯余巨腿，
蹲立沙漠间。像头旁落，
半遭沙埋，但人面依然可畏，

[1] 约高 1 米、厚 0.7 米。
[2] 约 16 米。

那冷笑，那发号施令的高傲，
足见雕匠看透了主人的内心，
才把那石头刻得神情唯肖，
而刻像的手和像主的心，
早成灰烬。

雪莱从未去过埃及，但感谢学者，让他可以感受到那些，就好像他也去过埃及一般。

拿破仑的战果和那些图片被学者们护送回国，并在欧洲掀起了一阵热潮。这位常胜将军所带回来的战利品紧紧抓住欧洲人的眼球，其中就包括后来的图坦卡门狂热——20 世纪 70 年代，这个少年国王的专项展览在美国展出时立刻吸引了那里的人。1802 年，维万 · 德农出版了一本名叫《与拿破仑将军战斗的上下埃及》的书，这是一部两册的畅销书，囊括了一些雕刻的图片，并被翻译成英文和德文再版了 40 余次。在法国，考古学家开始建造棕榈树一样高的石柱、方尖碑和狮身人面像。各地的女装风格都开始采用埃及肖像式的服饰作为流行风尚，还使用一些例如鳄鱼的饰品。塞夫勒的陶瓷厂开始制作埃及风格的墨水瓶，以及一些以埃及为主题的小饰品——例如象形文字、狮身人面像以及狮子，结果拿破仑也向那些陶瓷厂下订单为他的皇后约瑟芬添置了一套埃及茶具。而约瑟芬则在她自己的居所马勒梅松城堡放置了一具木乃伊。当时，连英国也沉迷于埃及风格，韦奇伍德就生产了一批饰有象形文字和法老图案的陶瓷产品。英国甚至在皮卡迪利广场上兴建了一座埃及纪念馆。家具设计师设计了一种船型的沙发，底座是由鳄鱼爪制成的。整个欧洲的建筑师都开始建造埃及主题的图书馆、大门、桥、坟墓和花园。安特卫普的动物园甚至为鸵鸟修建了一座埃及神庙。

毫不意外，罗塞塔石碑的第一幅图像正是由这些学者中的一员阿利埃 · 拉弗诺 – 德利勒描绘的。那是一张用希腊文仔细描摹的图片，在图片的右下角，是一块石碑整体的缩微图（见第 33 页）。在《描绘埃及》一书

倒地的拉美西斯二世像

中有 3 张类似的图片。但罗塞塔石碑没有在法国人手中保留太久。这件艺术品出土的两年后，也就是 1801 年，法国军队向英国投降了。停战协议中规定学者们所发现的任何物品都要上交给英国，尽管法国人根本不想放弃这块石碑。事实上，梅努将军——他变成了伊斯兰教徒——还声称罗塞塔石碑是他的个人财产。学者们甚至计划着要摧毁那些艺术品。艾蒂安 · 乔弗瓦 · 圣 · 黑莱尔威胁说宁可摧毁他找到的艺术品也不愿将它们交给英国人。“如果没有我们的话，这些艺术品就是一种失落的文明，你们和你们的科学家都不明白那是什么。”他告诉一名英国外交官，“如果这项不公正而邪恶的协议最终被通过，我们会立即毁坏我们的财产。也许是肢解那些艺术品，并将它们扔进利比亚的沙漠里或者海里。只有我们自己才有资格毁掉自己的财富。”

他的话当然太夸张了，最后约翰 · 哈钦森将军终于同意那些学者带走自己的收藏品，包括他们的画册以及一些重要的发现和完整的《描绘埃及》

手稿。但其中并不包括罗塞塔石碑。对于这点，梅努将军最终也屈服了。“你可以带走它，”他写道，“谁让你是我们两个当中强势的那一个呢？”当然，没有人关心埃及人对这件事是什么看法。他们约定时间交出罗塞塔石碑，在1802年这块石碑被送到了伦敦的大英博物馆，也被永远地封存在那里。法国人制作了这块石碑的蜡质拓片，英国人允许他们将这些拓片带回国。而这些拓片在这之后的20年里也成为了解开象形文字之谜的钥匙，它们一直静静地诉说着欧洲入侵者在埃及遇到的祝福与诅咒。

毫无疑问，如果没有法国，不会有埃及学出现。或者说，如果没有让·弗朗索瓦·商博良这位古怪而聪明、又有社交恐惧症的学者花费20年的时间研究象形文字，我们将无法看到古埃及人的风貌。我们所有人都欠他一份感激，尤其是埃及人。流传了3000年之久，象形文字在拿破仑入侵埃及时已经消失超过1400年了。即使在古罗马时代，也只有一小部分祭司能看懂象形文字。2世纪，古罗马的哈德良皇帝将之称作“已死的语言”。关于使用这种文字的记载最后一次出现是在394年。之后，它就彻底消失了。文艺复兴时期曾有学者想要复原这种文字，但他们失败了。

商博良在1790年出生于法国中部的小镇菲雅克。年轻时代的商博良是一个博学多才的人，当时的法国只有很少的老师，所以他必须依靠自学。由于还处于革命结束后的恐怖统治时期，当时的社会思想体系——公共道德正日渐崩坏，人们不仅谴责自由论者和无神论者，同样也开始迫害神职人员与教育家。断头台上四溢的都是数学家、化学家和哲学家的鲜血。革命领袖开始着手改造教育家，向他们灌输革命的理念。教师的数量大大减少了，而与此同时，年幼的让·弗朗索瓦·商博良已经到了上学的年纪，却没有老师能够教他。

商博良的父亲是一名书商，家里堆满了书。他从一家被暴徒彻底洗劫了的修道院中救出了一名修士。作为报答，这名修士秘密地给商博良和他的哥哥雅克上课。他给商博良讲述古代的故事，包括《圣经》中邪恶的巴比伦国王伯沙撒的故事——伯沙撒用他父亲尼布甲尼撒二世从希伯来神殿

让·弗朗索瓦·商博良

掠夺的圣器大开宴会。故事中的宴会里突然出现了一双手，并在会场的墙上写下“Mene，mene，tekel，upharsin”。一名叫做丹尼尔的希伯来男孩被带进来翻译这些神秘的文字，他说：“你的国已经被放在天平上称过了，它不值得存在。”在之后的几年里让·弗朗索瓦一直梦见这个故事，但在梦中，是他翻译了这段话。虽然没上过学，但他的身边都是书，商博良只能自学。想象力让他飞到了古代，哥哥雅克也为他讲述奥林匹克运动会的故事。

雅克有着超群的记忆力和专注度，他学习了许多古代的知识，不过最后他却在服装店中谋生。雅克自学了希腊文、拉丁文和希伯来文，也同样把这些教给了他的弟弟，并且用希腊语给弟弟讲故事。但他弟弟可是让·弗朗索瓦·商博良啊，他是真正的语言学天才，商博良很轻易地就掌握了那些哥哥要花大力气才能学会的语言。于是雅克决定资助商博良去格勒诺布尔上学，在那里十几岁的商博良学会的语言多到令人发指：包括希伯来文、阿拉伯文、迦勒底文、拉丁文和希腊文。20 岁的那年，商博良能够流利地使用十几种语言，包括科普特语、梵语、古叙利亚语以及波斯语。但是商博良却渴望能够学会象形文字，这种神秘的语言包含了太多令人惊奇的神秘故事。格勒诺布尔的行政长官访问了商博良的学校，他被这个年轻人的语言学天赋和他所掌握的埃及历史所吸引。之后，商博良成为了格勒诺布尔一所大学的历史学助理教授，并很快被指派成为格勒诺布尔皇家学院的院长。在这个职位上，他一直专注于解开埃及的语言与考古学上的秘密，因为他对罗塞塔石碑极为着迷。1815 年，拿破仑——刚刚逃出了厄尔巴岛——在格勒诺布尔露面，他希望能够挑战正如日中天的波旁王朝。商博良来到了拿破仑的办公室以示尊敬，这位被迫退位的皇帝和这名入了迷的语言学家一直讨论破译罗塞塔石碑中的秘密直到深夜。

商博良并不是唯一希望破解象形文字的人。这些蜡制的拓片在欧洲各地流传，但那些学者始终没有办法洞察其中的奥秘。他们研究那些纸草书的方式是将那些图像看成字母而不是具有指代意义的象形文字。他们错误地将研究方向放在一个字一个字地翻译那些文字上，而不是从发音上来研究。尤其是一名英国物理学家以及业余古典学者，托马斯 · 杨。他也认为这些纸草书是由字母构成的，并在 1814 年翻译了一部分的罗塞塔石碑。之后他继续将象形文字当成字母来研究。

但象形文字并不是这样理解的。许久之后，商博良明白了其中的奥秘。他推测这应当像是在猜字谜，图像是发音。或者，这可能需要用顶音法来理解，也就是一个图像代表一个单词的首字母（例如兔子就是 R，门就是 D），那样就组成了这种语言的发音，而不是意义。1822 年，商博良破译了第一个象形文字：托勒密——刻在罗塞塔石碑的椭圆形饰物上的法老名字。商博良立刻意识到这是一个名字，一个外国人的名字，那是它的读音。之后，他发现所有的坟墓与棺椁上的椭圆形饰物或者雕刻里都是一个个的名字，在阿布 · 辛贝发现的椭圆饰物里就有拉美西斯的名字。取得了这个突破性进展后，商博良迅速地冲出公寓找到了他的哥哥："Je tiens l'affaire！（我知道啦！)”之后他就陷入了昏迷。商博良在1822年9月27日的一封信中将他的发现告知了皇家碑文学院，并在此后的两年内完成了一部叫做《象形文字体系概论》的巨著，揭示了象形文字是同时包含了意义与发音的文字。

1824年商博良旅行到了都灵，那里有一些最早从埃及出土的文物，包括雕像、古文稿和珠宝，这些都是萨丁尼亚国王从贝纳迪诺·德霍维提手中买来的，贝纳迪诺不仅是法国总领事，还是一名文物走私者。商博良被那一堆古文稿吸引而来——它们在运至意大利的途中早已成为碎片——他希望能够破解其中的秘密，并成为第一个阅读它们的现代人。他花费了数月的时间，之后恭敬地写信给他的哥哥说：“我手中的卷轴记录着那些早已被遗忘的历史，以及超过15个世纪未被祭祀的神的名字。”

4年之后，商博良终于得偿所愿地踏上了埃及的国土。这是一段令人振奋的旅程，他可以去阅读伟大神庙中的碑文，以及那些已湮灭在历史中的世界上最古老的遗迹里的文字。他在尼罗河流域待了17个月，其中有3个月是在帝王谷度过的。商博良的旅程表面上是为了记录资料，但却因为一段不光彩的劫掠而蒙上阴影：他带走了两块栩栩如生的塞提一世时期的城墙碎片，一块现在在卢浮宫，而另一块则在佛罗伦萨博物馆。之后商博良回到巴黎，直至1832年死于中风。那时他正准备出版游记，时年42岁。

1802年，罗塞塔石碑最终永久地停留在了大英博物馆，自此之后它再没有回到埃及去过。

他是一个强壮的男人，一个大力士，一个马戏团的串场艺人。

乔瓦尼·贝索尼在19世纪初离开他的祖国意大利到伦敦淘金，并且成功了。他身高6英尺6英寸[1]，一身漂亮的肌肉让他成为了萨德勒·威尔斯剧院的演员，艺名为“巴塔哥尼亚大力士”。他会将重达127磅[2]的铁架架在

[1] 约1.98米。

[2] 约58千克。

贝索尼：
伟大的古埃及发现者，同时也是一个掠夺者。

自己的肩上，之后12名剧场演员就会爬到铁架上表演，而贝索尼则会扛着铁架绕着舞台走一圈，手中还挥动着两面旗子。那年是1803年，他正随着剧团在欧洲巡演。1813年，为了寻找新的观众群，他和妻子来到了土耳其，并遇上了以实玛利船长——他正代表土耳其政府在募集那些能够改善埃及民生的专家。

贝索尼并不是专家，但他也并非四肢发达头脑简单的人。他头脑灵活而且十分好奇，并在数学方面很有天赋，也很有艺术鉴赏力。埃及是天堂，整个欧洲都被拿破仑洗劫了它的故事所吸引，贝索尼也和其他人一样听说过这些。许多欧洲人都准备到那片土地上寻找失落的古代财富——对埋藏在那里上千年的文明来说，这既有好处也有坏处。贝索尼可以算得上是首批开拓者了。他在埃及的发现包括阿布·辛贝神庙、塞提一世的坟墓及吉萨第二金字塔的入口。他灿烂的一生是那些19世纪的开拓者们最好和最坏人生的双重写照。贝索尼是一名考古学家，同时也是一个窃贼；是一位勇敢的开拓者，也是一个贪得无厌的收藏家；是一名保护主义者，也是一个盗墓者。如果说欧洲人的入侵对埃及来说是好坏参半的，那他的存在就是对这种影响的矛盾性最好的解释。

贝索尼与这名土耳其政府的代理人接洽，说自己有一个新型水车的设计或许能够改变埃及经济状况。他的发明只需要一头牛来拉动水车而不是许多头。最终这名官员相信了贝索尼的“机械化手段”或许真能改变埃及的农业状况。之后，贝索尼顺利地到达了埃及，并在开罗定居下来。他的新方法并没有被采纳，但在那个时候，贝索尼已经被埃及的文物所吸引了。而且他是有优势的，由拿破仑的征伐所引发的埃及狂热症随着英国、法国和德国的国家公共博物馆的兴起而达到了高潮，博物馆争着要用埃及的文物塞满他们的展览厅。

在开拓的早期，正是那些大使领导了整个埃及的走私活动：以英国总领事亨利·沙尔特和法国总领事贝纳尔迪·德霍维提为代表，他们在埃及的走私形式成为了在土耳其和希腊等各国效仿的对象。此时，埃及的统治者、出生于阿尔巴尼亚的奥斯曼土耳其人穆罕默德·阿里正热衷于与欧洲各国合作以使得埃及步入现代化。对他来说，文物是一种很方便好用的交易品，它们能够吸引欧洲人到这个还依旧十分落后的国家进行投资。土耳其的官员给那些掠夺者开具各种所需要的文书。就像历史学家布莱恩·费根在他的著作《尼罗河的劫掠》中所说的一样：“他们有一个不成文的协议……将尼罗河流域瓜分为不同的势力范围。其他的走私者必须小心，因为沙尔特和德霍维提有权拒绝他们将文物带出埃及。”他们毫不犹豫地摧毁了那些太过笨重以至于不能带出境的文物。因为那是走私者唯一可以回避出境许可证的方法——方尖碑的碎片和没有头的神像正是那些只将文物最有价值的部分运出埃及的走私者的杰作。一切为了逃避出境许可的限制而衍生的暴行由此开始。那些自由的欧洲走私者为了他们自己的目的将埃及的尼罗河流域变成了一个名副其实的市集，有些是为了研究，有些是为了艺术，有些是为了自己的国家，但最终都是为了钱。

贝索尼，他善于寻找文物而不是出售它们的天赋让他最终选择与沙尔特合作。在开罗，他听到了一些关于著名的大型拉美西斯雕像——奥西曼提斯——始终矗立于拉美西斯神庙的沙砾中的说法，那是位于尼罗河西岸的法老王神庙。一些人感受到了它那种古拙的美感，法国人在早些时候更是想要将它运走，但他们没有成功。1816年，贝索尼决定将它运回英国（这并不是那尊52英尺[1]高的无头神像，而是同一神庙中稍小的一个）。亨利·沙尔特从土耳其官方那里得到了许可文书，并和贝索尼达成了商业合作协议，这个协议将会持续好几年。贝索尼来到了尼罗河附近的卢克索城，并被那里的景象惊呆了："这就像是我进入了一个巨大的城市，这座城市在几次大型的冲突中被毁灭，只余下几座神庙的残骸见证着它曾经存在。"

德霍维提尽全力组织英国人将文物运回国。贝索尼发现尼罗河沿岸的阿拉伯雇工都不愿意为他工作，包括船、木工和搬运工都突然之间不接受雇佣了，甚至官方的许可证也不能在当地的港口使用，而如果要从沙漠中运送雕像回去的话，根本不可能找得到运送雕像的原木。但贝索尼坚持了下来。在开始工作之前，他花了很多钱贿赂当地官员，也遇到了许多的挫折。他计划将雕像运到尼罗河边等待一年一次的汛期，之后再坐船北上。他用4根杠杆抬起石像，并将它放在两根巨大的木棍上（关于这个景象，贝索尼画了一张栩栩如生的水彩画，画中数十名工人一起拉动这尊石像）。他必须敲碎两根拉美西斯神庙的廊柱才能把这尊石像运出来。他们每天仅仅移动100码[2]就得在沙地上扎营。贝索尼自始至终都被他的竞争对手骚扰着，最后这个强壮的男人失去了耐心。为了阻碍他的工作，当地的官员试图没收贝索尼的佩剑。"但是我立即控制了他并解除了他的武装，我给了他一拳好

[1] 约16米。
[2] 约91米。

让他知道我的强势，或者说强壮，之后就把他牢牢地绑在房间的角落里。”贝索尼写道。5天之后，这尊雕像就被运抵尼罗河岸边等待着汛期的到来。

为了寻求更多的挑战，贝索尼继续在尼罗河阿布·辛贝一带搜寻，他找到了2件被风沙所掩埋的巨大的雕像。确切地说是在尼罗河岸边的小镇努比亚，那里是远离开罗的非洲黑人的聚居地。生活在这种偏远地区的人没有什么钱，也没有依靠他们小镇周围的文物赚钱的想法（德霍维提曾经支付300比索给当地人让他们打开神庙，但他们却将钱还给了他，因为没有用钱的途径）。另一名冒险家，瑞士人约翰·路德维格·布克哈德从一个沙丘的斜坡上发现了一尊巨大雕像的带状饰物。于是贝索尼决定将它发掘出来，以验证他的猜测——他的猜测是正确的——那儿的地下埋藏着一座神庙。

检视了这座神庙的内部之后，贝索尼为在这之前的发现感到气馁：他之前的所有发现在这座神庙面前都不值一提。这里收藏品的规模在当时的埃及可以称得上巨大，远远超出欧洲人的预计，也远比从古希腊和古罗马出土的类似文物要多得多。贝索尼雇佣了当地人为他挖掘这片遗迹，不过支付给他们的是定量玉米而不是金钱。他的工人先期挖掘了神庙中25尺[1]的地面，他们清理了沙土并在神庙中种植棕榈树，还安置了倾斜的木栅栏以防止沙土重新流入已清理的地面。之后贝索尼离开了那儿，过了不久又回来继续完成他的工作。

他离开后做了什么？这或许是一段不为人知的故事。贝索尼不可能将整个阿布·辛贝带在身边，他也不急着发掘其中的藏品。在贝索尼的冒险历程中，他发掘了无数的文物，并源源不断地将它们送回英国。贪婪让那些为贝索尼所带回的文物目眩神迷的家伙们满怀恶意地揣测他。他们认为贝索尼发现了一些东西，并藏了起来——那些东西就成了他的了。

所以在菲莱岛上应该还有一个方尖碑。“如果我让它回到英格兰，那它可能会作为一块遗迹被安置在某个特别的地方，或者成为大都会博物馆的装

[1] 约7.6米。

饰品。”贝索尼写道，就像他正在高街画廊内一样。在这座岛上的一间小神庙里，他发现了12块经过雕刻的巨石，合起来的话就是一副奥西里斯坐在椅子上享受祭祀的样子。他没有想要将这些石块留在岛上，但它们太沉了，以至于他只能将那些石头切成小块，等着从他的大本营阿斯旺来的船带走它们。

之后他回到了卡纳克着手挖掘工作。在几乎每一寸土地都被翻遍了的时候，这个地区还未被开发过，那里还有财宝等待着被发现。几天之内，他就在穆特神庙的附近发现了一个卜塔神之妻——狮首的塞克美特女神的黑色花岗岩雕像。在和这个地区的土耳其省长，同时也是土耳其行政长官的亲戚卡里尔·贝共进晚餐之后，贝索尼献上了羊肉并得到了该石像的挖掘许可证。现在，这尊石像正保存在大英博物馆中。

之后，我们就要谈到关于尼罗河畔的拉美西斯二世石像的头颅的最后旅程。在终于得到了当地政府的允许后，贝索尼修筑了一条从石像所在地到尼罗河岸边的土路。130名雇工分成几个小组轮流拖动石像直至尼罗河边，之后将它的头颅小心地放在船的正中央，以防止船只翻覆。你们或许以为拉美西斯二世石像的躯干部分估计是被留在了尼罗河边，但出乎所有人的意料，事情并不是这样的。24天之后，石像的躯干与一大批贝索尼寻获的文物一同抵达了开罗，之后它们被运往亚历山大城。这尊雕像于1817年首次在大英博物馆亮相，并立即造成了轰动。

在返回卢克索和卡纳克的途中，贝索尼无意中发现了一些住在遗迹群中的古尔奈小镇的农夫。那个小镇的人生活在一个贵族的墓穴的入口处已经几个世纪了，直到2006年，埃及政府才将这些居民迁入其他的地区，但当地的墓穴已经遭到了彻底的破坏。19世纪20年代时，古尔奈的居民曾一度放弃农作转而开始盗墓，那无疑有着更高的利润。他们带领贝索尼进入干燥的洞穴之中，为他取出了上百件木乃伊，并爬着穿过5英尺[1]高的甬道，从他们的祖先身上搜寻所有可以找到的古文书。“我的目的就是为了从埃及

[1] 约1.5米。

掠夺那些古文书，”贝索尼说道，“那些东西通常藏在木乃伊的胸部、腋下、膝盖上或者腿上。”那些古尔奈的居民用木乃伊身上的碎片制成烤箱烧制食物为贝索尼接风洗尘。“有时他们甚至用木乃伊的骨头来生火，”贝索尼写道，“坐在骨头堆上吃饭在那里是很常见的事情，经常可以看见一些手骨、腿骨和头骨。因为那儿的人总是发现骨头，对他们来说，坐在骨头上比坐在牛皮上更习惯。而最后我也对这种事见怪不怪了，我甚至习惯了睡在木乃伊棺中，就像睡在其他地方一样。”

贝索尼在 1817 年的夏天终于回到了阿布·辛贝，但当地人拒绝继续为他服务，于是贝索尼只能自己动手挖开那座神庙。从凌晨直到早上 9 点，他和他的工人都在深达腰部的沙土中工作，9 点以后的气温实在是让人难以忍受。自始至终，都有其他的冒险者试图抢夺他们挖出的文物，当然当地人接受他们的雇佣帮助对抗那些冒险者，但斗殴和械斗依旧十分的频繁。在 7 月的最后一天，挖掘工人们发现了这座神庙的入口。第二天，当他们准备进入神庙时，争论和抱怨又再度出现，最后决定由一名贝索尼的工人带头进入神庙，而其他人则跟在他的后头。这是千年来人类首次看见多柱式大厅，这座大厅中有 8 尊巨大的拉美西斯二世的石像面对面地立于通道两侧。里面的空气状况十分糟糕，在那些石像的身后是许多方形廊柱，上面装饰有法老和诸神的浮雕。在主厅的尽头依次是一间静室、前厅和圣殿，圣殿中则有一些坐着的神像。贝索尼用水彩画记录下了这一切，之后取走了其中的一些文物。

这座位于阿布辛贝的神殿可以说是一个重要的发现，而这都要归功于贝索尼的努力。之后他回到了卢克索的帝王谷。因为传说那里可能有未被发现的皇室之墓。当时已经是埃及文物专家的贝索尼带头进入了他之前发现的小型墓穴中。他让工人在里面一处明显异常的区域进行挖掘。两天之后，他的工人发现了一个通道的入口。这条通道有 36 英尺[1] 长，两边的墙壁上绘

[1] 约 11 米。

有复杂的图样。而在通道的尽头则是另一条通道，之后则是一个深坑，这个坑可能是之前的盗墓者挖的。穿过那个坑之后，贝索尼发现了一个异常精美的大厅，其中的4根石柱上雕刻有法老的雕像，另一头则是另一条通道和另一个大厅。大厅中有一具半透明的大理石棺椁，这具棺椁有9英尺长，但只有2英寸厚[1]。当贝索尼用光照在上面的时候它开始发光，棺椁的内部装饰着上百个精美的浮雕。贝索尼发现的是塞提一世的墓地，那是拉美西斯二世的父亲。塞提一世死于公元前1300年。棺椁中的木乃伊已经消失不见，被其他皇室成员运走，藏在另一个墓中保存了（那座墓葬在之后被发现）。这可能是在帝王谷发现的墓葬群中最重要的一个，也可能是最精美的一个。墓室中的墙上刻有上千个象形文字，以及无数精致的法老和诸神的浮雕，并绘制了一个美丽的深蓝色穹顶。后来，一个英国官员的代表团在亨利·沙尔特的带领下来到了此处瞻仰这个令人震惊的发现。

之后贝索尼发现了吉萨第二金字塔的入口。此时位于开罗的英国领事馆看上去就像是一个地下墓穴，里面净是雕像和文物。法国旅行家爱德华·德·蒙蒂莱沿尼罗河而上到达这里，他被一路上看见的文物运输景象惊呆了。他写道："如果有任何保存完整的墓葬存在，我希望它们能够躲过那些文物贩子的搜索。那些文物贩子就像冈比西斯[2]（波斯征服者）一样令人恐惧，被他们找到的棺椁和木乃伊将不可避免地被运往伦敦或者巴黎。"

但是贝索尼的商业才能并没有他的考古学技术那样厉害。他的发掘之旅因为缺少资金而不得不停止，于是他决定卖出塞提一世的大理石棺椁，并计划展览那些运往欧洲的墓葬品。他雇佣了一名意大利人制作了塞提一世墓葬里的墙壁拓片，内中包含500个象形文字，182个真人大小的浮雕和800多个稍小一些的浮雕。1821年，展览会在伦敦皮卡迪利广场的"埃及厅"中正式举行，并取得了极大的成功。这场展览包括一个与塞提一世的墓穴

[1] 约长2.7米，厚5厘米。

[2] 指冈比西斯二世（？—前522），他是居鲁士大帝的儿子。公元前525年，冈比西斯二世成为埃及统治者并建立埃及第二十七王朝。

同样大小的模型，阿布·辛贝神殿的模型以及一个第二金字塔的俯视图。在贝索尼与沙尔特的合作中，他们计划向大英博物馆出售这些棺椁，但计划并不顺利。与大英博物馆的协商持续了数月，但最终博物馆的管理层拒绝购买这些棺椁，于是他们转卖给了约翰·索恩，一位著名的考古学家和文物收藏家。可是贝索尼并没有得到一分钱。今天我们可以在约翰·索恩博物馆看见这些棺椁。

与这些文物的价值相比，沙尔特也并没有从这次交易中赚到他所期望的巨款。他找到了许多的艺术品并将这些东西卖给了大英博物馆，但是却只得到了他所期望的利润的零头——2000 英镑。德霍维提也将他的收藏品分别卖给了萨丁尼亚国王；法国国王查理十世，他将藏品送到了卢浮宫；德国学者理查德·雷普济乌斯，他将藏品放置在柏林。最后德霍维提在 1852 年死于精神病院。贝索尼于 1822 年再次从伦敦出发，这次他将去探索西非的尼日尔河。但他在贝宁时得了痢疾，并在一个星期之内去世。没人知道他的坟墓在哪里，他的一生最后只留下一个黯淡的结局。

她是古埃及最著名的皇后，她的名字“奈芙蒂蒂”意味着“绝色”。她究竟长什么样？每个人大都知道：天鹅般的长颈、深邃的大眼睛、宽阔的额头、精致的容貌、蓝色的高耸后冠——我们知道这些正是因为那件在 1912 年发现的雕塑。奈芙蒂蒂胸像是古埃及最著名的文物之一。虽然她已经不在埃及了，但她仍是埃及的象征。这尊胸像的照片被印在每个进入埃及的游客的入境卡上。

现在，奈芙蒂蒂胸像正立在柏林的埃及博物馆中，他们为她建了一座古典主义的建筑来展览她。游客们可以通过一个硕大的玻璃箱观看这尊艺术品，陈设厅的穹顶更是高得很。柏林埃及博物馆为了能最好地展现她的美丽做了最充足的准备。但是她来到柏林的途径却是通过走私，难怪哈瓦斯会想要夺回她。

许多关于奈芙蒂蒂这位传奇人物的故事至今为止还是一个谜。她可能曾是美索不达米亚的公主。很多人相信她曾与丈夫一同治理古埃及。之后她就消失了，没人知道她究竟是被放逐了，还是退居幕后了，抑或是死了。

只有一点可以肯定，奈芙蒂蒂是埃及第十八王朝的法老阿肯纳顿最心爱的妻子（阿肯纳顿又称阿蒙霍特普四世或者阿蒙诺菲斯四世）。她并不是埃及皇室的子嗣，而阿肯纳顿也没有依照埃及皇室传统在娶她的同时娶她的姐姐。她比古埃及任何一位皇后都更有权力，她甚至当过国王的顾问。他们的爱情是一个美丽的故事。在那些阿肯纳顿时期的碑文中，有许多关于国王深爱着奈芙蒂蒂的颂词，比如这段刻于一块墓碑上的文字：

> 这位女主人，她是宫廷的主宰，她拥有天使般美丽的容颜，她是上天赐予的欢乐女神，当听到她的声音时陛下就会感到愉悦；她是陛下的皇后，他的挚爱；她是两个国度的明珠，她就是奈芙蒂蒂，但愿她能永生。

许多浮雕证明了阿肯纳顿和奈芙蒂蒂的婚姻十分幸福，家庭和睦。在这些浮雕上，他们总是被孩子们环绕（他们有 6 个女儿），奈芙蒂蒂总是坐在阿肯纳顿的膝盖上。有时候，阿肯纳顿与奈芙蒂蒂甚至在一辆飞驰的战车上接吻。在另外的画面中，他们共同参加祭祀仪式。这位皇后经常出现在国王的身侧，并总是戴着那顶蓝色的后冠——对她一定有什么特殊意义。这在其他的埃及艺术品上是不常见的。

奈芙蒂蒂和阿肯纳顿总是出现在祭祀太阳神阿吞的画面中。阿肯纳顿一直试图颠覆旧神的信仰，并使人们信奉太阳。阿肯纳顿的原名是阿蒙霍特普四世，改名后他将埃及的首都从底比斯（今天的卢克索）向南移至 150 英里[1] 以外一个叫做阿肯塔顿的地方，也就是今天的阿马尔那。太阳神信仰是

[1] 约 241 千米。

对古埃及多神论的背弃，也是一神论的起源。他们信仰唯一的神——赋予生命的太阳，一个无所不在的伟大存在。阿肯纳顿的信仰影响着当时社会的方方面面，尤其是在艺术领域。艺术中身体的概念被延伸和扭曲。奈芙蒂蒂的形象在许多浮雕和碑文中都可以看到，这些形象的一部分被之后的法老拆卸下来用来装饰神殿。但通过后期的考古学模型分析，这些浮雕和碑文上奈芙蒂蒂的形象并没有那尊胸像那样精致。浮雕上的奈芙蒂蒂应当属于阿马尔那风格，这种风格加宽了奈芙蒂蒂的臀部并过度地增厚了她的嘴唇。这种反差也让那尊独一无二的胸像充满了美感。开罗博物馆藏有一件和柏林奈芙蒂蒂胸像极为相似的石雕，但可惜的是这座石雕并没有彻底完成。很多人推测，柏林那件胸像可能是最终版的奈芙蒂蒂胸像。

阿肯纳顿和奈芙蒂蒂的信仰改革最后被后来的法老们彻底扑灭，并且销毁了无数关于他们创立的一神论的档案。直到 20 世纪初，关于那个时期的研究工作才在德国的埃及考古学研究所创始人路德维格·博查德的发起下展开。商人詹姆士·西蒙资助了他的研究。在挖掘的初期，博查德就发现了许多文物。但他的团队在研究古埃及雕刻家瑟德莫斯的作品时偷偷藏起了许多艺术品。瑟德莫斯的作品和当时古埃及流行的那些死板肤浅的半身像完全不同。许多从他的工作室发现的雕像都是栩栩如生的，但却没有一件比奈芙蒂蒂胸像更完美。博查德在他的日记中表达了他无与伦比的兴奋：

> 1912 年 12 月 6 日，结束午餐后，我发现了一张兰奇教授留给我的字条，他要我到 47，2 号坑（瑟德莫斯的工作室）。我去了那里并看到一尊阿蒙霍特普四世的等比例胸像，那是刚刚从 19 号坑中发现的……我们整理碎片的进展很缓慢，虽然那些碎片从 19 号坑的东墙开始只有 1.1 米长……在距东墙上大约有 20 厘米，距北墙 35 厘米的地方，和我们的膝盖一样高的东西出现了，是一尊雕像的颈部，色彩明亮，那是“皇后的等比例胸像”。我们将整理碎片的工具放在一边，接下来的几

分钟让我们确定了这的确是一个胸像。我们花费了大量时间，直至把那些碎片全部找出来……我们手中拿着的是埃及历史上最生动的艺术品。我们几乎要完成它了。耳朵的一部分已经不见了，一只眼睛没有眼珠。我们筛过了每一寸尘土依旧没有找全它们，只找到了一部分耳朵的碎片，但没有眼珠。最后我意识到，也许它并没有眼珠。

博查德的挖掘工作是合法的。在埃及官方的指导下，挖掘者将会和埃及分享这次发现，然而这个埃及官方从某种意义上可以被简单地理解成“法国”。埃及当局可以扣留所有他们认为重要的发现。但事实上只有很少一部分埃及人参与到这个程序中来。当时，埃及的文物部是由一名法国人——加斯顿 · 马斯贝罗掌管的。理由很简单：埃及并没有考古学家。而没有考古学家的理由也很简单：埃及人不允许学习埃及学。

西方国家这样的态度必然有某种理由，这在 19 世纪的一名旅行者途经埃及时写下的评论中有着深刻的反映：“法国……有向那些埃及学者表示感谢的理由，那些人拥有几乎所有的埃及文物，并且知道该如何鉴赏它们。”埃及人则一直被认为太过于原始，不适合学习如此复杂的学科。法国人把持着埃及的考古学研究所超过一个世纪，他们的研究所排斥其他所有的欧洲人，甚至对埃及本地人也不开放。埃及的文物部始建于 1835 年，创始人是奥古斯特 · 马里埃特，他是一名出色的法籍埃及学家，同样也是开罗的埃及博物馆的创始人。马里埃特不认为埃及人能够被教授考古学知识，理由再明显不过了。原本有一家教授埃及年轻人考古学的学校，但马里埃特在 1869 年将它关闭。马里埃特的继承人加斯顿 · 马斯贝罗甚至否定了埃及人有挖掘文物的资格，他认为，那些埃及人只会为了钱而挖掘文物，而不是为了“科学”（从某种角度来看，这的确是真的，但唯一改变埃及人观念的办法就是教育他们）。此外，埃及的英国总领事克罗默勋爵是一个彻头彻尾的帝国主义者，他声称埃及人“还不够文明”，所以没有保管本国文物的资格。但这样的学术封锁并没有能控制埃及太久。1923 年，艾哈迈德 · 卡马尔成为了第一个同时获得埃及学者和考古学者称号的埃及人，他也计划开始教授埃及人埃及学。但他的理想直到1952年第一所相关院校成立才得以实现，那已经是埃及国民革命兴起，埃及文物部（现在的埃及文物最高委员会）和埃及博物馆回到埃及人手中之后的事了。

最重要的是，种族歧视总会铸成大错。但由于管理文物的巨大资金需求，欧洲大国的领导人往往将种族歧视看作是一个短期策略。几个世纪以来，埃及的文物一直是埃及人自己管理的，欧洲强国往往忽视这样一个事实：如果因为时间过于久远，埃及人无法证明他们对文物的所有权，或者他们的法律和经济不足以保护那些文物，那很可能是因为从很早以前开始，他们就已经被排挤出发现和研究文物以及接受相关教育的圈子了。

马斯贝罗的代理人——文献学专家古斯塔夫·列斐伏尔在1913年1月20日发起了一次关于瑟德莫斯的合作项目。然而列斐伏尔并不是这方面的专家，他根本没有意识到奈芙蒂蒂胸像的重要性，发现它的博查德出于私人目的将这尊胸像藏了起来。博查德认为他还没有彻底完成这尊胸像，因此他一直将它藏在角落里。所有的这一切都让列斐伏尔失去意识到它的重要性的机会，并将这尊胸像送到了德国。

这尊胸像最后送到了博查德在德国的赞助人——文物“批发商”詹姆士·西蒙手中，他于1920年将这尊胸像赠送给了柏林博物馆。1923年它正式在柏林博物馆亮相，并毫不意外地成为了所有埃及文物中最迷人的一件。

埃及人觉得他们被欺骗了。埃及官方在这尊胸像亮相之前根本不知道有这样的一件文物，而它竟然已经在柏林博物馆展出，因此埃及官方极力讨回这件藏品。这样的乱局同样发生在1922年，当霍华德·卡特发现图坦卡门王的坟墓时，正好是英国为了遏制埃及独立，而在当地设立了一个半殖民地的时期。在坟墓中发现的无数珍宝与埃及人愈演愈烈的独立诉求的共同作用下，埃及人开展了一场声势浩大的抗议活动，要求德国人与他们共享出土的文物。但这迫使德国撕毁了合作协议，那些还未曝光的文物最终都被送到了柏林。1925年，埃及拒绝德国所有的挖掘要求，并强调除非奈芙蒂蒂胸像回到埃及，否则埃及的土地永远不对德国的铲子开放。德国人拒绝了，他们声称得到这尊胸像的一切手续都是合法的。1929 年，埃及人希望用几件非常有价值的文物交换奈芙蒂蒂胸像，但德国还是拒绝了。

1933 年，那时的德国正是阿道夫 · 希特勒掌权的时期，埃及人又重新提出了请求。普鲁士首相赫尔曼 · 戈林——当时他与希特勒共掌军权——暗示时任埃及国王的福阿德，德方可能归还奈芙蒂蒂胸像。一开始希特勒同意了这个请求，但在检视了这尊胸像之后，他立即反对将之送还埃及。“你们知道我将来会做什么吗？我将会在柏林再建一座埃及博物馆。”希特勒在给埃及的拒绝信中这样写道，“我梦见这座博物馆了。我会再建造一个圆顶的大厅。在这座大厅的中央将放着这尊奇迹般的奈芙蒂蒂胸像。我绝对不会将它还给你们。”1939 年，因为战争的关系德国的博物馆被摧毁了，而这尊胸像则被藏在图林根州的盐矿中。1945 年德国战败之后，这尊胸像被运送到了美国；但在 1956 年，它又被送回了德国柏林。这尊胸像的一部分被存放在了东柏林，因此之后的 40 年来，所有人都一直在争论究竟是哪个国家拥有的才是奈芙蒂蒂胸像，这场争论直到 1989 年柏林墙倒塌才结束。

在扎希 · 哈瓦斯上台之前，埃及追回这尊胸像所付出的努力一直都没有任何效果。2003 年，哈瓦斯和他的同事指责两名匈牙利艺术家——安德拉斯 · 高利克和巴林特 · 汉威士在威尼斯的艺术品展览会上制作了一件奈芙蒂蒂胸像的躯干部分。高利克和汉威士制作了一个铜制的裸体雕像，并将之带到柏林，把奈芙蒂蒂胸像安置在这座裸体的铜制躯干上，之后他们用摄像机记录下了这个画面并带到了威尼斯的展览会上播放。这尊胸像被放在躯干上的时间只有短短的几分钟，但毫无疑问——埃及人被彻底地激怒了。“埃及博物馆的道德和责任感被彻底地毁掉了，”愤怒的埃及大使穆罕默德 · 奥拉比向德国陈述道，“他们践踏了埃及的道德和传统。这件躯干是裸体的，而埃及的艺术品中从来没有任何女性是以裸体形象出现的。”埃及的媒体也开始为此造势，称这是对埃及文明的侮辱。奥拉比也许没有读过扎希 · 哈瓦斯关于古代埃及女性的著作，其中写道：“埃及人并不避讳裸体与性……女性经常裸露上身，女性仆人则更是经常只在腰上围着一条珠链而已。”埃及的文化部长法鲁克·霍思尼警告说这尊胸像在德国已经不安全了。无论霍思尼是否真的为埃及关注着这件雕塑——他在开罗的家中装满了现代的欧洲艺术品——也不去管古代埃及女性的形象如何，这次意外事件已经造成了一场新的对立。即使这两名匈牙利艺术家认为自己做的是几个世纪以来所有艺术家都在做的事情，或者说他们认为自己只是在向那名雕刻这具胸像的古代同行致敬而已，他们的的确确地踏入了文明对立的雷区。

这次文化对立事件对埃及来说无疑是一次极好的机会。自 20 世纪 20 年代以来，埃及有关送还奈芙蒂蒂胸像的要求就一直遭到无视，在此事件之后再次提出请求的话无疑是合乎逻辑的，这也正是扎希·哈瓦斯在几年之后做的事情。2006 年，哈瓦斯在埃及总统穆巴拉克和德国总统科勒面前作了一次演说，他要求德国将奈芙蒂蒂胸像租借给埃及 3 个月；而作为回报，埃及也将提供几件极有价值的藏品作为交换。像以前一样，他继续向柏林博物馆提出了要求，但博物馆却以雕像过于脆弱易碎为由拒绝了。哈瓦斯与柏林博物馆馆长迪特里希·韦尔东之间曾有过不愉快的过去。迪特里希在埃及的考古许可曾于 2003 年被哈瓦斯吊销，因为哈瓦斯宣称他握有迪特里希与文物贩子之间对话的录音。迪特里希否认了这项指控，也并没有因此遭到起诉。最后，无论如何，2008 年初柏林博物馆在奈芙蒂蒂胸像的问题上稍稍作了让步：一个由埃及与德国的考古学家一同组成的委员会将会检验奈芙蒂蒂胸像的状态是否适合进行运输。

但是，在奈芙蒂蒂胸像问题上，埃及并不是唯一一个拥有发言权的国家。2007 年，《柏林报》曾发表过这样的评论：“这尊胸像自出土以来就在柏林博物馆展览，她在柏林的时间远远比待在埃及的时间更长。”这份报纸用一种扭曲的逻辑写道：“这尊胸像是现代女权主义的象征。”表面上，似乎她就应该待在德国。

奈芙蒂蒂胸像是否应该被送回埃及？2004 年，一群律师在一次会议上研究了这个问题。律师库尔特·西尔更倾向于送还这尊胸像，他认为，在

1913 年埃及并没有同意德国将这尊胸像运出埃及。另外，直到 1922 年，埃及还被英国控制着，它并没有拒绝的权力。西尔引用了一条德国法律，称之为“不义之财”，但他也同意奈芙蒂蒂问题的时间已经超过了条文中 30 年的追索时限。争论的另一方，史提芬·乌瑞斯指出，当初的分配原则是经过埃及官方首肯的，所以这里并没有需要纠正的错误存在。他还补充道，这尊胸像在柏林能够让更多的游客看见。最后乌瑞斯否定了奈芙蒂蒂胸像是埃及不可分割的一部分的观点。“奈芙蒂蒂时期的埃及与现代埃及之间的联系已经减弱到最低了，”他写道，“当初支配埃及的是原始宗教的教徒，而现在主要是伊斯兰教徒；当初的埃及是君主政体，而现在的埃及则是民主政体，等等。没有证据显示奈芙蒂蒂胸像能够帮助埃及人了解他们是谁以及他们的文化究竟是什么样子的。”

对于这些问题，离达成共识还为时尚早。埃及是否有必要拥有奈芙蒂蒂胸像？他们是否真的需要她？有充分的证据显示，这尊胸像是通过走私手段离开了埃及，但相对于埃及混乱的博物馆现状，对奈芙蒂蒂来说这次走私也许是种幸运。现在，所有权法对于这类问题有了一种新的解读，这是一种文化交流行为，有利于社会公众和历史研究。

卢浮宫

古罗马已经不在罗马了，它在巴黎。

——18 世纪法国街头小调

对于卢浮宫来说，这是糟糕的一天。在一片厚重的云层下，毛毛雨让门帘蒙上了一层湿气，这座 17 世纪的辉煌宫殿在薄雾下无限地延展。希腊罗马分馆的馆长阿兰·帕斯奎沉浸在一片坏心情之中。他正在筹备即将开始的古希腊著名雕刻家普拉克希特利斯的展览活动，他的作品展将在 8 周之后开幕。普拉克希特利斯长期以来一直受到美术史学家的推崇，他是一名极为出色的匠师，也是一名艺术革命家，是第一位雕刻裸体女性雕塑的古希腊艺术家，这种雕塑风格在其死后的 100 年间被争相模仿。帕斯奎前晚一直在博物馆工作到深夜，今晚他也会这样做，希望可以在展览开幕之前完成繁琐的考证工作。同时他还必须挑选一些文物租借给卢浮宫在阿布扎比开的分馆，这同样让他焦头烂额。卢浮宫计划在这个小国家开一家新的博物馆—— 一个卫星分馆——并从繁多的收藏品中挑选出一些租借给这个新的分馆一段很长的时间。[1] 但这项计划招来了一些来自法国博物馆界和

[1] 阿布扎比卢浮宫分馆位于萨迪亚特岛，于 2013 年首度开展，预计 2015 年正式开馆。

艺术界的批评，他们认为卢浮宫——这座世界上最古老也是最重要的博物馆，以及帕斯奎这位只剩一年就要退休，将他的一生都奉献给了博物馆的老人——为了一张大额支票就将他们的良知出卖给了贝都因人。

笨蛋，帕斯奎想道。卢浮宫每年需要花费将近3亿的开支，而法国政府每年都在极力缩减这方面的预算。博物馆的展览厅已经到了不修缮不行的境地了，卢浮宫也无法通过传统的方式向私人捐助者索要更多的钱。纳税人和游客为博物馆的开支以及他自己的65名员工的工资买单，这还没有算上博物馆的其他几百名员工。编撰目录需要钱，养护藏品需要钱，甚至建筑物本身都需要钱来修缮。如果阿拉伯人愿意花13亿来获得将卢浮宫的藏品放在自己的博物馆中的这份荣耀，为什么不给他们呢？还是说那些在《世界报》上抱怨"法国遗产"的白痴可以给我一个更好的方法来赚到这一大笔钱？

当然，帕斯奎根本不在乎这些言论。他唯一的麻烦来自于希腊在两周前突然威胁要撤销这次展览会，原因出在那件妙极了的年轻阿波罗等身铜像上。这是一尊没有手的铜像，它诞生于4世纪的希腊，绰号是"Saroktonos"，在希腊语中是"蜥蜴杀手"的意思。目前它正从美国克利夫兰艺术博物馆运出。这也是一件罗马时代后期的阿波罗大理石雕像的早期形象——那时它是有手的，躯干上还缠着一条蛇——而那件后罗马时代的大理石雕像现在属于卢浮宫。这两尊雕像都是极为稀有的。克利夫兰的阿波罗雕像是于2004年购得的，这是目前所知的普拉克希特利斯所雕刻的唯一一件该类型的雕像。而卢浮宫保存的那件则是后罗马时期所流传下来的仅有的两件大理石雕塑中的一件，另一件被保存在梵蒂冈。克利夫兰博物馆的那件雕塑是普拉克希特利斯对当时的雕塑界的影响力最好的解读，而帕斯奎正计划将这两件藏品摆在一起展览。

在没有任何预先通知的情况下，希腊宣称克利夫兰博物馆的雕塑有些问题。希腊文化部长称它的来源并不合法，如果这尊雕像出现在展览会上的话，希腊方面将会撤回6件重要的雕塑。"他们并没有预先向克利夫兰博物馆提及此事。他们甚至没有要求归还这件文物。”帕斯奎在电话中取消我们的见面会时向我抱怨道。

克利夫兰博物馆购得这件雕塑是在 2004 年，馆长不能确定它是如何以及在哪里被发现的。但他们否认了希腊的说法。希腊方面认为，这件铜像曾经处于水下，并在 20 世纪 90 年代被意大利的船只通过意大利与希腊之间的公海送出了希腊。克利夫兰博物馆方面则宣称这件雕塑是从两位著名的商人手中购得的——阿里 · 雅博达姆以及希沙姆 · 雅博达姆，日内瓦的“不死鸟”画廊正是他们的产业，这尊雕像是他们在第二次世界大战之前从东德的一系列藏品中找到的。克利夫兰博物馆的馆长称，他们在购买这件雕像之前足足花了一年的时间确定它的来源。事实上，所有者的线索并不是十分清晰：在 1994 年的东德，它被卖给了一名不知名的荷兰人，这名荷兰人将它转卖给了另一名收藏家，而那名收藏家于 2001 年才将之卖给了雅博达姆兄弟。可以肯定，雅博达姆兄弟当时也是匿名购买的。克利夫兰博物馆的专家称这件藏品从未下过水。但无论如何，它的来源已经不可考了，那么为什么希腊人要这样宣称呢？这无疑是一种针对卢浮宫占据希腊文物过久的外交策略。帕斯奎刚刚从雅典回到法国，在那里他被迫承诺不接受克利夫兰的阿波罗雕像在这次展览会上展出。毕竟，一旦没有那 6 件关键的希腊文物，这次展览会将没有任何意义可言。

之后就是 2007 年 1 月间那特别的一周，卢浮宫这座庄严的圣殿协同它无以计数的藏品吸引了全世界博物馆界与古文物界的目光。

在外人看来，卢浮宫和往日一样热闹。2006 年一年它就迎接了超过 830 万游客，其中的大多数是外国游客，他们来这里是为了能看到蒙娜丽莎、断臂的维纳斯以及希腊的胜利女神像。畅销书《达 · 芬奇密码》以及轰动一时的同名电影为博物馆内的藏品带来了一股新的流行，卢浮宫也极为聪明地让电影制作方给了该馆的标志性藏品蒙娜丽莎一个特写，以期能获得更大的影响力。

但只有行内人知道萦绕在卢浮宫里的气氛并不是那么让人自信。艺术品与古董品界正经历一场变迁，而这种变迁无疑会对卢浮宫造成影响，包括影响卢浮宫中的员工的士气。在这座博物馆中，一种新的运作机制正在形成，就像它的博物馆长不再有一个非常长久的任期一般。在2004年之前，这家博物馆的馆长是终身任命制的，其他一些部门的主管也一样。在这种机制的运作之下，出现了一种麻痹而停滞不前的运作流程，部门主管几乎不可能因为滥用职权和做错事而遭到惩罚。而新的机制则将所有主管与馆长的任期缩短至3年，他们的职位将会在3年期满之前经过审议与调整。这种机制将卢浮宫中那些自以为是的专家们推向了危险的境地。

而在卢浮宫之外，他们文物方面的权威地位——事实上，这也是他们的工作——也被质疑着。他们几乎每天都会收到一份新的归还文物的要求。而每天也都会有记者质问卢浮宫的高层，是否会考虑将卢浮宫引以为傲的馆藏文物归还给出土国。看起来一切都那么难以处理。

这些改变让卢浮宫的员工们感到难以适应。他们从来没有想过会用这种方式来改变工作模式。作为卢浮宫的员工，他们也不习惯有别的组织可以拒绝租借文物给他们进行展出。他们在这种世人的质疑声中心理失衡了，或者说，他们觉得不再被尊重。

“你们最终将我们看作是一群强盗、窃贼和掠夺者，就像我们真的是罪犯一样。”卢浮宫的首席新闻发言人勒罗勒说道。“希腊现在可以正大光明地质疑我们博物馆的藏品的来源了，”她补充道，“但如果那些古董现在还保存在希腊，谁又会想要关注它们呢？这些古董有着这样显赫的名声无非是因为它们被保存在了卢浮宫。”

哈瓦斯在埃及的媒体中不断鼓吹的也无非就是这些，勒罗勒根本不愿意用哈瓦斯的名字来称呼他。“这个埃及人不断通过媒体向我们要求更多的东西，”她说道，“从法律上来讲，他根本没有权利要求我们归还在1983年之前获得的东西。”那正是埃及开始禁止出土的文物向国外输出的时间。

在勒罗勒的办公室里——一座矗立在卢浮宫许多庭院之一中的铝制三重预制板结构的房子，这是一间临时的房屋，它将一直被使用到新的办公室落成为止——她和员工正在应对一系列来自外界的质询，这是除了他们的本职之外需要额外负责的。她和员工早已疲于应对这些工作了，随着阿布扎比新馆的开设在新闻报纸中占据越来越重的篇幅，他们常常需要工作至晚上 8 点。但是要求卢浮宫归还文物的问题却始终困扰着他们。一名英国《艺术报》的编辑曾经就要求归还一件 16 世纪的彩砖镶嵌板的问题向他们发出询问，这是一件卢浮宫伊斯兰艺术品类的收藏。这件镶嵌板是从奥斯曼土耳其帝国的苏丹萨利姆二世的墓中发现的，曾经装饰在伊斯坦布尔的圣索菲亚大教堂中。这块镶嵌板有一段相当长的历史以及一个可靠来源：一名法国的收藏家在 1895 年用大量从这个墓穴中发现的同类型镶嵌板交换得到了它。回国之后，他将这块镶嵌板卖给了卢浮宫。尽管这样，土耳其依然大喊不公。卢浮宫确信这次交易没有任何问题，但对于细节的追寻将要花费他们很长时间。在他们对此事所发的最后一封电子邮件中，卢浮宫的官员毫不掩饰他们轻蔑的情绪："伊斯兰媒体操纵着这一切。"

作为法国的象征、法国文化的支柱，这些挑衅对于卢浮宫来说是一种文化上的冲击。在锐意革新的大环境之下，卢浮宫的地位意味着人类文明进程的道标，它象征着法国推翻君主立宪制走向了民主共和的道路。艺术不再是富人的游戏，而将成为全人类分享的盛宴。人类的成就将不仅仅是单一阶层的努力，而已成为全人类的辉煌。卢浮宫的宫墙本身就传递着一种信息。它本是法国皇室的宫殿，之后成为了让法国民众享受皇室艺术收藏以及全世界艺术珍宝的殿堂，它的象征性直到今天依旧格外的清晰。这座建筑第一次对公众开放是在 1793 年 11 月 8 日，正值法国大革命中期。它最早的藏品来自于皇室的珠宝，以及由一位修道院长提供的几件花瓶。皇室的珍宝在 1796 年运抵卢浮宫。

经过很长的一段时间，革命中萌生的平等观念渗入了法国政治的血液之中，现在我们可以在法国的任何一个政策里体会到这种观念，人们认为政府不应只关注于医疗保障、教育、儿童保护以及公共交通体系，同时也应当对文化艺术领域进行扶持。法国政府每年花费其总财政预算的 1.5% 用于文化领域——每年超过 40 亿法郎 [1]（大约 31 亿欧元）——其中有大约 5 亿用于建设博物馆。

然而有另一种观点一直都与法国的平等主义分庭抗礼，犹如两条平行线般发展，那就是精英主义。对于法国人来说，艺术就是一切。法国是西方多元文化的启蒙者。西方各国的艺术家都憧憬着卢浮宫的艺术品，里面囊括着人类最著名的艺术成就，所有人都对它在文明殿堂中的崇高地位及由其所演化的无数艺术形式致敬。卢浮宫为艺术敞开了大门，无论那些艺术品是收集来的、买来的还是从别处掠夺来的，卢浮宫并不会太过在意那些艺术品的出处。1794 年至今，法国的改革之手席卷了整个欧洲的艺术品界，只为了装满他们的艺术殿堂。卢浮宫购买了许多有着极致美感的艺术品——来自梵蒂冈教廷的"望楼的阿波罗"以及拉奥孔群像；来自罗马首都美术馆的垂死的高卢人雕像；来自威尼斯圣马可教堂上的 4 座铜马像。这些艺术品都曾经象征着法国的伟大胜利。拿破仑席卷欧洲的胜利引起了法国新一次的掠夺浪潮，首先是意大利，1797 年至 1800 年拿破仑战胜了意大利人。对意大利的掠夺象征着一种民族骄傲，无数的画作都描述了当时的大篷车队带着大量的战利品返回巴黎的场景。从意大利带回的大量艺术品极大地丰富了卢浮宫的馆藏——在 1803 年，卢浮宫甚至一度更名为拿破仑博物馆。在一段时间内，欧洲北部的人们可以看见那些最优秀的古典雕像不再在南部地中海区域出现。

这些历史都不曾被提及，不过，在卢浮宫的官方网站中有一则标题是"这些文物是如何被发现的"，其中有全部的相关历史记录。从 1796 年法国皇冠上获得的珠宝，到 1825 年得到的中世纪宝藏，其中都有记载。就像大多数西方大博物馆一样，卢浮宫也会"挑选"适合自己的历史。无论如何，由尊贵的大学者维万 · 德农在 1804 年所设计建造的卢浮宫的馆藏数量一直在不断地扩张——包括使用强迫手段，比如一部分的鲍格才雕塑（Borghese

[1] 法郎于 2002 年停用。

sculpture)。而在 1815 年拿破仑的滑铁卢之役后，卢浮宫断断续续地将 2000 多件在战争时期收集到的艺术品（包括圣马可大教堂顶的铜马）交还给了它们的主人。

法国的精英们紧紧抓住他们剩下的文物，并赋予了卢浮宫民主主义的色彩。在法国的博物馆体系中，还从来没有任何一件文物被出售，而卢浮宫本身也已经成为了法国的文化遗产。对希腊人来说这可能是一件匪夷所思的事情：被卢浮宫所占有的帕特农神庙雕像已经成为了法国的一部分。这座收集了全世界文物的博物馆存在的意义就是为了讲述法国历史上的辉煌与力量。就像法国的民俗传说中所提及的，卢浮宫的潜台词就是"法国是一个伟大的国度"，无论是从艺术层面、历史层面、哲学层面、政治层面、科学研究层面，还是从食物层面，法国一直引导着人类文明的进程。几个世纪以来，精英主义已经成为这个国家形象不可分割的一部分，甚至比法国大革命更为深入人心。事实上，正是平等主义与精英主义的共同作用才形成了法国那独特的魅力，而这两者在法国这片土地上并不是对立地存在着。卢浮宫的馆藏是一个很好的证明：法国人一度统治了许多国家并且教导当地人学习法语，将当地的珍宝运回卢浮宫让欧洲人欣赏那些令人惊异的文明产物。深入法国人血脉中的观念让他们相信——大部分，但并不是全部人都这样认为——卢浮宫保存并展出那些珍宝应该让全世界人都感到荣幸。那些文物和珍宝是如何被运到卢浮宫的，这个问题从来都不是卢浮宫馆长所关心的。他们为什么要在意关心这种问题？这里可是卢浮宫啊。

没有人能够无视卢浮宫那令人难以置信的规模。我的一生中曾去过许多博物馆。我曾见过无数古希腊文明、古埃及文明、美索不达米亚文明的艺术品。我也造访过卢浮宫许多次。但在我流连于这些令人印象深刻的艺术殿堂的岁月里，无论是观赏玻璃金字塔，还是在满是 18 世纪雕塑的花园里漫步，都不能让我准确地把握卢浮宫的底蕴。当第一次步入那一间间堆满了文物的房间时，我只觉得那里的文物简直无穷无尽。不光是米罗的断臂维纳斯或者是来自萨莫色雷斯岛的胜利女神像，也不止是整整 9 个房间的古希腊花瓶，更不仅是协和广场上的纪念碑边上的木乃伊、石制狮身人面像和狒狒雕像，虽然这些最后都因为19世纪人们的假正经而移入了卢浮宫内（因为狒狒的生殖器清晰可见）。在所有的游客都离开卢浮宫之后，我依旧留在埃及馆中。经过那些大部分游客都路过的令人赞叹的房间，其中有辉煌的拉美西斯二世的石像，两尊红色花岗岩狮身人面像，巨大的阿蒙诺菲斯三世的腿部雕像也被安放在这里。当那些游客理解了它们所蕴含的古朴之美时，他们都被这威严壮丽的景致所震撼。

当然，卢浮宫收藏文物的历史中也有着黑暗的一面。让我们回到1826年，卢浮宫埃及馆藏背后的黑暗就如同它的辉煌一般让人窒息。象形文字的解码者，让·弗朗西斯科·商博良是卢浮宫埃及馆的首位馆长，埃及馆中的收藏是卢浮宫的基石，是法国大革命的象征，是以启迪整个欧洲为目的而建的。而事实上，对于这些物件的定义是在现代埃及学之下诞生的。所有的这些举世瞩目的，甚至是不朽的展览品归根结底都是文物，而在它们到达卢浮宫之前根本不被任何人所拥有。它们当然是有过去的，只是并没有在博物馆或者博物馆的藏书库中有记载而已——其中的大部分是在19世纪对埃及的掠夺中得到的。商博良在短短的几年之内就为卢浮宫收藏了超过9000件的文物。一些是从拿破仑的征伐中得到的，而更多的则来自拿破仑时代之后数十年中那些贪婪的冒险者从埃及的土地上拆下的遗迹。

一些人将这种破坏遗迹的行为定义为保护它们免遭灭顶之灾的义行，因为埃及曾一度拆下那些文物并毁掉遗迹作为建设之用。这种观点，在现在的主流观点看来实在是太过于简陋了。虽然有许多埃及的统治者都计划将那些遗迹拆毁用作建造工厂（现代埃及的奠基人穆罕默德·阿里帕夏就曾计划利用搭建金字塔的巨石，但是埃及学家比如乔瓦尼·贝索尼让他意识到了这是个坏点子），但真正驱使着那些冒险者奔向遗迹的动力无疑就是贪婪和民族自豪感。他们希望在他们的英国、法国、德国同行动手之前，为自己的国家抢到尽可能多的文物。于是，商博良才得以从英国总领事亨利·沙尔特手中买到4000件艺术品——当沙尔特发现大英博物馆所给出的价钱远远少于卢浮宫时，他毫不犹豫地这样做了。商博良同样从沙尔特的掠夺竞争者——法国总领事贝纳迪诺·德霍维提手中买到了500件文物。而在此之前，卢浮宫已经从另一名冒险者埃德姆－安东尼·奥古斯都·杜兰特手中收购了2500件文物。在商博良生命的最后阶段，他来到了埃及并带回了其余的102件文物，包括两件从塞提一世的墓穴中生生凿下的浅浮雕；3件兵不血刃地从一名不知名的19世纪冒险者手中夺得的阿蒙诺菲斯三世墓葬中的彩色雕像，这3件彩色浮雕在被运至卢浮宫之前一直在卢旺达国家图书馆中有过记载。“在当时除了讨好商博良之外，根本没有任何的规则可言。”一名85岁的埃及本地商人罗杰·卡瓦姆评论道，他也曾卖给卢浮宫大量的文物，他的父亲和祖父也都曾这么做。“埃及的法律根本不禁止这样的贸易，而这种行为无疑是为了能够讨好商博良。”

法籍埃及学家奥古斯都·马里埃特是当时埃及遗迹方面的主管，埃及的开罗博物馆也是在他的努力下建立的。奥古斯都于1850年来到埃及，并开始在塞加拉发掘文物，在那里他发现了塞拉皮雍——阿比斯神牛的地下墓穴。在之后的4年里，马里埃特运送了超过6000件的文物到卢浮宫，包括一件最为著名的埃及雕像——书吏坐像。这尊坐像现在正作为卢浮宫一本收藏目录的封面出现在世人眼前。卢浮宫另外的2500件收藏则是由一名法国医生安东尼·克劳特提供的（他在1850年来到埃及帮助埃及政府完善医疗体系）。在那个时代，埃及的文物部是由法国人把持的，埃及人根本没有权利决定本国文物的去留。

卢浮宫的文物收藏数量在拿破仑三世时期又经历了一次飞跃，当时正是法国探险家深入小亚细亚地区与美索不达米亚地区的时期。1842年，保罗·艾米尔·波特正是摩苏尔地区的总领事，摩苏尔在当时还接受奥斯曼帝国的统治。波特本打算寻找《圣经》中提及的城市尼尼微，但机缘巧合之下，他却找到了豪尔萨巴德——亚述萨尔贡二世的行宫遗址，它的入口处是令人眼花缭乱的人首有翼牛像群。在接下来的几十年内，法国政府开始极力收集他国的文物——通过政府直接获取或者指派一些地区（雅典、开罗、罗马和奥斯曼帝国）的一些法国机构——无数探险者开始在那些地区进行发掘工作并将那些从亚述地区、腓尼基地区、闪族地区、巴比伦地区、美索不达米亚地区和波斯地区新出土的文物送往了法国。这场运动让法国的博物馆收藏得以飞速增长，那些文物大多获取自与欧洲诸国有合作发掘关系的国家与地区，甚至有一些国家允许欧洲国家随意拿取本国的文物。

当然，掩盖那些埃及文物的来源并不仅仅是因为这点，还有一个非常重要的原因，那就是这种文物交易会让卢浮宫的地位显得十分尴尬。毫无疑问，大多数游客都将沉迷于那些文物的来源，他们会希望了解那些艺术品是怎样来到卢浮宫的。博物馆的工作人员强调，越来越多的人对那些问题感兴趣，但很多问题他们根本没办法给出解释。两件无价的艺术品已经被他们藏到卢浮宫的一个偏厅中了，就在主展厅边上的一间放满了木乃伊的房间里。你很容易像我一样忽略它们。第一件是帝王碑，那是埃及皇室的完整谱系表，有整整 3 面墙那么大，用彩色的雕刻、浮雕以及象形文字镌刻着各个帝王的名字。这是图特摩斯三世（前 1472—前 1425）下令建造的，这块碑石上覆盖着 11 个世纪以来埃及法老的历史，其上有 61 个名字，许多都是法老。这是目前所知的 5 件埃及皇室族谱中的 1 件，所以它的历史价值简直可以说是无与伦比。但是，在近距离的检视下可以看到这件藏品已经被严重地破坏了。超过半数的碑文是通过“错视画”的手法修补上去的。为什么会发生这种事？如果你看见了这尊石碑左侧的解说文字，就会明白这尊石碑是在 1843 年由探险家埃米尔 · 普利斯 · 德阿冯斯从它的原址上硬生生地拆下来的。“艾米尔从卡纳克遗迹里硬生生地拆下了它。”卢浮宫的工作人员告诉我们。石碑上那些丢失的文字是在拆除的过程中遭到破坏的，幸运的是，普利斯在带走那块石碑之前先建造了一块它的石膏模型，那样他们就可以在送达卢浮宫后逐渐修补它。

但这个故事根本就是荒唐的，选择性地截取事实在任何致力于保护历史的组织眼中看来都无疑是太过于荒谬的：卢浮宫认为普利斯是一个悲剧式的英雄，他花费了 40 年的时间用于发现和理解古代文明，尤其是埃及文明。

艾米尔·普利斯，艺术家，探险家，掠夺者

他是一个天才的艺术家，他创作了数百件素描作品、印象派作品以及上千件埃及神殿与墓穴中埋藏的雕像和浮雕的石膏模型。他所有的作品都是19世纪那场声势浩大的挖掘、掠夺和不能挽回的破坏的剪影。但最后他却带走了与帝王桌齐名的帝王碑，就他看来，那是为了保护它。即便是在卢浮宫无数辉煌的历史中，一本由尼古拉斯·阿尔尚博编撰的记录也提到，普利斯事实上一直在掠夺当地的浮雕，而他的劫掠时间远远早于德国人。当时他正住在古底比斯的卡纳克神庙遗迹的附近，根据一片已被充作工厂石料场的遗迹中的记录显示，普利斯在没有任何许可文书——由奥斯曼帝国发行的许可证——的情况下，在一个夜晚动用几名工人和一些工具运走了许多浮雕，同时被运走的还有一些公元前4000年的石柱以及珍贵的纸草书。他贿赂了当地的官员，以期望能将那些文物装进27个大箱子中运往开罗。之后他又将那些箱子从开罗运到了亚历山大城。1844年，也就是整整一年之后，他终于将那些文物送到了法国。但同样的，民族主义成为了他这些行动最好的掩饰，法国人对普利斯的行为表示了感谢：“从破坏之中挽救了它们……以及从普鲁士军队手中挽救了它们……更重要的是，你拒绝将它卖给英国人。”

悲剧的是，法国并没有对这些发现给予足够的重视与保护。帝王碑必须得到整修，并计划在国家图书馆中普利斯的一次展览会中亮相。但正是由于普利斯忙于这次展出而疏于看管石碑，整修的工人往碑上涂上了滚烫的亮漆而不是无色的虫胶，这彻底地破坏了碑上的那些画作。普利斯的儿子在他的传记中提到：“一件35个世纪以来都保存完好的艺术品就这样被冷漠与无知给毁了。”普利斯在这个故事中究竟是一个英雄还是一个小丑呢？也许普利斯的确拯救了石碑，但卡纳克神庙中遗留的大部分东西并没被损坏。“错视画”的修补手法的确也是由他的早期素描创作中发明的，但这个技巧之所以应用，正是因为他把石碑从遗迹上撕扯了下来。所有这些故事都不能在卢浮宫关于帝王碑的记载中有一丝一毫的体现。

另一件同样无价的艺术品就被放置在帝王碑的对面，那正是扎希·哈瓦斯所一直致力于寻回的5件巅峰艺术品中的一件——丹德拉神庙的星座石板。这块石板极易被前来博物馆的游客所忽略，因为它被放在了远离主要游览路线的偏僻小房间里。这块石板在1820年被法国收藏家塞巴斯蒂安·路易斯·索尼埃以及他的中间人让·巴蒂斯特·勒罗兰从丹德拉神庙中带走。对于东方学专家来说，这座丹德拉神庙是异常熟悉的，因为它正是维万·德农所描绘的无数奇迹中的一座。1777年拿破仑的军队南征时，它第一次展现在欧洲人的眼中。虽然这块石板现在已经不再完整了，但无论从任何层面上来讲它还是无与伦比的。这块星座石板显示和蕴含了古埃及天文学中错综复杂与千变万化的图像与标志，其中的一些星座形象至今还被天文学家所沿用。作为一件历史文物，这块石板记录了古埃及人在研究天文现象与星体运动方面的神秘理论——包含了对行星、日食以及星座的研究。这块石板给予了我们2050年前的天文研究的珍贵资料。其中一片雕刻记录了公元前 51 年 3 月 7 日中午 11 点的一次日食。其余的雕刻则记录了从公元前 50 年 6 月 15 日至 8 月 15 日的星座运行轨迹。上面所雕刻的大熊星座、小熊星座、金牛座、仙后座、猎户座、天蝎座、射手座——这些都是我们所熟悉的星座。这真的很重要。索尼埃是法国里昂的前警察局长，他在拿破仑复辟之后被罢免，而正是他将这块石板交到了法国的手中。

根据卢浮宫记录文件上的资料来看，索尼埃成功地得到了埃及的统治者穆罕默德 · 阿里的许可，他可以带走这块石板。但记录上并没有显示是什么原因才让穆罕默德 · 阿里作出这样的决定。工程师勒罗兰在法国制造了特别的工具来帮助完成这次运送。索尼埃在丹德拉神殿的天顶上工作了 22 天，他试图用凿子和锯子将这块石板从丹德拉神庙的穹顶上撬下来。但超过 3 个星期的工作却始终毫无进展，于是勒罗兰试着在石板的周边点上火药来使石板松脱。最终这个方法奏效了，虽然它也毁了附近的一座伊西斯神像。最后这块石板被工人们放在特制的滚木上挪下屋顶运至一条等候多时的船上。这些滚木途中就彻底报废了，因为那块石板实在是太重了。不得已，勒罗兰只得再次动用杠杆和大量的人力硬生生将这块石板挪至河边。而在河边又发生了戏剧性的一幕：星座石板从安置它的木架子上滑了下来，陷进河边的软泥地里。这在 200 年前简直是一场大灾难。在那个时候，即使在法国内部也有许多人抗议对埃及文物的破坏性掠夺。学者埃德姆 · 若马尔就极为反对让 · 弗朗西斯科 · 商博良的所作所为。亨利 · 沙尔特也同样反对这种掠夺行为，但他是为了自己的目的才反对的。他计划着将星座石板据为己有并将它卖给大英博物馆，但索尼埃让他的想法破灭了。

我曾经就当年那次破坏性地带走星座石板的问题询问过卢浮宫的埃及馆馆长克莉丝汀 · 齐格勒女士，她有着苍白的皮肤和缓慢的语速。她回答说："不然你准备怎么将一块这么大的石板运走？"

和帝王碑的命运不同的是，星座石板在拆卸与运送至法国的这一路上都没有遭到破坏，甚至保护得比它在丹德拉神庙时还要好。运抵法国之后，这块石板以 15 万法郎的价格被卖给了当时的法王路易十八。他将这块石板安置在国家图书馆，并一直尘封在那里。直到1919年，石板才被运到了卢浮宫。今天，来到博物馆的游客可以看到关于星座石板上的雕刻的详细介绍。但这份介绍中并没有一个字提及这块石板是怎么来到卢浮宫的。

卢浮宫的埃及馆是一个令人目眩且博大精深的分馆。一个个的房间陈列着古埃及生活的方方面面——饮食、家具、珠宝、农具、记录、服饰、性以及复杂神秘的木乃伊仪式。古埃及的精神只能通过收藏在博物馆里的那些令人惊奇而完整的文物上才华横溢的用色和雕刻细节来窥见。卢浮宫里有一整个房间用来摆放古埃及的手镜。那里有一个用玻璃展示柜保护起来的东西，馆长叫它做“claquoirs”—— 一种古埃及的响板，在另一个展示柜中则摆放着一些形似象棋的桌上游戏用具。但卢浮宫对于这些东西的来源都没有一个明确的说明。当游客进入埃及馆时，第一件震撼到他们的文物一定是一尊花岗岩制的狮身人面像，这尊雕像边上写着这是“在坦尼斯被发现的”，但是大部分的游客可能并不知道那是哪里（坦尼斯位于尼罗河三角洲的东北方）。这尊石像如何从那么远的地方来到法国皇宫的地下室也完全没有任何记载。在另一间房间里你们可以看见，曾经装饰在吉萨狮身人面像上的拉美西斯二世浮雕，现在装饰在卢浮宫的墙上。边上的介绍里写着：“这面浮雕是在狮身人面像双脚之间发现的。”太奇妙了。但是，是谁在什么时候将它带来的呢？那又是怎样的一个故事呢？对于卢浮宫的游客来说，这是一个迷人但无解的问题。在我走到埃及馆的尽头准备转身的时候，我发现自己正站在墙角的一整排塞克迈特神的坐像的面前，它是从阿蒙诺菲斯三世时期开始被崇拜的神。我数了数这一整排坐像，总共有7个，它们均是黑色的。之后则是你绝对无法忽视的拉美西斯三世棺椁，它足有80吨重，雕刻着无数复杂的图形，它是在帝王谷被发现之后运到卢浮宫的。

最后，夜幕降临，卢浮宫也将要闭馆了，我却还徘徊在其他房间的埃及艺术品之中寻找那些古代的珍宝。现在的博物馆寂静而昏暗，仿佛被遗忘了一般。突然我停下了自己的脚步，因为我看见了一件熟悉但奇异的东西。它被藏在一面昏暗的墙壁后方，高高地摆在架子上，除了一盏照着它的小小射灯之外没有其他的标识。那是阿肯纳顿王雕像的头部，那位变节者、革命者。他是一神论最著名的追随者。在这具头像边上的介绍里简单地写着埃及将阿肯纳顿王的头像捐赠给了卢浮宫。没有日期、没有理由。而我在很久之后才知道，这是一件来自政府的礼物——如今，这样的文物已不再被允许出境——用于感谢法国考古学家同时也是卢浮宫的馆长克里斯蒂安娜·迪斯洛契斯·诺布勒古保护了埃及南面的阿布·辛贝神庙。这个故事好像给人以一种错觉，那就是埃及可以提供无穷无尽的文物。在 20 世纪 60 年代，为了完成阿斯旺大坝，埃及总统贾迈尔·阿卜杜·纳赛尔提出了一个方案，将大坝周围的遗迹沉入水底。迪斯洛契斯·诺布勒古成功地联合了联合国教科文组织提出抗议，保护了阿布·辛贝神庙，但她并没有能够成功地保住另一个较小的神庙——艾曼达神庙。根据法国由来已久的传统，迪斯洛契斯·诺布勒古宣誓道："La France le sauve！（法国将会保护这些神庙！）"即使是对此毫无兴趣的法国总统戴高乐也极力保护这些神庙。这是一项极为浩大的工程，法国人将那些神殿分解成一块块的石料，并将它们送上火车运到几英里以外比它们的原址高 180 英尺[1] 的地方。同样的，在这次运送过程中的幕后交易也不会在阿肯纳顿所在地有任何记录被保留下来。

在卢浮宫的这尊阿肯纳顿头像的上部已经有很大一部分消失不见了。从正面看，他很瘦；但从侧面来看，他有着优美的轮廓，阿马尔那时期的脸部线条很完整，那真的非常好看。这位法老正在微笑。

在这些艺术品的背后，卢浮宫的行政楼与那些富丽堂皇的房间以及其中陈列的珠宝和超过 35 万件藏品（只有 1/10 属于卢浮宫的永久收藏）中透露的尊贵并不一样。除了办公室里一幅带框装饰画和走廊上的另两幅之外，卢浮宫工作人员的办公楼里没有任何装饰品。所有的办公室都已经很陈旧

[1] 约 55 米。

了，看上去它们都需要被重新粉饰。10 英尺[1] 宽的精致天花板下满是新的办公椅，但天花板并不显得富丽堂皇，而老旧的木质楼房早已嘎吱作响了。

这个国际知名的博物馆后巷的故事本身就是一个很好的研究对象。无论卢浮宫的庭院和展览厅装饰得多么辉煌而神奇，它的后面依旧还是和地区影院的紧急逃生通道一样。它们的背后都挂满了布料也都堆满了杂物——那些并不是莫奈的残次画作，也不是一些大理石雕像的碎片，更不是一些早已被遗忘的 19 世纪画家的水粉风景画，而是一些放满了博物馆目录和旅游手册的小箱子，以及一些梯子、脚踏式升降机和一些奇妙的方便工作人员登上屋顶的液压装置。而一些新的博物馆，比如盖蒂博物馆的后巷就更为明亮、宽敞，并且装有大型的起重机来运输一些大型艺术品。但即使那里也带有一些马戏团后台的味道，你们可以看见一些刷墙的涂料、钢琴线，但却并没有任何的工艺品。

“世界上最好的博物馆是什么样子的呢？”卢浮宫在 2004 年的博物馆志中向前馆长米歇尔 · 拉克洛特提出了这样的一个问题。这是一个难以回答的问题，但他的应对却非常得体：“这很难讲。但只有很少的博物馆能够广泛地收藏着从公元前 3 世纪到 19 世纪中叶的大量艺术品。”这篇报道的副标题也极为微妙——“最成功的博物馆”。

西方现存最著名的几所博物馆都有它们各自的传奇和秘辛，其中，卢浮宫格外注意保护它的金字招牌，最明显的是在苏利庭院入口处的展览区里就展示着这家博物馆的历史资料。应该说这些资料中的内容与其他博物馆所展示的完全不同，因为卢浮宫的巨大规模以及独特的历史——它在 15 世纪时是一间狩猎者小屋，而之后则变成了一座城堡——已经让它显得那样引人注目。有些人认为，卢浮宫收藏的艺术品的价值是这个世界上任何一家收藏机构都难以望其项背的。仅仅在一条偏僻的走廊里你就有可能发现一整套大理石像，它们雕刻的可能是博物馆的历任馆长，也可能是法国大

[1] 约 3 米。

革命的功勋伟人，或者是大革命的主要反对者。但即使卢浮宫是一家对公众开放的博物馆——事实上，它对全世界都开放——这座建筑中所隐藏着的文化与历史也还是迷雾重重。卢浮宫的管理人员认为，与法国有关的一些资料就和那些被严密保护的机密文件一样，没有向不相干的公众展示的必要。这一点和大英博物馆、盖蒂博物馆或者纽约大都会博物馆不同，卢浮宫从未将这些资料展示给公众。如果有些人想要了解一些关于卢浮宫是如何获得一些收藏品的古老资料——比如说米罗的维纳斯是如何被运到卢浮宫的——除了一句"这些资料只能掌握在博物馆馆长手中"这样的警告之外，他们什么也得不到。

但这座博物馆的文化——它的特别之处一直都隐藏在那些传奇与官方给出的故事之下，你可以在很多地方找到蛛丝马迹。当注视博物馆中收藏的艺术品或者阅读卢浮宫的介绍杂志时，你可以轻易地了解到卢浮宫的工作人员是如何看待卢浮宫本身的。但事实上，关于收藏品最迷人的故事往往是博物馆不愿意告诉你的东西。卢浮宫的艺术品目录很小心地解释当年和一些国家合作开发文物的项目，这些项目让许多欧洲国家从一些类似埃及的国家抢走了无数文物。"感谢法国在政治上的强势，这让卢浮宫获得了许多从地下挖掘出的艺术品。"在卢浮宫的艺术品目录上这样写道。它很小心地介绍了卢浮宫是如何得到这些文物的，却只字不提那段写满了掠夺的历史。目录中提到了许多卢浮宫的伟大收藏，比如《汉谟拉比法典》石柱——巴比伦人所创造的已知人类最早的法典。这座法典柱上罗列雕刻了282条罪行以及惩罚措施——包括最著名的法律条文"以眼还眼"——石柱显示出早在4000年前人类就已经创造出一套统一的社会规则以及可靠的法律体系。目录中指出，这座建于公元前1792年至公元前1750年之间的法典柱，曾在公元前12世纪时作为战利品从巴比伦，也就是现在的伊拉克被运到了苏萨——一座埃兰的古城，在现在的伊朗境内。5个世纪之后，也就是公元前646年，亚述王亚述巴尼拔攻克了苏萨的卫城，而这座法典柱也就此被掩埋在了苏萨的土层之下。但这段记录并没有提到法典柱是如何又是什么时候来到一座法国的博物馆中的。

事实上，《汉谟拉比法典》石柱是 1901 年时被法国考古学家雅克 · 摩根在法国教育部与艺术部发起的一项挖掘行动中获取的，雅克 · 摩根正是当时波斯地区挖掘事宜的主事人。当时的伊朗国王纳赛尔丁 · 沙签署了一份文件，授予法国拥有在伊朗发掘出的文物的专卖权。摩根将注意力集中在了苏萨地区，他对一个被当地人称作“堡垒”的 100 英尺 [1] 高的大土堆非常感兴趣。这座土堆中一层一层地堆积着历代古文明的遗迹，而摩根则对其中最古老的那一层格外关注。这项自 1897 年开始的挖掘计划有着许多惊人的发现，包括埃兰的铁器以及战争后残留下的巴比伦遗迹。1901 年，也就是伊朗最后一位国王穆扎法尔丁 · 汉继位不久，《汉谟拉比法典》石柱终于重见光明，而这位国王也同样签署了一份同意所有在苏萨出土的文物归属于法国的文件。这根断成三截的石柱在 1902 年被运到了法国，之后它的秘密被法国东方学家让 · 文森特 · 夏尔所破解。夏尔是一名多米尼加的牧师，他一直主导着法国在埃及与波斯的发掘行动，在工作之余则致力于研究这块石柱的秘密。也正是这位夏尔先生将法典送到了卢浮宫。

卢浮宫的东方馆中并不曾记载这个故事。黑色玄武岩质的《汉谟拉比法典》石柱上有如图腾般雕刻着的酷烈法令赤裸裸地展现在公众的视野之前，并没有被任何玻璃罩保护起来，就这样立在一间展览室里俯瞰着瑞弗里大道上熙熙攘攘的人群。《汉谟拉比法典》石柱的展览室本身就十分偏僻，其中的展览品也是随意摆放着，就好像这座法典柱和卢浮宫其他上千件无价之宝一样仅仅只是有着古老的历史，而不是一把解开古老文明之谜的钥匙。在它身边的艺术品介绍里阐述着《汉谟拉比法典》的重要性，并且解释了法典上立法者躬身站立于太阳神沙玛什之前的浮雕的意义。但其中并没有提到石柱在最近几个世纪的确切归属。

强调《汉谟拉比法典》石柱是巴比伦而不是波斯历史的一部分是毫无

[1] 约 30 米。

意义的。一件仿制品曾在巴格达博物馆昏暗的地下室中被发现，这家博物馆在2003年萨达姆·侯赛因落网之后曾被洗劫一空。如果当时在地下室中的是《汉谟拉比法典》石柱原件，那将会是怎么样的一种状况？也许那些洗劫博物馆的人不会去动它，也许他们会毁了它。大约有4000件在这次洗劫中丢失的文物已经被找到，这远远少于17万件的数量（博物馆的全部收藏）。现在，复制品被找到了，而原件在卢浮宫，对所有的游客来说，他们无法避免地会认为这真是一种奇怪的状况。

卢浮宫收藏的大部分艺术品的情况和《汉谟拉比法典》石柱以及星座石板一样，都是机缘巧合之下"凑巧"地出现在了卢浮宫，或者是由于法国因为"神圣而崇高"的理由介入他国而被运送到卢浮宫。在卢浮宫的希腊—罗马—伊特鲁里亚分馆中，许多艺术品仅仅只有简单的一句介绍"购买于1807年"，其他早于这个时间收集到的文物则标注着"皇室收藏"的字样。文物到欧洲之后，它们如何转手就有了十分明确的记载。比如在一座雅典娜大理石像的底座上写着"马太的收藏品；1808—1815红衣主教弗莱施；1821年路易十八购得，并转交卢浮宫"。在这个分馆中，米罗的维纳斯是最独特的一个，它的周围围满了好奇的游客——他们对着这尊雕像发呆，心中暗自猜测究竟是什么让它与其他类似数十件古希腊雕像如此不同——维纳斯背面的标签上写着"发现于1820年4月"，并介绍说这件雕像是在希腊基克拉迪群岛中的米罗岛上发现的。但上面并没有透露更多的细节。卢浮宫不会告诉游客米罗的维纳斯——这座古希腊最杰出的雕塑是一个名叫欧格斯的农夫在孤岛米罗上耕地时发现的。根据1847年出版的《古代艺术历史手册》中所记载的，发现地就在古代剧场的左近。另一条记录则显示，法国水手迪蒙·迪尔维尔当时正在岛上并帮助发掘了这件艺术品。一名在这座岛上的巴伐利亚富有王子买下了这件雕塑。但许多民族主义者更愿意相信这样的解释：法国人和威尼斯王子摩洛西尼都很垂涎这件艺术品。它曾一度被保存在摩洛西尼的船上，摩罗西尼回国的航程格外顺利。但最后法国还是通过强大的外交策略得到了这件艺术品。法国大使利维耶尔侯爵向

萨莫色雷斯的胜利女神像

奥斯曼帝国的苏丹递交了申请，并最终成功地得到了这件艺术品。之后它被送到法王路易十八的手上，而路易十八则在1821年将它交给了卢浮宫。信息的缺失并不会减少游客心中关于维纳斯的来源的疑惑。在我参观米罗的维纳斯时，有一名美国游客仔细阅读了基克拉迪群岛的地图后喃喃自语道："这好像是在告诉我们这件艺术品是从哪里偷来的。"

卢浮宫对于在附近展出的帕特农神庙的雕带残片同样讳莫如深。这些雕带残片是法国使者在埃尔金伯爵之前得到的[1]（1801年，埃尔金伯爵带走

[1] 埃尔金伯爵带走的大理石雕像被英国政府收购，并保存于大英博物馆至今。

神庙剩下的大理石雕像并顺手带走了雕带）。它们的标签上并没有提到任何法国与英国之间文物掠夺竞赛的信息，而仅仅标示着它们在这个时候已经属于法国而不是英国或者雅典。“大革命时期获得，1798”，它们的标签上这样写着。

当一件文物的历史适合卢浮宫的时候，这间博物馆会给它提供详细的细节描述，告诉游客这件文物为什么会出现在卢浮宫的墙上。最明显的例子无疑是萨莫色雷斯岛的希腊胜利女神像，这是卢浮宫最著名的3件藏品中的1件。它立在卢浮宫内达鲁阶梯的最顶端，就在伊特鲁里亚馆入口的前方。这件雕像可以追溯到公元前190年，虽然雕刻者已不可考，但它依然是希腊最堂皇的雕刻作品。这尊6英尺[1]高的大理石像是一个肋生双翅的女性，她立于一艘石船的船首。雕像的头颅和双臂已经不见了，但打褶的长袍栩栩如生地再现了她立于船首的英姿。卢浮宫用一本塑封的硬纸小册子详细地介绍了这尊雕塑的历史，并将它翻译成6种语言。对此感兴趣的游客可以了解到这尊石像是法国驻阿德里安堡——奥斯曼帝国第二大城市——总领事查理·尚普索瓦于1863年3月发现的。27岁的尚普索瓦是一名业余收藏家，他搜索了萨莫色雷斯岛的每一寸土地并找到了胜利女神像的残片。册子中并没有提到尚普索瓦是一名年轻的野心家，他希望取悦当时当政的拿破仑三世，他知道拿破仑三世有多么热爱古代文物。当时尚普索瓦并没有得到奥斯曼帝国当局的允许就带走了文物，而法国也欣然地接收了这些碎片，因为当时的萨莫色雷斯岛上根本没有任何居民——奥斯曼人在1821年时屠杀了数千名居住在萨莫色雷斯岛上的希腊人，在希腊历史上被称作“萨莫色雷斯的大屠杀”，剩下的希腊人则被奥斯曼帝国卖作了奴隶（萨莫色雷斯岛直到1912年才被希腊占领，并在之后立刻成为了希腊的附庸）。尚普索瓦于1863年4月15日向君士坦丁堡大使穆思杰侯爵发送的信件中提到：

[1] 约1.8米。

今天我挖出了一些有趣的东西，一座带翅膀的胜利女神像（或者说它看上去是那个样子）。它身体的大部分是用大理石雕刻的，但我并没有找到头颅和双臂，而另外的部分则是从萨莫色雷斯岛上发现的。剩下的部分中，躯干和双脚是完整而完美的，我从未见过有任何古希腊的作品能胜过它的，无论是胜利女神浮雕还是帕特农神庙中伊瑞克提神殿里的胜利女神柱都比不上它。

在之后的15年里，当尚普索瓦意识到这尊神像将为他带来什么之后，他持续不断地搜寻这尊雕像可能的残片。他猜测，这尊雕像可能是用于迎接到达萨莫色雷斯岛港口的船只的。他并不是考古学家，因此当这尊雕像到达卢浮宫时，只是一堆杂乱无章的碎片。当时，一位博物馆长写下了这样一句话：在一打包裹内有大概200块碎片，其中118块是躯干部分。最终卢浮宫的博物馆长和专家们花费了15年的时间慢慢地将这尊雕塑恢复完整，补齐了缺少的部分碎片。最后在1879年找到了这尊雕塑的底座部分，他们将这块巨大的船首石安在了胜利女神像的下方。胜利女神像的处女展在卡亚第德厅中举行。1884年，这尊无与伦比的雕像最终被安放在了达鲁阶梯的最高处，直到今天她还依旧受到无数游客的赞叹。这些信息对了解这尊雕像为什么如此受欢迎有着极大的帮助。在这个例子中，卢浮宫扮演了一个无比重要的角色，他们发现并保存了这座雕塑，用一种令人赞叹的方式让她展现在公众的眼前，无数从这个方向进入博物馆的游客都将被她的美丽所震撼。若不是尚普索瓦的话，这座雕像现在依然还是无数埋藏在地下的碎片。难怪卢浮宫急于将整个故事和盘托出。

克莉丝汀·齐格勒在即将从卢浮宫埃及部主管的职位上退休之前，在她狭窄的办公室里接待了我。她的办公室位于卢浮宫雅致的庭院——十字广场边上，在通向玻璃金字塔的步道的后方。齐格勒为卢浮宫工作了35年——这几乎是她全部的职业生涯——指导研究项目以及运营埃及部，并于 1997 年与 1998 年大规模地改组了埃及分馆。她是一名皮肤苍白的金发女性，画着淡妆与蓝色的眼影。齐格勒毕业于享有盛名的巴黎大学政治科学院。一开始，她是一名高等院校的教师，直到 1972 年，她才开始为卢浮宫工作，并从事萨卡拉的考古学研究工作直到 1991 年。

但令人惊奇的是，对于许多国家向卢浮宫追讨文物这件事，齐格勒并没有特别想说的。事实上，在这个问题上她似乎并不擅长说俏皮话。这也可能是她作为法国当局雇员本能的自我保护反应。不过，即便如此，齐格勒还是谈了一些关于她第一次听说埃及声称要讨回文物时的事情。她第一次听说扎希 · 哈瓦斯要求柏林博物馆归还奈芙蒂蒂胸像的事情就好像刚刚发生一般历历在目。而在被告知扎希 · 哈瓦斯于 2007 年 5 月的那次电视讲话之前，她从未担心过卢浮宫的星座石板。“那是我第一次听说这件事。”她说道，虽然哈瓦斯这种主张已经在国际性期刊上发表过了很多次。她当然认识哈瓦斯。“但我和他从来不会去讨论这个问题，”她说道，“我们认识很多年了。那时候我们都还很年轻，所以我们的关系一直保持在埃及学家和埃及学家的范畴里。”

她对于这次的追讨要求是怎么看的呢？开始她拒绝回答。“这个问题其实不该由我来讲。”她敏感地说道。最后，她终于投降了。“对此我其实并没有很深入地研究过，”她说道，“这是一个很敏感的问题。”沉默了一会儿后她继续补充道：“埃及人并不觉得他们是古埃及文明的继承者。他们信仰伊斯兰教，而古埃及人则信奉多神论。”换句话说，现代埃及人与那个曾经生活在这片土地上的伟大民族并没有太大的关系。“在归还财富和归还文物之间还有另外一条路。”她继续说道，“如果埃及人真的希望埃及发展，他们应该做相反的事情。他们应该将自己保存着的一些文物出借给其他国家，或者卖掉其中的一些。他们有太多东西了，简直是数不胜数，每周都会有新的文物被发现。如果我是一个埃及人，我绝对不会关心归还问题。这些流失文物是埃及的外交象征，它们的存在让无数人向往埃及这片土地，希望去那儿看到更多的东西。”而对于哈瓦斯背后的动机，她说道：“如果是关于这个问题，那我们应该将所有的文物都送回到棺材里。虽然这种极端的做法是很可笑的，但那些文物的确不是造出来让人观赏的。”

最后，我们的谈话又回到了将文物送出国对埃及本身是有好处的这个观点上。“埃及有着这样丰富的遗产，甚至还有更大数量的文物埋藏在地下未被发现。”她说道，“埃及并不缺杰作，我认为将一些文物送出埃及会让更多的人对古埃及文明感兴趣。”

弗朗索瓦丝·加香是法国当局麾下的博物馆管理组织——国家博物馆联合会的前任会长。她同样对一些文物来源国希望讨回在卢浮宫展览了数十年的文物的诉求感到疑惑。“我们没有做过这样的事。”当我询问她关于掠夺文物的问题时，她这样回答。于是我列举了正保存于英国的帕特农神庙大理石雕像，并说明卢浮宫的确从雅典卫城带走了一部分帕特农神庙的精美檐壁。在我这样刺激了她之后，她立刻改口认为欧洲人是所有来源于近中东地区文物的最佳保管者。“我相信如果那些文物还在那儿的话，它们一定会被毁掉。你应该知道，也就是土耳其人的所作所为，他们用（帕特农神庙）作为火药库。”1687 年的那场大爆炸造成了帕特农神庙陷入今天这样危险的状况。但事实上，威尼斯人才是造成这场大爆炸的元凶。[1]“我的第二个观点是，全世界人民都知道埃尔金大理石雕的原因正是因为它们被保存在了英国。”

之后我询问了她关于收藏在卢浮宫的埃及文物的问题。“行了，你真的对这些问题相当认真呀。”她回避了这个问题，“在法国还很弱小的时候，有许多法国的文物也一样被他国带走。”她这样类比道。在她的眼中，法国绝对不应该将乔治·修拉的点彩画杰作《大碗岛的星期天下午》卖给芝加哥艺术学院。“这幅画不应该离开法国的，它应该被保存在法国。”她说道，“但我也不会向芝加哥讨回这幅画。我们应该对自己过去所做的决定负责。”

[1] 土耳其军队曾将帕特农神庙用作军火库。1687 年 9 月 28 日，堆积的火药被威尼斯军队炮击引发爆炸，造成对庙体和雕刻的严重损坏。

事实上这完全不算是一个很好的比较。埃及从来没有从它本国的收藏品中卖出过任何一件给法国。那些从埃及流失的文物并不是埃及政府同意而是在其他政权的默许下发生的。但加香始终不打算放弃说服我。“他们必须为他们自己的历史负责。”她说道，而不理会那些被帝国主义夺走大量文物的国家在当时根本无法主宰自己的命运这样一个事实。从拥有者的角度去讨论被掠夺者，这样一个结论显然是最理所当然的。加香认为法国保护了那些落后国家的文物，避免它们因为各种各样的原因而被毁弃。这并不是她一个人的观点，事实上许多人都这么认为。当然这种观点也不是违法的，但它的确是一种自私的想法，正是这种观点的大行其道导致了无数关于归还文物的争论。

同样，那些先前被掠夺了文物的国家始终在不断追讨那些本该属于他们的东西。2 月初，馆长艾伦 · 帕斯奎终于完成了他的展览简介，但与此同时，他收到了更多懊恼的消息。在 2 月第一个星期一，他收到了一封来自希腊文化部长乔治 · 沃尔加拉基斯的电报，电报中提到一尊精美的男孩铜像“马拉松的引路人”将不会从雅典国家博物馆运到法国参加此次展出，而帕斯奎却早已在他的展览简介中将之列为主要展品了。希腊宣称这尊引路人铜像是一件“绝对不会离开国土”的文物。

丹德拉石碑

"巴黎从丹德拉带走了十二宫星座图，所以丹德拉也应该带走巴黎的十二宫。"

——摘自 19 世纪法国喜剧中的一节

在埃及天文历一年的最后一天，黎明前的宁静中丹德拉的砂岩哈托尔神庙安静得就像在它的入口处缓缓流淌的尼罗河。熹微的曙光为这座 60 英尺[1]高的建筑物镀上了一层淡蓝色，就像一个来自远古的精灵一般。在这座神庙的内部，女神的祭司们正穿过神庙的后方，等待着哈托尔女神的最高祭司将她从神圣的休憩之地迎出，以庆祝新一年的开端。

这个仪式一般会在夏末举行，通常是 6 月，这正好是天狼星出现的日子，也预示着雨季的到来。对古埃及人来说，这一天用来祭祀爱与音乐之神，庆典是众多让古埃及人带着祈祷与祝福进入神殿的日子之一，它远远早于亚伯拉罕、摩西或者基督出现在这个世界的时期。哈托尔女神是一名深受埃及人喜爱的神祇，她总是以安宁且怜悯的形象出现。她赐福那些求子的女性与祈愿远离疾病的人们。她代表着爱，而那些信奉她的祭司们，

[1] 约 18 米。

无论男女都体现着她的精神。哈托尔激发音乐家们的灵感，在许多作品中她都以携带着乐器叉铃的形象出现。在她的神殿中总是充满了音乐与欢笑。

哈托尔女神的祭司长正将她从神庙的休憩之地运出来，并将神像用厚厚的帘幕遮起来，带着她穿过一条走廊来到那些激动地等待祭祀她的民众身前。在安置神像的壁龛里，努特——天空之神——从神庙的天顶上俯视祭典。努特的神像用金色和深蓝色的漆绘成，传说她每天沿着天空自东向西飞行，在早晨吐出太阳，而在夜晚则将太阳吞下去。

之后祭祀就开始了。长袍峨冠的祭司长带领人群从神庙的侧室一直到阶梯处，他们一路穿过雄伟的多廊柱式大厅——大厅中有着大量雕刻精美的柱子，代表着埃及天文历法的 18 艘船环绕在穹顶周围。之后他开始沿着阶梯爬上神庙的屋顶，在他身后一群祭司带着祭祀用的水果，也带着丹德拉供奉的其他神祇的雕像。在黎明降临之时，这些祭司们登上 60 阶的石质阶梯，直到登上神庙的顶端。

在神庙的屋顶上是一个小型的露天祭坛，周围用许多石柱围成一个正方形，石柱上雕刻着面带笑容的哈托尔女神。在祭坛的中央，祭典在一阵颂歌中开始："献给欢乐女士、舞蹈皇后、音乐女神、竖琴女皇、合唱与舞蹈的女士、头戴花环的女神、永远快乐的神祇。"他们对着这位代表欢乐的女神唱歌，而祭祀也从这一刻正式开始。在清晨的第一缕曙光中，祭司们掀开了女神像上的帘幕，让女神沐浴在新年的第一缕阳光之下。

这就是丹德拉每年的哈托尔庆典的全部过程，丹德拉是 1000 年前埃及古王国时期祭祀这位传统宗教女神的宏伟神庙之一。历史上祭祀哈托尔的次数比其他任何神祇都要多，人们也会每年祭祀她的夫神荷鲁斯足足 15 天。毫无疑问，在距今约 2100 年前的托勒密王朝时期，哈托尔是这个民族精神文化不可或缺的一部分。

这座神庙的重要性就像是古代的巴黎圣母院，内里满是考古学的奇迹以及高深的艺术技巧。在它的正面是 6 座巨大的哈托尔神像，她们的头颅已经不见了。前厅中有着24根巨大的石柱，每一根都有20英尺高，6英尺宽[1]，上面雕刻着无数象形文字和女神的形象。在对这些石柱进行修复时，其上原本绘制的颜色依旧清晰可见——与神庙外部的淡蓝色一模一样，另外还有一些红色、白色和金色。穿过前厅一直向里走是一个一个的小祭祀厅，每一个都比前一个要更小一点，直到最小的一个，那里摆放着神圣的哈托尔女神像。这座神庙的建造年限超过150年——这差不多和巴黎那座哥特式大教堂[2]的建造年限一样——但是作为祭祀的中心的时间仅仅只有100年，之后它就成为了基督教的激进份子攻击的目标。一些年轻的基督教狂热信徒割下了主厅中许多立柱上的女神浮雕的鼻子和下巴。他们爬得有多高就破坏到哪里，至今神庙中还残存着离地面有20英尺的破坏痕迹。但即使遭到这么严重的破坏，这座神庙中优雅的设计和精致的细节依旧让后来者感到敬畏。今天，这座神庙可能是所有埃及神庙中最完整，甚至是保存最好的一座了。

但这座神庙却有一个异常醒目的污点，是一块代表没有从破坏中幸存的污斑。就在那个每年举行新年祭祀的庙顶祭坛的附近，一个雕刻着大量象形文字的砂岩房间的阴影中，在那块黑色的灰岩吊顶上一块难看且醒目的标志写着："丹德拉星座石板。"我们已经知道，原本镶嵌于此处的那块石板现在被藏在卢浮宫一个不起眼的角落里。而我们所不知道的是，丹德拉石板是如何被人从它原本应该存在的地方拆下来的。那块替代丹德拉石板的灰岩吊顶复制品就像一块难看的肿瘤。它的旁边有一座同样难看的被拉长了的伊西斯女神像，她伸向空中的手臂也一样是用黏乎乎的灰泥糊成的，用以替代原本美丽的女神像——她已经在让·巴蒂斯特·勒罗兰的火药爆炸声中被毁了。那场爆炸的证据还有在另一房间中可以看见天空的破洞。

这就是丹德拉星座石板曾经经受过的痛苦经历。

[1] 约6米高，1.8米宽。

[2] 即巴黎圣母院。

但是，什么才是纠正这个错误的恰当方式呢？我们应该如何弥补历史上的破坏，同时又能衡量它今天的价值呢？丹德拉石板目前正待在一个为多数人民提供历史知识的地方，处在一个可以获得保护和崇拜的地方。

我们需要注意到两个要点。无论是否有星座石板，丹德拉神庙都是一件令人窒息的艺术瑰宝。那块石板是这个巨大建筑很小的一部分，但它或许很重要——想象一下如果有人带走了巴黎圣母院的钟楼是什么样子——对历史学家、天文学家，当然还有那些埃及学家来说它都是非常重要的。来此旅游的游客们总是在疑惑，失去了这块石板，丹德拉神庙是不是也失去了一些它的韵味呢？只不过，即使对最细致的游客来说，丹德拉神庙的位置也实在太过遥远了。在我访问丹德拉神庙的那一天，那还是夏季旅游旺季的最高峰，也仅仅只有两名游客和我一同造访了这宏伟的建筑群，那是一对母女。如果要造访丹德拉神庙，你必须在早晨的规定时间在卢克索坐上一辆由警车护送的班车（那里没有可供过夜的旅馆）。而在离开之前我只有两个小时的时间待在丹德拉神庙，因为我必须赶上回卢克索的班车，同样也必须是在一个规定的时间。

来自恐怖分子的威胁也让大多数游客不敢孤身访问丹德拉神庙。而这种对于恐怖分子的恐惧，当然是有理由的。1997 年 11 月，伊斯兰激进分子袭击了卢克索附近的德尔巴哈里的哈特谢普苏特神庙，包括枪击、用利刃械斗和其他令人毛骨悚然的流血事件等恐怖行动。最后，62 名游客被残忍地屠杀了——其中包括瑞士人、日本人、英国人、德国人和法国人。这场袭击行动毁掉了埃及苦心构建数年的欧洲与美洲游客的旅行线路，并对国外游客的埃及线路造成了一系列的连锁反应。对埃及来说，这场袭击行动甚至比“9·11”恐怖活动更为严重。作为重新吸引游客，以及向旅游公司保证他们的游客绝对会安全的行动的一部分，埃及建立了一系列的安全措施以确保类似事故不会再次发生（就像“‘那场事故’之后我们有了新的安全保证……”）这些安全措施中包括组建从开罗到卢克索的巡逻艇队，以防止恐怖分子从海上进攻；同时禁止开罗附近所有埃及人开车带着并非其妻子的

丹德拉星座石板原貌图，由一名学者在其被掠夺前绘制。

外国妇女。这个繁琐细致的护航程序当然确保了游客的安全，但却也限制了游客接近这片遗迹的可能性。

当然，对于丹德拉来说，难以接近并不是唯一的问题。很明显，对于大多数人来说，那里并不有趣。大多数车辆在离开卢克索之后就加速越过了丹德拉，公车带着游客来到红海边的霍尔格达海滨。他们中的大部分人会花一至两天的时间在帝王谷度过，在那里有足够公车可以载着他们在华氏

110 度[1] 的高温下游览整个地区。

但让我们稍微回到丹德拉一会儿。将星座石板保存在卢浮宫的行为让无数学者、学生和游客可以近距离观赏这件文物。让我们必须注意到法王路易十八花费了一笔在当时堪称巨额的款项——15 万法郎——购买了这块石板。它作为历史艺术品的重要性毋庸置疑。丹德拉星座石板是古埃及关于星空的艺术品中仅存的 4 件之一，这件描绘了 2000 年前星空的艺术奇迹告诉我们，古埃及人以及当时来到埃及的古希腊人是如何看待星空的。这块石板上雕刻了天空之神努特的 4 种化身，以及 8 个下跪的大地之神盖布的形象，盖布用双手托举着代表了天空的吊顶。星星点缀的天空是占星学上的形象，我们可以轻易地通过自己的天文知识辨认出那些形象，包括金牛座、天秤座、狮子座、天蝎座、摩羯座、双子座、双鱼座以及水瓶座。

但在 200 年之后的法国，星座石板在那里已经有了新的历史。它第一次出现在巴黎是 1799 年的远征后在一幅由学者维万 · 德农所画的速写中。这幅画立即引发了民众的兴趣，在巴黎的沙龙中，人们喋喋不休地猜测着这块石板所代表的意义。民众热衷于猜测这块石板是于何时建造的——“4000 年之前”还是“7000 年之前”——后革命时代的法国一直在争论古代埃及与希腊罗马文化之间的知识体系的差异。一群埃及狂热者试图证明这个异教文明所了解的天文学知识比当时的欧洲文明更为先进。这块距今几千年的古老石板曾引起过广泛而热烈的争论，当然是在让 · 弗朗西斯科 · 商博良解密了象形文字之谜以前所发生的。当关于维万 · 德农所描绘的星座石板里究竟画的是什么，以及那些图像又是什么意思这一系列问题引发法国沙龙的狂热讨论时，它就仿佛成为了一件真实存在于法国的物件，也成为了一件值得法国拥有的收藏品。

大约 20 年后，当巨著《描绘埃及》第一次出版时，埃及狂热症在欧洲达到了顶峰，私人冒险者也开始忙于从埃及掠夺宝藏。这些人中的大部分

[1] 约 43℃。

的背后都有各国政府的支持，或者说欧洲各国政府才是最大的掠夺者。在早些时候，塞巴斯蒂安·索尼埃和他的代理人让·巴蒂斯特·勒罗兰从丹德拉神庙中拆下（石板）的22天后，他们用滚木将它运到了尼罗河岸边，并将它送往了法国。这块石板在1822年到达巴黎并送至国家图书馆之前就在卢浮宫短暂地展出了一次。

商博良解开象形文字这项创举无疑为欧洲的星座石板狂热火上浇油，并让人们愈发疯狂地猜测这块石板的年龄和意义。巴黎歌剧院甚至据此创作了一部喜剧《巴黎的丹德拉天空》，剧中有一句是这样的："丹德拉也应该得到巴黎的星空"。

当造访丹德拉神庙并凝视那块黑色的难看仿制品时，我们不由得会对这种赤裸裸的考古学破坏、个人的贪婪和民族主义产生反感。当然我们毫不怀疑那些人带走星座石板能够给予它更好的保护，但无论如何这件文物都不应该从它的整体建筑上、从赋予它最深远意义之地被生生地撕裂开来。

那么法国是不是应该将它还给埃及呢？恐怕没有几个法国人愿意看到这种情况。

当地的古文物局官员瑞比亚·哈马丹领着我走上了丹德拉的庙顶欣赏上面的遗迹。哈马丹已经不需要再多说什么了，那块天顶的复制品本身就诉说着无数的故事。在沿着小小的庙顶走完一圈之后，这位温文尔雅的官员突然爆出了一句："这个天顶是神庙的一部分。如果我跑到你的家里拿走你的房顶，你会介意吗？"我对他说这块星座石板并不仅仅"属于"埃及，它是世界性的文物，我们应该共享它。"理论上它现在是属于你们的，"他同意道，"但这块石板首先是我们的东西。作为一个文化遗产，它是世界性的。但它首先是我们的财产。"这样的争论在世界各地都不断地上演着。

我想起了在我的古文明之旅中，无数的人对我说过的那句极有道理的话：道歉是一件很难的事情。法国对它在这座神庙的破坏行动中的推动作用表示歉意，将是修复与埃及的关系的一个很好的契机。而在此之后，势在必行的就是卢浮宫对这块星座石板的来源，那让卢浮宫羞于启齿的历史，给出一个详尽的解释——索尼埃的贪婪，勒罗兰的破坏，与穆罕默德·阿里的狼狈为奸以及法王路易十八的出价。

这才是一个好的开始。

穆斯塔法·瓦泽里从卢克索国际机场把我接上了一辆载货卡车，将我送到了帝王谷。他是一个沉默寡言、带着飞行墨镜的埃及学家。他是被哈瓦斯特招进埃及文物最高委员会的。

哈瓦斯带着当时还是一个大学毕业生的瓦泽里一同发掘了吉萨平原附近的古代船只，他教会了瓦泽里如何使用考古刷，如何安全地从土层中取出文物，以及如何评估文物的历史价值与意义。“我觉得他是因为热爱这些文物才会这么做的，”瓦泽里强调，“我观察他所做的每一件事，每一个步骤，他行动与解释的方式。之后我也开始爱上文物了。现在我谈论到古迹的时候，我的声音不是从喉咙里发出的，而是发自于我的心中。”

瓦泽里并没有一直作为考古学家工作。事实上，他最后成为了一名私人导游，因为政府可以支付的工资实在是太低了。过去他为 SCA 工作时，每个月只能够领到 500 埃及镑——大约 100 美金；而在 10 年之后，他跳槽成为了一名导游，每个月能够赚到 15000 至 20000 埃及镑。这样的薪水足够他结婚与置办房产了。他是卢克索地区最好的导游之一，因为他可以讲流利的英语并拥有渊博的古文物知识。哈瓦斯在 2003 年时再次聘请他成为卢克索地区 SCA 的公共关系总监，并让他主管帝王谷的考古学事物。按照瓦泽里的话讲，哈瓦斯是他的“精神教父”。

瓦泽里很快带着无限的热情投入到他的新工作中去。他立即将那些作为游客休息处的木棚刷成了白色，这让那些砂岩山上的木棚变得格外醒目；他整修了路面以方便那些残疾的游客可以进入墓葬群的中心地带；他在主要游览路线的附近设置了数个流动厕所；每次看见一些游客触碰棺椁上的颜料以确定那些颜色是否会掉落的时候，他都会发怒（那些棺椁都应该用树脂玻璃保护起来吊在与手同高的位置）。我到达帝王谷的那一天，他正好把一名犯错的游客喊进办公室，询问该名游客为什么敢在墓室中拍照，在墓室中的各处都用醒目的标志禁止这种行为。这名游客是俄罗斯人，他声称看不懂英文和阿拉伯语的标语。瓦泽里只得在严厉警告他之后放他离开。

驱车上了一座最近建成的贯通卢克索东西河岸的桥梁，瓦泽里对我说，在最近几十年里这个城市所发展变化的并不都是好事情。比如这座桥。“过去我们到帝王谷需要花 2 个小时，”他说道，“现在只需要 25 分钟。”正因为这样，去帝王谷的交通反而变得更拥堵了，所以当地人和外国人准备沿着尼罗河岸兴建一个别墅区，那里到帝王谷只有一英里[1]。“过去，如果你站在东岸眺望尼罗河的话，可以看见数英里的森林和山脉，”瓦泽里说道，“而现在你只能看见混凝土和那些未完工的房子。”

我们沿着一条途经门农巨像的路向前开，穿过属于小镇克尔纳的那座山，那座山上的古代贵族陵寝附近建满了房子。这与乔瓦尼·贝索尼在 1820 年途经的小镇是同一个，他在那儿住了相当长一段时间。小镇建在这座山上的原因是当初尼罗河水泛滥淹没了整个平原，虽然这场大洪水并没有持续很多年。在近代，埃及政府曾经试图将当地的居民迁走。这个小镇十分原始，因为小镇的地下都是坟墓，所以那里没有流动的水源，也无法铺设电缆，但是当地的居民却拒绝搬走。这个特别的小镇一直留存到 2007 年，当时政府强制拆除了当地的房屋，将当地居民迁移到几里外居住。但一些西方的考古学家声称，在摧毁克尔纳镇的过程中，政府并没有注意保护地下那些墓穴。“那片山坡就像战后的贝鲁特一样，”一名愤怒的考古学家这样告诉我，“他们对地下的墓穴造成了严重的破坏。”虽然瓦泽里与当时的克尔纳摧毁事件无关，但他还是为当时的政府决议辩护，他说推土机只向地下犁了几英寸，根本不会破坏地下的墓葬。而且，即使那些推土机真的破坏了地下的墓葬也不是一件太过严重的事，因为在很早以前，克尔纳当地的居民就已经将地下值钱的文物破坏殆尽了。他们偷走了所有可以偷的东

[1] 约 1.6 千米。

西，而他们生活中产生的所有污水都流入了墓穴之中。虽然我并不赞成盗墓，但我的确同意，当初贝索尼带走文物的行为和当地居民出售墓穴中艺术品的行为对克尔纳地下的文物来说，是一种幸运。而那些目前还在墓穴中的文物就没有这样的机会了。

卢克索正在发生大变化。当地的市长萨米尔·法拉格将卢克索的旅游业放在了最重要的位置。他发起了一个大计划来提升城市形象，试图构建一个旅游城市，也改善这个城市的环境。从大局来看，埃及急需一个鼓励旅游的政策来改善他们不佳的经济状况，政府希望在2012年时可以将当地的旅游人数从每年900万增长至1200万。但是埃及已经极为脆弱的文物保护体系怎么可能承受得住如此猛烈的旅游人数增长。这同时也是哈瓦斯所担心的，这个问题甚至在考古学界都引起了广泛的关注。对旅游业有好处的政策反倒对埃及的遗迹本身危害无穷，同时如何建立确保游客们安全的措施也使得这个问题更加复杂化。埃及政府准备将居住在帝王谷的所有居民都迁走，为大群游客同时到达帝王谷游览宏伟的法老陵寝腾出地方。这样做比放任游客整天在帝王谷中游荡要好得多，那样的话当地旅游局每天都必须处理大量入谷和出谷事宜。而即使只有少量游客进入墓穴中参观也会对墓中的空气湿度和温度造成影响，会对墓穴墙面的盐度造成明显的不良影响，继而导致墙面画作的褪色甚至更糟糕的情况——彻底剥落。所以博物馆与文物来源国之间的争论也将更加复杂化：将文物留在原地的话，就像某些考古学家坚持的那样，文物将会彻底被破坏。

哈瓦斯制订了一些简单的措施可以大量减少人类对墓穴的破坏。一些已被侵蚀了的坟墓已经被哈瓦斯勒令关闭，而在墓穴中拍照的行为将会被罚款。导游必须在带队离开墓穴之后才可以向游客讲解里面的文物，这个措施大量减少了游客待在墓室中的时间，意味着更少的破坏。而帝王谷将针对游客采用新的轮转系统，也就是说游客将不再能自由选择进入的墓室，而必须在谷外从允许进入的墓穴列表中挑选。这是因为那些接近入口的墓穴以及一些著名的墓穴是最常被访问的，而其他的墓穴则基本没有什么游客进入。

2007年的夏天，法拉格市长推倒了一些矗立在卢克索很久的建筑物，那是法国的一个考古学计划的产物，法国人曾计划让他们的考古学家更靠近那些遗迹。但更重要的是，法拉格还计划拆除其他30幢建筑——房子、酒店以及一座清真寺——那些建筑物正处在卢克索和卡纳克之间。这个计划旨在恢复那条沿着尼罗河足足有1英里长的步道。在古代这条步道的两侧都雕刻着无数狮身人面像，而现在只有少数几座还流传下来。一旦这条步道恢复，那这里将形成一个新的休闲公园。不过，无论是从美学上还是考古学上来看，现在都还很难讲这条路能够复原几分的真实性，还是说它最终会变成第二个拉斯维加斯。

无论如何，卢克索正在逐步被掌控，从经济上来讲，它的发展取决于大量游客。导游计划带领游客前往预先选择好的大理石商店、地毯商店或者其他一些纪念品“工厂”（他们不会告诉游客其实那些纪念品都是中国制造的，那些本地的“工人”总是在游览车的前方蜂拥而至兜售商品）。导游还会很郑重地警告游客不要在卢克索附近游荡，因为他们的安全将无法得到保证，这相当于在游客中制造恐慌以使得他们会花更长的时间在那些“商店”中，并为卢克索的一些小商贩提供商机。这些措施让当地居民远离了重工业，但同时也让他们远离了游客。

一些人警告说法拉格的计划可能会在保护文物方面取得反效果，主要是因为这个计划孤立了当地居民，并将他们赶离因居住地的遗迹而产生的利益圈。“其他人都在做相反的事情。”年轻的英国环保主义者奈杰尔·海瑟林顿说道，“其他的所有组织都希望能够拉拢当地人，法拉格的绝妙计划真是一个产生更多恐怖分子的好方法。”海瑟林顿对法拉格的计划看得很透。基本上，这个计划的目标是将25000名当地居民迁出卢克索，为更多的游客提供空间。就像这个城市为了建造那条步道而铲掉了一座清真寺时一样，海瑟林顿预言到“他们将付出地狱般的代价”。

从酷热的帝王谷进入黑暗阴冷的塞提一世墓室后，穆斯塔法·瓦泽里与我小心翼翼地走在那条既长且滑的走廊里，这条走廊通向这个地区的所有墓葬中最特别的地方。

塞提一世是拉美西斯二世的父亲，他是埃及最著名的法老之一。这位在拉美西斯二世之前统治着埃及的铁石心肠的法老曾出现在尤伯连纳的电影《十诫》之中。这个形象可能并不确切，但塞提一世的确在新王国19王朝时期统治着埃及，并在安纳托利亚东北部的赫梯人攻击埃及之后恢复了埃及在国外的影响力。他在迦南甚至是更远的北方地区——腓尼基开展军事行动，并且控制了那里和叙利亚地区。他也和赫梯人签订了互不侵犯条约，终结了他们之间的战争。在国内，他在卡纳克神庙建造了宏伟的多廊柱式大厅，并且建造了阿拜多斯神庙，那是现在埃及最重要的遗迹之一（它让拿破仑的随行学者停下了脚步），这座神庙是埃及文明与成就的见证者。塞提一世的墓葬反映了那个时期辉煌的埃及文明。这座坟墓位于地基之下300英尺[1]的深处，艺术家建造的一间间石室中雕刻着无数诸神与法老站在一起的壮丽场面。塞提一世的棺木在现代埃及学中极负盛名，因为它保存了这位法老的高贵面容：倾斜的额头，鹰钩鼻，小而高傲的头颅。他的安息之地也是极为特别的。这座坟墓是在1817年被贝索尼发现的，进入塞提墓穴的游客首先会经过一条彩色的精致隧道，之后穿过两个房间，最后进入墓室。贝索尼以极大的代价将这里曾经存在的那尊著名大理石棺带走了，之后他极力将这尊石棺卖给大英博物馆。这间墓室本身就是一件令人窒息的奇迹，它有一个引人注目的、20英尺[2]高的天顶（这在通常都很低矮的墓室里是不常见的），用深蓝色上色，其上装饰有许多星座。干旱闷热的帝王谷环境和构成墓穴的砂岩石一同成为了保护这些艺术品的自然屏障。里面的画作依旧栩栩如生；雕刻也很清晰，并没有被尘土所覆盖，更没有被时光所掩埋。

[1] 约91米。

[2] 约6米。

但之前来这座墓葬的游客还是对它造成了破坏。19世纪的游客对这里的手工艺品的破坏极为明显而让人震惊。在黑暗中，瓦泽里将他的手电光打在一个主墓室前厅的天花板上，那里画着许多真人大小的塞提一世牵着荷鲁斯的手的美丽画像，而他的另一只手则牵着阿努比斯。在更上方，用一个大而黑的字迹写着“Deloc 1822”，之后有一个黑色的圈里写着“Costei 1837”，而在角落里还有一行歪歪扭扭的字写着“Meade 1860”。塞提一世那样规模的坟墓是少见而激动人心的，能够来到这儿简直就是一项壮举。对那些克服了一路上的艰难险阻终于来到这里的游客来说，踏入一个多姿多彩又独一无二的古代世界，可以说是一个值得记忆一生的时刻。因此并不仅仅只有一群人，而是贯穿了数十年的无数游览这片遗迹中杰作的游客都用潦草的大字在墙上写下了他们的签名。有些人认为这正是当时欧洲游客的自大心理，他们用自己的方式表达了他们的特权地位。

这当然并不是塞提一世墓葬苦难的开始或者结束。古代的盗墓者盗走了墓室中在当时价值上百万的陪葬品。但到了19世纪，收藏者也加入了破坏坟墓的队伍，他们拆下墙上的艺术品，甚至偷走整块石板。主墓室几座石柱上的装饰品已经全部消失不见了，这些装饰品极有可能是商博良盗走的。“这整面墙上的东西都在卢浮宫。”瓦泽里说道，指着一面空荡荡的墙面。当时的人是如何看待这件事的呢——粗暴地掠夺这座精致的墓穴中的艺术品？兴奋？可能；羞愧？绝不可能。

盗窃塞提一世的墓葬并不是过去的问题。在主墓室背后一间对公众开放的房间里曾有3件雕刻作品碎片，包括1个彩色花纹的石头嘴唇，在2003年出现在美国的拍卖行中。

现在，塞提一世的墓穴已经不对外开放了，因为大量游客的涌入会对其中的艺术品造成极大的威胁。没有人可以再看见这些精美的艺术品了，除非他们得到特别的许可。但这并不意味着保存那些自墓穴中偷来的文物就是一件正确的事情，也不意味着卢浮宫有理由隐瞒他们是如何得到那些塞提一世墓穴中的文物的。从某种意义上来讲，贝索尼做了一件正确的事情。

他在伦敦雇佣一名意大利艺术家制造了一个塞提一世墓穴的蜡制赝品，包括 2 个与真品同样大小的墓室，其中一个是塞提一世的主墓室。他将这具赝品做成了一个观光圣地，并于 1821 年在皮卡迪利广场的埃及厅中向公众收费开放。这个展览是如此受欢迎，以至于它向公众开放达 1 年之久。这个故事值得让我们考虑当今的科技技术力量。我们是否也可以建造一个仿制品，然后让所有人都能参观呢？制作一个同样的赝品对当今的技术而言并不难，也将比当初那个蜡质赝品更好地还原塞提一世的墓穴。它可以向所有对古埃及着迷的游客开放，也可以在全世界巡回展出，或者就安置在帝王谷的边上。

这种亵渎神灵的罪行并不是 19 世纪欧洲游客对帝王谷造成的全部灾难。让我们来到阿蒙诺菲斯三世的墓穴，这个墓穴从未对公众开放过。墓穴位于帝王谷西边山上肮脏石路的尽头。它藏在一个峡谷的裂隙中，难以找到，但 19 世纪的探险家们还是发现了它。瓦泽里带领着我进入这个墓穴，里面漆黑一片，并没有装任何的光源。因此，瓦泽里打开了他的手电筒。一幅美丽的画卷瞬间展现在我面前的石墙上：那是一张阿蒙诺菲斯的等身画像，他赤裸着上半身，手中握着埃及十字架，皮肤是古铜色的，黑金色夹杂的头饰斜斜的戴在他的头上，看上去就像活着一样。他与一个个姿态各异的神祇站在一起，在亮蓝的背景下翱翔着一群法老鹰，那些法老鹰的中间刻着象形文字、漩涡装饰以及法老的名字。

那实在太美了，那样古朴，因此其中消失的一些东西令人非常在意：在这整个房间中，窃贼割下了 5 个阿蒙诺菲斯雕像的头颅。这太令人震惊了，想象一下如果蒙娜丽莎的头部被一把菜刀割下来在中国或者俄罗斯的博物馆展出是怎样的光景。这些失窃头颅中的 3 个在卢浮宫苏利庭院中展出，上面的标签异常简单地写着“来自阿蒙诺菲斯三世之墓”。

谁可能做这种事情？令人沮丧的答案是，所有来帝王谷旅游的人。1849 年，美国驻埃及总领事乔治 · 格力登力陈保护埃及文物的重要性，在他的小册子中有这样一条：“欧洲文物商人破坏埃及遗迹的动机。”其中，他指出一个“英裔印度绅士”割下了阿蒙诺菲斯三世墓穴中的浮雕的头部，这样比较方便将这些文物最值钱的部分运到他停靠在尼罗河岸边的船上。当制作完成这些头颅的赝品，根据格力登所记载，这名盗墓贼将会把原件扔进河里。虽然这听起来像是在暴殄天物，但这些赝品将不会与真正的法老头颅雕像有任何的联系。这些头颅在19世纪时被让－安托万·拉特龙记录在国家图书馆的目录上，之后在1992年被运送到了卢浮宫。

这座坟墓是在1799年被两名跟随拿破仑的学者发现的，直到1829年商博良才有机会看见墓中的漩涡装饰，他最终确定了这个坟墓是属于阿蒙诺菲斯三世的。阿蒙诺菲斯三世是埃及第18王朝的一位伟大法老，他的统治时期从公元前1391年至公元前1353年。1845年，德国考古学家理查德·雷普济乌斯向公众揭开了这座墓穴无与伦比的美丽面貌，以及其中被破坏的痕迹。

阿蒙诺菲斯，也被称做阿蒙霍特普，是埃及自由改革者——法老阿肯纳顿的父亲。阿蒙诺菲斯是一位伟大的建造者，他为后世的法老们留下了许多独特的建筑。许多博物馆中都保存着他和他的妻子提伊的巨像以及其他的一些雕像。在帝王谷入口处还留存着两座巨大的石像——门农巨像，刻的就是阿蒙诺菲斯三世和提伊，这两尊巨像已经是他的祭庙仅存的部分了。他统治时期的埃及空前富有，同时也拥有广泛的影响力，因为此时埃及正处于艺术与文化的巅峰时期（毫无疑问，之后的阿肯纳顿法老的所作所为彻底地颠覆了这一切，他甚至将首都迁至阿马尔那）。阿蒙诺菲斯三世为卢克索和卡纳克神庙群的建立奠定了基础，他的一生和迎娶异国公主的政治婚姻的故事在叙利亚和索马里的石刻上都能发现。事实上，这位有着杏仁眼和阔嘴唇的法老对当今的埃及学家来说是极容易辨认的，因为他有着现存最多的雕像。

尽管有些不可置信，这位伟人的陵冢着实是雄伟壮观，至少我所亲眼见到的这一部分是名副其实的、惊人的。2005年，联合国教科文组织的一份报告中曾经这样描述我眼前这一间墓室：精雕细琢的壁画上，描绘着一幅幅栩栩如生的王者与天神画像。令人无比惊讶的是，这些画像周围还注释有纷繁复杂的象形文字解说。其工艺之精美，技巧之高超，内涵之深刻，堪称埃及第 18 王朝皇室陵墓中发掘的古代埃及文化的艺术品之最。然而呈现在我眼前的一切让我不得不想起，报告中华丽的辞藻所形容的艺术品都缺了头部。这些常年留在岩洞中的壁画，不仅如大家所担心的那样，墙体和画作上都开始出现大小不一的裂缝裂痕，更要命的是岩床的损坏崩塌会使整个墓室塌陷，陵墓遗迹与壁画遗迹都将不复存在。墓室经年累月接受风吹雨打，并且极易受到洪水的影响。2003 年，曾有一支来自日本的古遗迹修复小组在此开展古迹保护与修复工作。他们发现，这一前无古人后无来者的壁画遗迹竟然被蝙蝠的排泄物和细菌玷污腐蚀而显得黯淡模糊，甚至辨识不清了。而被掠夺的壁画则不太令人担心，考古学家们业已精心修复了一些历史遗迹中的壁画艺术品，甚至使其重新焕发出古朴淳厚的耀眼光彩。扎希·哈瓦斯在 2005 年时正式向卢浮宫方面提出希望其归还壁画头部的要求，卢浮宫方面婉言拒绝了。卢浮宫给出的答复中声称仅能够提供复本作为替代品归还。扎希·哈瓦斯遗憾地表示他仍然希望能够追回这些头部的原件，以还原整幅壁画作品的真实样貌。

天色渐暮，夕阳西下，我与瓦泽里一同漫步在这古迹中。我们驻足在卢克索的神庙前，据说这座精美的复式建筑神庙是阿曼诺菲斯三世始建的，由他的后人拉美西斯二世率领一众能工巧匠最终建成。这座神庙蜿蜒取址于神秘古老的尼罗河岸，神庙建筑群中的塔桥巍巍伫立在两座拉美西斯巨型塑像的边上。一座粉色花岗岩方尖塔像哨兵一样守卫着神庙的入口处。千百年来，这座 82 英尺[1]高的方尖塔遥遥耸立在神庙前，肃穆而骄傲。岁月并没有摧毁它的容颜，它依旧径自孑然独立着。守卫埃及神庙入口的方尖塔通常是成双成对的，曾经与这位孑然独立的哨兵一同站岗的另一座方尖塔，现在却身处他乡，在数千英里外的巴黎。1835 年，阿尔巴尼亚籍的

[1] 约 25 米。

埃及统治者穆罕默德·阿里竟应法国历史学家弗朗索瓦·商博良的请求，把神庙前象征神圣不可侵犯的守卫者，方尖塔，作为一件礼物送到了巴黎。1836年，法国人敲锣打鼓极尽张扬地把这座方尖塔安放在巴黎协和广场上。他们给方尖塔的三角尖端镀上了一层金（当时的报道是如此宣称的，但实际上是一种金银混合的涂料，琥珀金）。方尖塔的基座被一层精致的雕刻覆盖着，雕刻的内容就是法国人如何用高超精巧的工程技术把方尖塔从它在卢克索神庙前的家毫发未损地连根拔起，并接着搬到了它的新家——协和广场上。卢克索的粉色花岗岩方尖塔现在就与法国国会隔着塞纳河遥相呼应，它巍然站立在杜伊勒里宫花园入口处的环形岛中央，而路易·菲利普大帝曾经携20余万法国民众一起参加了方尖塔搬家工程完工的揭幕典礼。

卢克索的方尖塔作为赢家的战利品、帝王间相互赠送的纪念品、腰缠万贯的收藏家最爱的玩物，象征着优雅，有力，阳刚。4世纪时，君士坦丁大帝曾经下令搬走一座埃及方尖塔，作为他的新国都君士坦丁堡的象征。在1700多年后的今天，这座方尖塔竟然已经变得像是圣索菲亚大教堂边上的竞技场中特有的建筑物之一，永久地融入了土耳其的风景中。另一座埃及方尖塔离开家乡后被图密善大帝运到了罗马大竞技场里，并在不久之后就倾倒了。破碎了的方尖塔被运到了纳沃纳广场，一片片被重新拼接在一起。17世纪时，被吉安·洛伦佐·贝尔尼尼精心塑造成为他为纪念教皇英诺森十世而建造的最具盛名的喷泉作品之一——“四河喷泉”。因而，现在这座方尖塔又融入另一个历史古迹的绚丽传说中去了。

古代罗马人疯狂迷恋着方尖塔的魅力。只要能往家里搬，他们一个也不会放过。迄今为止，罗马像是已经被埃及方尖塔占领了，拥有着绝不少于13座雄伟的方尖塔，甚至比时至今日留在埃及尚未被搬走的方尖塔总数还要多：现今仍留在埃及境内的方尖塔只有7座了。在罗马，最高的一座在圣伯多禄大殿外的圣彼得广场上，高达75英尺[1]，外观十分壮丽。据老普林

[1] 约23米。

左图：卢克索幸存的方尖塔。右图：被图密善搬到罗马的方尖塔。

尼的说法，在公元 37 年卡里古拉大帝把它拖到了自己王国的首都，随后它在罗马伫立了将近 2000 年。

留在埃及的方尖塔成为了 19 世纪对古代埃及遗迹中蕴藏的宝藏疯狂洗劫的牺牲品。卡文伯爵曾穷追不舍地对穆罕默德·阿里施压，想要他允许英格兰也带走一座方尖塔，终于在 1819 年，这位土耳其帕夏不得不应允了伯爵的荒谬要求。他答应赠予英格兰的那一座方尖塔，是公元前 1450 年图特摩斯三世统治埃及时，大帝十分喜爱的在黑里欧波利斯神庙前的极为宏伟的方尖塔。这一次貌似慷慨的赠予，成为了纪念海军上将纳尔逊在尼罗河一战中大败法国军队的纪念品。对于方尖塔，英国人的热情也丝毫不逊色于罗马人。这件战胜纪念品被誉为“克里奥佩特拉之针”，因为它于公元前12年被古罗马人从开罗边上的小镇移到了克里奥佩特拉兴建于亚历山大港的一座神庙前。这座方尖塔在亚历山大港伫立着，风雨侵蚀着它，慢慢的光彩就黯淡了，失去了往日的活力。直到1877年，一位英国市民自费赞助把它运往伦敦。运输这座68英尺[1]高的方尖塔的大船就以克里奥佩特拉命名。不幸的是，“克里奥佩特拉”号航行的途中，在法国比斯开湾遇到了一场史无前例的暴风雨，一夜之间倾覆。所幸它并没有沉没，一路漂浮在海上，直到遇到一艘英国海军战舰。在这一次可怕的经历中，方尖塔居然完好无损，并于1878年起树立于维多利亚堤岸，至今仍光彩照人。

大约在同一时间，美国方面也获得了自己的“克里奥佩特拉之针”——在战争中取得胜利的纪念品，这是美国海岸边唯一一座此类型的纪念碑。1869年，时任埃及总督的帕夏伊斯梅尔想要诱使美国使用新建成开通的苏伊士运河与内陆进行商贸活动，总督认为赠送方尖塔是一种友好的信号，想要以此作为向美国抛出的橄榄枝。最后实现这一谄媚讨好交易的是伊斯梅尔的儿子帕夏特费克，他献出了克里奥佩特拉神庙前的另一座方尖塔。当他们准备要运输这座方尖塔到大洋彼岸的美国去时，埃及人民对于统治阶级如此杀鸡取卵的慷慨恶行已经忍无可忍了。1879年，美国海军军官，海军少校亨利·哈尼切其·格林治，担任搬运任务总管。当时，他得知亚历山大港的居民们已经计划好要建造一座公寓，而这座方尖塔将作为此建筑物的中心装饰物存在。这些市民们有一众同胞的支持，他们尽一切努力阻止格林治，以至于这个美国人想要将方尖塔在陆上移动一英里后搬上船的想法破灭了。格林治不得不在水路上运输10英里[2]，而这一改变竟然多花

[1] 约21米。

[2] 约16公里。

了 21000 美元的成本。更糟糕的是，千辛万苦装上船的方尖塔，没有一个埃及船工愿意帮助一个美国人把自己家乡的标志建筑用大船运走。绝望之中，这位美国海军指挥官不得不求助于一班塞尔维亚船工，把他们从意大利的的里雅斯特千里迢迢雇到亚历山大港来。据载，更为可笑的是，这一班雇员当中竟然没有一个曾经出过海，并且除了塞尔维亚克罗地亚语，他们什么都听不懂也不会说。

经过一番千辛万苦的努力与尝试，这座伟岸的方尖塔终于得以运抵纽约史坦博岛的船坞。起初被错送到西 96 号大街，然后用滑轮移至距离中央公园两英里处。这一搬运工程就耗时整整 112 天，终于在 1881 年 1 月 22 日大功告成。格林治少校的一位朋友，铁路大亨威廉·H. 范德比尔特拿出 102500 多美元的投资，在经济上援助格林治完成了这一费时费力的工程。对格林治少校来说，这一资助和这一伟大搬运工程对两国友好交易的达成无疑是意义非凡的。而对于所有的纽约市民来说，显而易见的，这座外国来的高大物件简直是一种毫无意义的浪费。时至今日，这座方尖塔失去了往日的耀眼光芒，在异国他乡大都会博物馆边上的一个小公园里经受风吹雨打。暴风雨和各种污染几乎把这纪念碑上的象形古文字侵蚀得一干二净。可谁曾想，这雄伟的方尖塔在故乡埃及伫立了 3500 多年也没有遭到任何实质上的侵蚀破坏。2007 年 3 月，纽约《太阳报》的一位记者曾站出来发表报道，深沉而尖刻地哀悼方尖塔的存在，称：“方尖塔通常是一种标志性的建筑物，它们所在的地方因此而与众不同，闪闪发光。但是瞧这一座属于我们的方尖塔，它什么也没标注，完全无法显示出此地的优雅庄严和肃穆。它只是孤苦伶仃地站在那里，站在人们为它在中央公园圈定的一个莫名其妙的小角落里。”当扎希·哈瓦斯拜访这座城市，亲眼见到这座方尖塔的处境时，他愤而写信给当时的纽约市长迈克尔·布鲁伯格，但是这点小小怨声，就像石沉大海，再无回音。

双城记

我在埃及卢克索最后的几个小时，都消磨在浓缩了埃及最光彩夺目、最辉煌的时光的一个地方——博物馆。卢克索博物馆始建于1975年。这是一个非常小的博物馆，就在尼罗河边的一处低洼地，距离卢克索神庙只有一丈远。我这样的游客能遇到如此一个铺着光滑的地砖，凉爽宜人，光线灰暗的小博物馆，真是如获至宝。

小博物馆居然还只有我一名虔诚的观众。

麻雀虽小五脏俱全，小小博物馆的陈列是精心组织过的，每一件陈列品都被小心地放在灯光下并加以仔细的解说阐述。两位法老的木乃伊被放在两间不同的房间，各自安放在装有温控的玻璃柜子内，其中一位是雅赫摩斯法老。前不久，另外一位被证实是拉美西斯一世。17世纪后期，拉美西斯的木乃伊曾一度风吹日晒地被放置在尼亚加拉大瀑布附近一处旅游观光景点的地下，最后竟然在那个景点里被盗墓贼偷走卖给了西方收藏家。直到1999年，木乃伊终于还是回到了卢克索。在博物馆里，木乃伊陈列得安详而平静，发人深省，让人安定。这两尊木乃伊身旁装饰着两二件巧夺天工的镶金匕首，生动地阐述了这种枕戈待发的长眠之姿，让人也不难想象法老们当年所过的日子。这一点同样体现在图坦卡门王的玻璃棺椁中陈列的那些精雕细琢、锋利如初的弓和箭，这些弓箭被精心地包裹在各式宝石与古老的象形文字雕刻之中。当时一并出土的还有图坦卡门的战车，据说战车出土时原封不动，丝毫未损。裹着图坦卡门棺椁的亚麻裹布，精巧地装饰着 637 朵纯金蔷薇花。

这座博物馆甚至可以说是一处历史的见证，它使得大部分西方所谓绝世无双的收藏品们相形见绌。在博物馆前方的一个小房间内，简单的底座，恰到好处的灯光，这里陈列着一系列太古时期的塑像。这些塑像可谓世间鲜有，它们是于 1989 年卢克索神庙被翻新的时候意外在地下发现的。这之前，近 24 座塑像被小心翼翼地安放在地底数千年之久，也许是因为前人对将要发生于外界的动荡战乱未卜先知吧。正因如此，塑像被发掘时也得以呈现出几近完好无损的状态。在所有陈列于博物馆前厅的塑像中，有一座别具一格独一无二的埃及塑像。这是一尊真人大小的图特摩斯三世塑像，描绘着这位年轻的法老中的斗士。他非常强壮且几近全裸，两臂放松垂于身侧，双手握拳有力地攥着长棍，墨绿色的玄武岩雕刻他腿部肌肉紧绷起伏的纹理。但是属于图特摩斯三世的木乃伊并非长得如此模样，只不过雕塑家巧夺天工，而他们是受雇于法老而已。

这座小小的精致博物馆被精心打点着，真可谓整个埃及的典范。每座陈列品都拥有通俗易懂的解说，陈列于恰到好处的柔和灯光下，而不是坐拥成千上万稀世珍宝却杂乱无章地堆放在后院或者储藏室里。果真如此的话，埃及一定能以此为有力依据，在与西方机构追讨曾经属于埃及文化的失落的国宝时，姿态能够更坚定，更强硬。事与愿违，埃及想要营造这样的一个形象，显然还需要数十年的努力。

早前我在开罗，那是一个炎热的夏天，世界各地的游客——日本人，瑞士人，德国人，美国人，最多的还是埃及本国人——蜂拥而至，摩肩接踵地涌向一座庄严肃穆的橘粉色建筑物入口处。这座建筑就像是一种生命蓬勃茁壮（或者正相反，是一种强弩之末）的象征，伫立在埃及首都的中心环岛塔希尔广场上。

它就是位于开罗市的埃及博物馆。这着实是一座新古典主义的建筑，始建于1900年，最初是由法国历史学家与埃及政府协商决定建造。法国人的初衷不过是想找个地方来储藏19世纪、20世纪初大量出土的各种埃及国宝。我相信，这个世界上没有任何一个国家有像埃及那么多的法老遗物和古迹，可以发掘出来陈列在博物馆内。在埃及，埃及博物馆内馆藏的法老遗物绝对要比埃及境内任何一个其他博物馆要多。确实，没人知道埃及博物馆内究竟有多少件法老遗物。有人猜测大约是在12万件左右。但仍有成千上万没有被算进去的物件像是藏起来了，它们藏在博物馆内的各个角落里，也许正好藏在那些稀世珍宝的玻璃陈列柜的地底下。

馆藏品的历史可以追溯到1900年之前殖民者们在埃及大肆掠夺的那一时期。1835年，法国人在开罗阿兹巴千公园内成立了一个埃及古董服务小组，想要尽量阻止殖民掠夺的疯狂步伐。因为这是一个按照法国人的原则组织的法国服务小组，所以1858年，由法国历史学家奥古斯特·马利耶特带头兴建了一个临时博物馆，来存放之前堆在萨拉丁要塞的那一系列在掠夺中被拯救下来的藏品。之后在1880年，这些藏品又被转移阵地带到了当时埃及统治者伊斯梅尔帕夏在吉萨行宫的一处宫殿。最后，直到1900年法国建筑师马塞尔·杜和农设计建造了埃及博物馆。

从那时起，这些藏品就待在了埃及博物馆，直到现在也不曾再被搬动过。埃及博物馆内十分闷热肮脏，空气因为充满了尘埃而显得分外浑厚。中央大厅是一个又大又高的房间，这里放满了雕塑、棺椁、小型石制金字塔和各种棺材。有些贴着标签，印着打印机字体和100年前的句法，但是它们已经又黄又旧甚至裂开剥落了。更多的藏品上根本是没有任何标签的。博物馆内几乎没有什么自然光线，因为天花板在20英尺高的地方，而天花板上的玻璃窗积了厚厚一层污垢。透过这层污垢的那一点点光线是诡异的灰色，投射了一层阴暗的影子在所有的藏品以及它们的标签上。所以不论怎么说，游客们都无法看清标签上的文字，就更别提读懂它们。边上的墙曾经是透着粉的米色，现在却因为一层灰尘而变成了油腻腻的灰色。不过这里至少放着一些荧光灯，散乱地分布吊在馆内的天花板上。它们散发着微弱的荧光，难以被称作一种光源。绝大部分藏品是以一种前所未有的混乱不堪的方式被丢在储藏室，以及地下室那些从未被整理过的神秘空间里，由一群管理员分别看着，而不是盘点、保护着。2005 年，3 座放在地下室的雕塑失窃了。为此，扎希 · 哈瓦斯决定对地下室乱七八糟的那一堆藏品进行清点分类。一位《纽约时报》的记者来采访时，走进了这个混乱的地下室，发现这里到处都覆盖着蜘蛛网，板条箱从地板上堆积到了天花板，人类的尸体丢在架子上，尸体的头骨就放在板条箱上，瓶瓶罐罐、锅碗瓢盆散落一地。两年之后，地下室的库存清点仍没有完成。而在楼上的博物馆内，那些被我们称作管理员的人稀稀拉拉地站着，彼此间隔甚远，对于踩着遗迹靠近那些陈列品的游客，他们全然不加阻止。在博物馆门前的草坪上，甚至有游客爬上斯芬克斯的塑像，坐在它头顶上拍照，就站在塑像边上的管理员们仍然视若无睹，毫无阻止的迹象。

就算是粗略地一瞥，也能看出埃及博物馆的管理十分糟糕。真是很难想象到底是什么让哈瓦斯相信埃及已经准备好接受当代世界博物馆的通行管理标准，更不用说他居然想要在埃及再建立 20 个新的博物馆，同时兼顾罗塞塔石碑和奈芙蒂蒂半身像的管理工作。2012 年，埃及吉萨大金字塔边计划建成一个崭新的、属于艺术之国的博物馆。就让我们把它当作是哈瓦斯最大的一件试验品。不幸的是，花言巧语的设想终究还是需要面对残酷的现实。虽然哈瓦斯和他的设想充满了活力、激情和期许，但是现在埃及想要维持现状，它已经被懒懒散散的氛围、资金的严重匮乏以及人们对于考古事业的毫不关心拖累阻碍了数十年。埃及民众欢迎每一个游客前来参观被僵化的殖民时期官僚主义钳制了思想，在现代时期各个方面均停滞不前的埃及。游客们，向左转是美好的埃及梦；向右转，那边才是真实的埃及。

即便如此，埃及所拥有的稀世珍宝仍然令人敬畏。最为家喻户晓的要数图坦卡门的墓冢，这是至今为止唯一一座完好无损地被发掘出来、装满了琳琅满目的宝藏的法老陵墓。这座陵墓内现在放满了光彩夺目的玻璃橱窗，里面装着精心打造的珠宝、权杖、头巾和著名的金质面具。其中任何一样宝贝都远甚于20世纪70年代曾让西方世界轰动一时的那些埃及古董。这座博物馆另一驰名海外的特色就是它所拥有的皇家木乃伊们，有拉美西斯二世，塞提一世，图特摩斯一世、图特摩斯二世与图特摩斯三世，等等，这些还只是馆藏珍品的皮毛而已。埃及博物馆还收藏着其他一些绝无仅有的无价之宝，比如一座未标记作品名的哈夫拉法老像，它是一尊黑色玄武岩雕刻的几乎毫无瑕疵的古埃及王国法老像。就在雕塑边上的门厅，存放着一尊夸大尺寸的哈特谢普苏特女王的头部塑像，这尊塑像颜色明亮，被塑造成了一个男人的形象。哈特谢普苏特女王拥有的最为壮观的建筑物，非德赫艾巴赫的葬礼神庙莫属，这座神庙是埃及卢克索地区最受欢迎的旅游景点之一。女王头部塑像隔壁的房间里，存放着上古时期真人大小的两尊雕像，这件作品描画的是一位祭司与他的妻子，来欧特普和诺菲雷特，不过没有史书记载过有关于这两位爱侣的传奇故事。祭司有着红色皮肤，蓄着细细的小胡子，这显然是第四王朝时期男人们最爱留的胡子样式（第二、第三王朝时期的历史记载也表明了那个时期的男人们爱留小胡子）。祭司的妻子用白色衣物盛装打扮了自己，棱角分明的脸上透露出一种平静而生动的美丽。这两尊雕像是在开罗市内孟菲斯公墓中发掘出来的，据推算，是4500多年前塑造出来的艺术品。但它们的成色颇新，完好无损，像是上个星期才上完了漆。

上述几件绝世无双的艺术神作都没有标签，无从定义它们身上曾发生过的传奇。埃及博物馆内藏着无穷无尽的谜，远道而来的各种游客绞尽脑汁想要找到答案，解开谜底。

除了图坦卡门的房间以外，唯一一间能发现现代艺术的蛛丝马迹的展览室一定要数阿马尔那的房间了。主走道边摆放的红漆壁龛上陈列着太阳崇拜者阿肯纳顿领土中发掘出的各式珍宝，包括4座10英尺[1]高的阿波罗神

[1] 约3米。

像，几乎完好无损地摆放在泛光灯柔柔的光线下，它们这几个样品代表着这一时期令人目瞪口呆的精美艺术形式：阿肯纳顿有着狭长的鼻子，杏仁眼，凹陷的脸颊和棱角分明的性感嘴唇。这 4 尊雕像是从卢克索地区卡纳克发掘出来的，从上面看它们就像是一个梨形，而从底下往上看则完全不同，他们的髋部十分宽，肚子比腰粗了一大圈。这房间的正中央还有一尊至今无法定义到底是属于哪位法老的木乃伊棺材，它是用纯金打造的，令人叹为观止。还有一尊奈芙蒂蒂头部的石英雕塑，她被赋予纤长的玉颈，高贵而典雅的容貌。奈芙蒂蒂的这尊雕塑拥有与柏林博物馆内馆藏的半身像一模一样的形态风格，现在考古学家们已经认定这是一类尚未完成的作品。我必须承认，这件馆内所藏的珍宝令我敬畏到双膝无力。

然而整座埃及博物馆只不过是各个藏品馆放置在一起的一座大房子而已。与扎希·哈瓦斯首席助理珍妮丝·卡姆林一起漫步在埃及博物馆时，我们偶遇了阿马尔那馆的馆长，易卜拉欣·阿布戴尔·贾瓦德。我们想要向他询问为什么阿马尔那馆被重新装修过，漆上了新漆，安上了柔和明亮的灯光，重新安排了陈列布局，以至于让阿马尔那馆脱颖而出，与埃及博物馆里任何一个房间都如此的不同。“因为阿肯纳顿崇拜太阳啊！”馆长隐晦地回答说，接着他就快步走开了。“他这个白痴，他怎么会知道为什么呢。”卡姆林窃窃私语着走向了博物馆出口处的大道。

在博物馆出入口处，这里有一件让哈瓦斯十分不安的展品，一尊罗塞塔石碑的复制品被裱入玻璃框架内，放在让·弗朗索瓦·商博良的青铜半身塑像边。一群年青的埃及人在石像前停下脚步，聆听向导向他们介绍石碑的传奇故事。我上前询问他们，如果真的罗塞塔石碑被追回埃及，放在他们眼前，是否会与这尊复制品带来的感觉有所不同。他们点点头，有些热情洋溢地回答说：“世界的文明始于埃及。在发现这尊石像之前，没有人了解埃及文明。这尊石像只属于埃及，应该归还埃及。”

但是显然对于哈瓦斯来说更严峻的一个任务，在中央大厅右边转角处几个屏风后面。在又旧又潮的博物馆里，珍妮丝·卡姆林与一队组员第一次对

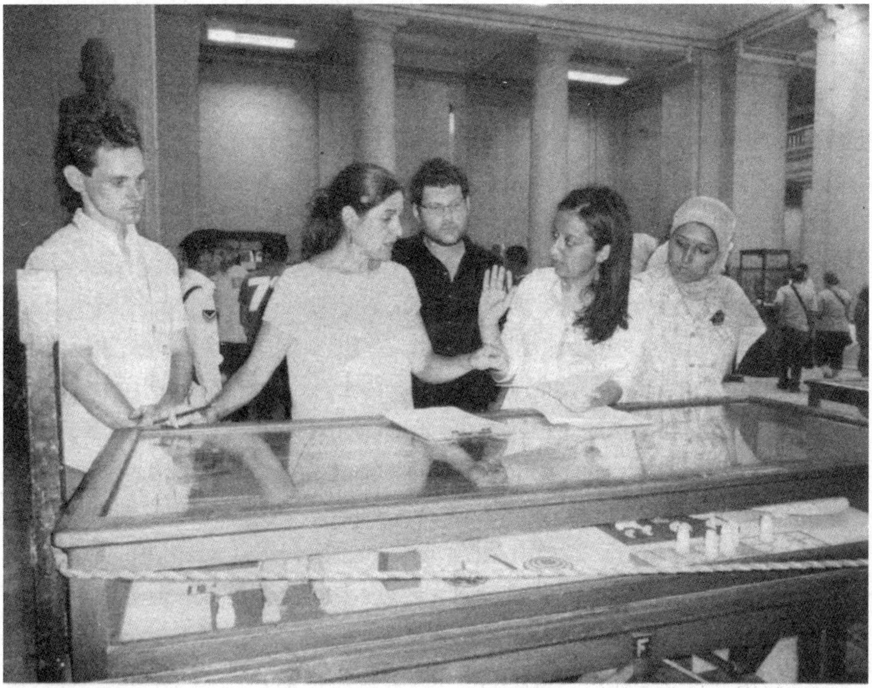

珍妮丝·卡姆林向志愿者说明如何清点、注册文物。

馆藏珍宝开始了全面的清点。博物馆方面对于馆藏物品提供不了完整的库存清单。这就让大家无从得知馆内到底丢了些什么藏品，又是什么时候丢了的。而其他一众埃及博物馆也同样不具备完整的库存清单。

卡姆林想出了一个办法，她最早带领大家开始着手筹备博物馆内收藏品清单的电子化数据库，利用数据库查阅归档藏品的一览表，登入藏品信息，使得藏品信息能在系统中查阅，同时藏品信息互相之间能参考对照。这看起来就像任何一个现代博物馆最最基础的运作系统，但是这样的对照就是不存在。这个任务工程量十分浩大，2006 年卡姆林开始运作这个项目时，她的队员只有屈指可数的几个外国志愿者和埃及登记员。他们坐在博物馆一角，端着几台笔记本电脑，对着桌上十分昂贵的台式数据处理电脑，在卡姆林开发的临时应急系统中登入藏品信息。这个系统中的所有信息最后将被导入到一处像样的中央处理系统主机内。

这些志愿者必须翻阅4套以上的手写登记本一览，才能整理出细化的馆藏品信息。有些一览表中引用的藏品信息是错误的，甚至有大部分信息与其余几本一览表中收集的信息相悖。

最古老的藏品目录表是一本原版《入埃及记》，俗称“JE”，藏品条目都是手抄的，记录了一百多年前搬到这座博物馆的藏品。卡姆林用相机记录了数字化的每一页目录表照片，这些煞费苦心的手抄条目的格式十分扭曲，遵照了世纪之交法国人严格规定脚本中行数的习惯，目录表中每一条目的解说行数是固定的。接下来是一本叫做《汇总目录》的目录表，也是埃及博物馆的总目录表，这本目录表也许分配给每一条目的序号有些不同。

卡姆林团队中的一位志愿者麦琪·布莱森是来自于乔治亚州立大学人类学专业的研究生，正在艰难地通读JE，用笔记本登入木乃伊条目的信息。第26199条记载着，进入20世纪后不久，内西－孔苏（Nesi-khonsou）的木乃伊被埃及博物馆收入藏品之列。麦琪想要翻阅博物馆总目录查看与这一条目相对应的信息，结果发现总目录中第26199条只登记了关于木乃伊本身。另外一个条目下记录了关于这尊木乃伊的棺材的信息，不过不是在JE中，她发现，其实总目录有3套编号，一套是记录外部棺材的，一套是记录内棺椁的，另一套则是关于木乃伊本身的。而这3套系统对应的编号在JE中被浓缩成了一套。这一条目总算能在两本目录中找到互相对照的信息，JE中很多条目标号在总目录中根本对不上号。这时，布莱森想到，需要重新整理调整条目的序号。当最后的数据库建成，导入了所有藏品汇总的信息和相对应的序号表之后，志愿者们还需确认相对应的木乃伊确实已经按照数据库的序号列表贴好了序号的标签和解说标签。

理解这项工程中包含的信息是有点困难，比我们想当然的信息量要难很多。第三本目录，是年代最靠近现在，重要性显而易见的一本目录表。这套目录表叫做《专用注册表》，内含的所有条目都分配到了各自的SR序号。这本目录中大部分条目被冠以SR序号，很容易与JE序号相混淆。比如那个内西－孔苏木乃伊，布莱森在SR目录表中无法搜索到相关对照的条目，因为博物馆管理员们把SR的复印件都锁在了他们的办公室里不让看。提到这点，卡姆林叹了一口气，解释道，SR注册本是非常稀有的目录表，所以管理员们不敢随便拿给别人看，以防这些珍贵的历史资料离开他们的视线，被盗或被玷污、损坏。“20世纪50年代，管理员们把博物馆分成7个馆区，他们自己制作了目录表，给每一件藏品分配了新的序号。不过他们不让我们查看新编排的那些目录表。”这些博物馆管理员们小心翼翼地看守着新编排的目录表，一些管理员甚至觉得卡姆林这个数字化馆藏品目录计划十分可疑，而从没觉得这是在帮助博物馆方面管理馆藏品目录。“这是他们手中的权力，所以他们很怕失去清点管理博物馆的这项权力。不过至少有一部分馆区的馆长已经开始同意与我们合作了，但是不管怎么说，数字化藏品目录的计划对所有管理员来说都是新事物，他们并未意识到给每件馆藏品分配一个唯一的身份序号的重要意义。就像想要告诉他们‘你们一直在踢足球，而我们只是在打棒球’其实是一个道理。”

我仔细观察了一阵志愿者们是如何登入藏品信息的，这时有一个法国女人来到了我们中间，她叫弗吉妮·赛德拉。她询问卡姆林我们正在着手做的这个数据库工程，与埃及博物馆的一位管理员穆罕默德·塞米正在进行的项目有何区别之处。塞米在进行的项目是在为埃及博物馆内一组特定的藏品转移到位于金字塔外面的新建大博物馆做准备，其实也就是为这些需要转移的藏品重新编号，以便在新的博物馆内按照新的身份编号来排列这些藏品；而塞米项目中所涉及的一半藏品就是卡姆林正在清点的库存。我被这个突如其来的消息搞晕了。真的有两个互相竞争的清点库存计划同时在进行吗？而它们竟然互相重复，其中一个的工程量是另一个的两倍，在同一座博物馆里分别使用两种不同的操作系统进行库存清点，这不是一种荒谬的资源浪费吗？“显然是的，”卡姆林答道，“但是我不会信任他们的数据库的。”卡姆林的工程显然比塞米的要先开始，而且她说过，她不会轻易放弃。塞米的项目计划中，卡姆林最看不惯的一点就是数据库完全没有整合过信息的引用来源。同时，塞米的工程是保密的。赛德拉偷偷地给我看了一页她从塞米那里手抄来的目录。“我花了4周时间打入他们内部，才得以看到这一页目录！”赛德拉说。

埃及博物馆本想通过整理巨大藏品库存的目录以使之符合21世纪的标准，可惜这种努力反而弄巧成拙，使得埃及深陷效率低下的泥潭，制造出21世纪最混乱的局面。就算看到卢克索博物馆中的珍宝，也很难想象埃及官僚主义的体系如何解决错综复杂的难题，从而解除博物馆内需要合理的管理系统的燃眉之急。对此卡姆林耸肩表示无奈。对于埃及这种矛盾的现状她已经见怪不怪了。“这就是埃及的常态。”她说着转身重新投入到工作中去。完成这个庞大的数据库目录后，她准备再策划进行一个陈列品标签重整的工程。

往右两个急转弯后过几百码，我找到了塞米团队位于地下室的又清凉又现代的工作室。他的队伍中有15位年轻的埃及学家，他们都是埃及人，都在使用最新款的笔记本电脑进行着他们的工作。这批电脑是一位日本人资助的，整个塞米团队的项目其实都是由这位日本人买单的。塞米是一个28岁的历史学家，毕业于开罗大学。他为人十分友善，并且能讲流利的英语。我询问了塞米他对于同时进行的两个相同目的的数据库盘点项目有何看法，他说：“这不是重复的无用功，我在做的这个项目是对于博物馆进行一种基于博物馆学的设计，而珍妮丝所做的是另一件事，她是在盘点开罗博物馆内那些老古董。”

但他也承认，两个队伍中登记员所清点的库存有一大部分是重复的。当他们完成后，也确实会出现两套不同的馆藏品身份序号，而且两套数据库到目前为止是无法互相兼容的。“不幸的是，我想说其实我们比珍妮丝早4年开始项目，”塞米给出了与珍妮丝的说辞相悖的说法，“所以我必须承认这确实让人有些不解，当然我是指珍妮丝他们的项目。”难道塞米不想用唯一的数据库来统一所有的库存目录吗？当然想。“我们正是在统一数据库，我们的项目有整整一个委员会的队员在进行，并且我们正在争取与其他的博物馆一起进行。”

事实上，塞米更为不解的是他得知的另外一个消息。他在报上读到，扎希·哈瓦斯早先一个月与意大利方面签订了一项协议，同意让意大利人来为开罗的埃及博物馆建立一个数据库。“我是在《金字塔报》上读到的，现在我仍不知道他们到底想要做什么，只知道他们能得到120万欧元的预算。”

他叹了口气说：“我很难理解为什么不同博物馆要用不同的数据库。我做梦都希望所有埃及的博物馆能用同一套数据库系统，要是真能实现那就好了。”

对于哈瓦斯声称要追讨回殖民时期其他国家从埃及带走的文物，埃及国家博物馆总局并不反对。但是总局也着重强调了埃及现阶段有更为重要的目标。吉萨大金字塔边上新建的博物馆将被打造成属于艺术之国的博物馆学模范，在斯芬克斯的边上展览逾10万件陈列品。这座博物馆能成为挥别埃及过去的博物历史——塔希尔广场上陈列品的混乱风格的里程碑吗？

最基本的管理程序上的混乱，如入库程序、安保人员的培训缺失以及名义上为了同一个目标在工作的管理员和行政层面沟通不畅，这些因素都会顺理成章地导致西方博物馆的指导人员在修复殖民历史疮口时承受巨大压力而停滞不前。

千辛万苦地翻修，勤勤恳恳地维护，巴黎就像是一位美丽的女子穿戴着被世人遗忘的礼服：就像荣耀易碎的凯旋门，又像亚历山大三世大桥边上那些金质的雕像——它们就在巴黎大皇宫与巴黎荣军院中间，或者说是杜伊勒里花园，巴黎圣母院——它们全都积了一世纪的污垢，只有在夜晚的灯光下才熠熠生辉。对于没来过这里的游客来说，就像一个十分迫切需要女性陪伴的男人，突然被推到一个天生丽质倾国倾城的美女身边。巴黎就像是穿上连衣裙，踩上高跟鞋，擦着一点口红的一位美女，当她走过时，街上即使车水马龙，都为她而停下来。但巴黎却装着不懂自己的魅力。

巴黎这座城市是典型的法国努力开拓公共事业、赢得公众信赖的代表。在建造公园、布置装饰性灯光等方面，政府都受到了广泛的公众支持。但

卢浮宫馆长亨利·卢瓦雷泰

对于这座城市的文化，以及体现城市文化的地方，特别是博物馆，公众并不支持政府花钱。2007 年 5 月，圣灵降临节的前一周（就在总是休假的法国人们又一个不用上班的周一），巴黎成为了世界上最为荣耀的城市之一，空气里都弥漫着一丝芳香。人们摇下了车窗，自行车环绕着协和广场骑行，小心地避开人群和迷你摩托车。这座城市拥有的石质纪念碑在晚春的柔和阳光里发出了金色的光芒。卢浮宫金字塔外的三角形的水池边，几个女学生在嬉戏，脱下了袜子，将脚丫浸入清澈的池水中。

不远处，瘦高个的 45 岁的卢浮宫馆长亨利·卢瓦雷泰，从他的办公室蹦出来，雀跃地通过走廊去迎接一位重要的访客。莫立安翼楼，布置着芥黄色调的印花墙纸，排列着大理石半身像，增添了一丝正规的气氛。但在馆长办公室里，如此隐蔽的地方，却没有一点行政办公室的中规中矩，而是一派学院风格的凌乱景象。一摞摞的书本目录堆得摇摇欲坠，到处都是，只有一张椅子是空出来能坐人的。办公室的墙漆着黑色，办公桌上摆着的一个精致的模型上写着1886年，由此可见这是19世纪办公室的设计风格。办公桌后面黑色的墙上高高地挂着一幅希腊花瓶画，面对塞纳河的窗子里透进来一股柔和的阳光刚好照在花瓶画上。

卢瓦雷泰是一位训练有素的19世纪油画馆馆长，父亲是一位律师，母亲是一位埃及学者。1994年到2001年，他曾任塞纳河对岸奥赛美术馆的馆长。直到他被任命为世界上最大的博物馆的馆长，现在是他在卢浮宫第2个3年的任期了。卢瓦雷泰在美术史事业中奋斗的风格并非学院派，而更多的是像一个企业的首席执行官。卢浮宫老一代的专业馆长们深居象牙塔中，有点书呆，古怪，赚钱不多，更不爱与外界交流。而卢瓦雷泰是全新一代的馆长，与老一代们做事风格完全相反。老一代的管理员们加入卢浮宫时，政策给予他们终身职位，这批管理员倾向于终日和那些一动不动的物件打交道，永远在思考几个世纪前的故事，研究早已逝去的文明。卢瓦雷泰则相反，他风趣又开放，秉持着一种积极向上坚持不懈的做事风格。有些人甚至会说卢瓦雷泰是在卢浮宫里长大的，他就住在博物馆对街的公寓里，从小就耳濡目染智慧的光芒。除了对印象派画作的特别拥戴以外，卢瓦雷泰也是五六个社会文化学团体，如法意民间团体论坛和阿拉伯研究所的成员。此外卢瓦雷泰也对古典音乐非常痴迷。他和妻子以及3个孩子一起住，当朋友来他家里拜访，有时会发现卢瓦雷泰正在听着古典音乐，安静地研究歌剧剧本。

在新一轮的购回、追讨问题挑战中，卢瓦雷泰的角色就显得尤为敏感了。现在他大部分时间都在研究国际间的外交手腕。这一天，他要飞去伊朗参加一场热火朝天的协商会，但是协商会是关于什么主题，他不愿意多说。过去的一年中，卢瓦雷泰的职责就是在公众面前为一个并非自己选择的决定而辩护，他自己并不赞成为卢浮宫的专家颁发执照，也不赞成把馆藏品的一部分租借给阿布扎比方面。这些主意都是他的上司，文化部长赫诺·多纳迪欧·德·瓦布尔决定的。2007年5月，赫诺被撤职，文化部长由克里斯汀·阿尔巴内接任，接着就是法国新总统尼可拉斯·萨科齐的上任。可是，卢浮宫租借藏品给阿联酋的计划居然还提前了，这需要大量卢浮宫方面的人力物力，也为公共关系的噩梦埋下了导火线。

接着就是追讨工作带来的压力。早前两周，扎希·哈瓦斯致信卢浮宫想要租借3个月丹德拉星座石板，以便在开罗新博物馆落成时展出。卢瓦雷泰说："我知道扎希·哈瓦斯其人，而且挺喜欢他。"虽然信中说埃及方面想要租借这件文物，但是在其他渠道，哈瓦斯都明确地表达过他希望丹德拉星座石板能永远回到埃及的博物馆。不过，哈瓦斯与所有人一样，都明白只要是卢浮宫的藏品就是属于法国国家的文物，在法律上，它们是属于法国的，并且绝不能永远放在别的国家。

笼统地说，所有那些想追讨老早以前就属于卢浮宫藏品的文物的诉求，都是不合法的。"我也十分不赞同这种观念，必须分清两种不同的追讨观念：一些文物是近几年非法取得的，另一些是几个世纪前就依法收藏的藏品。有点法律意识，就知道现代人不能用现在的法律去判定19世纪的行为是违法的。我们必须用历史的眼光来看待这些问题。"卢瓦雷泰表示。

但时代在进步。历史学家争辩说，把历史文物从它们的家乡搬走，是夺走了文物的生存环境，把文物与它们应该归属的环境剥离开，从而使得参观研究文物的人们无从理解历史文物的渊源。但也不排除有些远古的文物本来就被错放在一个环境里，通过这样的掠夺反而使它们回到了自己的家乡。卢瓦雷泰说，这个说法很早以前就已经出现了。他收集汇总了那些反对把文物从它们的归属环境搬走的观念，其实早在18世纪90年代就有了。拿破仑战胜后，在一片痛哭哀号声中，从整个欧洲搜刮了成千上万的战利品，带到了他自己建立的荣耀王国。他说，这才是博物馆学的真谛。"属于我们国家90%的文物当初被创造出来的时候就是为了实现别的目的，为了作为崇拜图腾，或者就是用在其他环境当中的。它们多数是从教堂或陵墓中被发现的。就像是原先挂在教堂被教众膜拜的一幅油画，怎么能把它挂在博物馆里还觉得理所当然呢？"卢瓦雷泰说道，"这样就使这幅画原先包含的意义与之剥离了。博物馆这个东西是全新的概念。博物馆学转化了艺术品本身所包含的意义。比如这幅画，它已经不再是一种宗教崇拜图腾了，它所处的环境被博物馆改变了，我们认为这是一件好事。”

卢瓦雷泰说，文物被夺走的问题并不只存在于发展中国家。“这不仅是埃及或者希腊或者叙利亚所面临的现实问题，大部分国家都遇到过。有一部分法国文物被带到美国、意大利、德国，但是我们从没有说想要追回这些文物，我觉得追讨文物这个概念本身就特别荒谬。”卢瓦雷泰举了一个例子：大都会博物馆位于地中海的分支机构——修道院美术馆，最早是由5个法国籍的地中海修士组织建造的，而这座建筑在20世纪30年代时在法国被分解，各个部分逐一被带到美国。随后在上曼哈顿的特莱恩帕克堡重新组装，修造成一座属于美国的博物馆。

“博物馆的定义一直在随着时代发展。卢浮宫被视为是一座世界博物馆。在世界博物馆与国家博物馆之间，有着天壤之别。卢浮宫展品涵盖着所有文明的所有领域。对于这里所说的文明的争论，就像饼和奶油（卢瓦雷泰的这个比喻意思是对于文明的争论就像眼中的灰尘，使我们分心，看不清真正的问题根源）。卢浮宫被视为世界博物馆不仅因为它所拥有的藏品，而且世界各国的游客千里迢迢就是为了来看一眼卢浮宫。卢浮宫65%的游客不是法国人。可以说，卢浮宫简直是人类的一大财富。”他接着说，“每年有800万游客远道而来参观卢浮宫的藏品。”

卢瓦雷泰的论断很有道理，对于卢浮宫在21世纪对人类创造的重要性也给出了一个公正的评价。某种意义上来说，卢浮宫的重要性是可以自证的——世界各地的游客源源不断地蜂拥而来，这就能说明一切。古代社会中的博物馆可不是这样的，既没有对博物馆的大量精力财力投入，也不曾得到过广泛的公众支持。卢浮宫为了达到基调多元化的目的，安排了各种活动，诸如邀请诗人马娅·安杰卢[1]作诗，并将她的作品紧挨着古希腊或文

[1] 马娅·安杰卢（1928—），美国著名非裔女作家、诗人、编剧。

艺复兴时期的藏品陈列着。

对卢瓦雷泰来说，文物追讨之争是有悖于世界博物馆这个理念的，文物追讨其实也是源于人类对属于自己的物品一种自顾自保的反射作用。“文物追讨是一种保守主义的冲动行为，这与全球化的开放思想是背道而驰的。”此论调的问题显然是法国在提倡所谓全球化的进展时，选择了自己的国家作为其全球化的核心。为什么巴黎能成为全球化的核心，而开罗或者雅典就不行？学历史的人十有八九都知道，卢浮宫显然已经对外宣称过，法国的初衷是博物馆领域更为理想的全球化，但这揭露了卢浮宫藏品不断增加的动力其实是源于强烈的民族主义思想，而非全球化思想。

那对于哈瓦斯想要租借丹德拉星座石板的要求，卢瓦雷泰是怎么想的呢？“我们仅将这看作普通的租借请求，关于租借这件藏品，问题只在它比较易碎，也不好搬运，还必须保证归还时藏品安然无恙。”当问到他关于石板的依法归属时，卢瓦雷泰翻阅了桌上的文件，答道：“1822 年时，穆罕默德·阿里把丹德拉星座石板割让给了法国，1919 年，石板被安置在卢浮宫。”

这么说并不是在正面回答问题。到底卢瓦雷泰对于文物追讨的看法是什么样的？他对于哈瓦斯提出的租借石板的请求可曾有一丝怀疑？他了解哈瓦斯希望石板永远留在埃及的想法吗？埃及人认为丹德拉星座石板不该离开自己的故乡埃及，它是属于埃及文化特性不可分割的一部分，那这是否意味着这次租借也牵扯到道义上的问题？

“什么叫文物是国家特性的一部分？”卢瓦雷泰有些不悦地反驳，“我不能理解这个说法。埃及的文物在埃及。希腊的文物在希腊。而扎希·哈瓦斯不能代表埃及这个国家，这应该是一国元首或者部长级以上的官员来出面解决的问题，这是国家间的问题，不是卢浮宫所能决定的。”

几个街区外，负责法国 32 个国家博物馆文物追讨请求和购回的法国官员安妮·蒂斯特对此有些不同看法。这位头发花白，年过五旬的女士戴着一副黑框眼镜，她在国家博物馆重组部门工作。这是一个文化部下属的部门，位于金字塔大街，距离家喻户晓的琼安拱门雕塑很近，就在杜伊勒里花园边上。甚于每一位法国官员，她深谙文化遗产的世界中，一切变化何等之迅速彻底。文物追讨问题已经使她的烦恼成倍增加了。现在要购回一件文物比几年之前要困难复杂得多。蒂斯特第一次接触到追讨工作，是处理一件第二次世界大战时期文物的追讨申请，那一次她就亲眼目睹文物来源国向利益妥协的转变。

她的另一个工作重心——文物购回，也正在发展改变着。几十年前，有一位馆长曾经相中了名声在外的一个商人所拥有的一件文物。“馆长只需要考虑如何才能鉴别这个文物的真伪，若是真的，那他又去哪里筹钱购回呢？”现在这样的交易已经变得像是警方审案了，我们会要求这个商人提供他身份证的复印件。“如果是我，我会十分难堪，但还是会配合地拿出身份证复印件。”博物馆方面会拷问商人一些十分细节的问题，比如“你是这件物品的主人吗？”“你是在哪里、何时买到它的？”馆长们也十分厌恶现代购回案中，他们需要收集以上这些信息的要求。但毕竟博物馆方面需要购回这些藏品系列中缺失的几件单品。有时他们不得不放弃购回，就因为没有收集到足够细致真实的藏品或者关于商人的信息。馆长们怨声四起，这不就是让藏品有机会流入私人收藏家之手了吗？但是政府方面也无能为力。“这太糟了，我们的准则居然就是怀疑。现在我们看见一件文物，第一件想要问的事就是文物的来源是否真实，而非这样的文物够格成为如此伟大的博物馆内的藏品？真是令人遗憾，但我们必须继续秉持这样的原则。”古文物的购回特别困难，蒂斯特说：“查找相关文献资料实在是太煎熬了。不过可以肯定，我们再也不能像以前那样去购回文物了，博物馆方面变得十分小心谨慎。”

蒂斯特巧妙地回绝追讨请求，挡开馆长们让她批准文物回购施加的压力。此时蒂斯特不得不思考起了21世纪博物馆在社会中存在的意义。对她来说，这是十分复杂的。在深感过去欧洲掠夺行为的罪恶性的同时，她也清楚看到博物馆为现代社会带来的裨益。“这问题我们10年前肯定不会提，5年前也不可能。这个问题并不震惊，但也并不好回答。”她说道，“确实是那一些恶行，比如在秘鲁发生的掠夺陶器和银质艺术品的行为，导致了今天我们想要提这个问题。起初的掠夺，造就了今日的馆藏珍品，比如现在我们看到的埃尔金大理石雕[1]。而当我去卢浮宫参观时，看到人山人海的游客，简直目瞪口呆。他们是来看自己的博物馆甚至自己国家都没有的文物。如此伟大的博物馆，确实是无可替代的。这里充满了故事，管理员，历史学家，专家学者，他们都希望整个世界看到这些空前绝后的稀世珍宝。并且之后的500年，我们都要一直为了实现这一目标而不断前进。”

蒂斯特欢迎一切发展变化，她向我阐述了她展望中的一个全新的系统：博物馆想要完成藏品收集不必再通过购买，而是在订立协议的前提下，与来源国互相交换。“这些都只是我私下的设想，只是一些乌托邦的愿景，如果想要实现，难如登天。”

安妮·蒂斯特办公室所在大街的最尾，有一处非常高贵优雅的宫殿，宫殿前有一个公共广场和一个花园，宫殿就位于卢浮宫的边上。新旧法国的缩影尽在皇家宫殿一处。皇家宫殿曾是红衣主教黎塞留的住所，黎塞留是17世纪法国国王路易十三背后的国家实权操控者。宫殿前铺着石子的空地上，竖立着参差不齐的黑白条纹混凝土桩，这是1986年法国艺术家丹尼尔·比伦的作品。就是在这里，200年前，曾有一个激动的政治煽动者跳上咖啡桌大喊道：“备战吧！”这也揭开了一系列街头游行示威活动的序幕，最终巴士底监狱被推翻。也是在这个小广场上，1848年，一群法国乱党在新一轮的革命中焚烧洗劫了重组后的王室。今天，造就法国世界影响力的领导者之一，法国文化部的大本营就扎根在这堡垒中。不可亵渎的权威——法国制宪议会，也就是最高法庭，就在隔壁。公园两边靠着宫殿的人行道上商店林立，有史上著名的咖啡馆，也有各类时髦服装店，与公园和宫殿完整地组成了一幅生动的画面。游步道上的拱形走廊是一处画廊。

[1] 现藏于大英博物馆。

过去一到晚上，会有一些俏佳人在画廊里游荡——甚至现在也偶尔能看到她们。

皇家宫殿也是卡瓦姆公司的店址。卡瓦姆商店属于卡瓦姆家族，卡瓦姆家族祖孙四代人都是古文物商人，为古文物的交易四处奔波，而古文物买卖变得越来越艰难，一年比一年更甚。卡瓦姆商店的陈列柜里都配有陈列灯。一个陈列柜里的基座上放置着一尊小小的青铜希腊人头像，另一个柜子里的古典时期玻璃首饰则是犹抱琵琶半遮面地被丝绒布掩着。从玻璃窗往里望，地毯边上露出了大块参差不齐的马赛克地板；在里面一个玻璃橱中，聚光灯照耀下摆放着一尊精工制作的埃及青铜雕像——那是伊西斯把婴儿时期的荷鲁斯抱在胸前的雕像。这些都是你可能在卢浮宫能见到的展品。

卡瓦姆家族开始经营古董生意的年份可以追溯到1860年，当时在开罗，叙利亚血统的珠宝匠塞里姆·卡瓦姆发现古代文物的买卖要比打造珠宝赚得多。从那时起，卡瓦姆家的人开始了收集和买卖古文物的生意。他们从埃及农民和寻宝专家们那里买来古文物然后出售给欧洲的收藏家或者博物馆。“博物馆里那些藏品可都是我们收集来的。”伯特兰·卡瓦姆自豪地说。这位塞里姆·卡瓦姆的后裔现今已经47岁，他拥有一头精心修剪的黑发，这样的天气里穿着黑色高领毛衣和白色灯芯绒长裤，显得风度翩翩。伯特兰从父亲罗杰那里继承了家族生意，罗杰虽然近年已从文物收藏界隐退，但仍为各大博物馆的管理员们所熟知。商店里并没有客人，伯特兰十分健谈，他拿出1933年埃及旧报纸的剪报，向我介绍上面关于卡瓦姆家族的报道。他回忆道，当卡瓦姆商店还在开罗时，那位传说中的大都会博物馆馆长冯·波特默“曾经到过我父亲的店里，他说‘请给我这个，这个，还有这个’。之后大都会博物馆内乱作一团，大家四处筹钱”。

但是现在，卡瓦姆家族的一切都将会结束。伯特兰将会是卡瓦姆家族最后一个经营古文物生意的人。一切都变得太纷繁复杂了。今天，每一件文物都要被彻底调查一番，这就好像使用放大镜在找一件来路无可挑剔的商品一般。求是问题，供更是问题。博物馆不敢接受任何无记载无出处的文物，特别是非常古老的文物。为此，伯特兰主要出售的都是在家族中流传数十年的物件，或者作为一个中间人，把以前卖给家族友人的古文物重新出售，转手给博物馆。他找不到能买入的新货，把任何文物带出埃及或者它的所有国都会触犯法律，即使是在如此严格的政策下，博物馆方面购买文物仍然小心翼翼生怕出纰漏。

曾几何时蒸蒸日上的生意，如今陷入了国法中定义为自私贪婪的买卖的泥潭。“文物交易领域的人们心态都变了。”伯特兰说，“我父亲曾经说过，‘不要盯着拿宝贝的手看，要看手中的宝贝’。但现如今的人们都只盯着那只手看。”伯特兰把扼杀了文物交易的买卖、逼迫生意人转入地下交易归咎于像埃及这样的政府。“20 世纪 60 年代的时候，埃及曾经给予古董生意人出境许可，允许他们把文物向境外出售，那时的交易都是在政府监管下的。但是不久以后埃及就跑去向联合国和联合国教科文组织哭诉说‘我们被洗劫了！我们的文化遗产都被偷走了’！结果，只有偷渡客们才敢做古文物交易，那些被交易的文物都流入了私人收藏领域，公众再也没有机会见到它们了。”

虽然伯特兰有着一部分阿拉伯血统，他仍觉得阿拉伯国家看待欧洲收藏者的态度简直就是自我拆台。他觉得埃及欠法国一份人情。“如果不是拿破仑的科学考察，埃及早就被毁灭了。那些警察奴隶兵根本不在乎什么文不文物的，是法国的那些博物馆馆长们和科学家们拯救了埃及的文明。”而他对于扎希·哈瓦斯除了轻蔑没有别的看法：“他戴着一顶那样的帽子就以为自己是印第安纳·琼斯了，他就是个到处吹牛的人，只不过是想要声明那些主意是他先提出来的，真可笑。”

店内陈列着正在打折出售的各式精美古文物。伊西斯的青铜雕像标价 4 万欧元，约合 6 万美元；那个小小的希腊铜雕头像售价 7 万欧元，约合 10.5 万美元。卡瓦姆走到像一面墙那么大的保险柜边上，这真像是一座银行的金库。他拿出一个真皮包裹的盒子。当他打开这个盒子时，我震惊得心跳都停止了。放在盒子里的是一件真金的项圈，衔接处的两头各雕刻着一只工艺十分复杂的金质狮首，这就是项圈的尾端。成套的另一件首饰是一个金质绞丝手镯，尾端衔接处也是两只狮首。这一套来自希腊塞萨利的首饰已经有 2200 多年历史了，却完全看不见岁月的痕迹，保存得十分完好。“它是 1902 年时，我的祖父买下来的。”伯特兰说道。另一个盒子里摆放着一条沉甸甸的纯金腰带，在腰带的正中有一枚花朵胸针和一张模刻的脸，这也是希腊的古董。这些古代的小饰物有点像是范思哲的风格，十分讨人喜爱，售价仅为 15 万欧元（约合 22.5 万美元）。另一件鬼斧神工之作静静地窝在一个下层的盒子里，裹着天鹅绒布。这是一条金项链，整个链子缀着镀金的石榴，其历史更加久远，能追溯到公元前 1525 年的埃及新王国时代，它的标价也是 15 万欧元。

伯特兰想要把这些藏品全部卖出去后，把古董店关了，搬到纽约去设计当代家具。尽管所有这些出售中的古董珠宝都是伯特兰自家的所有物，想要全部出售并结束历史如此悠久的家族生意仍没有想象中那么容易。“以前如果遇到这么划算的买卖，博物馆肯定会立即扫货，全部买走。但是现在他们很怕被公众指责买到赝品。另外，纯金的古董是不易氧化的，所以买回去也很难鉴定古董的历史渊源。”伯特兰说道，“像我，是从来不会去买纯金古董的。拍卖会什么的，从不买。我对珠宝首饰不太感兴趣，它们又那么贵，没理由买下来。”

几天之后，难得一遇的伯特兰的父亲罗杰·卡瓦姆来店里拜访，这位卡瓦姆家族的长者现今已经 85 岁高龄，他就像是活生生的历史，讲述着他一生中经历的古董交易的非凡变迁。罗杰·卡瓦姆 15 岁时就在开罗开始了古董买卖，他的父亲拥有一家在开罗市集的中央名叫卡瓦姆兄弟的商店。1860 年开始，全家人从叙利亚逃难到了埃及，躲避土耳其与德鲁兹教派对叙利亚和黎巴嫩的基督教徒的大屠杀。1912 年，卡瓦姆家族被古文物交易协会认证为官方古董商，而古文物交易协会就是现在最高古文物委员会的前身。1939 年到 1945 年，罗杰·卡瓦姆跟随父亲做学徒，于 1945 年启程离开埃及，到巴黎大学进修埃及学。1952 年，他接手了父亲位于开罗市集的那家店铺。

罗杰·卡瓦姆以精准的眼力著称。与大多数古董商一样，他把自己称作古文物的情人，悉心呵护传承文物的历史，而不是洗劫历史。罗杰愉快地回忆起当年的古董买卖圈子，当时那只是一个很小的圈子，商人们打听一下对方的名声，一握手，交易就成了。他已经习惯了卖出一件价值连城的古董时，终有一天会被他买回来或者回到他的身边。现在整个古董交易圈子充满了互相猜忌和怀疑——怀疑买到了赝品，怀疑藏品是非法取得的，怀疑一切交易是肮脏的交易。罗杰·卡瓦姆最最自豪的事，就是把阿蒙诺菲斯三世的妻子，提伊皇后的30公分塑像的两部分集齐，使破镜重圆。1962年，卡瓦姆把收藏品中的提伊皇后雕像上半部分拿出来上架出售。雕像的下半部分从1826年开始就呆在卢浮宫，它是卢浮宫埃及系列陈列品的核心——亨利·绍特藏品展的一部分。这是卡瓦姆的父亲约瑟夫当初在开罗买下来的，之后被罗杰·卡瓦姆带到了巴黎。当时雅克·范德尔馆长认为这件古董太昂贵了，但是罗杰并没有放弃，他回忆道："我对那位馆长说'你拿着它，好好地观察，然后如果看够了，就还给我'。第二天我就收到一张卡片写着'我必须见一见你。我觉得我应该买下来，请给我一个优惠点的价格'。"今日卢浮宫内的苏利庭院里仍收藏着这件珍宝。这样一件绝世瑰宝是如何得到埃及政府的许可被带出国境的呢？"通常授权出境的委员会根本不知道他们正在检查的是一件国家级文物，如果古董商贴着的价标上价格很高，委员会会直接拒绝出境，所以我们就贴一个假标签，标一个很低的价格。"

最近，就在2002年，罗杰·卡瓦姆把一尊埃及雕像的下半部分放上皇家宫殿的商店货架。这尊雕像是在埃及南部艾尔达巴的考古挖掘中发现的，于20世纪50年代的时候从埃及出口到法国，当时出口文物还不算是违法行为。雕像上的象形文字显示这是一尊参与建造神庙的祭司塑像，他好像是一位治愈蛇伤的专家。卡瓦姆总觉得印象当中他以前见过这尊塑像的上半部分。他开始在文物目录表和拍卖会照片集中细细地翻查寻找。几周之后，他终于在一本小小的目录表中找到了一张照片。这张照片映在慕尼黑国家博物馆埃及艺术展馆20世纪60年代发行的目录表中。他立即致电慕尼黑国家博物馆，声音语调无不透露着欣喜和成就感："这尊雕像的下半部分，就在我的商店里。"他是对的。德国的这所博物馆确实拥有祭司塑像的上半部分，就存放在博物馆的备用仓库里。卡瓦姆随即把塑像的下半部分以 4 万欧元的价格卖给了博物馆，这可以说是卡瓦姆作为一个古董商人最自豪的时刻了。

卡瓦姆认为当今社会对古董商人的看法——认为他们是埃及或者其他历史悠久的国家地区的掠夺者——是错误的。"我们从没有掠夺过什么。古董商人都是很守法的生意人。"他辩护道。他翻出一大本埃及政府关于古文物的法律，这是 1835 年至 1960 年间使用的。"那时的交易不是地下交易，或非法交易。而现在我们突然说要引进一种以前从未被重视的道德观。那时，对埃及人来说，这些古物只不过是一堆石头。他们甚至拿木乃伊来生火。这用现代，用 21 世纪的观点来看，居然还是不道德的。但是，就像米罗的维纳斯，对于一些现在已经离开祖国、散布世界各地的埃及古文物来说，那时的古董商人拯救了埃及的文明使之得以保存。"卡瓦姆想起当时一位供应商把这尊半身像带给他时说过，这是从一个农民那里买来的，那个农民正要用这尊半身像做锤子。"像这样令人惋惜的故事，我还有好多好多。曾有一段时间，农民为了不让古文物最高委员会没收他们的田地做考古发掘，摧毁了大量已经出土的古董。农民们也会暗地里偷偷地把他们挖出来的古董卖掉。即使这买卖是违法的，古文物最高委员会也只能姑息——买卖至少比摧毁要好，使得古文物得以保存下去。如果那些文物是被卖到美国去，它们会被更好地保护起来。"

卡瓦姆父子都认为那时候的政策比现在要好，至少允许一部分文物被运出埃及，全面禁止文物交易和进出口只会让古董交易转向地下。在 1912 年至 1978 年之间，埃及成立了一个专门的协会，重新审查提交出境申请的文物，重申他们当初是否不应该获得出境批准。起初这个协会根本组织不起来，这一行动最后因为牵扯的国家间问题太过敏感而最终宣告停止。对卡瓦姆家族来说，在埃及的路还是走到了尽头，卡瓦姆家族的生意还是被归为非法交易。所以在1983年埃及政府下令全面禁止古文物交易之前，于1978年，罗杰·卡瓦姆决定举家搬迁到巴黎。但是埃及境内的古文物买卖并没有因为禁令而停止，只是转移到了地下，而且为猖獗的交易泛滥，包括古文物管理官员参与交易，提供了混乱的温床。

“有部分当时圈子里的同仁选择留在埃及，他们继续着古董交易的生意，也就是现在已被判定为违法的交易。”卡瓦姆说，“实际上，禁令的颁布倒使古董买卖更加轻松简单了。古董买卖变成了价高者得的生意。那之前，想要买一件古董还得请古文物最高委员会的调查员来做鉴定，鉴定这物件是不是应该属于埃及国家博物馆所有。但是自1979年以后，整个文物交易圈子全部乱套了，完全没有规则可言。你可以买到任何你想要的古董，想卖的时候就卖掉，卖给谁都行。”在古文物鉴定服务圈里的腐败十分猖獗，这也是有目共睹的事实了。扎希·哈瓦斯为了杜绝博物馆学者界以及古董买卖圈中的各种腐败行为作出了艰苦卓绝的努力。但尽管如此，还是有很多偷盗抢劫案经常登上各大埃及报纸的头版头条，新闻记者最爱报道那些埃及国内文物失踪案的逮捕和调查工作。哈瓦斯把埃及的偷运文物者送进监狱，还检举了涉嫌交易古文物出境的自己的同事。卡瓦姆说，有些被哈瓦斯送进监狱的曾是卡瓦姆家族的供应商，但他拒绝指认那些他熟悉的面孔。“有些供应商开始做珠宝商人了，但其实暗地里他们还是在买入古董。他们贿赂那些比较熟悉的官员们，好使这些古董交易品能被携带出境。如果是托人把古董带到欧洲给我的，我自然会买下来。我不会去管古董到底是怎么出境，如何到达我手里的。曾有人把50多件古文物藏在行李箱里带给我，但是我一般就是出于好奇心去看看他们到底带出来了些什么好东西，有时会买其中的一两件。如果没有禁止出口的法律约束着，出口文物就会变得毫无节制。可以买入任何古董，然后非法地将其携带出境。”他承认，哈瓦斯在镇压古董黑市方面是取得了不错的成效，“黑市交易从此变得更困难了，但不可否认，黑市并没有就此消失。”

罗杰·卡瓦姆很不齿编造文物来源的行为：“这些历史档案你想编就编，

找个古老的打字机来就成了。”伯特兰也嘲笑了那个所谓的艺术品丢失登记表，据说这是国际通用的一张列表，列出了所有已知的丢失或被盗的古文物。做古文物买卖的商人们就用这张登记表来筛选交易品，以免买到那些所谓被盗的非法来源的古董。但这张列表中只有公之于众的那些被盗文物，不包含新近被盗掘出土的文物。有时人际关系透露的消息比什么登记表都来得准确翔实。2006 年，伯特兰想要把一件浮雕作品送到纽约的一名买家手中，美国方面的出入境官员挡住了文物入境的通道。这名官员向国际刑警组织上报了这个案件。有人告诉卡瓦姆，那位官员的父亲在文物交易界十分出名，卡瓦姆只需买通他的父亲，以他的名义写一封信给国际刑警组织，表明这件文物是自己的，并且已经放在家里 30 多年，就行了。卡瓦姆随即便去办了。他说，如果有一位官员站在我们这边，会更好。“古文物商人过去常用的专业操作手段，现在已经不适用了。”卡瓦姆说，“我们有经验，也有这方面的知识，有专门的化学专家、地质学家，但是鉴定古文物到底是不是赝品，你还是需要一个埃及学家。”

这时在开罗，扎希 · 哈瓦斯正面临着一项挑战，正面接受全球的观众的关注，迎接他们关注埃及古文物保护的眼光。在这群观众里，有像卡瓦姆一样的古文物商人，他们的客户，一大群学术界的专家学者们，还有慷慨赞助的投资商们。作为一名《国家地理杂志》的驻校学者，哈瓦斯决定通过《国家地理杂志》和电视系列节目来接近那一大群最热心的观众——全世界的埃及文化爱好者们。相比较之下，他在故乡埃及面临的挑战是更为艰巨的。在埃及，大家都把哈瓦斯看作一个古怪的大广播站，而不是传播国家文化的动力室。毫无疑问，在埃及的年轻一代心目中，占主导地位的是伊斯兰教和西方世界的流行文化以及现代价值观。哈瓦斯坚持认为，法老的历史是埃及独一无二的一段历史，作为爱国主义的表现，这应该是属于埃及的历史文化遗产，而非属于西方国家。但是哈瓦斯的观点很难被年轻人们接受。埃及年轻人的价值观与哈瓦斯的观点相悖，显然使他备受挑战，在哈瓦斯家族内部，年轻一辈与父辈价值观上的矛盾更是毫无掩饰。

结束了周五下午的祈祷，我在拉帕迪特拉酒店见到了扎希·哈瓦斯最小的儿子，谢里夫·哈瓦斯，而他的哥哥卡里姆拥有这个酒店一半的股份。拉帕迪特拉酒店位于开罗市内莫汉德辛的高档住宅区，在这里经常能看到奔驰跑车呼啸而过，街边林立着奢侈音响店、高档牛仔裤店、法式精品店以及一间私人学府。

拉帕迪特拉简直就像是照搬了好莱坞的酒店风格。因为时间还早，附近也着实没有什么好逛的，我开始细细打量这家酒店。亚洲风格的装饰，粗木梁，低瓦数的照明灯；洗手间里的铜制水槽微微发光，体现出一种标新立异的美式复古风。谢里夫今年 31 岁，作为一个弃医从商的生意人，他的身上也散发出好莱坞的味道。他身材保持得十分健美，应该是经常去健身房锻炼的人。他有一头略显凌乱的黑发，留着胡茬，穿着破洞牛仔裤。父亲在宾夕法尼亚大学修读博士学位时，谢里夫与父亲生活在一起，所以 3 岁到 12 岁这一段童年生活他都在美国度过，这也使他的英语说得比阿拉伯语还好。

谢里夫和我说起了哈瓦斯家族。这一家人来自达米埃塔港附近，尼罗河边上的小村庄阿比迪亚。在这里，尼罗河与地中海交汇，人们或农耕，或依赖制造木家具为生。扎希的父亲，阿巴斯·哈瓦斯曾是一个农夫。在扎希很小的时候，父亲就去世了，是他的母亲一手把他拉扯大。哈瓦斯家并不富裕，就像村里的所有的家庭一样。扎希的 5 个兄弟中有两个早年夭折了。他的妻子菲克里亚也是哈瓦斯家族的旁系亲属，那时候在埃及有很多像这样的近亲联姻。扎希夫妻都就读于亚历山大大学，扎希取得了希腊罗马教育学研究的学士学位，他的妻子读完医学预科之后继续妇科医学的学习，最终成为了一名妇科医师。他们结婚数十载，大多数时间分居两地。

长大以后，谢里夫·哈瓦斯跟随母亲的脚步进入了医学界。虽然父亲在考古学界取得了巨大的成功，谢里夫对考古学仍没有什么特别的兴趣，不过也许正是因为父亲的成功，使他对考古学失去了好奇。“我父亲确实在这个领域取得了举国瞩目的成就，但是我又有多少机会成为像他一样的学者呢？他有激情，这是学医的我所不具备的个性。对于历史，我更感兴趣的是战争或者宗教的历史。”谢里夫说的宗教是指伊斯兰教，这是他最近才开始自己研究的。实则恰恰相反，他已经是一个虔诚的伊斯兰教徒了，挣扎着想要掩藏自己那种世俗的西化的表象。“我再也不听音乐了，只听《古兰经》，它比任何音乐都动听。”

谢里夫·哈瓦斯和众多的埃及年轻人一样，一直以来都在寻找生命的意义和一种文化的归属感，他找到了，但是是在伊斯兰教的教义中找到的，而不是埃及本国那些法老的历史中。“我那时候还不是伊斯兰教徒，以前的我与现在不同。现在我觉得我正在做的就是正确的选择，这是个令人不安和疑惑的时代，但是宗教信仰使我心中有了一切问题的答案。在清真寺里的人们，我都莫名其妙的觉得他们十分可亲。他们脸上透露着光彩，毫无畏惧，也没有压力。”

谢里夫觉得他的朋友们追求的那种物质上的满足对于他来说，一点都不诱人。“在伊斯兰教教义中，信仰是最重要的。世界上没有一个宗教是劝导人们去追逐所有的物质追求的，要我这么过我的生活，那才会是真正的煎熬呢。”现在，谢里夫正在努力按照教义的要求，戒除性生活，戒酒，戒食猪肉。他马上就要和女友结婚了，但是他不确定女友是否能接受他的求婚。“结婚这件事确实让我觉得压力很大。”谢里夫坦白道。

但是谢里夫想要为自己做好准备，因为他相信，世界末日就快要到来了。“将来的几年会非常可怕，《古兰经》里都有写到。会有可怕的自然灾害，针对伊斯兰教的战争，特别是犹太人发起的战争。这些都是世界末日的讯号，就像一个谜团。”

犹太人？阿拉伯世界普遍抵制犹太人。从扎希·哈瓦斯的儿子口中得知他对于抵制犹太人的看法，我一点也不意外。在历史学界，扎希·哈瓦斯的学术导师是宾夕法尼亚大学的教授，犹太人大卫·休福曼，到现在他们俩仍是好朋友。在学术和媒体界，扎希·哈瓦斯经常能遇到犹太人。但是谢里夫·哈瓦斯一直秉持着反犹太主义的观点，无需任何引导和刺激，他深信犹太人是挑起世界战争、控制全球经济，甚至是误导基督教和什叶派走上歧途的幕后黑手（埃及是逊尼派居多的国家）。“他们没有控制世界？不是没有，时机未到，犹太人需要按部就班地一样一样来。”他滔滔不绝地评论了奥萨马·本·拉登，巴勒斯坦人，美国与以色列的关系，激进的伊斯兰教徒在伦敦制造的爆炸案——那些伊斯兰教徒声称这是代表在伊拉克战争中遇难的受害者。在他的思考模式中，这世界上除了黑就是白，不是善良的那就是邪恶的。好人和坏人绝对不可能和解，伊斯兰教教义已经预言了所有的一切。他十分坚定自己的立场，毫不动摇地说：“我知道一切事情的真相。”

几天后，我与扎希·哈瓦斯聊起了他儿子的信仰。这位历史学家貌似只含糊地知道一些儿子对于伊斯兰教的虔诚之心，而不知道他已经陷入了激进的伊斯兰教崇拜中（也许这样说更为准确：对于埃及的年轻人来说，这种信仰一点也不激进，显然，这已经广泛地被大众所接受了）。但是哈瓦斯说，不论他的儿子选择怎么样的信仰怎么样的生活，他都希望埃及青年能够接受自己的埃及爱国主义新思想。他指着最近非常受欢迎的一个项目，这是在开罗博物馆展开的，还有拓展古文物最高委员会中年轻一代历史学家的队伍的项目。哈瓦斯认为自己本质上其实是一个梦想家。他相信自己的价值观能受到公众的认同，就算不是现在，在将来的10年或者20年中总会被接受。埃及的古文物也终将会回到埃及，而他就是领导这一场文物追回大战胜利的指挥官。“一切都是从梦想开始的，当你觉得一件事是不可能完成的任务，那你就错了。拥有梦想是非常重要的。”他停下来想了一会儿又说，“我希望我能做那个为希腊人‘拨开云雾见月明’的人。就算我这一生当中无法完成这个夙愿，博物馆方面也会看到这一天的到来。这才是公正的世界。虽然那些古人的纪念物属于我们每一个人，我深信无疑，但是埃及是守护所有的古文物的卫士，埃及的人民，每一个都有这样的历史责任。”

第五大道的盗墓贼

追逐吕底亚人的财富

他管它叫“城堡”，但不是因为它的大小。它只是一间隐藏在土耳其首都安卡拉的居民区当中的小公寓，坐落在古巴大使馆对面一个冷清的操场和一个露天市场中间，在那儿，按下叫车键后5分钟就不知道从哪儿开来一辆出租车停在你面前。那个“城堡”很难被找到。之所以称它为城堡，大概是因为他几乎从不离开那里。

奥兹根·阿卡尔作为代表，对土耳其被掠夺的古文物进行了40多年的研究，他发现自己的公寓渐渐变小，淹没在激情的漩涡里。现在他的卧室只能容纳下一张床和一个梳妆台。他的第二卧室里满满当当的全是文件柜，以至于连张床都摆不下了。文件柜里面整齐地放满了他仔细整理出的关于研究工作的相关资料。走廊里贴着一张写有他自己说的一段话的海报，上面写着“美丽的历史只因为被统治者传颂”。海报来自于一本源自于1990年名为《鉴赏家》杂志的封面，用来突出他调查出的走私艺术品以及偷窃艺术品残片的真相，这段话被用在一个当地关于赔偿的运动当中来提高人们对于历史的认知（杂志发表后，封面上两件手工艺品当中的一件已经被归还到土耳其，另外一件至今仍摆放在洛杉矶的盖蒂美术博物馆之中）。第三间卧室则被用来当作他的助理以及那些自愿帮他复印和整理他主要出版物的考古学系、艺术学系学生们的办公室。

这间曾经被用来当作餐饮区的房间，现在已经完全沉浸在阿卡尔浓烈的激情之中。房间里大部分的空间都被用来摆放工作用的桌子，桌子上堆满了报纸和文件，桌上的电脑每隔几分钟就会发出收到邮件时的提示音。就连墙边也装上了书架，摆满了译成各种语言的关于古代文明、艺术、博物馆、考古、抢劫的书籍。每一个书架上都有手写的标签，标签上写着：马赛克镶嵌工艺、卡帕多西亚、罗马、美索不达米亚、制陶术、神学，等等。阿卡尔把这作为一个免费的图书馆，供那些来找他的人阅览。在书架的尽头，有一张打印出来的列表，上面记录着来这借书人的姓名、电话、借书时间以及借了哪些书。一旦有人交还了图书，他就在列表上把那个人的名字给划掉。

阿卡尔的工作为他赢得了很多奖励，他那间用来办公的卧室顶上有个小架子，放着许多他的奖品和荣誉奖章。桌上摆着一台他使用了十几年的打字机，旁边一台早期的苹果电脑和一台便携式电脑，安静地摆放在那，见证着通过他们而打印出的成千上万的字符。

阿卡尔的妻子很早就离开了这个地方，只是偶尔回来探望一下。她现在居住在瑞士，作为土耳其的外交官在日内瓦的世界贸易组织大楼内工作。

阿卡尔单独一个人的日子大多都用来做自己的工作，他是一家听命于左派的报纸《共和报》的外交事务专栏作家。自从土耳其演变为一个现代经济强国，《共和报》也就随之黯然失色。它的销量已不再像以前那样多，但是在土耳其，它仍然很有声望。为了继续追逐心中理想的工作，阿卡尔必须重新组织起这个团队。他一个星期管理自己的专栏两次，剩余的时间致力于用电话调查关于被掠夺的古文物并设法追踪这些古文物的去向。有一次他给我打了个紧急电话问我："你知道吗，土耳其因为狮身人面像的事，已经暂缓了与德国的文化交流？"虽然他大部分时间都用来致力于他的工作，但是每天下午 5 点，他都会准时打开音响，欣赏他挚爱的贝多芬名曲，并为自己倒上一杯强尼 · 沃克红牌威士忌。

奥兹根 · 阿卡尔最近私下涉及到的土耳其近些年来那些主要被盗的珍贵

古文物事件，在很大程度上促进了土耳其政府开始调查20世纪80年代的古代遗产被盗的原因，这也是第一个像这样做的被盗古文物来源国。他作为一个初出茅庐的新闻记者，凭借着自己的固执劲，秘密并耐心地揭露着大规模盗窃希腊银制古钱币的事情。事情的起因是由于艾尔马勒镇当地的农民从地底下挖出了古银币，通过一些国际灰色途径将它们散落到国外各个拍卖行，供世界上其他收藏家们进行竞拍。而为他们提供灰色途径的正是阿卡尔在《鉴赏家》杂志中深入报道过的特里家族，曾经有一枚价值十几亿的被盗古文物戒指，正是通过他们而流通出去。特里家族对阿卡尔进行过起诉，但是他被赦无罪。之后阿卡尔便受到了死亡威胁，但他并没有理会那些警告。后来他发现，那些人计划要绑架他，把他绑在一个氧气瓶上，运往一家瑞士博物馆。

阿卡尔第一个指出，大都会博物馆从波士顿美术博物馆借来的大力神的躯干，和土耳其安塔亚历史博物馆一尊雕像的下半部分有着惊人的相似之处。起初波士顿美术博物馆在《纽约时报》上发表了一篇声明，来驳斥他的调查报告——“一尊雕像不可能有两个肚脐”。后来，那尊雕像的下半身的尺寸数据被带到波士顿，并被发现雕像下半身尺寸与波士顿美术馆里的大力神雕像躯干完全契合。有一天，阿卡尔接到一个匿名电话，电话里的人告诉他，有一个从土耳其被盗走的花环棺椁被标记为私人物品摆放在布鲁克林博物馆。而后他便开始着手调查，亲自去查看那个花环棺椁并将此事报道了出来。那个棺椁最终还是被送还给了土耳其。他年复一年、一篇又一篇地写着报道文章，根据线索披露事实的真相。为了整理线索他制作表格、描绘清单。在这一路上，他叱责政府，让各大博物馆蒙羞，揭穿那些表面光鲜亮丽实则假装圣贤的拍卖会，以及揭开古文物走私的神秘面纱，披露了通过走私古文物而使那些不法分子获得不可估量的巨大财富。阿卡尔和另一位致力于揭露罪恶黑幕的记者梅里克·凯兰在1988年的《鉴赏家》杂志上说道：“就像那些很胖的人们一边指责那些令他们发胖的食品而一边大快朵颐一样。那些富裕的国家从来都只是名义上不赞成，但是从来就没有加强对于这方面的法律制度上的建设与完善，是因为他们对于获取古文物的欲望实在是太强烈了。”

现在西方大部分博物馆中的核心藏品都是来自于土耳其，其中一个古吕基亚文明的神庙被摆放在大英博物馆之中。这座美丽的寺庙在19世纪的英国探险家查尔斯·费罗斯的影响之下，被拆成一块一块的，伴着里面被海水冲刷、大风侵袭的大理石女神塑像一起带到了伦敦。另外一个著名的文物是贝尔加马古国的大祭坛，也就是被大家所熟知的宙斯祭坛，现在成为了柏林贝尔加马考古博物馆的中心装饰。由于这个祭坛过于庞大，为了赶上英格兰以及法国的文物收藏，1879年和1940年，在政府的允许之下，祭坛被拆分开来，全部带回了德国。宙斯祭坛因为有着独特的U字造型、众神和巨人浮雕、墩座墙以及柱廊而显得十分壮观且不朽。现如今，土耳其西海岸的贝尔加马古镇当中有一块平坦的基石驻在宙斯祭坛当年的位置。在古代，那里是都城中最高处的城堡所在地。

贝尔加马当地政府曾一度发起过一个索回祭坛的运动，但出人意料的是，阿卡尔居然对将帕特农神殿大理石雕刻[1]从大英博物馆之中运回希腊提出了反对意见，至少他现在是反对的。他说：“这些古文物都是18、19世纪的时候被运往国外的，这点令我感到非常欣慰。因为它们都受到了很好的保护。如果不是那样的话，那些大理石雕刻就会被用来建造清真寺或者是教堂。幸运的是，它们只是被运走并当作人类文化的代表而得到了保护。但是，我们生活在一个现代社会，我们必须去教育当地的穷人们，埃尔金大理石雕和宙斯祭坛会回到它们的故乡，并陈列在它们原本所在的位置。但是现在，让我们就把它们留在现在所在的地方。”阿卡尔的注意力现在集中在最近数十年里被掠夺的文物上。的确，现如今的文物掠夺已经使土耳其的考古遗址遭受到了严重的破坏，也使得公众对这些文物来历的了解产生了极大的障碍。而且当世界级的博物馆开始购买走私的珍宝时，也为古

[1] 即埃尔金大理石雕。

奥兹根·阿卡尔，土耳其记者，一直致力于对抗走私贩，始终奋战在讨回吕底亚文物的前线。

文物的掠夺及盗窃提供了巨大的市场。

阿卡尔喝完酒以后，重新回到了他那张老旧的暗红色安乐椅上，重新回到了他最感兴趣的主题上。“土耳其现在面临着一个重大的选择。”他在纸上写着一个关于西方及伊斯兰文明基础的演讲稿。阿卡尔有一头几近花白的短发，脖子上挂着一副眼镜，操着一口清爽且严谨的英文。他穿着一件从土耳其大都会艺术博物馆那里得来的白色T恤衫，上面印着月亮女神阿耳忒弥斯神庙圆柱。他习惯于以大学演讲的方式来演说，让其他人听他讲。当我回答出一个完全符合他意思的答案时，他会活泼地点头，并大声喊出：“回答正确！”

他说就像宣称过许多次那样，土耳其并不是一座沟通东西方的桥梁，而是一个十字路口，连接着东西南北四个方向。大部分的人文风俗和历史事件都能在这里找到它们遗留下的痕迹——战争、文明、哲学、宗教、食物。从亚洲到黎凡特，从亚述文明到希腊甚至更远。它已经成为了许多已经消失了很久的当地文明的发源地，从新石器时代一直到伊斯兰教的诞生，42种不同的文明曾在这里驻留。现代土耳其的中心安纳托利亚的历史可以追溯到公元前9000年，超过3000座古都留下了曾在这里坐落的痕迹。这里曾拥有的古希腊城邦比现在的希腊更多，拥有的古罗马城邦比现在的意大利更多。那些古代文明遗留下来的残骸分布在2万多座土堆之中，其中包括了荷马笔下曾经发生过著名的战争与爱情故事的特洛伊古城，超过2.5万座古坟墓和墓碑坐落其中。

阿卡尔说，土耳其所拥有的文化遗产是世界上任何一个国家都无法比拟的。土耳其的首都伊斯坦布尔经历过不少于3个单独的帝国，包括罗马帝国、拜占庭帝国和奥斯曼土耳其帝国，这还没有将吕底亚（最后一任国王是克罗伊斯）、弗里吉亚（迈达斯王因点石成金的故事而非常知名）、特洛伊、赫梯和吕基亚算在内。这些帝国所遗留下来的残骸遍布全国。“不管你在土耳其的任何一处地方向下挖，你都会有所收获，一枚硬币、一尊大理石雕像或者一只罐子。”他继续写道。他从书架上抽出了一本厚厚的精装书（Coffee table book）——《特洛伊宝物》，书的封面上有一根很重的金链子，相信这曾经是一本皇家收藏的存书，后来被德国考古学家海因里希·施里曼在19世纪70年代所发现。这本书里有着令人激动并且美艳动人的史前手工制品——一对距今4600年的优雅的仪式用手斧，其中一把是翡翠做的，另外一把是天青石做的，没有一把是普通的石斧。阿卡尔指出这两把手斧都不是出产于土耳其的，他的观点是，安纳托利亚人只不过在几千年前就习惯于描绘世界各地的美丽物品。不过特洛伊宝藏也确实没有留在土耳其。传说中的伊利亚特国王普利阿莫斯所拥有的著名宝藏也被施里曼通过一艘美国海军船只而走私到国外。施里曼通过这些交易获得了大量的财富，并用这些钱继续从事他的研究，以证明《伊利亚特》和《奥德赛》是建立于真正的城市和居民之上的（他甚至给他的孩子取名为安德洛玛刻[1]和阿伽门农）。的确，无畏的探险家施里曼真的在土耳其爱琴海沿岸附近发现了特洛伊遗留的残骸。

当土耳其人获知大量的古文物已经被走私到国外后，政府对施里曼提出了严厉的控告。尽管如此，种种迹象依然表明这类事情是国际上的通病，大部分古手工制品还是留在了柏林博物馆。如今，一封施里曼在 1873 年 6 月 19 号亲手写给奥斯曼当局的信被展示在伊斯坦布尔考古博物馆中。信中解释道，他投入了大量的个人资产到寻找特洛伊并将宝藏留在土耳其的行动中（“但是，当发现 3 年的时间已经用掉了 20 万法郎后，我意识到把宝藏留下是不现实的。”他在信中这样写道）。第二次世界大战期间，特洛伊的宝藏被藏在柏林一个动物园里的地下掩体中，但是在战争结束之后没有多久就被人盗走了。那个令人叹为观止的金子做的手工制品被认为永远消失于历史之中了，直到 1993 年人们出乎意料地在莫斯科普希金博物馆的地下室中重新发现了它。现在，德国方面希望俄罗斯能将文物归还，但是俄罗斯博物馆的董事声明要让德国补偿战争期间对俄罗斯各个城市造成的破坏。与此同时，土耳其只拥有那本非常精美的带有插画的精装书。

可阿卡尔真正要为之奋斗的是什么呢？是为土耳其文明着想，还是因为带走一国的文物在某种程度上会令世界文明变得贫乏？换言之，施里曼把普利阿莫斯的宝藏带出土耳其，是使世界文明变得贫乏了，还是因其对成千上万柏林（现在是莫斯科）人民更有用而使宝藏的价值更明显了？

从文化意义上来讲，土耳其是一个复杂的国家。它的沃土以及河流养育了一代又一代的古代文明。很难解释现在的土耳其人究竟是哪个文明的后裔，他们各自的祖先是谁。到底谁应该是古代文明的继承人？而他们又应该继承一些什么东西？他们到底是吕底亚人的后代，还是特洛伊人的后代？是赫梯人的后代，还是迈锡尼人的后代呢？或者他们仅仅只是碰巧居

[1] 特洛伊英雄赫克托耳的妻子。

住在这里并保管着这些古文明遗迹的人的后代呢？也许这里的古希腊城市要比现在的希腊更多，但是土耳其人绝对不可能是古希腊文明的后裔，近几个世纪以来他们都是死对头。甚至，许多观察员指出，那些在土耳其的古希腊建筑都遭受到了忽视，可是不出意外，土耳其人否认了这一切。

不管是否如此，土耳其现在是一个富裕的国家；或者换句话说，是许许多多不同文明的人使这里变得繁荣兴旺起来。其中包括了库尔德人、希腊人、亚美尼亚人、基督徒、伊斯兰教徒、犹太人、波斯人以及中亚细亚人。基本上来说，现在的土耳其人都认定自己是土耳其奥斯曼民族的后裔。奥斯曼骑兵在 13 世纪晚期从亚洲中部平原以雷霆之势踏入安纳托利亚人的领地，并建立了自己的帝国，直到第一次世界大战期间被推翻。大部分土耳其民众是伊斯兰教徒，他们的信仰和古代土耳其的多种崇拜不同，尽管那时的土耳其也曾繁荣昌盛。而且，虽然拜占庭东正教曾掌管土耳其几个世纪，但是伊斯兰奥斯曼帝国遗留下来的主流文化仍然是当代土耳其社会中的标志。

当问题的高度上升到文化遗产并且辩论到底谁应该拥有这些历史的象征时，这又创造出了一个新的难题。通常，只有确认了某个国家的现代文化是与它的历史文物关联在一起，而那些文物又确实有形地联系了这个国家的过去与现在，才会将文物遣返回国。这些争论当中充斥的盗取身份的感觉，就像是在偷走一个国家的灵魂一样，这也就是为什么这个争论会越过法律细节而更具有道德的意味。但是，在土耳其并没有什么可以显示现今 7300 万土耳其居民同考古学家们发现的诸多古代遗迹间存在着这样的联系。这已经成为了学术辩论的激烈课题，并且有了它自己的哲学基础。“土耳其的文物能否遣送回国取决于这个多种族国家争论的结果。”一个学者如此解释道，“土耳其有一篇著名的论文名为 *topragin kulturu*，字面上翻译过来就是‘地球文明’，它论证的观点就是记忆的连续性，而并不是人种性的课题，也不是地区语言之间的划分，而是‘那里的精灵’。”但是尽管如此，仍然有一个值得争论的点就是，事实上，这也是归还文物这个环节中容易让人产生混淆的一处——究竟应该归还给谁？将一个存放在西方博物馆中被世界上成千上万人欣赏的古文物，为了土耳其人民的利益而归还是否有意义？土耳其的博物馆里陈设满了富丽堂皇、光鲜亮丽的藏品，它们被摆放得整整齐齐，被灯光照得十分艳丽，其来历同样也被解释得十分中肯。但是这些博物馆几乎没有游客前来观光。

2007 年夏天，我走访了伊斯坦布尔、安卡拉、安塔亚以及其他地方所有的博物馆，没有一家博物馆是游客爆满的，大部分的博物馆都只有少量游客在里面观赏。我在南部的那个拥有着令人瞠目结舌的古罗马雕像和精美棺椁（包括一些遣返回国的文物和一些曾经被抢夺走的文物残片）的安塔亚博物馆里浏览了 3 个小时，但是仅仅只看到了大概 5 个其他的游客。而且比起它的庄严，那里的交通倒更令人吃惊。伊斯坦布尔新古典主义风格的安纳托利亚考古博物馆拥有着世界上最重要的古代文物，包括从黎巴嫩西顿市发现的著名的亚历山大大帝棺椁，棺椁上雕刻着令人兴奋的亚历山大大帝在战场上的英姿（在这里我想提出，这个棺椁是一个土耳其的考古学家在 1887 年从西顿带走的，根据阿卡尔的措辞分析，它应该要被归还给黎巴嫩。但是我不想把这个话题讲得太复杂化）。

观光访问土耳其期间，我遇到了杰马勒·普兰，他出生在土耳其，在美国得克萨斯州农工大学进修考古学。他现在正致力于研究 6 艘在城市建设修筑铁路时挖出来的古代船只。就在他进行跟踪研究的时候，挖掘者们发掘出了世界上已知的最大的古代船只的储藏地，一共有 24 艘，这次挖掘出来的东西也是博物馆里最主要的展品。但是没有一个人过来欣赏。这不是最主要的，现在大部分博物馆已经不再对公众开放，因为博物馆已经没有足够的预算去保证安防系统的稳定，并维持美术馆内的空气环境，尽管那里根本没什么人；同时，却有上千游客去参观奥斯曼帝国苏丹们的寝宫和他们的珍宝。我同样去参观了更小一点，但是对于考古学来说更为重要的安卡拉市的安纳托利亚文明博物馆。安纳托利亚文明博物馆在 1997 年获得欧盟授予的年度最重要博物馆称号。一个当地向导告诉我，这个博物馆在几年前还拥有每天 5000 多人的客流量，但是现在这个数字已经降到了 1000。

博物馆人流量的急剧下降很明显是与国家政策相关。这很直接地证明了土耳其对于古文物并不是很重视。一份由欧洲委员会提供的报告列出了土耳其国内客流量最多的 10 座博物馆，伊斯坦布尔考古博物馆并不在其中。客流量前 3 名的博物馆分别是：托普卡帕宫、梅乌拉那博物馆和圣索菲亚大教堂。这 3 座博物馆的客流量都在每年 100 万左右，它们都是关于奥斯曼和伊斯兰历史的（梅乌拉那也是一座伊斯兰圣地）。而列表上其他博物馆的客流量则与它们的距离相差甚远。宏伟的安塔利亚博物馆在 2003 年一共接待了 15 万 1202 位游客。内容丰富并且有着优良传统的安卡拉博物馆共接待了 30 万 8451 位游客，平均每天不到 1000 人。这表明，一般土耳其人都对这些历史和古代文物不是很感兴趣。

尽管如此，目前最紧迫的问题还不是民众的热情，而是实用性以及土耳其政府到底是否关心这些他们要求其他国家归还的古文物宝藏？吕底亚人遗留的宝藏在 1993 年被归还是奥兹根·阿卡尔第一个也是最重要的胜利，所以我建议这个答案还是拿出来公开讨论。

1970 年，奥兹根·阿卡尔在《共和报》担任记者的第 10 个年头，有一位来自英国伦敦《太阳报》的新闻工作者皮特·霍普科克到访。

“我正在追踪一个宝藏，”霍普科克神秘地说道，“它是从土耳其被走私出去的，买家是一家美国的博物馆，而且这是一个惊天大秘密。”

阿卡尔在土耳其西海岸的一个很有古代早期味道的叫伊兹密尔的地方长大，他的妈妈是一个小学老师，在他小时候经常带他去看当地的博物馆和有关古希腊起源的古代遗迹。1963 年，阿卡尔背上双肩包沿着土耳其海岸线旅行，去探索与发现那里富饶的文明。但是一直以来他最关心的事情还是时事：在从事新闻工作以前，他进修了政治学和经济学。

尽管如此，他还是被霍普科克的话给吸引了。那年早些时候，美国的新闻媒体从纽约大都会博物馆发现了一桩丑闻。《波士顿环球报》报道了关于波士顿美术博物馆中一套黄金宝藏的收购争议，并且通过这个报道提到，一份从萨第斯爱马仕河谷附近的古墓里流传出来的吕底亚宝藏被秘密地保存了起来。1970 年 8 月，《纽约时报》刊登了一篇从英国伦敦《泰晤士报》传来的消息，消息上称，土耳其政府要求得知涉嫌非法出口的详情，并警告说如果有任何国家拒绝归还从土耳其走私出去的古文物，土耳其将拒绝该国考古学家入境。首席馆长西奥多·卢梭否认了博物馆曾非法向国外出口过藏品，但他故弄玄虚地说："围绕着这些事情而捏造的传言似乎是道听途说的，但是应该不是空穴来风，至少有一些反映了事实真相。"

那个英国记者霍普科克希望公布出事情的真相，但是他需要一个土耳其当地的伙伴来帮助他追踪那些线索。他给了阿卡尔一个合作调查的机会，并且同时在两家报纸上公布了消息。阿卡尔抓住了这个看上去还不错的故事。

通过追踪霍普科克的情报源里的线索，一组包括上百件金币、金饰、珠宝和家庭用品的文物于土耳其西南部乌沙克附近被发现。公元前 6 世纪，乌沙克是最靠近吕底亚王国心脏腹地的人口中心。大都会博物馆知道这些宝藏没有已知的出处和起源，便将它们买下来，放进自己的储藏室里。阿卡尔出发到乌沙克，小镇里的居民们都说没有听说过最近有什么黄金宝藏被挖掘出来。他随后又去了纽约，并去了一趟大都会博物馆。他拜访了古代近东部门并与馆长奥斯卡·怀特·穆斯卡雷拉进行了翻译交流。穆斯卡雷拉告诉他，这里没有他给古代近东部门描述的文物（后来发现那些文物是到了古罗马与古希腊部，而当时穆斯卡雷拉并不知道）。到最后，这些记者们也没有作出任何结论。霍普科克感到十分挫败，但是阿卡尔却对另外一个问题非常好奇：为什么一个英国记者这么关心土耳其的古代文物呢？他开始从不同的角度看待这个问题，他将这件事看作是对于世界文明历史的影响，而不仅仅是对于土耳其历史的影响。他明确地表示，没有人有任何权利去走私古代文物。随着持续不断的探索，他越来越确信这一观点，并且对那些给有形的历史联系造成不可修复性破坏的人十分生气。

16 年里，阿卡尔没有公开任何关于吕底亚宝藏的消息。但是他还是继续利用空余的时间去为它工作。从 1970 年到 1972 年的这两年时间里，他每隔五六个月就坐 6 个小时的车去一趟乌沙克。他去问每一个人是否听说过关于城外挖掘坟墓之事，但是没有人给他肯定的答复，至少在最开始是没有的。于是阿卡尔在那里的时间越来越长，从 2 年到 3 年，然后是 5 年、6 年，最终他待了 8 年之久，成为了当地村子里的熟面孔。渐渐的，他开始能探听到消息了。村民们会向他抱怨，说有人因为挖掘坟墓而获得报酬，他们都对于没有获得这笔意外之财而感到很恼怒。诸如此类。阿卡尔继续从事着对于吕底亚王国的研究工作，吕底亚的都城在萨第斯，边界从爱琴海直跨到波斯边境。吕底亚的克里萨斯王以其拥有的大量金银珠宝而闻名于世。他的名字成为了西方人衡量财富的标志——“像克里萨斯王一样富有”。根据统计，克里萨斯王是第一个发行纪念币的，并且用他自己的财富充盈了整个国库。他下令在以弗所建造的阿耳忒弥斯神庙成为了世界七大奇迹之一。但他也是吕底亚王国最后一任国王。公元前 547 年，克里萨斯王被波斯居鲁士大帝推翻，居鲁士大帝后来把吕底亚王国作为了波斯王国的前哨。

阿卡尔确信大都会博物馆对于吕底亚宝藏十分着迷，但是博物馆方面却又不承认这点。年复一年，阿卡尔继续着他的调查，不断地走访乌沙克，一旦有机会他就会去质问大都会博物馆（在土耳其，那些古代的贮藏物被称作“卡鲁恩宝藏”，因为卡鲁恩在阿拉伯语和波斯语中是克里萨斯的意思。在《古兰经》中，卡鲁恩是一个圣经时代的人物，因他的富有而闻名）。阿卡尔因为对抗从土耳其盗取文化遗产而在乌沙克变得有名起来。有一次在访问时，他同几个村民在咖啡馆里聊天，一个人把他叫到街上并私下交谈起来。“我们有六七个人将要去盗窃古墓，”那个村民告诉他，“但是那并不是我想要做的。”他把那个地方的名字告诉了阿卡尔，并且让他通知当地的行政人员。阿卡尔也照做了。有一个行政人员叫卡兹姆·阿比伊克古，他是当地的考古学家，并且是乌沙克博物馆的馆长。当地警方让阿比伊克古代替阿卡尔去调查这件事情。他发现了一个储藏宝藏的地方。这个宝藏属于吕底亚之后的佛里吉亚文明。

在纽约，那个大都会博物馆掩盖惊人秘密的地方，更多关于非法购买的流言出现于1973年。这一次，博物馆秘密地泄露了一个关于219件古希腊金银器文物仍然储藏在仓库的消息给《纽约时报》。根据《时代》杂志艺术评论家约翰·卡纳迪的记载，那批宝藏的历史可以追溯到公元前6世纪，据说被一个叫约翰·J.克雷曼的美国商业广告经销商以50万美元买了下来，又分别在1966年、1967年和1968年将它们出售给博物馆。《纽约邮报》同样参加了这次的辩论，并质问了拥有宝藏的古希腊和古罗马馆的馆长迪特里希·冯·波特默。“关于这些事，你们应该去问克雷曼先生。”迪特里希·冯·波特默回敬道。在早些年，一部分宝藏已经在一次调查展览中被呈现过了，但是那些主要物品并没有被陈列在目录里，而是仍然被贮藏在储藏室里。大都会博物馆的主管汤姆斯·郝凡和迪特里希·冯·波特默认为博物馆对文物被掠夺是没有责任的。这些文物的获取要早于1970年联合国教科文组织颁布的禁止非法贸易和文化财产转移的协议。他们认为克雷曼和博物馆双方是在当时的条例允许下进行的交易。

没有非常具体的证据能说明这些文物来源是非法的，它们就能在这里被合法买卖。

但是，他们马上就会发现，现在的土耳其已经不一样了。

奥兹根·阿卡尔并没有看到《纽约时报》的文章，而且不管怎么说，他一直在追寻吕底亚文明的宝藏，而不是古希腊宝藏。随着时间一年一年过去，这个问题渐渐地被淡忘，但这件事一直埋藏在他内心的角落里。

1981年，阿卡尔又一次去了纽约。这一次，他带上了从土耳其警方那里取得的宝藏的照片。但是仍然没有确凿的证据和任何关于吕底亚宝藏的消息来证明它现在在大都会博物馆内，而大都会博物馆方面也没有接受他的拜访。在阿卡尔换到另一家名为《民族报》的报社工作之后，他搬到了纽约，而他又在随后不久辞去了工作，变为一个自由记者。在1984年的某一天，当他在参观大都会博物馆时，他惊讶地发现，公开展出的55件藏品和他手中描述关于吕底亚宝藏的资料惊人地吻合。它们标签上的解释很简单："东希腊宝藏"。这是根本不应该被看到的。阿卡尔自始至终都在关注大都会博物馆的公共展览活动，并且每一份目录都被他梳理过，就是为了寻找吕底亚文明的宝藏确实存在于大都会博物馆内的证据。"那一刻，我感到十分震惊，"他回忆道，"那些把它们挖出来的村民们肯定知道它们的去向，到现在，一切线索都掌握在我的手中了。"他还是没有找到关于古文物的具体迹象，一直到那一年宝藏被列于博物馆夏季展览名单之上。

这就是阿卡尔一直在苦苦等待的证据。他飞回土耳其并拜访了土耳其的教育部长，向他展示了这些年来他想方设法获取到的情报。他指出，当地的村民们秘密盗取城外古墓里的宝藏，并将古墓里的宝藏卖给走私者，然后走私者把那一批吕底亚文物卖给了纽约大都会博物馆。而且，从那些20世纪60年代被盗走文物的照片和大都会博物馆里那些展品的照片对比来看，很显然，大都会博物馆里展览的藏品就是吕底亚文明的古文物，它们是出自同一个地方的。"如果你所展示的那些情报都是真的，"教育部长回应道"那么，我们将要起诉大都会博物馆。"1986年，阿卡尔通过连载的方式，在《民族报》上用了7篇文章将这件事情公之于众，标题用了醒目的几个大字："土耳其人民要求归还吕底亚克里萨斯王宝藏。"

经过阿卡尔的一番调查工作，窃贼的行径已经渐渐清晰起来。1965年，4个农民从古尔和乌沙克到了这里，开始挖掘这个叫做伊克兹特沛的古墓，他们发现这是一个非常巨大的墓穴群。这里埋着的都是吕底亚民族的贵族和上层社会人士，墓室内尸体陈列的方式都是十分传统的一具尸体一张棺床，周围摆满各种陪葬的宝贝。警方向盗墓贼们了解了情况后，于1966年成功地追讨回了一些墓室中的现场陈列品和陪葬文物，这些缴获的物品都被移交给了土耳其博物馆。但是大部分当时挖掘出来的文物都已被运出国境了。这些盗墓贼把他们的战利品卖给了一个土耳其走私商人阿里·拜伊尔，然后走私分子又把这些赃物卖给了约翰·J.克雷曼（这个约翰是麦迪逊大街上一家艺术画廊的老板）和瑞士古董商乔治·扎卡斯。1966年至1970

年间，大都会博物馆购入了一系列吕底亚民族的遗物。在土耳其的国土上，如果农民们听说最近又有人在古墓里挖出了什么宝贝，然后成功地卖给那些古董商人，他们就会疯狂地涌到离自己最近的古墓里去洗劫一番。阿克特沛、拓扑特沛——农民们在这些古墓里挖掘出更多的吕底亚古董，有金银制精工艺术品，甚至挖出了墓室里的壁画。在一份盗墓贼的口供中，他是这样描写进入古墓盗窃的过程的：

> 我们轮流挖了近 10 天，挖到第 10 天时，挖到了墓室的石墙，每块用作砌石墙的砖都有 1.5 米高，80 厘米厚。五六个人想要把这样的石墙砖搬走是很费力的。我们尝试过用大锤子和竿子敲碎这些石头，但是都没有成功。于是我就用炸药把入口给炸开了。

这些盗墓贼首先发现的是一具尸体，被炸得所剩无几，只余一些头发和碎片。所幸金银制品都没有炸坏，仅这一间墓室就出土了 125 件古文物。

与此同时，迪特里希·冯·波特默正为大都会博物馆的古文物委员会展示吕底亚的古董。没有人发问也没有人说话，双方都沉默着，这些来头不明的古董交易就是这样进行的。这些宝贝都是独一无二的，而且每一件都十分精致。有两端精工雕刻着狮首的手镯，细心雕琢塑造的银质小碗，还有一只银质水罐，水罐的把手雕刻成了人类的形状，——这是一个优雅的弓着背，背向外的人形。当然，还有最鬼斧神工的一件作品——一枚小小的金色海马胸针，这种海马因为有一对翅膀和鱼的尾巴，被视为陆地、天空和海洋的象征物。胸针几乎不到 1.5 英寸 [1] 长，但是却有 3 束流苏编织的小辫子，每一束辫子的尾端都有石榴形状的精致小球缀着。全世界恐怕再也找不出第二件如此精雕细琢的珍宝。几年前大都会博物馆花费了 150 万美元买下了这件宝物。

[1] 约 3.8 厘米。

土耳其方面施加的压力与日俱增，大都会博物馆方面故意拖延着，同时酝酿着发动一场法律战争。大都会博物馆游说纽约立法委员会，让其修改对被盗古董 3 年内可提起诉讼（the three-year statute of limitations on stolen antiquities）的起始日期，这样就能保证诉讼不会因为文物的易损性而被拒绝成立。这个提案两次被州长马里奥 · 措莫否决，他认为这样的修改会使文物的合法拥有者失去对延长时间内文物被盗可能性的合理知情权。1986 年 7 月，土耳其方面曾尝试着用比较礼貌的方法，正式地请求归还吕底亚的文物。土耳其的公使出使美国，并会见了大都会博物馆的官员。最近的报道显示，差不多在同一时间的大都会博物馆内部，官员们已经知晓那些冯 · 波特默介绍的“吕底亚宝物”就是这些土耳其人从 20 世纪 70 年代就开始想要追讨回去的东希腊古文物。在霍文回忆录的一份声明中，他说道，大家都知道这是禁运的、违法的：

迪特里希 ·冯·波特默来问我，如果有十分确凿的证据证明我们那些所谓东希腊的宝物是从土耳其非法盗掘和走私出境的，我们该怎么办，我十分恼火地回答说：“我们都知道那就是非法盗掘出来的。看在上帝的份上，如果土耳其人能拿出证明他们是对的确凿证据来，那我们只能把文物归还给它的主人。这就是规则，买下这些古董之后就是看运气了。”

1987 年 5 月 29 日，土耳其共和国在曼哈顿联邦法庭发起了对大都会艺术馆的诉讼，诉讼书中争辩说，20 世纪 60 年代中有数以百计的土耳其古文物被非法盗掘非法偷运出境。这是史无前例的一次大胆诉讼，因为这之前没有一个国家敢在收集不到任何有效的确凿证据时，把另一个国家如此重要的机构告上法庭。土耳其能如愿以偿地展开诉讼吗？美国律师哈利 · 兰德和劳伦斯 · 卡耶是土耳其方面的代表律师，他们认为美国法庭法院的公正体系会让这件案件得到公正的审判。并且，两位律师还想要羞辱这个在美国人民心目中有着光辉形象的博物馆。但是看看他们代表的是怎样一个国家——土耳其曾经历几次军事政变，古代文明的遗产也已经使得这个国家不堪重负。不出所料，大都会博物馆方面提出驳回土耳其的请求，博物馆声称其购入土耳其所想要追回的文物已经是很久很久以前的事了，并且当时博物馆是诚心诚意地想要把文物购入馆内收藏保护起来的。1990 年，文森特 · 布罗德里克法官接受了土耳其的诉讼请求。在庭审诉讼前的调查过程中，大都会博物馆第一次允许一组非馆内工作人员来对这次涉案的古董进行审查。在这一支队伍中，有来自乌沙克博物馆派来的卡兹姆 · 阿比伊克古，他提交法院的口供中声称有确凿证据能够证明乌沙克应该是涉案文物其中几件的真正主人。大都会博物馆立即对此作出了回应，随即推翻了他的证词。经过对壁画作品的测量，他们发现壁画与其中一座古墓的墙壁裂痕吻合。与调查组合作的被逮捕的盗墓贼们指认，他们从墓室中盗取的文物就是大都会博物馆馆藏的文物。对于公众媒体，这个消息一直是保密的，被政府小心地掩盖掉了，但自此之后，诉讼案变成了大都会博物馆历史中一个耻辱的污点。

为了挽回面子，或者挽回馆藏的他国历史遗产，大都会博物馆的官员们想要与土耳其方面协商拟定一个庭外和解的协议。计划一是大都会博物馆向公众承认馆藏品是土耳其国家所有的文物，同时提出与土耳其方面共同监管这批文物的请求，已知的 363 件涉案文物将在纽约大都会博物馆内陈列 5 年，继而移交给土耳其方面 5 年。土耳其人十分不满这个计划，他们认为这个提议中只牵涉到美国应该还给土耳其的国家文物遗产的一小部分。1992 年的圣诞节，大都会博物馆的总裁威廉 · 鲁尔和董事菲利佩 · 德 · 芒泰贝洛专程去了土耳其与土耳其文化部长菲克里 · 萨格拉商讨这一问题的解决办法，但是文化部长拒绝接见纽约来的说客。

诉讼游戏到此结束。庭审正在悄悄逼近，大都会博物馆 1993 年秋终于答应归还土耳其方面吕底亚民族的遗产，并于一则媒体报告中公开表示：“土耳其的政府部门确实提出了确凿的证据，证明涉及本案的大部分文物是从乌沙克地区的古墓中被盗掘出来，继而流转到了美国的，有很多是不久前才到达美国，被大都会博物馆纳入收藏的。其次，我们馆内的记录表明，部分馆内员工对于20世纪60年代那段时间收购的馆藏品整个发掘的过程的非法性是知根知底的，即使他们已经知道了这些文物来源颇具争议，仍然决定购入馆中。”

这是美国博物馆方面一则令人震惊的坦白信。大都会博物馆几周前才通过中间人，直接从一帮盗墓贼手中买下了一批古文物，现在它们就存放在博物馆的储藏室内。调查文件显示博物馆方面的官员知道购入的文物的来头非法，他们就会把这一批新购入的文物暗地里藏在储藏室二十几年后再拿出来陈列。不论如何，10年来，博物馆一直拒绝土耳其方面归还文物的要求，并且为了此次的诉讼打了近6年的官司，最后才终于承认自己的错误。

而对土耳其来说，这是一次全面的凯旋。阿卡尔发起的战役由乌沙克地方政府接手，卡兹姆·阿比伊克古馆长现在成了阿卡尔的挚友兼盟友，他最终接受了禁止在乌沙克内挖掘古墓的提案。阿卡尔的座右铭“历史只有在发生历史的国家才会闪耀美丽的光彩”现在成了图书馆、教室、城市建筑和商店的海报标语。乌沙克本地的报纸还专门撰写报道，为吕底亚民族遗产的回归唱起了凯旋之歌。苏雷曼·但米勒总统到达安卡拉后发表了演讲，称最初他被告知这次与美国打官司需要20万美元的律师代理费，他根本不相信最终文物会被追回。文化部的官员亲自打开了装着这些古董珠宝的盒子，瞻仰到了金银耀眼的绝世珍宝。这一场官司的胜利也将被永远地写入历史当中。

与美国方面官司的胜诉鼓舞了土耳其的信心，土耳其人决定继续追讨当年那些用不正当的手段运出土耳其国境的古文物。土耳其政府指责佳士得拍卖行公开拍卖盗掘文物的行径，同时开始为现在存放在德国和伦敦的土耳其古文物打官司，并且开始追查泰利家族和其他一些备受瞩目的文物追讨案被告们非法占有的埃尔马勒文物[1]。布鲁克林博物馆曾展出过一具花环

[1] 埃尔马勒位于土耳其安塔利亚省。埃尔马勒文物指1984年被非法挖掘并走私至美国的一批吕底亚时代的文物，其中包括1900枚银币。在奥兹根·阿卡尔等人的努力下，这批文物最终回到了土耳其。

装饰棺椁，这是一位私人收藏家达蒙·麦加卡帕的藏品。土耳其方面联系到了这位私人收藏家，并威胁要将其告上法庭，之后棺椁就被带回了土耳其。盖蒂博物馆让出了一具佩尔格棺椁的雕塑，这具棺椁是土耳其的盗墓贼一块块砸开后运出境出售的。一个德国的基金会放弃了一部分相似的雕塑。一尊保存十分完好的巨大的戴奥尼西斯青铜像进入了深入调查的范围，泰利家族牵扯到了这尊铜像的交易中。土耳其方面没收了这尊铜像并于1998年在瑞士起诉泰利家族，要求归还它的所有权。英国的法庭把塑像判给了土耳其，现在这尊铜像就安置在安卡拉博物馆的一层大厅内。20世纪90年代后期，盗墓贼们开始采取守势。走私贩离开了土耳其去别的地方谋生。土耳其那一轮轰轰烈烈的诉讼潮明确地向全世界宣告保护文化主权的决心。

吕底亚民族遗产在安卡拉的安纳托利亚文明博物馆展出了两年，然后在1995年时被转移至乌沙克，在一个10万人口的小镇上，专门辟出一间博物馆展览吕底亚古文物。不仅因为吕底亚文化遗产的回归是乌沙克历史上不可否认的凯旋，也让同为古代世界中心的几个邻近国家开始热议文物追讨并以此为目标。贝尔加马的市长写了一本书，呼唤归还宙斯圣坛。在安塔亚，那家展出疲惫的大力神像下半部分的博物馆，最近举行了小朋友们可以参加的关于保护土耳其文化遗产的卡通画比赛。连盗过古墓的人们都开始后悔他们曾经的罪行。20世纪90年代后期，阿卡尔曾到访过乌沙克，他带着3个承认盗掘古墓的强盗来到这里。“他们都哭了，并说‘看我们当时有多么的愚蠢啊，我们真是蠢蛋’。”阿卡尔自豪地说，“我们挽救了乌沙克人的良心。”

但这种良心并没有增加公众参观吕底亚这批文物的兴趣。2006年，乌沙克最高文化官员的报告中显示，前5年只有769人参观了这家展览吕底亚文物的博物馆。不过，考虑到在那段时间整个乌沙克只接待了17000名游客，这个数字就没有那么惊人地少了。回到纽约，大都会博物馆全然不为所动。“去土耳其参观吕底亚文物的游客总数还不及大都会博物馆一小时内的参观游客数多呢。”博物馆方面发言人哈罗德·霍尔茨冷淡地评价说。

这已经够糟了，但是祸不单行，之后又传来了更可怕的消息。2006年4月，《土耳其国民报》在其头版头条报道了另一则独家新闻：金色海马胸针——吕底亚文物藏品中最为伟大的作品，现已成为乌萨卡的标志，它的照片三天两头登上本地纸质媒体的头条——被证实为赝品。真正的金海马已经从乌沙克博物馆被盗了，现在放在那里展出的是一个替代品。

怎么会发生这样的事呢？警方对仍在展出的这枚金海马胸针进行了检查，并证实这确实是一个复制品。真品为金制，重为14.3克，赝品却有23.5克重。

经过几周的调查，这枚重磅炸弹仍未落地。直到文化部宣称，乌沙克博物馆的董事卡兹姆·阿比伊克古是偷盗案的嫌疑犯。事情怎么会发展成这样呢？卡兹姆为了吕底亚文物追讨的官司兢兢业业地工作，到处搜集证据，还代表了乌沙克博物馆亲自到美国参与鉴定这批文物。

阿卡尔觉得一生为之奋斗的事业遭到了背叛，而且居然还是被自己的朋友背叛。他说：“我现在当然很失望，这太令人震惊了。”

他觉得这件事不可能发生。卡兹姆·阿比伊克古是阿卡尔的朋友中最诚实的一个。阿比伊克古的父亲是国会的一员，而他是整个土耳其最受尊敬的历史学家之一。他不知疲倦地为了吕底亚文物的归还案到处奔波。他和阿卡尔一样，坚信历史只有在发生历史的国家才会闪耀美丽的光彩。在乌沙克，他可以说是人们心目中最高尚的人之一。阿卡尔觉得，如果要指出3个世界上最最诚实的人，卡兹姆·阿比伊克古一定是他心中的候选人之一。

阿卡尔找到了纪念馆和博物馆方面的政府代表欧汉·杜刚，他为卡兹姆辩解说：“这一定是出了什么差错，卡兹姆是一个诚实的好朋友。”杜刚却不以为然。他们已经发现的证据都指向了卡兹姆。但是阿卡尔仍旧不能接受，他甚至登上了电视屏幕，为他的朋友辩护，认为这项指控是不正确的。

两个星期以来，阿卡尔都无法合眼。对土耳其政府来说，费尽千辛万苦，在万众瞩目下追讨回的文化瑰宝一夜之间就因为落后的管理和体制腐败而被盗，这是何其羞耻的一件事。确实，当吕底亚遗产被带回乌沙克，阿卡尔就向政府提出要求为之安装一套安防系统。政府并未当真，或者说就算安装了一套安防系统，现在看来它的作用也不大。关于阿比伊克古的新闻开始失去控制，远甚于简单的羞辱。20 年来，这位馆长都倾尽全力与当地走私犯抗争，揭露他们的罪行，请警方介入调查。当地的黑社会组织也曾经几次三番想要对阿比伊克古下毒手。他为了历史学和乌沙克博物馆奉献出夜以继日的辛勤工作。但是随着时间流逝，现在这些积极向上的努力却使他的人生遭到了重创。阿比伊克古回家的时间很少，他的妻子与他已经有两个孩子了，却和乌沙克的市长传出绯闻；之后甚至与他离婚，嫁给了情郎。阿比伊克古觉得世界抛弃了他，孑然一身，无所适从。2005 年，他的前妻和现在的丈夫——乌沙克的市长遭遇了一次十分严重的交通事故，当时阿比伊克古的两个孩子就在车后座上，前妻和市长在事故中遇难。从那以后，阿卡尔就与老朋友失去了消息，直到有一天他在报纸上看到交通事故的报道。最后，阿比伊克古馆长的代表律师致电阿卡尔，询问他是否愿意在庭审上为阿比伊克古的人格作出证明。

今天，阿卡尔办公室里关于吕底亚遗物的文献资料装了 4 个大箱子。他的老朋友身陷囹圄，而真正的盗贼却逍遥法外，这一段追查变得遥遥无期。吕底亚古文物中最为经典的作品已经被盗走了。阿卡尔甚至怀疑窃贼已经把海马胸针融化以销毁证据。

吕底亚古文物的精髓就这样在历史中消失了，就从它在历史中闪亮登场的国家。

吕底亚瑰宝的遗失

卡兹姆·阿比伊克古是个好人，乌沙克的每一个市民都会这样说。

即便如此，这个好人入狱也已经一年半了。乌沙克外5英里[1]远的小镇新建造了一个监狱，那个小镇是阿比伊克古过去50年的家，在那个小镇的人们心目中，卡兹姆是一个英雄人物。白色的囚室是全新的，当囚犯们在操场上闲逛时，可以穿自己的衣服而不是囚服。但是在操场的周围，双层的带刺铁丝网仍毫不留情地昭示了这是一间监狱。监狱农场就在一个露天的污水池边上，虽然这个污水池散发出的臭气足以把人熏晕过去，但是显然还不足以吓退一群群咆哮着的饥饿流浪狗。

看着这个被孤立的地方，很难把它联系到乌沙克光辉的一面上去，比如乌沙克的人们热爱历史、热爱知识。这个小镇的人敬仰卡兹姆·阿比伊克古，追随他奉献毕生精力的考古事业，当他从美国凯旋时，一同庆祝这一伟大的胜利；但是现在，他们提起卡兹姆·阿比伊克古，只觉得震惊和失望。小镇的村民觉得他们心目中那个卡兹姆绝不会做出违法的事，他是无辜的。他们说，卡兹姆的俱乐部因为追回了卡伦河遗址的文物而受到了镇上的嘉奖。令村民们无比自豪的是，卡兹姆是整个土耳其唯一一位能读

[1] 约8公里。

卡兹姆·阿比伊克古，摄于2004年，入狱两年前。

懂吕底亚古文字的学者。“他一定是被栽赃嫁祸的！”本地报纸的出版商兄弟之一塔斯基·奥兹勒愤愤地说道，“我从小就认识他了，我们每天都能看到他在这小镇上的身影。”为什么这些事情会发生在卡兹姆身上？村民们渐渐觉得也许这是一个诅咒，是施在吕底亚古文物上的诅咒。因为这个诅咒，一个盗掘吕底亚人古墓的盗墓贼突然瞎了，另一个瘫痪了，还有一个则死于一次拖拉机事故。

“这不是什么诅咒，是人性中贪婪的一面导致的。”我们遇到了奥摩尔·厄比，他是一位伊斯坦布尔来的新闻记者，来到这个小镇调查卡兹姆馆长之前的生活环境，然后准备写一篇人性是如何蜕化的报道。

在一个酷暑难当的夏日夜晚，漫步走在乌沙克主干道的路边人行道上。这里有林立的服装店、烧烤摊和网吧。道路上的车也行进得很缓慢，慢到能看清沿街建筑二楼窗上那些会计、律师、牙医或者医生的广告牌。

“乌沙克是一座金色的城市。”乌沙克的一份城市宣传单封面上写着。宣传单黑色的背景上就是那枚充满争议的黄金海马胸针的照片。这个城市的名字已经镌刻在吕底亚民族的文物上了。“乌沙克是一个神秘的地方，6000年以来，它见证了多少个文明的兴衰沉浮。”传单内页写着，“几个世纪以来，这里都是商道、气候甚至大陆的交汇点。途经此镇的丝绸之路是连接东西方的桥梁。这里的黄金艺术品是绝世仅有的无价之宝，装点了乌沙克的女士们的脖颈。也许这里的财富，以及克罗伊斯国王的珍宝，就是乌沙克成为首选之地的原因。”宣传单的封底上印着更多的吕底亚文物照片，“这些独一无二倾国倾城的珍宝，等待游客们的鉴赏。”

主干道是通往乌沙克中心宫殿的。宫殿门口摆放着一座大型的抽象派钢制雕塑，在一座简单的三层法院建筑中。最上面一层就是穆罕默德·阿伊贝8个月以来起诉卡兹姆·阿比伊克古的办公地点，而从2006年7月开始，已经有另一个检察官在处理对于卡兹姆·阿比伊克古的诉讼案了。阿伊贝不愿对诉讼程序透露太多，他说法律不允许他对这件案件披露任何细节，而且他也不知道到底什么时候才能了结此案。一个月之中这个案件只公开庭审了一次，在土耳其审判体系中，甚至希腊和意大利的法院中都没有如此令人煎熬的等待。同时，有9位被告已经被无罪释放了。只有阿比伊克古还关在牢里，显然这是因为各种证据都那么明显地指向他。

几层阶梯下来，是奥摩尔·额多姆斯的办公室。他是庭审团3位法官之中的主审官，他对于这个案件就显得比较开放。奥摩尔是一个三十几岁的口才了得的成功人士。他希望案件最好在2007年4月能够了结。“但是我们仍未拿到任何官方文件。”他说。显然，庭审还没有审出罪案核心的事实。虽然已经被媒体和警方不断地炒作，但是仍没有确凿的证据指出古文物被狸猫换太子，黄金海马胸针的真品被一件赝品替换了。对于交易公之于众之前，该引据哪一张黄金海马胸针的照片，原告和被告并没有达成一致。一方面，调查小组正在尽力还原海马胸针真品的真实照片；另一方面，对于博物馆现在正在展出的海马胸针也在进行调查，所以整个审判就一直停滞不前。在海马胸针归还土耳其之前，在一本现在市面上已不再发行的出版物《焦点》杂志上，以及土耳其航空航班上的杂志都登有海马胸针的照片。“我们已经尝试过联系《焦点》杂志出版社和土耳其航空公司，但是他们都没有回复。”法官叹了口气，“因为这些尝试石沉大海，我们又浪费了五六个月的时间。”

他貌似也知道，起码是有点发觉了这件事有多么荒谬。土耳其文化部在吕底亚文物凯旋后不久发行了一本博物馆藏品目录集《遗产回归：吕底亚民族瑰宝》，这本目录的封面上就有黄金海马胸针闪闪发光的照片，照片背景是黑色的，胸针显然是在其实际尺寸的基础上进行了放大。他不懂为什么这张照片不能作为佐证盗窃罪名成立的证据。

额多姆斯认为这次的案件对土耳其来说简直是太丢脸，不过他坚持要看到案件完整地结束，要等到水落石出的一天。“这是一个十分重要的案子，涉案的文物是绝世仅有、独一无二的古董。全世界有成千上万关注这件古董的人在看着我们，卡兹姆先生以前和我讨论过把吕底亚民族的遗产追讨回国是多么困难的一个挑战，甚至有可能因为那次诉讼引起国家间的战争。美国人肯定十分恼火，因为经历了那么长时间的官司，最后这一批文物还是被我们带回国，并且还给弄丢了。”他停顿了一下，内心似乎翻滚着关于这件糗案的各种想法，但不敢直接和盘托出，与公众分享他得出的结论。最后他终于开口说：“这些珍宝并不是土耳其人自己制造的。是别的文明的遗产，只不过在土耳其境内被发掘出来而已。它们是整个人类文明的遗产，是属于整个世界的。虽然说土耳其的领土是归土耳其人民的，但是领土之下发掘出来的宝贝，如果我们无法代表全人类保护好它们，那就应该将这些人类文明的瑰宝交给能保护它们的人。”

考斯昆·马维奥格鲁在展示卷宗。

阿比伊克古的律师是考斯昆·马维奥格鲁，他是一个身材高大动作迟缓的人。在他的办公室里摆着一台空调，呼呼地吹着冷风，噪音大得连说话的声音都听不清楚。考斯昆即将在法庭上提出的辩护观点让大部分乌沙克人都比较可以接受。他的客户阿比伊克古被指控偷盗国家财产，并且作为国家公务员知法犯法，这样的罪行叠加起来至少要判 7 年监禁。马维奥格鲁提出了一个十分新颖的观点为阿比伊克古辩护：他说，1993 年阿比伊克古一行人从美国大都会博物馆带回土耳其的就不是吕底亚文物的真品。律师接着解释道，当大都会博物馆准备将那 363 件吕底亚文物遣返时，卡兹姆去了大都会博物馆，所有土耳其方面须接收的文物都已经打包好装进了大箱子里，上面有大都会博物馆方面的官方记录表和官员签字。但是没有一件文物经过称重或测量。大都会博物馆早就把文物封入了箱子，把箱子交给卡兹姆。他读了一段阿比伊克古的呈堂供词：“他们不允许我开箱检查吕底亚文物，只给我看它们的照片。当时我对于这样的做法完全不能接受，文档上记载的文物数量比他们交给我的要多。”阿比伊克古在他的供词中说道，363件文物中的一件在移交工作开始之前就已经丢了。“我们甚至不知道乌沙克博物馆那个赝品到底是哪里来的。这不是在控诉大都会博物馆，我只是想说，当时我们从美国博物馆那里打包带回来了哪些文物，现在我们的博物馆里展出的就是哪些。如果当时美国方面移交给我们的就是赝品，那乌沙克博物馆展出的也只能是那件赝品。”

我询问了马维奥格鲁关于阿比伊克古沉溺女色和赌博的新闻是否真实，他说：“对于阿比伊克古的私人生活，我不便妄加评论。我只对这个案件本身感兴趣。另外，他本人的证词中并没有反映出私人生活不检点的一面。”他得知另一件对于阿比伊克古偷窃毛毯的指控，但是那件案件已经被证实是诬告阿比伊克古的了。“我个人的观点是，卡兹姆是无辜的。我相信他会被无罪释放。不过卡兹姆现在精神状态不太好，非常失落沮丧。他不害怕被公众指指点点说三道四，但是他为这桩事业奋斗了大半辈子，投入了毕生的精力兢兢业业地在历史学研究上作出贡献，现在竟在他最热爱的工作领域被指控偷盗古文物，投入了监狱。”

36岁的奥莫尔·厄比是《国民报》的调查记者，他粉碎了整个乌沙克的神话。这个强壮的金发年轻人几乎没有什么艺术史或者历史学的背景，厄比就像30年前的奥兹根·阿卡尔，对于在他身边发生的这件文物偷盗案产生了莫大的兴趣，他认为这一定会是个非常有意思的故事。之前厄比也撰写过许多有关走私贩和盗墓贼的故事，所以当他的一个线人于2006年4月打电话给他，爆料说乌沙克博物馆有重大新闻事件发生时，他也没有特别惊讶。这次的新闻事件看来十分有料：那个海马形状的首饰——黄金海马胸针，卡伦河流域古文物遗址中最为著名的一件文化遗产，居然被偷了。现存的赝品海马胸针还有两个。一个是现在摆在乌沙克博物馆展出的海马胸针，而另一个的下落现今仍然不得而知。

“那天我完全没睡，连夜赶往乌沙克找到了乌沙克博物馆的董事。”厄比回忆说。第二天他被告知卡兹姆·阿比伊克古还盗掘了城外的一个古墓。他询问博物馆馆长说：“乌沙克博物馆现在展出的黄金海马胸针真的是赝品吗？”但是馆长什么也不愿意说。

4个月之前，乌沙克的省长卡汉·卡瓦斯也收到了一封匿名信，是装在一个信封里的，信纸上写着“你们博物馆陈列的黄金海马胸针是个赝品”，并要求对此尽快展开调查。在厄比再到乌沙克的同时，有两位文化部的调查员也到达了乌沙克，他们此行就是来对海马胸针进行调查的。阿比伊克古告诉两位调查员海马胸针就是真品。“在乌沙克博物馆内我与两位调查员就此问题进行了讨论，他们说阿比伊克古告诉他们馆内的海马胸针是真品。但是像我这样的人都能看出来那是赝品。我只在画册照片上看过真品，都能看出博物馆里陈列的那一件是用模子刻出来的，那些金流苏辫子也不是手工制作的。”

在博物馆内，厄比还发现了其他令人不敢相信的事情。只有一个安保人员在保护整个博物馆，他居然还兼任售票员。博物馆内完全没有报警系统，虽然可以看见博物馆里装了摄像头，但是明显没有在运作。装着黄金海马胸针的那个陈列柜，里面还有两件狮首装饰的袖章和一些金币。这是个一层窗玻璃的柜子，蓝色木头框架已经褪色。整个柜子只有一个简单的锁，就像那种学校里学生的储物柜上挂的锁，完全不用动脑筋，轻易就能撬开。厄比对博物馆里如此松懈的安保措施感到十分震惊，他告诉了阿比伊克古自己的担忧。

“这一定会让土耳其在国际社会上颜面无存，所以最后我答应不在报纸新闻里写乌沙克的博物馆里安保措施十分简陋的话题。阿比伊克古向我确认了好几遍之后，终于开始述说他的故事。”厄比回忆说。阿比伊克古一片片一点点，一半真实一半谎言地开始述说，整个事件的真相也慢慢地浮出了水面。阿比伊克古告诉厄比，因为早年他一直致力于取缔走私及古墓盗掘，所以在乌沙克以及周围的走私犯与盗墓贼圈子中树敌无数。那些罪犯就把博物馆中的黄金海马胸针偷了出去，然后想要以阿比伊克古的名义在边上的村子里销赃。

厄比接着问道阿比伊克古是否欠有个人债务。这位馆长先生并没有直接回答这个问题，而是开始讲述一个十分复杂的故事。他说一位邻居的小孩得了癌症，邻居就来向他借钱想要为孩子动手术，但是他也拿不出那么多的钱，邻居就怂恿他去向当地的黑社会借高利贷。“这就是他的故事，”厄比叹了口气，“全是编出来的。”

厄比可能不知道，在胸针被盗之前，阿比伊克古也并没有尽力照看好这一批克罗伊斯王国的宝物。一年前，乌沙克文化和旅游部的官员已经发现博物馆内有很多的藏品开始有被腐蚀的迹象，博物馆方面因为缺少资金，没有对这批文物采取恰当有效的保护措施。2005 年 5 月，《扎曼报》曾报道过这一现象，并附了这几张照片，照片中是陈列柜中已经开始腐蚀的古董水罐。“博物馆里馆藏的文物一件叠一件地堆着，大部分已经因此开始腐烂，但是我们没能将那些景象拍下来。”报道中还指出了博物馆的安保措施十分匮乏的现象。

黄金海马胸针被盗是不是更进一步地说明了博物馆并没有足够重视和尊重对于这一批吕底亚文物的保护呢？阿比伊克古的私人生活史似乎也与此有着千丝万缕的联系。

厄比在乌沙克待了 10 天，挖掘事情的真相。事实证明馆长编出来的故事漏洞百出。同时，警方那边的调查也开始发现一些相似的证据指向说谎的阿比伊克古。这位曾受众人爱戴敬仰的馆长，从 1995 年婚姻破裂之后，私生活就开始急转直下。那时他开始夜夜笙歌，出去豪赌，并不断与各种女人约会，这两个恶习导致了他私人生活中的债务危机。阿比伊克古下班之后还在博物馆里办过派对。厄比发现，早前阿比伊克古也曾因为偷东西被文化部长严厉地批评过。一位文化部派来的调查员在一份报告中指出，到 2000 年阿比伊克古已经从博物馆的储藏室里偷盗出 270 件重要的历史文物，并向黑市出售以牟利。之后他又将黑手伸向了手抄版的《古兰经》和一枚古白金币[1]。除了在博物馆举办派对外，文化部也曾控诉阿比伊克古唆使他人进入阿塔图克博物馆偷盗。

与此同时，警方的调查也开始有了突破性的收获。警方调查了阿比伊克古的家庭电话，发现259段电话录音是他与当地走私犯的通话。在电话中，阿比伊克古把黄金海马胸针的真品称作“有机番茄”，而那个胸针的赝品被他称作“无机番茄”。两个乌沙克当地的嫌疑犯被发现曾与伊斯坦布尔的买家通过电话，但是他们的身份还不明了。电话录音中还有关于把黄金海马胸针带到日本去的谈话，也曾讨论到是否应该将其保存在保加利亚。1个月之内，阿比伊克古被逮捕，另有9名涉案人员一同被投入狱中。

厄比并不怕土耳其会因为这次事件而在国际上声名俱损。相反，他认为之前国内的博物馆被大众的视野忽视太久了，太多的真相有待发掘。他连续写了一系列5篇关于这个博物馆丑闻的故事，每一篇都揭露一点博物馆业内的腐败，一点管理系统的漫无秩序。“如果我不把它们写下来，文化部一定会将这些事实遮盖掉。我的初衷是，如果把这些事实都写出来，政府就不得不对博物馆业内如此混乱的现象作出一些调整了。”厄比说道。

安卡拉的文化部是东西方和谐共处的交融，始终秉持着穆斯塔法·凯末尔·阿塔土克[2]的精神。凯末尔是19世纪20年代土耳其奥斯曼帝国陨落后，土耳其社会西化改革中的领头人和独裁者。他的形象被塑造成雕塑、被画成油画、留在照片里、刻画在洞穴壁画上，以各种各样的形式充满了这个国家的大街小巷。在离文化部不远的中央广场上，竖立着一尊像斯大林一样的凯末尔神情激昂的塑像，他有二十英尺[3]高，穿着制服，骑着一匹战马。塑像底部是青铜质的士兵们从战争中凯旋，妇女们则蜷缩在各种掩护

[1] 白金币（electrum coins），由金与银的天然合金制造而成。古吕底亚的白金币尤为知名。

[2] 阿塔土克（Atatürk）是凯末尔的敬称，意为“土耳其人的父亲”。

[3] 约6米。

设施中。安卡拉本身就是一个惊喜。这里有点像北欧，人行道砌得十分整洁，穿着 T 恤牛仔裤的人们神情世故深沉。方方正正的现代装饰风格的办公大楼和色彩柔和的居民楼相互交错，参差林立，也不经意地给人一种身临欧洲的感觉。

在所有的建筑都趋向采用西式风格而不是土耳其帝国时期的风格时，文化部的大楼无疑是最复古的一幢建筑物。在街道的另一头是 20 世纪 20 年代到 60 年代使用的老国会大楼，也是这座石头公园的组成部分之一。这个建筑外部是粗削的灰色石头，整个建筑物被各式各样的土耳其民族风格毯子装点着，内部还铺着深色木头地板。拾阶而上，是国会办公室的楼层（现在这座国会大厦已经被改造为对外开放的展览厅了），房间里摆放着 20 世纪早期的黑白照片——照片中是闺房中的女子，穿着西装戴着土耳其毡帽的男士。

我是来这里找欧汉 · 杜刚的，他是一位 40 来岁的土耳其官员，留着厚实的小胡子，有时莫名地会开始咯咯直笑。他是管理纪念馆与博物馆的总理事长，专门负责所有的文物追讨和文物被盗的调查工作。最近几天他的行程都满得不能再满了。那天早上，杜刚刚从中国回来，他在中国努力与当地政府就被盗文物和文化遗产的遣返问题达成双边协议。尽管 20 年来土耳其在追讨文物方面的官司中成效卓著，但不可否认的是，仍有大批文物被掠夺并非法运出国境，这为我们拉响了警钟。许多土耳其人认为，20 世纪 90 年代以来在追讨文物的官司中取得的胜利所带来的影响正逐渐弱化。“有 23 件从迪拜来的古文物会在本周内运到。”杜刚看着从密探那里购买到的一沓照片说道。

杜刚的办公室很大，铺着木地板，装饰着典雅的家具，天花板上精致的吊灯至少有 10 支水晶装饰，而从落地窗可以望见公园。正在播放着的背景音乐是悠扬的土耳其低音歌唱家的作品，就像是上世纪 20 年代能在酒吧里听到的那种低吟浅唱。凯末尔的黑白照片赫然出现在杜刚肩后。杜刚解释说在迪拜缴获走私文物是他常遇到的事。海关官员曾查获 3 吨包裹着毛毯装在木头箱子里的古董，全部都是罗马和拜占庭的古文物。其中有一些没有头部的雕像，一尊裸体女性，一尊半裹在披风里的男性，一尊拜占庭浮雕，另有一件雕工精细的女性头部塑像。这些塑像中没有特别脱颖而出的作品，不过它们都是大型雕像，放在博物馆展出很不错。一群土耳其和阿拉伯的走私犯因此被逮捕了。杜刚说他不知道这些走私古董是从哪里盗运出来的，也不知道为什么会被运到了迪拜。其实猜也知道，虽然现在一部分西方国家的博物馆已经开始考虑接受来源非透明的文物交易，但是走私犯和盗墓贼仍偏好把盗掘的古文物卖给私人收藏家，因为私人收藏家们不会介意文物的来头，他们会在买来的古董上标上它们是属于“瑞士私人收藏”的。对现代新兴资产阶级的亿万富翁，“瑞士私人收藏”的意思就是这件古董的所有者是从不受文物市场管辖的国家来的，比如俄罗斯、中东石油国家，以及那些对国际社会地位十分饥渴的波斯湾内阿拉伯国家。

当被问及土耳其在控制盗掘和走私方面已经取得了什么样的成就时，杜刚说现在的情况已经是正在好转了。但他随即飞快地报出最近一系列逮捕走私犯和走私文物追回案例——4 月从澳大利亚追回 316 件文物，两周前逮捕了英国一个走私犯罪组织，另从伊兹密尔附近的伊丹省追回一块古典风格的匾额。由此我们能清楚地看到，不是现在土耳其在取缔文物走私方面花费了多大努力取得了多少成果，而是现在整个国家内走私案件几乎保持着有增无减的态势。

对杜刚来说，难以连根拔除走私文物现象的问题并没有使他感到气馁，尽管这些文物对于国家来说十分关键。几乎是在同一天，德国的大使带着 4 个行政人员一起冲进了杜刚的办公室，想要对一个拖延了很久的问题进行协商——博古兹克伊狮身人面像。这尊狮身人面像现在安置在柏林博物馆内，它是文物遣返史上的一桩怪案。1912 年，土耳其赫梯帝国的 10400 件文物和这尊石头的狮身人面像运到了德国存放。整个 20 世纪，其他 1 万多件文物陆续被德国遣返回土耳其，现在只有这一尊狮身人面像仍留在德国。

德国方面会给出什么样的理由呢？“我不知道。”杜刚开始标志性的咯略直笑，“我们一会儿问他们就是了。”

在 20 世纪 90 年代几次意义重大的成功后，土耳其最终放弃了在全世界范围提起诉讼的文物遣返大作战。考虑到土耳其国内缺乏妥善管理博物馆的资金和对古代文化的保护意识，这并没有出乎所有人的意料。因为正义与发展党的保守主义政治立场，政府不断减少和阻碍对文化保存事业的预算拨款。政府管辖的就是 3 个博物馆和 140 多个历史遗迹，这些机构全部是由中央政府负责其运行事宜的。2007 年，只有 660 万美元（整个国家预算的 0.002%）被分配给博物馆等机构作为预算开销——按这样的比例看，博物馆得到的预算真的是太少太少了。《纽约时报》曾报道说，土耳其 93 个博物馆中只有 78 个装有电子安保系统，并且其中大部分是无法使用的。精确的库存登记简直可以说是不存在的，想要一件一件地查找藏品根本不可能。正如埃及刚刚发生的事件一样，藏品就在博物馆里被弄丢了，而且这样的情况比人们猜测的要多。2006 年，有 43 件托卡比宫殿博物馆的藏品丢失。“窃贼们都已经成功潜入了土耳其大部分的博物馆，偷盗了无数件不起眼的小古董，因为这些非著名的藏品比较不会引起公众媒体的注意，不像吕底亚民族遗产的藏品系列那样万众瞩目。其实也是因为这些藏品并不是从美国被追讨回去的。”这个国家历史学协会的主席，艾哈迈德·特班如是说。文化部长阿提拉·考克也赞同了这一观点。2006 年，他在《土耳其时报》采访时向媒体透露，文化部已经开始着手对 32 家博物馆以及它们对于丢失藏品漠不关心的骇人现状展开调查。像埃及一样，土耳其国家领土内的文化遗产数量已经多得不堪重负了。这就造成了严重的失调，对流失海外的土耳其历史遗产遣返的要求与国内文物维护和安保工作的可怕现状之间矛盾越来越深。

但怎么也想不明白的是，究竟是因为什么，土耳其开始逐渐减少海外诉讼追讨国家文物的数量了呢？这个国家的兴趣已经转移到了别的方面了。现在的土耳其政府由总理埃尔多安领导，他是一个来自伊斯兰正义与发展党的政治家，他所领导的政府现在的政策焦点就是拼命地发展国民经济。

这也意味着未来一段时间内博物馆等机构别想得到政府的重视了，就算是伊斯坦布尔部分博物馆已经歇业关闭也一样。尽管博物馆的门票收入都直接上缴中央政府，个别几个博物馆的预算并不受到门票收入的影响。到现在为止没有一个国家像埃及这样，向别国租借自己的文化遗产以用作博物馆展出来赚取租金，并且收取他国博物馆门票收入中的一部分。不过，不难想象吕底亚文化遗产被盗的尴尬确实像是当头一盆冷水，浇到了热情高涨地追逐流失文化遗产的文化部官员们头上。“西方国家开始对我们奸笑了，他们心里想着‘现在你们后悔了吧’？我们不想让他们看笑话，所以我们那些激进的行动计划都被推迟了。”

如果土耳其真的没有采取足够的安保措施保护民族的文化遗产，没有在预算中拨给博物馆足够的资金，没有把人民吸引到博物馆去，没有将文物融入国家当下中去（这些却都是扎希·哈瓦斯夜以继日的工作所要追求的终极目标），那么土耳其向世界上别的国家发起这一系列的诉讼，想要追讨几十年前，甚至几个世纪前被运出土耳其国境的那些文物，就不是合理的行为。可能那些文物确实应该归还土耳其，但是现在为止，土耳其似乎还不够格。

我向杜刚询问他对乌沙克博物馆中吕底亚瑰宝被盗一事的看法。他点头说道：“这确实是个可怕的故事。但是千万不要认为这是文物界常有的事。”这桩盗窃案发生在2005年的5月或6月，就在杜刚上任前的几个月。自此之后，46个博物馆都已经安装了电子安防系统，900位新的博物馆安防人员进驻到他们的岗位中，这些数字与阿提拉·考克报告中的数字有很大出入。

无论如何，杜刚现在被整个乌沙克盗窃案的闹剧给牵绊住了。这是一次仅有博物馆董事和其他一些小群体参与的不可告人的调查工作。“真是悲剧，”杜刚说，“这就是人性的弱点。”以前曾有关于阿比伊克古馆长沉溺女色的新闻，也有他欠下巨额赌债的流言。“不过这些事件不仅仅会发生在博物馆馆长身上，也有可能发生在银行董事身上，或者任何一个人身上。”杜刚说道。

65岁和69岁的奥兹勒兄弟——塔金·奥兹勒和考斯昆·奥兹勒——在阿比伊克古还是个孩子时就认识他了，他们也认识阿比伊克古当国会议员的爸爸。兄弟俩做记者这行已经40年了，1966年吕底亚人的古墓被盗掘时他们就在那村子附近；1995年吕底亚文物光荣归来时他们也在乌沙克参观了整个仪式。有关这两个历史性的时刻，兄弟俩都在新闻报刊《乌沙克哈勃报》上刊登了相关报道。他们俩工作的地方就在乌沙克市中心两条步行街交会的十字路口边一家小门面里，离马维格鲁律师的办公室只有几步远，再走几步就是乌沙克博物馆。他们基本不怀疑阿比伊克古是无罪的。“有意思，不是吗？吕底亚文物被带回来展览一年之后，博物馆里的人居然还不能分辨海马胸针的真伪，还在对此进行调查。”考斯昆表示十分疑惑。他的哥哥拿起话筒想要点几杯茶，迅速地点完单后挂了电话。“我觉得这些都是为了复仇。”哥哥说道。他解释说，是为了报复阿比伊克古想要取缔走私行为的努力。他举了一个例子，阿比伊克古发现了乌沙克遗址附近一处马赛克地板被偷了，并且就在赃物将要被运出乌沙克时及时曝光了罪犯的恶行，阻止了文物的流失。

但同时奥兹勒兄弟说起卡伦河珍宝的诅咒时还是小心翼翼的。他们认识十七八个接触了卡伦河文物之后命运就开始改变、下场十分悲惨的人。一个开启古墓的人，在与自己的儿子就这些古董争论时被割喉，他的儿子也在不久后被枪决了。后来又有3个人死了：一个死于拖拉机事故；一个起初眼睛瞎了，然后瘫痪致死；还有一个是一位铁匠，他帮助其他盗墓贼开启封住墓室的一个金属封条后立刻就死了。考斯昆认为，从第一次与吕底亚的文物有了接触之后，阿比伊克古的生活就开始陷入了各种混乱。不仅是他的妻子离开了，而且随即在一场交通事故中遇难，他的一个兄弟也死于自杀。

“我们不接受卡兹姆在私人生活中十分委靡的说法，”考斯昆继续说道，“他可能确实是在酗酒，但是肯定没有去赌博。”兄弟俩坚信因为阿比伊克古一直致力于阻止盗墓行为，保护这片区域内的文物，所以他被一个十分有影响力的房地产企业禁锢起来，这样他们才能挖掘乌沙克遗迹边上的另一个金矿。

“在这个新闻发生之前，我习惯了每周去一次博物馆，”考斯昆说，“现在我不想去了。以前卡兹姆就像是个全知的存在，现在一切都变了，博物馆没有人来和我讲关于那些古文物的故事了。”奥兹勒兄弟说，本来乌沙克要新建一个博物馆的，因为文物盗窃的事，也延后了。新的博物馆将陈列近 4 万件藏品，大部分将放在博物馆的储藏室里。但是自从盗窃的丑闻之后，文化部重新分配了本来要建新博物馆的预算资金。“这个城市需要一个像安塔亚那样大的博物馆。”考斯昆说着，他指的是南边海岸城市安塔亚的历史博物馆。“大家都想赶紧了结这桩盗窃案，然后重新开始修复土耳其的名声。”

乌沙克历史博物馆是一座单层水泥混凝土结构的建筑，现在它的外墙已经褪色变成了木讷的蓝色。博物馆就坐落于市政厅后面的三岔路口上。从它手写名字的门楣到花园中杂乱摆放的古董，整个博物馆简单得不能再简单了，换句话说就是完全没有好好装修整理过。博物馆三面环草坪，草坪上的浮雕就堆在博物馆边上。雕像和柱子的碎片一件叠一件地被堆在博物馆后面一个角落里。这里面还有一件伊斯兰教的雕刻品，一些希腊圆柱的碎片，赫梯人的头部雕塑和各式各样的三角楣饰。这座建筑物没有外墙，只围着一圈栅栏和一个大门，并且门从来不锁，栅栏也很矮。任何人一跳就能跳进去，然后小心一点，就能把博物馆储藏室里的文物给搬出来。“博物馆仍然非常容易被破门而入，现在还是这样。”考斯昆·奥兹勒边走进这座建筑边说道。实施工程的博物馆行政人员拒绝了采访，他从画廊里走过来时十分紧张，看到是记者后他深深地叹了口气。

这些画廊装修十分朴素，只有荧光灯提供照明，约 1000 平方英尺[1]的

[1] 约 93 平方米。

空间被分割成数个相连的内庭。英语和土耳其语的标语向人们阐述着吕底亚民族在克罗伊斯大帝统治下辉煌的艺术史。吕底亚民族拥有自己独特的语言、艺术和文化，公元前5世纪，波斯人征服了克罗伊斯帝国后，是吕底亚的能工巧匠们建造了波斯王大流士在苏士的宫殿。卡伦河流域古文物的出现显然是克罗伊斯王国甚至吕底亚文明的骄傲。画廊中的海报上写着："吕底亚民族的瑰宝安全地被送回土耳其展出，这是现代国际社会普遍的公德心和正义感的标志，人民逐渐意识到应该保护古代文化，保证古文物能被安置在它们的故乡。"

落地窗后面，这些古文物正闪耀着吕底亚民族工艺品神秘美丽的光辉，展现出吕底亚工匠们加工金银制品时细致入微的手工、炉火纯青的技艺。其中有一个系列的银碗是银包金的工艺制作的，碗的棱角间透露出的金色使整个碗看起来像是一个南瓜。这个系列还有香水瓶、焚香炉、现在仍在淑女圈流行的耳环和项链，另外还有大量镶嵌着各式宝石的橡果装饰金项链。除了黄金海马胸针，所有最珍贵的吕底亚手工艺珠宝都展示在这里了，包括那个弓背朝外男童手柄的银制酒壶。

一个监控摄像头（这次确实在正常运作），就挂在装黄金海马胸针的陈列柜上。这个摄像头非常非常小，乍一看很难发现。但是厄比发现，除了一个简单的锁，这个陈列柜没有其他任何保护措施，简直是青铜时代的安保措施，比古文物还古老。在陈列柜的左上角有一封警方的封条，贴在玻璃框架开启的接缝处。仿佛是为了表示陈列柜很安全，玻璃门与陈列柜框上各有一个钩子，一段铁丝把两个钩子绞到一起。让我惊讶的是，博物馆方面像是完全没有得知海马胸针偷盗案的丑闻似的。海马胸针陈列柜边上一个天蓝棉布底色的标签写着："有垂饰的胸针。"没有任何语句解释挂在这里的是一个赝品还是真品，柜子里的才是真品。我觉得很奇怪，这个海马胸针和真品有着非常明显的区别。没人能解释为什么馆藏的这个黄金海马胸针上有一个光滑的长钉，从一束流苏小辫的末端伸出，装点着红色的颜料。之前发行的各种海马胸针的图片中都没有这个细节，取而代之的

乌沙克博物馆的一个展览柜，海马胸针就是在这里失窃的。

是一个蓝色或者绿兮兮的装饰在其中两束流苏小辫最末端。土耳其文化部古文物目录和博物馆内礼品店派发的宣传小册子上的黄金海马胸针，也有着蓝绿色系的装饰点。几英尺以外，画廊墙上裱着玻璃框的一张黄金海马巨幅海报上，也有一模一样的蓝绿色装饰。海报上标注着“19-11-93，卡伦·海辛纳斯”，这是为了纪念卡伦河流域的吕底亚民族遗物回归土耳其。

奥莫尔·厄比不相信真正的黄金海马胸针已经被罪犯融成金水以消除犯罪证据。他正在写关于这次博物馆内珍宝被窃事件的书和剧本，同时不懈地追查海马胸针真品的下落。厄比安排在警方和走私犯团伙中的匿名消息举报人告诉他，一桩文物交易正在寻找买家。2005 年秋，伊斯坦布尔的一家酒店举行了第一次的买家见面会。这次会议上，有买家愿意出 30 万美元的价格，但是卖家的估价在 150 万美元（在后来的审讯中，酒店方面负责人供称，卖家叫的价实际是 300 万美元，但是厄比的线人得到的消息却不是这样）。乌沙克那些与阿比伊克古有染的走私贩在文物买卖上是生手，他们平时是给当地黑社会的赌场干活的。卖家不像这些走私贩，他是十分专业的古文物界人士。厄比的线人告诉他，2005 年 10 月还举行了第二次的买家见面会，这一次是在伊斯坦布尔的大华酒店。黄金海马胸针的正品在会上由买家鉴定真伪。但是突然发生了枪战，之前的买家抢走了黄金海马胸针的正品。警方虽然在见面会开始十几分钟后就突袭了大华酒店，但是只抓到几个相关犯罪嫌疑人，并没有成功逮住携带海马胸针逃窜的买家。厄比相信他们还在伊斯坦布尔。“我坚信海马胸针总有一天会回到乌沙克的。”厄比说，“我百分之百确信，不然我就把名字倒过来写！”

被丑闻惊醒后，土耳其开始实施改善博物馆安防措施的计划。计划中当然包括盘点库存，显然库存登记是土耳其这个拥有如此之多文化瑰宝的国家最缺乏的。不过这并不意味着土耳其的博物馆就安全了，草草一瞥依然能看出漏洞。乌沙克省长凯汉·卡瓦斯说，就算土耳其的博物馆不安全，他也不会允许有人把吕底亚珍宝带到别的博物馆去。他于 2006 年时曾说过：“我们的博物馆拥有十分全面的安全保障系统，并且有处理偷窃案件的经验。”不过不能否认，即便乌沙克的博物馆有了更好的安防措施，安防措施也并不能绝对保障文物不被博物馆内部人员犯案窃走。

两位不同年纪，观点也各不相同的调查记者奥莫尔·厄比和奥兹根·阿卡尔都认同一件事。他们觉得，没有一个土耳其人后悔当初花了那么大的努力从大都会博物馆把吕底亚民族遗产追讨回来。他们认为，就算发生了盗窃案，树立一个“绝不容忍购买盗掘文物”的原则也是十分重要的。“乌沙克的情况并不能代表整个土耳其，”厄比说，“不能因为发生了一件影响很恶劣的事，就动摇整个原则。没人能担保所有的事情。没人能保证这件文物百分之一百不被偷走。土耳其确实没有给予博物馆行业足够的重视。但是现在政府正在着力改善这种情况，提高了工资标准。所有那些自以为很富有的西方国家，该是时候对古文物停手了。”

阿卡尔认为：“我们所有的文物追讨工作都是从吕底亚遗物开始的。因为这个案例成功了，接着又有许许多多的文物被还回了土耳其。”对他来说，国家文物不允许他国非法任意买卖这个原则要比任何一件历史文物重要得多。西方发达国家应该帮助发展中国家树立起这样的原则，他坚信这样才是共同维护世界文化遗产的唯一办法。大都会博物馆花在购买吕底亚文物上的资金，要是花在帮助土耳其来保护这些文物上不是更好吗？“170万美元能在土耳其造非常现代的博物馆了！”他说道，“土耳其的博物馆确实比较落后，一张门票收入才4美元，这点收入能做什么呢？所以最好帮助发展中国家，把文物留给我们，这样我们还能租给那些发达国家用来展出。”

即使黄金海马胸针现在下落未明，国家因此蒙羞，朋友卡兹姆也惨遭悲剧，阿卡尔仍然说：“我不后悔，就算给我再来一次的机会，我仍然会拼尽全力追讨吕底亚文物回国。”

伊尔波·欧塔利大步走进托卡比宫殿的苏丹起居室，觉得就像回到了家一样无比舒适。他是托卡比博物馆的理事，也是土耳其最为著名的文化界人士之一。这是他的办公室，就在苏丹起居室的中间，在这里能俯瞰整个博斯普鲁斯海峡，在这里也能看到从每一个藏品柜、每一个模型甚至每一个橱窗门传颂出的历史。托卡比宫殿是见证了一个又一个像奥斯曼帝国一样的伟大王朝的宏伟建筑群，装饰着各种豪华的家具、奢侈的织物还有传奇的珠宝，栩栩如生地反映了曾经的辉煌。在外面的院子里，挥舞着相机的游客四处游览，不时露出目瞪口呆的可爱表情。这些游客种族各个不同，从四面八方而来——有来自海湾国家的，丈夫穿着阿拉伯式短裤，妻子浑身包裹在黑色纱巾里，两只眼睛好像是从尼卡伯[1]的缝隙中偷瞄着外面的世界；有好奇的中国人，跟着举旗子的旅游团领队；有非洲来的一家子，全部穿着色彩晃眼的衣服；还有意大利人、法国人、德国人和瑞典人。

欧塔利蓄着络腮胡，穿着格纹上衣和裤子，大腹便便语调傲慢，他完

[1] 尼卡伯（Niqab）是常见于北非及中东部分地区的穆斯林女性盖头样式，遮住头发、头颈及胸部，并遮住口鼻，只露一双眼睛。

全无视这些游客，迅速穿过雕刻的门廊走过铺着马赛克的地板。他立刻被助手们包围了，两个保安出来挡开了他们，这些助手们是来和偶像握手的，有时能得到一盒赠送的高级巧克力。不过他们并没有打断这位馆长对手中珍宝的注意力：那是一件盗掘文物。对此他有十分明确的看法：在土耳其发现的一切东西都是属于土耳其的。西方国家绝对没有权力干涉古代发生在土耳其领土上的事，除非他们是改过自新来提供帮助的。在整个案件中，哪些是好人哪些是坏人，欧塔利毫不迟疑地已经在心中分门别类。

“美国到底有没有可靠一点的展览馆？有，我会说史密森尼博物馆就是一个。”欧塔利说史密森尼博物馆出来的都是好人。大都会博物馆？全是混蛋。“大都会博物馆真是个糟糕的地方，”他话中有话，故意把“糟糕”说成了“招高”，“他们真是想尽办法，什么都买。”在他看来，大都会博物馆从20世纪60年代鬼鬼祟祟地买下了吕底亚古文物以后，就一直冥顽不灵，屡教不改。欧塔利觉得，土耳其曾有机会强迫大都会博物馆服从，但是土耳其选择饶它一命。“土耳其犯过的最严重的错误，就是20多年前在克罗伊斯的宝藏被卖到大都会博物馆时妥协了，”他大声说道，“我不知道为什么我们让步了，如果真闹上法院，我相信美国的法律一定会给一个公正的交代。可能从那以后走私犯就再不敢那么猖獗。”

他坐下来喝茶吃饼干，享受起了下午茶时间，老花眼镜从鼻子上一直滑落到了一边。接着他又说：“卢浮宫也不是什么省油的灯。他们那里也藏着很多偷来的东西。”他指的是颇受争议的塞利姆二世陵墓中的马赛克地砖，曾经在哈吉索菲亚的摩索拉斯墓中，而现在在卢浮宫。卢浮宫说他们是从陵墓修复者那里合法购入的。这个修复工修好了墓中的马赛克地板，所以得到了几块马赛克地砖作为犒赏。“这真是一个可笑的故事。”欧塔利不齿地说。究竟谁会相信这个神一般的土耳其领袖陵墓里的砖瓦会拿来随便送人？荒唐！“土耳其政府确实找了一个人到摩索拉斯墓中做修复工作，那是个苏丹的牙医，是他偷走了那些马赛克！”他说着皱起了整张脸，像吃到酸柠檬似的。“你能想象得到吗？你会去相信这种3岁小孩都编得出来的幼稚谎言吗？骗子应该是一个语言艺术家，而法国人却只是孩子气。”对亨利·洛雷特，卢浮宫的董事，他不无嘲弄地说：“他是个法国知识分子，只来过一次伊斯坦布尔，一次托卡比宫，其实就是个笨蛋。这都能称作知识分子？那就给他写块牌子：‘我是这个时代著名的知识分子。’”然后欧塔利大笑起来，他的笑声像是从喉咙里发出的咳嗽声，有点像生锈的引擎发动的声音。

那德国人呢？欧塔利说博古兹克伊狮身人面像必须归还土耳其。这不像现在存放在柏林贝尔加马的宙斯圣坛，是当时没得到土耳其的允许被大量运出境的文物之一。狮身人面像没得商量。“为此我们两国签订过合同，德国必须归还狮身人面像。”他说着就坐回了自己的椅子上，眼镜已经从上嘴唇滑到了下嘴唇，又滑到下巴，终于抵抗不了地心引力，摇摇晃晃地由眼镜绳牵着挂在腮帮子边上。

回到大都会博物馆的话题，他说：“噢噢，大都会博物馆，他们就是完美的走私犯。真是美国的耻辱。”我指出吕底亚文物早就已经归还了土耳其了，从那时起，大都会博物馆也许已经在收购文物方面开始收敛了。至少最后博物馆把吕底亚文物归还土耳其了。但欧塔利立即摆手否认了这个可能性。“他们来清真寺忏悔了吗？”他反驳道，“没有，并没有。他们应该起带头作用，改变行事方式。真是不害臊，我都不想说他们到底牵涉了多少暗中盗掘的坏事了。”

欧塔利满腹指控。有一部分是确有其事或者众所周知的，而另外一些都是他瞎编乱造的。对于乌沙克博物馆的黄金海马胸针被盗一事，他也觉得很“招高”。“你可以把这写下来。”他说道。乌沙克的盗窃案使他开始怀疑是否应该把省属的博物馆都划归中央统一管辖。不过这也解决不了根本问题，因为文化部之前就承认过托卡比宫近年也有 43 件文物丢失。之后欧塔利又说大都会博物馆也许参与了黄金海马胸针从乌沙克被盗一案：“也许就是他们偷的，就在遣返到土耳其的时候。众说纷纭，也不能马上下定论，暂且打个问号。”

但是即使是在土耳其被偷的，“歧视发展中国家，‘那些原始社会的笨蛋’这种侮辱人的话能当作不归还文物的借口吗？”他警告说，“我们自己能照顾好自己的东西，我们正在努力地清点。但是非要使用那种借口不就像是希特勒反过来控诉法国、英国和犹太人吗？”

我承认我无法赞同他这个逻辑。土耳其人何时成了被害人？就因为乌沙克博物馆里的吕底亚文物被偷了？“这确实是个丑闻，”他平静下来说，“是我们没有保管好黄金海马胸针，但这不是理由之一。这是非常非常自大的19世纪的理论——德国人的理论。现在人们都变了，我们有不胜枚举的伟大历史学家、美术史学家，为什么还是固守着以前的思维方式呢？”

对欧塔利来说，土耳其到底能不能照看好自己的文物似乎是个无关紧要的问题。过去犯下的罪行现在必将得到恶报，西方世界从没想过要改变他们充满优越感的态度。他轻拍我的背，示意访谈时间到此为止。“尽量学着不要这么自大吧。”他抓着我的肩把我引向了门口。“每个人都有自己的祖国，但是地球只有一个，我们共同拥有的是整个世界。”他伸手关门，“哦，我太累了。”于是把我赶了出来。

大都会博物馆

2006年一个神清气爽的冬夜，精心打扮、珠光宝气的曼哈顿文化界赞助商们集结在第五大道大都会博物馆深处的格蕾丝·雷尼·罗杰斯大礼堂。他们是为了聆听博物馆令人敬畏的领导人菲利佩·德·芒泰贝洛的演讲而来。菲利佩·德·芒泰贝洛是一位美籍法国人，他身上流淌着拿破仑的血统，也是博物馆建成以来服务年限最长的员工。

赞助商们云集一处，汇成一片白发与兽皮帽子的海洋，男人们拿着手杖，涂脂抹粉的女人们穿着高跟鞋，戴着优雅的帽子，四处是飞吻，一眼望去全是熟悉的名流。这是整个城市上流社会最顶层的人们，也是博物馆最重要的赞助商。虽然美国纽约有民族大熔炉之称，但是这里的听众们无一例外全部是白种人。他们中还有博物馆的实际拥有人——被称作美国文物收藏界带头人的谢尔比·怀特，她是奥本海默基金会巨头里昂·列维的遗孀。《纽约时报》最近的一则文章刊登了意大利政府对于怀特的一项指控，意大利政府坚信她拥有许多从意大利盗掘的文物。显然，意大利这次是志在必得的。几周前，意大利方面刚刚和大都会博物馆就归还博物馆最有馆藏价值的古代希腊花瓶缔结了协议。这个古希腊花瓶是一只双耳敞口花瓶，30多年前，以不正当的手段被带出了意大利国境。现在他们想要怀特归还官方指控中那些她所染指的意大利文物。

这天晚上，在名流汇聚的大礼堂，这个只关乎收藏、展览和拥有的世界似乎离所有人都近了一些。就在同一幢建筑物里，大礼堂几百码以外，工人们正准备结束一天的工作。他们正在建造的里昂·列维—谢尔比·怀特希腊罗马大会堂是一座高耸的新建筑，未来将会被用来摆放博物馆的文物藏品，并纪念其最重要的两位赞助人。这座大会堂将于2007年4月竣工建成。

毫不费力地轻轻跃上演讲台后，德·芒泰贝洛不想浪费一分钟，直接切入了正题："最近，报纸媒体一阵骚动，纷纷责问我们博物馆，不是'是否归还'而是'何时归还'馆藏的他国文物。"他那不容置疑的语气贯穿于演讲中的小段子和热场笑话，甚至是简单的一句"晚上好"。

"他们这样的报道，好像认为馆藏的文物已经不是全人类的文化遗产了，而是变成了某些人拥有的私人遗产，"他陈述道，"就是这些人，他们一定会后悔咄咄逼人地想要博物馆交出古文物，写下协议函——不久后他们就会发现，博物馆没有可以展出的东西了，空空荡荡！"

整整一个小时，他为博物馆到现在为止对于归还文化遗产是"正确政策"及"全国民心所向"这样不断高涨的呼声反应如此之迟钝而遗憾。这个观念似乎已经深入人心。人们不该如此轻易地就接受"文化遗产在哪里挖出来的，就是属于哪个国家的"这种观念。

德·芒泰贝洛放映了一些幻灯片，展示了学生们聚在大都会博物馆展品前的照片。他与听众们一起回忆，在启蒙运动的影响下，人类学家高举人性的理解和知识的旗帜，催生了大都会博物馆的出现，标志着博物馆成立的初衷是收藏所有人类文明和成就的精华，以供后人研究，创造人类更伟大的进步。他虽然言辞透着浩然之气，可是语调却忿忿不平。"新的沙文主义正给人类的进步帮倒忙，"他观察了一下听众的神情，"如果这样的观点两百年前就被普遍接受，我们对于已经过去的古代历史的认识将一直处在萌芽阶段，百科式图书馆的概念也将不复存在"。

"这场莫名其妙的争论使我非常悲痛，"德·芒泰贝洛说，"我们相信，还是有人认可百科全书式的博物馆模式的。他们赞同博物馆应该收藏多元化的陈列品，使人们了解整个人类历史和多元文化的存在环境。我们现在实在不理解，那些备受冲击，那些滋养了艺术爱好者的灵魂和好奇心的博物馆展览，就这么轻易地被人们又放弃了。这些写信给报纸编辑的人，你们到底是怎么想的？写专栏的人，你们是怎么想的？”

他把最尖锐的批评留给了历史学家们，因为历史学家强烈要求在展出一件新购入的文物前查清其合法来源。大都会博物馆是少数几家现在仍然敢收购来源不明古文物的著名博物馆之一，盖蒂博物馆和大英博物馆都已经接受了严格管控收购文物的所有权的政策。大都会博物馆也引来不少对其鉴定、陈列私人捐赠的文物收藏品的批评。这些私人收藏品中就有属于怀特女士的，还有博物馆董事会的另一名成员——风险基金管理人迈克尔·施坦因哈特。

他辩称，没有确切来源的文物也不是没有值得被珍藏的优点，同时强烈谴责国际历史学协会，为了声援意大利向美国追讨古文物，对这些艺术品本身表达出的“一种令人震惊的敌意”，并且企图遏制公众想要欣赏这些艺术品的渴望。

菲利佩·德·芒泰贝洛声情并茂地向他的听众们布道。当他提及大都会博物馆将吕底亚文物归还土耳其后的头5年，只有769人到乌沙克的博物馆参观这一批属于他们的历史文化瑰宝时，整个听众席不断传来倒抽气的声音。就像是在一所教堂里听牧师宣道一样，当德·芒泰贝洛提到包容万千的大博物馆概念，听众们纷纷小声表示赞同；对于这一概念代表的文化谦卑心态，也无不表示赞许。他警告听众们，应该时刻保持谦卑的心态，因为把西方文化当作优越的文化会犯下“不可饶恕的妄自尊大”的错误。

第二天，刺骨的寒风吹遍整个城市，像是在无情地鞭打大都会博物馆清晨的访客们，他们挣扎着穿越广场，跳上阶梯，奔进博物馆大门里。德·芒泰贝洛办公室的外面有3个接线员（这时其中一个朗声对话筒说道：“是南·坎普纳的妻姐吗？你听到了吗？”），一幅小小的克劳德·莫奈的风景画悄悄地挂在候客室的墙上。在办公室里面，德·芒泰贝洛在能俯瞰整个中央公园景色的落地窗前坐下来，办公桌后面则挂着着一幅克劳德·洛林色调暗沉的风景画。他继续着昨天没讲完的话题，向我娓娓道来，鲜少有停顿的时候。“让我感到愤怒的就是人们越来越懒得动脑筋思考了。”穿着一件蓝色衬衫套着V领针织衫以御寒，他的黑发一缕缕紧贴着脑门。70出头的德·芒泰贝洛十分高大，他戴着一副金边眼镜，说话有些欧洲人的口音，就像一位具有绅士风度的叔叔。德·芒泰贝洛举手投足流露出一种权威，这也许是因为他具有贵族的血统，但有些人却会误以为他是傲慢自大的人。德·芒泰贝洛家族之所以位列贵族，要从家族一位参军服役的祖先说起。这位祖先名叫让·拉纳，他参与了拿破仑于意大利小镇芒泰贝洛的战役并凯旋，之后这位将军就被授予芒泰贝洛公爵以及法国元帅的头衔。罗杰·拉纳·德·芒泰贝洛公爵是菲利佩的父亲，他是一位雕像画家，艺术评论家和二战时期法国文艺复兴运动的一员。菲利佩的母亲，热尔梅娜·维纳·德·克鲁瓦塞是萨德侯爵的后人。菲利佩在格拉斯的一座豪华别墅中长大，这是法国南部一座专业制造香水的小镇。德·芒泰贝洛家族在巴黎也拥有美丽的艺术品，一位德·芒泰贝洛家族的亲戚拥有一个绝妙的私人藏品系列——其中包括鲁本斯、德拉克罗瓦、戈雅，甚至还有毕加索及恩斯特的作品。十三四岁时，菲利佩曾在尼姆的一场斗牛赛中见到过毕加索本人。但是之后不久，家族的命运轨道就发生了变化。在战争中，德·芒泰贝洛家族遇到了前所未有的财务危机，为了谋生，这个家族开始进入一个新兴的商业圈——三维立体画生意，也正是因为这种新技术，把罗杰·德·芒泰贝洛吸引到了纽约。德·芒泰贝洛家族的其他成员一起搬到了加拿大，等待签证的审批，最终于1951年拿到签证，全家人在纽约团圆。

从那时起，菲利佩·德·芒泰贝洛留在了美国。德·芒泰贝洛公爵的爵位没有传承给他，而是传给了他的哥哥。他需要寻找属于自己的生活道路，于是他追寻自己的梦想进入了美术界。菲利佩曾就读于哈佛大学艺术史系，之后又进入了纽约大学深造。1963年，他拿到了美国大都会博物馆欧洲油画馆助理的岗位录取通知。之后，除了在休斯敦美术博物馆工作过4年之外，德·芒泰贝洛的整个职业生涯都献给了大都会博物馆，1977年他41岁时，被提升为博物馆董事。

不论从哪个方面衡量，众所周知，德·芒泰贝洛在大都会博物馆任期内成果累累。在这位总馆长的领导下，大都会博物馆的规模几乎翻了一番。他的信条就是："不要争议，要调解，要和谐共处。"很多人说，德·芒泰贝洛就是大都会博物馆。语音讲解器里录的是他的解说，有英语、法语、意大利语、西班牙语和德语，游客们欣赏陈列品的同时，耳中听到的都是他的解说声。他曾经对一个采访他的记者说起过："大都会博物馆和我完全像是融合在了一起，博物馆中有我，我中有博物馆，这确实是真的。"30年兢兢业业在大都会博物馆贡献付出，在当今只懂包装炒作、毫无严肃氛围的历史艺术界，30年坚定不移地把握着学术威严的高标准。但是现在，德·芒泰贝洛发现他必须站出来保卫他加入这份事业的初衷，保卫长久以来他领导下的大都会博物馆所肩负的历史使命。一夜之间，人们似乎都忘记了曾经心目中保卫世界文化遗产的英雄就是大都会博物馆，它不是什么恶势力，它只是一直致力于保护传承世界历史和文化。整个关于博物馆的丑闻风云纯属"政治炒作"，德·芒泰贝洛于2003年时说："在这场莫名其妙的辩论中，我们输了，野心家们赢了。也因为此，公众也成了输家。"文物追讨的战役不仅是德·芒泰贝洛职业生涯中最后的天鹅之歌，也将成为他的继承人未来事业中的重中之重，当务之急。

德·芒泰贝洛坐在自己的办公室里，失落的情绪跌至冰点。"他们这只是不由自主的本能反应而已，他们从不追究前因后果，事件发生的历史背景。一位以色列历史学家因为公开发行了犹大的卷轴而被关进了监狱。那死海文书呢？现在还会有历史学家敢放心大胆地去研究这样的文物吗？死海文书最初是贝都因人发现的，传给了自己的后代，直到一个文物商人的出现。所以理论上说，这些卷轴是无法追溯其来源的。"

越来越严格的政策对学者们，甚至对艺术本身来说是一记重拳。现在，发现了古文物的人害怕把它们拿出来摆在阳光下，而且因为惧怕如此严厉

菲利佩·德·芒泰贝洛

的法规，他们永远也不会承认是在哪里找到这件文物的，是不是盗墓挖来的。德·芒泰贝洛举了一个例子：有两件一模一样、精美绝伦的古代亚述艺术品——狮子雕刻，一件于1948年被大都会博物馆购入，一件于同年被卢浮宫购入。这两件狮子雕刻是从一位古董商人那里买来的，这个古董商人说狮子是在叙利亚的一个名叫泰勒莫扎的村庄挖出来的。历史学家们以此为线索往回追溯，成功地发现这个村庄就是古代乌尔基续城的所在地。现在再也不会出现这样令人惊喜的发现了。他说："现在这种又想要历史学家不断发现文物充实自己的民族历史，又对文物来源把关如此变态的自相矛盾的政策法规将导致历史学最看重的信息命脉从此消失。要是那两头狮子是最近才购入的，古董商绝对不敢说他是在泰勒莫扎村把它们从地里给挖出来的。”之后他又迅速补上一句：“我这个说法当然也不能成为古董贩子到处挖坟盗掘的借口。”

德·芒泰贝洛接着指出，意大利和希腊在它们追回各自文物的申诉书中用的是一种荒谬的双重标准。“他们觉得这些古文物是国家政治的抵押品。美国政府倾向于同意意大利的请求，归还文物以讨好意大利，取得飞越意大利领空直达中东的政府许可。”20世纪50年代、60年代和70年代，所有的博物馆、私人收藏家都从不正当的文物商人那里买过古董。“大英博物馆、卢浮宫和慕尼黑博物馆，他们从非法古董商那里购入的文物绝对不比大都会博物馆少。意大利和希腊明显是存在着反美情绪，反而对于美国的法律却十分信任。这简直是太不公道了。”他提到其中一个古董商人，罗伯特·赫克特。这个古董商被意大利方面指控盗掘文物。“赫克特曾把古董卖给牛津的阿什莫林博物馆、瑞士巴塞尔博物馆、哥本哈根博物馆、柏林博物馆，甚至我怀疑还有意大利的那些博物馆。”

“整个追讨文物事件完全就是胡搅蛮缠。”德·芒泰贝洛继续说道，“事情并非像这些国家声称的那样。你知不知道埃及人完全不懂欣赏他们的法老艺术品以及那一段古埃及历史？埃及人并不是被谁剥夺了这一段历史，而是他们自己没有意识到这是属于埃及的历史。”当说到罗塞塔石碑的时候，德·芒泰贝洛认为大英博物馆完全不必把它归还埃及。“哈瓦斯难道不知道破解罗塞塔石碑的是法国人？埃及欠法国一句感谢。”不管怎么样，他认为“遣返文物是一出纯政治博弈和空想主义的好戏，罗塞塔石碑遣返埃及后也不会被送回罗塞塔镇”。问及对于埃及金字塔边上将新建一座博物馆的看法，德·芒泰贝洛翻了一下白眼：“不作评论。你觉得金字塔是被一望无垠的沙漠包围着比较像一座金字塔，还是被一群现代建筑物包围着比较好？”

对于德·芒泰贝洛来说，没有来源的古文物所引起的质疑其实是由西方博物馆提出来的。因为事实上，现代社会要买到一件盗墓发掘出来的文物，几率几乎为零。所以西方博物馆被当作诱发猖獗盗墓行为的主因，这种观念可以就此打住。不管怎么说，即便是现在，盗墓还是时有发生。

菲利佩·德·芒泰贝洛身上所散发出的自信与成就感，与古代历史上最强大的几个国家表现出的风度形成了鲜明的对比。在那些国家，美国大都会博物馆似乎有着令西方人意想不到的臭名声，它收藏文物的政策十分宽松，对文物来源审查的抵触情绪十分强烈。历史悠久的非西方国家博物馆管理员和专家学者们，本应与世界各地的博物馆、历史文物界人士交好，但是对大都会博物馆，他们都十分不齿甚至对其各种恶行感到愤愤不平。

这些国家中，土耳其和希腊的观点特别可笑。亚历山大·曼迪斯是雅典卫城博物馆的董事，同时也兼管整个雅典地区的历史学。说起埃尔金大理石雕，他十分低调。过去的两个多世纪中，这一系列著名的石雕一直存放在大英博物馆。但是他绝不是站在大都会博物馆这边的。他在说到埃及与这座世界著名的博物馆——美国大都会博物馆的友好关系时，大声地笑了出来，用一种鄙视背街小巷里偷偷摸摸的古董贩子的语气说道："他们倒确实是有很多好东西。那明显就是他们偷来的好东西。你能看到那些文物上很明显的民族特征——帕罗斯岛大理石的造型风格。你甚至可以用鼻子嗅出一股希腊的味道。大都会博物馆和希腊人的区别在于他们是买方市场的角色，他们或偷走或买走我们从自己国家的土地发掘出的古文物。"曼迪斯说的偷，也就是收购以外的其他途径。"偷或者买，对我们来说结果都是一样的。"土耳其皇家托卡比博物馆的馆长伊尔波·欧塔利也有与曼迪斯相似的情绪，说起与大都会博物馆有关的事情就吹胡子瞪眼睛地咆哮着："那些管理员才是完美的走私犯"。柯林斯·伦弗鲁是一名来自英国的主张文物遣返的积极分子，他耻笑德·芒泰贝洛，说他最多不过只是一个"伪君子"。另外还有一位来自大都会博物馆内部与德·芒泰贝洛馆长持不同政见的管理员，奥斯卡·怀特·穆斯卡雷拉，他把大都会博物馆内希腊与罗马分区的画廊称作供奉"战利品的神庙"，里面摆满了从其他国家偷来抢来的古文物。

不管怎么说，大都会博物馆的收购藏品政策即便是如此让人难以恭维，它对文物的发掘、研究和保护仍然赢得了许多历史学家的钦佩。大都会博物馆一直以来的可疑政策“绝对是真的”。贝西 · 布莱恩是约翰 · 霍普金斯的埃及学专家，她在与扎希 · 哈瓦斯共进晚餐时说道：“但菲利佩 · 德 · 芒泰贝洛所做的一切比这种政策重要得多。就是他，一直在追问‘你们到底能对所谓那些属于你们的文物怎么样呢’？”对贝西来说，土耳其博物馆的命运和未来，与追讨土耳其文物、妥善地保管它们，这两个问题都是同样至关紧要的。美国的博物馆正陷入危机，她认为，大都会博物馆是少数几个具有历史使命感的博物馆之一，它对于达成自己的历史使命孜孜以求。“美国的博物馆已经迷失了方向。菲利佩 · 德 · 芒泰贝洛十分注重学术，”贝西接着说道，“大多数美国博物馆只是大众的娱乐场所之一——显然布鲁克林博物馆就不幸地属于这一类。那里上演的陈列品展目的不是为了推进博物馆藏品的考古研究，而是纯粹为了吸引观众来光顾博物馆。他们居然还办得出星球大战展和机器人展。对于这种博物馆来说，是否吸引 12 岁的青少年才是办展览最重要的一个因素。在博物馆里到处贴的标签上只能写 88 个字。这种博物馆的存在直接导致了美国博物馆界的身份辨识危机，如果他们不能立即悬崖勒马，以后将不再会有能够教育下一代的博物馆。”布莱恩指的主要是布鲁克林博物馆的馆长阿诺德 ·L. 雷曼。雷曼大幅削减解说员的工作，转而举办星球大战展或是拉尔夫 · 劳伦个人藏车展。

贝西相信，大都会博物馆是快餐博物馆潮流中的例外。“仍然留在博物馆任职的馆长们一定会为了自己的历史使命而战。我认识的每一个埃及历史学家都认为菲利佩 · 德 · 芒泰贝洛现在是如履薄冰。他为了扩充自己博物馆内的研究资源而不惜榨干其他人拥有的资源。”

“5000 年的艺术历史尽在此处。”大都会艺术博物馆的网站上自豪的标语写着。这里收藏着 200 万件艺术作品，拥有 19 个风格各异的展馆，100 名馆长以及一共 2000 名员工。从任何角度来说，大都会博物馆都是令人目

路易斯·帕尔马·迪·切斯诺拉，
大都会博物馆首任馆长。

瞪口呆的文化宝库。它涵盖了人类艺术的所有范围，从古典文化、埃及文物到欧洲大师的作品。从地理角度看，藏品包括来自非洲的、亚洲的还有大洋洲的，不论拜占庭式的还是伊斯兰风格的，这里都有。博物馆甚至设立了装备展，展品有战争年代的军火和武器，乐器，另外还收藏有非常丰富的美洲艺术，当代的现代的，一种不少。

大都会博物馆是1870年4月13日落成的。建造这座博物馆的目标是："鼓励和发展对于艺术的研究和艺术的应用，以生产能够用于生活的艺术品，或者发展对其周边产品的认知，最终达到丰富当代历史教育领域内涵的目的。"

纽约大都会博物馆的教育使命感早已渗透进博物馆的根基中，它致力于培育一种文化氛围，即将艺术带入所有纽约人的生活中。关于这项使命的规划在2000年被重议，这次重议让博物馆比以往更专注于文化教育事业，当然在专注于教育的同时也没有忽视多重文化的重要性。纽约大都会博物馆的目的是“保护、学习、展示、鼓励鉴赏以及发扬蕴藏在那些代表了人类最高成就的艺术品中的普世价值，一切都是为了公众而服务，一切艺术品都经过最权威专家的甄别”。坚持“权威专家的甄别”对这家免税机构来说应当不是空口说白话，遑论每年纽约大都会博物馆都会从纽约市政府那里得到大额的拨款，而且可以无偿使用位于中央公园占地两百万平方英尺的艺术馆。

一开始，古董文物是大都会博物馆最关心的东西。事实上，第一件入馆艺术品就是一尊罗马的棺椁，它是博物馆的永久收藏品。无法被抹杀的是，博物馆最初的收藏品都与路易斯·帕尔马·迪·切斯诺拉有关，他是意大利籍的军人，在南北战争时期任参谋长一职。他的祖先和德·芒泰贝洛的祖先一样，也曾为拿破仑效力。切斯诺拉的勘探史与掠夺这个词休戚相关。1865年，他被任命为塞浦路斯总领事，所作所为与其他国家的领事并没有太大的差别，他也抓住了当时的考古漏洞。开始挖掘拉纳卡当地的墓穴后，他找到了一些雕像和小物件，这项挖掘行动立即得到大规模的开展。如果他能拿到当地政府的许可令，他当然会开始挖掘，而如果得不到那些许可令，他也照挖不误。切斯诺拉手下有大约100名挖掘工人，这些工人将切斯诺拉的府邸变成了一座小型博物馆，许多富人与对此感兴趣的人都会来参观。当然，那时候并没有禁止挖掘的相关法案，但君士坦丁堡的土耳其执政者们风闻切斯诺拉的所作所为后，他们下令阻止这些文物被运送到国外，并派遣了一艘武装轻巡舰停泊在切斯诺拉的家门口。

该怎么办？切斯诺拉征询了他的翻译官贝斯比斯的意见，而贝斯比斯给出了一个聪明的、东方式的解决方案。当时，切斯诺拉也同时兼任俄国驻塞浦路斯的代表，而出口禁令上仅仅写着禁止“美国领事”将文物运送出国。贝斯比斯认为，该项禁令并未禁止俄国领事将文物运送出国。“我的西方思想永远不可能想到用这种东方智慧来解决难题。”切斯诺拉回忆说。他立即以俄国领事的名义将360个大箱子运出了海。

当他的一艘船沉没时，有半数的箱子永远地留在了地中海里，但切斯诺拉依旧以6万美金的价格将剩下的文物卖给了约翰·泰勒·约翰逊——铁路局的执行长官，同时也是纽约大都会博物馆第一任理事长（约翰逊是用自己私人的钱购买的这些文物）。切斯诺拉坚称这些文物应当以他的名字命名。“我为我的成就所骄傲，”切斯诺拉写道，“如果可能的话，每一个探险者都会希望自己的名字与自己的发现一同不朽。”

还有更多的故事。在塞浦路斯的11年里，切斯诺拉发掘了16处古文明遗址、15座神庙、65个大型墓葬以及60932个墓穴。他收藏了不少于35573件文物，其中包括2000件雕像、2000件半身像、14000个花瓶，以及将近4000个玻璃艺术品。他宣称自己找到了“库里翁[1]的宝藏”——就在塞浦路斯西海岸，这次发现包括大批16世纪的金、银、铜器。当时的大都会博物馆并没有这么多资金——博物馆东拼西凑地准备了6万美金来购买这些艺术品，最终采用分期付款的形式支付。这1万件艺术品——当中的三分之一必须与土耳其当局共享——最终在1877年运抵博物馆。但与切斯诺拉的大部分发现一样，许多人并不相信切斯诺拉真的找到了“库里翁的宝藏”。考古学家并没有发现切斯诺拉在书中描述的位于一座神殿地下的墓室，切斯诺拉在他的书中描述说那里藏着许多他发现的文物。马克思·奥涅法尔斯－里克特是一名实地考察过切斯诺拉笔记的德国考古学家，他在1893年声称：“我们的挖掘团队证实，那座神殿只存在于切斯诺拉的想象中。”他总结说：“看起来，这名军官或许是弄错了，或许是为了钱财，也可能是因为缺乏考古学资质，才创造出了这么一个‘库里翁神殿’和‘伟大’的地窖。”今天，大都会博物馆将这段小故事简单地总结为“一个无法厘清的秘密”。切斯诺拉最终加入了博物馆的董事会，并在1879年成为了首席主管。之后，他又经历数起关于他的发现的真实性的争论，那些发现已经被证实

[1] 库里翁（Kourion）是塞浦路斯一座古代城市，毁灭于中世纪早期。

是存在的，但文物的来源却无法被证实。

数十年以来，大都会博物馆的馆藏量在遗产、捐赠、交易以及发掘之下不断增加，最终成为了世界上首屈一指的艺术博物馆。除了卢浮宫以外，没有一家博物馆的文物收藏可以及得上大都会博物馆。也只有很少一些博物馆的参观人数可以比得上大都会博物馆。大都会博物馆最初的收益来自于一些富有的捐赠者所捐献的艺术品，这也是让博物馆得以发展壮大的理由。实业家 J.P. 摩根 40% 的收藏品都被保存在了大都会博物馆，其中大部分已经成为了博物馆的永久展览品（不过，这些艺术品的最初来源众说纷纭）。这些艺术品涵盖的范围极广，从 16 世纪雕像群到埃及金属：包括尼姆鲁兹的亚述纳齐尔帕王的雪花石浮雕、塞浦路斯的银盘、拜占庭的象牙、哥特风格的雕刻以及各式各样文艺复兴时期的艺术品。本杰明 · 奥特曼——一位超级市场行业的巨头——留给了大都会博物馆他收藏的大量画作和其他艺术品，同样这么做的还有杰出的艺术品收藏家乔治 · 布鲁曼索。此外，修道院博物馆收藏的一整个分馆的中世纪艺术品在 1920—1930 年间陆续运抵大都会博物馆，这是由慈善家约翰 ·D. 小洛克菲勒一力促成的。知名银行家罗伯特 · 雷曼在 1969 年去世时也为博物馆留下了约 3000 件艺术品。

与卢浮宫或大英博物馆不同的是，大都会博物馆收藏的大多数埃及文物并非是通过掠夺，而是通过博物馆本身的考古团队得到的，这个团队在上世纪 20 年代之前一直与发现文物地的当局共享所有权。法国人加斯顿 · 马斯佩罗曾是埃及文物局的局长，他与大都会博物馆有着非常良好的关系。他给予了大都会博物馆非常有利的文物分享政策，博物馆获得了许多来自开罗南部 50 公里外的皇家公墓以及哈里杰绿洲和卢克索的阿蒙诺菲斯三世的宫殿中的物件。1924 年，当霍华德 · 卡特发现图坦卡门王的墓穴时，当时埃及的文物分享政策被废止了，从埃及获得文物变成了一件异常艰难的事。大都会博物馆开始从卡那封伯爵手中收购文物，他是卡特的资助者，他本人拥有 14000 件文物。基于文物分享政策，来自中东的文物收藏在 20 世纪

30年代有一个明显的增长态势，大部分文物来源于伊拉克和伊朗。时至今日，大都会博物馆依然在资助它的考古探险团和研究团队，即使他们已经无法为博物馆带来更多的文物。

直到2008年1月，大都会博物馆一楼波特默展馆的一个玻璃橱里一直有一个毫不起眼的罐子。罐子高约18英寸，直径约21英寸[1]，关于它的介绍上写着"Terra cotta calyx-krater（用于调酒），希腊，阿提卡，公元前315年"。在介绍的最下方，有一行看上去无伤大雅的小字："租借自意大利共和国。"

没有人能够仅仅通过介绍就知道这是欧弗洛尼奥斯[2]陶瓶——迄今为止所知的希腊陶瓶中的杰作，大都会博物馆在接下来的一场针对失窃文物的诉讼中所失去的最有价值的文物。这是一件珍品，它是我们所知道的由欧弗洛尼奥斯亲自上色的为数不多的艺术品中的一件。在陶瓶的一侧画着裸体的萨耳珀东像，萨耳珀东是宙斯之子，也是特洛伊人的战友。萨耳珀东躺在地上，伤得很重，看上去那正是荷马的《伊利亚特》中的战争情节。他的头发长而蓬松，随着血液从致命伤口处流出，他开始颤抖。两名肋生双翼、头戴战盔的神祇——死神与睡神——正要带走他。赫尔墨斯，宙斯的另一个孩子，手持权杖，立于画作中人物的中心。画作中的人物都用希腊文标出名字，这些名字与创作者欧弗洛尼奥斯以及陶罐制作者尤克西斯的名字写在一起。陶罐的背面则画着一群准备参战的战士。

这个陶罐第一次引起大都会博物馆的关注是在1971年。当时，博物馆馆长托马斯·郝凡接到伊丽莎白·赫克特的一个电话，伊丽莎白是美籍欧洲文物交易商罗伯特·赫克特的妻子。"她说鲍勃[3]刚刚得到一个'惊人的物

[1] 约46厘米高，直径约为53厘米。

[2] 欧弗洛尼奥斯（Euphronios），公元前6世纪前后的古希腊陶工，是带领希腊陶绘艺术从黑绘转向红绘的最重要的人物之一。

[3] 鲍勃是罗伯特的昵称。

件'，而且他准备在几个月内出手。"

赫克特是一名出色的文物商人，他的交易遍及西方半数的知名博物馆，唯一遗憾的是他的生意并不那么合法。"鲍勃是一个习惯于卑躬屈膝的人，他无法或者说根本不愿意让你看到他的眼睛，"赫凡回忆道，"他的笑容像是在抽筋，而且总是说些隐晦难懂的话。无论那时他扮演了一个什么样的角色——学者也好，'业余交易商'也好，骗子也好——他是一个很懂行，很机灵，并且总能得到第一手艺术品资料的人。最重要的是，他手里总是有一些非常非常好的东西。"赫克特本人曾一度被土耳其当局视作不受欢迎的人，原因是他们怀疑赫克特出售走私文物，意大利方面也曾以相同的罪名起诉过赫克特。但不可否认，他在考古学界积累了丰富的人脉，这同样来源于他那双挑选文物的慧眼。

在伊丽莎白 · 赫克特来电的数月后，大都会博物馆希腊罗马分馆的馆长迪特里希 · 冯 · 波特默就已经与罗伯特 · 赫克特签订了买卖协议：购买那个近乎完美的欧弗洛尼奥斯陶瓶。就像谍战剧的情节一样，赫克特关于此次交易的信件是被加了密的。

冯 · 波特默是一个传奇。这名德裔馆长在第二次世界大战开始之前于德国知识分子出逃浪潮中到美国谋生。他曾参与过太平洋战争，因为英勇作战而被授予了青铜星章，并在 1946 年加入了纽约大都会博物馆。自此之后，他成为了博物馆古典学派的柱石。大部分时间里，他以受人尊敬的学者身份出现——因为他对文物有着极大的热情，数十年来都对希腊陶瓶有着独一无二的见解。他本人也是一名收藏家，以私人名义收集陶瓷碎片。但他的收藏行为明显是以另一个时代的标准来定义的。"如果意大利人没办法管好自己的东西，我更倾向于把它们放在纽约而不是其他一些不合适的地方。"他这样说过。"我收集碎片已经有些年头了，因为大多数交易商都不重视它们，而我也从来没有发现过大块的碎片，我的所作所为是他们不会随意把那些碎片丢掉的唯一保证。"在其后的几年里，他经常向国内的博物馆捐赠瓶子与碎片。事实上，冯·波特默向纽约大都会博物馆捐赠了至少价值500万美金的文物，现在，大都会博物馆有两个展馆是以他的名字命名的。

看到那个陶瓶的照片时，冯·波特默立刻说服了自己。这尊陶瓶风格古朴，是欧弗洛尼奥斯风格最好的表现方式。（赫克特称这尊陶瓶是完美的，但事实上，陶瓶是由大量碎片粘起来的。）陶瓶的来源问题从来不是他或者任何人考虑的重点，陶瓶的真实性才是。有理由相信，在这之前没有人知道关于陶瓶的任何来源信息，因为它是新出土的。但“不问不说”的原则让所有人闭嘴。

郝凡和冯·波特默立即飞往苏黎世，那里是赫克特收藏陶瓶的地方，他们在赫克特的修补工弗利兹·布尔基的家中见到了他。赫凡想起1970年联合国教科文组织通过的决议，因而开始追问陶瓶的来源。赫克特再三向他解释说，这尊陶瓶原本在黎巴嫩交易商提格兰·萨拉菲安手中，他的家族一直保有这些碎片。赫凡在回忆录中写道，当时他根本不相信赫克特的话，但还是急于想要将这尊陶瓶保存在自己的博物馆中。“我要这个瓶子，我会得到它的。”他提到，这已经是一种无法克制的欲望了。每个人都卷入了这场交易，要知道，大都会博物馆的每次交易都要有可信的书面材料作为证明。郝凡最终得到了这份材料——一封来自萨拉菲安的信，信中称这尊陶瓶在1920年之前一直保存在他的家族中。这个时间恰好避开了联合国教科文组织限制令以及意大利的法律——意大利当局在1939年颁布禁止非法挖掘的文物出境的法案。郝凡将这封重要的信件发送给许多国家以确认他们是否有异议，并知会他们这尊独特的陶瓶的存在。那些国家毫无异议。当然，即使这尊陶瓶真的是通过非法挖掘与走私得到的，也没有任何国家可以证明。赫凡非常明白这一点。

在获得董事会准许之后，郝凡支付了惊人的100万美元把那只陶瓶买了下来，而那100万美元是廉价出售了一批珍藏的具有价值的古硬币得来的。这也是博物馆用来支付购买藏品的最大的一笔费用了。交易达成后郝凡感到欣喜若狂。“我估计这次的交易是最后一次从意大利带出如此珍贵的宝物了，”他写道，“悄悄在联合国教科文组织颁布的协议的门缝之下成功进行，而这份联合国教科文组织颁布的协议以后将会大幅度地限制以后的古文物贸易活动。”

《纽约时报》的出版人亚瑟·“重拳”·苏兹伯格是大都会博物馆的委托人，他下令制作了一张关于欧弗洛尼奥斯陶瓶的杂志彩页。但是几乎就在同一时间，怀疑陶瓶来历的流言四起。《时代》杂志的艺术评论家约翰·卡纳迪听到风声，说亚瑟·“重拳”·苏兹伯格派了一个叫尼古拉斯·凯奇[1]的新闻记者去调查此事。虽然尼古拉斯·凯奇对艺术一窍不通，可他还是将大都会博物馆的事情公之于众。一系列的头版文章在1972年11月发表收购声明之后也跟着被发表出来。尼古拉斯·凯奇在罗马追踪到了赫克特，发现了他曾经是一名经销商，并且查到了有人说1971年12月那件宝物被从罗马附近给挖了出来。尼古拉斯·凯奇去贝鲁特和被认定为买家的提格兰·萨利费安面谈的时候，爆炸性的消息接踵而至。他们边走边闲聊，萨利费安说他保留着陶罐的残片在帽盒里，他在杂志彩页出来之前根本没见过完整的瓶子是长成什么样的。这直接驳斥了赫克特的关于萨利费安已经保留修复后的陶瓶长达3年之久的官方说辞。除此之外，萨利费安还告诉尼古拉斯·凯奇，赫克特将大部分的赃款收入了自己囊中，这和赫克特跟大都会博物馆所说的话也有极大的出入。“我查到事情的真相了，”交谈过后，尼古拉斯·凯奇打电话回去说道，“但是郝凡不相信这是真的。”

在大都会博物馆内部，有一个反对的声音抗议购买欧弗洛尼奥斯陶瓶。奥斯卡·怀特·穆斯卡雷拉，近东馆的副馆长，承认博物馆犯下了异端罪，他反对大都会博物馆收购欧弗洛尼奥斯陶瓶，还把这件事情到处宣扬。就在《纽约时报》一次又一次地写到这个争议话题时，他接见了《纽约时报》的记者大卫·雪莱和他的上级。“他们完全抛弃了责任心，在购买之前，他们应该调查清楚任何一个可能的来源。”他严厉地指责了大都会博物馆的

[1] 与影星尼古拉斯·凯奇同名，并非同一人物。

“大方”，他说这会使得走私者和盗墓者尝到甜头，并继续疯狂地盗墓。“我们能不能更多地去指责他们，而不是去花钱购买他们偷盗来的东西？”在这篇文章发表之后没有多久，穆斯卡雷拉就被大都会博物馆给开除了。但是他很快就起诉了大都会博物馆的不正当举措，并且赢得了诉讼，大都会博物馆给他了一个低微的职位。穆斯卡雷拉的苦楚可以令人理解，他在大都会博物馆任职期间成了馆中的一根刺。他如今更不好过，有人猜测，这全是因为他讲了真话。

郝凡已经被《纽约时报》上的文章弄得窘迫不堪了，所以他对赫克特施加压力，让他说出更多详细答案，但是令他没有想到的是，这个经销商居然对此漠不关心。随后，意大利政府追查了一件对赫克特很不利的刑事案件，可惜失败了。后来有一批陪审团在纽约被召集起来，负责调查赫克特、郝凡和冯·波特默，但是后来却因为证据不足无法起诉他们。大都会博物馆指挥他们自己人作了一个内部调查，结果自然不出人意料——那个陶瓶并不是走私来的。

实际上，曾经有一个关于欧弗洛尼奥斯陶瓶各个相互矛盾的来源版本的真实之谜。提格兰·萨利费安确实拥有欧弗洛尼奥斯陶瓶的残片，储存在一个帽盒里，并且在20世纪早期将残片传承给他的家人。很显然的是，1971年有一批价值不菲的古文物被从塞尔维托里的一个古墓中非法地挖掘出来。塞尔维托里是罗马城北部的一个小镇，著名的伊特鲁里亚人的大墓地就出自于那里，包括一部分欧弗洛尼奥斯制作的器物。但是从一个奇怪的巧合看来，赫克特似乎已经拥有了同萨利费安一样的那些残片。他的供货人——那些盗墓贼之一，挖出来另外一个精致的欧弗洛尼奥斯器物，并由他卖给了大都会博物馆。所以，几乎是同一时间一共挖出来了两个欧弗洛尼奥斯陶瓶，并且都被交给了罗伯特·赫克特。赫克特因此而做了一个巧妙的转变。赫克特用从萨利费安那里得来的工作文书，为那个更贵更完整的欧弗洛尼奥斯陶瓶编造了一个原本不存在的出处，说这个陶瓶是从塞尔维托里挖出来的，并将这份编造的出处交给了大都会博物馆。与此同时，另外一个更小一点的、也是残破不完整的欧弗洛尼奥斯陶瓶，在 1990 年 6 月份被出售。买家是里昂·列维和谢尔比·怀特夫妻，曼哈顿上流社会的支柱，大都会博物馆最大的古文物捐助者。他们花了 165 万美金。但是，在 20 世纪 70 年代，这些谜团仍旧未被解开。

所以，欧弗洛尼奥斯陶瓶事件被搁置了近 20 年时间，直到瑞士警方在 1995 年突袭了贾科莫·美第奇在日内瓦的仓库。美第奇是一个古文物经销商，他经常与罗伯特·赫克特来往。瑞士警方这次的突袭行动中了头奖：美第奇的仓库堆满了不知道来源的古文物和上百张照片，这也拉开了那些年古文物调查行动的序幕。调查行动最终导致 2001 年对赫克特在罗马的住所的突袭。在赫克特住所的书桌上，发现了一本未公开的赫克特回忆录。回忆录上赫然写着欧弗洛尼奥斯陶瓶的名字。

赫克特的回忆录上写道，欧弗洛尼奥斯陶瓶是在 1971 年从美第奇那个意大利经销商手中买来的，而不是从萨利费安那里买来的。“他当时来到我们的住所，带着一张标着‘欧弗洛尼奥斯陶瓶’字样的陶瓶快照，”赫克特在回忆录里写道，“我完全无法相信我自己的眼睛。我坐上火车去了卢加诺，那个美第奇用保险柜储藏陶罐的地方。那次谈判进行得十分顺利，并没有花费多少时间。”赫克特写到他立刻答应了支付 150 万瑞士法郎（当时折合大约 38 万美金），并支付了大约 4 万美元订金。他带着瓶子直接去了苏黎世，在那里他把瓶子留给了一个修补匠，之后就回罗马参加家庭滑雪旅行去了。这本回忆录被泄露之后，便遭到了记者们的质疑。赫克特说这本回忆录完全是伪造的，并重写了一本完全不同的、揭露更多内幕故事的回忆录。2005 年，抵达纽约的住所后，赫克特继续通过《洛杉矶时报》记者宣扬他的新故事，可那时候已经没有人再相信他。对于两种不同的说法，他说：“我所说的都是真相，而另外一个则是别有用心的人编造出来诋毁我的故事。”美第奇也否认了第一版回忆录里的说法，但是同样的，也没有人相信他的话。

由于有证据表明美第奇拥有过欧弗洛尼奥斯陶瓶，意大利政府声称陶瓶是从罗马北部的一个古墓里被盗走的，并且声明已经准备再次去大都会博物馆讨回陶瓶以及和陶瓶一起被走私到大都会博物馆的古文物。最核心的证据便是赫克特的回忆录——虽然那个时候有效的法律诉讼时间已经过了有一段时间了。另外一个证据是来自玛丽昂·特鲁的一份口供，玛丽昂·特鲁是盖蒂博物馆的馆长，她自己同样被指控犯有非法运输被盗古文物罪。特鲁说冯·波特默给她看过一张被破坏得很严重的古墓航拍图，那里正是欧弗洛尼奥斯陶瓶被盗走的地方。但是冯·波特默完全否认自己曾经做过这样的事情。

经过这些背后捅刀子的事情，馆长们发现他们正暴露在法律的瞄准镜当中。特鲁的证词让人感到震撼，它揭示了馆长们进行文物走私操作的小世界。冯·波特默曾是她的导师，并且在数十年前雇佣她到大都会博物馆工作，而她却背叛了冯·波特默。尽管这样，他还是对她同样的慷慨。“玛丽昂·特鲁对于法律有她自己的诠释方式，而那就是导致她堕落的原因。”冯·波特默对于他以前的门徒这样说道，“我为她规避了风险。”意大利方面找到了两个自称是来自大古墓所在地的人，他们称在1971年帮人把陶罐从古墓中搬运出来，并且他们还拥有美第奇和赫克特用来炫耀的在大都会博物馆陶瓶旁边摆姿势的照片。美第奇否认曾经卖过那个欧弗洛尼奥斯陶瓶。他说他经常在各个精美的藏品旁边摆姿势照相，而不只是在他自己售卖的藏品旁边照，并且展示了很多他站在20世纪早期得来的藏品旁的照片。

但是，像现在这样的情况，吕底亚的宝藏被大都会博物馆雪藏，想要动摇那层阻碍是不容易的——除非他们被强迫解除这种阻碍。那些文化机构似乎并没有因为博物馆与土耳其之间的事情而作出多大改变。大都会博物馆表示不愿意公开它的藏品记录或者是作任何妥协，除非迫不得已。而意大利方面不仅仅要求归还那件欧弗洛尼奥斯陶瓶，还包括其他20件器物，其中包括一套15件的希腊风格银器。意大利媒体透露了一系列关于美第奇获得的藏品的故事。大都会博物馆也因此遭受到了强大的舆论压力。最终，大都会博物馆同意公开欧弗洛尼奥斯陶瓶来源的讨论结果。

“我确实曾购买过很多走私古文物。” 2006 年底托马斯·郝凡在一次电话采访中这样说道。“那个欧弗洛尼奥斯陶瓶只是许多藏品的其中之一。我有一盒名片，里面都是最有能力的走私者，他们负责把东西运进瑞士。我知道他们所有人的信息。我曾跟他们谈过话，和他们共进晚餐，在伦敦接见他们。他们一直在给我传输信息：‘我们这还有很多很多的古文物，你想要吗？’对于如何把东西带出意大利，我最常用的方法就是，带上几个孩子，把他们放在旅行车上，然后在 8 月份最热的一天里，在车后面放上床垫，并把东西藏在床垫下面。在就要到达海关的时候，我就去给几个孩子买冰淇淋。你可以想象，那些身着白色制服的海关官员，由于怕孩子们弄脏他们的衣服，很快就让我们通行了。我的一个朋友一直以来都用这个方法将一些从意大利弄到的小件文物带出去。”

郝凡在 1977 年被大都会博物馆董事会解雇。随着馆长被董事会解雇，这位拥有聪明才智但是任期十分动荡的大都会博物馆前任馆长改变了自己的看法。现在他确信大都会博物馆收购古文物的行为是卑鄙、肮脏的，这种丑陋的行径只能给考古学抹黑，并且助长那些掠夺古文物的盗墓贼的嚣张气焰。郝凡被大都会博物馆董事会解雇了之后，去了《鉴赏家》杂志当编辑。后来，他通过《鉴赏家》杂志以独家新闻的方式公布了奥兹根·阿卡尔和梅里克·凯兰发掘的丑闻。他们在报道中披露了美国博物馆掠夺艺术品、抹黑古董交易者的事迹，并揭露盖蒂博物馆馆长吉里·弗雷尔毫无原则地收购藏品。赫凡后来成为了电视新闻杂志“20/20”的通讯记者，并且因为意大利方面发起了一项激烈的追讨古文物的运动而与之协作。出于情感的转化和人们往往无法承受舆论压力的天性，郝凡开始对于他过去的行为进行公开抨击，并且将它引申到那些表面打着保护文物的借口而目的是为了自己获得文物藏品的行为。

郝凡 1959 年进入大都会博物馆工作，在他当博物馆馆长期间开始从事走私文物藏品的勾当。“在短短两年时间里，每年都能聚集到价值 85 万美元的文物。我组织着一批专门从各个国家走私文物的队伍。走私的文物藏品大多都是中世纪的物件，并且大多数都运往了瑞士。”他回忆起一个他最喜欢的物件：那是一个 12 世纪的罗马式的门径，用石头做成并有带精美雕刻，是在法国境内一个俄罗斯贵族曾住过的别墅外面发现的。那个别墅当时正准备要拆除。“你是怎么将一个重达两吨的门径弄出法国的？”他被这样问到。他用了一个错综复杂的方式：他与法国当局争论，并声称那个门径从学术上来讲应该属于意大利，当时尼斯叫作尼西亚，是萨丁尼亚王国的财产。由于 1860 年法意两国国界发生了变化，门径留在了法国，但是从根本上讲，这种变化并不能改变文物的来源。“我这些说法是以美术研究所的理论为基础的，所以他们也承认了这一点。”如果不是这样的话，他说就会找人去把它通过走私的方式弄出法国。

为什么当时这样的惯例被大家接受了？贪婪，他从本质上回答。“你这么做是因为希望增加你所收藏的那些精美器物的数量，”他说，“如果你身为一个 60 年代的搞收藏的博物馆馆长，你自然知道该去哪儿搞到那些东西。自然也能分辨这个东西是不是来自马里布[1]（50 年代起，马里布曾是多部美国电影的拍摄地，拥有大量仿古场景和道具）。”他说，在美国博物馆人的内心世界里，有一种强烈的感觉就是：古文物来源国的感受根本没有必要去考虑。“如果你看到过五六十年代欧洲博物馆的样子，你就会知道，很明显他们对于自己是否拥有的东西完全漠不关心。”他继续说道：“能把那些珍贵的古文物从那群蠢货手中给带出来真是一件值得自豪的事情。他们没有一个有组织的博物馆学机构，他们都是没计划性的。有一半的藏品都被弃置在仓库里，如果你指望从藏品上发现什么学术价值，那得要花费 7 个星期。另外，我们是在保存这些古文物，并且将它们展览给更为广泛且庞大的观众群体。同时，我们是将这些东西公开展示的。我们认为这么做只是为了增加藏品数量，提升我们对于文物保护的意识，并且使自己得到发展、促进，以保护地球文明。”

---

[1] 位于美国洛杉矶。

托马斯·赫凡

在某个时刻，形势发生了转变。1967年，当郝凡成为大都会博物馆主管的时候，这种变化即将产生的火药味便弥漫在空中。他第一次作为主管去参加一个会议。听到关于从土耳其购买吕底亚人宝藏的事情之后，他便感到强烈的不安。“我当时就在想，‘完了，这件事会给我们带来许许多多的麻烦’，”他回忆道，“而确实如我所料，它的确给我们造成了不少的困扰。”

在思潮迅速发展的今天，文物归还变为世界上所有博物馆讨论最多的话题。对于把古文物放在大都会博物馆能吸引比在土耳其或其他博物馆更多的观众这种说法，赫凡并不买账，就算这是事实。“不要被菲利佩·德·芒泰贝洛所编造的美丽故事所蒙蔽了。”他警告说：“我曾经听过他的演讲，大部分的东西都是外表美丽，华而不实。”

郝凡很快就驳回了那曾经是他职业生涯中的非常使命一说。“这个老旧的建立19世纪‘百科全书式的博物馆’的说法其实是有意识的误导，”他说，“这基本上都是没有意义的废话，事实是不可改变的，这只是西方化的一个阶段而已。”在他看来，修辞无非是为了要达到博物馆的目的。“在我当博物馆主管的时候，我一个月会作18场演讲。我通常的演讲主题都是关于‘如何完成百科全书式的博物馆’。这只是一些政治演出而已，其目的是在于让人们不要把丹德拉神庙给搬到布朗克斯[1]去。”或者是用来掩盖大批量收购走私古文物的真实目的。对于郝凡来说，博物馆需要收集古文物藏品，但是不应该去掠夺对于其他古文明有重要意义的器物。“为了得到最好的东西的行为已经超越了博物馆学的道德范围。”他说：“从别的国家获取那些跟你一点关系也没有的古文物，大大超越了道德的界限。你确实可以通过这样的方式获得很有代表性的东西，但是你得不到顶级的。”

他同样排斥博物馆应该放宽限制，让公众去欣赏那些古代人民鬼斧神工的遗迹的说法。他认为去观赏古文物的数量和艺术的意义没有半点关系。他说：“所有大都会博物馆里的画作，上至17世纪，与当前的环境毫不相关。它们都是宗教艺术。”恐怕只有很少一部分去参观过大都会博物馆的人可能会同意他的看法，但是他仍然坚持一个观点，那就是：分享艺术只会令它失去价值。“艺术一直是给专家欣赏的。广大人民群众去参观它们，并不会令它们更为有价值。就算所有人都去看它们又怎么样呢，那只不过是一时的热潮而已。”

郝凡由此推断出一个结论：“整个世界都发生了变化，再也不会有为了收集古文物藏品而不择手段的事情发生。这样的事情将会完全停止，那样很好，正是人们所热切盼望的。这同样也能制止盗墓和走私活动的发展。”

2005年11月，菲利佩·德·芒泰贝洛患了带状疱疹，承受着很大的压力。与意大利的矛盾冲突已经威胁到大都会博物馆的建设工程项目——古希腊和古罗马美术馆。但是，如果他让出意大利方面追寻的古文物，这样的做

[1] 纽约市的5个行政区之一。

法会不会把一些最重要的古文物捐赠人的身份给暴露出来？那些捐赠人也是从同样的来源处购买古文物藏品以售卖。如果这些人的身份被暴露，会不会带来不必要的审查进而给大都会博物馆造成严重的后果？这会不会造成一个危险的先例？为了寻求解决这件事的方法，他乘坐飞机前往位于罗马的意大利文化部总部进行拜访。他推测，意大利文化部方面有文档表明他应该以拥有大量的收藏品而被怀疑，并且希望能侥幸避免作出一些妥协，比如说长期贷款或者改变官方所有权。在持续了6个小时的紧张会议中，馆长、警察和文化部长都向德·芒泰贝洛展示了他们搜集到的关于掠夺古代文物的证据。其中包括一些大都会博物馆永久珍藏的文物，还有一些由可信的董事会成员捐助的文物。有一位名叫马尔科姆·贝尔三世的考古学家拿出证据证明，有15件希腊风格的银质餐具是从西西里岛的默干提纳获得的，那里正好是他为美国弗吉尼亚大学发掘调查的地方。但是对于大多数的对质，德·芒泰贝洛并不服气。对他而言，意大利方面对于他行迹的证明是不可信的，而且那些证据也不能充分证明文物是被走私出意大利的。没有人拥有欧弗洛尼奥斯陶瓶刚被挖出古墓时带着泥土的照片。谈判一度陷入僵局。

但是意大利人并不准备放弃，并且最终他们摊牌了：如果大都会博物馆仍然拒绝放弃这些古文物藏品，那么博物馆方面就要准备面对刑事诉讼，从年迈的迪特里希·冯·波特默开始。所有迹象都表明，意大利方面并不是仅仅在吓唬他们而已，意大利政府已经赤手空拳地与洛杉矶的J.保罗·盖蒂博物馆进行了谈判。但是盖蒂博物馆方面同样表示不服气。作为回应，意大利方面开始对盖蒂博物馆的前馆长玛丽昂·特鲁进行刑事诉讼。意大利方面告知德·芒泰贝洛，说他们已经拥有了充分的证据，并且会在法庭上获取诉讼的胜利。就算他们没有获胜，也明显地暗示了一件事：受人尊敬的冯·波特默会遭殃。面对着这样的前景，德·芒泰贝洛变得“宽厚怜悯”起来。一份初步的协议达成了。并且，在2006年2月份，意大利政府宣布了一份与大都会博物馆之间达成的协议，协议上表明大都会博物馆将会归还21件古文物宝藏，包括欧弗洛尼奥斯陶瓶和银质餐具在内，以此作为从意大利方面租借文物的交换。欧弗洛尼奥斯陶瓶将以租借的方式留在纽约两年，直至2008年1月份被还给意大利。从他之前的怀疑来看，德·芒泰贝洛找到了一句话来证明这个决定：“如果你积累了足够的证据，那么你获得的就不仅仅是一个合理的怀疑。”他向媒体这样说道。

但事实上，他似乎并不信服，并且承担起保卫大都会博物馆收购政策的责任。德·芒泰贝洛认为有必要购买重要的古文物藏品，就算它们是被掠夺而来的。就在这则协议签订后不久，他演讲的内容便不止局限于保护博物馆对于古文物藏品的购买任务，而且直指意大利。“整个意大利对于美国的起诉案件的过程都是低劣的。”他在纽约一个新学院座无虚席的礼堂里这样说道。意大利方面以“完全通过媒体”的形式提出了他们的要求，他解释道，而大都会博物馆只有经过反复的请求之后，文化部门的官员才会去接见博物馆方面的人员。卡洛斯·皮孔——古希腊与古罗马馆的馆长，同样不再抱有幻想了。“就算意大利方面根本没有确凿的证据表明文物来自默干提纳，至多能证明源于意大利南部（他们还是通过媒体不断施压）。”他对此提出抗议，并且指向那些银器：“马尔科姆·贝尔说他开车经过的时候看到有人在挖掘他们的古文明遗迹，但是为什么他没有上去保护他们自己的古文明遗迹呢？”

把保护和解释抛开不谈，问题的主旨在于：博物馆对于当前这些盗墓和掠夺古文物的罪责有多少？菲利佩·德·芒泰贝洛说想方设法去获得被掠夺的文艺品和掠夺文艺品没有必然联系。在艺术形成之前，抢夺战利品的行为就已经存在了，并且一直在持续发展着，不论博物馆方面是否停止收购不知道来源的古文物藏品。但是1972年购买欧弗洛尼奥斯陶瓶的事件直接影响了意大利境内的古文物掠夺及盗墓活动。《美第奇家族的阴谋》一书的作者皮特·沃特森和塞西莉亚·托德斯奇尼注意到，在大都会博物馆为欧弗洛尼奥斯陶瓶支付了一笔巨大的款项之后，一个更为激进和复杂的非法挖掘系统开始运作起来。“我们被告知那些意大利的盗墓贼一听到大都会博物馆对于欧弗洛尼奥斯陶瓶报价之后就像疯了一样，加倍努力地寻找任何他们能找到的战利品——以防再有生意上门时，手里没有货。”他们也观察到几个其他欧弗洛尼奥斯陶瓶在大都会博物馆那年的收购行动之后渐渐浮出水面。市场的反应就是市场通常所做的。

2005年，当被问到欧弗洛尼奥斯陶瓶时，奥斯卡·怀特·穆斯卡雷拉完全不怀疑博物馆和他们的捐赠者与收藏家们——包括艺术评论家以及富有的个人们——对于世界历史共同造成了严重的影响。“我看到的是一个病态的圈子，”他用一种听起来很哀怨的声音说，就像通常那样，在他的话里包含着真理。“你听听他们所说的话：‘我必须拥有他们，对于文物的渴望。’收集古文物就是要掠夺。他们的这些观点正好证明了他们的毁灭是必然的。他们利用手中的权力去将那些古文物收入囊中。带他们的客人们去观赏，并向他们炫耀：‘快看啊，看看我拥有的都是些多么珍贵的藏品！’他们都是些拥有权力但是堕落的富人。是他们鼓舞了盗墓的发展，是他们批准那些走私货物入关，他们就是那些走私文物的收货者。如果不是因为他们，掠夺文物的事情便不会发生。”

2007年4月16日那天，曼哈顿突然刮起了一阵强烈的东北风，夹杂着强烈的冷气团穿过大都市中心，洪水淹没了地下室，淹没了地铁，还导致了数百趟航班取消，整个曼哈顿简直变得一团糟。纽约人弯着腰走进大雨里，像平常一样继续往前走着。

在大都会博物馆里，一切都显得很平静。服务员们穿着整洁的白衬衫和黑色的背心，用冷冻的葡萄柚汁和羊角面包招待着来参加新的古希腊和古罗马美术馆盛大开幕的人们。新的美术馆以已故的里昂·列维和他妻子的名字命名。谢尔比·怀特出席了开幕式并作为剪彩嘉宾。他们的名字出现在每一处地方，名字被刻在了石头上。

事实上这个画廊有着惊人之处，它花了15年时间去计划，耗费5年时间与2.2亿美金去建造。大都会博物馆中将近半数的古希腊、古罗马、伊特鲁里亚和西西里博物馆里的藏品被运出来以支持这个画廊。这些藏品中有些是在20世纪早期被挖掘出来的（一部分更是早在1870年便被发掘出来），并被放出来展示。约5300件藏品被准备用来安装好以供公众欣赏。

最令人兴奋的是一个两层高的中心庭院，那是一个古典的罗马式中庭别墅的广场。四周围镶嵌着柱子，并且中间高耸的玻璃屋顶下方有一个黑色的循环喷泉。这间屋子以前是作为大都会博物馆的餐馆和自助餐厅用的，在修复了以后完全改变成为了一个天花板高耸着的庭院。那些彩色大理石柱子与中庭里万神殿的地板相互呼应；同时，黑白色的马赛克镶嵌在庭院的边缘，制造出一种希腊罗马式的设计风格。

这个画廊已经成为了一座雕像的花园，充满了大都会博物馆内的珍奇藏品，例如一个公元前27年的真人大小的罗马贵族小男孩青铜像，和一尊来自同一时期的酒神狄俄尼索斯的大理石雕像。那里还有两尊超大号的大力神雕像，他们面对着面，其中一尊大力神雕像左手臂上搭着一张狮子皮，另外一尊大力神雕像是一个年龄很大、长着大胡子的战士，一张狮子的皮盖在他的肩膀上。画廊里还有许多精美棺椁，例如1863年在土耳其南部塔苏斯发现的大理石做的花环棺椁。考虑到这些艺术品的自重可能会超过展厅地板所能承受的重量，工程师安装了一个新的钢骨架在地板下面。这些雕像和残片已经被仔细清理并且装饰过了，所以效果看上去既优雅又让人振奋。在这个展厅中错落有致地摆放着各种强壮健美的裸体雕像和栩栩如生的半身像，每一个雕塑都沐浴在自然光下，仿佛真实地在呼吸一般。

画廊外的另外一个房间内，人们看到一个又一个奇妙的艺术品。但是，关于掠夺的争议、文物的来源和遣返的问题也徘徊在这些全世界最精美的器物之中。其中一个就是来自土耳其萨第斯的阿耳忒弥斯神庙里的爱奥尼亚式的柱子。它原本有58尺[1]高，如今虽然只剩下一半却依旧十分巨大。

这座石柱是美国人在1922年希腊人与土耳其人在伊兹密尔港口发生战争时掠夺而来的。当然，无论是文物介绍里还是博物馆网站上都没有提及

[1] 约18米。

这件文物的来源。这座雕像，汇同另外上百件文物都在那次因美国萨第斯挖掘联合会挑起的战争中被盗走，之后便被运往了大都会博物馆。战争结束后，土耳其人发出了抗议，这也成为了一起国际外交事件被记录在美国国务院的档案中。在多次协商后，土耳其人放弃了对于这座石柱的所有权，以此来交换从萨第斯被盗走的另外53件文物。

希腊与罗马展厅也同样美丽绝伦，那里保存着精致的玻璃艺术品、铜盔、以及各种战争用具。此外还有些小而精致的物件——一些制作于公元前200年的金耳环和一对雕有鱼人的沉重金臂环。还有来自维苏威火山边上的一座庄园中的一些美丽壁画，它们在火山灰中幸存了下来，最近刚刚被清理干净，以作为展厅开幕的展品。这些东西究竟是怎么跑到这儿来的？没人知道。另外，在铺着马赛克地板的休息室里，也有一些精致的骨雕和玻璃镶嵌物被铺在蓝色垫子上展示。这让人有种恍如帝王的错觉。

这一切美丽得令人瞠目结舌，但并不仅止于此。漫步在新展馆中，你会不断发现各种各样的文物。在任一间展厅里你都有可能看见一尊雕像、一件家具、几块马赛克地砖、几件首饰以及一些显眼的瓶子。这种百科全书式的展览方式不同于数十年前在卢浮宫——当时，人们把所有的展品分别存放在9间房间里——这种改变无疑是十分受欢迎的。展品当中的大部分都来自于博物馆工作人员的发现。“在大会堂地下有一间储存铜像的房间，那里堆着一箱一箱的铜制品。”杰弗里·戴利说道。他是博物馆的高级设计顾问，负责重新设计各个展厅的布局。“那些铜制品是被收纳在箱子里不对外展出的。”

在楼上那间满是珠宝和手工艺品玻璃展柜的房间——它曾经是馆长的办公室——边上，博物馆安放了一些显示器，方便游客检索文物的名字、发现时间以及用途。

希腊罗马艺术品的管理者卡洛斯·皮孔正走过那些展厅，向出版社的工作人员以及游客问好。他说最近自己正负责检视展出文物的来源问题。“我们的管理正变得越来越透明，甚至于那些希望保持神秘的工作人员也如此。”他说。皮孔是一名衣冠楚楚的黑发男子，出生于波多黎各的圣胡安，毕业于牛津大学。皮孔为人热情，可以看得出他对这次的开幕典礼很高兴。即便是文物来源的问题也没有让他保持沉默。“我们一直在鼓励文物捐献者提供更多的文物信息。我本人不会隐藏任何问题。基本上，我们希望能比以往提供更多的文物信息，甚至是一件文物 5 年内的信息，包括交易者的姓名等。”他又说道，“在这里，每一件租借文物都由我检视，我很认真的。”

在开幕会的宣传资料上，有着比大都会博物馆的其他展览或是展牌上还要多的文物信息，虽然上面没有标出提供者的名字。比如，宣传资料上提到那两座巨大的大力神像来自于罗马的朱斯蒂尼亚尼的收藏，“首次展出是在 1631 年”，而花环棺椁则是“博物馆 1870 年得到的收藏”。还有一个石棺来自于蒲福公爵的收藏。但另外许多的文物都没有标明来源——值得在意的是来自维苏威火山的壁画，材料上写着：“一部分于 1903 年至 1905 年当地铁路修建工程中被偶然发现。”但其他新近得到的文物大都没有任何信息，其中包括一副罗马石棺和骨灰瓮。

新的文物资料册在展厅开幕时启用，这反映了博物馆有关文物来源的新政策。几乎每一件文物都有图片说明——一部分展出文物和一小部分未展出文物，这些文物都是收藏自 1970 年之前的，也就是联合国教科文组织限制来源不明的文物政策出台之前。资料册的后半部分是图片加文字的分类说明，包括古希腊、伊特鲁里亚、希腊和罗马等的艺术品。每一件藏品都用类似“罗杰斯基金，1916”，“弗莱彻基金，1927”，“切斯诺拉收藏，1874”的格式加以说明。我只能在其中找到很少一部分列维 - 怀特捐赠的艺术品，来自前馆长迪特里希 · 冯 · 波特默的艺术品也只有 20 世纪 90 年代的两件而已。当然，其他展出的新藏品的来源信息都被“很小心”地忽略掉了。

这份资料册的内容与 1990 年列维 - 怀特文物展所发行的资料册（1991 年出版）有很大的不同。“过去的荣光：谢尔比 · 怀特与里昂 · 列维收藏展”资料册由冯 · 波特默主编，内里的所有文物都没有来源信息。在一个特别的条目中，冯 · 波特默说他曾试图找寻一个彩色容器的来源，但徒劳无功，那是一个角杯：“它的来源，未知，根据文物的风格很难鉴定出产地。它可能来自于克里特岛，或是齐阿斯岛，也可能是纳克索斯岛。”而那座赫拉克勒斯半身像，也就是土耳其人苦苦追寻最终将其与它的下半身合归一处的雕像也被记录在资料册上，但上面并没有提到这座雕像的下半部分，也没有提到那次合并。考古学家大卫·吉尔以及克里斯托弗·奇彭代尔曾研究过这份资料册，他们认为 1990 年大都会博物馆举办的那次展览中有 84 件文物第一次出现的时间是 1973 年，该年美国考古研究所加入联合国教科文组织的协议，自此所有没有确定来源的文物都被认定为赃物。

关于欧弗洛尼奥斯陶瓶的争论已经告一段落，已没有其余针对大都会博物馆的文物追索要求。但博物馆所展出的文物里至少还有两件是有争议的。意大利认为，谢尔比·怀特的藏品中有 20 件是存疑的，其中两件自 1999 年起就在大都会博物馆了：一件是另一个欧弗洛尼奥斯陶瓶，上面绘有赫拉克勒斯杀死库克诺斯的场景；另一件被认为是欧查利德斯的杰作，所绘的是宙斯与他的侍童伽倪墨得斯。“她不可能告诉我文物的来源了，”皮孔说，“我也不想知道。”透过自己的代理人，怀特拒绝了无数采访请求。在对她的判决文件里可以看到，怀特被控持有 8 件意大利走私贩子贾科莫·美第奇出售的文物，其中包括一个裸体青年的小铜像（1990 年以 120 万美元的价格出售）以及其余总价值超过 500 万美元的 7 个容器。意大利方面希望收回这些文物，即便正当交易下的文物很难透过法律途径拿回。最后，意大利还是夺回了这些文物。2008 年 1 月，意大利文化部官员宣称，经过 18 个月的磋商，怀特放弃了藏品中的 10 件文物——其中两件正在大都会博物馆展出。她这样做是为了得到意大利方面的承诺，保证不会对“过去的荣光”展览中的其余展品提出归还要求。仅仅是因为舆论压力与虚无缥缈的海外指控，怀特放弃了价值上百万美金的文物。她迅速将文物打包寄往派克大街的意大利领事馆。6 个月后，怀特与希腊文化部达成了一项附加协议，她将额外交换两件藏品——一尊从古墓中发掘出的大理石雕像和一个铜樽，两者的历史都可追溯到公元前 4 世纪。

怀特的经历告诉我们，她不会是最后一个被文物来源国盯上的目标。但这场纠纷还存在一个很复杂的问题。在捐赠人将不明来源的文物租借给博物馆时，如果捐赠人伪造一份来源证明，那么博物馆很有可能对此表示默认。那么当这件藏品再一次出现时，展出地将宣称其曾在大都会博物馆展出，它的来源也会因此变得合法。许多人认为这是不道德的行为。而根据1999年发生的3起意大利与美国之间的官司来看，其他大都会博物馆的董事会成员也持有一些走私文物。除了怀特之外，还有一个叫迈克尔·斯坦哈特的对冲基金老板曾向大都会博物馆捐赠价值超过100万美金的希腊艺术品。

在希腊罗马展馆开幕的那天，卡洛斯·皮孔极力维护博物馆关于展出捐献文物的制度。他认为，收回博物馆重要文物的行为将会掏空大博物馆的展厅，让博物馆的文化底蕴一扫而空。“我不认同这种极端的行为，”他说，“这是反人文的。我们所提供的文化资源不比任何大学来的少。我们的历史系比世界上任何大学的都要更棒。那些行为真是不可理喻。他们根本不考虑我们的感受。没人能够改写历史，蒙娜丽莎不可能回到意大利。卢浮宫也绝不会因为一些政客的要求就关门大吉。”

第二天晚上，大都会博物馆举办了三日来的第二次新馆开幕庆祝会。管弦乐队奏出的音符在大厅中盘旋，圆形的问询处变成了一个吧台，大家都很开心。侍者的托着贝里尼酒、香槟和桃子汁，自助餐桌上堆满各种食物：鲑鱼、芦笋、熏肉以及上年份的帕尔马干酪。

这天晚上，谢尔比·怀特不在，菲利佩·德·芒泰贝洛——他还在1月的双膝关节置换手术的恢复期——却并没有选择坐在轮椅上或是用拐杖来此。这个晚上是属于出版社和其他博物馆高层的。和平与合作的氛围萦绕在空中；意大利驻美国大使参加了这次餐会，意大利文化部长弗朗西斯科·鲁特利也来信道贺。

哈罗德·霍尔茨是大都会博物馆的发言人，这个和蔼可亲的发言人说起什么来都是轻快欢乐的语气。新的罗马希腊文物展馆即将建成，在如此值得欢庆的时刻，上周的《纽约人》杂志刊登了一篇关于新展馆的特稿，充满热情地报道了这一新闻。虽然最近正有另一起文物追讨申请案在进行，但是这丝毫不能阻止霍尔茨愉快的心情。这桩申请案是一个意大利小镇提出的，他们希望博物馆归还一辆伊特鲁里亚战车，而这辆战车正是即将落成的新展馆中最重要的希腊文物藏品之一。霍尔茨驳回了这一申请案，思考良久后说："他们只是个小村庄，这辆战车 1903 年的时候就已纳入大都会博物馆的收藏了。"今天早些时候，大英博物馆的馆长尼尔·麦克格雷格收到的一份报告中，希腊方面委婉地表示想要租借埃尔金大理石雕 3 个月，用以摆在希腊的博物馆中展览。细读之后，馆长发现这封租借信简直就是异想天开的勒索信，其中还有无数附加的条件，这些要求就是麦克格雷格曾经拒绝希腊的要求。不过至少对新闻媒体来说，这封可笑的来信还是制造了不少头条新闻。

霍尔茨则认为这件事十分可疑，如果大英博物馆答应将埃尔金大理石雕租借给希腊，那希腊"可能再也不会把它归还给英国了"。

埃尔金伯爵的遗产

大英博物馆

精瘦、生气勃勃，右眼稍稍偏向脸一侧，身上透着苏格兰式的传统气息——这就是他，尼尔 · 麦克格雷格，大英博物馆的超级明星馆长。给自己倒了一杯茶后，他陷入舒服的高背安乐椅中。

尼尔 · 麦克格雷格在61岁的时候，开始一手负责大英博物馆的重建——这座建筑始建于1753年伦敦布鲁姆斯伯里区的一幢大楼上。在其创办之时，大英博物馆开创了世界首家国立公共博物馆的先河。它的宗旨是：收集太阳下的一切；不属于政府，而是属于公众；由理事会运作，而不是由政府运作；一个世界性的博物馆，向所有有开放思想之心的、求知好学的人开放。

但2002年麦克格雷格加入博物馆的时候，博物馆负债700万，原先的馆长被解雇，而且因为经费缺乏关闭了将近1/3的展厅。馆内的员工们进行抗议罢工，在馆外担任纠察，使得博物馆一度关闭。理事会的理事们事不关已高高挂起，而政府对这个混乱的博物馆也没有兴趣投入一分钱。博物馆在绝望之下邀请了麦克格雷格。就如同一位前理事会的会员所说："这是一个没有人想要干的工作"。

麦克格雷格还是接下了这个烫手山芋。在大英博物馆根深蒂固的操作习惯下，在它被最近的打击几乎撕裂的情况下，很多人怀疑他能否成功地渡过这个难关。这是一家在逐渐衰退中的博物馆。在他上任的第一个星期，一尊关闭的展厅中的大理石头像就被盗窃了。

但麦克格雷格有过一段复兴低迷展馆的记录。他出名最主要的原因是1978年接手并复兴处于破旧状态下的美国国家美术馆。当时，经过了数十年的沉寂，这间美国最早的艺术博物馆的展厅破旧寒酸，展厅中的房间还是落后陈旧的19世纪的设计概念——墙面满是泥土，屋顶低矮，灯光昏暗。麦克格雷格渐渐地把这些展厅变得优雅，带着高耸的19世纪30年代的维多利亚风格。他还说服英国政府捐赠更多钱，并吸引了一批杰出的英国社会的杰出人才。许多人曾反对道，英式文化不像法式或者意大利式文化，不是以视觉为主要方向，而是更深层次地基于文学传统的根源之上，浸溶在戏剧、小说和诗歌的氛围之中。麦克格雷格通过自己的努力克服了这些偏见，推动了一股捐赠者给国家美术馆捐钱的潮流。

对于大英博物馆，麦克格雷格同样显示出了他的壮志雄心。他察觉到博物馆现在的名声不佳，像一个守旧的、带着殖民地风格的遗迹，有如一个帝国主义时代的过时品。他立即作出了决定，如果博物馆需要存活，必须把新时代的文化多样性融入其中。一方面是吸收了包括尼日利亚、塞浦路斯、西印度的代表用来扩充和优化理事会，集资恢复各个展厅和壮丽的18世纪国王图书馆，并且与北京和德黑兰这样类似的远方文化互相交换展品，以增加博物馆的文化包容性和新鲜感；另一方面，在馆内整理重组了主楼层的展品，以突出其非凡之处。麦克格雷格的新信条，是使所有对人类社会有贡献和价值的各地不同的、古老的文明都连接起来。对于大英博物馆为启蒙而建的初衷和它承载的理想，曾经有一个争论。比如说罗塞塔石碑，在2004年，被移到了主展厅中位于埃及、希腊和美索不达米亚区域的中央交叉口的一个依靠着墙的阴暗角落。这个主意就是用馆内的标志性象征（石碑上有古希腊的象形文字）来强调，一个文明是怎么流动到另一个文明之中的。

不像一般的西方博物馆都存活在压力下，麦克格雷格在不用经过授权的情况下，就已经做了上面这些事情，这也解释了为什么别的博物馆在处理收集品时做法一贯都很模糊。他觉得这么做的理由是保护大英博物馆的卓越性和来自世界各地的文化多样性。所谓一个文化多样性的时代就需要一种新的哲学。这是一种新式的天才解释，他假设道：大英博物馆展现了一种西方式的谦逊。这是一个只要年满14岁，不出伦敦人们就可以探访中国和塔希提岛的地方。在这里，也能让年轻人懂得，西方文化不是世界上唯一的文化，也不是最好的文化，更得归功于先世的一些文化。

这样，麦克格雷格不仅为大英博物馆寻找到了新的使命，也恢复了其领导意义，他在英国的艺术界迅速蹿红。2008年，英国政府发了一封给麦克格雷格的外交信，任命他为世界收藏协会的主席，并授权他为全英世界文化外交大使。在大都会博物馆，经常听到人们把他比作是馆长菲利佩·德·芒泰贝洛一个成功的追随者。甚至连伦敦平常比较稳重的《星期日泰晤士报》都对他滔滔不绝："他是我们所拥有的完美无瑕的艺术领导者和政策上的专家，这可绝不是开玩笑。"麦克格雷格允许一组BBC的摄影人员跟拍了一部他在大英博物馆的十集电视短片，被《泰晤士报》形容为"一曲广大深远的赞颂麦克格雷格的布鲁姆斯伯里大厦的赞美诗"。《卫报》在回顾了这一系列的片子后，同样称其为"对文化历史充满高尚的激情，并且最具有策略、最机智的博物馆馆长"。麦克格雷格也十分地谦虚，国家美术馆的前理事大卫·朗道评论道："这是一个在这个国家、在他自己的人生中、在艺术的道路上达到巅峰的人，然而他在名人录上面的记录才只有两英寸。关于伟大的人物总是记录得很少。"

在埃及馆后面一间蜿蜒伸展边房处他的宽敞的办公室里，麦克格雷格馆长带着笑容在一天的结束时接待了我。在他的前方悬挂着一个由加纳现代艺术家制作的巨大的、波浪形的壁画，用金属箔和酒瓶盖编织而成。作为大英博物馆馆长办公室的装饰，这实在是一个不寻常的选择，它会自觉地唤起他的新时代性的、各种文化冲击和融合的精神。他解释说："这是一个两种文化间的特定联系的记载，我们把它挂在这边，就是因为我们博物馆对于不同的、新旧的文化融合有着强烈要求。"

除了麦克格雷格对世界文化有着专业的了解之外，他更是一个天生的政治家。他朴素的魅力和特有的柔软苏格兰口音完全打败了僵硬传统的不列颠式学术风格。他广受欢迎的和蔼态度也是对世代相传的僵硬语调的一剂强有力解药。麦克格雷格曾在牛津大学与爱丁堡大学学习，与其说他是一个人类学家或是考古学家，还不如说是一个训练有素的美术史学家。他是大英帝国慈祥善良和绅士风度的代表。

他的魅力和乐于倾听对他大有帮助，但是尽管如此，这仍不能解决未经许可把文物从它们的原产地拿走的这个根本性问题。特别是当这些文物的宗主国真正需要并迫切要求归还这些文物时。拒绝归还两个世纪前从希腊获得的埃尔金大理石雕，就是一个问题。再加上埃及人对借（其实应该是还）罗塞塔石碑的问题也十分焦虑。这两个事件涉及的文物碰巧只是大英博物馆几百万件藏品中比较出名的而已。试想如果这些文物都被归还了，对博物馆的声望将会有怎样的影响呢？会不会影响到成群而来的游客的数量呢？

大英博物馆有 44 根爱奥尼亚式的柱子，45 英尺[1]高，堪称是希腊式典范的不朽作品。事实上，这些柱子是英国建筑师罗伯特·斯默克爵士在 1823 年设计的，在爱奥尼亚古城普里埃内一个雅典娜神庙的基础上参照规划的。1852 年安装的三角门楣上的雕塑，与当时典型的特定时代和特定的建筑学概念，即 19 世纪的英国古希腊印象很相近。上面的雕塑描述着“文明的进化”，刻着 15 个寓言中的人物，统领着过去的历史与文化。从熙熙攘攘的牛津街拾级而上，即可见到坐落在平坦的静谧的石头空地中央，被一圈穗状铁艺大门环绕于其中的巨大广场。在 13.5 英亩[2]的土地上，拥有 94 间存放不同艺术品的展厅。因为 1753 年议会的一个举动，这家博物馆被用来表现对启蒙运动的理想——“推动发现和了解全人类的知识，提升对人类物种的

[1] 约 14 米。

[2] 约 5.5 万平方米。

掌控力”。这一构想得到立法公告。不过，尽管有着先进的构想，早期来馆参观的游客仍然必须提供证明以示他们是否是“被承认的合适的”参观者。只有当他们被认可，才能从守门人手中拿到票，一个小时之内，游客不能多于 10 个人，同时一组不能多于 5 人进行参观。

内科医生和物种收集家汉斯·斯隆爵士，把自己收集的书籍、手稿、自然标本、印刷品、绘画和文物贡献给了国家，这些变成了大英博物馆早期收藏品的奠基石。自那开始，长达两个半世纪多的收集使得它成为了当时世界上最为令人兴奋和惊奇的纵览目标。大英博物馆拥有数不清的古代财宝，未受损的古埃及假发、从亚伯拉罕的出生地（乌尔城）的巨大坟墓中出土的雕刻优美的古希腊里拉琴，还有一整幢的建筑——涅瑞伊德斯纪念碑，它是一座神庙式的陵墓，属于希腊和波斯中间（今土耳其）的公元前 14 世纪的吕西亚文明。陵墓的内部被照亮后，戏剧性呈现的是一个优雅壮丽的希腊神庙，里面雕刻的男女神祇的袍角被海风吹拂着，浪花四溅，使得整个神庙有一种动感，很富有感染力。在这个有足球场那么大的展厅里，陵墓边上还有一块高至天花板的的解说牌，解释说这座建筑是在 1838 年被英国探险家查尔斯·费罗斯发现的，他于第二年就收到了土耳其当局的挖掘许可证。解说牌上记载的还有很多：发掘的战利品打包完，通过江河海洋一直运输到大英博物馆展出时，造成了轰动。但是解说牌上没有详细说明的更多：涅瑞伊德斯纪念碑是怎么被带到这里的？费罗斯在仅仅只能挖掘和绘图的许可之下，怎么能够将如此庞大的一整幢建筑收集和运送出来？解说牌上只说费罗斯给雕像蒙上了石膏外层，但仍不能解释这个建筑为什么被搬离原地。人们只能依靠想象了。

到了新时代里，我们需要更多的信息来解开这些文物的掠夺之谜。与此同时，2006 年起，大英博物馆邀请了乔纳森·威廉姆斯作为国际性事务的专家。当我们从海卫纪念碑漫步经过时，他说：“我穿梭于不同的收藏品之间，来拓展和加强我们的国际性战略工作。”他对查尔斯·费罗斯是如何和为什么把这个建筑运过来的事情也是一无所知。威廉姆斯实际上是个受过

涅瑞伊德斯纪念碑

培训的罗马历史学家，而博物馆现在更需要一个能公开说明被掠夺的文物的使命和保持其原封不动必要性的人。

威廉姆斯继续说道："大英博物馆在做的，就是把通常被认为孤立的人类三大重要文明的令人敬佩的作品联结和靠拢在一起。"他信步走到了陈列在玻璃柜下面的罗塞塔石碑边。石碑上面的希腊字迹非常小，并且从底部到顶部有参差不齐的破损。之前我还从未注意到石碑的颜色会随着石碑顶部附近的灯光变色而变色。威廉姆斯继续娓娓道来："这是一个关于古代东部地中海和中东地区有着紧密联系的故事，对于纠正传统希腊历史也非常重要。"我们在不了解美索不达米亚和埃及的前提下，就无法了解古希腊。罗塞塔石碑作为战利品，承载着当时获得它的一方的痕迹。沿着长方形的石块的边上，是它着色的题字 "英国军队于1801年在埃及的战利品"，另一面写着"国王乔治三世题" 。

威廉姆斯对传统希腊故事的引用提及到了帝国时代形成的服务于满足西方权力的神话学欲望的观念。为了发扬光大这些传说，一些博物馆被建造和聚集起来。现在，威廉姆斯提醒说，大英博物馆正在试图证明这些故事是正确的。"希腊人被想象作是古典的欧洲人，希腊人像我们现在一样——是文明的白人。我们曾经认为希腊人就跟我们很像，埃及人则截然不同。但文明的发展和进步是和埃及以及中东的联系息息相关的。"拿涅瑞伊德斯纪念碑来说，他说，没有希腊人会把自己埋在一个这样的东西里面，一般的希腊人会觉得这是个神庙。

这说得非常中肯和有趣，当然了解查尔斯 · 费罗斯如何在那个时代把涅瑞伊德斯纪念碑——当时还叫作赞西亚纪念碑——运到这里也很有趣。事实上费罗斯是个速写艺术家和考古学家，1838年他进行了去往小亚细亚的大胆航行，在毗邻赞西亚河的地方发现了在希罗多德和普林尼的作品中提及的吕西亚王国的遗迹。航行归来后，费罗斯发表了关于新发现的日志和绘画，激发了对古代艺术另一种新来源的思考。大英博物馆的考古学家们认为，他们需要拥有这些美丽的文物中的一些作为藏品，并安排了去掠取它们的探险队。博物馆通过在君士坦丁堡的英国领事，成功劝说奥斯曼政府同意了这次搬迁。费罗斯自告奋勇地提供了他的专长，但到最后他不得不自己组织和筹措资金来完成这项任务。1839年，他回到了小亚细亚，根据报纸报道，"在完成一番伟大的事业和一个绅士对于发现这些古文物的一番良心挣扎后"，一艘英国轮船上装载了78件"又大又重的包裹"。因为费罗斯的贡献，他被授予了爵士爵位。

大英博物馆的大厅里，充斥着文物，大部分是被这么掠夺来的：从不考虑当地民众，甚至从来不曾与管理当局协调就是19世纪的当时一贯作风，所以在没有被当地民众许可的情况下就带走文物在当时也算是与之相称。在埃及，从罗塞塔石碑开始，到后来的其他文物，许多古藏品都被法国军队充公带走。其后，大规模收藏品中有许多都是被有商业头脑的收藏家们贿赂奥斯曼统治者们拿到许可令后买来的，或者根本连许可令都没有买。只有大约4%的收藏品是被公开展出的。

亨利·沙尔特曾是英国在埃及驻港总领事，在之前的铁腕人物乔瓦尼·贝索尼的帮助下，他的发现是非常具有典型意义的。在进行了几个星期的探寻后，沙尔特在一次知名的偶然挖掘中，在国王谷获得了拉美西斯二世的巨大上身雕像。一些赃物的获取，还有对古迹的非法入侵，也发生在这条路上。霍华德·卡特随后发现了埃及图特王的陵墓，他记载下了那个时期："这些天是挖掘的美好日子，从圣甲虫到方尖碑，只要是喜欢的都带走，这些行为都是适当的。如果说与别的挖掘者有区别的话，那就是等待他们的可是枪。"但是从博物馆的网站上来看，就好像是奥斯曼人特意乞求沙尔特去掠夺他们的国家一样。"之后埃及在穆罕默德·阿里的控制之下，阿里决定欢迎外国人进入这个国家。这造成的结果是，外国的领事们开始建立古物的收藏。"网站上如是说，而且特意有选择地强调："英国领事亨利·沙尔特和他的代理人贝索尼一起创造了大量的收藏，贝索尼以高超的技巧搬迁拉美西斯二世巨大的上身雕像，他通常被称为'年轻的门农'。1817年，雕塑赠送给了大英博物馆。"沙尔特是一个外交官，但他的文物买卖非常兴旺，开启了之后欧洲人为他们自己在古埃及攫取文物和荣誉的几十年。他把自己的战利品以低微的2000英镑，而不是他原本希望的8000英镑，卖给了大英博物馆。1827年他患了肠部传染病，在穷困中死去。他其余的藏品以贵得多的价格被拍卖了。博物馆可以说是欠民众一大笔公正的金额。

E.A. 沃利斯·布吉是博物馆的埃及和亚述地区的古物保管者，由于丰富了大英博物馆的藏品而在英国受到了欢迎。他同时是非凡的掠夺者、有着受贿习惯的官员，在外交行囊中夹带走私并且从顺从的古物贩子那里大量批发文物。布吉还从埃及著名的盗墓家族——拉瑟尔家族手中购买文物。他不管法国籍埃及文物贩子的狂怒反对，偷偷摸摸地输出了 24 个装有埃及文物的箱子，还通过官方军用行李偷带出了著名的 78 英尺[1]长的《亡灵书》——这本稀有的、记录了埃及王室的完整图表。布吉坚称他从堕落的文物管理官方手中挽救了这本草纸书。布莱恩·法甘在他 1975 年的书《蹂躏尼罗河》中写道，“布吉是非法买卖和挖掘的模范，只能说是一种被怀疑的考古策略”，这是当今对那段历史的批判态度。然而大英博物馆的网站上对于布吉的记述却丝毫没有受到这个重新评价的影响：“他充满着旺盛的精力和善于思考的睿智能力，3 倍扩充了博物馆的埃及古物收藏。他出版的大量作品提升了人们对古埃及的热情，对博物馆的理事会有着无私的奉献。”网站上继续轻描淡写地叙述着：“埃及泛滥着买卖各种靠运气和非法挖掘到的文物的商店，在那里只要是为了购买者的利益，在任何地方都可以自由地购买到文物。布吉用他的热情创造了机会。”这是博物馆对于布吉掠取行为不名誉的一面仅有的描述，而在 1887 年 4 月对其活力进行了表彰。随后布吉也被授予了爵士爵位。

大英博物馆从美索不达米亚获得的壮观的文物，是从今日伊朗、昔日称作奥斯曼的政府诏书中收益的。A.H. 莱亚德一是为了英国子爵爵位，二是为了博物馆，开始在尼姆罗德和尼尼微挖掘。正巧在法国领事摩苏尔将相似的手工艺品带回卢浮宫的时候，他在亚述沙尔马纳塞尔二世的宫殿里发现了一个可怕的有翼人头公牛像——这个雕像和耶户王的黑色方尖碑都是公元前 19 世纪的亚述王们的物品。这些东西是否应该被带回欧洲，根本不成问题。“博物馆的经理人成堆地涌入底格里斯河和幼发拉底河流域，兴高采烈、耀武扬威地把亚述王国的战利品成吨地运回在伦敦的历史基地”。1957 年的收集史著作如是说。布吉在莱亚德之后，习惯于在当地居民处初购买大

[1] 约 24 米。

量的楔形文字泥板，并且在行李中随行带回博物馆。他因此获得了 2 万件文物的碎片。

同时，对马克·奥雷尔·斯坦因收集的 7 世纪到 10 世纪之间的亚洲壁画和印刷品，拨款也与之而来。斯坦因是带有匈牙利血统的英国服务者，他在 20 世纪初期深入地探访了亚洲中部，在丝绸之路上寻找古物。他最伟大的发现，就是中国甘肃省敦煌附近的莫高窟（被人们称为千佛之洞）。在那里，他找到了《金刚经》，为世界最早的雕版印刷品之一。通过渐渐获得看守洞窑的王道士的信任，他慢慢地把《金刚经》和其他超过 4 万卷的经书一起运了出来。《金刚经》的一些手稿现在存放在大英图书馆内。

大英博物馆中最有问题的收藏品当属贝宁青铜器。1897 年，英国军队入侵贝宁，征服了这个西非小王国，也就是今天的尼日利亚。为了报复 8 个英国代表在血腥的战役中被杀害，英国军队废黜了国王，洗劫了整个贝宁。在烧毁宫殿之前，英国人掠取了超过 3000 件古代工艺品。这些用黄铜、青铜和象牙做成的工艺品被卖到了伦敦和各地，还有很多通过查尔斯·里德来到了大英博物馆。于是，这些东西留在非洲的很少，大部分都在欧洲。博物馆网站上写着如下叙述："在 19 世纪的最后 3 年里，在今日的埃塞俄比亚、加纳和尼日利亚，随着至高无上的探险，令人惊叹的非洲收藏品被带到了馆内。尤其是在 1897 年征服贝宁之后，1000 多块黄铜装饰板被分散在了大英博物馆，至今还存留着 200 块。""至高无上的探险"这个委婉的短语给历史造成了重大的伤害。这些 1000 年以上的工艺品，展现了贝宁人艺术和文化生活的成就。这些同时也是圣物，古代的宗教仪式要是缺少了它们就不能完成。尼日利亚不断要求归还他们的文物，但没想到被以尼日利亚无法很好地保护文物在内的各种理由拒绝了。博物馆方面的担忧固然合情合理，但我在博物馆的网站上找不到只言片语提到关于尼日利亚要求归还文物的事情。19 世纪 50 年代，大英博物馆向一些私人收藏家出售了一部分青铜工艺品，更令人震惊的是，尼日利亚被迫要求以 80 万英镑的价格购买 5 个被掠夺的青铜工艺品。2002 年，大英博物馆为了筹措资金又向一些私人收藏家出售了大约 30 多件青铜工艺品。博物馆在过去对暴力历史的隐瞒破坏了其自封的文物监管人的地位。从这个意义上来说，大英博物馆不像它的同辈们。埃塞俄比亚也是长年累月地要求返还在 1868 年被英国军队掠夺去的大量珍贵文物和财宝，遭掠夺的过程听起来差不多：英国派出军队要求埃塞俄比亚国王特沃德罗斯二世释放关押在首都马格达拉的两名公使，遭拒后宣战。城市被摧毁，国王毅然自杀，财宝被掠夺了。现今，包括一个金皇冠、一本圣典和一份泥金写本在内的文物被分散在维多利亚与阿尔伯特博物馆、大英图书馆和数个英国大学内。我们希望扫去掩盖历史真理之书的蛛丝，真相能大白于天下。

纵观当今的文物获取，陪审团虽然不在，但是记录更加清晰了。1998 年，大英博物馆执行了“未获得明确允许的前提下禁止购买文物”的政策要求。这从本质上来说就是博物馆决定退出一切包括非常盛行的打着类似“私人收藏”、“瑞士收藏家”或者是“传家宝”的幌子的文物买卖市场。在此之前，博物馆通过向其他馆，特别是也从事剥削等行为的盖蒂博物馆购买，以扩大其收藏。因为追踪文物的来源或记录它们的出处并不是一件容易的事，公众也就没有数据库可供查阅。在计算机时代，让公众无法透明公正地了解这件事，这看起来像是一个不合情理的过失。当被问及于此时，一个博物馆官员回答，大英博物馆在 1980 年到 2007 年间，获得了估计 11100 件物品，没有一件来自有争议的文物贩子贾科莫 · 美第奇和罗宾 · 西梅斯，大部分藏品都是已知的从欧洲获得的。除了 1998 年的新政策之外，博物馆又采取了在联合国教科文组织的指导方针下的编码标准，禁止 1970 年后获取的没有明确标明出处的艺术品存在。因为大部分的藏品都是 1970 年之前获得的，这等于是合法地免除了这些不知道从多么可疑的渠道而来的藏品的审查义务。

第七任埃尔金伯爵托马斯 · 布鲁斯英俊、有修养，受过良好教育，对他的阶级（上层贵族）、他的君主（乔治三世）、他的党派（保守党派）均具

第七代埃尔金伯爵托马斯·布鲁斯。根据不同的立场和角度，他既是帕特农神庙雕塑的拯救者，也是掠夺者。

有毫不掩饰的责任心。他在5岁的幼年时期就继承了爵士头衔。在军队中数次升职后，他以一个苏格兰贵族的身份被选入上议院。24岁时，他已经在上议院有了一个正式的席位。18世纪90年代，欧洲正在进行着一场政治暴乱和变动，带着意义重大的政治任务，国王把这位年少有为的埃尔金爵士送到维也纳和柏林。然后埃尔金爵士作为出使奥斯曼帝国的大使，前往君士坦丁堡。一条充满喝彩、闪光和冒险的道路摆在了他的人生面前。

但到了32岁的时候，他的运气却开始走下坡路了。1798年，埃尔金爵士仍旧是孤身一人，哮喘使他的身体越来越差，梅毒随着时间的推移慢慢地侵蚀他的鼻子。更糟的是，他遭遇了破产。在这个宿命的时刻，他在君士坦丁堡的角色是代表大英帝国，任务是稳固通往黑海的入口，设法切断奥斯曼帝国和可恶的法国人之间的合作。法国人在他们机智的、自命不凡的拿破仑·波拿巴将军的命令下入侵了埃及，这引起了英国的长期警觉。英国海军上将纳尔逊很快赶来解救，但显而易见的是法国军队在往东方行进。

当然，埃尔金接受了这个角色。这是一个享有声望的职位，但报酬很少。在他接受分配后的第一件事，就是娶了一个21岁的女继承人，而且据说是位美人。在位于布鲁姆霍尔的简陋老宅，他为自己建造了一处庞大的庄园而债台高筑，急需一个女继承人来作为他的妻子。建筑师托马斯·哈里森在布鲁姆霍尔和埃尔金爵士一起钓鱼时，给了他一个决定性的建议。哈里森觉得埃尔金现在的地位是个大使，为他提供了一个向英国民众普及在奥斯曼帝国掌控下的希腊建筑和希腊本身的独特机会。如果埃尔金能带回和原物一样大小的希腊建筑的石膏铸模，将会为英国社会作出极大的贡献，也会因带来最高水平的文明艺术作品被有教养的上流社会所接受。

埃尔金被这个使命感染和鼓舞了。他仿佛看到通过带回希腊艺术的复制品，轻而易举地提升了大英帝国的艺术面貌，能够“对品位的进步有益”和帮助“优化文学和艺术”。他恳请英国政府拨款，以雇佣专业的艺术家们帮助完成这个伟大的工程。但是英国政府不仅不为埃尔金的美好幻想所动，也缺乏艺术方面的专项基金，于是拒绝了他的请求。

但他并没有打消自己的念头。在去君士坦丁堡开始新事业的路上，埃尔金在意大利停了下来，为他的工程雇佣了曾为那不勒斯国王描绘西西里岛文物的意大利画家乔瓦尼·巴蒂斯塔·鲁西埃里。鲁西埃里也不可能在没有帮助的情况下独自完成这项工作，于是他动身去罗马招聘更多的艺术家，但是一个也没找到——拿破仑刚刚征服了意大利，鉴于战争中获胜者应得战利品的传统，他要把半道上所有博物馆中最好的艺术品全部运输去卢浮宫，搬迁中当然需要大量意大利艺术家的帮助。最后，埃尔金雇到了一位俄国艺术家和他的建筑师团队，他们可以为希腊建筑作画。艺术家们直接去了雅典开始工作，而埃尔金夫妻则于1800年的5月份抵达了君士坦丁堡。

埃尔金公爵的工程处于在18和19世纪欧洲大量掠夺古迹和战利品的大环境下。这是一个非凡的、带着能撼动今日情感的态度的时代。那时，只要你看到并且喜欢哪件古物，你就可以带走它。你这么做可能是为了国家的荣誉，也可能是为了能买下庄园的骄傲感。那些未被染指的古物，要么是你没有发现它的价值，要么是缺少帮手无法运走，要么就是害怕与遥远的、未知的权利起冲突（大部分情况下指的是奥斯曼土耳其）。因为当地的敏感性而没拿走，这比较少见。在几个世纪以来，与其说拿走战利品是一种例外，不如说已经成为一种规则，仿佛这是在殖民地获得礼物的特权和帝国赐予的权利。到了19世纪，一个对于战利品有着更加厚颜无耻的新标准的时代拉开了序幕。当拿破仑攻入埃及后，在这片无法想象的富裕土地上开展了大规模的攫取。在考古科学开始慢慢掌控的初期，沐浴在阳光中的美索不达米亚和小亚细亚的整幢整幢的建筑，在半个世界之外的他国首都可以都被重建。特别由于英国和德国的亲希腊主义抬头，古希腊的遗址也经历了相同的礼遇。甚至对罗马比对古希腊更念念不忘的法国，也进来插了一手。早在埃尔金到来之前，被派到君士坦丁堡的法国大使舒瓦瑟尔·古费耶伯爵已把他的代理人送往雅典的帕特农神庙进行绘画和铸模。他对代理人福韦尔下了不留余地的指令："拿一切你能拿的。"他写下指令说："不要放过任何一个能从雅典的领土上获取价值的机会，不管是活的还是死的。"即使土耳其人在帕特农神庙划了界线，即使他们请求了多次，并拒绝别人将建筑上的任何雕塑拿走，福韦尔还是从卫城得到了一条雕带、两根柱间壁，还有独立的诸神之战的场景雕塑。第一条柱间壁被英国人从回航的法国船只上没收，于1806年卖给了埃尔金爵士；另一根柱间壁和雕带历经重重复杂的过程，被带到了卢浮宫，现在在戴安娜大厅陈列着。

埃尔金爵士的伟大工程变得越来越复杂和有争议。它变成了把建筑上的雕塑分离下来并带走的建筑史上的悲剧。它的产生不仅仅是外交伪装的结果，也是大英帝国、奥斯曼帝国以及野心勃勃的科西嘉人拿破仑相互关系的一个反映。

起先，埃尔金雇佣的艺术家们在卫城中作业的时候，并没有比他们的法国对手们更幸运。回到君士坦丁堡之后，埃尔金通过努力勉强成功地得到了在卫城和其他故址作画的许可。然而出乎意料的是，情况改变了。1798年猛攻埃及并远远地把英国甩在身后的拿破仑·波拿巴的境况急转直下。1799年，英国海军上将纳尔逊在埃及的阿布基尔海湾强行登陆，并且明智地切断了法国军队的供给。在尼罗河战役中，英军迅速地消灭法军后，法军节节败退，一直撤退到内陆深处。英军用包围战成功地攻下了一个又一个城市。于是此时掌控着埃及的英国，把管理权还给了奥斯曼帝国。当消息传来，君士坦丁堡开展了大型的庆祝，军舰在港口奏乐、鸣枪、放烟花。埃尔金爵士正是归还权力给奥斯曼帝国的大英子民，在这个欢庆的时刻，他被奉上了不计其数的礼物，包括苏丹时代冠冕上的一颗珠宝，一个钻石镶嵌的装饰物，并由黑人太监随行护送埃尔金夫人造访苏丹王太后。

更重要的是，在卫城上张贴着他们强烈期待的允许作业的许可书。

1801年6月17日，英军把法军包围在了开罗。同年7月6日，埃尔金爵士得到了他十分珍视的许可证，它允许：

1. 可以在城堡内随意出入，绘画和复制古塔的模型。
2. 在任何想要发掘文物的地方都可以搭脚手架和挖洞。
3. 可以任意带走不会妨碍到城堡内的艺术品或墙壁的雕刻和铭文。

正如威廉·圣克莱尔在他决定性的说明《埃尔金伯爵及大理石像》中指出的："许可书并没有从任何方式授权带走城堡上的雕塑或者破坏城堡。"然而，发生了什么？这是一场救援行动吗？因为和土耳其人谈判的初步成功激化了贪心？还是说这是伯爵应得的权利？一个人有权霸占他欣赏的美物？上面全说对了。在这个工程一开始就充满了占有的强烈欲望。

埃尔金的牧师菲利普·亨特教士，把这份许可书带到了雅典的奥斯曼当局，迫使其接受。他请求带走帕特农神庙第七块柱间墙，那是位于南边柱廊角落残存的最完好的柱间墙，并说服土耳其人把这个许可写入许可书。这对于亨特这名沐浴在苏丹王名声之下的外国大使大有裨益。卫城的负责人迪斯达尔对此抗议，但是没有人听他的。于是接下来，西方艺术史上最杰出的艺术成就有超过半数的雕刻都被取走了，以便于根据这些原版尺寸的模型制作出更好的瓷器、花瓶和装饰品供英国市民赏玩。送走第一批的两个柱间墙时，亨特写道："我相信它们会安全地抵达英国以证明它们为提升国家的品位作出的无价贡献。"埃尔金痛快地同意了，并且回复亨特："我们将要制造各种各样典雅或奢华的产品，把这些细节运用于上千种商品中去，例如椅子、脚凳，各种形状和设计的瓷器，檐板的装饰等，没有一样不使人感兴趣。"

必须指出，卫城在当时作为一个遗迹的纪念地是不对游客开放的。几个世纪以来它都是用来当作军事基地，由当地的土耳其官员负责掌管。土耳其人住在顶上的石制房屋内和废墟周围的防御工事内，用屋里和门外的古代碎片还有雕塑作为防御。土耳其士兵们为了得到用于子弹的铅，把外表的雕塑乱拆一气。帕特农神庙内部是一个清真寺，为了保护土耳其人的枪炮，通廊里砌了一半高的砖墙。当时，帕特农神庙已经几乎分崩离析。1645年，平常用来储存火药的通廊在一次雷击中爆炸。1687年，威尼斯人包围了卫城，他们的将军莫罗西尼发射了大炮，这引发了又一次爆炸。这次爆炸对于堆满了火药的帕特农神庙来说是一次重击。神殿的屋顶被炸毁，一整根贯穿神殿的柱子也被毁坏了。莫罗西尼在决定带一些雕塑回家后，对神殿施加了更多破坏。在埃尔金爵士到来之前，这是帕特农神殿最坏的时刻。

不是每一个人都关心着1801年帕特农神庙的阶梯，甚至连土耳其士兵和卫城的居民都漠不关心。许多英国人想让今天的我们相信这是一场救援行动，但不是所有人都相信这一说辞。移除雕塑并不只是移除了装饰品，其实意味着移除这幢建筑本身完整的部分。一块接一块地移走柱间墙让帕特农神庙看起来像是一个牙齿缝隙很大的老太婆。很多人看到这个毁灭性的结果后震惊了，英国旅行家爱德华·多德韦尔在他1819年出版的书中说："帕特农神庙被解体的时候我在场，这使我感到十分的羞辱。对比我首次见到神庙时感叹于其精美绝伦和保存良好，现在它落魄成了一片垮掉的荒凉之地。"虽然迪斯达尔不愿去反对这些强势的欧洲大使们的代理人，但当这些工程开始时，他渐渐变得一筹莫展。另一个英国旅行家爱德华·丹尼尔·克拉克在1801年眼睁睁地看着一面柱间墙被移走时，心痛地叙述："我们看着这块美丽的雕刻在花纹装饰中间被拿下来。工人们努力地把它挪到下坡上的规划好的线条之内，一个毗邻的砖石建筑的一部分被机械松动了，在废墟中，伴随着雷鸣般的轰响，建筑上的平提利坎大理石纷纷落下，扬起了白色的碎片。"迪斯达尔看到这个场面，已经无法控制他的情绪了。但他只是拿掉了嘴中的烟斗，让眼泪静静淌下，痛彻心扉地强调说"终结了"。是的，这就是结局！决不能重演了！

然而这种场景重演了一次又一次，直到帕特农神庙最好的雕刻都被剥光了。埃尔金的人几乎拿走了他们能拿的一切——超过一半的神殿雕塑，包括7面柱间墙，20多片雕带，还有各种装饰着生动雕刻的三角墙。埃尔金的代理人还在希腊的其他地方收集了许多文物并送到了伦敦。1803年，帕特农神庙发生了第二次大分解。雕塑的剥离累积造成神庙的毁灭，不仅是可怜的迪斯达尔，连埃尔金的首席工头鲁西埃里都感到担忧，因为他毕竟是一个画家而非承包商。他写信给埃尔金表示他想继续作画："为了把受您之托义不容辞地犯下的这些野蛮的行径给遗忘，我还想为这里做更多事情，哪怕只是尝试……但当收集工作在紧锣密鼓地进行之时，我还哪有什么时间和精力去作画呢？"后来设计了大英博物馆的英国建筑师罗伯特·斯默克造访雅典，见证了鲁西埃里在帕特农神庙的工作："当我看到雕带从墙上被剥离下来时对神殿造成的伤害，对我触动特别大。"他描述了用铁锹把石头从这座建筑的墙上撬开的情景："每块石头重重地砸在地上所发出的巨响，就如同这座神庙受伤的灵魂在抽搐呻吟。"是在拯救还是在毁坏这些帕特农神庙的大理石雕刻——埃尔金的行为引发的争议一直持续着，因为旁观者也无法去论断所发生的一切。而埃尔金相信在建筑被毁损的时候能把这些雕塑保存下来，这是他努力的结果。威廉·圣克莱尔综合了这些想法，他在一封写给19世纪的旁观者的信中说道："在救援活动进行之时，他对于帕特农神庙的破坏也感到了非常的苦恼。"这是他自己在这场辩论中的感觉。

埃尔金爵士追求理想的故事和自身的冒险精神并没有因为许可书而告一段落。因为偷窃雕塑而被咒骂轻易地对他的人生造成了中断，即使理性的旁观者更愿意把这看作是他一心沉迷的自然后果。把神庙分解后，埃尔金要负责把这些部分运回国，然而装载着17箱大理石工艺品的首航，因为地中海塞西拉岛附近风暴造成的海难而结束了，后来他花了1年的时间待在原地等待救援。与此同时，埃尔金在1805年的一次法国之旅中成为了拿破仑的敌人，并且被拿破仑关进了监狱。接下来埃尔金因为妻子和他最好的朋友罗伯特·弗格森出轨而与她离婚，失去了他迷人的妻子。在法庭上，关于这些出轨的耻辱细节迅速流传开来。另外这也是法国对英国国会的一种报复。拿破仑以埃尔金的公众事业作为代价释放了他，当法国需要他的时候，他必须得回来，这是对于释放他的保证条件。因此英国政府也无法在这种约束下冒风险雇佣他。埃尔金毫无悬念地丢了在上议院的位置。因鼻子腐烂而毁容就好像是他从幸运到持续走厄运的真实写照。

埃尔金近10年对于帕特农神庙的大理石工艺品的深深着迷，最终毁了他。运送这些大理石花了他6万英镑，大部分都是借来的，还这些债对于他来说十分困难。用财产遣散大部分仆人后，他落魄地住到了布鲁姆霍尔的一个角落里。但更多的雕塑仍然得被运往英国。第二组的物品先是在雅典陷入了孤立无援的状态，直到后来到了马耳他，鲁西埃里才成功将它们用船运送出去。到了伦敦后，这些雕塑又缺乏储存的条件，埃尔金只有把他自己的财产变卖，才有资金不断地把它们从一个借来的地方搬到另一个借来的地方。最后，国会在埃尔金一次又一次的请求下心软了，决议把这些雕塑从他那里买过来，但只花了3万英镑，这个价格还不到收集它们的成本的一半。埃尔金拒绝了。在不断谈判但最终没有达成协议的这几个月里，埃尔金的债台筑得更加高了。

> 没鼻子的他带来了没鼻子的雕像
>
> 看看时间和瘟疫干了什么。
>
> ——1810 年左右在伦敦流行的调侃埃尔金的小调

1807 年，在伦敦皮卡迪利广场后面的一间小屋内展出了首航装载回来的雕塑。艺术家和鉴赏家们纷纷赶来朝圣。对很多人来说，这些埃尔金的大理石雕是他们第一次看到的原始希腊艺术。一个杰出的画家写信感谢埃尔金把这些艺术品从“暴行中拯救出来”，但这远远不足以恢复埃尔金的名誉。当许多艺术家们立刻被这些古希腊的艺术品和其中展现的对人类形态的理解深度所影响时，另一些人的观点看起来却在减弱它们的重要性，尤其是很有影响力的批评家理查德·佩恩·奈特爵士觉得这些大理石的价值被估计得太高，而且一开始他认为这些雕刻是罗马的，而不是希腊的。

浪漫诗人拜伦爵士具有道德性的观点使得公众形成一股反对埃尔金的潮流。拜伦是一个独自穿越世界各地去看远古场景的潮流人物，他被那些壮丽的废墟和住在废墟中的贫困的希腊人所深深触动了。他在诗中把这些感觉传递给了英国民众。拜伦成为唤醒希腊的民族主义精神，把帕特农神庙作为这部分感情中一个标志的行动的主要推动者。在他看来，埃尔金爵士是在分解神殿，更甚者，他是虐待希腊人民的一分子。拜伦在一首当面抨击埃尔金的名叫《恰尔德·哈洛尔德游记》的叙事长诗里表达了他对埃尔金的轻蔑：

> 是谁，带走远处高高在上的神庙中的战利品，
>
> 也不愿意从雅典娜古代统治的最后遗址中离开。
>
> 最恶劣，破坏最久，最阴暗的抢夺者是谁？

羞愧啊，苏格兰。你的子民变成了这样。
英格兰！我很高兴他也不再是你的孩子。
生来自由的人应该宽恕曾经自由的东西。
然而他们亵渎了每一个圣地；
并将它们变成了死水，从历史上黯然失色。

稍后，在《弥涅瓦的诅咒》中，他更明确地指出：

当我欠他们一颗感激之心外，
阿拉里克和埃尔金做了剩下的事。
侮辱墙忍受着他憎恶的名字，
来让人们知道掠夺者从何而来。

因为自己的诗晦涩难懂，拜伦又在与第一篇诗一起出版的散文中作了解释。显而易见，跟散文比起来，诗就更偏激一些：没有比渺小的人类带着提升爱国主义和勇敢保卫国家的虚荣心更能显示雅典从原貌变成了现在这个样子的记录。根据接下来的许可书的主旨，两个画家（鲁西埃里和福韦尔）在帕特农神庙展开掠夺特权的竞争，并且相继凯旋，这也使神殿倒塌的可能性进一步增加。雅典经历了苏拉的折磨，腓力的征服，薛西斯的焚烧，[1] 它仍为了古文物收藏家而残存了下来，而埃尔金的代理人却卑鄙地宣称它是自己和埃尔金的目标所在。1812 年，《恰尔德 · 哈洛尔德游记》出版后短短几天就卖完了，流传到了英国的各个角落，甚至变成了那个世纪最知名的诗集之一。拜伦益发变成了希腊的民族英雄。

1821 年，希腊的民族主义成为推翻土耳其占领的武器，一场大规模的

[1] 苏拉的折磨指公元前 87 年罗马执政官苏拉血洗雅典；腓力的征服指亚历山大大帝之父腓力二世于公元前 338 年征服整个希腊；薛西斯的焚烧指波斯统治者、大流士之子薛西斯于公元前 480 年火烧雅典。

掠夺在雅典内外蔓延开来。士兵、旅行者和文物收藏家们纷纷开始猛击和吞噬这个伟大的希腊遗迹。一些人（包括拜伦）把他们的名字记录了下来。几乎没有证据显示，希腊人自己有能力去抗议这些行为。

在埃尔金爵士为了帕特农神庙的大理石着迷后，他并没有从财产、名誉和健康的连连打击中真正恢复过来，尽管他再婚并且生了更多的孩子，还最终重获了上议院的席位。1816 年，英国国会投票决定用总共 3.5 万英镑向困难重重的埃尔金购买这些雕塑，这个价格只比 10 年前多了 5000 英镑。

随着时间的推移，在英国国内以及西方其他国家里出现了埃尔金无罪的说法。诋毁文物的珍贵精美以及否定帕特农神庙的重要意义的人最终被认为是错的。当雕像在 1817 年被展出时，众多的艺术家、狂热爱好者和社会大众都来参观了，并且认定这些是优雅艺术的里程碑。总而言之，它们被看作对西方建筑和艺术新古典主义运动有着深厚的影响的杰作。诗人约翰·济慈被它们深深吸引而可以坐在那里盯着它们几个小时。他的作品《希腊古瓮颂》就直接利用了对帕特农神庙的雕带的感受，而且他对这些希腊杰作的关注在伦敦引发了对上述文物持续几个世纪的正面评价。“文物的美丽是真理，真理是美丽的，”他说，“就是这样，你们终究懂得了，其他人也必须懂得。”

然而一直在致力希腊独立并死于希土争端的拜伦爵士依然坚持自己的观点，认为埃尔金是个罪犯：“我一直这么认为，也不会改变想法。他是用在雅典遗迹里抢来的雕塑来指教英国民众”。当民意已经偏向埃尔金一方之后，他写道：“我为什么要这么做？在皮卡迪利广场展出的遗迹就像它们在帕特农神庙里一样的诗意，但当它们被从帕特农神庙带走后，那里的美就一去不复返了。”

帕特农神庙的雕塑被拿走，这对于希腊人来说，永远是一个耻辱。1833 年，新成立的独立希腊政府立即对满是碎石和被军事占领的卫城进行了修复工作。在 1835 年大英博物馆给了他们石膏复制品之后，这个新政府连忙提出了返还雕塑的正式请求。当然，大英博物馆是不会同意的。之后的 170 多年里，希腊政府不断要求返还大理石雕塑，但没有一次是成功的。

希腊悲剧

你必须明白帕特农神庙大理石浮雕对我们的意义。它们是我们的骄傲，是我们的祭品。它们是我们最崇高的卓越象征。它们是对民主理念的致敬。

——希腊文化部长梅利纳 · 梅尔库丽，1986

清晨，摄氏 45 度，华氏 110 度。蝉鸣不绝，聒噪的鸣啼声划破了天空的寂静，矮松林在雅典卫城的基地四周连绵，环绕着那些神圣的石柱——雅典的中心。作为古老文明的标志和民主的象征，雅典卫城是这个世上独一无二的：它建在 200 英尺 [1] 高的陡峭山岗上，其顶端的天然平台提供了一个 360 度的视野，可清楚地俯览下面的风景，人类历史上最伟大的艺术成就之一——帕特农神庙也都尽收眼底。雅典卫城是戏剧艺术的化身，是自然和人类艺术的完美结合。它的荣耀由人类和自然共同创建，但人类和自然也一起破坏了它。其遗迹永远令人难忘。古希腊在这里达到了艺术和政治的顶峰，而现代希腊则在这里复兴，并通过回顾过去——被外国占领，受奥斯曼帝国统治，遭遇种族残杀、军事独裁还有战争——以此来把握伟大

[1] 约 61 米。

的历史线程。

我从东南侧的雅典娜女神庙开始，一边攀爬，一边从上往下凝视。要到达帕特农神庙，必须经过一条曾被百万人踏过的小径，走过这条小径的人包括信徒、朝圣者、士兵、探险者、破坏者、游客，甚至盗贼。山脚的右面是一座拜占庭教堂的遗迹。接着，我穿过了狄俄尼索斯神庙，这座神庙现在只剩由几块石灰岩组成的废墟。今天的天气很热，非常热。我的背上都淌满了汗水。我听着蝉鸣声，喝了一口水。山坡上人工凿成的那座建筑物，其实是一座古老的露天剧场，并且是人类已知的最古老的剧场之一。它保存得非常完整。剧院的楼梯由12块石头雕刻成，从舞台向外辐射。有记录表明，这里曾是埃斯库罗斯和欧里庇得斯的戏剧演出现场。怀念一会儿那些著名的古希腊戏剧后，我继续向上，走过柱廊长廊，参观了64根多利安式圆柱——它们是公元前2世纪初由安纳托利亚的帕加马国王欧迈尼斯二世所捐赠的礼物。往上走10分钟后，便是医神阿斯克勒庇俄斯和他的女儿——健康女神海盖亚的神殿，它建于公元前420年。3座白色大理石柱在这里重新立起，这是一个正在进行的修复工程。随着山坡渐陡，雅典市的全貌也逐渐展开。我突然想起了过去那些参加泛雅典娜节的朝圣者们，少男少女们带着花环，领着祭祀的牲畜漫步在这条道路上。我记得帕特农神庙的雕塑上似乎记述了那个4年一次的古老节日的盛况，仪式最终会以圣女将一件新的羊毛长袍放置在雅典娜神庙的雕像上而告终。随后我又来到了另一处剧场，这座剧场建于公元161年，可容纳6000名观众，由赫罗德斯·阿提卡斯捐赠。它的建筑风格是罗马式的，舞台背后装饰有高耸的拱形壁龛背景，每个小壁龛内都有一座大理石雕像。当初这座剧院的屋顶是黎巴嫩雪松制成的，现在却已经看不见了。我再次出发，空气开始稀薄起来，最后终于到达了卫城山门的入口处。放眼望去，一条宽阔的大理石阶梯（罗马式）和坡道（希腊式）沿伸向雄伟的白色圆柱。卫城山门是一条途径，它通往着雅典过去的辉煌，现代希腊的精神复兴和民主主义的怀抱。

帕特农神庙遗址

带有这么多象征意义的建筑物却建在山的顶部，这很容易令一路行来而疲倦的游客感到失望。但是，就像埃及的大金字塔一样，帕特农神庙绝不会令人扫兴而归。一千年以来，这座神庙一直都站在雅典黄金时代艺术和文化成就的顶峰。伯里克利，这个魅力非凡的雅典军事领导人、民粹主义者、天才演说家和民主党人，于公元前 461 年至公元前 429 年期间负责这一雄心勃勃的工程。他将建设帕特农神庙的任务委托给密友菲狄亚斯。在菲狄亚斯监督下，帕特农神庙的雕刻一直沿内部结构长达 480 英尺 [1] 的屋顶线进行。92 个浮雕装饰了 46 个外圆柱上方空间。山形墙的三面前后都雕刻有神话场景，东面的壁画讲述雅典娜从她的父亲宙斯头中诞生的故事，西侧

[1] 约 146 米。

的壁画讲述了雅典娜和波塞冬之间的较量，最后一面壁画则讲述了她成为雅典真正的守护神的故事。实际上这一切都没能留存到今天，只有残余的几对壁柱和雕塑为这座建筑保留了一丝过去的辉煌。与过去拥有黄金和象牙雕成的雅典娜雕像的帕特农神庙相比，今天的帕特农神庙就像是高耸在岩石上的一座漂白骨架。

但是，这座摇摇欲坠的废墟在今天仍然是一个精神象征。尽管它所有的颜色都已褪去，尽管它的雕塑已在19世纪被毁去，尽管雅典娜的雕像已在一千多年前被盗，这一切都无关紧要。现在没有人可以踏过12个陡峭的台阶，3块大理石板，然后通过8个雄伟的列柱进入帕特农神庙。游客们只能从各个角度来欣赏这一切，然后转过身，从每一个背景的角度来俯瞰雅典。尽管这座建筑饱经风霜，却依然保留其尊严，也许它过去的荣耀仍然在遗址附近留存。我凝视着那块有着浮雕的山形墙，看着它以鲜明的角度朝向天空。也许这个场景正是神庙与雅典市区之间的鲜明对比。我们不难想象它过去的完美模样。尽管如此残破，但帕特农神庙的确能触及人的灵魂。

现代希腊人可以说与古希腊文明有着直接联系，但希腊的普通公民往往并不重视文物的修复，也不对要求归还被盗的文物感兴趣。的确，当盖蒂博物馆同意在2006年7月归还希腊政府要求多年的文物——一块小大理石浮雕后，几乎没有多少公众对此感兴趣。“我曾期待这是一个重大新闻，但它甚至没有在黄金时段做新闻广播。”《纽约时报》驻希腊特约记者安瑟·加拉萨瓦说道：“我惊呆了，这可是希腊一直等待的时刻，我本以为这应该是一个大事件。但事实上它什么也不是，我翻看了所有电视节目和报纸的头版，都没有这个消息。”

但帕特农神庙却完全不同，欧盟于2007年3月正式指定帕特农神庙为最重要的文化遗产。这座遗址就像其他文化古迹一样，是非常珍贵的景观。它将现代希腊与古代神话完美地编制在一起。因此收回散落在世界各地的大理石雕塑是这个1100万人口小国的普通公民的重要愿望。连出租车司机和酒吧老板都强烈希望新的博物馆能收齐帕特农神庙的大理石浮雕。但值得指出的是，如希腊作家尼科斯·迪默所言——有一半的雅典居民从未去过雅典卫城。“我不敢肯定，希腊人是否对他们的文物感到非常自豪，”他说，“但是，这种痛苦的感觉就像在19世纪初，看着埃尔金伯爵抢走了大理石雕像然后把它们运到英国。”希腊文化部在其官方声明中，毫不含糊地说道：“埃尔金从帕特农神庙和雅典卫城上拆除建筑的行为持续了10年，在这10年期间，被奴役的希腊人眼睁睁地看着这桩针对他们文化遗产的犯罪发生。”此外还有一些潜移默化的影响：当时雅典的人口有1万人，土耳其人在雅典卫城的部队就在市民眼前拆除了许多大理石柱以存放他们的弹药。

在今天的雅典卫城，“不要碰大理石”的标志随处可见。任何这类行为都会受到警卫的警告。被埃尔金伯爵抢走的雕塑已用石膏复制并装饰在雅典卫城的地铁站内，上面还带有告诫游客的提醒。希腊文化部发放了许多教育书籍和小册子，旨在提高公众道德心以及引起外国游客对追回大理石雕塑的正义感。其中一本小册子上，前两页展示着至今仍保存在大英博物馆的雕塑和希腊剩下的残余物，然后第三页上是它们的结合图。“当它们都回到新雅典卫城博物馆后，”这本小册子上这样写着，“看到这些例子，读者可以了解到收回这些雕塑的必要性。”“头想念着身体，马的侧腹需要它们的腿和蹄。女神雅典娜的头正呼唤着她的躯干，这些被肢解的骑手，用作祭祀的动物和奥林匹亚诸神雕塑让雅典娜祭祀节的游行队伍支离破碎。”的确，这本小册子的视觉冲击很有说服力。当看到这样的图片时，所有的争议都会消失：这些雕塑必须回归一起。所有参观帕特农神庙的游客，当他们看到那些柱廊上的画面后，难道会不想亲眼看看那些雕塑吗？对于参观帕特农神庙的人来说，看到完整的雕塑应该是理所当然的。

因此，几十年来希腊一直计划在雅典卫城的基础上建立一个国家艺术博物馆，以便消除现位于伦敦的帕特农神庙大理石浮雕归属的争论。

根据希腊政府统计，97块帕特农神庙的残余雕塑有56块在伦敦，40块在雅典；保留下来的64块柱壁，有48块在雅典，15块在伦敦；从两个山形墙上挖下的28块浮雕中，有19块在伦敦，只有9块在雅典。这样就有一半左右的雕塑目前是在伦敦。若以其他方法计算，则约有60%的雕塑是在伦敦，因为山形墙上的浮雕比其他雕塑要大得多。

自从于1967年到1974年间统治希腊的军政府下台，现代希腊的民主政权重建后，帕特农神庙的修复问题一直是该国的焦点。这个项目的一部分，是从伦敦收回帕特农神庙的大理石浮雕。但直到20世纪80年代初，这一问题才被提升到国家的文化层面上。希腊文化部长梅利纳·梅尔库丽展开情感攻势，以凝聚希腊同胞的力量和普通英国公民对于收回文物的支持。她在电视上、在大英博物馆的大厅中以及在牛津大学都发表过感人的演说。作为因反政府立场而被军政府流放的政治活动家兼女演员，梅尔库丽对流失的大理石雕塑非常在意，她在英国的摄像机前对这些失散的雕塑适时地表现出了内心的痛。由于梅尔库丽打出的情感牌，希腊政府对于大英博物馆提出的保留大理石雕塑的争辩都作出了很好的应对。

英国政府辩解说，埃尔金伯爵搬走大理石雕塑的行为是为世界人民做了一件好事，因为雅典的污染和尘垢对大理石遗迹造成了很大的破坏。确实，尽管埃尔金伯爵并不知道未来的污染会如此严重，但事实上他的行为并非没有益处。大理石是一种易受破坏的岩石，而留在神庙中的雕塑都被20世纪雅典的工业化污染严重侵蚀，罪魁祸首便是汽车尾气和酸雨。1975年，希腊政府从帕特农神庙中移走了剩余的雕塑，并于1979年搬走了另一些剩下的遗迹，包括伊瑞克提翁神殿的女像柱，它们都被放置在雅典卫城博物馆内。“20世纪70年代我从德国留学归来，”雅典卫城主管和雅典地区的首席考古学家亚历山大·曼提斯回忆道，“在当时的雅典，你几乎不能呼吸。开车时甚至看不到前面的路。”1993年，西雕塑带剩下的浮雕被移走后，希腊当局为减缓污染，关闭了雅典卫城下方的交通和周围山上的道路。20世纪70年代，雅典卫城周围地区是著名的红灯区，以其妓院闻名。那些妓院后来也被勒令关闭，附近居民开始迁移。此外，希腊政府还对老款的污染严重的车辆提供折价交易，并引进奇/偶车牌系统来缓解首都的交通。

希腊人同时开始了一项雄心勃勃的改造工程，目的是修缮帕特农神庙，并改良早在19世纪和20世纪就进行过的粗劣修复，例如以前使用的金属针容易生锈，现在要换另一种材料。希腊考古学家充分利用了当地资源。采自彭忒利科斯山的新大理石被用作填补石柱和门楣的缺口。整个遗址基本都是用仿古的白色大理石修复的。另一方面，1687年威尼斯和土耳其战斗时造成的破洞虽然无法完全恢复，但其损坏程度也得到减轻。最终，几乎所有大理石雕塑的主要部分都配合现代材料被放置在它们原来的位置。

英国人最有力的论据是，埃尔金伯爵取走的帕特农神庙大理石雕塑放在伦敦会更安全，能受到更好的保护。其保存大理石的场馆有着狭长的空间，以及高弧形的天花板，可供游客近距离观看雕塑——远比在雅典卫城上那座占地4500平方英尺[1]的狭窄博物馆要好得多。显然，即使英国送还埃尔金石雕，希腊的博物馆也没有足够空间来存放它们。

为回应这种说法，希腊宣布计划建立一个宏伟的新博物馆，将能够容纳帕特农神庙的所有雕塑。早在1977年，希腊的建筑师们就开始竞争设计该项目，但直到1979年才选出最终设计结果。但项目的资金却遇到问题。“毫无例外，我们失去的是时间。”曼提斯说道。20世纪80年代，随着雅典卫城的挖掘和恢复工作继续进行，越来越多的空间被留出。在1989年和1990年间举行了一次设计作品的新竞赛，这次竞赛允许国际项目加入，有超过500个设计涌入其中。获胜者是一对年轻的意大利建筑师，曼弗雷迪·尼科莱蒂和卢西奥·帕萨莱利，他们设计了一个庞大的占地35万平方米、造价1亿美元的地下博物馆。“这是为了传达历史的想法。”尼科莱蒂在赢得设计竞赛后说道。

曼提斯坐在雅典卫城的办公室里，他是一个五十多岁的瘦高男子，有着乱蓬蓬的花白头发和浅绿色的眼睛。他叹了口气，然后开始讲述这段历史。博物馆的挖掘工作在雅典卫城的地基上开始后，大量古罗马和拜占庭

[1] 约372平方米。

建筑——包括房屋、街道、商店和浴室——陆续被发现。因而是否有必要在罗马时代的遗址上建立一个新的博物馆成为了一项争议话题。最终这个地下博物馆的设计方案被否决了。又是 10 年过去了。直到 2000 年，一份新的建筑设计方案才再次被选中，这份方案是来自出生于瑞士、在纽约长大的建筑师伯纳德 · 特屈米的设计。他设计了一层建在地面上的玻璃地板，可以让游客观看部分最近被发掘的地下遗迹。最引人注目的是，专门设计的顶层玻璃走廊相距帕特农神庙雕塑约只有 300 米，可以清楚地看到全景。施工开始于 2002 年，预计在 2004 年雅典奥运会前完成。[1]

但希腊政府是否能够使这项工程得以实现呢？答案在很长一段时间内似乎都是令人生疑的。的确，关于新博物馆的争议远远没有结束。由于工程师想要建造一个和帕特农神庙风格对称的建筑，他们和建筑师在设计方案上发生了冲突，这成了导火索。批评者抱怨说，这种笨重的，棱角分明的古代建筑风格与 20 世纪 70 年代的旅游商店和公寓大楼格格不入。此外，被强迫搬离该地区的居民和商户纷纷发起诉讼，而其他不喜欢这个 20 万平方英尺 [2] 的建筑、影响他们日常生活的人们也都提出抗议。于是，这个建筑方案因陷入诉讼而停滞下来。一些古希腊学者说服国家最高行政法庭停止一些激进的搬迁工作，因为警方在 2003 年强行迁离居民的行为已饱受谴责。媒体报道说，当地的居民几乎没有时间来收拾他们的东西，而居民的抗议领袖还被警方扣押。最后直到奥运会结束，工程依然没有完成。取而代之的，是世界各地一阵令人尴尬的新闻报道，希腊人因无法及时完成其著名的国家工程而迅速为世人所知，而诉讼和抗议还在继续。尽管当地还是有许多居民不满，最终工程的建设还是完成了大半。2007 年年底，希腊官员预测博物馆可以在 2008 年年中开幕，而曼提斯则认为这个预计过于乐观。

2004 年，《纽约时报》采访伯纳德 · 特屈米时问到有关埃尔金大理石雕

[1] 雅典卫城博物馆于 2009 年 6 月落成。

[2] 约 1.9 万平方米。

塑和新博物馆的话题，他乐观地回答："我相信当博物馆建成那天，大理石雕将返回希腊。"

迪米特里奥斯·潘德马里斯是一个保守的人。他今年67岁，有着一头花白的头发，浓密的眉毛和胡须。他脸上挂着轻松的微笑，手机铃声也设成了一段迪斯科音乐。他不习惯表达自己的情感，也不对埃尔金大理石雕的事操心。梅利纳·梅尔库丽那种慷慨激昂的动作并不适合像他这样的学者。作为一个研究者，潘德马里斯在学习哲学并享受语言、文学和历史的熏陶。"我对古老的文化非常着迷，"他解释说，"如果你有实物去研究，你会得到更多的结果。"他没有像他的同事亚历山大·曼提斯那样去谈论关于英国的"掠夺"行为，或"亚洲的野蛮人"（指土耳其人）对希腊的侵略。"帕特农神庙的雕塑是希腊的骄傲，"潘德马里斯平静地说，"但我不喜欢表达自己看法，我喜欢在这个问题上保持沉默。"

作为雅典卫城博物馆的馆长，潘德马里斯监管着这座价值1.95亿美元的新大楼的建设，并确保其信息能准确地传送到世界各处。7年以来，他一直致力于这个国家工程的建设。事实上，他也在发言中表示希望帕特农的石雕能得到重聚。"我了解一点历史。"在施工现场旁的办公室内，他带着温和的笑意说道。他的办公室到处是成堆的纸张、建筑计划、照片、书籍和几副眼镜。"有人说，这是民族主义。但这和民族主义无关，对我来说，这是我生命的一部分。"他的指尖沾满了墨水，他的手机一直关机。承包商要检查脚手架的尺寸。工人想休息一下，因为太热了。几分钟后，工人索性不想干了，因为实在是太热了。"取回那些文物并不仅仅是狭隘的民族主义，"他说，"它们是这座建筑的一部分，我们需要一个完整的帕特农神庙。从一个考古学家的观点来看，这是唯一正确的事情：如果东西坏了，你应该把它拼在一起。"

穿过他的办公室，前面就是设在雅典卫城的考古总部，那座新的玻璃和混凝土建筑伴随着刺耳的金属锯声和响亮的货运警钟出现在我们眼前。潘德马里斯戴上安全帽，穿上灰色条纹脚裤和一件白色牛津T恤。当他带领我通过大楼的入口处时，几乎无法掩饰他自己的兴奋之情，因为这幢建筑就快最终成形了。这是潘德马里斯与工人们共同努力多年的成果，自然会为它感到自豪。他带着我向入口走去，我们脚下的玻璃地板展现了地下一座刚发掘出土的公元6世纪的古塔。罗马后期与拜占庭时期的公共浴池和私人住宅也一一呈现。这座建筑从外表看起来令人生畏，但其内部却很宽敞通风。二楼的坡道通往雅典卫城的雕塑，是模仿卫城山门的入口而建。二楼古画廊的天花板高达30英尺[1]，它的历史可以追溯到帕特农神庙建成之时。在这里，还有一座巨大的雅典娜石膏像。

“建造这个博物馆有部分原因是为了回应英国关于希腊没有地方容纳埃尔金大理石雕的说法，”潘德马里斯说道，“但它确实有必要建造。”他指出，希腊有1/3的帕特农神庙雕塑被放在仓库中，其他的则放在不同的博物馆。“我们需要它。”

爬上自动扶梯，我们到达了三楼的帕特农神庙画廊，这是博物馆核心所在。这是一个巨大的长方形玻璃大厅，其风格、大小和形状都与帕特农神庙本身相匹配。潘德马里斯伸出手，摸了一下玻璃——室外温度超过华氏100度[2]，然后点头赞许。设计工程师确保这种特制的低铁玻璃能将80%的热量吸收。到目前为止，确实如此，整个空间仿佛贴了一层凉凉的气膜。整个画廊以帕特农神庙的方向为中心旋转，窗口周围的大理石壁架可供游客坐下来休息，并感受一下沿着玻璃的冷空气。整体的空间设计都参照了与帕特农神庙同一时期的建筑风格，虽然不是多利安风格，但由作支撑的不锈钢结构十分光滑。壁画的高度与视线齐高，远低于实际中帕特农神庙的壁画高度。它们被放置于一个面向外的21m×58m的矩形内，这些雕刻基本恢复了2500年前的原貌。整个480英尺[3]长的雕廊都陈列在这里，但

[1] 约9米。

[2] 约38℃。

[3] 约146米。

雅典的新卫城博物馆。

至今仍留在英国的雕塑将被复制成石膏像，披上灰色纱罩展示出来。显然，希腊政府打消了以前的挑衅立场。当时文化部长埃万盖洛斯·维尼泽洛斯曾发誓，如果英国不返还大理石雕，整个画廊将以空旷示人，“以此作为对世界遗产犯罪的警示”。

“我们希望给游客留下印象的不只是雕塑，还有整个建筑。”亚历山大·曼提斯在之前的谈话中说过，“我们要建造一个与帕特农神庙本身结构相似的建筑，这样我们才可以将雕塑以原始的方式展现出来。”曼提斯和潘德马里斯都指出，这是为了与陈列在伦敦大英博物馆的雕塑作出对比。“你在那里看到的雕塑都是面朝内部，而不是面临外面，我们要展示雕塑与建筑的关联。”曼提斯如是说道。潘德马里斯也同意他的说法。“那些雕塑就像油画一样被挂在大厅上，”他指的是大英博物馆，“而我们这些雕塑都是按照原始建筑中的位置来摆放。”

对潘德马里斯和大多数希腊人来说，一旦新博物馆建成，归还埃尔金大理石雕的要求自然就不言自明了。这种说法有一定道理。站在大理石雕的展台前，看着那些仿制的石膏模型和几百码外的帕特农神庙，我似乎明白了文化观察家马尔科姆·格拉德维尔所说的“一闪的瞬间”：不知为何，当时的我就是理解了真正的帕特农神庙雕塑的确应该属于这里。我想普通参观者也会感受到这一闪的瞬间。

我想除了大英博物馆以外，其他所有人应该都能同意这个想法。帕特农神庙的雕像曾散落到世界各地，但都被陆续收回。原本它们有的在卢浮宫，有的在梵蒂冈，有的在慕尼黑古代雕塑展览馆，有一些碎片流落在个人手中，还有其他一些碎片无疑是永远地失去了。“人们都觉得有必要将它们物归原主，因为这有着非同寻常的意义。”2006 年 1 月，海德堡大学归还了一块帕特农神庙北雕带的残片。11 月，瑞典一名退休体育教师归还了一块已有 110 多年历史，由她的祖先从伊瑞克提翁神殿取走的大理石雕刻。2007 年 4 月，一位著名英国学者的儿子，遵循他父亲的遗愿，将 6 个古陶瓷文物交还希腊政府。6 月，一个丹麦家庭归还了他们已拥有了一个多世纪的古大理石浮雕碎片。9 月，美国某私人业主交还了一个古老的棺椁和狮子的头部雕塑。

但与伦敦方面有关埃尔金大理石雕塑归属的谈判依然进展不大。潘德马里斯和希腊文化部长于 2007 年 4 月在伦敦大英博物馆与英国官员会面。大英博物馆稍微做了一点让步，据潘德马里斯说，大英博物馆有可能会在某个限定的时期内送还一些雕塑给希腊政府。不过后来并没有进一步的消息。

潘德马里斯厌倦了各种指责。他不接受所谓文物在伦敦能得到更好的保护的说法。“这是荒谬的说法。”他指出。没有哪个地方是完美的。“这不是说英国不好而希腊好，或是希腊不好而英国好。对我来说，人们必须看到那些雕塑的全貌才有意义。我不是感情用事。我在这里为那些雕塑建造了最好的环境，我愿意开放合作关系。我们必须改变自己。学会分享，学会接受和交换。我们必须持有这样的态度。我有一种感觉，通过讨论和谈判，我们可以找到一个解决方案。我已经处理这个问题15年了，开始它还是一个非常尖锐的争论，但现在双方已经可以相互交流。我希望它可以在不远的将来得到解决。”

希腊政府还需争取多久？“我不知道，”他说，“多年来英国一直以我们没有一个合适的地方安放大理石雕的理由来拒绝我们。现在我们有了这座博物馆，我们很自豪。这是我的职责。”

英国方面为留下埃尔金大理石雕而罗列的理由基本如下：埃尔金伯爵挽救了那些雕塑，否则它们早被土耳其人破坏和希腊人所忽视；如果埃尔金没有取走石雕，法国人也会抢走的；希腊人没有保护好剩余的雕塑，并让它们进一步受到工业污染的侵蚀；希腊没有一个适当的场所来存放雕塑；大英博物馆已经做了极其优越的工作来保存和展示这些雕塑作品。

上述的理由的确很有说服力。但在1998年，由威廉·圣克莱尔所著关于埃尔金伯爵和大理石雕的新书透露了一个鲜为人知的情节，彻底粉碎了上述理由。在20世纪30年代末，大英博物馆曾使用金属工具和强烈的化学品来清洁那些石雕，雕塑的色彩连同它们的古老铜锈一起被洗去。更糟的是，大英博物馆决定掩盖其错误。就这样，英国人的嚣张气焰被他们自己的优越知识和科学技术所击败。18世纪50年代，帕特农神庙的记录者詹姆斯·斯图尔特和尼古拉斯·拉维特，画下了那些雕像当时的漆色，它们明亮、色彩丰富，有挂金装饰。而在1816年埃尔金大理石雕抵达大英博物馆时，经过多年的风雨它们已变成了棕色的，大理石的表面包上了一层防护铜绿。但当时的欧洲人受约翰·温克尔曼——一名18世纪的德国文物鉴定商影响，认为希腊雕塑应该是白色的——这的确是大理石刚被开采时的颜色。于是散布整个欧洲的罗马和希腊雕塑复制品都成了白色的。希腊文艺复兴后，在英国和德国如雨后春笋般地出现了无数代表希腊艺术的白色建筑，尽管有证据显示，古希腊大多数遗址都是色彩鲜艳的。20 世纪 30 年代，随着种族主义兴起，白色开始象征纯洁和高雅的北欧精神，这与有着鲜艳色彩的地中海文化恰恰相反。因此，尽管考古证据表明，希腊建筑和雕塑应该是色彩鲜艳的，但由于这种观点违背了当时的政治理念，所以遭到了否认。

当时陈列在伦敦的帕特农神庙大理石浮雕并不是白色的。当百万富翁兼艺术经销商约瑟夫·杜维恩爵士提议给帕特农神庙的雕塑建造新馆时，大英博物馆欣然接受了他的捐赠。但杜维恩勋爵有着自己的想法。为了与当时的审美观同步，他希望将它们漂白。大英博物馆不顾保存文物的规定，竟然允许捐赠者从 1937 年开始着手对雕塑的改造。令人难以置信的是，杜维恩的工人可以自由接触大理石雕。直到 1938 年 9 月，博物馆馆长约翰·福斯德克通过雕塑馆时竟发现一组雕塑在用铜制工具和粗碳化硅清洗，问题才引起重视。要知道，粗碳化硅这种坚硬的物质，通常是用于磨削钢材或抛光花岗岩。博物馆理事的正式报告上写道："一些重要的部分已经大大受损……清洗雕塑所采用的方法已经磨去了大理石的表面，并使其外观变成白色且平滑的样子。普赖斯先生（大理石雕的助理管理员）形容塞勒涅的马头雕像就像被'剥了皮'一样。"

这已经够糟糕了，但更多的暴行还在后面。博物馆的管理者并未承认这样一个管理工作上的耻辱，而是决定将其掩盖。他们在 1938 年 12 月第二次报告的结论上称"这些情况不需要对公众说明"。杜维恩展馆打算在 1939 年春开放，但雕像上的损坏却显而易见。为掩盖其痕迹，他们在报告上指出，主管和科学专家已采取"补救措施"来"缓解相当程度的迹象"。圣克莱尔解释说，意思是博物馆对棕色大理石雕进行了重新着色。此外，参与清洁的博物馆工作人员也被迫悄悄辞职。于是，这一事件便被掩埋了。但在 1939 年，有关雕塑被损坏的传言开始从艺术界向新闻界泄露。博物馆被迫作出回应，并谎称"使用了某些未经认可的方法"，"使用这些方法的后果除了专家，普通人是察觉不到的”。而面对议会的质疑，财政司司长哈利·克鲁克山这样说道：“即使已经有了一些损害，像我们这样的普通人也完全是感觉不到的。”据圣克莱尔所说，一份有关铜制工具破坏雕塑的外交部文件已被销毁。相关文件也被封禁。后来欧洲陷入了战争，帕特农神庙的雕塑直到第二次世界大战结束后才再次出现在人们的视野中，因此很少有人记得那些雕塑在被清洗前的模样。而官方也仿佛从未发生过清洁事件一样。

几十年后，大英博物馆无视当初对埃尔金大理石雕的破坏。继续鼓吹他们的说法：它是一个出色的保管者，为维护公众和学者提供便利。而事实上，所有的墙面和一半山形墙上的雕塑被那次清洗所损坏，只有少数雕像得以幸免。圣克莱尔总结道：“大英博物馆对埃尔金大理石雕的管理工作不过是个长达半个世纪的笑话，现在英国没有资格要求保管这些文物。”

清洁事件的揭露引起了轩然大波，并使希腊学者和大英博物馆之间的局势紧张。该事件在1999年之前就在博物馆内流传，但它并没有广泛传播开来。亚历山大·曼提斯为自己以前前往伦敦时没有发现雕塑的损坏而自责。“你看看资料，然后再看看雕塑，你看看它们，”他说，“损坏的程度非常明显。你可以看到那些金属工具在大理石上留下的痕迹”。作为一个年轻的学者，曼提斯曾经在伦敦工作3个月。他在大英博物馆的库房周围独自闲逛过几个小时，还曾摸过帕特农神庙雕塑的碎片。“现在有许多观点，”他说，“我们仍在讨论。我们认为关于埃尔金大理石雕的问题很严重。但希腊和英国有着良好的关系。”随后，大英博物馆召开了一次国际研讨会。英国和希腊学者之间的发言使会议气氛变得进一步紧张起来。经过数日的紧张讨论，会议在杜维恩展馆举行了闭幕酒会。一名博物馆官员邀请学者用油腻的手触摸一下雕塑作品，以证明雕塑的铜锈没有被清洗掉。但这个动作起了相反的效果。希腊代表团被激怒了，他们怒气冲冲地离开。这一事件被称为“食物大战”。

大英博物馆希腊和罗马收藏馆的馆长伊恩·詹金斯对圣克莱尔的一些

结论表示反对。在一封电子邮件中，他认为圣克莱尔的统计中有许多错误。他估计，只有大约40％的西雕带被清洗工作损坏，有60％左右而不是所有的壁画受影响，东山形墙也只有10％部分受损。他还指出希腊人也曾于1953年对他们的雕塑“剥皮”，但没有人提出抗议。他以希腊人所犯的错误为大英博物馆的埃尔金大理石雕清洗丑闻辩护。“虽然60年前埃尔金大理石雕的事不是他们做的，但他们做过同样的事。”他写道：“事实上，清洁事件的确是一件丑闻；博物馆试图掩盖它也是一件丑闻。”他的结论是，20世纪30年代的清洗事件是“一次时代造成的不幸事件”，但这没有改变大英博物馆维护文物的承诺。

希腊人是否会因这些反驳而动摇呢？值得注意的是，大英博物馆还没有提到公众展馆中的清洁事件对游客的影响。历史再次提醒我们，这是一次选择性事件。BBC记者特雷弗·汀普森在2007年9月的杂志上描述了关于大英博物馆帕特农神庙雕塑的全彩色数字电影。他没有提到博物馆改变了大理石雕的颜色，只是有意无意地在开头写了一句讽刺性的话：“在大英博物馆的埃尔金大理石雕无疑是伟大的，但它们却有些苍白，不是吗？”

强硬派

天空灰蒙蒙的，国会大厦上的哥特式尖顶隐约散发出惊人的威慑力。

这里就是大不列颠的权力中枢。任何一个来访者都能感觉到它的分量以及它的历史。这座庞大的国会大厦沿着泰晤士河占据了两个完整的街区，这足以让任何行人感到自己的渺小。我还看到了暴君——奥利弗·克伦威尔的雕像以及狮心王理查——那个倒霉的十字军之王骑在青铜马上的雕像。

但是，后现代世界的现实化与其相应而来的疑惑和恐惧感破坏了人们对这座不可动摇的机构的印象。高达 15 英尺[1]的铁屏障使路人无法接近它，无处不在的安全摄像机则对准了前来参观它的中小学生和外国游客团体。

国会大厦建于 19 世纪中叶，现在的新哥特式风格是在 1834 年发生火灾后重建而来的。这里曾被作为中世纪君主的宫殿使用——即威斯敏斯特宫。它是世界上最大的国会大厦之一 —— 约有 1200 间客房和长达两公里的走廊——这是在维多利亚时期竖立起来的，大英帝国正处于日不落时期，海军舰队的荣誉被人们津津乐道，古地中海的往事被探险家和冒险者们发现，它的神话被人们采纳和改变去迎合当时流行的关于王国的伟大的故事。

我出发前往上议院，那里不可能给其他平等的王国截留任何财富。国会

[1] 约 4.6 米。

大堂外前厅的门廊特意放置着与年轻的维多利亚女王真人同等大小的大理石雕塑。她背部笔挺，一只手臂向上弯曲，侧边是两个大理石做成的哨兵，象征着君主统治的威信。在她周围高耸的墙壁和屋顶的壁龛上，挂满了她的祖先和亲戚们的油画：有亨利八世和他的一群妻子，包括安妮·博林、珍·西摩尔、安妮·克里夫斯。在她的下面，是雕刻着各种征服和统治场景的黑色石头。

与隔壁洞穴似的皇家走廊相比，门廊根本可以说是微不足道的。当年伊丽莎白二世在国会创立的纪念日上作了演讲并招手示意之后，伴随着喇叭的响亮鸣声，她在这走廊上进行了“检阅”。这个走廊非常宽广，比半个足球场还大。除了精心制作的雕塑之外，显得很空旷。在复杂的木雕屋顶上是比原物尺寸还要大的金色和深紫红色为主色调的壁画，上面有白发飘飘的乔治一世，乔治三世（统治美洲的最后的君王），爱德华七世，在远端的壁画画的是在位的伊丽莎白二世，菲利普王夫和刚去世的皇太后。在大厅的中央，一堵长约 20 英尺[1]的墙上描绘着纳尔逊爵士在特拉法加战役中壮烈牺牲的场景。护面墙上则是滑铁卢之战。国会建立之初，女王穿着正式的礼服穿过这些大厅，登上曾经主持和检阅过的上议院大厅里的精美宝座，戴上至高无上的镶有爱德华王子的红宝石的王冠。下议院的议员们不能进入大厅，只能在另一个入口集合聆听女王的致辞。

在所有这些辉煌之中能巧遇七十高龄的科林·伦弗鲁男爵，我有一丝惊讶。他脸色苍白，弯腰曲背但和蔼可亲，来这里是在一个穿着正式的燕尾礼服的守门人的召唤下，继续他风格保守的上议院之旅。

在大部分是因为功绩或领导才能而不是血统被授予议员席位的时代，伦弗鲁爵士身着宽松的夹克和耐穿的鞋子，得到了他的爵士头衔。伦弗鲁在 1991 年成为了上议院的一员，直到 2007 年他从剑桥大学考古学系系主任的位置上退休。他也是剑桥大学追踪掠夺古遗址行为的非法文物研究中心的

[1] 约 6 米。

创立者。他或多或少一手把文物掠夺引入到公众话题中去。他几乎声嘶力竭地大声呼吁关注被掠夺的文物，并提倡把它们归还。见到他时，我不禁感到他在国会不断拒绝归还埃尔金大理石雕的呼吁之下，仍能正义地抗辩的钢铁意志。要知道，埃尔金本人就是得到了议员席位后，又被国会撤回的。还有，伦弗鲁的先辈们就是因为用如此多珍贵的文物来代表大英帝国而受到了奖赏。

庆幸的是，新时代来临了，这些文物慢慢得到关注，而伦弗鲁就是代表它的先锋。我们俩在一个过道上坐下（这是唯一能安静交谈的地方），他向我述说他是如何献身其中的。这是他从事考古学家工作的结果。在剑桥进修了自然科学和考古学后，他成为了谢菲尔德大学考古学系的主任。20 世纪 90 年代，他回到剑桥并担任耶稣学院的院长，同时也领导考古学系。当伦弗鲁爵士在希腊基克拉迪群岛的克洛斯岛挖掘出文物的时候，他马上认识到，在基克拉迪群岛的非法文物交易中，这些拥有高雅几何线条的简约雕塑使收集者们兴奋不已，也启发了像贾科梅蒂之类的现代主义雕塑家的灵感。随后这些既不知道从哪里来，也不知道如何得到的雕塑在艺术拍卖行和其他各地开始出售。伦弗鲁意识到文物贩子把这些艺术品的形成过程和历史意义给抹杀了。“对人类遗产的破坏，自私的个人主义掠夺，以及言而无信的短视博物馆令我的愤怒不断增加。”他举例说在大英博物馆中，一个 5 英尺[1]大小的基克拉迪群岛雕塑可以追溯到公元前 2500 年前，但是没有人知道它的出处。“所以我们就无法得知它曾经被用作什么，是否用于神庙，还是教堂，”他说，“在掠夺的过程中，我们丧失了宝贵的遗产。”

伦弗鲁责备美国的博物馆一直鼓励文物掠夺的行为，认为这是最恶劣的犯罪行为。当前首相女男爵玛格丽特 · 撒切尔夫人正在与一个支持者握手的时候，他说道：“我最痛恨菲利佩 · 德 · 芒泰贝洛在大都会博物馆的伪善。”在我们身后的过道墙上，有许多坐在上议院议会席上的议员的绘画。作为

[1] 约 1.5 米。

科林·伦弗鲁爵士

公认的保守派，在画里伦弗鲁爵士坐在议会席后面。我们面谈了很久，爵士还讽刺了许多美国博物馆和他们的主席迈特，圆脸变得通红。“迈特最可耻的行径就是引导谢尔比·怀特这样的收藏家，鼓励他们购买被掠夺的文物，然后在博物馆展出。”从某些角度来说，这些博物馆对于文物缺乏鉴定恶化了它们缺失起源的情况。“为了寻找文物而破坏遗迹，然后把他们送到非法的交易市场，这对现代的考古学来说，真是一个灾难。”

伦弗鲁说这些博物馆首先是为自己持有不应拥有的文物的行为自圆其说，而很少去反对文物掠夺。“如果你买了被掠夺来的文物，你就是在为文物掠夺行径投资。”他说：“你根本不可能证明购买这些被掠夺的文物是合法的，本质上还在共同破坏许多国家审议中的法律。”关于是否支持“世界博物馆”这项人道主义启蒙运动任务的争论，他持无法信服的态度。“争论，我听到的都来自那些掩饰自己犯罪的人们口中，包括菲利佩·德·芒泰贝洛和一些待遇优厚的考古学家。”他特别指出迈特的顾问、监视这个博物馆的人物亨利·马里曼：“他们说‘我们的任务是向全世界展示这些文物，基于此，我们能做任何事。那些反对这点的国家是落后的’。”

正当伦弗鲁对于非法掠夺的观点被广泛地赞美时，他不妥协的立场惹恼了许多有着非法行径的国家，一些甚至是同盟国。在旅途中，我经常能听到暗地里对伦弗鲁的批评，有些甚至不是私下的。美国约翰·霍普金斯大学的埃及文物学者贝齐·布莱恩称：“科林·伦弗鲁觉得博物馆已经没有空间了，他对博物馆和文物始终都是这种苛刻的态度。他的问题在于缺乏沟通”。在曼哈顿东大街57号有个店铺，长期贩售文物的美国人杰罗姆·艾森博格说伦弗鲁拒绝和他交谈：“我在1992和1993年试图和伦弗鲁交谈，我给他看了一张经营的证书，但他只是轻蔑地瞟了一眼然后走开了，他是不会和我说话的”。

伦弗鲁辩解说，他只是对博物馆关于自己合并不同类型的人类文明和成就的观点有不同看法。他说：“这样做是有它一定的价值，但一些文物与它们的发源地联系得太为紧密以至于把它们搬到一起显得尤为不合时宜。特别是如果你相信建立世界博物馆是正确的，你就无法轻易地去定义它。”他觉得解决问题的最好办法是重建一个散乱的艺术品的分配系统，或者，一个更为开放透明的交易系统。“可惜的是，现在的分配系统反而愈加退化了。我觉得人们可以把艺术品的来源放入这个优秀的系统中去，可能会真正发现一些独特的东西，然后建立一个在此基础上的分配体系。”

虽然对美国的博物馆和文物贩子持着一种咒骂的态度，但曾经是大英博物馆理事的伦弗鲁在大英博物馆做了同样的事情时，却原谅了它。他解释说，因为在1998年大英博物馆根据联合国教科文组织的标准，采取了一个对于1970年以后得到的文物都要标注来源的政策。伦弗鲁说：“对我来说，这是一个决定性的考验，而在这点上，大英博物馆做了对的事情。”看起来非常公平。但大英博物馆的核心藏品都是来自于一个世纪以前的，跟今天的标准比，很多藏品的情况都是很模糊的。而且，大英博物馆没有真的按照此标准去标注明知的藏品来源，比如贝宁青铜器。大英博物馆甚至掩饰20世纪30年代对埃尔金大理石雕犯下的罪行。

最令人吃惊的是，虽然明知应该这么做，伦弗鲁却不支持归还埃尔金大理石雕给希腊。“它们能否在雅典被很好地保存的争论确实强劲，但我们也不应被重建之潮冲走。”他说。我指出，150 多年来希腊一直在争取这些大理石雕的回归。他听后耸耸肩：“其实直到现在，理事们都很清楚，他们在大理石雕回归的问题上没有分歧意见。”他加了几句：“在我看来，如果你去考虑这件事情的对与错，或考虑到某些国际性事务的重要性，那么是否要归还确实是一个问题。但如果我是大英博物馆的馆长，我想我不准备去作什么争论。”

贝奇·布莱恩一直坚持认为伦弗鲁在归还大理石雕这件事情上反复无常。2005 年，在一场由她引发是否要归还大理石雕的激烈辩论中，她反对伦弗鲁的拒还态度。至于当哈瓦斯请求大英博物馆归还罗塞塔石碑时，伦弗鲁认为：“埃及是一个十分适合拥有它的国家。但只有针对流失文物的归还请求有了一个成熟健全的处理方式后才行。否则这些文物的碎片就只能待在现存的地方。帕特农神殿的例子就是更加强有力的说明。”

伦弗鲁在公开批评美国制度的同时，对大英博物馆睁一只眼闭一只眼。这种奇怪态度象征着世界上博物馆学和考古学的紧张关系。所以 2007 年 9 月，当伦弗鲁关于文物归还问题的争论在世界上闹得沸沸扬扬的时候，剑桥大学把这个以他的构建而出名、曾经辉煌了 10 年的非法文物研究中心关闭了。伦弗鲁退休了，在非法文物研究中心被毫无预兆地关闭后，他写了封电子邮件，期待得到“逻辑学的课程在期中有了变化”（预示非法文物研究中心可能占用了其课程）这个原因的解释。他同时在邮件中写道：“我必须在与非法的文物掠夺的作战中出现。”

实际上，致力于研究考古学的麦克唐纳学院的新院长格雷姆·巴克上任了，他反对把注意力放在被掠夺的文物这个主题上。由于伦弗鲁是被强行要求退休的，巴克关闭了非法文物研究中心并且解散了曾在这里工作的大学教师。其中一个学者，珍妮·杜乐，她换了工作；同时，另一个学者内尔·布罗迪搬到了斯坦福大学并在那里建立了文化遗产资源中心。布罗迪觉得在被掠夺的文物这个主题上花了大量财力物力，是导致剑桥中心关闭的原因。一个非法文物研究中心花了10年收集的档案被毁了，耗时很久才建成的联系人网络也丢失了。他说：“这滑稽地向人们透露了一个信息，考古学者根本不关心被掠夺的考古遗址。这真的很疯狂。”

把文物带回原国，是一场非常复杂的对决。当允许指向许多方向的时候，却很有可能指向自己。一会儿，一方不公正的行为压在了另一方之上；又一会儿，一方所做的事又盖过了另一方，这是一场永无止境的纷争。擅长英语、对文物归还有着成熟见解的雅典导游斯马洛·托洛帕表明了她的想法：“艺术，曾经是，现在是，并且将来还是地位的象征。”托洛帕是一个有着浅黑色皮肤的优雅女人。在一个热得能把雅典融化了的日子，她和我约在新卫城博物馆对面人行道上的咖啡馆见面。她背着一个背包，准备在我们的谈话结束后飞奔去希腊的岛屿。托洛帕在雅典长大，在英国的大学获得了一个文化遗产学的学位，而且她了解关于埃尔金大理石雕归还与否的辩论。我问她埃尔金是好人还是坏人，“一个也不是，”她笑了笑说，“埃尔金无法预见未来会发生什么，当今对于他的判断都是马后炮而已。埃尔金有他当时自己的意图，也许他觉得是在拯救这个世界的艺术。但是这些艺术是地位的象征，所有的上层阶级都会需要这个地位。所以，这是一个掺杂着‘这些人是野蛮的’想法的各种意图的混合物。”

如果托洛帕背负着对英国的怨恨，她也就不会无视希腊的争论。就像许多同胞一样，对于认为阻碍了希腊发展的土耳其，她有着更深的怨恨。虽然托洛帕愿意去思考埃尔金大理石雕被保存的价值，但她仍然希望帕特农神殿的雕塑们能回到希腊。最使她在意和恼怒的是一部分英国人的高傲态度。她想起在大英博物馆拿起记述这些大理石雕的小册子时，被雕塑应该属于“世界博物馆”的言论激怒了。她回忆说：“当我看到这些的时候，虽然殖民地社会已经消失了好多年，我仍感到处于其中。为什么英格兰、纽约和柏林就是世界的中心？为什么？这是谁造成的？这不是一个关于大理石的辩论，而是对于殖民地主义的态度的辩论。对于我来说，这就是全部。

我不介意他们这些国家保存大理石文物，但说真的，挺令人恼火。”

对于文化民族主义的责任的响应，托洛帕承认自己感到惭愧。她说，为了达到目的，文化民族主义对于英国来说是一场很好的辩论。“他们宣扬人权主义，却在关心什么？关心他们的博物馆，他们的文物商贩，他们小圈子里的支持者。文化民族主义是一个西方的发明。为什么我们就应该放弃这个权利呢？”然后她说我所怀疑的是真的。她说：“如果西方能够承认他们之所以这么做，是因为有这么做的能力，那么很多国家就会停止大声喊叫。因为他们有权力，占上风。”

她周围的希腊人指出，被掠夺文物的最大买家，就是希腊人自己，这是托洛帕无法宽恕的愤怒。买家中的富翁把自己的非法收藏捐献给公众基金后，他们的行为就都被接受了。富有的船主古兰德里斯家族在雅典开了家基克拉迪文化博物馆用来陈列他们的收藏。基克拉迪艺术品是出了名的难寻，而且在希腊的法律中，是被禁止私下买卖的。前首相康斯坦丁·米佐塔基斯拥有从不明出处的当地人那里购买的一笔巨大的私人古希腊和克里特文物收藏。问题产生了。为了避免流言蜚语，他最终把这些文物都捐给了希腊政府。同样的事情也发生在了贝纳基博物馆的身上，一个富有的希腊家族把经典的文物献了出来，之后越来越多的希腊富翁的捐赠使得它越填越满。贝纳基博物馆的网站不会告诉你，创始人安东尼斯·贝纳基的收藏是由具有特殊来源的代表性神秘文物构成的：“这些史前的、古希腊和古罗马的文物是由几个希腊和国外的捐赠者的贡献组成的，像别的博物馆一样，它们涵盖了从史前的黎明延伸到罗马灭亡的漫长的时代。”

“它是‘不能问，也不会说的’，”托洛帕说，“这就是希腊的建立。你无法去触碰它。它只和需要去证明自己精英主义的精英们有关。”关于此事我询问了几个希腊的官员。他们告诉我，政府为了防止文物流往国外，就允许古兰德里斯和贝纳基家族去收集它们。但这些官员勉强承认希腊政府的这种做法渐渐破坏了对于西方博物馆和文物贩子的原则，他们的需求使得非法的文物交易市场越来越大。这种对非法文物的需求也刺激了掠夺者继续在古遗址上寻找和掠夺艺术品。基于此，不管是希腊收藏家还是外国收集者，都不应该被指定这种权力。

显然，在希腊，政治上只允许针对某一部分个人与组织。

在希腊对其文化遗产的索求中，这种虚伪的情况不一而足。当情况有变，共同的立场便不复存在。2007年，保加利亚就其国内一批拜占庭时期的银盘被非法挖掘并偷运至希腊提出抗议。而希腊方面对此不理不睬，反而在塞萨洛尼卡的拜占庭艺术博物馆中公然展出了这些盘子，并且在一旁设置了募捐箱，以寻求捐助来支付这笔所谓的“收购”（这些盘子应该是从走私者手中租借而来的，并且政府希望能够买下这批文物）。接下来，在2008年初发生了一桩轰动全希腊的尴尬的政治丑闻——希腊文化部秘书长克里斯托斯·扎克普洛斯在家跳楼自杀（最后生还）。这起自杀事件起初被认为是因为扎克普洛斯与其秘书有染而被勒索，但是随着调查的深入，扎克普洛斯被曝将大约200处考古遗址从希腊的文化保护遗产名录中移除。当时检察官正在调查其中至少10件案例。这起丑闻不禁使人质疑希腊在文化遗产方面的管理工作，以及希腊对流失国外的文物的索求。

托洛帕也认为政策是雅典新卫城博物馆的行动背后的核心推动因素。她认为，希腊这种不着眼于自身原因而在给予强国的回应中过度补偿的现象过于激进。“所有这些争斗都将我们带向那件东西”——她指向街对面粗陋笨重的雕像——“实话说我并不确定这些能为希腊人民带来多大的好处。它需要很多金钱。这建筑完全不合时宜。没人喜欢它。潘德马里斯教授说他们‘清空’了这片区域——这意味着破坏了35栋楼房建筑。但为什么首要的是要在这里建造这个该死的东西？所有这周围的居民都想一把火烧了它。这是一场灾难。这么浩大的一件事，这样一个关于古代遗物的振振有词的声明，只为了寻找一个我们还未找到的名分与认同。在希腊，有一些事情是不透明的，比如阶级歧视，希腊性。我们需要证明自己是伯里克利的直裔子孙。就是这样，也正是这个使我很烦闷。”

这使我想知道希腊到底想做什么。为什么希腊作为一个欧盟成员国，这样迫切地想要告诉世人他们与其祖先之间的联系。我问了托洛帕是谁数次不经意地提到“西方”，好像希腊不属于西方范畴似的。她叹息着回答我：“有时候我们属于欧洲，但有时候我们又不是。”虽然希腊经济发展良好并且人均收入十分高（每年27000美元，高于欧洲平均水平）[1]，但在其他一些西方国家面前还是有一种很明显的比较低下的姿态：对于曾经侵占其国土数百年的土耳其一直保持隐忍；美国方面的霸权力量使希腊的现况就如同身在古代；英国从帕特农神庙中偷走了一些大理石雕还表现得就好像希腊应该对他们表示感激。

尼科斯·迪默，一位曾在希腊事务上出过一本标志性书籍的非传统作家表示：“除去巴基斯坦和伊朗，希腊是世界上最反西方的国家。”他说，虽然希腊被认为是民主的发源地，但是事实上在希腊的历史上充斥着帝国主义、侵略、内战、独裁，还有一些不同的信仰以民主的名义插手其中。在公元前15世纪伯里克利执政的时期，雅典城是民主的、法治的、自由的、平等的。但是一直倔强而民主的雅典城并不能维持它在希腊诸城市中的领导地位。公元前405年，民主体系的崩坏成就了后来极富个性的征服者亚历山大大帝。自从公元前4世纪亚历山大大帝死去后，直到19世纪前叶希腊独立，希腊人民大多数时候都处于外人的统治之下。

确实，作为一个国家，希腊的存在要归功于西方世界的支持。这个事实使得在艺术方面的讨论中的平衡被打破：英国认为自己应该被感激，希腊由于英国的历史地位而认为自己受到了不公正的待遇。一些具有革命性思想并最终轰动全欧洲的哲学家认为他们的知识根源于古希腊哲学，并且赞颂希腊人为他们的先驱。这兴起了一场对希腊友好的风潮，不仅仅是在思想上，还有在建筑以及雕塑方面。就像拿破仑的学者们的绘画和发现掀起了一波古埃及文明的风潮一样，一些大胆的欧洲人的探索给希腊文化带来了复兴。当西方政治家们开始借鉴几千年前的早期古希腊哲学时，两位英

[1] 本书出版时，希腊经济尚未崩溃。

国冒险家詹姆斯·斯图尔特和尼古拉斯·拉维特于1751年前往当时处于土耳其帝国统治前期的雅典，并带回了大量希腊古代建筑的图画以及尺寸图纸。他们写的书《雅典古遗产》在当时引发了一场轰动，而斯图尔特开始仿照希腊风格建造私人住宅和装饰性的寺院。更加重要的是，他的行动启发了政治学家和建筑学家的想象力。在他的影响下，才出现了许许多多古希腊风格的西方标志性建筑和公共机构——比如美国的最高法院、林肯纪念馆、大英博物馆和柏林的勃兰登堡门。公众的审美品位也被欧洲古典雕塑方面的权威约翰·约阿希姆·温克尔曼在1763年所撰写的《古代艺术史》所深深影响。希腊这种受到政治和宗教环境影响的雕塑艺术被认为是十分高端、独特的。到此形成了一个因果循环：这便是埃尔金伯爵洗劫帕特农神庙的动力，也是他将其中的雕塑当作战利品带入大英博物馆的动机。

但是正如希腊启发了西欧，西欧也同样启发了现代希腊。19世纪的时候，希腊在智慧启迪、关于自由的激进哲学以及它的自信方面十分依赖于西方邻国。1821年，希腊人开始反抗土耳其帝国的统治，这是一场持续了6年的暴动和冲突。最后，是英、法、俄三国联合力量解救了希腊人民，并在1827年的纳瓦里诺战役中取胜，最终给予了希腊大片国土以建国。

但是民主仍旧遥不可及。再后来的150年里，希腊经历了君主政治、混战、与土耳其的战争、军事独裁、纳粹侵略、一次内战和军事派系之争，最后，在1974年终于又一次迎来了民主。由于希腊的现代民主时间不长，所以它相对比较脆弱并且需要根据它跟古代根基的联系来重新确认。

自卑——从希腊人喝第三杯茴香酒开始这个话题就上来了。不过，如果你是尼科斯·迪默的话，这酒一点酒性都没有。他的畅销书《作为希腊人的不幸》就含着自卑。他一直坚持自己是在开发国民心智，而非被敲上“自我贬低的希腊人”的烙印，甚至是在他写了60多本书的生涯中其他更坏的称呼。“我不相信千年的延续性。”他说：“我不想只因为埃尔金大理石雕是希腊的就要拥有它们。虽然我是希腊人，但是我不知道它们是否是希腊的。

2500年前制作它们的人们生活在这里。他们并不把自己叫做是希腊人，他们也不把自己叫做是希伦人[1]，他们把自己叫成雅典人。对我来说，国家的延续性就像是另一本小说。我不会因为大理石雕是希腊的就把它们看得很重要。但是从一种美学的角度来说，它们属于帕特农神庙。把它们分开来单独看是不对的。不过我不会将此扩展到每一件艺术品上，假如我是土耳其人或者什么其他人，我也会这样说的。”

在我问道希腊人是否把自己当作西方人的时候，迪默并没有笑。人们把自己当作西方人，又不把自己当作西方人，他说。在每天的谈话中，一般的希腊人将西方当作是一个另外的地方，像托洛帕做的一样。如果一个希腊人在德国读过书，他会说：“我在欧洲读过书。”而当他去巴黎旅行，他也会说：“我要去欧洲旅行了。”而一个法国人去德国可不会说“我去欧洲了”。迪默说：“但是假如你告诉一个希腊人他们不是欧洲的一部分，他们会很生气地质问你：‘你什么意思？欧洲就是从这里起源的！’”对迪默来说，创造现代欧洲的关键事件中都没有包含希腊，并且这个希腊国家历史的重要漏洞并不能被什么妙句甚至是发达的国家经济所填补。在一定程度上，这就是标志性文物作为一种象征如此重要的原因。他说，促成现代欧洲的是“一连串从来没有发生在希腊的事件：中世纪哲学，中世纪拉丁语，接下来是文艺复兴时期，继而是中产阶级，和欧洲具有自治的州和城市。之后是宗教战争和改革，法国大革命和在18世纪的哲学家——洛克，霍布斯、伏尔泰，然后就是美国大革命和工业革命。”

“这一切都没有在希腊发生。”他说：“希腊是一个在拜占庭大帝统治下的封建社会，并且在土耳其人掌权时也保持封建社会。”而在19世纪它突然被挖了出来，而且这些巴尔干半岛的农民被那些西方的古希腊崇拜者告知：“你们是希腊人，希腊！伯利克里和柏拉图的子孙后代。他们为我们这样一个小国创造了这样的自尊。”

[1] 即希腊人。

对任何国家来说，这都是一份难以企及的珍贵遗产。

回到大英博物馆，尼尔·麦克格雷格把重点放在了这份遗产给人们的教化作用和启蒙意义上，而不是它的价值上。他说，博物馆一直都谨记它们的任务和方针。大英博物馆之所以存在，理由是什么呢？是要把整个世界都囊括到它的屋檐下，他如是说。“起初的一个观点是这样的，对于一个博物馆来说，如果能让它拥有给人以站在整个世界的角度思考的功能，是不是很有用呢？不管你是在讨论博物学或者是植物抑或是其他文字，或者就只是物质文化。这一切可能是大英博物馆正在努力做的吧？”他文绉绉地问道。“把整个世界想象成为一个整体，我觉得这应该就是18世纪的伟大梦想了。因为正是在18世纪，人类第一次使得世界的物质文化交流成为可能，因为这是人们第一次可以通过航运走遍全球。这是在此以前世界历史上的任一时期都难以实现的想法。”

他又继续说道，在就史前古物到底归哪个地方的争论上，其实源自于两种文化观念的冲突。这基本上是18世纪广义的人文主义和19世纪民族主义的斗争。“如果你看看周围的世界，就会发现18世纪启蒙运动中许许多多的东西都是相同的。”麦克格雷格评论道。“斯威夫特是这样的，《格列佛游记》是这样的；伏尔泰是这样的，百科全书是这样的。而且很明显都是因为美国的设想。本质上，人们有着相同的困境，而这是思考文化的一种方法。如果这是每人都能分享的文化遗产，那么这也是20世纪启蒙运动的想法。不然就只有特定的一小群人才能看到这些文物。这就是人们真正在辩论的。我是说，文化，真的是人人能分享的遗产吗？我们都认为莫扎特和莎士比亚是属于每个人的，没有人可以说英国人现在有特权去决定对莎士比亚做些什么。他和他的作品，是属于全人类的。或者你认为有什么东西是特别属于你的，并且你是它唯一的保管人？”

麦克格雷格的观点是正确的，也具有着重大的意义。文化属于全世界，而博物馆向游客展示全世界。他们建立了文化之间的桥梁和交流、理解彼

大英博物馆馆长，尼尔·麦克格雷格

此的大道。“你是否希望能在世界各国君主的肖像中看到奈芙蒂蒂，以及来自不同年代、不同文化的精致物品？”麦克格雷格问道：“还是你希望看到埃及雕塑群中的奈芙蒂蒂？在现今社会，明显的，不同的人有不同的答案。但我认为，这就是问题所在。”那么罗塞塔石碑呢？它是被一个法国士兵发现的，而在英国战胜拿破仑并取得埃及后，它被当作战利品交了出来。它在伦敦待了将近200年了。扎希·哈瓦斯想把它要回去。我想把哈瓦斯在开罗对我说的，对英国人作的典型的无外交策略的批评转述给麦克格雷格："在达到我的目的之前，我应该先和他们跳跳舞。"

一向平静的麦克格雷格暂时地爆发了："我们已经和扎希跳了够多的舞了。"他边说边往前走。他争辩说，象形文字之所以能被翻译出来，是因为罗塞塔石碑在英国。他说："一大队国际学者用一种不在欧洲实行，就无法对它作出科学检查的方法，在它上面做了大量的工作。如果回到埃及，就不能这么做了。"我指出，事实上让·弗朗西斯科·商博良在法国的罗塞塔石碑绘本（是石碑在1799年被发现时，由拿破仑的学者们画的）上研究，并把它送到了都灵，而不是伦敦，去破解这些象形文字。商博良于1822年明智地记录下了这些象形文字，这样就不用依靠身在伦敦的罗塞塔石碑来研究了。拿破仑（而不是英国）入侵了埃及，他的学者们制作了它的绘本和模型，靠这些才开创了一个自然科学成就的新领域：象形文字学。

一些人认为麦克格雷格的观点是勉强得出的，甚至是自私的。他对于大英博物馆基本原则的理念是与许多事实不符的，包括埃尔金大理石雕的历史。大理石雕的掠夺是为了英国的利益，而不是为了全世界的利益。埃尔金是英国政府的一员，为了得到他们的支持而和他的上级们争辩，因为他觉得所有的努力都是为了这个国家的进步。的确，埃尔金因为怕拿破仑捷足先登，便用他的官方影响力得到了挖掘许可书，并且用英国的军舰来运送这些大理石雕。埃尔金不只把这些大理石雕看作是国家的福利，更觉得它们应该正确地归属于文明的西方社会。对于大理石雕的展出，一个早期的评论家发自内心赞许了埃尔金因上述原因而进行的"拯救"行为："当它们在东方无法被理解和珍视时，我们应该用这些希腊雕像在西方能被很好地复兴这个令人满意的原因来使东方无法拥有它们。"他继续说道，如果这些雕像最后被毁了，也宁可是在令人振奋的西方文化的服务下被毁。

当人道主义确实推动了博物馆的理念的建立时，在18世纪还有其他力量在起作用，即不是帝国主义者的，而是普救论者的文化理念。按这种观点，西方博物馆的创建，就像大英博物馆一样，无论官方是怎么说的，事实上是被同一种力量推动着，它们感觉自己有资格去占据远方的土地，并理应获得他们的文化遗产和民族资源。这股力量到处掠夺古文化的象征，用这些战利品填满自己的博物馆，以此来确认在世界上的权威地位。民族主义的灾难在19世纪随之而来，并残忍地持续到了20世纪。毫无疑问，这种势头能驱使希腊和埃及这样的国家为自己去保护往昔的历史。在这里有一点讽刺的是，民族主义完全是由欧洲人发明的。

麦克格雷格对大英博物馆过去的做法又有了一个新的评价：它对于文物的取得是合法的。“问题是这些藏品是否应该被继续保留。”他说：“我们在讨论的罗塞塔石碑或埃尔金大理石雕或汉密尔顿花瓶，在当时的法律和习惯下是合法地得到的。它们是能让每个人都能参观和学习的开放体系的一部分。我想不出任何理由，让它们离开这个人人都能来看、人人都能来研究的地方。与原作的直接交流是极其重要的。”

鉴于一些文物出土国即使不追回流失文物，也拥有大批古董，麦克格雷格针对国家认同与流失文物的关系提出了另一个问题。“有些大国竟认为国家认同有赖于几件古老的物事，这实在令我不解。”他继而补充说：“毕竟，多亏了德、英、法这几个国家，现代希腊才能开始形成。”这些文物让“西方的欧洲人”对希腊产生兴趣，并集结了民众的意志来支持希腊的独立。帕特农神庙的雕塑保存在了英国，这让参观者们去与别的文明做比较。他说：“在你完全没有了解埃及、波斯和亚述文明的情况下，你几乎无法知道怎么去理解这些雕塑。”

如果帕特农神庙没有解体，那么我想，今天参观博物馆的人们就不会去做比较和对照。不管过去发生了什么，现在希腊为了证明它能很好地保护帕特农神庙的雕塑，建立了一个最先进的博物馆来保存它们。他们有说服力（就像很多其他人一样）地证明把帕特农神庙的雕塑分离是十分荒唐的。它们的确是被单独地创造，但它们只有作为整体才表现了所代表的意义。难道这些历史和艺术上的完整性都不是使雕塑回归神庙的理由吗?

不，麦克格雷格说，但不是很明确。雕塑是不能被放回到帕特农神庙上去了，而且历史是不可预测的，分散雕塑也是考虑到要避免它们同时在一个固定的地点遭受灾难。他总结说，对于雕塑而言，最好的状态就是现状：一半留在雅典，一半留在英国。“在我看来，帕特农神殿的雕塑，现在处于一个最完美的时刻，而这正是历史留给我们的。”他说：“你既不能使帕特农神殿被完整地复原，也不能使丢失和毁损的雕塑被恢复。一半帕特农神庙的雕塑留在具有民族传统背景的雅典，另一半雕塑被保存在具有世界背景的英国。其他一些碎片在卢浮宫，这你知道，还有在梵蒂冈，等等。对我来说，历史给我们分配了现在的保存地，这是一种非常明智的安排。我想，对全世界来说都是重要的。”

位于这些高尚争论之下的是一种可感知的恐惧，这表现在博物馆的网站上，表现在各种的出版物、评论板块和信件中：归还埃尔金大理石雕和任何其他重要的文物的话，不仅仅是大英博物馆，世界上许多其他著名博物馆都会慢慢地被搬空。我能预感无论归还大理石的呼声多么强烈，大英博物馆的理事会都不会让它发生，以防引起这股归还的潮流。2007年的4月份，麦克格雷格在彭博新闻社（Bloomberg News Service）对他的一次采访中提出，短期出借埃尔金大理石雕3到6个月时间还是可能的。但博物馆理事会的官方立场是“这些藏品的任何部分都可以被要求出借，然后归还。只有一个简单的前提，就是要明确这样东西是属于英国的……希腊一直拒绝承认英国对于帕特农神庙雕塑毫无疑问的合法拥有权，这使得在这个主题上的任何讨论都几乎没有意义了”。博物馆的官员对于出借的想法也是十分紧张的，因为现在人心向着希腊，可以轻易地想象如果雕塑在雅典，那么它们不可能被允许带回英国。

博物馆的说辞似乎既不能说服对方，也不能说服关注着这件事的其他人，包括英国民众。1998年，一个深受肯定的市场调研组织MORI在英国发起了一场投票，多数人选择支持把大理石归还给希腊。39%的投票者回答说会选择投票归还大理石雕给希腊，次之28%的人弃权，只有15%的人同意把它们留在大英博物馆。2002年的最新调查显示，结果是差不多的。博物馆经常收到大量的小学生来信，大多数站在支持归还的那一方。1995年，一个名叫爱丽丝·薇薇安的小姑娘用可爱的幼稚字体在信中写道：“尊敬的先生/女士，我深信你们应该把那些陶罐要回去，因为你们才是主人。真希望我说了算，可惜我不行。”

埃尔金爵士会怎么做呢？这很难说，想接触到他的想法，就只能去询问他的后人，当今的埃尔金伯爵。如今，83 岁的埃尔金伯爵住在他的祖先在苏格兰邓弗姆林建造的房产布鲁姆霍尔中，前厅中荣耀地挂着从希腊得来的大理石装饰，使得整座房子蔓延着一种新古典主义的感觉。这栋大宅里布满了雕像、浮雕和埋葬用的石碑，都是来自罗马和希腊的。埃尔金为了筹钱，在过去的几十年把 3 座雕塑卖给了盖蒂博物馆。

如今这位埃尔金伯爵同希腊的联系源自他的父母双方。从母亲那边，他遗传了伟大的英国海军上将托马斯 · 亚历山大 · 科克兰的血统（他后来成为了第 10 任敦唐纳德公爵）。科克兰曾是个传奇式的海军军官和政治家，他的海军事业充满了光辉和英勇的事迹，但因被指控在证券交易所犯下欺诈罪而被英国皇家海军解雇（尽管他在 1832 年由皇室赦免）。之后，在智利、巴西和希腊的独立战争中，他又服役于这些起义军的海军。科克兰应希腊革命力量的要求，指挥新组建的希腊海军，并且得到英国的武器和资金支持。当时，雅典卫城仍然由土耳其驻军，但是庆幸的是他并没有选择霍雷肖 · 霍恩布洛尔以及杰克 · 奥布里式的大胆而没把握的冒险行为。

当我打给埃尔金时，他快活地接起电话。他对反对补偿有一个极其漠然的态度，因而不会因他的家庭影响力而染上官方色彩。否则，归还大理石雕将会成为一项议会法案。无疑，他的观点会引起广泛关注。他问道："自我曾曾祖父面对那些文物并决定带回它们以来，情况并没有多大的改变。他难道不该为古文明倾力付出？历史上有过好几次时期，当时整个世界文明共同出力保护那些美好而古老的事物。保护文物不是一个国家的事务，它已经变成了整个世界的职责。

埃尔金伯爵似乎已经阅读了尼尔 · 麦克格雷格的摘要。从这个修正社会主义者来看，雕塑被带回来是代表全人类的利益作为文明被保护起来的。这没有埃尔金或者别人的书面证据，但它却符合政治上所能接受的对那些岁月的叙述。"有很多希腊人和希腊朋友来到这里，他们说'谢谢你们所做的'。"埃尔金说，希腊人对此有两种不同的态度。

他回忆起年轻时在大英博物馆清理大理石的岁月。他说，他的父亲——当时的理事会成员，也震惊了。但相对于遗留在帕特农神殿雕塑上的腐化，埃尔金认为这些清理的破坏并不那么严重。“我宁愿有一个明显清晰的外观，”他说，“过去的已经成为历史，而历史是事实写成的。但是如果没有为整个文明做点什么的精神，这个世界会变得更加苍白。”毕竟，他总结道：“把这些雕塑带走，带去一个更安全的地方，这本身就是一大创举。”

埃尔金伯爵的想法也并不是一成不变的。1983年，在梅利纳·梅尔库丽竞选运动顶峰之时，伯爵告诉英国《观察家》一些截然不同的答案。如果希腊建造了一座适合容纳帕特农神殿雕塑的博物馆，他说：“我认为这所有的大理石雕都该集合起来。它并不是英国收藏了什么的问题。如果这个世界能不顾政治而为艺术做一些事，那么这些有可能会和我的祖先做的一样。”换言之，如果英国人归还那些雕像，那么以富有辩证而建设性的方法来看这个问题，这个历史上著名的埃尔金伯爵会被称赞为在过渡时期保护好它们。但是在中间的数十年里，尽管希腊终于准备打开博物馆的大门接纳这些雕塑，埃尔金伯爵显然改变了他的想法。

位于雅典的美国古典研究院是美国在海外设立的最大、最古老的同类研究院。学校建立于1881年，是一个156家美国大学进行研究的基地以及其他遗迹学术性问题研究团队的联合体，并且与希腊政府有合作。这个学院在希腊政府的支持下有两处发掘地，一处是在19世纪80年代被发现的科林斯，另一处发掘地较晚，在20世纪30年代被发掘，是雅典的集市，它是古老的交易场所和城市中心。

杰克·戴维斯是这间研究院的运营者，他是一位有活力的令人生畏的考古学家，利用辛辛那提大学的假期在四处游历。他有一张长而消瘦的脸以及一头沙质金发。我在大不列颠旅馆里的酒吧遇到他，那是一个翻修得非常漂亮的维多利亚时期的老建筑，为涌向雅典的欧洲游客们提供方便，他们全副武装，好似被希腊人的复兴吸引一般的。这个旅馆近年来被一个富有的希腊家庭买下。这家人把内部清空并重新做了一番价值1.5亿美元的豪华翻修。看着着装整齐的服务生伴随着钢琴伴奏声穿梭在这些希腊石柱和丝质窗帘之间时，戴维斯不禁对博物馆和参观者表现出了一丝同情。“为什么出自这些考古遗址、经过后天采集的东西需要存在？”他问道：“我是一个历史学家，我只会从事物的相互联系中学到东西。而这个重获新生的过程毁掉了历史。”他暂停了一下，让我去领会他说的话。一个没有大都会博物馆的世界？没有卢浮宫的世界？博物馆在他看来被过高评价了。“我不确定为什么现今博物馆觉得需要有一个古代艺术品的部门，”他说道，“重点是什么？如果我想开一个负责任的博物馆，我会接近政府并且针对如何去管理博物馆跟他们做一个很诚恳的讨论。我们不会采用这种文物像变魔术般出现在博物馆里似的‘猜字游戏’，而是从内容上教育人们这些东西是什么。”“博物馆，”他说，“远没有做到这些。”走访大都会博物馆后，他对新的希腊和罗马画廊感到非常失望。“还是老样子，”他说，“很多漂亮的东西，我惊讶于有些收藏于2005年，这表明他们仍然在积极收购。”

戴维斯来自防止抢劫和非法挖掘文物的学校。对他而言，手工艺品不是艺术，而是历史。它们是艺术并不仅仅是因为现代策展人说它们是，也不是因为古代人认为是艺术。“我们强加了审美的概念，”他说，“埃及人、希腊人就没有定义这种东西为艺术。”戴维斯对博物馆打着为公众服务的幌子采集文物，种源不符合标准和谨慎收购政策的行为失去了耐性。事实上，他相信收集古文物差不多应该停止了。“我认为博物馆需要考虑这种采集的伦理后果，”他说，“继续购买古董和鼓励收藏家这样做的结果是他们在毁灭这个世界上每个国家的遗产。我很抱歉，如果这意味着他们需要转移收藏重点，变得更有创造力，或者令一些顾客失望。”

戴维斯一直是大学应按道德信条收藏的倡导者。辛辛那提大学的古典学院是这样做的首例，那里勒令停止富有的捐赠者把他们给大学的文物馆藏作为税务注销的做法。“我们不想拿那些购买洗劫艺术的收藏者的钱。”他说。结果，他的部门通过了一项决议，不接受来自里昂·利维和谢尔比·怀特的经济支持，他的同行布林莫尔学院紧随其后。

戴维斯在写的一本书涉及一个鲜为人知的掠夺事件，发生在1922年，主角正是美国人。在土耳其和希腊争夺伊兹密尔港控制权的事件中，80箱文物被清除出土耳其，运往纽约大都会博物馆，包括大量萨第斯的书卷，这些点缀了希腊和罗马的新画廊（这些书卷也恰巧被印制在奥兹根·阿卡尔的T恤上，头天晚上我第一次见到他时穿的那件，还有一幅肖像被用于咖啡杯、书签以及很多其他小摆设上）。在1920年和1935年之间，土耳其曾反复申请要求国务院帮助收回这些文物。最后，美国国务院强制大都会博物馆归还了绝大部分伊兹密尔文物。但萨第斯的书卷，当然，至今仍然是希腊和罗马博物馆收藏中骄傲而出众的一件。纽约大都会博物馆的目录里列出了书卷简介："来自美国萨第斯挖掘联合会的礼物，1926年。"戴维斯想知道，一家美国协会是如何把一件"礼物"送给大都会博物馆这样的机构的，尤其是这件礼物曾是一个主权国家的财产。不要问。不要说。

戴维斯和他的妻子——莎丽·斯托克，一名考古学家——亲眼目睹了对古代遗址的掠夺，这使他们变为惩罚性赔偿行动的激进分子。1997年和1998年期间，他们正在阿尔巴尼亚，当时正处于塞尔维亚和科索沃的阿尔巴尼亚人民族战争的高潮期，战争威胁到这个地区丰富的考古遗产。"我们看到瑞士和德国商人开始到来，"戴维斯回想起来，"我们看见推土机将希腊边境推移到了阿尔巴尼亚南部，阿尔巴尼亚的博物馆被洗劫。而且我们看到文物从阿尔巴尼亚博物馆运往佳士得和纽约的画廊，继而用于贩售。像希腊这样的政府是有能力对此提出抗诉的，但阿尔巴尼亚对此非常无力。"他们愤怒地注视着佳士得拍卖会，会上大肆拍卖继续着从阿尔巴尼亚主要博物馆夺得的文物，并把它们卖给意大利收藏家。故事没有就此结束。意大利人占领了这一片土地，而且因为收藏家在纽约佳士得以很高的信誉买下了大批文物，阿尔巴尼亚如果想要回，就不得不花钱买回来。像阿尔巴尼亚这样一个贫穷的国家，15万欧元是一个不可思议的高价。

戴维斯认为，停止抢掠的关键是终止需求。“我们可以停止乱扔垃圾。我们也可以停止吸烟。”他说：“社会压力和社会习俗的改变可以创造变化。”这是一个在他的社会被广泛接受的观点，这也是一直被实践证实着的观点。但有些人会继续抽烟，因为他们享受这一活动。我们永远无法熄灭对精美的古老工艺品的需求之火。只要人们欣赏美，只要他们崇尚威望和权力的象征，总会有古文物需求。走私和掠夺继续以惊人的速度在许多国家，如阿尔巴尼亚、保加利亚、伊拉克和土耳其增长，限制西方博物馆的需求似乎没有抑制非法挖掘的热情。就其本质而言，这个问题类似于非法贸易药物：切断供应，还是遏制需求？将瘾君子投入牢中，还是通过轰炸发展中国家的罂粟田，以贫困人口和有限的资源为封锁切断供应？鉴于罂粟也可用于药物，受害人会是社会整体。作为药品，准确伤害是难以客观描述的。但我们都将因知识和艺术的损失变得更加贫乏。在这种情况下，损失是不可弥补的。

在大不列颠酒店喝完酒后，我和杰克·戴维斯跳上前往国家考古博物馆的巴士，这个博物馆在展出一个新出土的公元前 4 世纪的普拉克希特利斯的作品。这位雕塑家另一些重要作品几个月前曾在卢浮宫展出，这项活动恶化了巴黎和雅典之间有关租借和归还文物的紧张局势，并涉及到克利夫兰博物馆一尊有争议的雕像。在希腊，这是一个民族文化事件。除了博物馆馆长和文化部长，希腊总理科斯塔斯·卡拉曼利斯也出席了展览开幕式并阐述了古文物是现代文明试金石的观点，认为普拉克希特利斯表达了希腊的人性及其他许多特性。总理对整个博物馆中央馆的高级赞助人说：“这就是我们得以联结过去和现在的方式，是我们欠了历史。”

在之后的鸡尾酒会上，来自雅典大学考古系的著名雕刻家奥尔加·帕拉吉亚带着一种洞察的眼神，穿越了整个展厅。他对普拉克希特利斯了如指掌，也绝对清楚展览的策略。他知道，展览中并没有真正由普拉克希特利斯创作的作品。这位首先创作裸体雕塑的人，今日所有标着他名字的作品，都仅是由后来的希腊和罗马人模仿的赝品。 但是帕拉吉亚却发现了一件令他无比兴奋的展品——一个在雅典新建地铁途中发掘的大理石基座，这至少还可能是普拉克希特利斯的原作。

展区的中间位置摆放着的一座壮丽的裸体青铜雕塑，名为“马拉松男孩”。光影流动，这座雕塑在照明灯的衬耀下，展现出优美的线条、比例。这是此次展览中少见的完整青铜器作品，仿佛是命中注定就要成为卢浮宫的中央展品一般。希腊拒绝将这尊雕塑送回巴黎，认为这尊雕塑中所包含的文化底蕴使得它应该留在原先创作的地方，这使得卢浮宫大怒。“我也不知道来龙去脉。”帕拉吉亚无奈地耸了耸肩。事实表明，意大利送到卢浮宫展出的作品并没有出现在雅典展览上，原因不明，也许仅仅因为雅典展览的准备工作时间紧迫，一切进行得太仓促了。

但是博物馆及雕塑界的规则并没有改变，文化标签和个性冲突总是存在，即使在这样一个时刻，在这样一个兴高采烈的欢愉时刻。一听说我来自加利福尼亚，帕拉吉亚立即谈到了盖蒂博物馆的前馆长，德高望重的玛丽昂·特鲁女士。

“她是个骗子！是个怪兽！她应该被丢进监狱！”帕拉吉亚喊道。

粗鲁的正义

罗马的复仇

意大利国家最高检察院坐落在罗马市葡萄牙大道上，被一座形似教堂的建筑物掩盖着。穿过卷边石头房檐和高耸的两扇大门，可以看到宽阔的门厅，白色拱形天花板，以及仿佛能传来回声的石头地面。似乎眼前这座建筑还仍是当年的一座修道院。

上到二层，毛里奇奥 · 费奥利尼身着一套剪裁讲究的蓝色西装，白衬衫敞着领口，皮质便鞋，坐在高背椅中。他看上去很有权势，事实证明，他也的确是。作为一名国家公诉人，同时是负责与美国的博物馆进行赔偿谈判的委员会主席，他有权决定是起诉那些在世界上居主导地位的博物馆还使用更友好的途径来追索文物。他及他的团队是意大利追索被掠夺文物的核心：他们从大都会艺术博物馆追回了欧弗洛尼奥斯花瓶及其他 20 件文物，从波士顿艺术博物馆追回了 13 件文物。现在，他们正准备与意大利人眼中最难打交道、最强硬的保罗 · 盖蒂博物馆进行一项交易。

那是 2007 年的 7 月 30 日，限期的前一天。意大利希望从保罗 · 盖蒂博物馆追回最美丽、最稀有的一尊青铜男孩雕塑，名为“胜利的青春”。盖蒂博物馆多次宣称归还雕塑的要求没有法律依据，但意大利则表示，如果盖蒂博物馆不归还该雕塑，就将暂停双方的文化交流关系。为了强调意大利与该被夺雕塑的联系，费奥利尼甚至在他的办公桌上摆放了这尊青铜雕塑的复制品。

这种不讲情面的战术奏效了一段时间。文化部长弗朗西斯科·鲁泰利刚刚下达了最后通牒。费奥利尼对盖蒂前馆长玛丽昂·特鲁的追索已经持续了超过两年的时间，并且仍然看不到终点。盖蒂的新馆长迈克尔·布兰德开出了归还26件有争议的作品的条件，意大利却没有答复。这使得布兰德处于重压之下，他十分不解为何意大利没有接受他提出的条件继续谈判。

所有这一切都让意大利在这场追索战中处于上风。在被盖蒂冷落了多年之后，意大利的文化官员们最终似乎找到了实现他们愿景的方法。费奥利尼在这策略之中是一个关键因素。和另一位名叫保罗·乔治·菲利的国家公诉人一起，他对包括特鲁在内的多人进行非法运输历史文物一事进行着持续追索。而追索情况和进展则持续不断地透露文件给媒体，这毁掉了特鲁的职业生涯和名誉声望。

意大利的态度是解决问题的必要步骤。因为这是追回文物的唯一方式。“意大利对追索、索偿的兴趣并不是近两年才产生的，”费奥利尼平静地说，“我们一得知青铜雕塑被非法运离国家之后，立即就提出了归还的要求，只不过一开始是以友好的方式。我们提出追索，因为有证据证明该雕塑的文化、科学根基是在意大利”。

显然，盖蒂方面对此并不认同。费奥利尼对此也心知肚明：“我的经验表明，直到今天，还没有任何一个美国博物馆接受科学证据而归还文物。”

由于一些旁人很难领会的缘由，盖蒂博物馆的这尊青铜雕塑成了意大利人的一个心结，因为法律依据似乎很微弱。费奥利尼拿出了他的档案。这个雕塑在1964年被一个意大利渔民在法诺城附近的国际水域发现，但是盖蒂博物馆表示并没有证据能够证明这点。基于此，文化部长鲁泰利以“伦理问题”为由提出了追索要求。实际上，鲁泰利部长在访问法诺教堂途中发出的最后通牒似乎并没有多少法律依据，而主要是基于国内政治提出的。罗马诺·普罗迪总理[1]领导下的中左政府因为支持美军在维琴察军事基地的

[1] 普罗迪于1996—1998、2006—2008两度出任意大利总理。

扩张而备受攻击。同时，在伊拉克的开战使得美国非常不受欢迎，大街上充满了示威者，政权晃动摇摇欲坠。鲁泰利部长希望用对抗盖蒂博物馆的姿态来抵消因支持美国而带来的负面影响。费奥利尼十分清楚鲁泰利是一名经验丰富的政客："他把自己放在中立的位置，但这却使雕塑回归由一个法律问题变成了一个政治问题。"

其实青铜雕塑的归还与玛丽昂·特鲁并没有什么太大关系，因为在她成为盖蒂的馆长之前，追索就已经开始进行了。但是，费奥利尼说道："某人暗中发掘时，我们并不知道；事情被发现的时候，我也不知情。当我在某个博物馆里见到一个文物的时候，我只能说出它属于哪种文明。我并不知道它是何时、何地被何人所发掘的。"

他开始叙述与盖蒂博物馆谈判过程中问与答的摘要。"我们的请求是基于以下这些确定的事实：这是一件伊特鲁里亚文物，从未被公开。这类文物以一种系统的方式在特定的地点经常被发现。博物馆的回应：这件物品是希腊的。意大利的回应：同属于希腊文明的国家，是没什么差别的。博物馆的回应：希腊的文化空间都是属于地中海的。意大利的回应：你从哪里得到它的？博物馆：根据美国法律，我的获得是完全合法的。意大利：你得到了它，却不知道它从何而来。你对于来源的回答是含糊的，你欠我一个回答。"

费奥利尼继续说道："一样东西并不重要，重要的是它代表什么。意大利人的请求并不是因为钱，我们是在为文化而战。"意大利实行的国内艺术圈子里的人与海外的艺术家配成对并努力地把这些非法的出土文物封锁在国内的办法，据官员们说，已经有了一定的影响力。有着百年历史之久的盗墓行业的从业人员——盗墓贼的数目，大大减少了。

费奥利尼指了指我："你遵守的是'软性法律'，对于得来品的标准并不是很严苛：你只是需要知道得到的文物的来源而已。所以这是我向美国的博物馆提出的问题，为什么当软性法律要求你这么做的时候，你不能告诉我它们的来源？"

毛里奇奥·费奥利尼，主导对玛丽昂·特鲁一案的诉讼。

我问费奥利尼，有没有威胁大都会博物馆要控告已经退休的希腊和罗马文物的管理人迪特里希·冯·波特默，大都会博物馆是否不肯放弃欧弗洛尼奥斯陶瓶而拒绝归还。他的回答是“是的”。“只有你去威胁他们，严厉批判和控诉他们的时候，他们才会作出反应或者归还文物。”至于盖蒂博物馆以及是否也威胁要起诉除玛丽昂·特鲁外的其他官员，他说：“这是一个专门的问题，因为一些程序上的原因，国家程序不接受把责任延伸到理事会上去。”他没有对此作更多的解释。

但是底线是明确的：必须对这些已经形成的掠夺体系有一个严厉的手段；但不是对特别个体的审判，体系才是要控诉的。“当意大利的法官着手调查文物贩子把非法出土的文物垄断销售到美国和世界各地，博物馆也开始担心归还文物的问题了。”费奥利尼说。

根据这个逻辑，因为盖蒂博物馆拒绝归还清单上有争议的文物，玛丽昂·特鲁就要被毁灭，而菲利佩·德·芒泰贝洛把欧弗洛尼奥斯陶瓶归还后，冯·波特默就得到了宽恕。这公平吗?

费奥利尼不带任何感情地回答说自己对冯·波特默没有任何同情，也准备控诉他。冯·波特默对于拥有欧弗洛尼奥斯陶瓶有着强烈的渴望，并且他是“把自己收集的各种非法得来的艺术品贡献给各个美国博物馆”的人。在大都会博物馆购买了欧弗洛尼奥斯陶瓶的一周后，冯·波特默给罗马的朱莉亚博物馆写了一封匿名信，询问关于一周前交给意大利警方的双耳喷口杯（krater）底座上的碎片，费奥利尼提到这封信。“除了冯·波特默，没有人知道宪兵们拥有这些碎片。”费奥利尼带着轻蔑的语气嘲笑着说，这清楚地意味着冯·波特默知道陶瓶在意大利被掠夺了，也没能完好无损地在黎巴嫩保留，就像商贩罗伯特·赫克特所说的那样。至于特鲁，意大利要求盖蒂博物馆返还的52块碎片中的46片，都在她的管理之中。“我们并不想找特鲁夫人或者理事会的麻烦，只想了解这场非法暗中交易的历程。”

费奥利尼对于美国博物馆的几种品性都持批评的态度。首先，美国博物馆对于那些富有的捐赠者有着讨好的习惯，他藐视这种只会鼓励掠夺的习惯。“我并不富有，是个穷人。我的10美元是给博物馆而并不是让你们来我的国家偷窃我的遗产。我得向美国的税务机关提出另一个问题：如果史密斯先生捐赠了价值100万美元的文物给博物馆而得到减税的待遇，那么这是否让博物馆获得非法的财物的行为合法化了呢？”

费奥利尼还与美国的律师开始一场毫无效果的谈判。他说：“我对盖蒂博物馆在这事上的欺骗感到十分反感。我们握有所需的一切文件，却从未得到一个明确的答复。我们经常提及需归还的文物的数量，但没有谈及为何要归还文物。不谈归还文物的理由，是因为意大利政府在互惠信念的前提下，给予了这种文化共识。互惠的信念是基于具体的行动的。我给了你具体的事实，你只是在报纸上发表了陈述，在语言上作了表示。那么我就会用实际的行动来回应。美国的律师表现得好像地毯推销员一样，不过我可不是地毯推销员。”在他的判断来看，盖蒂博物馆的律师罗恩·奥尔森和路易斯·李是最有过错的。“奥尔森和李先生也许能够做做卖花生和油之类的小生意，但文物他们可吃不消。”李后来回应道：“我们对于意大利的长官怀有崇高的敬意，也很高兴能在团结协作的氛围下解决事情。”

事实是，盖蒂博物馆的情况即将步入一个终结。在被我问道为什么意大利对于盖蒂博物馆的谈判保持沉默，费奥利尼笑了笑，站起来走过他的桌子。在他手里握着一叠纸的封面写着“协议草案”，旁边还有盖蒂新馆长迈克尔·布兰德的便条。这是一个在 3 天内即将要发表的协议的最后决议副本：盖蒂博物馆同意将 52 件物品中的 40 件归还给意大利，其中包括一个 20 多年前花了 1800 万美元购得的阿佛洛狄忒雕塑。至于费奥利尼之前谈话中提到的有争议的青铜雕塑“获胜青年”，谈判双方同意在更深入调查着手前搁置，日后再议。

博物馆的好日子到头了。盖蒂博物馆无条件地投降了，把这些算是“长期借款”的文物们归还了意大利。这是特鲁悲剧的结束吗？结果不管她是无辜的还是有罪的，她的命运全赖于这份协议了。“如果盖蒂博物馆能够遵守这份协议，兑现自己的承诺，我将会请求宪法法庭撤销对于她的民事指控。”费奥利尼说道。虽然有了这份未决的协议，费奥利尼的态度依然没法平和下来。其实在博物馆里还有更多被掠夺的文物，他这么告诉我：“虽然我们只要求他们归还 52 件，但是我们拥有超过 300 件被掠夺的文物的证据。”我问他，如果他愿意，是否能把盖蒂博物馆搬空？他说：“那是肯定的。”

在众多国家纷纷寻求被掠夺的文物回归的大环境下，意大利却不适用像埃及和希腊等后殖民地主义国家的范式。因为意大利本身就是个殖民者，而不是被殖民者。在东方和西方持续关系紧张的背景下，发展中国家一向都是通过重申他们被侵略的历史来主张文化身份的认同，但意大利并不适合这个模式。这是一个处于欧洲要地的国家，稳固而独立，正在面临迁入人口数量（大部分是伊斯兰教徒）迅猛增长的挑战。但这并不意味着它没有身份危机。意大利不得不努力去适应它在欧洲统治集团中从曾经至高无上的辉煌到如今次于英、法、德的二线地位，在世界竞技场上的竞争力也越来越弱。

尽管无法确定这些问题的数量，但它们的存在是一个事实。伊恩·费舍尔在 2007 年 12 月的《纽约时报》里描述了这个情况。“焦虑，或者是心神不宁这个词，可以用来形容现在的意大利。”他写道：“在最近的民意调查中，显示出意大利人对于经济、政治、社会的集体性恐慌，尽管他们曾声称精通生活的艺术，在西方国家中是最幸福的。”他补充道：“意大利对跟上欧洲的步伐制定了它自己的方法，像几个少数国家一样在与分裂的政治、不平衡的出生率、有组织的犯罪和民族荣誉感的缺失作斗争。当被其他国家迅速赶超，老毛病不见好反而更糟的情况下，这个国家的挫折愈演愈烈。1987 年，意大利仍在为与英国的经济看齐庆祝。到了现在，加入欧盟仅仅 1 年多的西班牙，也已经超过了意大利，更不用说远落后于英国了。”[1] 费舍尔的文章马上登上了意大利报纸的头版，并在意大利全国播出。他后来说，这篇关于意大利的文章之所以引起如此大的反响，乃是因为深深刺痛了意大利的神经。

所以并不奇怪，我在地中海各处的问询中，大多数人对于意大利的不协调有着共鸣。在这场文化斗争中，与严格的道德观和保留相比，我建议把权力和自我界定放在更为核心的位置。近年来，在要回被窃取的文物这方面，意大利比其他国家来得更为积极。而当被掠夺的国家来要回被意大利掠夺去的文物时，意政府官员却像其他西方机构一样反应迟缓。从 1989 年起，利比亚一直要求其归还在 1912 年（这个北非国家正式成为意大利殖民地的一年后）被意大利军队掠夺去的大理石维纳斯雕像。这个公元 2 世纪由罗马人根据希腊原型制作的无头雕像，是在利比亚海岸边的古希腊村落昔

[1] 2009 年西班牙遭遇经济危机，至今尚未恢复，已不再如费舍尔文章中所言超过意大利。

兰尼被意大利军队拿走的。虽然在 2007 年，一个意大利法庭为了利比亚的意愿，已经对此作出裁决，但一年过去了，意大利仍未归还。到处去别的国家讨回被掠夺的文物，而自己又拒绝归还文物给别人，还有什么能为意大利这种行为辩护吗？看起来意大利好像并不缺维纳斯雕像。

当我们还未查明意大利延迟归还文物的原因时，一个名叫“我们的意大利”的保守组织对于法庭的裁判提出上诉。这个组织的女发言人解释说：“维纳斯的雕塑并不是意大利偷的，而是恰好在昔兰尼发现的，这在当时并没有违反意大利的法律。”她拿美国博物馆的要求来与之比较。“根据 1939 年的法律，意大利要求盖蒂博物馆博物馆返还的雕塑是非法挖掘、出口和获得的。但是维纳斯雕像不是类似的情况，它就像要求归还被拿破仑掠夺到卢浮宫里去的文物一样。”按她的逻辑，意大利应该支持大英博物馆保留埃尔金大理石雕，支持卢浮宫保留丹德拉星座天花板，因为它们都是在奥斯曼帝国允许下开采的。还有，意大利要求拿回大部分被拿破仑抢走的文物。

更令人费解的是，60 多年来，意大利都不愿把方尖碑归还给埃塞俄比亚。阿克苏姆方尖碑是 4 世纪由属于古埃塞俄比亚文化的阿克苏姆王国的艺术家们创造的，它有 78 英尺[1]高，上面布满了错综复杂的雕刻。1937 年，墨索里尼的军队攻占了埃塞俄比亚，带走了这个纪念碑。他们把方尖碑带回了意大利，矗立在政府部门的前面，纪念意大利殖民非洲。这也算是一个由来已久的潮流了。时光飞逝了 10 年又 10 年，什么事情都没有发生。伊莱亚斯·伍迪姆，一位埃塞俄比亚移民，对《洛杉矶时报》说：“看到他们一边抗议拿回自己被偷的东西，一边又保留着别人抗议要求归还的赃物，我觉得十分讽刺。”方尖碑在 2005 年终于被归还了，并保存在阿克苏比，这是埃塞俄比亚人觉得能重建方尖碑的最好地方和办法。

于是我们不禁要问，意大利是如何妥善保管在本国的工艺品的呢？这个国家所拥有的古迹和艺术品多得令人咋舌，在罗马沿着任意一条街道漫步，

[1] 约 24 米。

都可能使旅行者穿越古罗马、中世纪、文艺复兴时期和主教时期。希腊文明和伊特鲁里亚文明深深地影响着这个国家，继而融入到随后产生的文明中去。与卢浮宫不同，意大利的古代博物馆鲜有人至，里面摆满了大理石雕塑，破碎的罗马君王雕像沿着墙壁整齐排列。即使对于一个工业化的国家，想保管好这么多古迹也是十分艰难的。意大利也无法一直承担好这份责任，许多博物馆石屋中的遗迹都因缺乏资金而未被研究和恢复。

意大利意识到，很多古迹由于缺乏关注而不断地剥落。在 2007 年 10 月的一个电视筹款活动中，许多意大利艺人和名流聚集在一起为恢复文物进行筹款，并警告说，如若再不进行大规模修复，许多著名的古建筑，如帕拉蒂诺山上的奥古斯都大帝宫殿，都将不复存在。意大利有 41 处 [1] 被联合国教科文组织认定的文化遗产，但用于保护它们的资源却十分有限。文化部官员指出，意大利只能承担每年所需的 7 亿欧元（超过 10 亿美元）保管预算的一半。电视栏目可以募集民间资金作为政府拨款的补充，但意大利民众是否愿意从他们口袋中掏出钱来保护这些遗产，目前还无从知晓。前一年的电视栏目总共募集了 4200 万欧元（6000 万美元）用以保护古迹。民众不愿掏钱的一个原因是他们不确定自己的钱到底会被用在何处，因为意大利处处充满了腐败。最近被曝出的一个丑闻是，用于维护总统官邸的费用，包括卫队、仆人和维护人员的开销，竟比维护白金汉宫的花费还要高。而文化大臣鲁泰利宣布盖蒂博物馆等博物馆退回用于展览的文物，与同一周内爆发对于总统官邸维护费用的批评，两者并非巧合。

一个接近 70 岁，穿戴整齐的谢顶男人，斜靠在加富尔广场的阿德里亚诺电影院门口。贾科莫 · 美第奇看起来并不显眼，穿着一件绿色的 polo 衫，胸前挂着一根大金链子，他看起来就像一个在下午闲逛的普通罗马市民，女人们也许会注意到他很帅气。在电话里美第奇很快答应了见面，并选择

[1] 目前意大利文化遗产已增至 48 处，居世界首位。

了一个在市中心却不太起眼的地方。虽然他拒绝了拍照的请求，但作为一个曾被定罪的文物走私者，美第奇却意外地非常友善，毫无保留地开口讲起了他的生活。

作为过去 30 年非法挖掘文物集团的核心人物，美第奇在 2004 年的落网被认为是意大利警察局的一次重大胜利。他被指控贩卖了近千件非法文物给国外博物馆和收藏者。法院迅速作出了判决，美第奇被判入狱 10 年，并处以 1000 万欧元的罚款。这是意大利法院在文物案件中实施的最大额度罚款。

然而在 2008 年他依然是自由的。案件正在上诉，在等待另一次判决的过程中，美第奇对那些听众侃侃而谈。他认为对自己的定罪是荒谬的，因为那只是基于一位有政治目的的公诉人对在美第奇的仓库中发现的证据的歪曲。“照片！他们指控我不依靠别的，只用了照片！”在去往公寓的车上他用法语大声喊着（他不会说英语，而我不会说意大利语）。“有谁听说过这样的事情？连一份文件都没有！谁可以拿出什么文件让我看看！”我们坐在一辆菲亚特小轿车里驶往台伯河。开车的是他女儿莫妮卡，一个可爱得不可思议的姑娘，她拥有艺术史博士学位，并且深信自己的父亲是清白的。“他承受了很大的打击。”在把车停在公寓旁的时候，她用流利的英语说道。他父亲的婚姻无法承受因他被捕而带来的压力，而自从离婚之后，他就一直在与前列腺癌作斗争。

美第奇的噩梦始于 1995 年 9 月 13 日，瑞士警方闯入了他位于日内瓦自由港的仓库。他把自己位于日内瓦的画廊搬到这个位于城市南部的边境地带，这里不需要纳税，因此有许多进出瑞士的货物会经过此地。许多艺术品商人都汇聚于此，同样还有投资红酒、珠宝和高档汽车的商人。美第奇在那里待了几年，住在一个名叫考瑞德 17 的灰色仓库里。这次查抄是由逮捕其他盗墓贼的行动授权的，来得十分突然。

“对意大利当局而言，存在于自由港的东西意味着违法。”美第奇说：“指控上说我选择自由港的唯一原因是我的买卖是非法的。如果你只基于这些来下结论，那简直就是疯了。大家都在自由港做买卖”

通过查抄美第奇的仓库得到的不仅仅是照片，那些照片也不是完全无意义的，因为照片中的许多文物现在已经在博物馆里了。应意大利警方的要求，瑞士方面搜查了美第奇的公司（Editions Service），并发现了装满文物的橱柜。彼得·沃特森在他2006年的书《美第奇的阴谋》中写道：

> 有些被包裹在报纸中，壁画放在地板上或靠在墙边，花瓶则被装在水果箱子里，上面还沾着泥土。有些用白绳子系着佳士得的标签，但这些还不是全部。那里还有一个5英尺高、3英尺宽[1]的保险箱，令人吃惊的是，它并没有上锁。如果橱柜里的东西令人吃惊的话，那么保险箱里的东西就是“非常令人吃惊”——里面有20个最精致的古典希腊餐盘，那天在场的所有人都未曾见过，以及一些由著名工匠绘制的带有红色图案的古典花瓶。警方立刻认出其中一个是欧弗洛尼奥斯时代的文物，保守估计这些东西的总价值为几百万美元。

事实上沃特森参与了对美第奇的指证，他的证词也被用于最后的定罪。一名记者在侦查过程中得到了第一手信息，是这次起诉的重要组成部分。美第奇从未与沃特森打过交道，他说在办公室里大概只有150件值钱的文物，其他都是些不值钱的小玩意。“他们做了一件令人难以置信的事，”美第奇说，“我无法在现场，他们不让我请律师，瑞士警方把东西都锁了起来。他们花了5年时间草草地调查了一番，瑞士方面表示，如果这些东西是偷来的，那么它们是从哪里被偷来的呢？5年之后他们把案子搁置了，因为他们没有足够的证据证明这些东西是偷来的。”

2000年，瑞士方面把收集的所有证据移交给了意大利，而从美第奇的仓库里搜查出来的物品则仍处于监管之下。那些数以百计的照片成为了警

[1] 约1.5米高、0.9米宽。

察手中最有力的武器：有些记录了还带着泥土的出土文物，另一些则记录了他在博物馆里站在文物旁的时刻，包括一张在欧弗洛尼奥斯陶瓶前整理的照片。公诉人认为这些是他将赃物出售给美国博物馆的证据，并且会在事后前往观赏，并骄傲地拍下照片。对那些带有佳士得标签的物件，意大利警方认为美第奇从佳士得买下它们，制造它们来自正当渠道的假象。对他的指控和定罪都是基于这一论断。

美第奇认为这十分荒谬。在4个小时的谈话中，他详细讲述了在案件中他遭到的不公正待遇，相关证据的缺乏以及公诉人的政治倾向。但他并没有完全表明他的清白。美第奇坚持的主张是他所受到的指控都不成立，警方并未提供足够证据证明他偷盗文物的行为。“你可以相信任何事，但如果你要指控某个人，你需要提供证据。”他抗议道。那他把东西卖给了谁？“我卖给谁并不重要，重要的是没有证据证明我犯罪了，现在只有照片，你能仅仅凭借照片就证明一个人有罪吗？这太荒谬了。”他坐在女儿公寓客厅里的沙发上，这间公寓就在他自己那间的隔壁，莫妮卡很优雅地点头表示赞同。美第奇时而急躁，时而沉思，时而咆哮，时而苦笑，最后强迫自己平息了怒火。在谈话的最后，他站在我面前，颤抖着自言自语道：“美第奇，恶魔！美第奇，恶魔！美第奇，恶魔！”他把自己叫作恶魔。

“我做了坏事吗？也许吧。不是也许，我确实做了。”久经公众审判的他在深思熟虑后说道：“但不是他们指控我的那些事。那只是伪善。在未来他们会说‘这个可怜的人’，他们会学习我的案子，审视对我的权利的侵犯，现在他们只想坐在胜利的战车上。但那只是伪善。”

对美第奇而言，十分不幸的是，有大量证据证明他深深地牵涉于古文物贩卖活动中。过去的合作者，佳士得拍卖行的老板费里希蒂·尼克尔森在法庭上承认，美第奇提供了大量不明来历的文物用于在拍卖行拍卖。同样，自首的盗墓贼也承认美第奇是他们的主要交易对象。而那些照片尽管没有相关的文件，却依然显示了他自己与盗墓贼和文物收藏者之间的关系。

贾科莫·美第奇陷入了自己制造的矛盾中，他坚信无论他清白还是有罪，都受到了不公正对待，他认为自己是个古董爱好者，一个关心自己国家过去文化的人。他无法承受自己被冠以“文物走私者”的名号。过去35年里，他和玛丽昂·特鲁这样有权力的馆长，罗宾·西梅斯这样的奢侈品商人，以及佳士得这样的拍卖行做交易。事实上，在过去几十年，文物市场日渐繁荣，而意大利也并未因文物的非法交易而受到什么严重影响（公诉人说他们没有充分的证据来制裁非法盗掘者、走私者和商人）。但意大利的警察首领，罗伯托·孔佛迪在上世纪90年代接手后，一切开始有了变化。他亲自追查曝光了非法运输，警察们也为了自己而开始行动起来。

在美第奇的剧本里，他偶尔会与自己唱反调，谴责对自己祖国财产的掠夺。“我反对非法发掘。”他说道，但紧接着又会将盗墓者称作喜爱过去的“可爱农民”。但在他自我辩护的几个小时里，也提了几个发人深省的问题。美第奇说，有一些他被指控贩卖的文物的照片他从未见过，而警方花了3年时间才列出在自由港发现的文物清单。他认为一些在调查另一名文物走私者帕斯夸莱·卡梅拉的过程中得到的照片被混入了他的案件中。“我发誓，我有许多照片，但这些我真的没有见过。”美第奇认为公诉人的艺术专家一定是将他们弄混了。“这些不是我的，它们属于卡梅拉，他们把事情搞得一团糟。”在所有警方认为被美第奇偷走的文物中，“只有一件是我的，”他承认，“就是那个有赫拉克勒斯像的花瓶”。

美第奇被指控卖掉了一座非法挖掘的女神科莱的雕像，证据是有一张他的画廊里摆着那座雕像的照片。公诉人认为他将这座雕像卖给了罗宾·西梅斯，而后者又将它卖给了盖蒂博物馆。但那座雕像最终被查实来自希腊，而不是意大利，并且在调查追踪过程中，盖蒂博物馆在2007年将它还给了希腊。“我不知道谁把它卖给了西梅斯，而且我因为这张照片已经被定罪了。但是，它是属于希腊的。”美第奇说。罗伯特·赫克特被指控把希腊的萨拜娜雕像卖给了波士顿美术博物馆。“波士顿把它还给了意大利，但这雕像是从土耳其来的。”他说：“这真是荒谬，这件艺术品并不是意大利的，它光滑的大理石明显是代表性的土耳其式。现在，它在阿德里亚纳庄贾科莫·美第奇站在两样文物前的照片，均摄于大都会博物馆。

园里面。”

虽然被指控是这桩买卖的中间人，美第奇依然坚持自己和欧弗洛尼奥斯陶瓶没有任何关系。陶瓶据说已经卖给了赫克特，而且在赫克特拒不承认的第一版回忆录里，也指向了美第奇。除了赫克特的回忆录，另外只有1987年美第奇在大都会博物馆前面的一张照片作为证据。“这不是我卖掉它的辩解。”他沮丧地坚持着：“我因此被定罪，但是我从中没有得到一分钱。”他指着另一张他在大都会博物馆于1903年得到的知名的伊特鲁里亚战车前拍的照片。他坚持说自己只是单纯地喜欢和文物一起拍照。

美第奇认为他不仅是一个文物贩子，还是一个鉴定别人文物的专家。至于他为什么有这么多照片，他说，文艺界的馆长和其他人会把文物的照片送给他，让他鉴别文物的真实性并判断价值。他提出，警方误用了在罗马北部的韦尔奇用卡车运送货物的照片作为销赃证据，这对他不利。警方称这些照片是美第奇与抢劫者有牵连的证据；美第奇说他拍照是为了向当地警方告发抢劫者破坏遗址的行为。关于照片中沾着泥土的东西——“我以我的权威向你保证，世界上没有一个考古学家能从照片上就说出来里面的文物是否是现在被挖掘的，或者是早些时候。”他说：“因为没钱去修复，在意大利的博物馆里，有成百万的文物还被尘土覆盖着。在储藏室里更有上百万的物品——几百万，不是几千，在意大利庞培的朱莉亚庄园里——仍需被修复。但仅从一张宝丽莱照片[1]来说，你不能得出它们是什么时候被挖掘出来的结论。”他说许多文物在它们出土的地方被尘土覆盖着保存了几十年。“这不是证据。”他坚持。这里美第奇讲得比较夸张。这些布满尘土的艺术品，包括扔在汽车后备箱里的，或是用报纸包起来的物品的照片，都表明它们的确是刚刚出土的。没有显示沾有泥土的照片表示它们是从博物馆的储藏室里来的。

美第奇也否认了他卖过一个从盖蒂博物馆归还的杯子，虽然彼得·沃特森在他的书中刊印了一张在修复中的文物的照片，上面标注是从美第奇那里来的。“我从没卖过这件物品，我甚至从未拥有过它。”他说：“有人寄给我这张照片询问我是否能修复，但我没有做过。这是一个有希腊血统的日内瓦私人客户。我不知道这个东西发生了什么事。”

美第奇称警方在文物事物上的热情仅次于公诉人。“我不能理解，他们的热情不是因为对文物和历史的爱，而是因为政治。已经存在了50年的

[1] 宝丽莱照片是速成的，清晰度一般会有不足。

基督教民主党（the Christian Democrats）政府改变了，他们想要表达基督教民主党的终结，在朝的是社会党（the Socialists）。他们想要打击美国。”他说。

他指责保罗·乔治·菲利由一个职业的犯罪公诉人变成了共产主义人士和反美人士。在审问中，他给菲利看了一张阿波罗雕塑的照片。按照美第奇所说的，菲利回应说：“我钦佩你，你可以买这么贵重的东西，但是在意大利，却有人连面包都吃不起。”这激怒了美第奇：“我合上文件，抓起它，然后离开了。‘谢谢，菲利先生，再见。’这是一个法官的心态吗？这是一个极端的左派，一个共产主义者。”但菲利并不是共产党员。

不过，美第奇总体上无法理解为什么长达30年都被接受的交易突然变成了犯罪。“一直到1995年之前，我从未受到控告和审讯……我在罗马西班牙台阶广场旁有一个画廊，里面有各种希腊的花瓶、青铜和大理石雕。我从未出现问题。然而到了1995年，警察局长孔佛迪发表声明说文物交易是非法的。好——我同意。我不喜欢非法贸易这个概念。现今，我的画廊出售文物。它毕竟不是药物。我们只是在讨论三四十年前的东西，比如欧弗洛尼奥斯陶瓶，比如盖蒂博物馆的物品。让我们害怕的是它那么突然，所有在拍卖行出售文物的我们，在出了艺术的世界后，就变成了土匪。于是意大利当局就没有再说过一个字。现在，他们开始感到不安。政策开始变化了，但并不公平。我现在处于一个不能旅行、不能交易的境况。这就像我死了。我在等待。但令人悲伤的是，证据只有这些照片。没有目击证人，没有公告说明，只有照片。”

美第奇谈到的变化是真实的。在20世纪90年代末，他给《考古学》杂志写了一封信，去抗议彼得·沃特森写的关于他的文章。在信中，他陈述了与他2007年发表的同样的观点：在掠夺中并没有留下文物存货，他也没有被允许去监控搜寻，警方调查中的内部文件被泄露到了因特网上。“那个出口1万件物品的‘怪物’并不存在。”他写道。在同样的问题上，国际古代东方以及原始文物交易商联合会的主席弗莱德里克·舒尔茨也写信支持他。

舒尔茨在信中说，虽然他不认识美第奇，但是他对博物馆发布标注着“可能走私于意大利”，事实上是从已知列出的收藏中获得的文物照片这种行为感到义愤填膺：“并没有证据能表明美第奇先生是意大利的秘密走私者，你们的网站反而证明了相反的事实。”但仅仅几年之后，舒尔茨自己也被反对掠夺文物的合法运动的浪潮困住了。2002年，曼哈顿联邦法庭因密谋走私和持有被掠夺的埃及文物这两点指控他有罪。不像美第奇那么幸运，他入狱了。

美第奇有时被抛向他的争议和辩解搞得心烦意乱。同时令人奇怪的是，在意大利深奥的法律下，美第奇竟然能在他有罪上诉的最后一刻逃脱。从2004年对美第奇的裁定开始，法律调整了法律法规的限制，于是从此起诉他非法交易的时代从表面上结束了。这也需要花几年的时间来决定。为了结束自己的噩梦，美第奇提出与检察官做一个交易：把所有他被扣押的文物献给国家，并用他朋友拥有的所谓“希腊的，十分重要的”文物作为结束对他的起诉的交换。美第奇坚称这件文物不是他的，但会由他的收藏家朋友捐献出来。“我有家，年纪也大了，我希望回到正常的生活当中去。”他说：“让我们找到一个解决的方法。”但到目前为止，检察官对他的交易不感兴趣。

意大利之前忽略得太久，现在又关心得太多。美第奇说：“过去的已经过去了。这些政府都曾在沉睡。而法律制裁必须由文物的发源国来完成。他们应该捍卫自己的财富。在35年里，贾科莫·美第奇都是完美的，突然间，他就变成了恶魔。这怎么可能呢？”

我问美第奇对于毛里奇奥·费奥利尼评论说盖蒂博物馆充满了掠夺来的文物这件事怎么看。“我同意，”美第奇说，“如果所有国家都要回他们被掠夺去的文物，那么盖蒂博物馆就应该变空了。不仅仅是盖蒂博物馆，大多数的美国博物馆都会变得空空如也。”

玛丽昂·特鲁的审判

“特鲁……是反对文物走私的英雄人物，可以作为人类文化遗产盖蒂艺术博物馆捍卫者载入艺术年鉴。”

——《洛杉矶时报》，1989 年 9 月 12 日

20 世纪 70 年代，当玛丽昂 · 特鲁初到希腊的派洛斯岛时，她觉得自己来到了天堂：色彩绚丽的爱琴海，岛上郁郁葱葱的葡萄园，浅浅的沙滩环抱着这个僻静的地方，勾勒出它的海岸线。玛丽昂 · 特鲁喜欢水下的深水潭，有的像闪烁的蓝宝石，有的又因底下的岩石而呈现出平静的绿色。特鲁当然不是第一个被希腊岛屿和它独具魅力的方糖屋吸引的人。半个世纪以前，作家劳伦斯 · 达雷尔便沉醉于此，使爱琴海化作涓涓细流流入心田：“白热的太阳在海上舞蹈，蓝蓝的天空溶入海中，我因此沉醉。”在游历科孚岛后，沉醉在美景中的劳伦斯写道：“我觉得这个岛屿就像一种燃烧的玻璃。”之后，坐在旅馆里，联想到以前来此游历的人们，就像他一样，会突然觉得自己徜徉在黑水晶的中心。也许只要有了作家，就会有源源不断的诗句来描绘这片被无边的蓝色爱琴海包围的岛屿。劳伦斯还找出了雨果 · 冯 · 霍夫曼斯塔尔这位维多利亚时代游人对这片岛屿的描述：

这光是如此的热情而柔和。它描绘出了无比清晰的纯净，一种让心跳加速的纯净，让人走进揭开迷人的面纱。我只能用这种似是而非的词句来形容它。除了灵魂，任何事物都无法与之媲美。

派洛斯岛是基克拉迪群岛中心一个美丽的小岛，是劳伦斯笔下“希腊海中棱形的心脏。如果海豚没有跳出海面跟你打招呼，或者没看见一群摇摆的飞鱼盘旋着飞过你的船头，你可以把钱要回来”。就像其他发现这片美丽岛屿的人们一样，玛丽昂·特鲁感动于这里的美景，也同时被岛屿的淳朴、渔民的坦诚、店家的热情所感染。他们欢迎这位来自美国的管理者，这位说起希腊语不很流利的金发女郎。她在这里名声大振，人们都称她为盖蒂艺术博物馆夫人。她买了房，结交当地人，接触希腊高层社会，广交学术界人士以及外国官员。她的交际圈包括在此工作的雅典大学毕业的考古学家，像雅诺斯·科拉尤斯一样的当地小型博物馆的管理者，还有包括用私藏建立基克拉迪文化古董博物馆，并在派洛斯岛附近拥有一座小岛的运输巨头古兰德里斯家族。但令她最愉快的事情是享受美味大餐：享用可以吃到深夜的大餐，吃着当天的烤鱼，蘸着当地制作的橄榄油，再有当地酿造的美酒。在远离博物馆拘谨的世界，她与朋友们在水畔享受慵懒的时光。这就是她的天堂。

2007 年夏天，特鲁的天堂却成为居住的噩梦。她的房子曾经是一个和平的休养所，如今，变成当地的珍品鉴别所，她也日渐成为一个满口粗暴言语爱争辩的人。希腊警方在 2006 年查抄了她的房子，突袭这栋 19 世纪的建筑，没收了他们口中那些属于 17 世纪流落各处的古董，包括从壁炉里面锯下了一块属于这个房子的木板。特鲁淡出了公众视线，也不再出现在任何社交场合。事实上，她在这个圈子里也剩下没多少朋友了。而这自《洛杉矶时报》爆出那单丑闻也仅仅只有两年时间而已。那是 2005 年的 10 月 1 日，《洛杉矶时报》报道了特鲁从与盖蒂博物馆有多件艺术品交易的两名希腊艺术经理人——克里斯托斯·米海利德斯和罗宾·西梅斯介绍的一名希腊律师处贷款购置了一栋房产。这违反了盖蒂的相关政策，因为博物馆明文规定禁止工作人员从与博物馆交易的人员手中收取好处。虽然报道也提到了盖蒂博物馆从 2002 年起就明确知道这单贷款的存在，但这单丑闻却断送了特鲁的职业生涯。当然，这也不是特鲁辞职的唯一原因。从那年 7 月开始，特鲁就在罗马法院以购买被窃赃物及掩盖购买被掠文物的罪名而受到了刑事起诉。如无疏漏，这是历史上第一个因购买被掠文物而被起诉的博物馆长。一个从哈佛这样最高学府毕业的堂堂博物馆长，就这么在 59 岁那年被彻底摧毁了，从此声名狼藉，再也无法继续她的职业生涯，还成了西方世界狂妄自大、漠视文化保护的标志。人们对她最后的印象，就是被无数报纸、网站、电视报道的，她带着黑色墨镜拿着奢华手包离开罗马法庭的景象。

特鲁的惨败令人困扰、疑惑、不安。她在文物考古方面杰出的学识，以及 23 年间担任盖蒂博物馆馆长的傲人经历让人无论如何都无法料想到她的衰败，和从 2005 年春天开始的无法阻挡的下台。特鲁在圈内绝对称得上是经典研究的顶级人物，她在收紧美国博物馆的文物政策方面作出了很大贡献。她还帮助盖蒂博物馆逆转因为可疑文物而变坏的名誉，资助国外的考古学，并推动了美国国内体系的建立。正是特鲁在 1995 年极力主张采用一种更严格的资料获取制度，这解决了当时美国主要的博物馆最大的局限所在。发生了什么事情？是特鲁变了吗？还是这个世界变得太快？还是说，她被占有美丽艺术品的欲望冲昏了头脑？

意大利当局认为特鲁无疑是个罪犯。警方在贾科莫 · 美第奇的仓库里找到的纸质文件正表明特鲁和贾科莫 · 美第奇以及另外几个肮脏之人有牵扯——主要是商人罗伯特 · 赫克特和特鲁的朋友西梅斯与米海利德斯。然而意大利社会对特鲁的抨击令人不安，似乎整个国家的公众意识都充斥着对她的恶意。特鲁没有为自己买古董，她也不富有。在八九十年代，通过同样的途径，在同样的制度下很多收藏家都在买古董。那么，命运的奇怪转折为什么会轮到特鲁，而不是盖蒂博物馆的负责人或博物馆理事会主席？为什么是

玛丽昂·特鲁离开罗马法庭时的照片

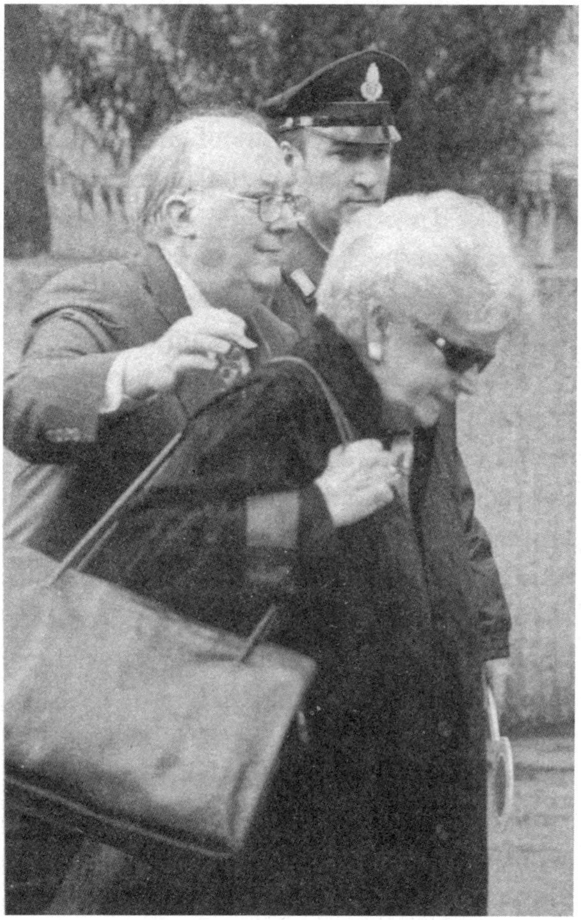

盖蒂博物馆，而不是纽约大都会博物馆或牛津的阿什莫尔博物馆？

对特鲁的控告引发了一个问题：谁应该对买卖这些被偷的文物负责？在写给自己工作多年的机构领导的一份两页的抗议书中，特鲁说，盖蒂博物馆的沉默是在试图淹没那些说她收受偷盗来的文物的指控。“盖蒂博物馆的同事、领导、职员、法律顾问没有一个站出来向公众挑战这被扭曲的事实，”她写道，“人们预料中的沉默被广泛认为是对于我的罪恶心照不宣的默认，尤其是在考古学领域。”她变成了社会的遗弃者，朋友们对此漠不关心，生活到处充斥着敌意的谩骂。意大利的控诉被它自身的法律合法化，肆意敲击勒索，企图通过羞辱管理者把盖蒂博物馆扳倒。意大利政府随后的行为更像是故意欺压——尤其是查抄特鲁在派洛斯的家，将她的工艺品充公——这些工艺品后来证明没什么价值。

没有人看错，玛丽昂·特鲁身上发生的事情就是个警告，是从文物来源国射向整个西方博物馆行业的一支利箭。“把我们的东西还给我们，否则发生在她身上的事情就会发生在你们身上。”这就是无声的宣言。

合乎常理，玛丽昂·特鲁的事业正处于巅峰期，她的成就、知名度如同一条昂扬的直线，直到2005年发生了这件致命的事情。她出生于俄克拉荷马州，1970年毕业于纽约大学并取得古典艺术学位。接着她又取得了古典考古学的硕士学位，然后去哈佛攻读博士，在那儿她是人们尊敬的考古学家艾米丽·迪金森·沃缪勒的得意门生。同时，她担任了哈佛福格艺术博物馆和波士顿艺术博物馆的馆长。在波士顿，特鲁的上司是科尼利厄斯·沃缪勒三世，她的教授艾米丽的丈夫。特鲁在古代文物领域可称得上是一颗冉冉升起的新星，70年代后期她就被菲利佩·德·芒泰贝洛推举成为大都会博物馆文物部的部长。当然，根据她的密友，考古学家斯特拉·阿德迈尔所称，她当时受宠若惊，谨慎考虑着要不要接受邀请。然而最后她依然决定去了洛杉矶的保罗·盖蒂博物馆，那时这个博物馆还刚成立不久，特鲁认为这样她可以对收藏品的规模形成有一定的影响。盖蒂博物馆资金充裕，人们都知道它迫切想扩充藏品。特鲁加入盖蒂博物馆是在1982年，作为文物管理员吉里·弗雷尔的助手。吉利·弗雷尔是J. 保罗·盖蒂在1973聘用的，两年后被降职。后来，他为了得到税收回扣而故意对社会捐赠的文物过高评估这件事曝光后，弗雷尔便辞职了。他也得到了一尊价值惊人的雕像，尽管很多人认为是赝品。

作为弗雷尔的继承者，特鲁命中注定是一股清新空气，一个拥有广泛学识、惊人记忆的学者，一个能流畅读懂拉丁文、希腊语和意大利语的专家，她也是那个尝试和文物出产国合作试图改变博物馆被玷污的名声的人。1986

年，她接受文物部部长一职，同年她在哈佛的博士学业结束，当时她的毕业论文写的是古希腊红绘陶器。她马不停蹄地宣扬她的学识，在全世界范围内提倡文物保护——比如说埃及的斯芬克斯像和雅典卫城。她高薪聘请收入微薄的希腊考古学家去盖蒂博物馆研究机构工作。1995年，她和盖蒂博物馆文物保护协会赞助了希腊、土耳其、意大利一系列场地保护会议的召开，也为与会代表提供经费。她带头提出花费2.75亿美元用于修缮盖蒂博物馆信号楼，她把工程细节规划到最完善，但最终没能目睹2006年它的竣工。

最触目的讽刺是，特鲁显而易见致力于改善文物出产地的现状。“讽刺这个词还是太轻了。”她的朋友阿德迈尔有点怨恨地说。特鲁公开阐述过盖蒂博物馆需要改进文物获得的政策，也提出在购买文物前要询问出产国的意思。来自不列颠、法国、德国各大博物馆的专家组成的学术委员会讨论了她的提议，馆长也赞成她的主张。1988年，一个美国商人向特鲁供应一批价值2000万的拜占庭马赛克，她告诉商人这批马赛克可能是偷来的，并且随后将这件事报告了塞浦路斯政府。美国联邦法院审判了这起民事诉讼，马赛克被送回塞浦路斯；它们大约是在1974年左右被盗的。在法庭的证词中，特鲁有一句关于盖蒂博物馆的新政策十分有诚意的陈述：“作为一个公共机构，我们不愿意违背文物原出产国的意愿。”《洛杉矶时报》周日特别版杂志上有一篇斯坦利·梅斯勒的文章，他写道：“特鲁作为一个反对文物掠夺的英勇战士，盖蒂博物馆作为人类文化遗产保护者，他们理应被载入艺术史册。”

特鲁也试图平息关于弗雷尔买的那座雕像的流言。“明显任何博物馆对一件不对的事情都没有兴趣。”1986年她告诉《洛杉矶时报》。由于和一些专家磋商后仍无法消除质疑，1992年，盖蒂博物馆在雅典古兰德里斯博物馆召开了一次专题学术讨论会，讨论这座雕像的真伪。与会的专家得出的结论是，基本上没有结果。但是并不是所有人都看到了特鲁所做的努力。雅典大学的希腊雕塑家奥尔加·帕拉吉亚说特鲁在会议召开一年前曾邀请她去马里布观看这座雕像并给了她一些专业意见。帕拉吉亚当即认定雕像是赝品，因为雕像的设计混杂了好几个时代特点。“她给我写了一封信，她说，‘你是对的，你有勇气这样说。我们找到了那个雕塑者，他已经80多了’。”帕拉吉亚说道。但是一年后会议召开，帕拉吉亚并没有受到邀请。她站在观众席向特鲁提问为什么她改变了对雕像真伪性的看法。“她很生气，没有回答，”帕拉吉亚说，“从那以后我们没有说过一句话。”特鲁谢绝了为这本书接受采访。那座雕像仍然陈列在盖蒂博物馆内，标签上写着“希腊，大约制作于公元前530年，现代仿制”。

也许特鲁对阻止文物掠夺作出的最大贡献在于说服盖蒂博物馆董事会采用了限制购买出产地不明的文物的相关制度。1995年制度被采用，并且成为博物馆文物购买的截止日期。“玛丽昂·特鲁是北美唯一一个多年来持续演讲禁止文物买卖的人。”她的朋友阿德迈尔说：“她的同事们从来没有这么做的，不管在克利夫兰，纽约或是在波士顿。她是如此勇敢。大概12年或15年前，她就曾告诉博物馆的管理员，不停地购买文物实在是荒谬的做法，我们已经有那么多了，我们也只能展示冰山的一角。她说：‘假如我们继续买文物，中东和地中海一带就会出现更严重的掠夺，我们必须停止了，我们的资金可以用来妥善保护保存已有的文物。’”

当特鲁在2005年因为非法交易被指控时，这个领域的很多人感到困惑。特鲁的审判在进行时，弗吉尼亚大学的马尔科姆·贝尔三世开始了他的防御措施。“盖蒂博物馆警方现在开始杜绝文物的购买，除非在1995年前备有公布的证明文件的。”他在《洛杉矶时报》的一个专栏文章中写道。“这是所有任何大的美国博物馆中最严厉的政策。相比之下，其他博物馆比如大都会博物馆，并没有禁止无证书文物的交易。据大家所说，1995年的文物买卖的急转变化要归功于特鲁。她使得博物馆摆脱不良印象，重拾声誉。

阿德迈尔回忆起警方采纳了她的意见之后的一天，特鲁接了几通威胁电话，之后，一封匿名信中扬言这些文物贩子将会报复。尽管如此，从1995年12月到2005年初，盖蒂博物馆买了557件文物，大多数都是12世纪中期的德国收藏家奥芬兰德的藏品中来的。当严肃的问题到来，盖蒂博物馆的文物政策在2007年也越来越紧了之后，文物收藏几乎彻底地停止了；根据博物馆的记录，在2005年到2007年间，只得到了一样斗士头双耳铜壶，是从19世纪70年代就拥有它的一个欧洲家庭手里购买的。

在发觉自己被检察官盯上时，特鲁看起来似乎和意大利当局有着不错的关系。1999年，她支持意大利政府关于不得从美国进口被掠夺的文物的5年禁令，当委员会向总统建议这么做的时候，她还向美国文化财产咨询委员会证明她对此赞同。她是美国的大博物馆中唯一一个这么做的典型，于是警方认可了她的行为。同年，盖蒂博物馆自告奋勇地归还给意大利3件文物——一件非法挖出的5世纪的赤褐色陶土酒杯，一件从意大利私人藏品里偷得的2世纪的密特拉神的躯干，一个挖掘储藏室里拿走的2世纪的罗马雕像头部。在一篇当时的新闻稿中，特鲁重复了她挂在嘴边好几年的话："我们的文物收藏政策是为了能够让那些文物回归自己的来源国，但所有关于这些文物的来源信息必须是确实可信的，否则我们将不会归还那些文物。"

我们如何才能将这样一个形象和那个站在意大利审判庭上的人联系在一起？这个女人与著名的走私者贾科莫·美第奇有着频繁的书信往来，信中所提到的大多是对非法文物的索要。另外她还保护了大商人罗伯特·赫克特，有一名瑞典记者在一个罗马浮雕的问题上指控罗伯特，那可能将他是走私者的身份曝光，而特鲁则扭曲了这名记者的指控。她与赫克特、美第奇有通信来往这件事是毋庸置疑的。在他们众多的记录材料与文件中，一封由赫克特的公司"亚特兰蒂斯文物"在1987年4月发出的信件直接导致了这次的审判。在信中写道："贾科莫·美第奇以200万美金卖出的东西，我们将会收到少于5%的佣金，这笔钱由美第奇先生从盖蒂博物馆收取后即会支付给我们。"这笔交易的内容是20个雅典风格的红色盘子（阿提卡红盘），一开始盖蒂博物馆是打算租借这批艺术品的，但是特鲁建议将其全部买下，因此便有了前面所提到的故事。在另外一次事件中，她写信感谢美第奇告诉她关于一尊来自切尔韦泰里的酒瓮；切尔韦泰里是罗马城外的大型建筑遗迹群，那里的文物已经被大量掠夺了。她提到："这个发现对我的一名职员的研究有很大的帮助。”意大利调查员在文物商人的仓库中发现了那些可成为罪证的资料和文件，并且基于这些文件，他们总共发现有 42 件来自盖蒂博物馆的古代艺术品与此事件有关联。但是有些人可能会想，如果在别的博物馆文件库中也发现类似的信件该怎么办，由馆长亲自签名并且暗示了他们也参与了这些肮脏的活动。

特鲁案件伊始，许多人纷纷为她辩护。她所在博物馆的工作人员们用行动和言语表达了自己对特鲁的支持和爱戴。2005 年夏天，30 多家博物馆的董事和馆长联名上书给盖蒂信托的主席巴里·穆尼兹，为“我们备受尊重的同事玛丽昂·特鲁”作证，“她是清白廉洁的”。这些签名支持她的博物馆管理人员中，有来自洛杉矶现代艺术美术馆的，有来自加州大学洛杉矶分校汉默尔博物馆的，有来自洛杉矶郡立美术馆的，以及来自南加州大学费舍尔艺廊的。这一切都发生于审判以前，发生于美第奇认罪和交代以前。毫无疑问，这个时候，特鲁借款购买派洛斯岛的房子一事也还未公开化。很快，特鲁的这些朋友们渐渐闭上了嘴。他们不知道应该相信什么。许多特鲁的同辈因为这次事件从内心感到了恐惧，他们害怕自己也和特鲁一样被审判有罪。也有些人却感到疑惑：到底发生了什么？

事到如今，考古学收藏界和博物馆收藏界对特鲁事件依然表示疑惑。在特鲁的前同事们看来，特鲁的定罪似乎并不那么理所当然，整个过程模糊而不清晰，让他们对正义和公平产生了疑问。科林·伦弗鲁，这位知名的教授面对现代文物掠夺这个问题，他的回答是模棱两可的，并且对特鲁表现出了同情。“可怜的玛丽昂·特鲁，”他在接受采访时表示，“她是一位很重要的女士，但是我认为她似乎有点精神分裂”。因为她那具有前瞻性的政策显然与她的保守行为产生了矛盾。让科林·伦弗鲁很疑惑的是，为什么特鲁被孤立了。当被问起，玛丽昂·特鲁是否罪有应得时，伦弗鲁回答：“在有最后裁定之前，我认为我不应该对这个事情发表评论。但是我经常在想，如果特鲁的罪名成立，那么博物馆的董事约翰·沃尔什和管理委员会主席哈罗德·威廉姆斯也应该和她一起服刑。现在他们两个都没事，这真是太奇怪了。”

从另一方面来看，贾科莫·美第奇，这位被定罪的走私贩认为博物馆馆长很天真。美第奇手中的照片是特鲁事件的根本起因和主要罪证。他认识特鲁的前辈——在业内名声很差的弗雷尔。在一次采访中，美第奇说，弗雷尔知道怎么在这个肮脏的古代艺术品收藏圈生存和发展。“弗雷尔就像个强盗，”美第奇说，“他知道该对谁说什么话，他知道怎么去打发那些记者和警察。玛丽昂·特鲁，她非常贴心。”美第奇认为特鲁贴心过头了，并且太执著于思考与寻找那些文物的源头。据美第奇所说，特鲁曾经提醒过意大利当局，美国金融家里昂·利维带来的一幅庞培城壁画和另一幅在意大利博物馆的壁画有关联。而且，她试图找出那些从弗雷尔手中收购的古代艺术品的来源。她曾写信给美第奇询问关于3个科林斯瓦罐是否被盗窃的事，“我告诉她，‘这种风格听起来似乎是来自于切尔韦泰里地区的’。”美第奇说他后来给特鲁回信了。当警察发现这封信后，他们就把这个作为特鲁与美第奇犯罪的证据。美第奇却坚持认为，这是污蔑事实，黑白颠倒，她只是想寻找文物的源头和来源，因此询问美第奇相关资讯，在这里，美第奇是以专家身份回答的，并不是以一个贩卖走私文物的商人身份回答的。“玛丽昂·特鲁是这个世界上最愚蠢的女人，”他说，“她简直就是白痴。她就是太想要真相和正确的答案，太较真了，她想改变对不明文物来源的处理方式。现在我们出现的问题也都是因为她。如果她能够像弗雷尔一样处理这些，那么就什么事都没有了。”他悲伤地摇了摇头。“他们想杀了那个女人，”他对意大利公诉人说，“她是一个非常好的女人，一个笨女人。这个世界却不那么美好。”

基克拉迪群岛的第24号岛屿在历史上有着辉煌的一笔，曾是旅人的天堂——米克诺斯，海域航道的中心；圣托里尼，大量游船们的目标终点地；来自雅典的快艇游客们想寻找一日游的话，那么必去的就是其亚和安多斯。派洛斯是群岛中最大的岛屿，从雅典过去只需要3个小时的船程，那里没有酒神的神庙，也没有像提洛斯岛那样的大片废墟，但它是雅典黄金年代联盟地区的中心。至今，它仍是雅典古文明中的精神象征。在古希腊时期，派洛斯曾是最昂贵最优质的大理石的产地，在岛中央的采集区能够采集到半透明色的美丽大理石，这种大理石以它的光泽和光辉而闻名，这个特点能够使光线穿透进大理石大约 3.5 厘米深。派洛斯大理石曾用来建造著名的“米罗的维纳斯”以及“萨默特拉斯的胜利女神”等大量流传至今的不朽纪念物。在古代，这个岛屿有着许多有名的大理石工坊，还有着一些城市和神庙，这些遗迹直到上个世纪才被发掘出来。

玛丽昂·特鲁起先是为了拜访她的好友斯特拉·阿德迈尔和她的丈夫而前往派洛斯岛的。斯特拉·阿德迈尔是一名考古学家，她的丈夫古·鲁伯森是一名医生。当鲁伯森还是个学生的时候，他背着背包从自己的家乡荷兰一路向南流浪，这就是他第一次到达派洛斯岛的故事。1970 年左右，阿德迈尔和鲁伯森与特鲁相识于哈佛大学，当时特鲁还是艾米丽·沃缪勒的博士生，鲁伯森拿着奖学金在哈佛大学公共卫生学院学习。阿德迈尔是个初出茅庐的考古学家，因为和特鲁选修了同一门课而相识，并且很快成为了好朋友。她们都是头脑冷静、聪明并且充满野心的金发女郎，后来她们一起就职于波士顿美术馆，友谊一直维系至今。在 20 世纪 70 年代、80 年代，特鲁常在夏季拜访阿德迈尔和鲁伯森在派洛斯的家，那是一个有点不规则却非常传统的希腊式小屋，屋子里摆满了他们一家的照片：清瘦的年轻医生鲁伯森，在塞浦路斯考古的阿德迈尔以及成为了摄影师的女儿吉赛尔。壁炉架上还摆着一张特鲁在 1997 年结婚时的照片，新郎是巴纳德·德梅松纳夫，一位法国建筑学教授。照片上，特鲁穿着黄色礼服，笑得很开心，证婚人斯特拉·阿德迈尔和安杰利斯·迪里夫瑞亚斯站在新郎和新娘的旁边。安杰利斯·迪里夫瑞亚斯是贝纳基博物馆的馆长，这是一所由一个富裕的希腊家族捐赠藏品而成立的博物馆。“她很优秀，性格好。当时的她和现在不一样。”特鲁的好朋友，律师伊奥尼斯·奥普罗斯回忆起以前的事，“她是一个很有趣的人，会说很多历史故事，让人觉得亲近。她来这里寻求一个新乐园，她也的确找到了。所有人都喜欢她，喜欢和她在一起，甚至连市长

特鲁的好友阿德迈尔夫妻。

都想见她。”盖蒂博物馆就是特鲁的名片，权势和慷慨让她成为宠儿。

20 世纪 90 年代，鲁伯森的邻居—— 一对同性恋恋人打算卖掉他们的房子，那是一个建于 19 世纪的独栋小屋。特鲁很想把这个房子买下来，但是她又很担心自己的经济能力不足以应付这笔庞大的开销。她说："如果我买下来，那么我们就可以一起慢慢变老。”阿德迈尔在一次厨房里的谈话中想起了这个事情，当时的特鲁决定在好友家附近 100 码[1]的位置安一个家。

正如特鲁所料，在买房子这件事上经济问题成为了最大的阻碍。阿德迈尔和鲁伯森借了特鲁 4 万美金作为房子的首付款，这刚好是总价 40 万美金的 1/10。但是，真正出现问题的是剩下的余款，美国银行拒绝了特鲁的贷

[1] 约 91 米。

款申请，原因是房产位于海外。特鲁向她的好朋友罗宾·西梅斯和克里斯多斯·米海利德斯提起了自己的财务困境。这两个人共同经营古董生意，在80年代和90年代，他们是盖蒂博物馆藏品的主要供货商。他们在旁边的斯基诺萨岛上有一所房子，这所房子是他们那些古董和艺术品交易圈的朋友们夏日里社交和休闲的首选之地。米海利德斯介绍了雅典的律师迪米特里欧斯·佩帕斯给特鲁认识，律师愿意借钱给特鲁支付房屋余款。特鲁的借贷进展得很顺利，但是这件事情她却觉得很不舒服，因为事到如今，她和那两位古董交易商朋友的关系会变得很微妙，因此她希望能尽快把借款给还上，不再欠别人的钱和人情。但接下来发生的事让人觉得匪夷所思。有资料显示，特鲁在1996年偿还佩帕斯的钱是向另外两个大古董收藏家借的，他们是劳伦斯和芭芭拉·弗莱希曼。这两个人在业内非常有名，他们为盖蒂博物馆捐赠了一批古董艺术品，并且又卖了2000万美金的收藏品给博物馆。这里的疑点便是，特鲁的这笔借款是在博物馆交易后立刻产生的，这种安排和时机不免让人生疑。

整个事件看起来似乎就是一个巨大的漩涡，复杂的人际关系、社会地位、声望、裙带关系是这个漩涡的主体，博物馆圈和收藏圈的名流之士纷纷被卷入其中。在这个小圈子的俱乐部里，大家互通有无，私下解决供需关系，并且纷纷为其他人打掩护。

20世纪80年代对西梅斯和米海利德斯来说是黄金年代，他们在古董和艺术品圈子里有着霸主般的地位。米海利德斯，野心勃勃的年轻美学专家，他的品位是用大量的金钱换来的。年纪稍大的西梅斯是一位古董交易商，但是他在认识米海利德斯后，事业有了突破性的发展。这是一个爱情故事，西梅斯为了米海利德斯离开自己的妻子和孩子，他们最终在一起了。奇怪的是，他们坚持着柏拉图式的关系，虽然没有性生活，但是在事业上，他们的确是最好的搭档。米海利德斯对艺术品有着惊人的判断力和鉴赏力，而西梅斯则是位神奇的销售专家，他总是能说服那些收藏家们，令人相信他手里的艺术品必不可缺，是一定要购买的。他们维护人脉的方式，便是邀请那些好友，如谢尔比·怀特、劳伦斯·弗莱希曼、乔治·欧提兹以及玛丽昂·特鲁去他们在伦敦的豪华别墅里共进晚餐，享受室内游泳池。或者，去他们在纽约的别墅里小聚一番，欣赏满是藏书的室内图书馆。这栋别墅是由著名设计师菲利普·约翰逊设计的，上一任屋主是大名鼎鼎的洛克菲勒。“选古董交易商就要看他们的书房。”西梅斯曾经这么教育他的下属。这对情侣会乘坐超音速喷射客机飞往纽约过圣诞节，然后在瑞士的格斯塔德过新年。斯基诺萨是他们的夏日度假地，在这里，他们会和米海利德斯的亲戚帕帕蒂米特里欧家一起居住。“他们有气质，有才能。”芭芭拉·古根海姆这么说道。芭芭拉是一名洛杉矶的交易商，在西梅斯和米海利德斯的巅峰时期与他们相识。“他们非常有品位。你会很想和他们共进晚餐，这简直就是一种荣耀。他们让人憧憬和向往。”

但是，他们的成功来源于非法的艺术品交易。这些古董、艺术品往往都来自非法途径，他们买下这些来自盗墓、偷窃或者其他非法手段的艺术品，像洗钱一样，在瑞士的自由区洗艺术品，给它一个新身份，然后卖给有钱的艺术品收藏家和有名的博物馆。他们交易的博物馆往往有着宽松的政策，并不会追问和在意艺术品的真实来源，也不会询问这个“匿名的瑞士收藏家”到底是谁。罗宾·西梅斯能够在事业上获得成功，是因为他藐视法律，堂而皇之用非法手段进行古董和艺术品交易。在西梅斯对政府特别调查员尹兰德·勒夫纽写的书信上，有这些内容：“这些年来，这种生意能做得那么大那么顺利，都是因为监管不严格，但是现在一切都不一样了，国际法律开始禁止和约束这些非法的文物进口了。生意再也无法继续进行了。”

非法的经营手段曾经风靡一时。艺术圈和博物馆圈的人都知道，销售的古董艺术品很多来源于盗窃、盗墓等掠夺方式，因为在几十年间，这些古董艺术品的来源地国家其实在法律上都是不允许出口或者出售此类古董品的。合法的古董艺术品交易方式主要有两种：一种是博物馆的转让以及交换藏品；另一种是在 1970 年联合国教科文组织合约执行之前购买到的股东艺术品，拥有这些藏品的收藏家可以合法转让手里的藏品，但是这一类型的艺术品数量稀少，流通的也很少。“从一开始，我们就知道这些待交易的古董艺术品很有可能是被非法挖掘的，或者是从希腊、土耳其、意大利这些输出国非法偷运出来的。”曾于1983年至2000年担任盖蒂博物馆董事会主席的约翰·沃尔什在2004年作证时说。“这个问题非常常见。大家都知道。”在圈内，“不问，不说”似乎已经成为一个潜规则，国际法复杂多变，买家对艺术品来源不关心，这两个因素让古董艺术品的交易充斥着“灰色地带”。如果博物馆想购买古董艺术品，那么很好，最起码这些古董们能被细心照料，并且对公众开放，这样的归属都比藏在某些石油大亨或者沙漠的阿拉伯酋长手里好。

然而，这一切都改变了，1995年在贾科莫·美第奇的仓库里发现的文件资料和照片，以及2001年突袭罗伯特·赫克特家搜得的罪证便是起源。现在意大利警方已经从盗墓贼身上追踪到了关于盖蒂博物馆以及其他博物馆的相关线索。突然之间，长久以来被忽视的法律一下子就被采用了。盖蒂博物馆深藏的黑幕以及激进的收藏品购买政策都使得它的名字频繁地出现在调查处的文件里。从2000年起，意大利当局为了夺回收藏于盖蒂博物馆的35件文物（后来增加到42件）而展开了相关调查，但是在当时，由于文物清单不详细不清晰，便成了博物馆圈的笑话。盖蒂博物馆对意大利当局的回应便是：“请提供详细的资料。”于是双方僵持不下，他们的谈判断断续续进行着，意大利当局不停地对玛丽昂·特鲁以及管理委员会提出诉讼。看起来，意大利当局似乎对此很认真，但是盖蒂博物馆的所有人都不以为然，他们坚信民间舆论会替他们解开这个难局。反转发生于2005年5月，当意大利当局起诉时任馆长的特鲁时，所有人都震惊了。盖蒂博物馆为特鲁提供了律师，但让所有人都想不明白的是，为什么只有特鲁受到了起诉，为什么只有她站在风口浪尖上，而其他所有人都毫发无伤。事实上，在盖蒂博物馆中，还有4个等级的职位是高于特鲁的：博物馆的董事会正副会长、基金会主席以及管理委员会会长。

审判始于当年7月，整个过程令人感到苦闷，长长的证人名单用了2

年多才全部传唤完毕。意大利当局的目的很简单，就是想用这个手段逼得盖蒂博物馆归还那些给他们带去麻烦的文物。在某些时候，似乎特鲁有没有做错事、有没有犯法一点都不重要，反而是她的人脉关系以及那些文物才是讨论的焦点。比如盖蒂博物馆从法诺获得的青铜雕像“胜利青年”，博物馆拒绝归还给意大利，问题是，这个雕像根本与特鲁无关。每过几个月，才有一次证人审问，而特鲁仅仅出现了一次，被记者和摄影师们围得水泄不通。除此之外，特鲁和她的律师们都保持沉默。与此同时，盖蒂博物馆管理委员会为自己重新雇用了律师，他们雇的是来自芒格、托尔斯和奥尔森律师事务所的罗纳德·奥尔森和路易斯·李，他们负责了与罗马的大多数谈判。

下一场便是希腊。意大利控方将他们收集整理的资料全部交给了希腊警方，接下来，希腊警方就根据那些材料列了一个含有4件文物的归还名单给盖蒂博物馆，其中包含一顶华丽的金冠。这顶金冠是盖蒂博物馆藏品中最具价值的艺术品之一。2006年，在谈判中希腊控方告诉博物馆方，如果谈判破裂，那么管理委员会和玛丽昂·特鲁都将被送上法庭，接受有罪指控。希腊当局同时也表明，如果博物馆不服从政府提出的这些条件，那么他们就会采取进一步措施，除了那4个大家耳熟能详的位于名单上的文物，他们还将继续追查博物馆仓库里的那些原本属于希腊的藏品。

为了能够寻找立案定罪的证据，一支希腊特警小组突袭了特鲁位于派洛斯的家。他们一大清早就冲入了特鲁的小屋，找到了17件希腊当局上报过的遗失文物。这实在令人疑惑，为什么在博物馆馆长的家里会有这么多登记遗失的文物？希腊法律规定，除了登记在册为“收藏家”的人以外，其他任何人的古董艺术品要出关必须要在政府当局登记和备注。特鲁辩解道，这些艺术品是本来就在房子里的，她买下这个房子时已经有这些艺术品了。再者，这些艺术品是后来才被鉴定为是有价值的。警察列举的单子中，有一个“经典大理石圆柱”的文物，事实上，这个柱子是房间的窗台柱。另外一个在单子中被称为拜占庭画像的艺术品，事实上是现代工艺制作的木头雕像，这是派洛斯雕塑博物馆馆长雅诺斯库拉伊斯在一次晚宴中送给特鲁的礼物。此外，还有一件艺术品也处于同样尴尬的境地，一件在单子上被称为“精美棺椁”的艺术品，事实上与屋顶的水盆是同一时代的。这些警察一点也不和善，他们甚至砍掉了一块壁炉上的大理石，这个大理石建造于一个世纪以前，是用于支撑房子的。虽然这样的情况并不多见，但是也绝非不可能。库拉伊斯告诉媒体，这些在特鲁家和花园里找到的所谓文物事实上一点也不值钱，因为在希腊岛屿和派洛斯岛上这样的东西随处可见。显然，希腊当局对于库拉伊斯说出的真相非常不满意，库拉伊斯很快就失去了在博物馆的官职。在为派洛斯服务了 20 年后，他被文化部调任到其他地区去了。从那以后，特鲁在希腊成为了公众之敌，这个她曾经深爱的，并且被深爱的岛屿像换了一张脸似的，开始嘲笑和攻击她。一些好奇的民众闯进了特鲁的家，拍了很多照片，还登上了报纸。其中有一个侵入者还堂而皇之偷走了特鲁放在书桌上的电话本。对于这个持续不断的法律诉讼进程，特鲁没有发表任何看法。

在意大利吃到苦头的盖蒂博物馆这次学乖了。面对希腊的指控，他们选择和解。于是，盖蒂博物馆交还了那 4 件文物；同时，这就意味着他们放弃了保特鲁的方针，因为特鲁是当时推荐购买这 4 件文件的专家。对盖蒂博物馆管理委员会的指控从未正式成立过。希腊要回了属于他们的 4 件文物，其中还包括了那顶价值连城的金冠。对特鲁的正式指控始于 12 月，在交还金冠期间，由于她没有能够获得盖蒂博物馆的公开书面支持，看起来她似乎的确有罪。2007 年 1 月，针对希腊政府的指控，特鲁为自己作了无罪辩护和长达 40 页的反驳。于是在交纳了 1.95 万美金的保释金后，特鲁被释放了。

玛丽昂 · 特鲁，她是一个无辜的替罪羊，还是一个罪有应得的犯人？也许，她两者都是。毫无疑问，她作为博物馆馆长却为了派洛斯的房子向不适合的人求助、借钱的行为显然是跨越了道德线。因为这项错误，她失去了工作，失去了一切，只获得了 1/4 的抚恤金。但是，没有人能说清楚，为什么整个非法股东交易这个大罪名会落在特鲁一个人头上，这种在全球博物馆广泛进行的交易，如今却让一个人买单。玛丽昂是一个人在孤军奋战。她的朋友们都愤愤不平。“盖蒂博物馆应该像所有其他公司一样，客观地告诉大家‘这是一个处于制度上的考虑而作出的决定。我们因为收到了不实的信息所以做出了错误的决定，作为一家机构我们有必要对此负责’。”鲁伯森如是说。“但是他们却选择找一个替罪羊，就是特鲁。盖蒂博物馆不敢面对指控，于是他们找人来承担这一切。”

其实，大家的疑问远远不止这些。比如，为什么玛丽昂·特鲁没有和起诉方谈判、合作，利用她手里的证据去指控她的上级领导？“每天我们都要这么问自己：他们到底想要什么？为什么是玛丽昂？”当盖蒂基金会主席巴里·穆尼兹回想起这个事件的时候说。其实他一直以来都有这个疑问，但是没有能找到合适的机会去亲自询问约翰·沃尔什以及他的前辈哈罗德·威廉姆斯。其实，管理委员会也有同样的疑问。管理委员会董事会主席约翰·彼格斯认为：“如果这一切发生在美国，那么玛丽昂·特鲁一定会和政府谈条件，讨价还价，换取自己的自由。然后在 24 小时内迅速离境，躲到巴西里约的海滩上享受阳光。”

其实管理委员会和盖蒂博物馆官方的这些言论只是烟雾弹而已，而并不是真相。事实上，他们都知道为什么玛丽昂没有反咬她的领导们一口。因为盖蒂博物馆支付了她的巨额律师费，而这些支持并不是无条件的。显而易见，条件就是特鲁必须要闭嘴。在特鲁因为派洛斯借贷事件而被撤职的时候，在她的离职协议上，她签署了“闭嘴”的条款。这项条款中还包含律师起草的义务信，如果特鲁在海外判决中被判有罪，那么她必须将律师费偿还给博物馆，这笔费用轻而易举就能超过百万美元。这封协议信切断了特鲁谈判的后路。如果特鲁承认了她的罪行，哪怕是作为污点证人，承认一点点小罪去指证她的上级领导，那么她就要为自己的自由买巨额的单了。盖蒂博物馆的高层说，这就是“达摩克利斯之剑”，让特鲁时刻都处于危险之中，从而使得她拒绝所有的谈判和协商。

2007 年 12 月，玛丽昂 · 特鲁终于打破了长久以来的沉默。《纽约客》杂志为此特地撰写了长篇专稿，用于介绍玛丽昂的现状以及她所叙述的事件版本。即便如此，她也没有说很多。她听取了周围人的意见，没有过多评论这次事件。“有时候我真认为这次事件根本就不是真实的，不是真实地发生在我身上的事。”她说：“在我一直努力的两个国家，我都受到了有罪指控，这种感觉让人打心眼里觉得恐怖。”当谈起她和贾科莫 · 美第奇的关系，特鲁说直到 2001 年，她才知道“原来他是和别人一起合伙做文物掠夺和非法贩卖的”。“在此之前我对此一无所知。”她说。意思是指特鲁是在事件发生期间才知道美第奇的身份，当意大利检察官展示从日内瓦自由港拍摄的文物照片时她才明白一切。然而，这个回答是不真实的。特鲁怎么可能会不知道这一切，她当然是知情的，她知道美第奇与那些盗墓者有联系，甚至有一些材料证明了特鲁为了向博物馆证实文物的来源而详细介绍了美第奇。这些证据可以很容易就看出美第奇和盗墓者的关系以及文物的来源。特鲁将博物馆圈的潜规则“不说，不问”发挥得淋漓尽致。她自己也承认：“‘这个文物是从哪儿来的’是从来不被允许的问题。”

一切的压力让特鲁无法忍受，可是她还是一个人承受住了，没有背叛之前的约定。她的朋友们都知道真相。律师伊奥尼斯 · 奥普罗斯说：“这简直就是一场噩梦！这一切都不该发生在你身上，或者任何人身上。这样的压力完全是会压死人的。”斯特拉 · 阿德迈尔对此表示同意，她说：“精神上的压力让特鲁简直濒临崩溃。我试着去劝解她：总有一天你会洗清这些冤罪的。但是，她数次接近死亡。”

盖蒂博物馆

J. 保罗·盖蒂博物馆位于常年被白雾笼罩的圣莫妮卡山脉的延伸段，它是一个正方体形状的建筑，整个博物馆设计干净利索，非常犀利。2007年11月，那一年的冬天似乎特别冷，层层雾气仿佛想藏住博物馆的悲伤气息。在6英里[1]外的路上，价值几百万美金的文物和艺术品正在被打包，它们将被运往意大利，这其中还有一些是非常珍贵和著名的文物。这场国宝争夺战已经结束了。在8月的时候，盖蒂博物馆终于和意大利当局达成了协议，将归还52件文物给意大利，这些文物都是意大利文化部申报为失踪或者被盗窃，并且被非法偷运出口当礼物的国宝。

盖蒂博物馆同意放弃40件大师作品，包括著名的阿佛洛狄忒雕像（这是一尊曾用于宗教仪式的雕像），两只狮鹫攻击母鹿的绝美雕塑，用于各种场合的细颈罐，环状杯，双耳喷口杯，花瓶等。这些文物都曾被用于博物馆目录册的封面拍摄，它们就好比是这个博物馆藏品的代表和象征。现在，这些都离开博物馆了，或者在离开博物馆的路上，金冠早就被希腊拿走了，由芭芭拉和劳伦斯·弗莱希曼捐赠给博物馆的一个伊特鲁里亚男女共舞的雕塑也正被转移，美国金融家莫里斯·坦普斯曼捐赠给博物馆的狮鹫像也落至

[1] 约9.7公里。

相同境遇。

“从如此可疑、不安全的渠道购买古董艺术品，这显然是一种冒险。”J. 保罗 · 盖蒂在自己出版于 1965 年的著作《收藏的乐趣》中写道。“现在的收藏家，当他们准备购入希腊和罗马的文物艺术品时，会很谨慎，他们会选择两种来源：一种是享有盛誉的知名交易商，另一种就是从其他的收藏家手中购买。即使如此，聪明的买家还会雇一个专家或者第三方权威独立机构来检验和鉴定。”

说是未卜先知的预言也好，说是讽刺也好，总之现在盖蒂博物馆的情况实在是令人尴尬。盖蒂博物馆放弃了那些有嫌疑的藏品，变得消极而不知所措，就好像在被转移的同时，博物馆的激情也被转让给了其他博物馆。看起来似乎没有人知道玛丽昂 · 特鲁在意大利审讯的最新情况，也没有人知道希腊的判决现在到底如何了。11 月 19 日，在这个特殊的日子里，特鲁在希腊的庭审中被指控参与了金冠的出口和走私，而这顶金冠已经被盖蒂博物馆还给希腊当局了。盖蒂博物馆方的公关处对此一无所知，特鲁就好像是被病菌感染的残肢一样，被无情地从身上切除了。盖蒂博物馆的注意力不再放在特鲁身上，现在，他们专心对付的是如何才能将那些文物再讨回来。

J. 保罗 · 盖蒂博物馆到底是个什么样的地方？这个机构是否真如外界所说，是个贪婪无原则并且进行非法交易的博物馆？要回答这个问题，我们就必须了解它的文化、理念，而这一切都要追溯到源头。

当你要评价盖蒂博物馆时，有一点是我们必须记住的，博物馆在现代曾做了一件独一无二的事情，那就是在 20 世纪下半叶建立了世界级的艺术品与古董收藏，成为了世界级的艺术品与古董收藏机构。如此庞大的收藏品数量让盖蒂博物馆在全世界的同行中成为佼佼者，他们靠着当时不规范和有漏洞的法律，靠着殖民国家的力量和豁免权，大肆搜刮和汇聚了收藏品。至于那些老博物馆，想要购买文物和艺术品时，他们会从贾科莫 · 美第奇这群人手里买，如亨利·沙尔特、乔瓦尼·贝索尼、贝纳迪诺·德霍维提、路易吉·切斯诺拉。这么看来，所有的西方博物馆都被污染了，他们不再看重高贵有礼，不再看重人文主义与法律法规，他们已经被欲望和贪婪所控制，想尽办法购买更多更好的文物和艺术品。当事情败露以后，博物馆往往不是承认错误弥补损失，他们做的是隐瞒真相和推卸责任。从这个层面看，盖蒂博物馆只是众多博物馆中的一员而已。

关于盖蒂博物馆，当然还有其他的爆料，它曾经惹上了一些小麻烦。这种丑闻发生的原因，也许是因为早期盖蒂博物馆还未成熟，也有可能是因为它一开始就拥有了太多的资金。盖蒂博物馆的这桩丑闻是关于性的，甚至连盖蒂本人也参与其中——据说他们举办了开放的派对，议员、馆长、研究院都参与其中，他们在坐享马里布海滩美景的豪华别墅的游泳池内狂欢，将那些内斗和烦恼抛诸脑后。“这样的行为对博物馆来说是很不宜的。”19 世纪 90 年代曾任馆长的尼古拉斯·特纳说：“我完全无法按照那样子来做事”。

可以说，几乎是从一开始就注定了盖蒂博物馆会面对接二连三的丑闻和新闻，因为这个博物馆的创始人是绯闻缠身的石油大亨 J. 保罗·盖蒂。1957 年，《财富》杂志评选盖蒂为全美国最富裕的人，这个“百万富翁”（盖蒂的名言：“如果你能数清楚自己有多少钱，那么你就不是百万富翁。”）却是一个糟糕透顶的富翁。他在伦敦萨顿酒店的 702 号房里收藏了价值上百万美金的艺术品和古董，但供客人使用的电话却是收费的。1973 年，当盖蒂的孙子 J. 保罗·盖蒂三世在意大利被绑架时，盖蒂却坚信这只是家族成员为了敲诈他的财富而吓唬吓唬他的，于是他拒绝支付赎金。直到绑架犯将孩子的一只耳朵寄给意大利当地的报社，盖蒂才相信绑架事件的真实性，同意支付赎金给绑架犯。可笑的是，盖蒂甚至和绑架犯去讨价还价，将赎金从 1700 万美金的原价协商到了 200 万美金。盖蒂是一个极其虚荣并且贪婪的人，他好胜、好强、好斗，但是又极度缺乏安全感。他工作的动力并不是赚钱，而是赚比别人更多的钱。盖蒂一直以来都在试图接近和学习他的偶像罗马大帝哈德良，他寻找和购买那些与哈德良相关的物品，试图让自己也拥有像哈德良一样的威严与财富。显然，收藏艺术品和文物是条不错的途径。

在对待兴趣爱好上，包括艺术收藏，盖蒂都是一如既往的吝啬。这位石油大亨在选择艺术品和文物时，首要的考虑因素并不是质量和价值，而是价格。为了建立自己的收藏馆，盖蒂到处寻找文物。盖蒂的行为被那些鉴赏家们嗤之以鼻，认为他是一个乡巴佬，因为他在挑选收藏品时完全没有采用必要的标准。有一次，他退还了一个雕塑，理由是他觉得这个雕塑那么小，压根就不值那么多钱。“如果他能够更有眼光和大局观，那么他其实可以用那些钱买到更值钱的文物。”这件被退回的文物的拥有者伯顿·弗雷德里克森说。盖蒂最爱那些退出流行的过时单品，比如 18 世纪的家具、地毯以及文物，因为这类单品不再热门，有折扣，有可议价的空间。他避免购买那些经典名画和印象派画作，因为盖蒂认为这些都太贵了。此外，在他的收藏理念中，道德显然是不在此列的。1938 年，当纳粹控制了奥地利，盖蒂就立刻起身前往维也纳，搜索和寻找那些在迫害区急于抛售文物与艺术品的犹太人，试图从这些犹太贵族手里底价收购那些价值不菲的藏品。他前往属于罗斯柴德家族一员的路易斯男爵的府邸，但是此行目的并不是去看望被纳粹拘禁的男爵，而是试图购买他的奢华家具。盖蒂成功了。他在离开前以低价购入了一些单品。

在别处，盖蒂又以极其低廉的价格购入了壮丽高贵的兰斯顿大力神大理石像，这尊石像一直因为它的美貌与完美的英雄气概而广为人们熟知。此雕像最早在 1970 年被发现于意大利蒂沃利附近的哈德良别墅，随后在 19 世纪被兰斯顿侯爵带到了伦敦。却不料，到了 20 世纪，人们的审美潮流发生了改变，兰斯顿大力神雕像不再受到追捧。兰斯顿家族出现了经济危机，他们需要现金来应对这个危机，可是大力神像在佳士得拍卖行流拍了，无人购买。盖蒂以惊人的 6600 欧元（在当时相当于 1.8 万美金）低价成功购入，并且这个价格已经包含了 10% 的中介佣金。随后，他用相同的办法又从埃尔金伯爵的私人收藏里购买了3个大理石雕像，其中两个是石柱，一个是公元前5世纪的科莱女神大理石像。虽然盖蒂已经购买了许多艺术品，但是这些收藏品都不是顶级的艺术品，因此盖蒂的收藏馆也无法进入一流队伍。改变发生在盖蒂的一位好友，德国钢铁大亨海因里希·蒂森男爵和他的谈话后。“不要再买那些垃圾了！好好花一次钱，就买一件杰出的艺术品！”盖蒂听从了朋友的建议，于是在1971年的佳士得拍卖会中，他花了600万美金购置了4件大师级的名画。

盖蒂的收藏生涯中最奇怪的一点，就是他其实根本不热爱艺术，但是他却舍得投入大量精力、物力与财力去做这件事。他会纠缠那些鉴定专家，没完没了地询问各种外行人问出的细节问题，比如画作的颜色，比如怎么证明文物的真实性。第一任盖蒂博物馆副馆长、建筑师斯蒂芬·加勒特说：“盖蒂对艺术毫不关心。我从来没见到他观赏自己的那些艺术品。”

当收藏规模越来越大，盖蒂在1943年将他所有的艺术品转移到了马里布的房子里，后来又在房子旁边造了别馆，由此便成为了艺术收藏馆。随后，盖蒂又为他的艺术收藏品设立了信托基金，用来管理博物馆名下的资产。1954年，盖蒂博物馆正式对外开放。马里布馆的收藏品包括波斯标志性的文物“加冕地毯”，18世纪的博凡地毯，法国和英国18世纪装饰用的水晶吊灯，以及几件古罗马和古希腊风格的雕塑。彼时的盖蒂博物馆类别混乱、艺术品混杂，还算不上是一个正规的博物馆。但是，这一切都会改变的。

在20世纪60年代末，盖蒂博物馆的收藏品大量增加，于是博物馆决定兴建一家分馆来分流收藏品。他们仿制了一座公元前1世纪的罗马式豪邸，而不是那些“用有色玻璃和钢筋搭建的怪物”，并且将所有的艺术品都存放在其中。但是，盖蒂的顾问们都对此表示异议，其中也包括了加勒特：“重现罗马式豪邸？这简直就是在邀请那些苛刻的批评家们来嘲笑我们！”这与当时的主流现代建筑风格彻底相悖。但是盖蒂毫不理会这些反对意见，他想要复制古罗马时期赫库兰尼姆古城的罗马帕皮里别庄，奢华、壮观，隶属于凯撒大帝的继父卡尔普尔尼乌斯·皮索。锡拉库扎在公元79年维苏威火山喷发后，一直被厚厚的火山灰所掩埋，幸运的是，那些雕像、装饰品等在厚重的火山灰下得以保存。

盖蒂如此坚持要完成这个项目，理由是毋庸置疑的，这一切都是为了和报业大亨威廉·伦道夫·赫斯特竞争。这位世界闻名的报业大亨在圣西米恩造了一座赫斯特城堡，融合了哥特风格以及其他各种风格，壮观、奢华却又怪异，在南加州是个神话般的存在。盖蒂想要向世人证明，比起报业大亨他有更好的品位，最起码也要证明他有更多的话题性。盖蒂让加勒特加入项目，是因为他手里有一份制作于50年代的帕皮里别庄的图纸。这份图纸的来源颇具传奇性，一名瑞士工程师在帕皮里别庄的下水管网络发现了它的遗址后重新画出来了。为了这个重建项目，加勒特还特地咨询了古建筑学专家诺曼·诺伊尔博格。这座两层楼的建筑围着中庭而建，四周有波光粼粼的水池和巨大的花园，甚至还有潺潺的瀑布。房子是穿过中庭的，而中庭的南边被水池环绕，另一边则是一条廊柱，它的尽头是花园（花园现在已经被改造成小剧场了）。西侧，则有另一条廊柱，似乎俯瞰着那些美丽的收藏柜。外边210尺[1]深的水池被铜雕塑包围着，周围种满果树，繁华、生机盎然。这豪华的府邸在建筑风格和形式上完全模仿了罗马帕皮里别庄，使用了古老的大理石柱，镶嵌了方形地砖，让整个别馆看起来都闪耀异常。

盖蒂的顾问们说得对。专家们、批评家们对这个耗资巨大的博物馆一点好感都没有。1974年，当马里布别馆正式对外开放时，他们形容其为迎合低级趣味的粗劣作品，简直就是“翻版迪斯尼乐园”。《纽约时报》更称其为“自以为优秀，实则枯燥乏味的失败品”。《经济学人》则描述其为“简直不知道该说它是奇形怪状还是荒诞至极”。盖蒂被舆论抨击得体无完肤，即便如此，他也从未后悔过自己的决定。可是他也的确很害怕面对舆论和公众，于是他躲到了伦敦，并定居于此，不再到处旅行，并且，他没有踏

[1] 约64米。

足这个罗马式豪邸一步。

1973年，盖蒂任命吉里·弗雷尔为第一任博物馆馆长，并且下达了一项指令：丰富及扩充博物馆的藏品。除了大力神像和埃尔金伯爵处收得的大理石雕像外，其他那些由盖蒂买回来的艺术品品质参差不齐，并且这个问题为后面的一系列麻烦埋下了混乱的种子。因为盖蒂似乎买进了不少赝品。60年代，伦敦斯宾克公司的文物专家伦道夫·富勒便称盖蒂博物馆的鉴赏力就和驴的水平一样。他回忆起盖蒂曾让他鉴定3尊希腊雕塑，他鉴定完后告诉盖蒂“满是泥土”以及“加工而成”，意思就是——显然，这是个假货。他继续回忆：“他是我们所有客户中最难缠的……一个奇怪的客户！他似乎对艺术品和文物的质地、素材更感兴趣，不像一般的收藏家通常都是看重品质和历史背景的。也许是因为他是石油大亨吧！所以他有丰富的地理知识，很懂石头什么的。”作为第一任博物馆馆长，弗雷尔面对着巨大的挑战，但是他勇敢地接下了这个任务——重新鉴定和检验盖蒂博物馆内的藏品，从盖蒂早起购买的那些藏品中找出赝品，并将之退还给经销商们。但是获取艺术品时的职业操守显然也不在他的考虑范围之内。

吉里·弗雷尔到底是何许人也？他是一个捷克斯洛伐克过来的新移民，聪明，狡猾而又博学。他总是色迷迷地看着女人，但同时又是一位希腊墓碑和雅典陶艺品专家。在任期间，他为盖蒂购买了数以百计的瓦罐和陶瓷碎片，同时还利用这些文物来做自己的学术研究和教学。的确，他扩充了博物馆的藏品，可是用的方式也不令人那么舒服。他是一个激进派，大量买入了文物，也大力号召人们捐献他们手中的文物。一位盖蒂博物馆的前任官员透露说，曾经有一个盗墓而得的古埃及头像，是用弗雷尔妻子的随身小包偷运到美国的。这件事对爱冒险的弗雷尔来说，压根算不上什么大事。弗雷尔从罗宾·西梅斯和贾科莫·美第奇手里买了不少文物。在那个年代，“欧洲收藏家”这个文物来源是被广泛接受的，对弗雷尔来说，从“欧洲收藏家”手里购买文物一点问题也没有。杰罗姆·伊森博格，他是一个纽约的文物和艺术品交易商，他曾是弗雷尔的学生，后来，他又成为了昔日导师的生意伙伴。他认为弗雷尔“有着拜占庭人的性格”，充满魅力、十分睿智却又情绪化。西梅斯曾告诉一位记者，有一次，弗雷尔怒气冲冲地闯进了他的画廊，把他的外套扔在地上后，狠狠地踩了一顿。

弗雷尔对待交易商和捐献者的方式和态度是一样的，他的做法很简单，就是找到一些有钱的收藏家，然后求他们、缠他们，让他们为这个发展中的博物馆提供艺术品。令人感到惊讶的是，他的方式竟然取得了卓越的成效。在弗雷尔就任馆长的 11 年间，捐献给博物馆的收藏品价值总额提高到了 1200 万美金。也正是弗雷尔雇佣了聪明睿智、当时还很年轻的学者玛丽昂·特鲁为博物馆的副馆长。但是弗雷尔的做法也给他惹来了麻烦，那就是税金问题。众所周知，捐献行为是可以抵扣一部分税金的，因此弗雷尔对捐献者谎报、虚报高额价值，骗取高额退税的行为毫不理会，由此引发了问题。弗雷尔是这个税金骗局的一分子，他默许并参与了这种行为，他的同伙是布鲁斯·纳尔。布鲁斯·纳尔的身份是稀有钱币交易商，有时做好莱坞的制片人，居住在世界闻名的比佛利山庄。操作流程是这样的，首先捐献者从纳尔手里购买艺术品，将艺术品赠送给盖蒂博物馆，随后，弗雷尔就会找另一个交易商来为此估价，此时的估价会高于原价的好多倍。或者，另外一个方式是，他会让交易商虚报高价，然后用这个远高于实际价值的价格买下艺术品，而中间的差额则由交易商返还，这笔钱会打入弗雷尔指定的一个账户。据一位盖蒂博物馆的前任官员说，有一次，副馆长去馆长办公室时，无意中发现馆长秘书正在给一个交易商写虚高的文物价值鉴定书。当时，副馆长问：“你为什么要这样做？”秘书回答：“因为吉里让我这么做。”

亚瑟·霍顿是 1982 年受雇于盖蒂博物馆的副馆长，他发现了弗雷尔的所作所为，并且在 1983 年 8 月将情况汇报给了博物馆的董事会主席约翰·沃尔什。根据相关文件记载，沃尔什在 4 个月后才将之汇报给博物馆的管理委员会。随后，博物馆进行了内部调查，但是调查结果并没有对外公开。弗雷尔之后便被安排到欧洲享受有薪假期。霍顿得知处理结果后，简直气疯了，他强烈要求管理委员会继续调查并对相关人员作出严厉处罚，可是这一切都没有实现。1986 年，霍顿辞去了这份工作，并且写了一封长达 5 页的书信给沃尔什，在其中，他详细述说了自己与高层的理念冲突和原则冲突，他坚持要“保持收藏品界的廉洁与正直”。在信中，他还说，“在我看来，你选择了对问题视而不见并且默许它的态度”，以及“你选择逃避和掩盖这些问题，而不是去直视和解决它”。他还警告沃尔什，“纸包不住火，这些问题早晚会惹出大麻烦的，届时，这将对博物馆有毁灭性的打击”。现在看来，霍顿条条命中，这一切都在若干年后得到了印证。1987 年 4 月，弗雷尔的税金诈骗事件被一本专门揭露丑闻与行内秘密的杂志《鉴赏家》所披露，在一篇关于揭露土耳其盗墓团伙网络的文章中，弗雷尔被牵连了。这本杂志的主人是托马斯·赫凡，是在沃尔什任纽约大都会博物馆馆长时的死对头，他们过节极深。

霍顿曾谴责盖蒂博物馆在对待内部问题时，只想着掩盖，只是关心如何才能够不被外界发现，根本没有想办法去解决，尤其是在面对弗雷尔的问题上，显得尤为过分。1983 年，弗雷尔曾极力劝说管理委员会购买一个公元前 6 世纪的希腊雕塑，这个裸体的青年雕像站姿拘谨，有着一头长波浪秀发，有点像古埃及雕塑的站姿。这尊青年雕像和一封德国学者恩斯特·兰洛兹写于 1952 年的证明信一起被安置在一个瑞士的收藏馆，后来盖蒂博物馆从瑞士交易商手里以 1000 万美金的价格买了回来。但是在 1986 年的爆料以后，大量专家和学者纷纷指出这就是一个骗局。毫无悬念，这次盖蒂博物馆仍然选择了为自己的收藏品辩护，而不是去调查那些可疑的事情和可疑的人。沃尔什在 1987 年甚至公开告诉《洛杉矶时报》，他对这个艺术品的来源性很有信心，这是真的。但是随着时间的流逝，一切都发生了变化，越来越多的证据表明这尊雕塑并不是那么“干净”。1992 年，玛丽昂·特鲁为这尊青年雕塑在雅典举办了会议，让专家和学者鉴定这尊雕像。也就是因为这次会议，盖蒂博物馆的高层们终于发现兰洛兹的书信是伪造的。书信上的邮戳是属于 70 年代的，并不如之前所说的那么早。这个青年雕像并不是弗雷尔购入的唯一伪造品，但这个是最昂贵的。

为什么博物馆管理层会对这些行为视而不见呢？从根本上来说，这是因为他们对艺术品和文物的来源并不是那么关心，也有一部分原因是博物馆董事会主席约翰·沃尔什本人的性格造成的。“他是一个很温吞的人”，乔治·戈尔登这位与沃尔什不太合得来的前任盖蒂博物馆馆长说，“他在处理很多事情和问题上都是很迟钝并且犹豫不决的。”盖蒂博物馆与它的同行们并没有很大的区别，它们都不会太过于在意和关心文物的出处，唯一的区别就是盖蒂博物馆的购买速度实在太疯狂了。为了填满在布伦特伍德新造的别馆，为了给马里布别馆添加独一无二的稀有藏品，盖蒂博物馆到处寻找可以购买的文物。当霍顿或者其他馆长对从罗宾·西梅斯手中购入的文物出处有所疑问的话，西梅斯就会说：“谢谢你对它的关注。”然后就挂断电话。“他非常专业，”一位曾和西梅斯打过交道的前盖蒂博物馆官员说，“他不会告诉你这个圈子里的小秘密和内幕。”但是馆长在打完电话后就会感觉，这个艺术品也许就要被卖给一位私人收藏家了。这位杰出的交易商很好地贯彻了收藏品交易圈的原则“不问，不说”。

这里还有一个例子，是关于盖蒂博物馆有意打断相关人员追查文物的起源，以及博物馆故意停止调查和追踪的。1985 年，亚瑟·霍顿写了一封信给另一位副馆长黛博拉·格里本，在霍顿与贾科莫·美第奇交谈后，他怀疑博物馆从美第奇手中购买的文物也许是通过盗墓或者其他掠夺途径而来的。同年，在去日内瓦的旅途中，霍顿与贾科莫一起相约吃午餐，这是贾科莫的邀请，因为他想继续卖文物给博物馆。为了显示他能够靠近那些真品——这是博物馆最关心的问题——美第奇告诉了霍顿关于那些盖蒂博物馆从纽约金融家莫里斯·坦普斯曼手里购买的艺术品的众多关键细节。他说，这些文物来自一个考古遗址叫新奥尔塔，这个关键信息让霍顿暗暗觉得文物们的来源其实并不干净，它们或许是盗墓或者掠夺的产物。霍顿写信告诉黛博拉·格里本：“美第奇跟我说，他在 1976 年或者 1977 年在同一个地方获得了化妆用的碗和阿波罗雕像，这是在一个墓穴中找到的，其中还有大量大流士画家的瓦罐。”霍顿虽然没有将这件事直接汇报给自己的上司，但是他认为此事重大，记下了笔记。截至当时，他并没有展开任何实质性的行动。这些信息只是被简单记录了下来，也许他当时记录这些信息的本意是为了在发生问题和麻烦时能够替自己开脱。这个笔记后来派上什么用处吗？很可惜的是，什么也没有。

这些制度上的漏洞使得盖蒂博物馆不得不顾左右而言他，以避免陷入那些潜在的尴尬境地，因为当博物馆收到赃物时将会造成灾难性的后果。

另一件让盖蒂博物馆处于风口浪尖的污点就是性。许多现任和前任盖蒂博物馆雇员都提出，截止到70年代时期，盖蒂博物馆一直笼罩在肉体的欢愉气氛中。“就好像是《冷暖人间》[1]一样。”一位前任雇员如此描述。“就好像是索多玛，还有蛾摩拉。”另一位说。佩姬·加里蒂，这位曾经代表客户起诉盖蒂博物馆内发生的性骚扰的律师这么说：“他们就好像藏在名画后面的该死的兔子。”

从某种意义上来说，这是在预料之内的事。盖蒂博物馆是一个精英荟萃的地方，但是博物馆似乎就是与世隔绝的，它位于马里布的一个山腰上，后来又在布伦特伍德一座比较高的山上。在这里，盖蒂博物馆宴请那些学术明星们和令人崇拜的年轻研究学者们。性，这是必然会发生的事。但是，盖蒂博物馆看起来似乎是在纵容和鼓励这些性行为，不然的话，这些不正当的性行为也不会在盖蒂博物馆内如此盛行了。

这些关于性的丑闻其实并没有给盖蒂博物馆造成太大的问题，因为性丑闻与随后产生的失窃文物事件似乎没有太大的关联。但是这也并不表示性丑闻就是完全没有影响和意义的，事实上在这过程中帮助了盖蒂博物馆创建一个人际关系的图谱，有助于博物馆在交涉譬如收藏品、政府与资金等实际问题时能够有的放矢。这件事对博物馆来说其实有着诸多其他方面

[1]《冷暖人间》(*Peyton Place*)是一部讲述新英格兰小镇色情和丑闻故事的电影。

的影响，它对博物馆的发展产生了很大的影响，并且让博物馆圈子的人和参与者更能互相信任。比如，盖蒂信托的主席哈罗德·威廉姆斯，他在1987年与妻子离婚，和盖蒂信托的二把手南茜·英格兰德结婚。新妻子南茜·英格兰德是一位公认的优秀女性，她在事业上很成功。可是，英格兰德必须辞掉自己在董事会的职务，威廉姆斯随后对这个结果表示不满。到了20世纪90年代，根据一位当时的相关高层官员所言，此时的威廉姆斯和董事会的关系已经开始疏远，只是泛泛之交。彼时吉里·弗雷尔因其淫荡的行为和性格而广为人知，他的办公桌是一个三边的桌子，以确保每一个研究助理都面向窗户（这些研究助理们并没有对此有诸多抱怨，这个必须先说明一下）。“空气中似乎就弥漫着一种性爱的迷雾，工作人员之间常常发生性关系。”一位曾经任盖蒂博物馆高层的官员回忆道，他于20世纪80年代加入盖蒂博物馆，并因此而被当时的博物馆文化所冲击。当他投诉和抱怨这些不合时宜的行为时，竟然被上层漠视和拒绝。“那些博物馆的高层人员因行为荒诞而有名，他们实在是太乱来了，总是在做一些不正确的事。这个博物馆很年轻，很狂暴喧闹，很有野心。人们不知道到底该做什么不该做什么。”另外也有一名高级官员在20世纪90年代时也被同样的事情所震惊，但是他的下场比较惨，他被一名董事会成员勒令辞职了。董事会成员对他说：“你简直就像个假正经的伪君子。”

外遇在盖蒂博物馆中也并非罕见。副主席黛博拉·格里本和绘画馆馆长乔治·戈德纳就是这么一对情侣，他们的关系因为一位盖蒂博物馆员工控诉男方性骚扰而浮出水面。这个关系的公开化使得戈德纳和博物馆主席约翰·沃尔什的关系变得越发紧张，本来就不喜欢戈德纳的沃尔什更讨厌他了。有些人说他们的关系恶劣是因为戈德纳一直对沃尔什的职位虎视眈眈，而戈德纳对此表示否认，他说：“真相是，我们从一见面起就讨厌对方了。”戈德纳是一个极度有表现欲和炫耀欲的人，同时他也具备优秀的模仿能力，他会在伦敦的晚宴上嘲笑和模仿沃尔什的慢吞吞的讲话风格，从而去取悦和娱乐那些宾客。从博物馆的角度看，他们的外遇是件令人尴尬的事；格里本是有小孩的已婚人士。沃尔什让格里本尽快结束这段恋情，同时他让博物馆支付了戈德纳一笔遣散费，让他离开盖蒂博物馆，去纽约当一名艺术顾问。最后，戈德纳选择待在大都会博物馆，他后来成为了那里绘画部门的主管。戈德纳一直否认自己在纽约的工作合同得缘于自己在盖蒂博物馆的外遇，其实他自己也知道，自己和格里本的关系让沃尔什很“反感”，因为约翰·沃尔什“非常宠爱和喜欢”格里本。戈德纳对外宣称自己离开盖蒂博物馆去纽约的原因是当时的女朋友——即后来的妻子——在纽约，因此他就过去陪她了，盖蒂博物馆对他的离去那么宽容是因为“我在盖蒂博物馆的名声很不错”。格里本通过盖蒂博物馆和沃尔什表示，她对此不发表任何评论。

最终，盖蒂博物馆的轻浮文化还是暴露在公众视野中了。1997 年，时任馆长的英国人尼古拉斯·特纳因起诉馆里的性骚扰和性别歧视而使博物馆的小秘密成为了公开的故事。这是一个发生在现代社会的常见老故事。特纳，55 岁，已婚，他和自己的助理凯瑟琳·基布雷尔在 1996 年开始了外遇。也就是说，他离开大英博物馆来到盖蒂博物馆绘画部担任馆长后的两年里，他就开始了这段恋情。恋情开始的 6 个月后，他打算结束这段外遇，可是基布雷尔却不同意。她试着劝说特纳：“在盖蒂博物馆，每个人都有外遇。”她还举了格里本和戈德纳的例子来说服特纳继续维持这段外遇，然后她引诱特纳进了他自己的办公室，并且“跪下来拥抱他”。当这些手段都不再起作用时，她威胁特纳说她会毁了他，于是就去投诉说自己被特纳性骚扰。特纳说自己曾找格里本和人事主管克里斯·凯莉寻求帮助，但是她们却劝他去为自己的前任情妇找一个好工作。

这一切发生时，特纳完全无法猜测他的坦白是否会将博物馆陷入一个尴尬的境地，因为他坚信博物馆内有 6 个昂贵的文艺复兴时期作品是假的。其中之一是被认为出自弗拉·巴托罗米奥之手的婴儿肖像，他最出名的作品便是在佛罗伦萨的圣马可大教堂内的装饰画、壁画。另外一幅作品则据说

盖蒂博物馆两位私生活混乱不堪的前馆长特纳（左）和戈德纳（右）。

是意大利著名雕刻艺术家迪赛德里奥·塞提涅亚诺唯一一幅被保存下来的画作。博物馆为这些文艺复兴时期的名作支付了超过100万美金，其中一幅作品甚至被挂在博物馆的大厅里，就在格里本办公室门口。这些艺术品都是通过乔治·戈德纳而获得的，特纳现在确信这些作品并非文艺复兴时期的真实作品，而是出自一位技艺高超的英国模仿画师艾瑞克·赫伯恩之手。1996年，特纳将他所知道的这些信息在告诉了格里本和沃尔什，希望博物馆方面能有所警觉和行动。据特纳所说，当时格里本和沃尔什对此事没有任何表示，也没有采取任何行动。至于特纳的婚外情事件，特纳以自己受到性骚扰为名起诉博物馆，而此时他正被前情人以同样的名义起诉。状况非常混乱。盖蒂博物馆组织了一次内部调查，这次调查让特纳洗清了自己的罪名。但是此举却使特纳无形中得罪了博物馆的高层，得罪了自己的直系领导，因此他的经费被砍了。1998年，特纳因为自己遭受的不公平待遇而起诉博物馆，要求博物馆方面赔偿500万美金的损失。

在特纳的法律诉讼中，他指出盖蒂博物馆在“性骚扰”案件中的不作为。他指控盖蒂博物馆，在他被下属性骚扰时，博物馆方面没有能履行相关的义务。特纳和他的律师佩姬·加里蒂认为，盖蒂博物馆会如此厚颜无耻地处理特纳的“性骚扰”事件主要有两个原因：第一，博物馆方面害怕如果站在特纳这一边的话，基布雷尔会将格里本和戈德纳的外遇关系公之于众；第二，博物馆方面希望借用此次事件能将特纳的气焰打压下去，以便能阻止他泄露博物馆内假文物的信息。“与我产生外遇关系的那个人，由于她握有盖蒂博物馆的软肋，因此在诉讼时得到了盖蒂博物馆的支持，博物馆急着想把我这个烫手山芋扔掉。”特纳如是说。不管这是不是事情的真相，盖蒂博物馆的举动的确很反常，他们悄悄地就和特纳达成了私下和解，支付了六位数的赔偿金，并且承诺和支持特纳做完自己着手准备的博物馆绘画收藏画册。

但是两年后，这本本该出版的画册依旧没有面世。在书面证明材料中，特纳就已经表明了自己的立场，他坚信那些博物馆的绘画收藏品是假的，是赝品。与此同时，戈德纳也开始实施自己的恐吓计划。因为戈德纳听到了一些风声，听说盖蒂博物馆收藏品内有假货这件事要被披露出来，而自己将会成为众矢之的，于是他写了一封信给当时新上任的盖蒂信托主席巴里·穆尼兹，在信中威胁穆尼兹要“保护”他。这封信中说，盖蒂博物馆会允许特纳引起那么大的混乱仅仅是因为格里本和沃尔什对戈德纳很不满。“其实博物馆的那群人根本不关心我这里会发生什么事，也不关心我的状况，他们根本不在乎我的名声是否受损，甚至也不关心这些收藏品到底是真还是假。”戈德纳说：“他们唯一关心的事就是眼前的这个问题，害怕公众会知道我和格里本的外遇。”2001 年，特纳又提出另一起诉讼，这次他起诉盖蒂博物馆欺骗他。在之前的和解中，盖蒂博物馆和特纳签署了一份保密的和解协议，但是时过两年，博物馆方面却没有履行当时的承诺。特纳没有能够成功发行绘画收藏画册，不仅如此，他的职业生涯也受到了严重的影响，处于进退两难的境况。而且，因为保密协议的要求，他甚至不能够揭露赝品，这对他的职业素养是个打击。站在对立面的盖蒂博物馆则要求特纳保持沉默，不希望他泄露任何有关资料，不过这个提议被仲裁庭庭长否决了。以上这些纠纷和调解给盖蒂博物馆带来了许多负面影响，也正因为这样，使得他们在庭审上处于很不利的下风地位，因为盖蒂博物馆的所作所为展示了他们的不良作风，那就是他们不愿意解决和处理问题，也不愿意直视和面对这些问题，他们总是想着如何去掩盖、深藏这些问题，想着如何才能不被公众和社会知道他们的污点。盖蒂博物馆面对第二次指控，只能想办法再解决一次了。这一次，为和解支付的赔偿金增加了，而特纳所要求的收藏品画册也终于于2001年出版了，当然原稿中详细写明的赝品信息也被改成了小小的注解。这里有一个小插曲，那就是2008年，当盖蒂博物馆新闻发言人罗恩·哈特维希被问及对此事的看法时，他拒绝评论，只留下一句话："这是既成事实，木已成舟。"

2001年，《纽约时报杂志》刊登了一篇关于博物馆假货的文章，作者是新闻记者彼得·兰德斯曼，他在写这篇文章时，很小心地避免谈及格里本和戈德纳的事。"盖蒂博物馆被自己旗下的专家倒打一耙，声称馆内藏品有一部分是赝品。盖蒂博物馆向世人展示了他们的价值观，那就是商业至上，利益至上，政治和地方主义至上，对艺术和历史的追求显然是不那么重要的。没有人能证明这些赝品是有阴谋、有预谋地被购买进博物馆的。但是一旦有资料或者证据怀疑了整件事的预谋性，或者目前已知事件的真相被动摇，那么，盖蒂博物馆还这样采取掩盖和沉默政策，显然不是一个英明的决策。"

但是事实上，盖蒂博物馆就是始终如一地贯彻了"沉默"政策，他们始终不愿意正视和面对这些问题。

新的盖蒂中心终于在1997年12月中旬开幕了。对洛杉矶这个城市来说，盖蒂中心的建立是具有时代意义和里程碑式意义的事件，它使得洛杉矶的文化层次上了一个台阶。盖蒂中心和盖蒂博物馆、保安公司、研究中心以及盖蒂管理委员会一起位于布伦特伍德的山顶上，这些总价值10亿美金的设施综合体获得了一致好评和赞扬，全世界都对此啧啧称赞。

巴里·穆尼兹于1998年接任了盖蒂信托主席的职位，正好是开幕式的3周后。他并不是一个艺术史专家，也没有任何管理博物馆的经验。反之，他是来自学术圈的高管，他的上一份工作是管理和运营加州大学整个系统，将其旗下22个凌乱分散的分校运营成了附属于加大的二级集团。穆尼兹为加州赢得了荣誉和赞扬，这是他最大的功劳和成就。他的举措提高了加州大学的教学质量，带领所有分校校长一起提高了加州大学的水准。在盖蒂博物馆，穆尼兹的职责是从渐渐衰老的哈罗德·威廉姆斯手中接管和掌握权力，后者是一名已退休的税务律师，穆尼兹希望在自己的管理下，盖蒂博物馆能变得更有活力，提升盖蒂博物馆在洛杉矶的形象和重要性。但是，他并没有如愿做到这些。

从一开始，穆尼兹就打算改变整个盖蒂博物馆的气氛和气质，他希望能加强管理，改变原有的散漫作风。盖蒂博物馆方面也有自己的打算。虽然博物馆资金充裕，但是同时花钱如流水也是事实，管理委员会对此一直有所担忧，他们希望穆尼兹的到来能够让盖蒂博物馆增加收入，增多捐款的人数和金额，让博物馆能够获得源源不断的现金流。布伦特伍德的盖蒂中心的开幕给盖蒂博物馆施加了巨大的经济压力。盖蒂博物馆每年2.5亿美金的收入中，将有一半需要用于支付这间盖蒂中心的开支，比如管理费用、人工费用、保安费用、景观费用等，因此只剩下1.5亿美金用于购买文物和艺术品。也就是说，如果有一件艺术品的单价是5000万美金，那么问题就变得复杂了。“在我接任这个职位时，”穆尼兹回忆起当时初任此职时的感受，“这绝对、肯定、显然是一个巨大的错误。”他说得没错，事实上，情况比他所说的还要糟糕，当时哈罗德·威廉姆斯为了能保证布伦特伍德新中心的开幕和运营，他将购买收藏品的预算从4600万美金削减到了2300万。但是一般来说，博物馆不会遇到这种资金短缺到买不起收藏品的地步，因为如果有一件盖蒂博物馆正好感兴趣的艺术品在市面上出售，那么馆长就会向董事会申请额外的资金和支持，而这样的请求一般都会被批准。“我开了这么一个头，势必会引起一系列的矛盾。这损害了一部分人的利益。‘我们没有办法完成这些任务，我们没有办法独立运作这么一个烧钱的机构，我们需要赞助，我们需要钱。’”穆尼兹说。“这些其他博物馆不屑一顾、看不起的做法，我们却需要去做，因为盖蒂博物馆需要。”

很显然，穆尼兹一上任就因为他的管理和革新理念而得罪了不少盖蒂博物馆的资深员工。首先，穆尼兹可以说是一个局外人，他是新来的。其次，他强调说公众教育是盖蒂博物馆的责任，对于那些专注于为博物馆收集更多的文物而不是为文物撰写介绍的馆长来说，这个观点是令人气愤和郁闷的。在穆尼兹眼里，盖蒂博物馆应该是一个能够提供教育职能的机构，而这也是盖蒂博物馆雇佣他的最初意图，希望有人能够贯彻和执行这一内容。穆尼兹在任期间，他将黛博拉·格里本提升为盖蒂博物馆的董事会主席，但是后者却因为穆尼兹经常擅自改变博物馆的收藏品购买优先序列而对其心存不满。比如有一次，穆尼兹无视馆长们的抗议而直接将一幅17世纪的绘画作品带至盖蒂博物馆旗下的一间房子，如此大费周章仅仅是为了在他的晚宴上展现给他的好莱坞宾客看。那天的宾客有派拉蒙工作室的女主席雪莉·兰辛和她的丈夫，著名导演威廉·弗莱德金。这个举动激怒了各个分馆的馆长们。与此同时，穆尼兹声称是为了削减博物馆开支的裁员举动却又与实际情况不符合。一边要削减开支，一边却肆意增加开支，让盖蒂博物馆的工作人员对他起了疑心。盖蒂博物馆内流传着这样的说法：穆尼兹让博物馆为他的虚荣和奢靡生活买单，他经常乘坐头等舱和两位富豪朋友到处旅行，这两位富豪分别是地产大王埃利·布罗德和零售大亨罗恩·柏克乐，他们后来都加入了盖蒂博物馆的管理委员会。穆尼兹一年收入大约有100万美金，开着一辆由博物馆买单的保时捷卡宴。与此同时，盖蒂博物馆大量工作人员和研究者却每年拿着3万美金至4万美金的低收入，因此对穆尼兹的抱怨和愤怒弥漫了整个盖蒂博物馆。

另外一个内部矛盾也正在上演。当特鲁在为了盖蒂别馆装修后的新开幕而奋力拼搏时，她却与格里本产生了矛盾。特鲁发现格里本对她的工作并不配合和支持，回应也很慢，使得特鲁的开幕工作不能按时完成。而格里本觉得特鲁服从性很低，对自己的要求并不能完全服从，是个不听话的人。在一个周日早晨，特鲁将穆尼兹约了出来，他们漫步在圣塔莫妮卡的海滨小道上谈论这个问题。于是，在董事会内部，委员们分裂成了两个派别，一个派别是支持玛丽昂·特鲁的，而另一个派别则是支持黛博拉·格里本的。这两个阵营的人吵得不可开交。与此同时，特鲁和格里本的关系也降至冰点，她们不再和对方说话了。玛丽昂·特鲁、黛博拉·格里本以及巴里·穆尼兹之间的复杂关系也为日后他们发生的一连串事件埋下了伏笔，就结果上来看，这对他们的事业造成了毁灭性的打击。而盖蒂博物馆也被牵连其中，损失了许多著名的收藏品。

2000年秋天，黛博拉·格里本和曾为盖蒂博物馆在意大利处理过法律诉讼问题的律师理查德·马丁找到了巴里·穆尼兹。“我们要告诉你在有关意大利那些收藏品和玛丽昂·特鲁的问题，我们有些比较重要和紧急的信息。”他们如此对巴里·穆尼兹说。那个时候，穆尼兹说，他并不知道盖蒂博物馆在收藏品上的问题和犯罪事实。他从来没有听任何人说起过关于这个问题的资料和信息，比如，他并不知道吉里·弗雷尔的诈骗历史。他也不知道亚瑟·霍顿辞职事件的来龙去脉。“在他们告诉我的所有要点中，其中有一个就是不要提到‘在艺术品收藏和购买中，有许多复杂的程序和过程，这是一个大范围的问题，并不是独立的问题。关于这一点，有许多争论和未确定性’。可是，这个问题在后面依旧被提到了。”他说。这些意大利人一直在追问艺术品和文物的来源和出处，一开始他们锁定的目标是35件收藏品，后来这个数量增加到了42件。而这个列表还将会继续变化，被要求交待底细的收藏品数量将会继续增加。罗恩·哈特维希回忆道，“有时候我们甚至都不知道这个艺术品是谁在要求调查，谁在要求资料”，到底是文化部的意思还是宪兵的意思，无从得知。意大利官员会强迫盖蒂博物馆的某个馆长参加会议，然后偷偷告诉他，如果盖蒂博物馆归还阿佛洛狄忒的雕像，那么“事情会好转的”，但是这并不是完全符合流程的。与此同时，一位欧洲的律师告诉盖蒂博物馆的工作人员，玛丽昂·特鲁在希腊买了一所房子，而买房的贷款是从罗宾·西梅斯手中获得的。这位律师告诉穆尼兹是谁询问了彼得·埃里克森、盖蒂博物馆的律师以及黛博拉·格里本。埃里克森和格里本曾经告诉穆尼兹他们已经知道是谁在追问和调查这件事，但这并不是真的，事实上，他们对此一无所知。

事实上，他们仍然在使用那套“睁只眼闭只眼”的行事准则。格里本从未问过准确的、该问的核心问题，而特鲁也从未主动说出那些自己知道的真相。格里本是在一次鸡尾酒会上与特鲁沟通的，他问特鲁，她在派洛斯的房子是否是向西梅斯借的贷款。当时特鲁给了否定的回答，而对话也就至此结束了。格里本并没有再继续深究下去，而特鲁也没有把完整的事件告诉对方。事实是，这笔房屋贷款的真正来源是西梅斯的合作伙伴克里斯多斯·米海利德斯，中间通过一名律师来转移和过滤了这笔资金。

意大利人接二连三地给盖蒂博物馆施加压力，他们不停地向博物馆提出资料要求，让博物馆为他们准备和提供相关收藏品的详细信息。2001年6月，他们来到洛杉矶并希望此行能够达成意向一致的和解。在此次庭审中，特鲁在公诉人保罗·乔治·菲利的要求下宣誓并且接受了两个小时的问询。当她看到美第奇以及相关的照片时，她被震惊了，原来美第奇和盗墓贼有着如此密切的关系。意大利人对此行的结果并不满意。于是2002年，意大利官员们再次拜访了盖蒂博物馆，并重申了自己的要求。同年6月，格里本和埃里克森特意飞往罗马去评估此时的情况以及可能的结果。但是，此事进展非常慢，他们的收获也很小，对方对来访者的要求并不配合合作。盖蒂博物馆坚信自己的收藏品是合法合规地收入馆中的，事实上，在质询盖蒂博物馆这件事上，有一个很关键的因素需要被考虑到：埃里克森说他并不认为意大利当局有审问和调查盖蒂博物馆的权限和权力；而意大利当局的想法是，他们认为关于美第奇的那些照片是可靠证据，他们要求盖蒂博物馆出面并且证明自己手中的那些相关文物并不是掠夺而来的。很显然，意大利当局对此非常认真。

但是，盖蒂博物馆方面似乎在应对这个问题上显得越来越无力。每次董事会一同讨论此事的时候，都没有能提出更好的解决办法，其中一名董事会成员芭芭拉·弗莱希曼甚至为了避嫌离开讨论的房间。弗莱希曼于1998年加入董事会，这得益于她和丈夫劳伦斯在两年前作出的决定，那时他们出售和捐献了大量的艺术品和收藏品给盖蒂博物馆，此次交易金额为2000万美金，其中不乏重要的艺术巨作。当时，这批价值连城的艺术品成为盖蒂博物馆中的核心收藏，弗莱希曼的收藏品为博物馆带来巨大的成就。"这是个奇迹。"穆尼兹认为这笔成功的交易使得盖蒂博物馆展示了自己强大的经济实力，向同行证明了自己具有收藏名贵巨作的能力。弗莱希曼夫妻是来自纽约的收藏家，他们是玛丽昂·特鲁的亲密好友。盖蒂博物馆在1994年为弗莱希曼夫妻的收藏品开了一个展览会，并将这些收藏品拍照、编辑成了一本目录册。劳伦斯·弗莱希曼，他是一位真正的房产大亨，当地产业不景气的时候，他就决定出售和捐献自己的大量收藏品。他曾先后和大都会博物馆及第五大道博物馆交涉过，都因条件谈不拢而放弃合作。

此外，有很多人开始悄悄散布关于弗莱希曼收藏品的传言。1995年，盖蒂博物馆改变了他们的收藏品购买政策，他们决定仅仅接受那些有出版物作为证据、能够证明收藏品身份的文物。而弗莱希曼的收藏品完全符合博物馆的这一要求，这是因为刚好在前年，盖蒂博物馆曾为弗莱希曼的收藏品开了一个展览会，并且印刷了相关出版物。考古和艺术品圈子的人都对此嗤之以鼻，这是一件很讽刺的事，盖蒂博物馆为了能够在遵守自己新定的严格规则下接收那些收藏品，所以做了一件如此令人啧啧称奇的事。但是，特鲁和穆尼兹都否认了博物馆有此目的。尽管这个指控被否认，但是也改变不了一个事实，那就是弗莱希曼的收藏品有不少是从罗宾·西梅斯和贾科莫·美第奇手中购得的。因此，当董事会需要对意大利当局的指控进行自我辩护时，芭芭拉·弗莱希曼不能参与其中。即便如此，要让芭芭拉坦白几乎是不可能的，因为向意大利当局坦白就意味着她和好友玛丽昂·特鲁必须回答一些令人尴尬的问题。而此时，盖蒂别庄的高层正在为一场大型展览会筹备修缮事宜，而特鲁本人也正极力劝说弗莱希曼将藏品捐献给博物馆。

2002年，意大利人对玛丽昂·特鲁进行了大型陪审团审查。“当时，我们简直是大吃一惊，”穆尼兹说，“所有人都觉得这是件严肃的事，但与此同时，我们还在进行正常的私下交流，因为我们也想和对方达成一致，庭下和解。”根据穆尼兹说的，没有人很明确地知道为什么这次审查针对的是玛丽昂·特鲁，并且是仅仅针对玛丽昂·特鲁的。例如说，为什么意大利人找的对象不是盖蒂博物馆的董事会主席约翰·沃尔什，他不是更应该对此事负责吗？“这个问题贯穿整个审判时期，但是我不知道这个问题的正确答案，也从来没有人告诉我这是为什么，没有人给我一个答案。”穆尼兹如是说。沃尔什通过电子邮件答复说，拒绝对此问题发表评论。外界也对此问题表示疑惑，人们很好奇这究竟是为什么。现任独立艺术咨询师的前任盖蒂博物馆馆长尼古拉斯·特纳曾说，沃尔什容易屈服和逃避的性格特征在对待特鲁这件事上表现得淋漓尽致。“我不明白他要怎么负责，”他继续说，“他看似很可信，温文儒雅，充满魅力。但是从本质上说，他是一个很软弱的人。”

与此同时，格里本和特鲁的关系并没有改善。为了平息特鲁和她在国外的伙伴芭芭拉·弗莱希曼的怒火，穆尼兹作出了一个重大的决定：他决定让特鲁直接将翻新盖蒂别庄的工作进度汇报给他而不再通过格里本，这项翻新工作是当时盖蒂博物馆日程上最重要的一个项目。在格里本身边的人看来，当时的她可是非常受伤和愤怒的。一方面是意大利方面持续不断地施压，另一方面是博物馆董事会对盖蒂别庄重开馆时可能发生的意外的担心，这些让格里本的处境非常尴尬。董事会想出了一个权宜之计来应对这个麻烦——将所有的文物还给意大利。穆尼兹准备了一个文物模型的目录以及一个门户网站来应对这次盖蒂别庄的重开，但其中并不包括那些意大利要

巴里·穆尼兹

求的文物。穆尼兹和其他董事会成员都觉得即使收藏的数量减少了，这批藏品依旧有很强的教育意义。同时，这样做还能将博物馆的污点悉数抹去。但盖蒂博物馆的管理层和他们的律师团都不想仔细考虑这件事情。因为他们觉得“即使是将这件事记录在一张纸上都是不安全的”。

2004年9月，格里本选择了辞职。对一些人来说，这并不是他们希望看到的。她对自己在博物馆所受到的不公正待遇感到愤怒；她不同意穆尼兹将博物馆的首要任务放在教育上的观点，而且她在所有项目中都受到掣肘。几乎所有的员工都支持格里本。在她离开博物馆的那天，他们在博物馆的大厅站成了一排为她鼓掌。穆尼兹却对她的人望毫无兴趣，并对她上个春天的工作质量给了一个很差的评价。尽管这样，穆尼兹对格里本的辞职依旧十分意外。“我们对于工作的审查是很严格的，”他补充道，“员工得到差评是很常见的，我还是希望她能继续为博物馆工作。”他继续说道：

"我们一起共事了7年，在这7年中我从来没有否决过任何一次她的收购建议……我们没有因为任何一次展览会或是任何一件藏品的问题而争吵过。我很信任她的实力……我还以为我们可以一直保持这种同事关系。"格里本对此却持有不同的看法，她认为穆尼兹与她的目的是完全不同的。穆尼兹对教育的重视直接阻碍了她寻找收藏品和实现赞助的承诺。在她的辞职信中，格里本提到："越来越多的事实证明我们无法在许多关键问题的看法上达成一致。"她认为自己给博物馆的员工留下了"一种信仰，就像他们一直以来相信盖蒂博物馆将会为社会提供最好的收藏品、最棒的展览和最全面的文物介绍"。而私底下，格里本指责穆尼兹通过使她无法完成工作来强迫她辞职，她的律师称之为"架空了她的权力"，并同时威胁说要控告穆尼兹。盖蒂博物馆曾支付给格里本300万美金，这一事实在辞职事件发生之后由《纽约时报》所披露。格里本与穆尼兹没有就此给出陈述。

2004年9月，有关穆尼兹的系列调查文章的第一篇在《洛杉矶时报》中刊登了出来。这篇报道认为博物馆将一件藏品卖给了慈善家（同时也是博物馆董事会成员之一）埃利·布罗德。布罗德用180万美金的价格购得了这件藏品，这个价格足足比市场评估价格低了10%，许多人猜测，因为他与穆尼兹之间的良好关系才能够拿到这个诱人的价格。对穆尼兹来说，情况也从此开始急转直下。大量质疑他的职业道德和批评他滥用公款的阴影笼罩在他的头上——他购买头等舱的机票，因私事使唤员工，在出差时带上自己的妻子。由他自身所暴露出来的博物馆管理层的问题最终导致《洛杉矶时报》的记者得到了一份博物馆的内部文件。渗透进博物馆实在是太简单了。一名记者曾向穆尼兹出示了一份关于布罗德不动产交易的记录，穆尼兹甚至向这名记者询问他是否可以保留一份副本——他自己的那份神奇地消失了。

在这些由记者们揭露的可疑行径之中，有一份由盖蒂博物馆给予前董事会主席的私下协议，这名主席曾帮助穆尼兹得到一份为期5年的新合同。此外，还有一份充满了性暗示的交易被披露：穆尼兹很明显地替一名德国博士生爱丽丝·麦凯恩伪造了活动与旅行的经费记录，爱丽丝曾在盖蒂博物馆实习。同样，盖蒂博物馆向一名俄罗斯的女博物馆长捐赠了 20 万美金，而穆尼兹曾公开对该名馆长表示好感。穆尼兹大方地向他所有的朋友与熟人赠送财物，根据《洛杉矶时报》的描述：博物馆支付给一家公关公司 50 万美金以推动白宫的一项关于火星的教育计划，另外还支付了 1000 美金来定制礼品袋。博物馆立即受到了质询，但事情还远没有结束。因为盖蒂博物馆是一家通过免税来实现利润的非营利机构，政府对此表示了特别的关注。在 2005 年 7 月，司法部长比尔·洛克耶开始调查此事。

所有这些问题都能与玛丽昂·特鲁那些更为严重的罪行以及意大利方面的调查结果相联系。穆尼兹曾与英国考古学家科林·伦佛鲁商谈此事，并计划与意大利人在马里布别庄举行联席会议讨论这些问题。他们着眼于寻找一个突破口，以使盖蒂博物馆方面能对一些挖掘工作进行赞助。作为交换，博物馆方面可拥有优先借回即将归还的艺术品的权利。这项计划得到了盖蒂的研究部与维护部的支持，但最终却被博物馆馆长否决了，因为馆长认为这可能会导致一连串灾难的发生。

意大利当地法院针对特鲁的刑事指控由 2005 年 5 月正式开始。特鲁声称自己是无辜的，盖蒂博物馆也誓言要为她抗辩。作为软化意大利检控官的最后手段，盖蒂博物馆同意将 3 件艺术品——一个希腊的古瓮，一座伊特鲁里亚的烛台以及一尊石碑送还当地。但这并没能改变任何事情。在夏天即将结束的时候，盖蒂博物馆以及特鲁的所有努力都付诸东流了。《洛杉矶时报》向读者们暴露了特鲁向罗宾·西梅斯和克里斯托·米海利德斯借钱在派洛斯岛上买了一套房子的事，记者建议盖蒂博物馆查问此事。穆尼兹想起 4 年前针对特鲁的第一次调查时的情形，那一次他很直接地向特鲁询问过此事。特鲁宣称的确有这样一笔借款，但她的一个朋友在 9 个月之内就帮她还清欠款。那么谁是那个朋友呢？当时，特鲁神秘地回应说：“我不能说。”

2005年9月一个星期六的晚上，巴里·穆尼兹在他位于圣莫尼卡的家中接了一个电话，那时他刚刚结束一场欢迎盖蒂博物馆新晋董事迈克尔·布兰德的鸡尾酒会。在穆尼兹回到家中准备出去吃晚饭时，芭芭拉·弗莱希曼打了一通电话过来。

“巴里，我必须现在就和你谈一些事情。”她说道。

“芭芭拉，我正准备和迈克尔以及蒂娜·布兰德一起出门。”他回答。

“好吧，你必须知道一些关于玛丽昂和那笔借款的事情，拉里和我一同出钱替她还清了那笔借款。”她说道。在电话里她提到了她的丈夫。这就是为什么玛丽昂·特鲁没有办法说出借款来源的原因，她不想让朋友牵连其中。穆尼兹立刻意识到这是一个非常严重的问题。一方面，这笔借款发生的时间与博物馆购买弗莱希曼的收藏品的时间惊人地一致，这当中很明显有着利益纠葛；另一方面，无论是特鲁还是弗莱希曼都没有在博物馆每年的“利益纠葛”陈述中提及此事，她们本应该这样做的。为此，她们将承担法律责任。而从博物馆的层面来讲，米海利德斯的律师将是比他的借款更为严重的一个问题。三天后，董事会开了一次特别会议，并聘请了芒格公司、托尔斯公司和奥尔森公司来代表博物馆陈述关于这次贷款和所有公众关心的主要文物问题。在这件事发生一个月之后，特鲁提交了辞职信，并与盖蒂博物馆达成法律辩护协议，博物馆将会支付任何可能与她相关的辩诉协议的费用。弗莱希曼最终也选择了辞职，在她的辞职信中提到玛丽昂·特鲁“被错误地指控并且忍受了长达5年的痛苦”。在2007年与弗莱希曼的最后一通电话中，她始终没有改变看法。“这不是事实，简直是羞辱。”她说道。

公众的压力，意大利方面的围攻，以及特鲁的受审，使盖蒂博物馆几乎不能正常运营。巴里·穆尼兹也被放弃了。他失去了董事会的支持，身心俱疲，并在这几个月中轻了20磅，穆尼兹最终在2006年2月辞职。之后，董事会的财务主管也一同辞职，辞职的还有约翰·比格斯，董事会的主席。穆尼兹被证明是无罪的，但他必须支付给博物馆25万美元以填补他所滥用的资金，尽管许多的资金都是在整个董事会默许下动用的。他也同意放弃超过 200 万美元的分红。

但在 10 月，司法部长公布了关于穆尼兹的调查结果，结果显示这名可悲的 CEO 并没有任何实际的罪证。司法部长命人带走了穆尼兹正在旅途中的妻子，以调查超额支付那名女博士工资的犯罪事实。但是在几乎所有需要质询的问题上，盖蒂博物馆的应对都是无懈可击的；董事会的不动产交易——所有的指控都源自这个问题——被认为是“合适并且合理的”，而穆尼兹购买头等舱机票以及在昂贵的餐厅吃饭的行为则“没有明显触犯法律”。尽管如此，《洛杉矶时报》在他们的报道中依旧宣称当局已经掌握了“穆尼兹及其董事会将基金滥用于旅行、送礼及馈赠上”的证据。这一言论对基金会的伤害是无法挽回的。穆尼兹走向末路的原因并不是他藐视了法律，而是由于他本身就不得人心——他在面对恫吓时一度丧失判断力，而这正是盖蒂博物馆一直以来都强调的素质。

就像特鲁、格里本以及弗莱希曼一样，穆尼兹被这一段经历彻底地吓坏了。约翰·沃尔什本人也成为了一名佛教徒。盖蒂博物馆就像是在一个小沙盒里装了太多不同的自我意志，每个人都被自己的天赋和各方面的关注给熏得陶陶然。“博物馆的员工太在乎自身的得失了。这让他们在追求某种目标时变得无比脆弱。”前馆长尼古拉斯·特纳说道。他的主要竞争对手乔治·戈德纳也赞同道：“那些人生活在自己的幻想中，认为‘付出一些钱就可以解决所有的问题’。这就是他们的态度。即使能与意大利政府达成谅解，他们也不乐意这么做。他们并不是黑手党，但我真的觉得盖蒂博物馆的员工就是不愿承认这一点，好像和整个真实世界都脱节了。他们有太多的钱，钱也来得太容易。”

穆尼兹也持类似的观点。而即使在他辞职两年之后，谈到这场风云依旧让他泪流满面。“我根本没预想到会发生这种事，”他说道，“我以为事情不会这么大，我以为事情会在私底下解决的。我只是没有准备好……整个制度太过于腐败、自大。”对于盖蒂博物馆，他说道：“在很长一段时间里，博物馆太过于富有也太过于腐败了。哈罗德（威廉，穆尼兹的前任）将之称作盖蒂金本位。有些机构每周作一次检查就行，我们却无时无刻不与各种各样的问题纠缠……有一个问题困扰了我很久，权利的滋味就那么诱人吗？”即使是那些不认同巴里·穆尼兹的人也应当会同意这个观点。

遣送回国

尼古拉斯·齐格诺斯的精力已经被非法文物交易抽干了。这名瘦长结实的48岁记者坐在他那辆肮脏的轿车里在雅典城中来回穿梭，车里摆放着纸张、书籍、笔记本以及一双备用的鞋子。齐格诺斯住在一间漂亮的公寓里，那里还有一个视野开阔的天台。唯一的缺点是公寓又小又挤，就像一节电车的车厢——这是因为他一个人住在这儿，一个可怜的单身汉。他对于古希腊文物黑市交易的研究热情把妻子给气跑了，和她一同离开这个家的还有他们的孩子。齐格诺斯希望她能够回心转意。他也迫切地希望能够把自己从掠夺希腊文物的走私犯和中间人的事情中解脱出来。

但他总会回到这些事情上来。他无法拒绝为当地报纸在2007年3月醒目的头版上写下那些故事。"被绑架的忒耳西科瑞"，这是一篇有关被从希腊北部的约阿尼纳盗走的舞蹈缪斯的美丽雕像的故事。齐格诺斯报道说，这尊雕像连同一个克里特人的浴缸和一个几何风格的花瓶在2000年被卖给了亚特兰大的迈克尔·卡洛斯博物馆。但根据警局内部的消息，齐格诺斯宣称，这尊雕像最初是从希腊北部地区被挖掘出来继而卖给了一名走私犯的。齐格诺斯制作了《网络》(*network*)，这是一部在2005年发行的希腊电视纪录片，讲述关于走私贸易的故事。这个节目改变了希腊公众的论调，并且很快成为大学中有关文化传承课堂上的催化剂。他为彼得·沃特森的《美第奇家族的阴谋》写了一个关于希腊走私的章节。他的客厅里堆叠着贴满标签的资料："美第奇"，"盖蒂"，"西梅斯"，"萨尔布吕肯"，等等。他将所有最重要的资料都 24 小时贴身保存，那样最安全。

5 年来，齐格诺斯废寝忘食地研究着古代人，也经常向希腊的检察院递交他在旅行途中发现的走私证据，并劝说走私犯接受检察官的质询。即便暴露了记者的身份，那些走私犯们也乐意告诉他关于肮脏交易的内幕。"这太令人惊讶了，竟然有那么多走私犯乐意与我交谈。"他说。出于诸如虚荣、嫉妒以及其他原因，他们乐意告诉他这些。他整日整夜、全年无休地研究着那些交易商，比如罗宾·西梅斯；博物馆长，比如玛丽昂·特鲁；拍卖行，比如佳士得。他拿出一大沓的照片。"看！"他说。他用 3 张照片展示了一件艺术品的不同状态。第一张是一件破损严重的古希腊灯盏，这是意大利警方从贾科莫·美第奇的收藏品中追查的一件。美第奇将这件灯盏卖给了罗宾·西梅斯，后者则将它卖给了盖蒂博物馆。第二张照片则显示这件灯盏被部分地修复了，而第三张则是这件完全被修复了的灯盏在博物馆展览厅中展出的样子。这一系列照片展示的正是一件文物旅行的整个过程——从强盗到走私者最后到买家手中。

许多时候，他宁愿自己不知道这些信息，不知道所有的细节。就像其他对文物盗窃感兴趣的记者一样，艺术和考古不是重点，齐格诺斯的报道往往带有一些政治倾向和修饰。他目前正为《言论自由》杂志撰写专栏，同时他也是《洛杉矶时报》和《伦敦独立报》的自由撰稿人。但那些有关古文物的故事却真的吸引了他，他全神贯注于挖掘一件文物是如何从一个农夫的田里到某一家博物馆的壁橱里的线索。"我开始疑惑：那些文物究竟是从哪里来的？人们又是如何把它们卖掉的？"他说："你看这些散落在地上的碎片，我有上千张这样的照片——从警察、走私犯、交易商和中间人手上得到的。我并不是一个专家，但我可以肯定 90% 的文物是从地底下被挖出来的。简单来说，你现在完全没有办法证明那是从你国家的土地上被盗窃。但你可以在佳士得拍卖行看到它们，我究竟应该去哪里，又该向谁质询一件克里特文物的来源呢？”多年以来，齐格诺斯揭露了许多看似合法的文物交易的内幕，比如一件文物是如何一条龙地从一个所有者到另一个所有者手里，最后那些富有的收藏家或者博物馆会从某一个“欧洲贵族”手中买走这件文物。就像他所揭露的，他认为走私的圈子是非常大而且隐蔽的。这个圈子里通常有许多国内外的富人以及掌权者。

齐格诺斯相信现代的走私活动正危及希腊对本国最著名的掠夺事件——埃尔金爵士对帕特农神庙雕像的掠夺——的解决方式。在他看来，希腊几乎没有任何理由去要求归还这批雕像，除非希腊政府能够杜绝国内的文物掠夺，阻止文物存放处的失窃，以及禁止在各大拍卖行拍卖大量的希腊文物——其中有一些文物是被希腊买家所购买。毕竟，如果希腊政府无法压制现今的走私活动，那他们又怎么能够奢望英国会归还那些在200年前就被带走的雕像呢？

齐格诺斯坚持自己的政治观点，他认为希腊只有很少的几条法令允许警方压制走私活动，也没有足够的警力来追踪走私行为。希腊禁止文物的出口，而一旦一件文物离开了希腊，那么如何证明这件文物的出处将会变得非常困难。在许多国家都有“诚信”条款用以保护买家。而瑞士就像是一个黑洞，许多被掠夺的文物在那里消失，之后再次出现的时候就神奇地拥有了一个看似可信的来源。“法律允许那些文物被洗白，这是因为没人能够证明那是被掠夺的。”齐格诺斯说道：“你必须证明那就是你的，以及它被盗走了。但当一件文物经过一—二—三—四手交易之后，寻找到将它挖出来的人几乎已经变成不可能的了。这本应该是一个黑色地带，然后它开始变成灰色地带，之后就被漂白了。我们的法律是有漏洞的。我们的法律会告诉我们避孕套是哪里生产的，牛奶又是哪里生产的。但我们却无法得知文物的来源，这真是无稽之谈。”

齐格诺斯发现了19世纪战争的战利品和今天上流社会文物收藏之间的直接联系。“当今买卖文物的行为和19世纪上流社会的人游历文明古国并随意带走喜欢的东西的行为如出一辙，”齐格诺斯说道，“每一个买主都是一个障碍。他们并不会对文物来源作必要的查问。他们对此睁一只眼闭一只眼。他们会问'这件文物有合法的来路吗'？答案是'当然，但我不能告诉你'，或者'它本来属于一个美国女人'。简直是扯淡。"

当今希腊的文物盗窃行为简直是大胆到令人发指。在 20 世纪 80 年代以及 90 年代，强盗从希腊各地的博物馆中带出了大量的文物。1990 年发生在科林斯考古博物馆的抢劫行为算得上是极为大胆的。强盗洗劫了整个博物馆，285 件文物被盗，这在希腊历史上都堪称是最大的劫案。警方怀疑居住在委内瑞拉的希腊人卡拉哈里欧斯一家有嫌疑，但却没有足够的证据逮捕他们。这些文物直到 1998 年才重现人间，那时候它们出现在了佳士得拍卖行，卖方则是与卡拉哈里欧斯一家有着密切联系的一名美国收藏者。曼哈顿皇家雅典画廊的拥有者兼买手杰罗姆·艾森博格被人发现保存着 3 件来自科林斯的艺术品。他归还了这 3 件艺术品并说道："这真是一个严重的错误。"一些人始终对艾森博格表示怀疑，因为在 1990 年他曾在杂志《密涅瓦》中公布了一些被盗窃的文物的照片，因此人们认为艾森博格和走私活动脱不了干系。警察调查了特里夫纳斯·卡拉哈里欧斯在迈阿密的好友威尔玛·萨巴拉，之后在 1999 年 FBI 探员在迈阿密的一间仓库里发现了大约 265 件被盗的艺术品，它们被藏在装满了鲜鱼的板条箱里。2000 年，萨巴拉在坦承自己进行跨国赃物走私贸易之后获刑 1 年。2001 年，阿纳斯塔西奥斯·卡拉哈里欧斯因组织盗窃而被希腊政府判处终身监禁。这在希腊与考古有关的罪行中也是最严厉的一次判罚。

现今出现在希腊国内的文物盗窃行为也同样让希腊人变得贪婪。最有代表性的希腊人出卖民族遗产的行径无疑是发生在爱多尼亚（Aidonia）的那一次。1976 年，一个农夫和他的驴子无意间发现了一个古代的坟墓，这个坟墓是距今 3500 年前克里特文明的遗产，里面的财宝和黄金是属于每个希腊人的。当地人认为这是一笔意外之财——他们都会变得很富有——因而整日整夜地从坟墓里搬出各种文物，并搜索附近是否有遗漏。6 到 7 个月之后，他们聚在了一起——包括当地的政府官员——秘密地商议如何分赃。

他们搬空了一整个峭壁的克里特财宝，整整 18 座坟墓中的财宝被洗劫一空，只余下地底的一个巨大空洞。“我很难描述究竟发生了什么，”在 2005 年的纪录片《网络》中一名当地的居民这样说道，“太让人羞愧了。他们整日整夜在挖，无论夏天还是冬天。当地的政府必须为此负责。”一名当地的交易商买走了大部分的艺术品。

1978 年，美国考古学家史蒂芬 · 米勒从一名日内瓦的交易商口中听到了这次大洗劫，和他在一起的还有几名希腊文化部的官员。他们一同到当地，想看看是不是能够挽救些什么，但等待他们的只有空空的坟墓。米勒发现了一个未被打开的棺材，他为希腊政府救回了 3 个手镯、几颗珠子和一些其他物件。这些陪葬品最后被保存在离当地最近的尼米亚的一个博物馆里，但剩下的文物却都消失无踪了。现在看来，这个埋藏着无数坟墓的峭壁与其说是一个考古地点，不如说是一个巨大的防空洞。其余的那些文物去了哪里？没人知道。13 年后，金制的克里特艺术品出现在了纽约的迈克尔 · 华德画廊中。希腊政府雇佣了一名律师以阻止这些艺术品的公开售卖，而在 1996 年，希腊政府允许华德画廊在希腊境内免税，这些收藏品终于得以回到希腊。这对希腊来说是一次巨大的胜利，希腊第一次能够成功地追回失窃文物——而这是土耳其人向纽约大都会博物馆追讨吕底亚宝藏 1 年之后的事情。

这固然是件好事，但其中却有一件不能弥补的憾事发生在了爱多尼亚，那个本以为会非常富裕的小镇。这个小镇在与当地政府对抗时失败了。大部分的人都离开了那儿。今天那里已几乎空无一人，仅仅只剩下不到 5 个人依旧住在那里。就像米诺斯文明一样，那里最终被完全毁弃了。尼古拉斯 · 齐格诺斯想象着，如果当地的居民将他们的发现告知希腊文化部的话会发生些什么呢？建造一座博物馆，保存当地的坟墓，提供给游客一个新的景点？“他们可以依靠当地的游客来生活，合法地赚钱，并让他们的子孙以此为荣，”他悲伤地说道，“但他们却盗走了本属于他们的历史，并把那些东西当成垃圾卖掉，他们什么也没得。”最终，那些没有被盗走的文物在尼米亚附近的博物馆中展出。当地的居民依靠游客为生，卖给游客那些他们生产了数个世纪的当地酒食。

直到2005年，在大量像齐格诺斯的人的压力下，以及意大利当局的鼓励，希腊才开始正式完善禁止私挖文物的法令。希腊与意大利在追讨文物方面签署了双边协定，两国的警察开始共享相关的信息与文件。但齐格诺斯却为此心力交瘁，他个人并未得到任何的荣誉与财富，他也并不确定两国的合作是否真的能改变现状。“非法走私文物的行径绝不会就此中止。”在一间户外餐厅喝完第二杯烈酒以及吃完一份烤鱼后他这样说道。“但我们可以减少这些走私的发生。政府可以吓唬博物馆，控告走私者，以及完善律法、教育人民，并拨款给文化艺术领域。5到10年之后，情况就会有很大的改善。”

雅典的国家考古博物馆的白色大理石展厅中摆放着一顶令人窒息的美丽金冠。它属于马其顿，或者说腓力二世（亚历山大大帝的父亲），它悬挂在一长列大理石墙的最尾端的玻璃盒里。在灯光下，金冠熠熠生辉，一个隐蔽的摄像头则斜斜地监测着这顶皇冠。在10码[1]外的廊道里则陈列着一个年轻人的铜像。上世纪90年代，一位卖家将这两件文物一起带到玛丽昂·特鲁那里，希望盖蒂博物馆会买下。特鲁拒收这尊铜像，因为她觉得来源极为可疑。最后，德国警察确实以盗窃和非法走私的名义没收了这尊铜像，并在2002年将它送至希腊。特鲁留下了那顶金冠，但它最终也回到了希腊。在玻璃盒里有一张标签写着“于2007年3月22日从马里布的盖蒂别庄收回”。

14年以来，这顶金冠都是盖蒂博物馆的藏品。它一直都保存在太平洋沿岸的马里布别庄中，这顶金冠被陈列在一个背光的展览橱中。自1993年得到这顶金冠，它立即成为了别庄的明星展品。无数游客排成一长列想要一览这顶美丽的金冠。它上面缀有上千朵金花与金叶，每一朵都仔细地雕

[1] 约9米。

刻着花蕊，这顶金冠是精细工艺技术的代表作。仔细看的话，花朵的中心还有蓝色的涂料，围绕着花瓣和花蕊的则是一圈圈的金线。在所有别庄中的藏品中，这顶金冠绝对是让人意外的，它所传递的美感与古希腊文明的双耳喷口杯、灯盏、大理石雕像或者长袍都是完全不同的。而它也让盖蒂博物馆所收藏的其余花冠相形见绌。

它是从哪儿来的呢？盖蒂博物馆并不愿意多谈。在 1997 年的博物馆目录中，馆方宣称这顶金冠为“这是被发现的马其顿金冠中最杰出的一件，其上是一个豪华的微缩庭院，里面有着包括桃金娘在内的数种花卉和枝叶，它用金箔打制，还镶嵌着蓝色与绿色的玻璃嵌片。我们从坟墓中拯救了它，它是幸存下来的美丽文物”。整片的介绍与图片中，除了提到它能追溯到公元前 4 世纪后期之外，再没有一字提及这顶金冠是如何被找到的。

事实上，就像尼古拉斯 · 齐格诺斯所发现的，这顶金冠来到盖蒂博物馆的旅程并非如目录中所说的“幸存的美丽”一样。故事要从 1992 年 2 月讲起，当代艺术画家阿萨纳西奥斯 · 塞里奇斯正在慕尼黑的一间小画廊里举行他的第一次个人画展。他的朋友与收藏家都在那儿，让塞里奇斯非常奇怪的是有 3 个人正抬着一个纸质蛋糕盒靠近他。他们对塞里奇斯说有一些东西想要卖给他，并给他看了一些照片。塞里奇斯不是文物贩子，对外界的信息也不是非常敏感，他并不知道那些人为什么要靠近，除了他本身是一个艺术家也是一个希腊人。不过似乎那已经是很充分的理由了。这 3 个陌生人中有两个是希腊人，一个是塞尔维亚人，他们在画展之后的一天又将盒子带来并打开了它。“那是我这一生中所见过最美丽的东西，”塞里奇斯对齐格诺斯说，“这是用纯金制成的马其顿王冠。纯金啊！我实在是印象深刻，甚至不能呼吸。”塞里奇斯让这些人同克里斯多夫 · 里昂联系，那是他唯一知道的著名商人。当时的里昂并没有足够的资金，塞里奇斯建议说盖蒂博物馆可能会对此感兴趣。

1992 年 3 月 13 日，一封从慕尼黑发来的电邮被送到了玛丽昂 · 特鲁的桌上。署名是“普利斯博士”，这封电邮为这顶王冠要价 160 万美金。特鲁拒绝与那名没听说过的“普利斯博士”进行交易。于是这几名卖家又找上了克里斯多夫·里昂。这一次里昂愿意支付更高的价格，他愿意支付40万德国马克（约合40万美金）。之后里昂独自与特鲁联系。这名盖蒂博物馆的馆长来到瑞士查验这顶金冠，他们在苏黎世的一家银行的保险库中会面，在场的还有“普利斯博士”以及那名塞尔维亚人。这次会面给特鲁留下了很不好的印象，她觉得在场的人举止奇怪，与克里斯多夫·里昂所描述的相去甚远。回到马里布别庄之后，特鲁写信给里昂表示她不乐意购买这件文物，她怀疑这顶金冠是走私品。这名塞尔维亚人“以及无论那个匿名的普利斯究竟是谁，他们的行为都对这件艺术品造成了巨大的伤害”，她写道，“我希望你能找到一个好的买家，但我害怕这笔交易中会有一些将我们都卷入其中的巨大风险。”4个月之后，特鲁改变了主意。其间究竟发生了什么，这始终是一个谜。可能她害怕这件独一无二的艺术品会毁在艺术品骗子手上。或者她害怕这件美丽的古代艺术品会被某个收藏者买走就此消失在这个世界上。无论如何，特鲁无法抵抗它的诱惑。她写信给里昂说愿意买下这顶金冠。

根据博物馆的政策，特鲁知会了希腊与意大利当局，表示她愿意买下这顶金冠以及一尊古希腊的铜像，并向他们寄送了相关的照片。希腊人对此表示抗议。他们认为像这顶金冠一般重要的艺术品是绝对不能流入市场的，即使它并不是被非法地从本国的地下发掘出来或者走私到国外。而那尊雕像也同样十分重要，如果在它被运出希腊之前就被发现的话，那政府一定不会允许它出现在交易市场上。但除了这两件艺术品都没有确凿的来源信息之外，希腊并没有任何证据能够证明它们是属于希腊的。里昂宣称他正与一名匿名的“瑞士收藏家”进行交涉。盖蒂博物馆在没有取得希腊谅解的情况下，以115万美金的价格买下了这顶王冠，又用330万美金的价格买下了雕像。

就像其他事件一样，这笔交易或多或少地遗留了一些问题，而直到2005年它们才被暴露了出来。德国的警察部门公布了对阿萨纳西奥斯·塞里奇斯的侦讯结果，但针对他的调查并没有将塞里奇斯移交到国外。2005 年末，从一个退休的警察嘴里，齐格诺斯了解到了这件艺术品是如何被转卖的，他将这个故事发表在希腊当地的杂志《艾普西隆》(*Epsilon*)上。一名新上任的检控官伊沃阿尼斯·迪提斯阅读了这篇报道并准备推动解决这个半搁置的问题。2006 年 1 月，迪提斯来到了意大利，与当地调查美第奇与玛丽昂·特鲁一案的检控官会面。他们花费了数个小时互相交流意见与资料，包括一张意大利警方从一名走私犯詹弗兰科·贝奇那手中收缴得到的金冠照片。迪提斯查看了这个案子的原始证据，证据显示这顶金冠是一个农夫在 1990 年从希腊北部挖掘出来并通过移民工人运往德国的。他确信这顶金冠是被掠夺的文物，并决定追回它。

2006 年 11 月，希腊检察院在马其顿金冠一案中指控玛丽昂·特鲁、里昂以及其余 3 名掠夺者。检察院对这几人施加的压力似乎起了作用。2006 年 12 月，盖蒂博物馆当时的董事会主席迈克尔·布兰德宣布，博物馆将会放弃这顶金冠，同时被归还的还有那尊大理石雕像。他们希望能够借此得到希腊方面的谅解并传递友好的信息给意大利。盖蒂博物馆当时正是两国的目标，他们似乎正计划着针对盖蒂博物馆的行动。

虽然希腊与意大利已经针对交易走私文物的博物馆和交易商制定了许多对抗性的策略，这依然并不意味着每次都能取得好结果。国家并非能够操纵一切，而一些交易商的损失也只是他们的问题。

罗宾·西梅斯与克里斯托斯·米海利德斯，这对玛丽昂·特鲁的好友兼供应商在 1999 年 7 月 4 日突然就迎来了他们的末日。那天晚上，美国收藏家里昂·利维以及塞尔比·怀特在特尔尼的一个小镇的别墅里举办了一次宴会，其中的宾客就包括了西梅斯与米海利德斯夫妇。在晚宴临近尾声时，米海利德斯离开了大厅就再也没有回来了。当怀特的女儿去寻找他的时候，她发现米海利德斯正躺在地下室里奄奄一息。似乎是米海利德斯走下楼梯想要拿一瓶酒，却失足掉下楼梯，他的头磕在暖气散热片上造成了重伤。

之后他于几天内在奥维多的一间医院里去世了。

这场悲剧对西梅斯来说实在太突然了，这名银发的经营家失去了自己30年来的合作伙伴。但这次事故对米海利德斯的家庭来说也不啻是一个晴天霹雳。一个家庭成员的突然辞世让人难以释怀。但之后他们的家中就出现了经济纠纷：谁才有资格动用米海利德斯的遗产？如何分割米海利德斯的业务？要知道，米海利德斯与西梅斯不仅是同性恋伴侣，更是商业上的合作伙伴。米海利德斯的姐姐·德斯碧娜·帕帕蒂米特里欧也参与米海利德斯的业务，她花费上百万美金在首都从事文物交易。理论上，米海利德斯的死应该能够在私下很好地解决——分割所有财产。但事实上，接下来发生的是家族成员的自负与贪婪让共同积攒的财富化为乌有，以及刑事审讯的介入。

迪米特里·帕帕蒂米特里欧是米海利德斯的侄子，他认为他们一家应当拥有罗宾·西梅斯有限公司的一半股权。他建议西梅斯出售属于他们的业务，将所得的收益交给他们，剩余的业务由西梅斯自行运作。西梅斯则不这么看。在他看来，整个公司都是由他与死去的米海利德斯建立的，而现在整个公司都应该属于他一个人。但直到2000年西梅斯参加了一次米海利德斯的家庭纪念会之后，事情才开始真的向糟糕的方向发展。米海利德斯的母亲要为自己的孩子向西梅斯索要一些私人物品，包括一块卡地亚古董手表，一块劳力士以及一些宝石袖扣。西梅斯拒绝了这个要求并对此感到莫名其妙。一年后，他将一只属于米海利德斯的小盒子送到了帕帕蒂米特里欧在雅典的家中。其中并没有手表和袖扣，只有一块斯沃琪（swatch）手表，一支灌满墨水的钢笔，一只塑料香烟滤嘴，米海利德斯的受洗十字架以及一些照片。

对帕帕蒂米特里欧家族来说，这一记响亮的耳光不啻向他们宣战。事实上，西梅斯也准备好了与帕帕蒂米特里欧家族的战争。2001年，他起诉帕帕蒂米特里欧家族企图干涉自己的事业。声明中宣称，克里斯托斯·米海利德斯是他的雇员，他没有资格占有公司的业务。西梅斯说，只要他愿意就可以出售公司的任何业务，他也没有义务需要向帕帕蒂米特里欧家族归还任何物品。

开始是互相侮辱，之后就变成大打出手。帕帕蒂米特里欧家族准备动用全部的家族势力与可观的财富来对抗。罗宾·西梅斯极大地低估了受伤的老虎会有多么的可怕。他们向法院要求得到西梅斯半数的财产，雇佣了在艺术领域极为著名的伦敦终生律师卢多维奇·德·瓦尔登，并且雇佣了一些人私下里调查西梅斯的一举一动，为此他们不惜花费任何代价。帕帕蒂米特里欧家族的律师们首先要求法院冻结西梅斯的财产，搜查他的办公室并研究所有在那里找到的资料。这些资料包括 17 个绿色的相簿，里面都是文物的照片。私人侦探在 6 个以上的国家跟踪西梅斯——瑞士、英国、德国、意大利、美国以及日本，这项工作花费了上百万美金。所有的这些行动都是为了挖出他在生意上的不法勾当。之后在法庭中出具的证据显示，这些调查者发现西梅斯保存有来自整个欧洲 33 个地区的文物，大约有 1.7 万件，价值 1.25 亿英镑。

这些调查员在西梅斯的垃圾箱里翻找，但西梅斯将他的每份手书文件都粉碎处理了。侥幸的是，这些调查员复原了一张黄色的纸，因为它的颜色与其他白纸都不同。这张黄纸是一份西梅斯的备忘录，这份备忘录提及帕帕蒂米特里欧家族以回购股份的方式为公司注资并以此向银行贷款。上面提及德斯碧娜·帕帕蒂米特里欧正是公司的匿名股东。这正是针对西梅斯所宣称的他独立运营公司的有力证据。而与此同时，西梅斯正希冀用延迟递交文件与暂缓收益的方式延缓英国法庭的判决。2004 年的秋天，西梅斯已经筋疲力尽了。

2005 年，西梅斯宣布破产。他依靠里昂·利维的援助度日，2003 年利维去世以后，西梅斯丧失了所有的经济来源。西梅斯被那些调查员所掌握的证据逼到了角落，最终他在法庭上坦白了自己隐瞒了财产以及从出卖家中装饰品与一尊阿肯纳顿雕像（帕帕蒂米特里欧家族宣称西梅斯应当与家族分享这尊雕像）上所获得的收益。法庭判决西梅斯两度藐视法庭，并在 2005 年判处他两年徒刑。

这场罗宾·西梅斯与帕帕蒂米特里欧家族之间的战争就像打破了一个蜂箱一样，在所有从事不法勾当的企业中掀起了一场风暴，关于保护自己的信息和文件的理念深入人心。在这场诉讼中出现的文件里，许多令人熟悉的人名和物品不断地出现。调查记者彼得·沃特森查看了所有这场诉讼里的文件，并将一些他觉得可能是被西梅斯与米海利德斯掠夺的文物信息透露给了意大利当局。这其中包括一件公元前1世纪的等身象牙雕刻，价值3000万英镑，这件雕刻本是意大利文化部在2003年发现的。现在这件雕刻正陈列在罗马国家博物馆单独的一间展厅中。

此事的反响波及了希腊。通过一名派洛斯线人给出的消息，希腊当局在2006年对玛丽昂·特鲁的家进行了突击搜查。这名线人告诉警方，如果当局对一些不明文物感兴趣，他们可以去调查附近的基克拉迪群岛，看看那上面的房子是属于谁的。警察局长乔治·格里高瑞突击检查了帕帕蒂米特里欧家族在岛上的建筑群。他们也同时搜查了这个家族在雅典郊区半悬空式的家，从这个雅典边上的庄园警察收缴了14件文物，主要是一些古埃及科普特人的文物。但基克拉迪群岛上的建筑则是另一回事。那座房子巨大而豪华，地上铺着大理石板，有一个巨大的中庭和游泳池，走廊的两边立着两列廊柱——数十件文物随处可见。警察发现了粉红大理石制成的狮身人面像、古罗马的喷泉、大理石狮子，等等。庭院中散落着一尊无头的维纳斯雕像，一尊大理石制的罗马天神的半身像，科林斯式的廊柱，基督教的神像以及一个埃及的陶罐。这些文物的年代涵盖了古希腊时期到拜占庭时期。在地下冰库里，警察发现了古代陶罐的碎片。在衣橱里则用床单盖着4幅拜占庭时期的壁画。警察同样发现了一个用来制作赝品雕像的车间。这场搜查持续了整整一个星期，他们找到了大约280件艺术品——包括一个完整的小教堂，它是由中世纪时期拜占庭的遗迹碎片所建造的。一名警察描述道，许多物件都是放在容器里的，一些标签上写着它们几乎都是2001年至2005年期间从佳士得拍卖行中购得的。

在这场搜查中发现了许多社交照片——罗宾·西梅斯与克里斯托斯·米

海利德斯在晚宴与社交场所里的合影。除此之外警察还在这次针对基克拉迪群岛的搜查中发现了另一样东西：17 本硬皮相簿，里面都是文物的照片。

让我们将视线转回到雅典，当一名警察向尼古拉斯·齐格诺斯提及这次突袭时，齐格诺斯被告知了这些相簿的存在。警方认为这些相簿有利于研究西梅斯与米海利德斯买卖文物的商业活动。但齐格诺斯回忆起 6 年前，彼得·沃特森提到他在帕帕蒂米特里欧的伦敦律师的办公室里曾见过这样一系列的相簿，来自西梅斯的办公室。这些相簿可能是西梅斯相簿的拷贝，齐格诺斯认为这些照片可能正是西梅斯与米海利德斯在 1999 年前卖出的所有文物的记录。如果是这样，这些照片对警方来说就是毫无价值的——而对齐格诺斯来说，他将针对所有照片中显示的大都会博物馆、盖蒂博物馆、波士顿艺术馆、各大拍卖行以及私人收藏家的收藏展开一场缓慢而异常艰辛的察访行动。在 2007 年底，他已经发现了在博物馆中收藏的 260 件与照片中所存文物相符的艺术品，包括盖蒂博物馆出借给明尼阿波利斯市的一尊小男孩铜像以及一张《家庭》杂志的照片里所展示的属于一名宾夕法尼亚州私人收藏家的雕像。

西梅斯的故事还远远没有结束。在他因藐视法庭而服刑期间，意大利当局又对这名前商人提起公诉，同时被告的还有帕帕蒂米特里欧家族。相信他们已经没有什么可以声明的了。2006 年，4 名家族的主要成员——德斯碧娜和她的 3 名成年子女，迪米特里、亚历山德罗斯和安杰力基——在希腊因非法持有超过 100 万美金的被盗文物而被收监。

在洛杉矶盖蒂博物馆一间全玻璃会议室里，盖蒂基金董事会的新主席詹姆斯·伍德向董事会介绍了这间博物馆的新面貌。他是芝加哥艺术馆的前馆长，同时在艺术品界也享有盛誉。2005 年巴里·穆尼兹下台后，伍德被指派重新整改盖蒂基金会。在与意大利当局达成协议之后不久，盖蒂博物馆出台了一项新的也更为严厉的政策：不得购买任何 1970 年后出现的、没有清楚来源的文物。盖蒂博物馆很清晰地给出了这样一个信息：博物馆将重新制定规范让它看上去更加专业。

然而归还文物给博物馆所带来的伤口还未愈合，雇员们不可避免地会觉得受到了打击，并对未来产生疑惑。伍德穿着一件蓝色单衫，当他与整个董事会一同讨论那些在他上任之前就发生的问题时，他的宽脸一片苍白。从以往的工作经验中，他也不知道此时应该高呼倡议还是严厉谴责。事实上，他对钳制盖蒂博物馆多年的意大利并没有太多负面看法。他不想对玛丽昂·特鲁发表任何看法，当被问及此事时，他并没有任何表态。“是不是针对盖蒂博物馆的所有诉讼都是无理的？”“不，”他说道，之后他补充说，“但我认为针对玛丽昂·特鲁的所有诉讼都是不公正的。我并不是为特鲁在辩护，因为盖蒂博物馆说到底确实是买主。”停顿了一下后，他说道：“就和波士顿艺术馆一样。”“那么她的所遭受的待遇是否公正呢？”“简单来说，不公正。她受到了太多的压力，但那些与她一起工作的人却没有受到应有的惩罚。她只是被明正典刑了而已。”

伍德并不明白为什么特鲁的上级——特别是约翰·沃尔什和哈罗德·威廉姆斯，他们才是决定购买走私文物的人——没有被收监。“当时我并不在那儿，”他说道，“我并不知道谁对谁说过些什么。”盖蒂博物馆有了新的管理层，而他们的回答——“我不知道，我当时不在”——则是你最常听到的。

“你在寻找一个确切的答案，但那并不存在，”伍德继续说道，“你应当将问题代入当时的大环境中。得出结论的因素里所包含的并不仅仅是那些被广泛接受的言论与貌似充分的调查，还包括个人对于善恶的不同标准。15年前，难道我能够想象他们（盖蒂博物馆）是错的，而我们（芝加哥艺术馆）才是正确的？我们都希望能够得到好结果啊。”

但放弃这么多艺术品对盖蒂博物馆以及其他类似的博物馆来说意味着新的问题。在这样严厉的环境之下，博物馆是否能够继续收集收藏品呢？博物馆的使命与价值是否还能和以前一样呢？“这是当然的，收集艺术品和文物是博物馆的责任，”他说道，“这是一个公共机构，我们承诺力所能及地为公众提供最好的艺术品。当然，租借艺术品将会变得越来越重要。我们的守则规定了博物馆允许购买什么样的艺术品。这样的限制是不是会让我们的处境变得艰难一些？答案是肯定的。”

他总结说道：“最后，既然我们的前路充满了困境，那我希望能够成为博物馆未来道路的先驱者。”“盖蒂博物馆的未来是否是光明的呢？”“请不要用‘光明’这个词来形容，”他说道，“应该是‘重要’。”

盖蒂博物馆的新任馆长迈克尔·布兰德的办公室位于盖蒂博物馆大楼雪花石铺就的宽阔大厅的尽头。布兰德正处于协商被掠夺的文物相关事宜的第一线，为盖蒂博物馆与意大利方面达成私下协议的丑闻而困扰。这个拥有哈佛博士头衔的澳大利亚人之前是弗吉尼亚艺术馆的负责人。他本是个天生乐观的人，不过现在也正为这场发生在盖蒂博物馆的沉重闹剧而伤神。布兰德那张粗糙的木桌背后有着一面很大的卡其绿色墙壁——但整面墙都是空的，看上去他完全没有空在上面挂上一幅画。但在他办公室外的阳台上却摆满了种满鲜花的盆栽，这与盖蒂博物馆标志性的纯白色大楼形成鲜明的对比。他在 2005 年，也就是特鲁在罗马受审后一个月赴任，上任后布兰德立即着手弥补社交关系、重新缔结合约以及努力驱散博物馆中尴尬的氛围。

这些做起来并不如想象中那么容易。比如，意大利方面迅速地将消息泄漏给了媒体，但却并未透露他们希望盖蒂博物馆归还哪些藏品以及相关理由。2006 年，布兰德大部分商务旅行目的地都是意大利，他希望能与这个国家的政府达成协议。2006 年 1 月末，也就是布兰德刚刚在盖蒂博物馆站稳脚跟后不久，他便出访了意大利。这次旅行他计划能够归还一些艺术品。之前布兰德已经看过了这次事件的报告，他对同事说：“我觉得这个问题是可以解决的。”在意大利，布兰德见到了当地的文化部长罗科·巴蒂格罗尼和检控官毛里奇奥·菲奥利尼。他认为表现成一个局外人能够在一定程度上平息对方的怒火。“我上任的时候没有古董背景，也从未在盖蒂博物馆任职，我仅仅是一个人。也许我是澳大利亚人的身份会让谈话更为投契——谁知道呢？”他说道，“但我确信我们在这里聚首是为了能够达成一份协议。”

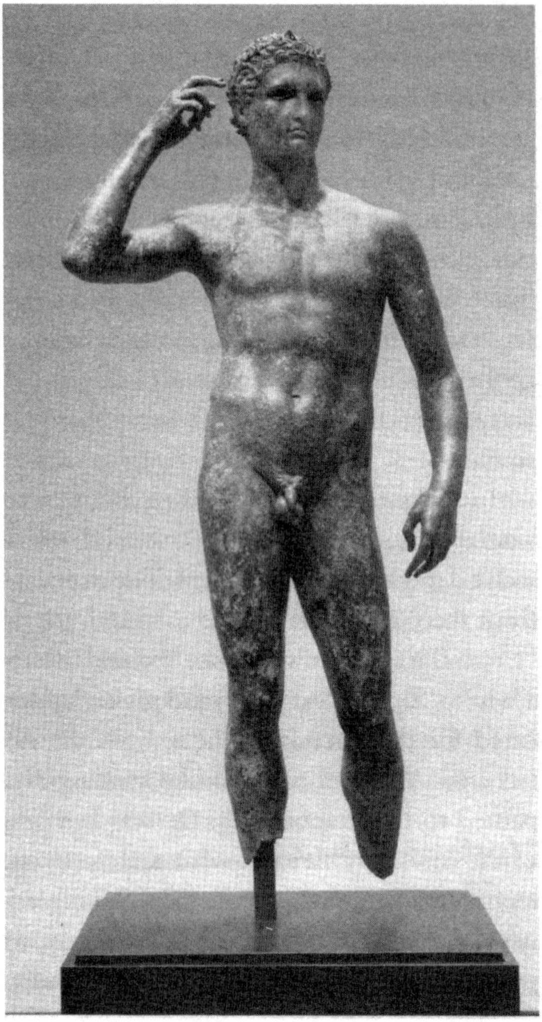

古希腊时期的雕像“获胜青年”，现存放于盖蒂博物馆。

尽管这样，他们依旧花费了一年半的时间才达成一个协议。针对特鲁的审判以令人无法忍受的缓慢速度展开，意大利方面认为己方在与盖蒂博物馆的谈判中是占有优势的。始终坚持要求盖蒂博物馆归还一尊名为“获胜青年”的铜像，这尊铜像于 1964 年在法诺附近的海域被打捞上船，意大利方面坚称，虽然从法律上来讲这尊铜像并不属于意大利，但在道义上应当拥有这尊铜像。他们认为这尊铜像必定是以非法出口的方式运离意大利的，尽管它并不是在意大利所属海域被发现的。盖蒂博物馆方面声称没有任何证据显示这尊铜像是非法走私所得，而且这尊铜像是古希腊而非古罗马的古董，意大利没有占有它的权利。此后谈判陷入了僵局。2006 年 10 月，盖蒂博物馆高层与意大利官员在罗马达成了归还一部分意大利所要求的文物的初步协定。但当布兰德于 11 月 17 日重返罗马的时候，意大利当局又将问题转回到这尊铜像身上。失望的布兰德飞回了美国并宣布盖蒂博物馆将单方面放弃 26 件文物，同时他也将被放弃的文物列表向媒体公布。事情搁置了几个月，期间意大利方面没有发来联系的请求，而盖蒂博物馆也将精力都用在媒体宣传上。意大利的新文化部长弗朗西斯科·鲁泰利对盖蒂博物馆进一步施压，他威胁说如果盖蒂博物馆不放弃那尊铜像的话，意大利将会切断所有与盖蒂博物馆的往来。所有人都在讨论这份威胁背后的含义。次年 7 月底，随着意大利方面同意将这尊铜像自讨论列表移除，双方终于达成了一份协议。8 月 1 日，双方共同发表声明宣布盖蒂博物馆将向意大利归还 40 件文物。

2007 年 11 月，布兰德——这个瘦削灰发的 49 岁专家穿着一件花呢背心和一件紧身的黑色外套——与我在他的办公室里交谈，他看上去很难过但又有一丝放松。一些盖蒂别庄的文物今天正被打包装船运往意大利，这真不是个喜庆的日子。“不管怎样，这是一件好事，”他盯着自己的钢笔这样说道，“但放弃 40 件展品还是让我非常非常地伤心。我们的雇员很小心地照顾它们，清理它们，为它们安排展览，为它们撰写故事。太伤感了，这就像送走了自己的家庭成员一样。”他停下来怀念这些收藏。之后他敏锐地察觉到了办公室里沉重而尴尬的气氛。“这并不是博物馆负责人的常规工作— —我的工作是保护它们，”他说道，“从另一个方面来说，我们为我们的工作感到骄傲。这些文物流落于世界各地超过 2000 年，却终于能在这里安稳地待上 20 年，这很好。”

布兰德的工作非常务实，他从一开始就全权负责保证这些藏品在运送的过程中万无一失。这些文物并不会从此成为某个人的收藏品而消失在一间地下室里，或者干脆被毁坏掉。它们仅仅是从一个展出地点被移到了另一处而已。但他并不会因此食言继而召回那些归还意大利的文物。“这将是目前我们所面临的一个新问题，”他说道，“我们应当注意不要因疏忽大意而造成某些不良的后果。因为我们没有任何先例可循。”

2006 年 1 月，当意大利方面列出一张完整的可疑文物列表并给出相应的文件以证明列表的可靠性后，布兰德认真地检视了所有被列出的证明文件。他相信其中大量照片所给出的证据。这些照片大多是宝丽莱卡片，证明被摄于 1939 年意大利颁布禁止走私文物法案之后。同时，大量的照片也证明了盖蒂博物馆是以不法途径购入这些文物的，因为照片上这些文物的碎片正躺在几张半旧的报纸中间。大约一半的照片用来证明这 40 件文物来自于美第奇的收藏。最大的一系列文物总共有 13 件，它们是通过或交易或捐赠的手段从弗莱希曼处得到的。第二大的系列有 6 件文物，它们是从瑞士古董收藏家弗利兹 · 布尔基手中买来，布尔基曾与罗伯特 · 赫克特、贾科莫 · 美第奇以及其他的一切交易商合作。第三大的系列来自莫里斯 · 坦普斯曼，他之前通过罗宾 · 西梅斯和贾科莫 · 美第奇接手了这些文物。这 40 件文物中有一件阿波罗的大理石像；两座还依稀残留着古代红蓝颜料的展翅的狮鹫像，它们正贪婪地撕咬着什么。这两座雕像是用一整块大理石雕刻的。布兰德见到它们的照片时被吓到了，他看见这两座狮鹫雕像的碎片被破布包裹着扔在一辆汽车的后座上。“这让我感觉很糟，这种感觉完全不同。比起文件与理论上的结果，一张照片更让我觉得震撼。”

提及玛丽昂 · 特鲁的命运，布兰德比伍德要更为直接。他说特鲁承担了许多的错误。“我最大的感觉是她变成了一只替罪羊。我的评论是有根据的。”他说道：“我有理由这么认为，因为整个管理模式都有问题。我的意思并不是任何人都会像 10 年或者 15 年前的她一样作决定，但她始终希望制定一个更好的文物收集政策，我坚信着这一点。她是一个学者，一名教育家。这是她的动机。她的做事风格和其他馆长完全不同，但这并不意味着

迈克尔·布兰德

其他博物馆放弃了那些古董花瓶而她就一定会买下来。”之后他告诉了我贾科莫·美第奇是如何评论特鲁的：“她有一个很大的问题，就是她试图讨论和制定一个收购政策。”美第奇认为，正是这一点让她变成了许多人的目标。

布兰德与意大利方面达成的协议依旧处于测试阶段。作为归还被掠夺的文物的交换，意大利承诺将会向盖蒂博物馆长期出租——至少 40 年——等价的文物。在达成协议的时候，究竟出借哪些文物尚还没有讨论。最终的结果呢？这个富有而强大的美国机构羞于提及此事。但随即，盖蒂博物馆的收购政策得到了极大的改善，其余所有的博物馆都学到了盖蒂博物馆的教训：不要犯盖蒂博物馆一样的错。布兰德希望博物馆能从这次失败中吸取教训。他在11月末来到罗马与意大利的博物馆长商议出借文物的事宜，他最终借出了一些贝尔尼尼的雕刻和画作，另外还有许多雕刻家的杰作。最后，他正巧碰上了12月中旬罗马的一次大型展览。当盖蒂博物馆最后送还的一批文物回到意大利的几天后，在一个巨大的展览橱里，这些年意大利从波士顿美术馆、纽约大都会博物馆以及盖蒂博物馆处寻回的文物向公众揭开了面纱。这场展览会的主题是"Nostoi"，——这个古希腊文的意思是夺还英雄——"被夺回的杰作。"

布伦特伍德数里外的海岸边正是安静而明亮的盖蒂博物馆马里布别庄，那里正沉浸在加利福尼亚的阳光之中。博物馆长和保安们在精致的庭院与铮亮的大理石大厅中徘徊。馆中的游客格外稀少，缪斯铜像立在一座喷泉的顶端，在日光的照耀下显出深绿的颜色。这座被精细地维护着的建筑在整改8年之后，也就是2006年1月重新对外开放。其内有着一些庭院、喷泉、水池和茂盛的花园，这座别庄是一个美丽的地方，同时也将被一些小气的市民看作是一个奢侈的公共场所。这里十分安静，它是为了展现古董文物的美而建造的。事实上，当别庄重新面世之后，所有的评论家都对此好评如潮，可能是因为这座别庄在风格上与其内部的装饰和收藏品的风格一致的缘故。全世界也只有少数几个地方能够让游客在看到各个不同时代的文物的同时还能了解它们的时代背景。盖蒂别庄就是其中的一个，漫步在别庄之中就仿佛回到了文物千年前的家中，让人倍感亲切。时至今日，盖蒂别庄还是保留着许多的教学项目——你可以在这儿和自己的孩子一起学习如何制作一顶桂冠以及在一个古希腊式的竞技场中欣赏博物馆的演出节目。

当布伦特伍德郊外的盖蒂综合大楼于1997年落成的时候，盖蒂别庄变成了专注于古董艺术品收集的场所。当时玛丽昂·特鲁负责这个价值2.75亿的事业，她的命令让盖蒂别庄停业了8年。这8年中工作人员清理、整理、升级了别庄内部的设施。他们为别庄加装了窗户和天窗以保证充足的采光。玻璃橱窗采用高科技制作，能够为保存于其内的各种不同材料制成的文物提供一个良好的微环境，无论这些文物的制作材料是玻璃还是黏土。另一个显而易见的变化是别庄外围的设施更为合理了。为了替一座拥有450个座位的古希腊竞技场腾出地方，别庄附近的一家咖啡馆搬走了，另一家更大的咖啡馆坐落在远离别庄的山坡上。这些都是特鲁所热爱的工作，她也在世界各地寻找适合用于整修别庄的大理石。她与鲁道夫·马查多以及约格·西尔沃提一同讨论每个细节，务必使别庄尽善尽美。但最终她却没能亲眼见到别庄的再次开馆。当特鲁已经成为一名前馆长的时候，盖蒂博物馆发行了有关这次整修的情况介绍（这是特鲁与西尔沃提共同撰写的）。此时她已经无法出席开馆仪式了。

2007年11月的后半，盖蒂别庄的预定门票已经排到了第二年，游客的热情依旧高涨。然而别庄展厅里的文物正在逐渐地减少。一楼展览橱里的文物一个接一个地消失了，而这一切都是因为盖蒂博物馆必须将一些文物送还意大利。在狄俄尼索斯作品的陈列室里，有一个用来安放古代喜剧演员用具的橱窗已经空了，而在专用于陈列古代艺术演员的陈列橱中也能看见一个类似的空洞。尽管没有任何一方对盖蒂博物馆归还40件展品的情况向民众作出解释说明，但是此刻萦绕在博物馆中的氛围已经不言自明了。苏林德·肯特是盖蒂别庄的一名保安人员，他毫不掩饰自己的悲伤之情。他今天早上来到别庄开始一天的工作，突然发现那尊本应该放在廊柱展厅中的6尺[1]高的阿波罗大理石雕像消失不见了。"它一定是昨天或者前天被运走的，"肯特说，"这太让人沮丧了。我告诉你，如果没有这尊雕像，那么这个展厅，甚至这整个博物馆都变得完全不同了。"

廊柱大厅是一间长方形的展厅，两端摆放着许多各种各样的绿色或者金黄色的大理石。沿着墙走会看到许多缪斯的大理石雕像，中间还有一个空空如也的支架，那里本来应该摆放着酒神巴克斯的铜像，现在这尊铜像已

[1] 约1.8米。

经在几个星期前就被运往了意大利。在大厅的尽头本应该是摆放阿波罗雕像的地方，现在只有几个绿色的廊柱和一些棕色条纹的大理石块。肯特被他自己的反应给吓到了。“这尊阿波罗雕像消失了以后，我的心里就像失去了一个朋友一样。我竟然对这座雕像有了感情，”他说，“这太奇怪了。这种感觉让我震撼。它们是一堆石头。不过，难道仅仅只是一堆石头吗？”肯特为盖蒂别庄服务已经有一年半了，他告诉了我在这里工作的一些感受。他说这份工作开阔了他的心胸，也改变了他看问题的角度。“在这里，最美妙的事情莫过于听见一声声的‘啊’和‘哇’的赞叹，”肯特说，“在这里你很少能听到除了‘哇，太美丽了，太壮观了’之外的声音。当你总是听见这种声音的时候，你的内心也会有一点点的改变。”肯特是一个很简单的人，他有着印度口音，在他的成长过程中，几乎没有办法受到古典艺术的洗礼。“在这儿工作让我感觉像要被淹没了一样，”他说，“你根本没有办法做到什么事儿都不想。这里就像是一个全日制的大学一样。”他引着我穿过一个放满了古希腊角杯的房间来到了中央展厅，这里有一座 7.5 英尺[1]高的女神像，那应该是阿佛洛狄忒的雕像。她在所有的收藏品中是最重要的一件，但她也很有可能是一件被掠夺的文物。无论如何，她将在 2010 年被运往意大利。

博物馆于 1987 年得到这尊阿佛洛狄忒的雕像，这尊雕像立即成为全部馆藏中的珍品。她有着平静的目光，裙子用石灰岩制造，看上去就像是海风中飘摇的轻纱一样。她也是现存于卢浮宫的萨莫特拉斯胜利女神像以及现存于大英博物馆的涅瑞伊得斯鹰身女妖像创作灵感的来源。在向盖蒂博物馆董事会介绍这件文物时，玛丽昂·特鲁这样写道：“它并不仅仅是本馆收藏品中最耀眼的一件，也将是除了现存于希腊和英国的艺术品之外最伟大的古典雕像。”博物馆付出了与它的价值相称的价格买下了它：他们付给了罗宾·西梅斯 1800 万美金。西梅斯说他是从一名匿名的瑞士“零售业巨

[1] 约 2.2 米。

头”手中买下的这尊雕像。盖蒂博物馆也曾去信给希腊与意大利询问这尊雕塑是否可能是被掠夺的。但对博物馆本身来说，这两封信也仅仅是为了向来馆内参观的民众证明他们已确认过雕像来源而已，博物馆高层对文物的来源信息并没有太过在意。“我们绝不会说不在乎来源。”这句话出现在哈罗德·威廉姆斯和约翰·沃尔什于1987年9月的一次会面记录当中。因为意大利方面始终没有信件作出任何回应，盖蒂博物馆最后买下了这尊雕像。

事情当然不会就这样结束。虽然没有任何证据，意大利方面仍然立即开始警惕，并着手调查此事——这尊不知名的巨型雕像是从哪儿突然冒出来的呢？1988年，意大利的艺术家们获知了一段意大利南部盗墓贼之间的对话，他们称有一座雕像在意大利南部的著名考古遗址默干提纳出土了。默干提纳当地盗墓贼的首领朱塞佩·穆阿斯凯尔告诉意大利宪兵说，在20世纪70年代末有一尊巨大的石像从当地出土。看到阿佛洛狄忒雕像的照片时，朱塞佩很肯定地说这就是他见到过的那座雕像，他在杰拉的一名文物掠夺者家中见到过这座雕像，不过当时雕像是无头的。1989年，朱塞佩也告知了意大利《共和国报》的记者关于一些文物掠夺者在默干提纳发现一尊雕像的故事。他们将雕像分成了3块以便于携带与运输至瑞士边境，随后将雕像装在一辆装满了胡萝卜的菲亚特卡车的后车厢里。关于这尊雕像的头颅部分，朱塞佩说，当时在默干提纳同时出土的还有另外两个大理石头颅，一名叫做贺拉斯·迪·西蒙尼的掠夺嫌犯在瑞士境内给雕像安上了头部。大约是在同一时间，西西里岛的收藏家文森佐·卡马拉塔告诉意大利的调查员，1989年有一些当地的盗墓贼想要向他兜售2个大理石雕像的头颅。这些都是有趣的背景材料，但并不是有力的证据——虽然这两个大理石头颅最终落到了西梅斯手上，之后卖给了莫里斯·坦普斯曼，最后被坦普斯曼的家人以被掠夺的艺术品的名义还给了意大利当局。意大利警方最终起诉了迪·西蒙尼和其余两名涉嫌掠夺和走私阿佛洛狄忒雕像的嫌犯，但这起诉讼却因为证据不足而失败。

2007年1月，《洛杉矶时报》独家披露了他们针对这尊雕像的长达4个月的调查结果。记者杰森·费克和拉尔夫·弗拉姆莫里发现西梅斯所谓的“零售业巨头”是一个住在靠近意大利边境的基亚索的85岁老人，他以经营一家雪茄店为生。他不愿意多说，但他的家人表示家中从未有过长期保留一件雕塑的情况发生。“如果我家有一尊昂贵的雕像，那我此刻就不会在这里工作了。”老人的外甥女站在雪茄店的柜台后这样对记者说，现在她正是这家店的老板。“我会选择回家和孩子们待在一起。”

那么有没有其他的证据呢？在迈克尔·布兰德成为董事会的主席之后，无论意大利方面给出的证据是什么都已经没有关系了，盖蒂博物馆将会完全接受这些证据。无可避免的，这意味着必须将雕像归还意大利。彼时博物馆的馆藏文物正严重流失，盖蒂博物馆也已经英名扫地。这尊雕像下方的标签解释说，雕像在古代可能是用于祭祀的，头颅可以是任何一个，只要那是大理石做的，就像米罗的维纳斯那只缺失的手臂一样。在标签的底部有着一行小字：“意大利共和国租借此雕像给本馆。”在调查完了这尊雕像之后，苏林德·肯特带着我来到了赫拉克勒斯神庙，半神战士赫拉克勒斯的雕像肌肉虬结，雄伟地立在展厅中，一张狮子皮披在他的一条手臂上。赫拉克勒斯的雕像不愧是盖蒂别庄收藏品中的佼佼者，每次离馆肯特都会绕着这座雕像走上一圈。“如果没有这座雕像，那么别庄就应该关门了。”他充满防备地说道，“如果有人敢打它的主意，那我们一定会向海军陆战队求救。”

盖蒂博物馆的文物收购政策最后会是什么样的？许多人相信盖蒂博物馆的政策将会变得透明，它将会成为一个有尊严的收藏和研究文物的机构。博物馆还尚未习惯向外界彻底地解释所有馆藏文物的来源。但值得称道的是，盖蒂博物馆的新古物馆馆长卡罗尔·怀特在2006年的《阿波罗》杂志中就详细地介绍了博物馆最近收购的文物的来源信息。他在文章中提到一个金制的古罗马酒杯是19世纪一名法国女伯爵伯阿各的收藏品；两只塞浦路斯碗曾经是动物学家德斯蒙德·莫里斯的收藏品之一，它们是从佳士得拍卖行购得的；而一座壮观的古罗马萨梯神的雕像是 17 世纪从冈多菲堡附近的庄园里出土的，它在 1728 年被送到了罗马，在这之前它是一名撒克逊首领的收藏品，一直被保存在德累斯顿。在撒克逊皇室后裔提出追回请求之前，这尊雕像一直被保存在东德直到德国统一。那些皇室后裔希望能卖掉这尊雕像。他们之中的一名成员曾打电话给盖蒂博物馆询问："购买这尊雕像对你们来说不知道会不会太困难？"

盖蒂博物馆这些年失去的文物数量让人心痛，意大利方面将许多追回的文物出借给当地人。对那些执行了追讨计划的人来说，空空如也的盖蒂博物馆或许正是他们所求。但对于那些生活在南加州的人来说，这种行为无疑让他们少了一个可以丰富城市社会生活的地方。

结论

在 2008 年 1 月一个微曦的清晨，来自国家公园管理局、国税局以及移民和海关执法局的数十名联邦探员同时冲进了南加州的 4 所博物馆中。这些探员并不是为寻找艺术品而来，起码当时不是。事实上，他们是为得到一些计算机文件而来，主要是一些与东南亚文物有关的收藏记录、税收记录以及一些美国本地艺术品的相关记录。探员们从早上 6 点开始就已经在监视洛杉矶国家美术馆（LACMA）（博物馆直到 8 点才会开门），不过对该馆的调查从 5 年前就开始了。那时，一名联邦密探与国家公园管理局一同发现了一个类似非法走私文物的网络，不法分子将文物捐赠给博物馆以换取高额的减税待遇。研究证据显示，博物馆高层和两名古董交易商秘密会面与电话联络多达数十次，这些罪证都已经被保存了下来，他们很可能已经卷入了中国和泰国的文物走私活动中。

全国民众纷纷向政府打电话询问这次大规模突击行动的详细情况，CNN 也迅速地跟进报道。在每年都于得克萨斯州奥斯丁市召开的全美博物馆董事协会会议的走廊里和会议桌上，这条新闻被所有人热议着。除了洛杉矶国家美术馆之外，探员们还搜查了另外 3 家较小的机构——帕萨迪纳市的亚太博物馆、圣安娜市的宝尔博物馆、圣迭戈市的民艺国际博物馆——并搬走了馆中的大量文件和电脑硬盘。“这是我所知道的唯一一次联邦政府花费大量精力与时间筹备突击检查某些机构。”德保罗大学的法学教授同时也是文化遗产保存律师委员会会长的巴迪·戈斯坦布里斯如是说。“因为这样的话就会成为刑事案件，检控官必须证明被告的犯罪动机与意图，而这是非常困难的。”

在数天的质询之后，警方发现了这起案件最主要的嫌疑人。在博物馆的收藏品记录中，有一些物件的实际价值要远远小于它们记录在案的价值，该种物件每一个的价格都在 1 万美金以下，其中大部分只值 1500 美金，但它们的估价却涨到了平均每个 5000 美金的高价位，而且它们的总价值并未在税收记录上显示出来。这些物件完全没有盖蒂博物馆价值 1800 万美金的阿佛洛狄忒昂贵，也比不上纽约大都会博物馆价值 100 万美金的欧弗洛尼奥斯陶瓶。调查了相关的记录之后，警方发现是一对在洛杉矶经营一家亚洲精品店的夫妻——乔纳森和凯瑞·马凯尔——经常向洛杉矶国家美术馆捐赠价值几百美金的物件，同时也有记录显示他们捏造了物品的评估价值。另一名重要嫌疑人则是一名叫做罗伯特·奥尔森的交易商，他通过这种不法生意成为了圈子里的阔佬。他是一名 79 岁的退休人员，被发现的时候他正在喜瑞都郊外一间肮脏的公寓里看电视，从公寓的窗子望出去是一个停车场。奥尔森不否认自己卷入其中，他很自觉地开始描述这个走私网络，包括自己是从谁那里买到了泰国的文物并将它们装船运往美国，每一件文物上都有“泰国制造”的标签，这让它们看上去好像是最近刚刚生产出来的一样。他说他已经卖给宝尔博物馆上百件这样的文物，现在则正在争取能买到挽昌王朝的文物，这个王朝从公元前 1000 年开始一直统治泰国直到公元 200 年，这一切都是在宝尔博物馆的前馆长阿曼德·拉维的要求下做的。并非有意地讽刺，奥尔森说：“如果禁止民众非法挖掘文物的话，那么这个世界上也就不会有什么博物馆了。”

这应当就是奥尔森的犯罪动机，如果真是这样的话，那么这种动机将会在接下来的审讯中被验证，而这也将成为对奥尔森量刑的依据。洛杉矶国家美术馆的董事长迈克尔·加文想要低调处理此事。他说马凯尔夫妇向他的博物馆捐赠了 60 件文物，他曾认为这对夫妇是“善良的支持者”。他表示他们所捐赠的物件与博物馆每年收到的大约 1000 件捐赠物的价值类似。随后他又表示，所有联邦探员想要得到的讯息都可以在博物馆的官网上获得，或者他可以打一通电话让人将资料送过来。“我说的话始终得不到信任，他们认为‘赃物的数量应该还要多得多’，”他说道，“我对那些欺骗博物馆的人感到非常愤怒。但自从 10 年前开始，我们就开始很小心地处理捐赠的文物了。因为古文物交易几乎已经绝迹了。”

尽管加文宣称他们“十分小心”，但证据显示洛杉矶国家美术馆的高层对文物捐赠始终保持着“不问，不说”的原则（没有任何记录显示洛杉矶国家美术馆的管理人员曾商议过非法捐赠的危害）。亚太博物馆的副馆长玛西亚·佩姬以及主任杰弗里·泰勒曾与一名密探有过一次会面。密探说他想要向博物馆捐赠一些泰国的文物。佩姬告诉这名密探她很难接受没有相关文件证明的文物，但几个月之后她还是收下了这批文物。宝尔博物馆的前馆长拉维曾接受过一些从泰国和印第安人坟墓中盗取的文物，他甚至暗示捐赠者去找一些挽昌时代的文物。证据也显示博物馆的现任董事会主席彼得·凯勒曾经拜访过奥尔森的私人仓库，那里都是奥尔森走私的文物。

这场突击行动表明，只要市场对走私文物还有需求，那么与走私者之间的战争将没有终结之日。

是否有办法可以解决这类席卷了整个考古学界的问题？好像没有。当博物馆结交走私犯并购买他们的赃物以充实博物馆时，博物馆就面临着道德风险。但当博物馆拒收赃物是出于害怕诉讼的考量，捐赠人中止与博物馆的捐献协议是不想承担法律风险时，公众开始不信任道德能够制约博物馆的行为。许多人一直在思考应当如何公平合理地追回被掠夺的文物。而另一方面，把一件无价的艺术品还给尚未准备好接收它的国家并不是一个好想法。归还文物有时候也意味着一种风险，特别是当接受国还没有能力保护它们，或者当地的民众还未意识到保护文化遗产的重要性时。

答案究竟是什么？我们是不是应该清空我们的博物馆？因为文物的来源国正一个接一个地要求追讨属于他们祖先的瑰宝。

在突击事件发生几个星期之后，我在迈克尔·加文的办公室与他交谈了一次，他向我介绍了博物馆未来的展望。他的办公室里铺着玛格丽特风格的地毯，天花板上贴着大幅的洛杉矶地图，以及一件当代艺术家约翰·巴尔代萨里的艺术品。几周后，洛杉矶国家美术馆的分馆——布罗德当代艺术馆开张了，布罗德是当地一名亿万富翁的名字，他是一个曾让巴里·穆尼兹焦头烂额的地产商。当穆尼兹为了展示盖蒂博物馆的艺术收藏而计划在洛杉矶国家美术馆所在的城市兴建一座新的建筑时，布罗德就立即辞去了盖蒂博物馆的董事会成员的职务。

加文认为博物馆必须从根本上改变旧时的观念。他提到在20世纪80年代，当他还是个艺术系的学生时，百科全书式的博物馆的概念就已经过时了。他说："这就像是希腊罗马的神庙正门不再被认为是欧洲的中心一样，世界上也不存在什么百科全书式的博物馆。根本不可能有博物馆可以收集到足以涵盖整个世界的内容的东西，而且大多数的博物馆都不会收藏20世纪的东西。"尽管他现在只是一家博物馆的负责人，加文的眼界却很宽广，他认为任何有着宏大目标的博物馆——收集全世界的文物——就绝不能放过任何可以收集文物的机会。而且，百科全书式的博物馆的未来在于不断摸索以后的道路，而不是去研究18世纪启蒙运动的经验。"21世纪的百科全书博物馆必将具有新的意义，"他说，"比如在洛杉矶，这个城市的人说着上百种不同的语言，每一种文明都在这里找到土壤。我坚信不同文化之间的关系与我们息息相关，许多战争都是因文化冲突而起。我们的博物馆必须思考为什么这些文物会在这里，而不是它们有着怎么样的过去。我们必须让民众知道，这些文物在我们这儿是有利于社会的。"

加文试图用行动来证明他的观点。他邀请了一名韩国的现代艺术家为博物馆添置韩国的艺术品与文物，另外还有一名经常在墨西哥活动的洛杉矶本地艺术家为博物馆规划如何添置一些前哥伦布时期的文物。"时下的西方大型博物馆都是将文物按照不同文明划分的。我当然也是这么做的。”他说。之后他补充说这种划分标准会随着历史上国境线的不断改变而慢慢淡化。“我们不能无视不同文化之间的潜在联系，”他继续说，“如果我们不想着去理解人类历史的脉络，那我们什么也做不好。问题是应该如何去做，我们需要一种新的思路来思考。我们不能改变过去，但却可以不断地反思它。”

在这里工作的每一届的负责人都有自己的想法。就像同样年届40的盖蒂博物馆负责人迈克尔·布兰德一样，加文比他的前任的任期要短，他的前任扮演了一个民族主义者的角色。加文的观点是少数派的。那些反对他的埃及人和意大利人，以及那些盖蒂博物馆与卢浮宫一类的消极态度很有可能让每一方都变成失败者：博物馆、文物来源国、民众以及文物本身。

我相信有一种方法能让我们跳出这场错综复杂的对抗。我们可以保护那些在上千年的时间长河中幸存的文物，那些文物现在依旧面临着被非法地从地底下挖出来或者破坏掉的局面。但这种保护需要思维的转变与深化。在这方面我访问过的4家博物馆都做得不好，他们几乎都拒绝向外界透露博物馆内部的信息，也不愿意承担过多的社会责任。纽约大都会博物馆还藏着数十年前非法获得的文物，而盖蒂博物馆则因为他们排外的企业文化而在公众面前出了大丑。现代文明与古代文物之间是有冲突的，而那些巨大的西方博物馆有一个极为致命的缺陷——他们不愿意随着全球文化的改变而改变自身。他们所采取的对抗性策略重新定义了文化交流，而且看上去他们都很信奉这种策略。

这种想法的产生应当是由于博物馆对他们本身所拥有的收藏品以及他们在公众面前的古怪表现之间的不和谐所产生的。这些大博物馆故意遗漏了对那些馆藏文物来源的解释。在这个告别过去的时代里，这种处理方法将会无以为继。博物馆购买走私文物和给回扣的历史将会被揭露，而民众也终将会知道所有这些文物来源究竟是什么。如果那些博物馆为了避免麻烦而无视馆中文物来源的话，那么他们也不配称自己为历史的保护者了。如果大英博物馆继续掩盖他们拥有被掠夺的文物这一事实以及其后所做的一系列错事的话，那么尼尔·麦克格雷格今后将不能被称为传播文化的使者。丹德拉星座石板也许会继续保存在卢浮宫，但那些看到它的游客必须知道这块石板是从一座有2000年历史的神庙中野蛮地拆下来的，而且埃及一直希望能够追回这块石板。每一个古代文物的来源信息都是一段历史，这些历史应当被公开。如果有必要的话，博物馆也应当对他们隐瞒文物来源信息的行为或是购买被掠夺的文物的行为道歉。过去每一件被展出的文物都应当标注出它的来源（或者写上信息缺失），尤其应该通过博物馆的官方网站为研究者建立信息资料库，并让公众可以了解这些信息。

这种方式并不能解决归还问题，但却是寻求解决之路上至关重要的一步。而达成以上的要求则需要学术上、经济上、道德上的支持与引导。如果要得到这些方面的支持，那么博物馆就必须针对自己的馆藏文物作出相对的调整。这种调整便是博物馆这个人类文化圣殿中一直以来所缺少的正直与谦逊。这种调整会得到那些受伤而骄傲的文物来源国的认可，并让他们感觉好受一些。

而处于对抗关系中的另一方，文物的来源国也必须正视自身的问题。被掠夺的珍贵文物不仅仅意味着文物所属值得夸耀的历史，也意味着他们至今没有足够的力量以保护自己的财产。基于归还文物请求的非公平性，那些文物来源国还不够强大——远远不足以保护他们的文物。吕底亚文物的失窃不仅意味着土耳其必须对其博物馆管理制度进行改革，也意味着土耳其人应当重新审视将文物保存在遗址附近的合理性。埃及、土耳其、意大利——同样拥有几乎无数文物的国家——在追讨各自的文化遗产时必须明白，哪些要求是合理的，而哪些要求则是不现实的。那些被追讨回来的文物将会立即被放进博物馆的展览厅展现在公众眼前，还是会被放进昏暗的地下室里蒙尘呢？那些文物会不会又被盗走？或者那些文物会不会在没有游客的博物馆里进行展出？就像我在这段旅程中所看见过的，这些问题都可能会出现。这些问题不仅仅在每个国家呈现出多样化的面貌，而且在每个地区都会有所不同。这些在许多文物来源国里所存在的让人感觉不舒服的现实问题必须通过认真且深入的讨论才可能得到解决。

从这个角度来看，许多追讨文物行为的拥护者比如科林·伦弗鲁和彼得·沃特森的观点中都缺乏这些考量。他们都在对抗文物走私上取得了骄人的成绩，他们认为那些为了大量金钱而从事文物走私的人助长了文物走私市场的进一步扩大，并对许多考古遗址造成了不可挽回的破坏。这些追讨文物者对文物交易的反对是可以理解的。

但是这一类的观点并不能真正解决文物走私的问题。他们的观点的实现有一个前提，那就是西方国家必须停止文物交易，从而使破坏历史遗迹的行为无利可图。那么如果博物馆不再购入文物的话会发生什么呢？走私者是不是会就此停止走私呢？文物盗窃是不是也会得到遏制呢？还是说，被盗窃的文物将仅仅被出售给个人——那些不会将文物公开展览的私人收藏家？那些文物来源国还会不会继续发掘并保护那些拥有大量文物的历史遗迹呢？很显然，光靠起诉博物馆、奚落博物馆长、控告交易商和威胁捐赠者的行为并不能遏制文物掠夺，反而会让那些文物从此消失在公众的视野中。那样的话，仅仅依靠法律的手段并不是一个很好的解决方法。比如说，文物掠夺可能在意大利渐渐绝迹，但在保加利亚和阿尔巴尼亚则会越发猖獗。

因为从所有因素上来看，没有任何简单的方法可以解决文物盗窃问题，也没有任何方法可以弥补过去帝国主义所犯下的罪行。归还文物是为了保持平衡。许多像土耳其记者奥兹根·阿卡尔一样的人都建议说，唯一可行的方法是那些贫困的文物来源国与富裕的工业国家之间应该达成合作共同保护文物。我很同意这个观点。这意味着那些文物来源国应该重新考虑文物的分配问题，或者出台不那么强硬的文物出口政策。博物馆一直在探讨长期租赁文物的可行性，而律师们则致力于将这种可行性变为现实，他们甚至希望可以用有偿租赁的方式让西方的博物馆保有这些文物。

让·大卫·卡恩于瑞士出售的文物。

但最重要的是双方都愿意合作而非互相责难，与不同的国家合作需要用不同的方式来完成。可以想象合作中的每一方都将获利，而这种合作不会导致任何的文物损失。

如果不能从新的角度上取得突破，那么现在这种状况将会继续。文物需求总会得到满足，无论合法与否。那些美丽的东西总会有一个主人，无论是谁。在完成这部书的研究之后的几个月，我疲倦地来到了朋友在瑞士圣莫里茨的家中。在一次无意中散步到一个小镇时，我看见了一尊美丽的罗马大理石像被安放在让·大卫·卡恩公司的橱窗里，这是一间在这个小镇的中心广场上新开张的小店，它的顾客是这个地区那些极为富有的居民。这尊雕像并不是唯一等待出售的东西。卡恩有数十件待售的展览品——精致的希腊水罐、灯盏以及其他罐子与一些玻璃首饰、石像、铜像摆在一起，楼梯后面甚至还放着一个木乃伊棺椁。这些艺术品的质量高得让人吃惊。物品介绍上只写着这些是由一名善良的女商人提供，没有任何来源信息，而一份促销目录上则写着一次即将到来的拍卖会的物品信息：

> 女神之颅，希腊，公元前 4 世纪末至公元前 3 世纪初。前任持有者 B，瑞士。
>
> Epeleios 画家所绘制的红色人像杯，杯上的人像周围写着“这个男孩很美”。2001 年前属于一名德国私人收藏家。
>
> 狄俄尼索斯全身像，大理石制，古罗马，约公元 160 年。1988 年时属于一名保加利亚私人收藏家。

这就好像那些全世界都在争论的关于艺术品和文物的来源问题仿佛不存在似的。这就好像那场发生在南方数十英里之外的诉讼案——意大利方面的指控、新闻头条与丑闻——没有造成任何的影响一样。这就好像让 · 大卫 · 卡恩这个著名的文物商人家庭可以做出好像 1829 年伦敦埃及馆的文物展上的标题一样：“他们说这是上帝的礼物，而他则将这些东西送给任何他想送的人。”

注释

除非有特别的说明，下述所有的引用与信息均来自于笔者的采访。

介绍

1 “没有任何人有权在家中或者办公室里收藏这样的艺术品”：William Mullen, “Tut, Tut, Tut : As the Field Museum Unveils Its Lavish Show, Egypt's Antiquities Chief Takes a Dig at One of the Sponsors”, *Chicago Tribune,* May 25, 2006; and “Say What?”*Chicago Tribune,* May 28, 2006.

2 “罗威……同时他还是美国总统乔治 · W. 布什的主要支持者之一”：http://www.nndb.com/people/097/000123725/

3 “对所有人来说这都是一个非常非常完美的结局”：Author's notes for Sharon Waxman，“Antiquities in office?Not While King Tut Rules Chicago”, *New York Times,* May 26, 2006.

4 扎希 · 哈瓦斯宣称，埃及将会致力于从欧洲和美洲的博物馆中收回 5 件文物：Lawrence Van Gelder, “Egypt Seeks Loan of Museum Antiquities”, *NewYork Times,* May 1, 2007.

5 “从来没有一种文明能够在全世界传播”：J. M. Roberts, *The Penguin History of the World*（London: Penguin Books, 1987）, p. 587.

6 2007 年，美国深海探险队在靠近西班牙的公海探索：John Ward Anderson, “Will Finders Be Keepers of Salvaged Treasure”, *Washington Post,* August 27,

2007.

7 “让那些现存的神殿毁灭吧”：Karl Meyer, *The Plundered Past*（New York: Atheneum, 1973; rev. ed., 1977）, p. 12.

扎希规则

8 “纽约时报也给了她一个极大的版面”：John Noble Wilford, “Tooth May Have Solved Mummy Mystery”, *NewYork Times,* June 27,2007.

9 “可能是世界上最早的人类脚印”：“World’s Oldest Footprint’ Found in Egypt”, Reuters, August 21, 2007.

10 每一件文物都在不同的时期与不同的环境下被带离埃及，资料来源于扎希·哈瓦斯对赫米乌努与安卡哈夫雕像的介绍。See also Zahi Hawass, *The Treasure of the Pyramids*（Cairo: American University in Cairo Press, 2003）, and Mark Lehner, *The Complete Pyramids*（New York: Thames and Hudson, 1997）.

11 “埃及的人均 GDP 是 4200 美金”：The CIA’s “World Factbook”, at https://www.cia.gov/library/publications/the-world-factbook/geos/eg.html

12 “开罗市民站在路的两旁”：Alain Navarro, “Cairo Bids Joyous Farewell to Giant Ramses Statue”, *Agence France Presse,* August 26, 2006.

发现罗塞塔石碑

13 “1799 年 7 月 15 日”：信息来源于拿破仑传记，分别来自 Flora E. S. Kaplan, *Napoleon on the Nile: Soldiers, Artists and the Rediscovery of Egypt*（New York: Dahesh Museum of Art, 2006）; David G. Chandler, *The Campaigns of Napoleon*（New York: Macmillan, 1966）; Correlli Barnett, *Bonaparte*（New York: Hill and Wang, 1978）; Alan Schom, *Napoleon Bonaparte*（New York: HarperCollins, 1997）。

14 “这一天已经不远了”：M. de Bourienne, *Memoirs of Napoleon Bonaparte* Correspondence, vol. 3,no. 2103（London, 1836）,p. 235.

15 “整个欧洲不过是个鼹鼠丘”：Ibid., pp. 221, 230.

16 “埃及的人民啊”：Reprinted in *Columbia Centinel,* December 1, 1798.

17 他的学术目标“极大的成功了”：Kaplan, *Napoleon on the Nile,* p. 5.

18 “那些将要攻击你们的法国人”：Captain M. Vertray,*Journal d’un Of- ficier de l’*

Armee d' Egypte(Paris, 1883), p. 64.

19 “当地的居民对他们极为愤怒”：Chandler, *Campaigns of Napoleon,* p. 27.

20 “我带着铅笔穿过一处处的遗迹”：quoted in Brian M. Fagan, *The Rape of the Nile: Tomb Robbers, Tourists and Archeologists in Egypt*(New York: Scribner, 1975), P.74.

21 “我的心中满是兴奋”：Text of exhibition label, “Napoleon on the Nile : Soldiers, Artists, and the Rediscovery of Egypt” , Dahesh Museum of Art, New York, June 8-December 31, 2006.

22 “雪莱从未去过埃及”：一些人认为雪莱的灵感来源于拉美西斯二世的雕像（大英博物馆于 1816 年购得此雕像），但该诗却是于此雕像被运抵英国之前发表的。这首诗中对此雕像的印象应当来源于学们所绘制的作品。

23 “如果这项不公正而邪恶的协议最终被通过”：quoted in Kaplan, *Napoleon on the Nile,* p. 19.

24 “你可以带走它”：J. Christopher Herold, *Bonaparte in Egypt*(New York: Harper & Row, 1962), p. 387.

25 商博良在 1790 年出生于法国中部的小镇菲雅克：让－弗朗索瓦·商博良的传记信息来源同上。

26 “当时还处于革命结束后”：Simon Schama, *Citizens*(London: Penguin, 1989), pp. 828-30.

27 “他给商博良讲述古代的故事”：Daniel Meyerson, *The Linguist and the Emperor*(New York: Ballantine, 2004), p. 11.

28 “商博良来到了拿破仑的办公室”：Ibid., p. 219.

29 “我手中的卷轴里”：www.ancientegypt.co.uk/turinpages/turn_ royal_canon.htm

30 “乔瓦尼·贝索尼在19世纪初离开他的祖国意大利到伦敦淘金”：乔瓦尼·贝索尼的传记来自 Stanley Mayes, *The Great Belzoni, Archeologist Extraordinary*(New York: Walker, 1961)。

31 “他们有一个不成文的协议”：Fagan, *Rape of the Nile,* p. 90.

32 “它出现在我面前”：Giovanni Belzoni, *Narrative of the Operation of Recent Discoveries in Egypt and Nubia*(London: John Murray, 1820), p. 37.

33 “我马上抓住他并解除了他的武装”：Belzoni, *Narrative,* p. 47.

34 “如果我带它回到英格兰”：Fagan, *Rape of the Nile,* p. 147.

35 此事很容易理解：它就发生于几年之后，当时贝索尼尝试运出一个方尖碑，但惊恐地发现它沉入河里，不过后来被打捞出来。贝索尼在书中写道：“这块方尖碑给我带来的麻烦超过以往所有成功运出埃及的文物。它几乎耗尽我一生。”

36 “我的目的就是从埃及掠夺那些古文书”：Belzoni, *Recent Discoveries, p.* 157.

37 “坐在骨头堆上吃饭在那里是很常见的事情”：Ibid., p. 282.

38 “随后他取走了其中的一些文物”：*Rape of the Nile,* p. 176.

39 “如果有任何保存完整的墓葬存在”：Quoted in ibid., pp. 186—87.

40 “在我结束午餐后”：Stephen Urice, “The Beautiful One Has Come”, Cambridge: Cambridge University Press, 2006, p. 139.

41 “法国……拥有权力”: E. de Verninac Saint-Maur, *Voyage de Luxor*（1835）, quoted in Donald M. Reid, *Whose Pharaohs*（Cairo: American University in Cairo Press, 2002）, p. 1.

42 “你们知道我将来会做什么吗”：Ernest Gill, “Nefertiti Now More German than Egyptian Berliners Claim”, Deutsche Press Agency, May 1, 2007.

43 “埃及博物馆的道德和责任感”：Hugh Eakin, “Nefertiti’s Bust Gets a Body, Offending Egyptians：A Problematic Juxtaposition”, *New York Times,* June 21, 2003.

44 “埃及人并不避讳裸体与性”：Zahi Hawass, *Silent Images: Women in Pharaonic Egypt*（Cairo: American University in Cairo Press, 1998）, p. 119.

45 “这尊胸像在德国已经不安全了”：Eakin, “Nefertiti’s Bust Get’s a Body”.

46 “胸像已被挖出来了”：Gill,“Nefertiti Now More German.”

47 “奈芙蒂蒂时期的埃及与现代埃及之间的联系”：Urice, “The Beautiful One Has Come”, p. 153.

卢浮宫

48 “克利夫兰的阿波罗雕像是于 2004 年购得的”：Rebecca Meiser, “An Ancient Apollo Statue Landed in Cleveland and Touched Off an International Outcry”,

Cleveland News, March 5,2008; Steven Litt,"God of Mystery: Gaps in Apollo Statue's History Make It a Focus of Debate", *Plain Dealer*(Cleveland), February 16,2008.

49 "这座建筑第一次对公众开放"：资料来源于卢浮宫的历史，它的资金流向在卢浮宫的官方网站上可以查到。http://www.louvre.fr/llv/commun/home.jsp?bmLocale=en; and Nicholas d'Archimbaud, *Louvre* (Paris: Robert Laffont, 1997).

50 "1794 年至今，法国军队将整个欧洲的艺术品一扫而空"：Francis Haskell and Nicholas Penny, *Taste and the Antique: The Lure of Classical Sculpture* (New Haven: Yale University Press, 1998), p. 108.

51 "其中的大部分"：Auguste Mariette Bey, *The Monuments of Upper Egypt*(London: Trubner, 1877), p. 119.

52 "当时他正住在古底比斯的卡纳克神庙遗迹附近"：*Saudi Aramco World,* November—December 1990.

53 "从破坏之中……以及普鲁士军队手中挽救了它们"：Ibid.

54 "一件 35 个世纪以来都保存完好的艺术品"：Ibid.

55 "超过 35 万件藏品"：这 35 万件收藏品中有 18 万件是绘画作品，其他的藏品中有部分是零散作品或者系列作品。由于收藏量实在是太大了，确切数量在 20 世纪末计算机被发明以前根本没人能够统计。

56 "事实上，《汉莫拉比法典》在 1901 年时出土"：这是一段关于《汉莫拉比法典》的历史，介绍它被发现并运送至法国的历程，资料来自 Beatrice André-Salvini, *Le Code de Hammurabi* (Paris: Réunion des Musées Nationaux, 2003)。

57 "根据 1847 年出版的《古代艺术历史手册》中记载的"：Charles Othon Frédéric J. B. Clarac, *Manual of History of Art of the Ancients* (Paris: Jules Renouard, 1847).

58 "另一条记录则显示有一名法国水手"：Dumont d'Urville and Marcellus & Voutier, *Enlevement de Venus*(Paris: Editions La Bibliotheque, 1994).

59 "它曾一度被保存在"：Etienne Michon, *La Venus de Milo: Son Arrivee et son Exposition au Louvre*(Paris: Revue des Etudes Grecques, 1900).

60 “今天我挖出了一些有趣的东西”: Marianne Hamiaux,“La Vic- toire de Samothrace: Découverte et Restauration”, *Journal des Savants,* January-June 2001, p. 155.

61 一位分馆馆长写道，他们抵达卢浮宫时是装在一打袋子里的：Ibid.

丹德拉石碑

62 “庆祝新一年的开端”：资料来自拉比亚·哈马丹的访谈，他是埃及最高文物管理委员会主管。

63 “原件被扔进河里”：Fagan, *Rape of the Nile,* p. 270.

64 “精雕细琢的壁画上，描绘着一幅幅栩栩如生的王者与天神画像”；Sakuji Yoshimura and Jiro Kondo, eds., *Conservation of the Wall Paintings in the Royal Tomb of Amenophis III: First and Second Phases Report*（Paris: UNESCO and Institute of Egyptology, Waseda University, 2004）, p. 3.

65 “卡文伯爵向穆罕默德·阿里施压”：Fagan, *Rape of the Nile,* p. 86。“一位英国市民自费赞助把它运往伦敦”：may be found in Reverend James King, *Cleopatra's Needle: A History of the London Obelisk*（London: Religious Tract Society, 1886）.

66 “美国方面也获得了自己的在战争中取得胜利的纪念品‘克里奥佩托拉之针’”: Edmund S. Whitman, “An Obelisk for Central Park, ”*Saudi Aramco World,* July—August 1975.

67 “美国海军指挥官不得不求助于塞尔维亚船工，”：Ibid.

双城记

68 “它，就是位于开罗市的埃及博物馆”：For the history of this museum see Donald Malcolm Reid, *Whose Pharaohs?: Archaeology, Museums, and Egyptian National Identity from Napoleon to World War I*（Cairo: American University in Cairo Press, 2002）.

69 “一位纽约时报的记者来采访时，走进了这个混乱的地下室，发现这里到处都覆盖着蜘蛛网”：Michael Slackman,“Those Forgotten Mummies in the Cellar Must Be Cursed,”*New York Times,* November 1, 2005.

追逐吕底亚人的财富

70 “一尊雕像不可能有两个肚脐”：Ozgen Acar,“Protecting Our Common Heritage: 3”, *Turkish Times,* January 1, 2002.

71 “就像肥胖者一边指责令他们发胖的食品一边大快朵颐一样”：Ozgen Acar and Melik Kaylan,“The Hoard of the Century: Part I”, *Connoisseur,* July 1988.

72 “土耳其的文物能否遣送回国取决于这个多民族国家争论的结果”：S. M. Can Bilsel, *Zeus in Exile*（Princeton, N.J.: Princeton Center for Arts and Cultural Policy, 2000）.

73 “一份由欧洲委员会提供的报告”：Calimera Country Report: Turkey, p. 9.

74 “围绕着这些而出现的传言似乎是道听途说的”：“Metropolitan Museum Queried by Turks on Smuggled Artifacts”, *New York Times,* August 27, 1970.

75 “据说被以 50 万美元的价格买下”：John Canaday,“Met Proud of a Rare Greek Pitcher, Calls Venders‘Traders’Left Native Poland”, *New York Times,* February 26, 1973. This was later amended in press reports to the accurate figure of $1.5 million.

76 “你们应该去问 J.J. 克雷曼先生”：Meyer, *Plundered Past,* p. 67.

77 “土耳其人民要求归还吕底亚克里萨斯王宝藏”：Ilknur Ozgen and Jean Öztürk *Heritage Recovered: The Lydian Treasure*（Ankara: Turkish Ministry of Culture, 1996）.

78 “仅这一间墓室就出土了 125 件古文物”：Ibid.

79 “迪特里希 · 冯 · 波特默问我们应该怎么做”：Thomas Hoving, *Making the Mummies Dance: Inside the Metropolitan Museum of Art*（New York: Simon and Schuster, 1993）, p. 217.

吕底亚瑰宝的遗失

80 “许多碎片都被腐蚀了”：“Treasures of Croesus Corroded”, *Today's Zaman,* May 26, 2005.

81 “电话录音中还有关于把黄金海马胸针带到日本去的谈话”：“Ten Charged in Missing Brooch Case”, *Turkish Daily News,* July 14, 2006.

82 “Art Thefts Highlight Lax Security in Turkey”, Sebnem Arsu, *New York Times,* June 13, 2006.

83 “窃贼们已经成功潜入了土耳其大部分博物馆，”：Ibid.

84 “这些非著名藏品比较不会引起公众媒体的注意”：“Ten Charged in Missing Brooch Case.”

85 尽管兄弟两人坚信阿比伊克古是无辜的，却无法提供证据。

86 “我们的博物馆拥有十分全面的安全保障系统”：“Nine Arrested Over Alleged Theft of Karun Treasure Artifacts from Museum”, *Turkish Daily News,* May 30, 2006.

大都会博物馆

87 Elisabetta Povoledo,“Top Collector Is Asked to Relinquish Artifacts”, *New York Times,* November 29, 2006.

88 “德·芒泰贝洛家族获贵族头衔”：Danny Danziger, *Museum*（New York: Viking, 2007）.

89 “我不喜欢争论”：“Personality of the Year: Interview with Philippe de Montebello”, *Apollo in Array,* December 2003.

90 “博物馆中有我，我中有博物馆”：Danziger, *Museum,* p. 155.

91 “我们输了，野心家们赢了”：“Personality of the Year.”

92 “免税机构”：2006 年博物馆年度报告中提到，大都会博物馆中将近 10% 的藏品来自于纽约，价值 2460 万美金。

93 “我永远不会‘西方化’”：Calvin Tomkins, *Merchants and Masterpieces: The Story of the Metropolitan Museum of Art*（New York: Dutton, 1973）, P.54.

94 “我对自己的出身深感自豪”：Ibid., p. 55.

95 “在挖掘中我们发现神庙已经进不去了”：“Dr. Richter on Di Cesnola; The Scientific World Grossly Misled, He Declares”, *New York Times,* May 16, 1893.

96 “一个永远解不开的迷”：John Linton Myres, *Handbook of the Cesnola Collection of Antiquities from Cyprus*（New York: Metropolitan Museum of Art, 1914）, p. xvi.

97 “她说，鲍伯已经接到一个极其意外的妥托——大热之瓶，Ⅰ”：“The Thomas Hoving”, *Artnet.com Magazine, July* 2001.

98 “鲍伯总是微微弯着腰”：Ibid.

99 “Regarding p. 14 of Jackie Dear’s red”: Ibid.

100 迪特里希·冯·波特默是德国知识分子浪潮的一部分。有关他的详细信息，参见：the Dictionary of Art Historians at http:// www.dictionaryofarthistorians.org/bothmerd.htm.

101 “如果意大利人不看好自己的文物……”：Vernon Silver,“Met’s Antiquities Case Shows Donor, Trustee Ties to Looted Art”, Bloomberg News, February 23, 2006.

102 “我想要这尊花瓶。我一定能得到它”：Hoving, *Making the Mummies Dance,* P.3I7.

103 “我估计这次的交易是最后一次从意大利带出如此珍贵的宝物了”：Thomas Hoving,“The Hot Pot, III”, *Artnet.com Magazine,* July 2001.

104 Nicholas Gage,“Warrant Issued for Hecht in Vase Sale”, *NewYork Times,*June 26, 1973; Nicholas Gage,“Farmhand Tells of Finding Met’s Vase in Italian Tomb”, *New York Times,* February 25, 1973; Nicholas Gage,“Dillon Stands by Vase; Met’s Evidence Backs Vase, Dillon Says Affidavit from Restorer”, *NewYork Times,* June 27, 1973; Nicholas Gage,“Met Withholds Photos of Vase; Refuses Request of FBI on Behalf of Rome Authorities”, *NewYork Times,* March 11,1973.

105 “他们完全抛弃了责任心”：David Shirey,“Price Questioned: Museums Question Price and Secrecy in Purchase of Met Vase”, *NewYork Times,* February 24, 1973.

106 “买家是里昂·利维和谢尔比·怀特”：Thomas Hoving,“The Hot Pot, VI”, *Artnet.com Magazine,* July 2001.

107 “他带着一张宝丽莱相片出现在我家公寓门口”：Peter Watson and Cecilia Todeschini, *The Medici Conspiracy*(New York: PublicAffairs, 2006), p. 170.

108 “我所说的都是真相，而另外一个则是别有用心的人编造出来诋毁我的故事”：Jason Felch and Ralph Frammolino,“Italy Says It’s Proven Vase at Met Was Looted”, *Los Angeles Times,* October 28, 2005.

109 “玛丽昂·特鲁对于法律有她自己的诠释方式”：Silver,“Met’s Antiquities Case”.

110 “博物馆方面就要准备面对刑事诉讼”来自对托马斯·郝凡与毛里奇奥·费奥利尼的采访。

111 “如果你积累了足够的证据”：“Is It All Loot? Tackling the Antiquities Problem”, *NewYork Times,* March 29, 2006.

112 “意大利对于美国的起诉案件的整个过程”：Russell Berman,“Met Director Derides Italy's Efforts to Claim What It Calls Looted Art”, *NewYork Sun,* March 7, 2006.

113 “我们听说那些意大利的盗墓贼（一听到大都会博物馆对于欧弗洛尼奥斯陶瓶报价之后）就像疯了一样”：Watson and Todeschini, *Medici Conspiracy, p.* 359.

114 “我看到的是一个病态的圈子”：Susan Mazur,“The Whistleblower and the Politics of the Met's Euphronios Purchase: A Talk with Oscar White Muscarella”, *Scoop,* December 25, 2005.

115 “经过了许多的协商之后，土耳其放弃了那根柱子的所有权”：see“Dept, of State, Division of Near Eastern Affairs: Memorandum of Conversation with Mr. Edward Robinson, member of the Executive Committee of the American Society for the Excavation of Sardis. May 8, 1924”, and memo of same title for May 9, 1924. In State Department Archives. 向提供文件的杰克·大卫致以谢意。

116 Christopher Chippindale and David W. J. Gill,“Material Consequences of Contemporary Classical Collecting”, *American Journal of Archaeology* 104, no. 3 (July 2000): 472.

117 2008 年 1 月意大利文化官员的宣言：Elisabetta Povoledo,“Collector Returns Art Italy Says Was Looted”, *New York Times,* January 18, 2008.

118 《纽约客》杂志上一篇著名文章：Hugh Eakin,“Treasure Hunt; The Downfall of the Getty Curator Marion True”, *New Yorker,* December 17, 2007.

大英博物馆

119 “他是我们所拥有的完美无瑕的艺术领导者……”：Bryan Appleyard,“Behind the Scenes at the British Museum”, *Times*(London), May 6,2007.

120 “一曲深远的赞歌”：Ibid.

121 “对文化历史充满高尚的激情”：Maev Kennedy,“The Guardian Profile: Neil MacGregor”, *Guardian,* May 11,2007.

122 “早期来馆参观的游客必须书面提出申请”：W. H. Boulton, *The Romance of the British Museum*（London: Sampson Low, 1930）, p. 10.

123 “又大又重的包裹”：*Times*（London）, May 1, 1843.

124 “这是挖掘的黄金时代”：Fagan, *Rape of the Nile,* pp. 92—93.

125 “布吉的探险是非法买卖和挖掘的模范”：Ibid., p. 302.

126 “博物馆的代理人”：Geoffrey Grigson, *Art Treasures of the British Museum*（London: Thames and Hudson, 1957）, p. 27.

127 “被分散在了维多利亚与阿尔伯特博物馆”：Terry Kirby,“Hidden in a British Museum Basement: The Lost Ark Raided by Colonial Raiders”, *Independent,* October 19, 2004.

128 “对品位的进步有益”：William St. Clair, *Lord Elgin and the Marbles*（London: Oxford University Press, 1967）, p. 6.

129 “拿一切你能拿的”：Ibid., p. 63.

130 “第一条柱间壁被英国人从海上的法国船只上没收”：Cécile Colonna,“Les Sculptures du Parthénon Présentées dans la Salle de Diane”, *Revue des Musées de France,* April 2, 2007, p. 9.

131 “许可书不具效力”：St. Clair, *Lord Elgin and the Marbles,* p. 89.

132 “我相信他们会安全地抵达英国”：Ibid., p. 94.

133 “上千种的商品中”：Ibid., p. 101.

134 “这使我感到莫名地屈辱”：Edward Dodwell, *A Classical and Topographical Tour Through Greece*（London: Rodwell and Martin, 1819）, p. 232.

135 “我们看着这块美丽的雕刻在花纹装饰中间拿下来”：St. Clair, *Lord Elgin and the Marbles,* p. 103.

136 “我还想为这里做更多事情，哪怕只是尝试”：Ibid., p. 134.

137 “每块石头重重地砸在地上所发出的巨响”：Ibid.

138 “他对于帕特农神庙的破坏也感到非常苦恼”：Ibid.

139 “有影响力的批评家亚瑟 · 佩恩爵士”“The Sculptures of the Parthenon”, *Burlington Magazine for Connoisseurs* 21, no. 113（August 1912）.

140 “我一直认为，也不会改变想法”：Quoted in Roger Atwood, *Stealing History : Tomb Raiders, Smugglers, and the Looting of the Ancient World*(New York: St. Martin's Press, 2004), p. 131.

希腊悲剧

141 97 块帕特农神庙的残余雕塑有 56 块——这些数字加起来不相等是因为有一部分雕塑在其他地方，包括卢浮宫，梵蒂冈以及慕尼黑。

142 “我相信当博物馆建成那天”：Fred A. Bernstein,“Greece's Colossal New Guilt Trip”, *NewYork Times,*January 18, 2004.

143 “以此作为对世界遗产犯罪的警示”：“The New Acropolis Museum: Design and Original Exhibits from the Acropolis Collection”, March 2005. http://www.helleniccomserve.com/acropolis_museum.html

144 对埃尔金大理石雕的“过激清理”：St. Clair, *Lord Elgin and the Marbles,* pp. 281-313.

145 “从雕塑的外表来看”：Ibid., p. 344.

146 “这些情况不需要对公众说明”：Ibid., p. 345.

147 “使用了某些未经认可的方法”：Ibid., p. 301.

148 “即使已经有了一些损害”：Ibid., p. 302.

149 “现在英国没有资格要求保管这些文物”：Ibid., p. 336.

150 “但它们却有些苍白，不是吗”：Trevor Timpson,“Fear and Fury Among the Marbles”, BBC News, September 12,2007.

强硬派

151 “对伦弗鲁爵士来说，文物贩子全都可恶之极”：Andreas Apostolidis, dir., *Network*(documentary film), Illusion Film Production, 2005.

152 “这些希腊雕像在西方能被很好地复兴”：Timothy Webb,“Appropriating the Stones: The Elgin Marbles”, in Elazar Barkan and Ronald Bush, ed., *Claiming the Stones, Naming the Bones: Cultural Property and the Negotiation of National and Ethnic Identity*(Los Angeles: Getty Research Institute, 2002), p. 83.

153 “2007 年的 4 月份，麦克格雷格提出”：Martin Gayford,“Will Elgin Marbles

Ever Make It Back to Athens?"*Bloomberg News,* April 17, 2007.

154 “这些藏品的任何部分都可以被要求出借”：See the official site of the British Museum, http://www.britishmuseum.org/the_museum/news_and_press_releases/statements/parthenon_sculptures/statement. aspx.

155 1998 年，知名调研公司 MORI 发起过一次民意投票，较近的一次发起于 2002 年："Support for the Return of The Parthenon Marbles", October 15, 2002, http://www.ipsos-mori.com/polls/ 2002/parthenon.shtml.

156 “我认为这所有的大理石都该集合起来”：Hugo Davenport,"Elgin Marbles Surprise", *Observer,* February 15,1983.

罗马的复仇

157 “焦虑，或者是心神不宁这个词”：Ian Fisher,"In a Funk, Italy Sings an Aria of Disappointment", *New York Times,* December 13,2007.

158 “意大利要求盖蒂博物馆博物馆返还的雕塑”: Federico Castelli Gattinara and Gareth Harris,"One Rule for the Getty, Another for Italy?"*Art Newspaper,* issue 182, July-August 2007.

159 “我觉得十分讽刺”：Christopher Reynolds,"This Could Be Monumental", *Los Angeles Times,* January 6, 2006.

160 “前一年的电视栏目”：Tom Kington,"Italy Resorts to Telethon to Protect Antiquities", *Guardian,* October 8,2007.

161 “要高于维护白金汉宫的花费”：Alessandra Rizzo,"Book Rips Cover off Corruption in Italy", *Chicago Tribune,* June 19,2007.

162 “有些被包裹在报纸中”：Watson and Todeschini, *Medici Conspiracy,* p. 21.

安德鲁 · L. 斯雷曼一篇谈他的文章：Andrew L. Slayman,"Geneva Seizure", online article, *Archaeology,* May 3, 1998 (updated September 14, 1998), available at http://www.archaeology.org/online/features/geneva/index .htinl.

163 “那个走私 1 万件物品的‘怪物’”：Giacomo Medici, letter to the editor, *Archaeology,* May 3, 1998, available at http://www. archaeology.org/online/features/geneva/medici_eng.html.

164 “并没能证明美第奇先生”：Frederick Schultz, letter to the editor, *Archaeology,*

June 16, 1998, available at http://www.archaeology.org/online/ features/geneva/schultz.html.

玛丽昂·特鲁的审判

165 “白热的太阳在海上舞蹈”：Lawrence Durrell, *The Greek Islands,* London: Faber and Faber, 1980, p. 5.

166 “这光是如此的热情而柔和”：Ibid., p. 11.

167 “特鲁贷款购置了一栋房产”：Ralph Frammolino and Jason Felch,“Greek Officials Demand the Return of Getty Antiquities”, *Los Angeles Times,* October 24, 2005.

168 “她出生在俄克拉荷马州的塔勒夸（Tahlequah）”：General information on Marion True is from personal interviews and from Suzanne Muchnic,“A Career in Roman Art Tangled in Italian Law”, *Los Angeles Times,* May 27, 2005.

169 “作为盖蒂的馆长，特鲁将这件事报告了塞浦路斯政府”：Stanley Meisler, “Art and Avarice”, *Los Angeles Times Magazine,* November 12, 1989.

170 “明显任何博物馆对一件不对的事情都没有兴趣”：William Wilson,“Getty Museum Reveals Ancient Greek Statue”, *Los Angeles Times,* August 8, 1986.

171 “盖蒂博物馆现在开始杜绝文物的购买”：Malcolm Bell III,“Better Late Than Never at the Getty”, *Los Angeles Times,* October 4, 2005.

172 “收受回购的佣金”：Watson and Todeschini, *Medici Conspiracy,* p. 96.

173 她急于还钱：通过律师，特鲁说她急于把钱还上，因为借条上的还钱期限是 4 年，而利率高达 18%。

174 “这种生意能做得那么大那么顺利”：Ibid., p. 261.

175 “从一开始，我们就知道有这种可能……”：Jason Felch and Ralph Frammolino, “Getty Lets Her Take Fall, Ex-Curator Says”, *Los Angeles Times,* December 29,2006.

176 “希腊控方告诉博物馆方”：Interviews by Anthee Carras- sava, 2007.

177 “里约热内卢的海滩上”：Source anonymous.

178 有关离职协议的戏剧性秘密：在这本书出版前，在一封写给作者的信中，律师称玛丽昂·特鲁从未签署过离职协议。

179 “有时候我真认为这个事件压根就不是真实的”：Hugh Eakin,“Tresasure

Hunt", *New Yorker,* December 17, 2007.

盖蒂博物馆

180 "从如此可疑、不安全的渠道购买古董艺术品"：J. Paul Getty, *The Joy of Collecting*(New York: Hawthorn Books, 1965), p. 21.

181 他在伦敦有 72 处房产：For general biographical information on J. Paul Getty, see: J. Paul Getty, *As I See It: The Autobiography of J. Paul Getty*(Englewood Cliffs, N.J.: Prentice Hall, 2006); Robert Lenzner, *The Great Getty: The Life and Loves of J. Paul Getty, Richest Man in the World*(New York: Crown, 1985);John Pearson, *Painfully Rich:The Outrageous Fortune and Misfortunes of the Heirs of J. Paul Getty*(New York: St. Martin's Press), 1995.

182 "如果他能够更有眼光和大局观，那么他其实可以用那些钱买到更值钱的文物"：Lenzner, *Great Getty, p.* 179.

183 "他前往属于罗斯柴德家族一员的路易斯男爵的府邸"：Daniel Yergin, *The Prize*(New York: Simon and Schuster, 1991), p. 440.

184 盖蒂"多疑"的爱好：Getty, *Joy of Collecting,* p. 18.

185 "改变发生在盖蒂的一位好友德国钢铁大亨巴伦·蒂森"：Lenzner, *Great Getty,* p. 184.

186 "他其实根本不热爱艺术"：Ibid., p. 185.

187 "自以为优秀，实则枯燥乏味的失败品"：Paul Goldberger,"Getty Museum's Styling, Once Criticized, Draws Crowds", *NewYork Times,* August 26, 1975.

188 "简直不知道该说它是奇形怪状还是荒诞至极"：Pearson, *Painfully Rich,* p. 156.

189 "他是我们所有客户中最难缠的"：Ralph Hewins,J. *Paul Getty: The Richest American*(London: Sidgwick and Jackson, 1961), p. 140.

190 "有着拜占庭人的性格"：Frel stomped into his gallery: Ralph Frammolino, "Obituaries: Jiri Frel, Colorful Curator Who Left Getty Under a Cloud", *Los Angeles Times,* May 13,2006.

191 "这将对博物馆有毁灭性的打击"：Letter from Arthur Houghton to John Walsh, April 1986, read to the author. Also, Houghton did not resign, as Watson and Todeschini state in *The Medici Conspiracy,* because he thought the Getty was

"burying its head in the sand as far as illicit antiquities were concerned", p. 286. Fraud was the concern, not looted art.

192 "一个公元前 6 世纪的希腊雕塑"：For information on the kouros and the controversy surrounding it, see J. Paul Getty Museum, *The Getty Kouros Colloquium: Athens, 25—27 May 1992,* Athens: Kapon Eds., 1993.

193 "美第奇跟我说……获得了化妆用的碗"：Watson and Todes- chini, *Medici Conspiracy,* p. 286.

194 "盖蒂博物馆被自己旗下的专家倒打一耙"：Peter Landesman,"A Crisis of Fakes: The Getty Forgeries", *NewYork Times Magazine,* March 18,2001.

195 格里本在一次鸡尾酒会上接近特鲁：一位盖蒂博物馆官员称这次会面发生在格里本的办公室。

196 "特鲁和穆尼兹都否认了"：这是否是特鲁自导自演的一出讽刺剧？这是新闻调查记者彼得·沃特森的猜测，他引证了瑞士古董商弗里达·纽斯伯格·查克斯 2002 年向意大利当局提交的口供。她说："每一次我向她展示些什么的时候，她总说'太美了，太有趣了，我会向弗莱希曼报告的'。"（Watson and Todeschini, *Medici Conspiracy,* p. 193）但是，穆尼兹作为基金会的主席，当这些指控被公众知晓的时候，说他不相信这是串供或是玛丽昂 · 特鲁在迫使弗莱希曼购买走私文物。"我从未见过或听说有用这种方法将文物运进盖蒂博物馆的证据。"穆尼兹说："之前没有人对我说过，后来也没有人对我说'我很焦虑，因为特鲁的确这么做过'。"当问到这是否是他们之间保持沉默的默契时，穆尼兹说他无从知道这些。盖蒂博物馆的发言人罗恩 · 哈特维希也说："这是民众的猜测与评论而已。"他同时提到，纽斯伯格 · 查克斯在作上述发言的时候正因为盗窃文物而在塞浦路斯服刑。特鲁在 2007 年《纽约客》的专访里声明她没有违法，并说她完全不知道发生了什么。"那时候我见到了拉里 · 弗莱希曼，他有很多收藏品，许多都从西梅斯处购得，"她说，"而我也从西梅斯处购买。所以为什么我要通过弗莱希曼向西梅斯购买呢？"（Eakin,"Treasure Hunt"）

197 "盖蒂博物馆曾支付给格里本 300 万美金"："Getty Trust Chairman to Leave by October", *NewYork Times,* August 5, 2006.

198 "经手的系列文物中的第一件"：Jason Felch, Robin Fields, and Louise Roug,

"Getty Deal Raises Questions", *Los Angeles Times,* December 20, 2004.

199 "一份由盖蒂博物馆给予该馆前董事会主席的桌下协议"：Ralph Frammolino and Jason Felch,"Getty Book Deal Led to Questions of Conflict", *Los Angeles Times,* June 13,2006.

200 "穆尼兹很明显地替一名德国博士生爱丽丝·麦凯恩伪造了活动与旅行的经费记录"：Jason Felch and Ralph Frammolino,"Investigators Secretly Mined Munitz's Records", *Los Angeles Times,* September 2, 2006.

201 "穆尼兹大方地向他所有的朋友与熟人赠送财物"：Jason Felch, Robin Fields, and Louise Roug,"The Munitz Collection", *Los Angeles Times,* June 10, 2005.

202 "穆尼兹及其董事会将基金滥用"：Jason Felch, Ralph Frammolino, and Robin Fields,"State Names Monitor for Getty Trust",*Los Angeles Times,* October 3,2006.

遣送回国

203 "2000 年被卖给了"：The Michael C. Carlos Museum Web site accounts for the purchase of an exquisite sculpture of Terpsichore and the Minoan bathtub in 2002. No clue is given as to their provenance.

204 "FBI 探员在迈阿密的一间仓库里发现了大约 265 件被盗的艺术品"：Kristin M. Romey,"Corinth Loot Found Under Fresh Fish", *Archeology,* November-December 1999.

205 "那是我这一生中所见过最美丽的东西"：Nikolas Zirganos,"Operation Eclipse", in Watson and Todeschini, *Medici Conspiracy,* p. 310.

206 "1992 年 3 月 13 日，一封从慕尼黑发来的电邮"：Jason Felch,"Charges Are Dropped in Getty Case", *Los Angeles Times,* November 28, 2007.

207 "我希望你能找到一个好的买家"：Ibid.

208 "在 2006 年 11 月，希腊检察院在马其顿金冠一案中指控玛丽昂"：法庭在 2007 年 11 月 27 日撤销了这项指控，他们说此案已过了时效期限。同时被指控的一些人也因同一原因在早些时候被撤销了指控。

209 "自负与贪婪"：Information about the battle between Symes and the Papadimitriou family is from interviews, contemporaneous British press accounts, and Apostolidis, *Network.*

210 “我们绝不会说我们不在乎来源”：Jason Felch and Ralph Frammolino,“Getty Had Signs It Was Acquiring Possibly Looted Art”, *Los Angeles Times,* September 23, 2005.

211 “如果我家有一尊昂贵的雕像”：Ralph Frammolino and Jason Felch,“The Getty’s Troubled Goddess”, January 3,2007.

212 “金制的古罗马酒杯”：Karol Wight,“Ancient Art: New Acquisitions at the Getty Museum”, *Apollo,* February 2006, p. 44.

结论

213 “价值要远远小于它们的总价值”：Doug Irving,“Man in Bowers Probe Says He Did Nothing Wrong”, *Orange County* Register, January 25, 2008.

214 “如果它不是大众的”：Ibid.

215 “他们说这是上帝的礼物”：Descriptive Account of a Series of Pictures: Representing Some of the Most Important Battles Fought by the French Armies, in Egypt, Italy, Germany, and Spain, Between the years 1792 and 1812: Painted by General Baron Le Jeune . . . Now Exhibiting at the Egyptian Hall, Piccadilly (London: William Cox, 1829).

后记

对我来说，这本书中所谈到的研究和报告是我生命中的一次探险，是一场深入历史、穿越十数个城市的古文明的探险。这也是一堂考古学和希腊历史的速成课，当然这堂速成课里还包含有美索不达米亚平原和古埃及的历史知识。事实上，在开始着手研究的时候我并不知道所要发现的究竟会是什么，但事实证明能够不知道这件事真是太棒了。如果提前设定了研究的重点，我无疑会直达目标而忽略在途中的许多东西。

那即是说，这本书的成书很大程度上借助于许多许多的人——生活在当地、熟悉当地文化的人，他们为这本书付出了时间、经验、社会关系，甚至大部分人还介绍了朋友来参与此事。通过他们的帮助，我终于能在那么繁杂的问题、历史人物以及过去和现在存在的争议中找到头绪。就是说，任何在文中可能出现的谬误都应归结在我身上。

写这本书的动力来源于我与埃及文物最高委员会秘书长扎希·哈瓦斯的一场争论，争论的起因是扎希·哈瓦斯认为，必须用更为强硬的手段来夺回古埃及失落的文物。我很感谢他对我的帮助，尤其是他允许我进入埃及各个著名的墓地去认识掠夺者对古埃及所做的一切。

我要向盖蒂研究中心献上最诚挚的谢意，他们允许我欣赏那些令人敬畏的档案和收藏品。在他们优秀的员工的协助下，我得以在布伦特伍德的山巅逗留很久。我同样感谢大英博物馆的档案馆，他们甚至愿意帮助一个像我这样麻烦的读者，一个最喜欢坐在阿加莎·克里斯蒂曾坐过的绿色皮桌边阅读破碎文献的读者。

特别感谢《纽约时报》中那些陪我走过各个古文明的协助者，尤其是在伦敦、巴黎和罗马的优秀职员，他们为我安排会议、出借仪器，甚至在必要时提供珍贵的照片。我要特别感谢一些同行们，他们向我提供知识和友谊——伊斯坦布尔的塞布丽娜·塔弗尼斯，开罗的迈克尔·斯莱克曼以及罗马的伊恩·费舍尔。

在埃及，我要感谢穆斯塔法·瓦泽里、阿姆尔和塔比·巴德尔莫娜尔·纳吉尔以及《纽约时报》在当地的工作人员萨哈，以及伊萨姆·希哈德、拉比耶·哈马丹、谢里夫·哈瓦斯、奈杰尔·哈瑟林顿、凯丽·克劳斯、约瑟夫·阿姆尔、珍妮丝·卡姆林，以及麦琪、科林和凯蒂——也就是“卡瓦加旅友团”[1]。

在土耳其，我要感谢无与伦比的文物斗士和学者奥兹根·阿卡尔，以及我的新朋友安柏林·萨曼、伊芙琳·艾莱。如果没有我的助手泽坎·萨利哈希奥格鲁，我在这个国家简直寸步难行，他为我筹划了一切，与我一起搭乘通宵巴士穿越土耳其的村郊，极尽所能地为我翻译。泽坎，你简直无与伦比。

在希腊，我与安森·卡拉沙瓦成为了朋友，他简直是无价的宝库。感谢斯马洛·托罗帕、尼古拉斯·齐格诺斯。尤其要感谢克里斯·马诺利斯——雅典布列塔尼大酒店（这是一家我所住过的最出色的酒店）的经理。感谢古·卢博森、史黛拉·阿迪麦拉邀请我去他们家中，尽管他们曾一度怀疑过我。

在罗马，我要感谢《时代》杂志的雇员伊丽莎贝塔·帕沃莱多、彼得·基弗以及帕奥拉·努沃拉。

[1] 卡瓦加（Khawage）是阿拉伯词汇，指西方旅行者。

在伦敦，我要感谢大卫·兰道以及罗西·加亨，感谢他们的殷勤款待，尤其要感谢大卫对我写这本书所作的建议与指导。在巴黎，我要感谢丹尼·谢克大使及其夫人玛利亚，感谢他们的殷勤款待。

在圣莫里兹，我要感谢亚力山大·加亨，感谢他的款待与友好，我在他的家中完成本书的框架，并在登山的路上与他和他的朋友们一同讨论。

在纽约，我要感谢乔安·古德曼以及我的好友凯丽和赫夫·考图里尔，他们无数次鼓励我前行，为我找回信心。

特别感谢英国航空公司的凯文·彭斯，感谢他对本书感兴趣并为该研究提供大笔赞助。

对于在书中出现的所有博物馆人员，感谢你们对我的专业意见与友好，尽管有些时候涉及到敏感问题而不便向我作答。我需要特别向大都会博物馆的哈罗德·霍尔兹，大英博物馆的哈那姆·博尔顿，卢浮宫的阿吉·勒罗勒以及本尼迪克特·莫洛，盖蒂博物馆的罗恩·哈特维希、约翰·朱里尼以及朱丽叶·加斯科致谢。虽然告别了这些一流博物馆，但在下笔书写争议文物的来源导致的论战时，我仍然沉醉于精美的艺术品本身和馆员们的高质量讲解中。

感谢我不可或缺的朋友乔尔·伯恩斯坦，感谢他的珍贵建议和对本书、对地图和照片的整理，以及对我精神上的支持。感谢提姆·道尔将我引导至正确的方向上。

与我一同研究的坎迪斯·维德尔太令我赞叹了，他能够在盖蒂的图书馆中迅速地找到文物来源，永远不会抱怨工作。谢谢，坎迪斯，祝你在土耳其成功获取博士学位。谢谢文物照片的研究者麦琪·博奎斯特，感谢她和《纽约时报》图片档案馆的帮助。

我必须感谢《纽约时报》的亚历克斯·瓦德，感谢他耐心的建议与支持，感谢时代出版公司的皮尔斯·吴，感谢她长期的支持。还有本书的发行人安德鲁·布劳纳，他在工作中给予我无尽的关爱和鼓励。

最后的感谢献给我在时代出版的编辑保罗·戈洛布，他从一开始就喜欢本书并一直对本书作出热情而理智的奉献。保罗将本书变得更具有可看性，但却没有改变本书的基调或是故事中的人物。对我来说，他向我展现了一名杰出编辑的才华；请接受我的感谢和不变的欣赏。

最后，感谢我的丈夫，克劳德以及我的三个孩子——亚力山德拉、杰里米和丹尼尔，他们能够理解我为本书的调研工作在 2007 年消失了一整个夏天。谢谢你们使我能够专注于本书并为我加油。

图书在版编目（CIP）数据

流失国宝争夺战／（美）韦克斯曼著；王若星，朱子昊译.—杭州：浙江大学出版社，2014.3
书名原文：Loot
ISBN 978-7-308-12876-6

Ⅰ.①流… Ⅱ.①韦…②王…③朱… Ⅲ.①纪实文学－美国－现代 Ⅳ.①I712.55

中国版本图书馆 CIP 数据核字（2014）第 019709 号

流失国宝争夺战
[美] 韦克斯曼 著 王若星 朱子昊 译

责任编辑 周红聪
营销编辑 李嘉慧
装帧设计 王小阳
出版发行 浙江大学出版社
（杭州天目山路 148 号 邮政编码 310007）
（网址：http:// www.zjupress.com）
制　　作 北京百川东汇文化传播有限公司
印　　刷 北京中科印刷有限公司
开　　本 710mm×1000mm 1/16
印　　张 25.5
字　　数 353千
版 印 次 2014年3月第1版 2014年3月第1次印刷
书　　号 ISBN 978-7-308-12876-6
定　　价 59.00元

浙江大学出版社发行部联系方式：（0571）88925591；http:// www.zjupress.com

浙江省版权局著作权合同登记图字：11-2013-303